रात, चोर और चाँद

(उपन्यास)

लोकभारती प्रकाशन

पहली मंजिल, दरबारी बिल्डिंग, महात्मा गाँधी मार्ग, इलाहाबाद-1

रात, चोर और चाँद

बलवन्त सिंह

लोकभारती प्रकाशन
पहली मंजिल, दरबारी बिल्डिंग, महात्मा गाँधी मार्ग
इलाहाबाद-211 001
वेबसाइट : www.lokbhartiprakashan.com
ईमेल : info@lokbhartiprakashan.com
शाखाएँ : 1-बी, नेताजी सुभाष मार्ग, दरियागंज
नई दिल्ली-110 002
अशोक राजपथ, साइंस कॉलेज के सामने
पटना-800 006 (बिहार)
36-ए, शेक्सपियर सरणी, कोलकाता-700 017

मूल्य : ₹ 500

प्रथम लोकभारती प्रकाशन संस्करण : 2014

इण्डियन प्रेस प्राइवेट लिमिटेड
इलाहाबाद द्वारा मुद्रित

RAAT, CHOR AUR CHAND
by Balwant Singh

ISBN : 978-81-8031-858-0

कृष्णा सोबती को

काला तित्तर चरी विच बोले
उडदे नूं बाज पै गया।

पालीसिंह

रात, चोर और चाँद

आमुख

❑❑

जब पालीसिंह बाबा की जर्जर समाधि के निकट पहुँचा, तो उसके कदम रुक गये।

सूर्य अस्त हो रहा था और कुछ हलकी-हलकी सुर्ख बदलियों को चीरकर आकाश के दूसरे छोर तक पहुँचती हुई किरणें यूँ दिखायी देती थीं, जैसे कोई डूबता हुआ व्यक्ति सहारे के लिए बाँहें फैला दे। खेतों में उगे हुए पौधे निश्चेष्ट खड़े थे। बल खाती हुई पगडण्डियाँ जैसे धूप की उष्णता सह-सहकर निढाल हो चुकी थीं। वृक्षों की छाया आश्चर्य की सीमा तक लम्बी हो गयी थी।

लारी से उतरने के बाद पालीसिंह को पाँच कोस की दूरी पैदल तय करनी पड़ी। वह थकावट के कारण नहीं रुका था...वह लम्बा-तड़ंगा नवयुवक था, हाथ में लठ लिये धुएँ के छल्ले की तरह बल खाता, लहराता और गाता यहाँ तक चला आया था। दीर्घकाल के बाद एक बार पुनः उसे अपना गाँव दिखायी दे रहा था। बहुत दूर वृक्षों के समूह में कुछ स्पष्ट और कुछ अस्पष्ट गाँव की विचित्र-सी रूपरेखा दिखायी दी, तो वह रुक गया और बाबा की समाधि के सामने बने चबूतरे के साथ पीठ लगाकर खड़ा हो गया।

वह पत्थर की प्रतिमा की भाँति स्थिर खड़ा था। उसके लठ की बिरंजी साम विदा लेती हुई धूप में जगमगा उठी। उसका खद्दर का तहमद एक बार लहराया और फिर उसके झोल पीछे की ओर गिर गये। उसके लम्बोतरे चेहरे का रंग मैले ताँबे जैसा था। चढ़ती जवानी के दिन थे, इसलिए चेहरा अभी पूर्ण रूप से भरा नहीं था। उसकी ऊँची नाक चेहरे के अनुपात में कुछ लम्बी ही प्रतीत होती थी। गालों की हड्डियाँ काफ़ी उभरी हुई दिखायी देती थीं। दाढ़ी के कोमल बाल उग आये थे, परन्तु गालों और ठुड्डी के बीच की जगह अभी खाली थी। गुद्दी के कुछ छोटे-छोटे बाल, जो लम्बे बालों के साथ सिमट न सकते थे, हवा में लहराते रहते थे और यदि वह सिर को इधर-उधर घुमाता, तो ये बाल कानों की लवों को चूम लेते थे। उसकी काली

चमकीली आँखें क्षितिज पर जमी हुई थीं। यद्यपि वह नाक द्वारा ही श्वास ले रहा था, परन्तु आदत के अनुसार उसका मुँह अब भी जरा-सा खुला था। उसके उजड्ड चेहरे से सोच-विचार के चिह्न प्रकट हो रहे थे।

सामने के दृश्यों का सामूहिक प्रभाव पहले तो इतना तीव्र था कि वह सुलझे हुए ढंग से कुछ भी न सोच सका। उसके जीवन का एक सम्पूर्ण अध्याय उसकी दृष्टि के सम्मुख था; परन्तु अभी वह विश्लेषण की समस्या में फँसना नहीं चाहता था, अभी वह केवल सामूहिक प्रभाव से आनन्दित होना चाहता था।

प्रत्येक वस्तु आश्चर्यजनक रूप से वैसी ही थी, जैसी उसने छह-सात वर्ष पूर्व देखी थी। वास्तव में वह हैरान था कि वह ऐसे सुन्दर स्थान से इतने लम्बे समय तक दूर कैसे रह पाया? वह अपने सुन्दर गाँव की कल्पना अपने मस्तिष्क से दूर रखने में सफल ही कैसे हुआ? भूमि की प्रत्येक ऊँच-नीच, पगडण्डियों के प्रत्येक मोड़-पेंच से वह कितना परिचित था। फिर उसे ऐसा लगने लगा, जैसे वह कहीं गया ही नहीं, न उसने कलकत्ते में कभी आवारागर्दी की, न कभी मोटर-ड्राईवर बना; न कभी गुण्डों की टोली का नेतृत्व किया, न कभी उसने लड़ाइयाँ लड़ीं; न कभी उस पर मुकदमा चला और न कभी उसने एक वर्ष सख़्त क़ैद ही झेली। वह तो यहीं था। केवल कुछ पीलुओं के लालच में आकर सीधे मार्ग से भटक गया था।

सामने गुरुद्वारा दिखायी दे रहा था। गुरुद्वारे की इमारत गाँव से लगभग आधा मील इधर ही बनी हुई थी। वही भूमि से दो हाथ ऊँचा रहट, स्त्रियों के नहाने के लिए चारदीवारी, बरगद की घनी छाया, वही अंगूर की बेलें, हवा में लहराती हुई गुरुद्वारे की मटियाले पीले रंग की पताका, इधर गोबर के ढेर, उधर सरकण्डों के झुण्ड।

वह रहा कब्रिस्तान के निकट छोटा-सा मैदान, जहाँ लड़कपन में वह अन्य लड़कों के साथ 'खिद्दू-खूँडी' खेला करता था। उसे अच्छी तरह याद था कि कपड़े की गेंद प्रायः निकट की छोटी-सी नदी में गिर पड़ती थी और भीगकर ऐसी बोझिल हो जाती थी कि खूँडी की ठोकर से दो कदम लुढ़ककर भद से रुक जाती। गेंद चाहे कितनी कसकर बाँधी जाती; परन्तु फुसफुसी होकर रह जाना तो आरम्भ ही से उसके भाग्य में लिखा था। बेचारी लुढ़कती भी तो कहाँ तक!

...और वह पाठशाला! तौबा! बड़ी पिटायी होती थी कमबख़्तों के यहाँ। न पाठशाला खुलने का समय निश्चित था, न छुट्टी का। बस मुँह-अँधेरे ऊँघते-ऊँघते पहुँच जाओ, दिन-भर पिटो और सूरज डूबे घर लौटो। छुट्टियाँ तो होती ही नहीं थीं। यहाँ तक की इतवार के दिन भी दो-चार घण्टों के लिए जाना पड़ता था और अगर कभी छुट्टियाँ हो भी जातीं तो फिर मुन्शी लोग घर के लिए इतना अधिक काम दे देते थे कि छुट्टियों का सारा मज़ा किरकिरा हो जाता! अनुपस्थित रहने के बाद जब वह पाठशाला जाता तो उसे मुर्गा बनना पड़ता और उसी हालत में पीठ पर दो ईंटें

उठाकर पाठशाला के चारों ओर चक्कर काटने पड़ते, या फिर पुट्ठों पर बेंत बरसते। हाय, क्या मुसीबत थी वह पढ़ाई भी! लड़के ही पाठशाला का फर्श धोयें, वही टाट बिछायें, वही पाठशाला की क्यारियों में पानी दें, वही किताबें पढ़ें, पाठ याद करें, परीक्षा दें और फिर वही पिटें...और वह मुन्शी दीनानाथ कितना निर्दयी था? कैसी निर्दयता से लड़कों को मार-मारकर अधमराकर देता था। उसकी मार से डरकर उसने पढ़ना-लिखना छोड़ दिया था। पाठशाला छोड़ देने के बाद भी जब कभी रास्ते में मुन्शी दीनानाथ से मुठभेड़ हो जाती, तो वह उसकी नज़रों से बचने के लिए एक ओर सटक जाता। लेकिन अब कहीं दीनानाथ उसे देख पाये, तो भय से घिग्घी बँध जाये बच्चा की। कल्पना में दीनानाथ की घिग्घी बँधी देखकर उसे कुछ प्रसन्नता प्राप्त हुई।

पालीसिंह ने मन-ही-मन प्रसन्न हो स्वभावानुसार अपने आगे के दो दाँतों की दरार में से थूक की पिचकारी छोड़ी। चूँकि अधिक बोझ पड़ने के कारण अब उसकी एक टाँग थक गयी थी, उसने ज़रा पहलू बदलकर बोझ दूसरी टाँग पर डाल दिया और एक बार पुन: मस्तिष्क को स्वतन्त्र छोड़ दिया...वह खेत, वह रहट, वह कब्रिस्तान, वह मरघट, वह पीर जी का मज़ार, वह जौहड़, वे वृक्ष—वह वहाँ के चप्पे-चप्पे से परिचित था। लड़कों की टोलियों के साथ वह कब्रिस्तान में बेर तोड़ने जाया करता था। पाँव और हाथों की अँगुलियों में काँटे चुभ जाते, शर्तें बद-बदकर दौड़ें लगा करती थीं, और कब्रिस्तान से ज़रा हटकर वह रहट, जहाँ एक बार खरबूजे चुराने पर शेरू ने उन्हें ख़ूब पीटा था। वह इन्हें कुएँ में गिरा देने की धमकी देता था और वे भय से रोते और हाथ बाँधते थे। वे तीनों छोटे-छोटे लड़के ही तो थे। बेचारों का वश ही क्या चलता और फिर उन सबके जूड़े उसने काबू में कर रखे थे। हुक्म हुआ—कान पकड़ो! उन्होंने कान पकड़ लिये। हुक्म हुआ—मुर्गा बनो! मुर्गे भी बने। फिर हुक्म हुआ—नाक से ज़मीन पर लकीरें खींचो! यह टेढ़ी खीर थी। इस अपमान से बचने का उन्होंने बहुत प्रयत्न किया, लेकिन वह भी एक ही काइयाँ था। आख़िर उन्होंने रोते-राते नाक से लकीरें भी खींची। तब उसने उनके जूड़े छोड़ दिये और कड़ककर कहा—फिर अगर इधर मुँह भी किया तो गर्दन तोड़कर कुएँ में फेंक दूँगा। जान छुड़ाकर पहले तो वे ऐसे सरपट भागे कि पीछे मुड़कर भी न देखा और जब बहुत दूर निकल आये और समझे कि अब उसकी पहुँच से बाहर हैं, तो फिर रुककर ज़ोर-ज़ोर से आवाज़ें देने लगे—ओए शेरू लंगूया (लँगड़े)! तेरी भेन दी...तेरी ओए बेबे दी...असीं आऊँगे (हम आयेंगे) असीं आऊँगे ओए...जा कह दे अपनी भेन नू...

फिर मुट्ठियाँ भींचकर और बाँहें हिला-हिलाकर उन्होंने कई अश्लील हरकतें कीं। शेरू की आँखों में ख़ून उतर आया, लेकिन विवश था। एक टाँग कमज़ोर थी, दौड़कर उन्हें पकड़ भी न सकता था।

शेरू कुछ ऐसा जवान तो नहीं था, मगर बात यह थी कि वे बेचारे स्वयं ही छोटे थे। उन दिनों गाँव में अच्छे-अच्छे जवान मौजूद थे। सम्भव है, अब उन्होंने घर बसा लिये हों और भले आदमियों का-सा जीवन व्यतीत करने लगे हों। फैजू! आहाहा, कैसा कड़ियल जवान! चौड़ी सिल का-सा विशाल सीना, फूले हुए नथुने, लठ चलाने में उस्ताद। उसके भय से चोरों को गाँव में घुसने का साहस न होता था।...फत्तू की धाक भी दूर-दूर तक बैठी हुई थी। फौजू की तरह शक्तिशाली तो नहीं था पर शरीर इकहरा और ताज़ी कुत्ते की भाँति तना हुआ था। शरीर पर चुटकी भरना असम्भव! फुर्तीला! सौंची के खेल में तो बड़े-बड़ों के दम टूट जाते थे उसके सामने। और वह मझेलसिंह, कलाई पकड़ने में सबका गुरु। मुगदर भी ख़ूब हिलाता था। कैसी तेज़ और भेदती हुई आँखें थीं उसकी। पर कुछ नहीं, उसने तो औरतें भगाने में ही जीवन नष्टकर लिया। शराब और औरत तो आदमी को यूँ खा जाते हैं जैसे चने को घुन। एक वह मुसलमान साँहसी था। ताड़ के पेड़ की तरह लम्बा। दौड़ लगाने में नम्बर एक। जंगली बिलाव पकड़ने में पूरा निपुण। ओहो...एक बार ख़ूब तमाशा हुआ...कहाँ गया वह बेर का पेड़?...अरे वह रहा। बिलाव चढ़ गया पेड़ पर और नीचे कुत्तों ने पेड़ को घेर लिया। बिलाव सहमा हुआ, कुत्ते बेचैन। झुँझला-झुँझलाकर भौंकते थे। भौंकने की आवाज़ें भी भिन्न-भिन्न थीं। एक तो मोटे भूटानी कुत्ते थे, बड़ी भारी आवाज़ में शान से कभी 'भौं' कर देते। डग कुत्ते ख़ूब गला फाड़-फाड़कर भौंकते थे। सबसे अधिक बेचैन पस्ता कुत्ते थे। छोटे-छोटे, जल्दी-जल्दी दुमें हिलाते, कभी उचककर इधर आते, कभी उधर। भौंकते तो घड़ी के अलार्म की भाँति रुकने ही में न आते थे। कभी-कभार उकताकर कण्ठ में से नये ही स्वर निकालने लगते। जीभें बाहर निकाले कुत्ते अलग खड़े थे। वे भौंकते नहीं थे। शायद वे जानते थे कि भौंकना उनका काम नहीं, वे केवल असली काम के लिए तन-मन से तत्पर खड़े थे, परन्तु बिलाव था कि ऊपर से उतरने का नाम ही न लेता था। आख़िर साँहसी ने अपने लठ से कोंच-कोंचकर उसे ऐसा परेशान किया कि वह एकाएक पलटकर साँहसी पर टूट पड़ा। साँहसी तो फुर्ती से पीछे की ओर सरक गया और कुत्तों ने देखते-ही-देखते बिलाव को जा दबोचा और उसकी बोटी-बोटीकर डाली।

गाँव के कच्चे मकान मटियाले धब्बों की तरह दिखायी दे रहे थे, वह प्रत्येक धब्बे को पहचानता था। सब मकान आपस में गडमड हो रहे थे और उनसे ज़रा हटकर दो चीज़ें कुछ ऐसी नज़र आ रही थीं, जैसे एक बड़ी चट्टान के पास ही दो छोटे-छोटे कंकड़ पड़े हों। एक थी धर्मशाला और दूसरा था रहट। यह रहट गाँववालों के लिए बहुत लाभदायक था। आबादी का अधिक भाग यहीं से पानी भरता था। पालतू पशु भी इसी स्थान पर नहलाये जाते थे और कपड़े भी यहीं धोये जाते थे। स्त्रियों के नहाने के लिए गुरुद्वारे की भाँति एक चारदीवारी अलग बनी हुई थी। गुरुद्वारा गाँव से काफ़ी दूर था, इसलिए स्त्रियों की सुविधा के लिए उनके नहाने का प्रबन्ध यहीं कर दिया गया था।

धर्मशाला के पास एक जौहड़ था। जौहड़ के दूसरे किनारे पर टुण्डे पीर जी की कब्र थी। धर्मशाला में अधिक रौनक नहीं रहती थी। गाँव की आबादी दो भागों में बँटी हुई थी। एक तो विशिष्ट और दूसरे जन-साधारण। विशिष्टों में नम्बरदार, पटवारी, साहूकार और उनके संगी-साथी थे और अन्य लोगों को जन-साधारण में गिना जा सकता था। भेद केवल इतना ही था कि मोटे असामी अपने फालतू समय का अधिक भाग धर्मशाला में ही व्यतीत करते थे और अन्य लोग फालतू समय गाँव की दूसरी ओर धरेक के पेड़ों के एक झुण्ड तले काटते थे। इस स्थान को बगीची कहा जाता था और स्वाभाविक रूप से यहाँ रौनक भी अधिक रहती थी। गर्मी के दिनों में लोग अपनी-अपनी खाटें उठाये बगीची में पहुँच जाते और हुक्के भरकर बैठ जाते। ऐसे अवसरों पर बूढ़े, जवान, बच्चे सभी वहाँ एकत्रित होते थे। लड़के प्राय: कौड़ियों के खेल खेलते थे। इस खेल में हार-जीत होने पर एक-दूसरे के उलटे हाथ पर चुण्टी मारते थे या फिर दो ओर से नुकीले काँटों में धरेक की गोल-गोल ममोलियों को जोड़कर 'पंगूड़े' बनाते और एक लम्बा काँटा भूमि में गाड़कर उसकी नाक पर उसे घुमाते। सन्ध्या समय गिल्ली-डण्डा, खिद्दू-खूँडी या किसी अन्य खेल में भाग लेते और रातों को आँख-मिचौली।

जवान बैठे खुसिये खुजलाया करते। उनका किसी कार्य में मन न लगता था। उनमें से जिन्हें व्यायाम का खास शौक था, वे अपनी बाँहों के पट्ठों को टटोलते, मुँडी हुई रानों पर से तहमद हटा देते और उन पर हाथ फेर-फेरकर उनकी सख़्ती का अनुमान लगाया करते। इधर-उधर के बलवान् नौजवानों की बातें आरम्भ कर देते, "भई! महँगासिंह बड़ा करारा जवान है।"

"वलायत हुसैन बड़ा दबंग है।"

"जोरासिंह बूढ़ा होने को है पर अब भी बड़ा 'लक्कड़' है।"

"चैनी नर आदमी है।"

पेटू व्यक्तियों का ज़िक्र बड़े गौरव से किया जाता। डाका डालने की बातें सुनायी जातीं, औरतों को भगा ले जाने की कहानियाँ दुहरायी जातीं। फिर बातों-बातों में झड़पें भी हो जातीं। यदि बात अधिक बढ़ जाती तो धींगा-मुश्ती और पटका-पटकी तक नौबत आ पहुँचती या कलाई पकड़ने के मुकाबले होने लगते।

ऐसे समय बड़े-बूढ़े अपनी शतरंज छोड़कर और नंग-धड़ंग बच्चे अपने खेल भूलकर बगलें खुजलाते लड़नेवालों के निकट सिमट आते। बड़ा शोर मचता। दर्शक लड़नेवालों को शह दे-देकर उभारते, चीखते, पगड़ियाँ उछालते और गालियों के दरिया बहा देते और यदि धींगा-मुश्ती में कोई एक-दूसरे के नीचे आ जाता तो फिर दर्शक नीचेवाले को उठ खड़े होने के सौ-सौ दाँव बताते, "ओए! ओक (कुहनी) ते हथ पा...ओए! ओकने...मार हुजका!...शाबा जवाब दे!...बल्ले-बल्ले।"

एक तो नीचेवाले के यूँ ही घुटने छिल जाते, दूसरे ऊपर से राय देनेवालों की आवाज़ें उसे और भी बौखला देतीं। यदि कभी नीचेवाला सचमुच ऊपरवाले के चंगुल से निकलकर उठ खड़ा होता और उलटा उसी को दे पटकता, तो बस फिर कयामत ही आ जाती। बच्चे नाचते और तालियाँ पीटने लगते, ''ओए औधर हो, लुल्ली कड्डी होई सू।'' किसी बूढ़े के ये शब्द सुनकर नंगा लड़का शरमा जाता। दोनों हाथ आगे रखकर रानें सिकोड़ आगे की ओर झुक जाता। इतने में इसका कोई नटखट साथी पीछे से पाँव की ठोकर मारकर भाग जाता। इस पर बूढ़े मुँह फाड़-फाड़कर हँसते और दाढ़ियाँ फटकारते, लड़के चिलचिलाती धूप में एक-दूसरे का पीछा करते हुए दूर-दूर तक निकल जाते।

धर्मशाला की पार्टी में यह ज़िन्दादिली नहीं थी। लोगों पर गम्भीरता-सी छायी रहती। हँसना कम, उठने-बैठने में तकल्लुफ़ और जन-साधारण से खुलकर बात करने में भी कुछ अभिमान-युक्त झिझक। हाँ, जब कभी इधर से दारोग़ा जी जाते तो उन लोगों में हलचल-सी मच जाती... दारोग़ा जी गाँव की इकलौती कुर्सी पर विराजमान हैं और सब लोग हाथ बाँधे खड़े हैं। अण्डे इकट्ठे किये जा रहे हैं। यदि दारोग़ा जी सिख हैं तो मुर्गियाँ 'झटका' की जाती हैं; यदि रसूल के नाम-लेवा हैं तो उन्हें इस्लामी ढंग से 'जबह' किया जाता है। जो हो, मुर्गी हर हालत में जान से जाती है। गाँव के सभी लोग, क्या छोटे, क्या बड़े आ-जा रहे हैं। जिस शौक से लोग दारोग़ा जी को देखने के लिए आते उस शौक से तो मदारी के बन्दर को भी नहीं देखते। जितने दिनों तक दारोग़ा जी गाँव में ठहरते, सब लोग मानो सूली पर टँगे रहते।

एक बार एक बड़ा मशहूर डाकू पकड़कर उसके गाँव में लाया गया। अपराध स्वीकृति के लिए डाकू को पेट के बल लिटाकर उस पर जूते बरसाये जाते थे। लोग तमाशा देखने एकत्रित हो जाते और उसे पिटते देखते। इस प्रकार पिटते समय सिख डाकू की दाढ़ी गोबर मिली धूल में सन जाती। उसके सिर के बाल खुलकर बिखर जाते। उन दिनों पालीसिंह बहुत छोटा था और उसे डाकू की आकृति पूर्णतया तो स्मरण न थी, परन्तु इतनी बात अच्छी तरह याद थी कि डाकू बहुत भारी डील-डौल का जीव था। घण्टा-घण्टा भर तक पिटने के बाद भी जब वह खड़ा होता, तो काफ़ी सम्मानित व्यक्ति दिखायी देता, न चीखता, न चिल्लाता, चुपचाप मार खाये जाता और ढीठ ऐसा कि किसी तरह भी अपराध स्वीकार करने को तैयार नहीं था।

उन्हीं दिनों एक दिलचस्प घटना घटी। धर्मशाला के निकट टुण्डे पीर जी की कब्र थी, जिस पर हर वर्ष एक-दो दिन मेला लगता था। उस दिन मेला लगा तो दिन भर ख़ूब चहल-पहल रही। साहूकारों ने दारोग़ा जी की प्रशंसा प्राप्त करने के लिए दंगल का प्रबन्ध किया। सायंकाल के समय धर्मशाला के निकटवाले खेत में दर्शक और पहलवान एकत्रित हो गये। पहले-पहल तो इधर-उधर के छोकरे पकड़-धकड़ करते रहे, फिर दो-चार अच्छे जोड़ भी हुए। परन्तु उनमें एक जवान ऐसा था जिससे

मुकाबला करने को कोई तैयार न हुआ। उनके गाँव में अच्छे-अच्छे जवान मौजूद थे, परन्तु वह पहलवान कुछ ऐसे डील-डौल का था कि उसकी ओर आँख-भर देखने का साहस न होता था। यह कद्दू-सा सिर, बाल मशीन से मुँड़े हुए, कान टूटे हुए, गरदन मोटी, सिर कठिनता से घूमता था। वह भारी-भरकम रानें और उन पर उभरी हुई मछलियाँ—बड़े-बूढ़े सिर हिलाते और कहते, "भई, अखाड़ों का लड़ा हुआ मालूम होता है, इसका जोड़ नहीं मिलने का।" गाँववालों की हेठी थी, परन्तु बेचारे कर ही क्या सकते थे।

उधर पहलवान अभिमान से नथुने फुलाये, लंगर हवा में घुमाता हुआ अखाड़े में मस्त हाथी की तरह चक्कर लगा रहा था। कभी-कभी जनसमूह पर दृष्टि डालता और साँड़ की तरह डकारता, "क्यों, है कोई माई का लाल?"

उधर वह डाकू बरामदे में पेट के बल लेटा जूते खा रहा था। कहीं उसने पहलवान की ललकार सुन ली। वह चिल्लाया—"ठहरो भई! ठहरो...मुझे थानेदार के पास ले चलो।"

सिपाही समझा, शायद अपराध स्वीकार करना चाहता है, उसने हाथ रोक लिया और उसे दारोग़ा के सम्मुख उपस्थित कर दिया। डाकू ने बालों को समेटकर जूड़ा बाँधते हुए कहा, "ले भई थानेदार! हमने जुरम का इकबाल न कभी किया है और न करेंगे और यह जूतेबाज़ी भी होती ही रहेगी। अगर कहो तो इस छोकरे से दो-दो हाथ हो जायें हमारे!"

थानेदार भी ज़िन्दादिल व्यक्ति था। यह बात सुनकर हँसा और उसे कुश्ती लड़ने की आज्ञा दे दी। कहाँ तो पिट रहा था और कहाँ खम ठोककर पहुँचा पहलवान के सम्मुख। कुरता उतारकर परे रख दिया। तहमद समेटकर बाँध लिया और एक फर्राटे के साथ हाथ से छुआकर दिया गरदन पर एक झपाटा।

लोग एकदम चकित रह गये और सँभलकर बैठ गये।

डाकू का जूड़ा भी खुल गया; परन्तु थोड़े से बाल थे, उसने चिन्ता न की। देखने में तो वह यूँ ही अनगढ़ गँवार का लट्ठ ही प्रतीत होता था, परन्तु उसने कुश्ती के वह-वह हाथ दिखाये कि पहलवान महोदय हाँफने लगे। डाकू ने मौका ताड़कर दाँव मारा तो पहलवान की पूरी लाश उठाकर भूमि पर पटक दी। उसे ख़ूब-ख़ूब रगेदा और आख़िर चित कर दिया। इस पर वह शोर मचा कि चुप ही भली। लोगों ने डाकू को कन्धों पर उठा लिया और उसकी पगड़ी झण्डे के तौर पर हवा में लहरा दी। ढोल पीट डाले गये। दो-चार आदमी दौड़े-दौड़े गये और घी-शक्कर से भरी हुई हाँडी लाकर डाकू के हाथ में थमा दी। डाकू खड़े-खड़े सब-कुछ हजमकर गया और खाली हाँडी बरामदे के फर्श पर दे मारी। मूँछें पोंछकर दारोग़ा जी की ओर बढ़ा और अपनी धूल में अटी हुई नाक को उलटे हाथ से रगड़ता हुआ बोला, "ले भई थानेदार! तुम चाहे एक महीना और जूते बरसाये जाओ, मैं टस-से-मस नहीं होने का।..."

पालीसिंह के होंठों पर मुस्कान खेलने लगी।

धर्मशाला से हटकर उसकी दृष्टि रहट पर जा पड़ी। रहट के निकट खड़े ऊँचे, लुण्ड-मुण्ड वृक्ष को देखकर उसे बड़ा आश्चर्य हुआ। पहले भी यह इसी हालत में था। वर्ष भर में कभी एक पत्ती तक उस पर दिखायी न देती थी। उसकी टेढ़ी-मेढ़ी सूखी टहनियाँ दूर-दूर तक फैली हुई थीं। तने पर यहाँ-वहाँ मानवीय आँखों की-सी गाँठें दिखायी दिया करती थीं। वह उस वृक्ष से भी पूरी तरह परिचित था।

वह समझता था कि वह वृक्ष कभी का गिर चुका होगा, परन्तु वह ज्यों-का-त्यों खड़ा था। चाँदनी रात में जब वे आँख-मिचौली खेला करते थे तो उसी वृक्ष को 'दाई' मानते। जिस किसी की बारी होती, वह दोनों हाथों से आँखें ढाँपकर और वृक्ष के तने से लगकर खड़ा हो जाता। अन्य साथी इस बीच में भाग-भागकर इधर-उधर छिप जाते। कुछ धर्मशाला की पिछली ओर, कुछ रहट की चर्खी के पीछे, कुछ चारदीवारी के भीतर और कुछ समीप के खेतों में दुबक जाते। और जब वे चिल्लाते, "आ जाओ," तो फिर वृक्ष के तने से लगा खड़ा लड़का आँखों पर से हाथ हटा लेता। वैसे अँगुलियों के बीच में से ताड़ते रहना कि कौन कहाँ छिपा है, कोई दोष न समझा जाता था। हाँ, दूसरों को इस बात का ज्ञान न होने पाये, अन्यथा वे सब उसके सिर हो जाते। 'चोर' को लड़कों की तलाश में गधे की तरह इधर-उधर झाँकते देखकर कुछ लड़कों की हँसी निकल जाती और उनकी 'खी-खी' की आवाज़ से उसे पता चल जाता कि वे किस-किस स्थान पर छिपे खड़े हैं। उनमें से कुछ ऐसे मूर्ख थे कि यह जानते हुए भी कि 'चोर' का ध्यान उनकी ओर नहीं है, जब भागकर दाई को छूने लगते, तो वहाँ पहुँचने से पूर्व ही उनकी हँसी निकल जाती और अपनी इस दुर्बलता के कारण वे पकड़ लिये जाते...

पालीसिंह कुछ समय तक इन विचारों से आनन्दित होता रहा। फिर वह सोचने लगा, सम्भव है, इस सूखे वृक्ष की भाँति कई बूढ़े भी अभी तक जीवित हों।

लम्बे-लम्बे पट्टोंवाला एक बूढ़ा तो अभी तक उसे स्मरण था। वह उन दिनों बहुत छोटा था। उसकी माँ उसे अपने साथ लेकर उस जगह नहाने के लिए आया करती थी। उसे यह कहकर कि लड़के चारदीवारी के भीतर स्त्रियों के साथ नहीं नहाया करते बल्कि बाहर पुरुषों में नहाते हैं, स्वयं भीतर चली जाती। वह नहाने से कतराता था अतएव कपड़े उतारकर धूप में खड़ा रहता। इतने में वह बूढ़ा भैंस को पानी पिलाने वहाँ आता। उसके सिर पर छोटी-सी ढीली-ढाली पगड़ी रहती थी। कानों के पीछे गुद्दी से नीचे तक लटकते हुए पट्टे। लबों पर से कटी हुई मूँछें। दाढ़ी भी कैंची से कुतरी हुई। "या अल्लाह! या अल्लाह!" रटता रहता था। उसे देखता तो बड़े स्नेह से बुलाता—"पाली बेटा, इधर आओ!...बोलो, हमारे बेटे हो न तुम? इधर आओ हमारे पास!..." परन्तु वह शर्माया करता। वह बूढ़े की सूखी-सूखी बाँहों से भय खाता था। उसकी बाँहों की फूली-फूली रगें केंचुओं की तरह नज़र आती थीं।

फिर बूढ़ा अपने कमज़ोर दाँतों से गन्ने का एक टुकड़ा छीलकर उसकी ओर बढ़ा देता, जिसे वह थोड़े से संकोच के बाद हाथ बढ़ाकर ले लेता। इस पर बूढ़ा हँसने लगता। उसके मुँह में दो-चार ही दाँत रह गये थे। इसलिए उसके मुँह में चूहे के बिल जैसा अन्धकार दिखायी देता था। कौन जाने अब वह बूढ़ा जीवित है या मर गया बेचारा। अब यदि वह अपने नन्हें पाली को देखे तो अवश्य ही बहुत प्रसन्न हो और वे दोनों दिल खोलकर बातें करें...

...जब उसकी माँ गीली धोती शरीर पर लपेटे भीतर से झाँकती और उसे जैसा का तैसा खड़ा पाकर कहती, ''क्यों रे, अभी नहाया नहीं?'' तो वह बगलें झाँकने लगता। उसकी माँ चपत दिखा-दिखाकर धमकाती और घूर-घूरकर देखती; परन्तु इतना वह भी समझता था कि उसकी माँ उस दशा में बाहर आने की नहीं। आख़िर तंग आकर वह उसे भीतर चले आने को कहती, तो वह इन्कार कर देता, ''तुम पीटोगी!'' माँ बहुत परेशान होती। उसे घर जाने की भी जल्दी होती थी। फिर वह उसके आगे हाथ जोड़ने लगती, ''नहीं...कभी नहीं पीटूँगी।'' परन्तु वह कुएँ की मुँडेर पर ढीठ बनकर बैठ जाता। अन्त में बहुत ख़ुशामद और एक पैसा इनाम के वायदे के बाद वह भीतर जाता।... माँ उसका मुँह चूमती।...''छी-छी, लो फ़ातमा बीबी, देखो तो इस लड़के को शर्म नहीं आती, इतना बड़ा हो गया। अकल-बुद्धि नाम को नहीं। औरतों में नंगा खड़ा है।...छी-छी! सिर में जुयें! वाह गुरु—वाह गुरु!'' बेचारी फ़ातमा बीबी नयी-नवेली दुल्हन, वह भला क्या उत्तर दे, बस हँसे जाती। परन्तु मोटी भद्दी साहूकारिन भारी-भरकम कूल्हे हिलाकर कहती, ''हे बहन, कल का बच्चा ही तो है, तुझे अभी से शर्म की पड़ी है।'' अच्छा स्वभाव था बेचारी साहूकारिन का। गीली धोती को निचोड़कर कन्धे पर डाल लेती और उसे अपनी बाँहों में लेकर कहने लगती, ''क्यों रे, तुझे शरम नहीं आती, जो औरतों में नंग-धड़ंग घुस आया है?...अरे! तू लड़का है या लड़की?'' वह अपने-आपको उसके गीली शरीर से बचाने के लिए पीछे हटता जाता, परन्तु वह आगे बढ़-बढ़कर बातें बनाये जाती। छोटी-छोटी लड़कियाँ डण्डे से कपड़े कूटती चली जातीं और ख़ूब हँसतीं। माँ कहती, ''सरनी को देख, कैसी अच्छी बिटिया है! कैसे सुथरे बाल हैं इसके। देख तो तेरी तरह बहती है इसकी नाक? गोरा-चिट्टा, साफ़-सुथरा चेहरा है, जैसे मक्खन का पेड़ा!''

सरनो अथवा सरनी, जिसका असली नाम सरनकौर था, अपनी आयु की अपेक्षा कहीं अधिक गम्भीर बनने का प्रयत्न करती। प्रत्येक कार्य बड़े ढंग से करती। अपने-आपको बड़ी बुद्धिमती और सुघड़ समझती। वह उसकी माँ की मुँह-बोली बहन की बेटी थी। उन दोनों की माताओं की आपस में जितनी अधिक बनती थी, उतनी ही उन दोनों के बच्चों की आपस में बनती थी। यदि कभी सरनी अकेली उसके हाथ लग जाती, तो बड़े उजड्डपन से वह उसे अपनी धूल से सनी बाँहों में जकड़ लेता, ''मक्खन का पेड़ा, मक्खन का पेड़ा!'' सरनी बड़ी घृणा से पीछे की ओर हटने

लगती, "हट-हट,गन्दा चूहड़ा (भंगी) कहीं का!" परन्तु उस पर दुत्कार की प्रतिक्रिया कुछ भी न होती। वह सरनी के केशों को दृढ़ता से पकड़कर बड़ी निर्दयता से अपनी ओर खींचता और उसके होंठ सरनी के फीके-फीके, ठण्डे गाल से छू जाते और जब वह मुँह को पीछे हटाता, तो उसकी बहती हुई नाक सरनी के गाल पर थुप जाती और एक लम्बी-सी तार खिंचती चली जाती। वह और भी घृणा से भूमि पर थूकने लगती। कुरते के पल्ले से रगड़-रगड़कर गाल पोंछती और एक हाथ चपत मारने के तौर पर ऊपर को उठाते हुए कहती, "बदमाश!" और अब...

पालीसिंह की दूसरी टाँग भी थक गयी थी। उसने समाधि की दीवार के साथ पीठ जमाकर दोनों टाँगें अच्छी तरह अकड़ाकर ढीली छोड़ दीं। तब वह आगे की ओर झुककर टाँगों को सहलाने लगा। उससे उसे कुछ आनन्द का अनुभव हुआ। उसने अपनी बाँहों के पट्ठों को टटोला, छोटी-छोटी दाढ़ी पर हाथ फेरा। अँगुलियों की सहायता से मूँछों का रुख़ ऊपर की ओर मोड़ दिया। गरदन को छूकर अँगुलियों पर फूँक मारी। फिर अँगुलियों को दबा-दबाकर उन्हें चटखाने लगा...अब तो उसकी नाक नहीं बहती थी।

वह आप-ही-आप हँसने लगा। उसने कुरते की आस्तीनों को ठीक किया और उसे आगे-पीछे से झटके देकर उसके बल निकाले। तहमद को ढीला करके उसके दोनों सिरे फिर से चुने और उन्हें अच्छी तरह दोनों ओर उड़स लिया। देर तक हिला-जुलाकर तहमद के झोल को देखता रहा। आगे-पीछे, दायें-बायें सभी ओर से उसका निरीक्षण किया। कमर से पटका उतारकर नये जूतों की गर्द झाड़ी। टखनों की मैल पोंछी और फिर चेहरे का पसीना भी ख़ूब रगड़-रगड़कर साफ़ किया। पगड़ी को दायें-बायें घुमा-फिराकर और सामने की नुक्कड़ में अँगुली देकर ठीक किया। पगड़ी के नीचे-ऊपर के दोनों शमलों की भी ख़बर ली।

वह बड़े भाई के बच्चों के लिए चिवड़े, रेवड़ियाँ और सन्तरे लेता आया था। उनमें से कुछ सरनो के छोटे बहन-भाइयों को भी दिये जा सकते थे, परन्तु दुःख तो इस बात का था कि वह सरनो के लिए कोई वस्तु नहीं लाया था। निस्सन्देह उससे बहुत बड़ी भूल हुई। अब तो बड़ी हो गयी होगी नटखट! कौन जाने क्या रूप निकाला होगा? कहीं विवाह न हो गया हो? जाटों की लड़कियों के विवाह के मामले में शीघ्रता से तो काम नहीं लिया जाता। यह भी सम्भव है कि उसकी सगाई हो चुकी हो। माँ अपने पत्रों में और तो सब बातें लिखवाती रही, केवल इसी बात का उल्लेख नहीं किया। जो भी हो, उसे सरनो के लिए कुछ-न-कुछ अवश्य लाना चाहिए था। ख़ैर, अब दो-चार दिन के बाद जब वह शहर जायेगा, तो उसके लिए पसन्द की कोई चीज़ लेता आयेगा।

दो-तीन बार उसने बड़े ढंग से खाँसकर कण्ठ साफ़ किया और लाठी सँभालकर एक छोटी-सी गठरी बाँह से लटकाकर शुतुर्मुर्ग के से लम्बे-लम्बे डग

भरता हुआ चल खड़ा हुआ। खेतों के बीचोबीच सीधी पगडण्डी गाँव की ओर जाती थी, परन्तु कपड़ों और जूतों के ख़राब हो जाने के भय से उसने नहर के किनारे-किनारे ही चलना ठीक समझा।

अब धूप हलकी पड़ चुकी थी। नदी के दोनों तटों पर बबूल के पेड़ खड़े थे। उनके पीले-पीले फूल और काँटे झड़कर भूमि पर बिखर गये थे। वह काँटों और फूलों को पाँव तले रौंदता हुआ बढ़ रहा था। वह उन वृक्षों से परिचित था। तनों में से बाहर बहनेवाली गोंद देखकर उसे स्मरण हो उठा कि वे लोग बचपन में गोंद नोच-नोचकर खाया करते थे। गोंद उनके मसूड़ों और दाँतों से चिपक जाती और वे उसे चबाते समय कुत्ते के पिल्लों की तरह जबड़े हिलाया करते थे। उधर कलकत्ते में उसे बबूल का पेड़ देखने को न मिला था, न वहाँ उसने कभी बबूल की दातुन का ही सेवन किया था। एक बार जब उसकी माँ उससे मिलने के लिए कलकत्ते गयी थी, तो बबूल की दातुनें साथ लेती गयी थी और उसे एक बार पुनः पंजाब स्मरण हो आया था। लड़कपन में वे छोटी-छोटी कुल्हाड़ियाँ हाथों में लिये दातुन काटने दूर तक निकल जाते थे। एड़ियाँ उठा-उठाकर बबूल की कोमल टहनियाँ काटते और जब टहनियाँ नीचे गिर जातीं तो चाकू से उनके काँटें उतारते। यह सारा कार्य बड़ी तन्मयता से किया जाता। आवश्यकता से कहीं अधिक समय लगता। अच्छी-अच्छी दातुनों के छोटे-छोटे गट्ठे बनाकर उन्हें पतली छाल से बाँध लिया जाता।

चलते-चलते उसे अपने सामने लसूड़ी का एक वृक्ष दिखायी दिया। यहाँ भी वह अपने साथियों के साथ कई बार आ चुका था। वे मीठी-मीठी लसूड़ियाँ तोड़कर खाया करते थे। जब मैली चादरों की झोलियाँ उनके गले में डालकर उन्हें 'दब' चुनने के लिए भेजा जाता तो पहले वे 'दब' इकट्ठी करके लसूड़ी के इस वृक्ष के नीचे ढेरकर देते। थक जाने पर वहीं बैठकर सुस्ताने लगते। आसपास मदार के कई पौधे उगे होते थे। वे उनके पत्तों पर बैठे हरे रंग के टिड्डों को पकड़ लेते और फिर उन्हें आपस में लड़ाते। जब कभी उन्हें नहाना होता था तो भी वे इसी स्थान पर आया करते थे।

वे दिन स्मरण हो आने पर उसके मन में एक बार पुनः नहाने की इच्छा उत्पन्न हुई। अब पुराने लंगोटिये यार-दोस्तों की धमा-चौकड़ी कहाँ? फिर भी वह अकेला ही पर्याप्त आनन्द प्राप्त कर सकता था।

यह सोचकर उसने लाठी वृक्ष के साथ खड़ी कर दी और उसके निकट ही गठरी भी रख दी और कपड़े उतारने लगा। सिख होते हुए भी अपना एक धार्मिक चिह्न 'कच्छ' उसने कभी पहना ही नहीं था। अतएव तहमद के सिवा अन्य सब वस्त्र उतार देने के बाद उसने इधर-उधर देखा। किसी को निकट न पाकर उसने फुर्ती से तहमद उतार फेंका और गड़ाप से पानी में उतर गया। वह एकदम तह तक बैठता ही चला गया।

नरम-नरम रेत तो तह में बैठी हुई थी, उसके बोझ से दबकर इधर-उधर फिसलने लगी। उसकी नरमी और फिसलन से उसके शरीर के भिन्न-भिन्न अंगों में विचित्र प्रकार की गुदगुदी का अनुभव हुआ। यह गुदगुदी बड़ी आनन्ददायिनी थी। उसने गीली रेत हाथों में लेकर सारे शरीर पर लेप ली। फिर ख़ूब मल-मलकर स्नान किया। उसने अपने गरम-गरम कानों को विशेष रूप से पानी द्वारा तर किया। पेट को सहलाता रहा। फिर बगलों को मलते समय उसे एक पुरानी बात स्मरण हो आयी। वह गीली बगल में हाथ रखकर ऊपर से ज़ोर से बाज़ू दबा देते और फिर मोटर के हार्न की-सी आवाज़ सुनकर ख़ूब चहचहाते। परन्तु वह बचपन था। अब उसे ऐसा नहीं करना चाहिए। लेकिन उसका मन इतना मगन था कि वह स्वयं को ऐसा करने से रोक न सका।

चेहरे को पानी में डुबो वह भीतर-ही-भीतर श्वास छोड़कर पानी के स्तर पर बुलबुले उभारने लगा। बार-बार वह चेहरे को पानी से बाहर निकालता, श्वास लेता और फिर मुँह को डुबोकर सिर को ज़ोर-ज़ोर से दायें-बायें हिलाता। उसके थके हुए शरीर को शीतल जल में बहुत आनन्द मिल रहा था। उसका जी चाहता था कि सिर भी अन्दर डुबो दे, परन्तु बालों के भीग जाने के भय से उसने ऐसा न किया। उसके बाल भी कुछ कम न थे। उसका जूड़ा कठिनता से दो हाथों में समाता था—वह एक बड़े मगरमच्छ की तरह दोनों हाथ रेत पर टेके धीरे-धीरे कभी आगे और कभी पीछे की ओर हट रहा था। तैरने के लिए इतना कम गहरा पानी काफ़ी न था। वह बचपन में तो इसी तरह हाथ टेक-टेककर बहने ही को तैरना समझते थे।

सूर्य बिलकुल अस्त हो गया। गाँव के घरों से धुआँ उठ-उठकर वातावरण में फैलने लगा।

पालीसिंह पानी से बाहर निकल आया। उसने हाथ-पाँव झटक-झटककर बदन सुखाया और वह कपड़े पहनकर पगड़ी बाँधने लगा। अभी अन्तिम सिरा ठूँसा ही था कि उसे यूँ अनुभव हुआ मानो कोई व्यक्ति उसकी ओर देख रहा है। नज़र उठायी तो देखा कि दो हट्टे-कट्टे आदमी हाथों में लाठियाँ लिये खड़े हैं और उनकी दृष्टि उस पर जमी हुई है। वे दोनों अर्थपूर्ण ढंग से खाँसने लगे। उसे आश्चर्य तो हुआ, परन्तु जान-बूझकर उधर ध्यान न देते हुए उसने लाठी की ओर कदम बढ़ाया। उन्होंने उससे भी पहले लपककर लाठी अपने काबू में कर ली। उसकी आँखें पुन: उनकी आँखों से मिलीं। उनमें से एक ने बड़े गम्भीर स्वर में कहा, ''भाई साहब! तुम्हारी जेब में जो कुछ भी हो निकालकर रख दो।''

''क्या कहा?'' पालीसिंह के माथे पर बल पड़ गये।

उस आदमी ने कुछ उत्तेजित होकर पहलू बदला, ''जो पैसा-धेला तुम्हारी जेब में हो, निकालकर धर दो।''

पालीसिंह ने क्रोधपूर्ण नेत्रों से सिर से पाँव तक उन्हें देखा। फिर उसने अपने आगे के दाँतों की दरार में से थूक की पिचकारी छोड़ी, "क्यों?"

"इसलिए" और इसके साथ ही पीछे से एक भारी हाथ उसकी कनपटी पर पड़ा। उसकी पगड़ी परे जा गिरी और वह लड़खड़ा गया। फिर उसने देखा कि इतने ही में एक तीसरे भेंगे आदमी ने पीछे से उसकी दोनों बाँहों को कुहनियों से जकड़कर उसे विवश कर दिया और सामने के दोनों नौजवान लट्ठ उठाये मानो वार करने को तैयार थे।

उसने कुछ प्रयास नहीं किया। सामनेवाले दोनों आदमियों ने उसकी तलाशी ली। भाग्य से उसने अपना सारा रुपया मनीआर्डर द्वारा माँ के पास भेज दिया था। उस समय उसकी जेब में से कुल तीन रुपये सवा सात आने निकले। वह इस बीच मुस्कराता रहा। जीवन में यह प्रथम अवसर था कि उसे लेने के देने पड़े।

तलाशी लेकर वे लोग उसे छोड़कर पीछे हट गये परन्तु वह स्वयं ढिठाई से अपने स्थान पर तना खड़ा रहा। हाथ की चोट से उसकी बायीं आँख के नीचे गाल पर लाल रंग का उभार-सा उत्पन्न हो आया था। उसका जूड़ा ढीला पड़ गया था, कुछ बाल बिखर गये थे। उसकी सूरत किसी हद तक उपहासजनक हो रही थी। उसने चार कदम परे गिरी हुई पगड़ी की ओर देखा और फिर आदेश के स्वर में बोला, "मेरी पगड़ी उठा दो।"

वे तीनों यह बात सुनकर हँस पड़े। उनमें से एक ने लाठी के सिरे से पगड़ी उसकी ओर उछाल दी।

पालीसिंह ने पगड़ी को झाड़कर बगल में दबा लिया। फिर देखा कि कुर्ते पर भी मिट्टी लग गयी है। उसने कुर्ता उतारा और मैला भाग पानी से धोकर निचोड़ा।

इस बीच वे लोग उसके शरीर की सुन्दर बनावट देख-देखकर मन-ही-मन उसकी सराहना करते रहे। दबा हुआ पेट, सूप की तरह फैली हुई छाती और भूखे भेड़िये की-सी पसलियाँ।

कुरता पहनकर एक बार उसने बड़े ढंग से पगड़ी बाँधी, शमले ठीक किये।

वे तीनों आश्चर्यचकित थे कि यह नौजवान, जिसके बलिष्ठ शरीर में नसें और पट्ठे यूँ दिखायी देते थे मानो पत्थर में लोहे के तार खींच दिये गये हों, ऐसा नम्र क्यों था?...ख़ैर, उन्होंने उसकी लाठी उसकी ओर फेंकते हुए कहा, "नौजवान, सँभालो अपना लट्ठ।"

पालीसिंह ने लाठी को हाथ में दबोचते हुए कहा, "लेकिन, भाई! आप लोग चल कहाँ को दिये?"

तीनों ने आश्चर्य से उसकी ओर देखा। पालीसिंह नपे-तुले पग उठाता उनके सम्मुख पहुँचा। अपने लम्बे शरीर को सरू की भाँति सीधा किया और टाँगें फैला

सिपाही की तरह डटकर खड़ा हो गया। उस समय उसकी आँखें चमक रही थीं और छोटी-छोटी मूँछों में कम्पन था। क्षण-भर के लिए उसने उनकी ओर इस ढंग से देखा जैसे वे उसकी तुच्छ प्रजा हों और फिर प्रौढ़ व्यक्ति के-से स्वर में बोला, ''भाइयों! जो पैसा-धेला तुम्हारे पास हो निकालकर मेरे हवालेकर दो!''

भेंगे के मुँह से सहसा निकल गया, ''क्यों?''

इस प्रश्न के उत्तर में पालीसिंह ने एक घाघ जरायमपेशा की तरह उसकी कनपटी पर उलटे हाथ की चोट दी। उसका सिर घूमा तो एक हाथ उसकी गुद्दी पर दिया। वह दुहरा हो गया और फिर उसकी एक ठोकर से सीधा पानी में जा गिरा। यह सब-कुछ आँख झपकते में ही हो गया। भेंगे से निबटकर वह उसके दोनों साथियों की ओर पलटा जो पागल कुत्तों की भाँति उस पर झपट पड़े थे। पालीसिंह फुर्ती से कुछ पीछे हटा। वे आगे बढ़-बढ़कर लाठियाँ बरसाते गये और वह मुस्करा-मुस्कराकर रोकता और एक-एक कदम पीछे हटता गया। जब उन दोनों की बाँहों में थकावट के लक्षण नज़र आने लगे तो वह तीर की-सी तेज़ी के साथ आगे बढ़ा और उसके हाथ में लाठी यूँ घूमने लगी जैसे पानी के भँवर में तिनका घूमता है। कुछ ही क्षण में उसने उनके हाथों से लाठियाँ रखवा लीं।

अब वे तीनों विवश से उसके सामने खड़े थे। वे चाहते थे कि वह अपने रुपये लेकर उनका पिण्ड छोड़ दे, परन्तु वह कहाँ माननेवाला था। लगभग छब्बीस रुपये हाथ लगे। जब वह रुपये गिनने लगा तो उन लोगों ने निकल भागने की ठानी, परन्तु उसने कनखियों से उनकी ओर देखते हुए गुर्राकर कहा, ''अगर तुमने भागने की कोशिश की तो दो को तो मैं यहीं धर लूँगा। यह भागने-वागने का ख़्याल दिल ही से निकाल दो।''

बेचारे और अधिक घबराये। समझे कि अब कपड़े भी उतरे।

पालीसिंह ने अपने कपड़ों को ठीक किया। पानी से भीगे साफे से अपनी छिली हुई कुहनी साफ़ की। कुछ अधिक चोट न आयी थी। पगड़ी आदि ठीक करने के बाद उसने लुटेरों पर दृष्टि डाली। कुछ पल बाद उसने भूमि पर थूका और उन रुपयों में से चार रुपये छह आने निकालकर भेंगे के हाथ पर रख दिये।

यह देख तीनों चकित रह गये।

पालीसिंह ने कहा, ''बेटा रतन! तुम मेरे लंगोटिये यार हो, तुमसे रुपया छीनना ज़रा...बुरी बात है।''

अब तो उनके चेहरे प्रश्न-चिह्न बनकर रह गये।

पालीसिंह ने तीनों की ओर बारी-बारी से देखा और फिर अपनी लाठी पर झुककर बोला, ''मैं सन्तासिंह का बेटा पालीसिंह हूँ।''

उन सबके मुँह खुले-के-खुले रह गये। रतना देख रहा था पालीसिंह की ओर, परन्तु पुतलियाँ ऐसे कोण पर थीं जैसे वह बबूल की सबसे ऊपरवाली कोंपल की ओर देख रहा हो। क्षण-भर तक वह बोल ही न सका और फिर सहसा चिल्ला उठा, "अबे पाली! तेरी माँ को ले जायें चो!...अबे आ गया तू?...अबे तू? कुत्ते के पिल्ले!..."

इसके बाद बिशना, किशना और रतना उससे गले मिलने लगे और फिर गालियों की बौछार, "अबे कमीने! चोर! हरामी के बच्चे!"

जब बचपन के मित्रों की आपस में राम-राम हो चुकी, तो वे उसकी बाँहों में बाँहें डाल अपने रहट की ओर ले चले। प्रसन्नता तथा आवेग से उनके मुँह से बात बड़ी कठिनता से निकलती थी।

"हरामियों! तुम लोगों ने आते ही मेरी सेवा तो ख़ूब की।" कहकर पालीसिंह ने दाँतों की दरार में से थूक की पिचकारी छोड़ी... और झाग के दो-तीन नन्हें-नन्हें बुलबुले उसकी दाढ़ी पर चमकने लगे। रहट के निकट पहुँचकर दो तो भूमि में धँसे हुए गन्ने के बेलने पर चढ़ बैठे और दो निकट ही पड़े वृक्ष के तने पर बैठ गये।

बिशनसिंह ऊँचे स्वर में पूछने लगा, "पाली! तूने हमें पहचाना कैसे? भाई! हमें तो जब तक तूने ख़ुद नहीं बताया, पता ही नहीं चला कि तू है कौन।"

पालीसिंह ने क़हक़हा लगाया, "कहो, फिर मानते हो हमें?...असल में मैंने रतने को पहचाना, उसके भेंगेपन से..." कहकर पालीसिंह ने शिष्टाचार को तिलांजलि दे रतनचन्द के देखने के ढंग की भोंड़ी नकल उतारी, "जब मैंने इस 'भानचो' को इस ढंग से देखते पाया, तो समझ गया कि हो न हो यह रतना ही है। फिर तोते की चोंच ऐसी चोटी हवा में लहराती दिखायी दी, तो मुझे इस बात का पूरा यक़ीन हो गया...इसके बाद ध्यान से मैंने सबको पहचान लिया।"

इस पर सब लोग क़हक़हे लगाने लगे और रतने का मज़ाक़ उड़ाने लगे।

सन्ध्या की चुप्पी में पालीसिंह ने इधर-उधर दृष्टि घुमायी। वही गारे-मिट्टी का बना हुआ तबेला[१] जिसके दक्षिण की ओर अब एक नीची-सी चारदीवारी बढ़ा दी गयी थी। पशुओं को चारा खिलाने के लिए वही खुरलियाँ। तबेले के एक कोने में दो हल और पंजालियाँ टिकी हुई थीं, इसलिए रहट चल नहीं रहा था। दोनों बैल एक-दूसरे की ओर देख-देखकर सींग हिला रहे थे। कितनी ही बार वह यहाँ आ चुका था। रहट पर छाये हुए दोनों फलाह के वृक्षों से वह ख़ूब परिचित था। उनकी घनी ठण्डी छाया तले खाट डालकर सोने से कितना आनन्द प्राप्त हुआ करता था।

पालीसिंह को विचारों में निमग्न देख बिशनसिंह ने उसकी पीठ पर धौल जमाते हुए पूछा, "क्या सोच रहे हो यार?"

---

१. पशु बाँधने का खुला कमरा।

"पुरानी बातें याद कर रहा हूँ। इतने दिनों परदेस में रहा, अब जो अपने देस आया हूँ तो यूँ लगता है, जैसे यहाँ की हर चीज़ से मेरा अनजाना-सा सम्बन्ध है। कलकत्ते में इतने दिनों तक रहने के बावजूद अपनेपन का अनुभव न हो सका..."

किशनसिंह ने कहा, "यार क्या ख़ूब जवान हो, हमने तुम पर हमला करने से पहले ताड़ा, तो समझ लिया कि शकल से घाघ और डील-डौल से ताकतवर जवान मालूम होता है, रतने को तुम पर पीछे से हमला करने के लिए भेज दिया था।" कहकर किशना हँसने लगा और फिर रतने से बोला, "कहो यार, ज़्यादा चोट तो नहीं आयी न?"

रतने ने जबड़े फैलाते हुए मुँह फाड़ा, "उफ यार! ज़्यादा मुँह खोलूँ तो सख़्त दर्द होता है।"

इस पर पालीसिंह ने गगनचुम्बी क़हक़हा लगाया, "भई आख़िर रतना मेरा बेटा है न!" कहकर वह बेलने से उठकर रतने की बग़ल में जा बैठा और उसके गाल पर हाथ फेरते हुए बोला, "बेटा! इसमें मेरा कोई कसूर नहीं, तुमने ख़ुद ही 'पंगा' लिया था।"[1]

सब लोग हँसने लगे। बिशना कहने लगा, "यार, आज से पहले तुम जैसे आदमी से हमारी टक्कर न हुई थी।"

"तो क्या तुम लोगों का यही पेशा है?" पालीसिंह मन-ही-मन हम-पेशा लोगों को पाकर प्रसन्न हो रहा था।

"नहीं, पेशा तो नहीं...लेकिन तुम जानते ही हो, यह जगह सुनसान है। कोई शिकार आ फँसे तो उसे हम छोड़ते भी नहीं...कभी मुट्ठी भी खासी गरम हो जाती है, नहीं तो इतना फ़ायदा तो ज़रूर हो जाता है कि हाथ साफ़ रहता है।"

किशना बोला, "लेकिन, भई तुम्हारे जैसे आदमी से पाला नहीं पड़ा था। हम यह मानते हैं कि तुम सचमुच जी भरकर जवान हो। लेकिन जान पड़ता है कि तुम भी इसी मैदान के खिलाड़ी हो। हम भी अपने-आपको पुराने खिलाड़ी समझते थे। माना कि हम ताक़त में तुम्हारी बराबरी नहीं कर सकते, लेकिन कुछ ऐसे हेठे भी तो नहीं...फिर भला तुमने चुटकी भर में हमें नीचा कैसे दिखाया?"

पालीसिंह उत्तर में मुस्कराया, "अभी बच्चे हो, अकल के कच्चे हो। ये छाती के भेद हैं, धीरे-धीरे प्रकट कर दिये जायेंगे।...भई, अब मुझे गाँव का कुछ हाल

बताओ। पुराने साथियों में कौन सिन्दा है, कौन मर चुका है? जवानों का क्या हाल है? हमारे ज़माने में तो अच्छे-अच्छे जवान मौजूद थे। उनमें से कौन-कौन क़ायम है? लँगोट का पक्का भी है कोई या सब-के-सब भोग में मस्त हैं?"

---

१. विपत्ति मोल लेने के अर्थ में।

बिशने ने कण्ठ साफ़ करते हुए कहना शुरू किया, ''पहले तो पुराने साथियों का हाल सुनो कि मझेल, जो कलाई पकड़ने और मुगदर हिलाने में एक था, उसका बुरा हाल हो गया है। बेचारे को गर्मी हो गयी थी। बदन पर फोड़े निकल आये थे। बड़े इलाज के बाद अब चलने-फिरने के लायक़ हुआ है। अब उसका स्थान जोरासिंह ने ले लिया है। जोरासिंह तो शहरों में भी जाता है। उसकी लाश मझेल से भी भारी है। उसने अपना ख़ास मुगदर बनवाया है जो वज़न में पाँच मन से भी ऊपर है। 'सुहागा' उठाने में भी वह बढ़ा हुआ है। शायद तुम्हें याद हो, 'सौंची' खेलने में फतहसिंह के मुकाबले का कोई न था, लेकिन अब नवाबदीन उससे भी तेज़ निकला है। नवाब ने अभी भरपूर जवानी में कदम नहीं रखा। उसके कस-बल के क्या कहने। इन दोनों की जोड़ी जिस खेल में शामिल हो जाये, बस आनन्द आ जाता है। लेकिन फतहसिंह ने डाके डालने भी शुरू कर दिये हैं। नवाब नेक और दीनदार नौजवान है। वाहगुरु उसे सब ऐबों से बचाये रखे। बड़े-बूढ़े कहते हैं कि नवाब उन दो-तीन नौजवानों में से हैं जो आगे चलकर गाँव की नाक ऊँची रखेंगे और भई, फौजू लट्ठबाज अभी तक वैसा ही बलवान् है। आजकल लड़कियों के ख़रीदने-बेचने का धन्धा करता है। आँखों नहीं देखा, कानों सुना है। इनके अलावा तेजासिंह, प्यारासिंह, गुराँदित्ता और हीरा अच्छे जवान हैं, और यह तो तुम जानते ही हो कि चुपचाप हल चलाने, बच्चे पैदा करने और वाहगुरु, वाहगुरु जपनेवाले तो सैकड़ों मौजूद हैं...रहा ज्वालासिंह, सो तुम जानते ही हो, सदा का ऐबी...आजकल वह 'गुरु' कहलाता है।''

यह कहकर बिशना चुप हो गया; परन्तु पालीसिंह लड़कियों के सम्बन्ध में, विशेष रूप से सरनकौर के सम्बन्ध में सुनना चाहता था। किशने ने पगड़ी के अन्दर हाथ डालकर सिर खुजलाते हुए कहा, ''हाँ, भई बिशना भी खासा जवान समझा जाता है...''

पालीसिंह से पूछे बिना न रहा गया, ''लड़कियों की बाबत भी कहो, कोई है मुँह-माथे की...या बस!''

''भई, यह तो रतने से पूछो...यही गोपियों का कन्हैया है...''

रतने ने आड़ी तिरछी नज़रों से किशने की ओर देखते हुए कहा, ''साले! ख़ुद बाल-ब्रह्मचारी बनते हो?...दिन-रात कुँओं के चक्कर लगाते हो...पर ख़ैर, हम ही बताये देते हैं। इसमें शर्माने की बात ही क्या है।'' कहकर उसने शरारत से पालीसिंह की ओर देखा, ''सुनो बाघड़सिंह जी! यूँ तो प्रेमा, आशा, रत्तनी, बेगमाँ एक-से-एक बढ़कर लड़कियाँ मौजूद हैं, लेकिन मतवाली और चंचल सरनो की बात अब क्या कहें...''

पालीसिंह का हृदय धक से कण्ठ में आ रहा।

"लेकिन बेचारी चुपचाप रहती है। यूँ है तो हँसोड़ और चंचल, लेकिन उसके ज़ालिम भाई और माँ-बाप उसका बहुत ज़्यादा ख़्याल रखते हैं। बस उसे हत्थे चढ़ाना आसान नहीं।"

बिशने ने चिल्लाकर कहा, "अबे, बक-बक बन्द कर! बेटा, किसी दिन उसके भाइयों के हाथों बेतरह पिटोगे। जब भी उसका ज़िकर आता है, बकने लगते हो..."

पालीसिंह के मन में लड्डू फूटने लगे। उन तीनों ने खेतों को नदी का पानी लगा रखा था इसलिए उनका वहाँ रुकना आवश्यक था, परन्तु पालीसिंह लाठी पर दबाव डालकर ताड़ के वृक्ष की तरह सीधा खड़ा हो गया।

बड़े यत्न के बाद उसे मित्रों से छुटकारा प्राप्त हुआ। वह एक बार पुनः बगुले की-सी तेज़ी के साथ गाँव की ओर चल दिया।

एक

□□

पालीसिंह के गाँव का नाम था डिंगा। पंजाबी में 'डिंगा' शब्द का अर्थ है टेढ़ा। गाँव का यह नाम क्यों पड़ा, कोई नहीं जानता। कुछ लोगों का कहना है कि यहाँ के लोग सदैव नियम-नीति की अवहेलना करते रहे और सरकार भरसक प्रयत्न के बावजूद इन्हें सीधे मार्ग पर नहीं ला सकी। इस गाँव के तिरछे-बाँके नौजवानों ने बेंतों तथा तेल में भीगे हुए जूतों की मारें खायीं, कई-कई वर्ष की लम्बी कैदें भुगतीं, फाँसी की रस्सियों से लटके; परन्तु अपनी 'मर्यादा' में अन्तर नहीं आने दिया। अब भी किसी नौजवान के इस प्रकार के कारनामों का वर्णन करते कोई जाट अपनी लम्बी दाढ़ी फटकारकर कहता—शाबा ओए डिंग्या, डिंगा ई रया। अर्थात् टेढ़ा टेढ़ा ही रहा; सीधा न हो सका। कुछ कहते थे कि यह नाम प्रसिद्ध होने का कारण यह है कि इसे बसानेवाले का नाम डिंगासिंह था, वह बड़े शील स्वभाव का व्यक्ति था। गुरु का सेवक था और गुरुवाणी का पाठ बड़े प्रेम से करता था। परन्तु बहुत कम लोगों को ही इस बात पर विश्वास था, क्योंकि इससे उनके कर्त्तव्य में अन्तर आता था। कहते—अरे भाई! गुरुद्वारे के भाइयों (पुजारियों) की उड़ायी हुई बातें हैं। भला कहाँ सरदार डिंगासिंह और कहाँ यह पुण्य-कार्य! अजी, डिंगासिंह वह व्यक्ति था, जिसने फिरंगी का राज्य मानने से इन्कार कर दिया था। पहले-पहल जब गरेजों (अंग्रेजों) ने धोखे से सिखों को लड़ाई में हरा दिया, शेरे पंजाब महाराजा रणजीतसिंह से किये हुए वायदों से मुकर गये और सारे पंजाब पर अपना अधिकार जमा लिया तो केवल सरदार डिंगासिंह ने यह बात मानने से इन्कार कर दिया कि पंजाब पर सिखों की बजाय फिरंगी का शासन हो गया है। उसने साफ़ कह दिया कि यहाँ अब भी सिख-कानून ही चलेगा; मैं नहीं जानता फिरंगी का कानून क्या है। अतएव उसने अपने वचन का पालन करने के लिए एक टीले पर अपना डेरा जमा लिया। आने-जानेवाले यात्रियों और सौदागरों पर, उस मार्ग से गुज़रनेवाले माल से लदे प्रत्येक छकड़े, ऊँट, गधे, घोड़े आदि पर अपना लगाया हुआ कर वसूल करने लगा। लोगों ने बहुत बावेला मचाया। फिरंगी के दरबार में दुहाई दी, तो फिरंगी ने अपने आदमी डिंगासिंह का

मिज़ाज ठिकाने लगाने के लिए भेजे। डिंगासिंह भी कुछ ऐसा-वैसा न था और फिर सच्चे बादशाह गुरुगोविन्द सिंह जी महाराज ने जो फरमाया है कि—

सवा लाख से एक लड़ाऊँ
तभे गोविन्दसिंह नाम धराऊँ

डिंगासिंह ने उल्टे उन्हीं के मिज़ाज ठिकाने लगा दिये और वे ऐसे सरपट भागे कि पलटकर देखा भी नहीं। इस पर फिरंगी को बड़ा गुस्सा आया, उसने और अधिक सिपाही भेजे। इधर डिंगासिंह ने कई निहंग सिंहों को इकट्ठा कर लिया। परिणामस्वरूप फिरंगी के सिपाही मुकाबला किये बिना ही भाग निकले। किसी ने फिरंगी सरकार को समझाया कि यूँ ही सोते शेरों को जगाकर उन्हें फिर से न ललकारो। अतएव फिरंगी ने आगे के लिए कान पकड़ लिये और जो कोई शिकायत लेकर जाता तो उसे यही मशविरा दिया जाता कि या तो डिंगासिंह को कर दे दिया करो या फिर उस रास्ते से गुज़रना ही छोड़ दो।

वास्तविकता कुछ भी हो, इसमें सन्देह नहीं था कि यहाँ के लोगों के मिज़ाज में कोई अन्तर नहीं आया था। कौन जाने यह कथा सर्वथा यथार्थ से हीन भी न हो, क्योंकि अंग्रेजी सरकार ने डिंगा से लगभग डेढ़ मील उधर दो बार रेलवे स्टेशन बनाने का प्रयत्न किया। इस बात का ढिंढोरा पीटा गया और कहा गया कि आसपास के गाँवों के लोगों को बहुत-सी सुविधाएँ प्राप्त हो जायेंगी। परन्तु डिंगा के जवानों में इतना धैर्य कहाँ था। एक बार तो टिकट बाबू की लाश टेलीफोन के खम्भे के साथ लटकती हुई पायी गयी। उसके मुँह में लाल झण्डी ठुँसी हुई थी और बाछों पर रक्त जमकर रह गया था। वह स्टेशन तोड़ दिया गया। फिर कुछ वर्षों के बाद अन्य गाँवों के लोगों के प्रार्थना पत्र पहुँचे तो पुनः स्टेशन की स्थापना की गयी। इस बार वहाँ एक कान्स्टेबिल, एक असिस्टेण्ट और एक सिपाही को भी नियुक्त कर दिया गया; परन्तु दो सप्ताह भी न बीते थे कि एक दिन देखा गया कि स्टेशन पर उन तीनों में से एक भी मौजूद न था। खोज करने पर सिपाही की लाश स्टेशन की दो कमरों की इमारत की पिछली ओर दीवार के सहारे टिकी मिली। सिपाही का हाथ इस तरह उठाकर स्टूल पर रख दिया गया था मानो वह सामने की ओर संकेत कर रहा हो। उसी ओर कुछ दूर जाने के बाद खेतों में असिस्टेण्ट की लाश बिछा दी गयी थी। वह भी हाथ से आगे की ओर संकेत कर रहा था। आगे जाकर जौहड़ में कान्स्टेबिल की लाश पानी पी रही थी और भूमि पर गुरुमुखी अक्षरों में लिखा था—

एथे स्टेशन न बना फरंगिया
लन्दन दी कुरसी हिल जाऊगी।

अर्थात् ऐ फिरंगी, इस स्थान पर स्टेशन न बना अन्यथा लन्दन का राज-सिंहासन हिल जायेगा।

पहली बार तो डिंगा के कुछ आवारा जवानों ने स्टेशन को लूटने के विचार से बाबू को क़त्ल कर दिया था और दूसरी बार केवल हठ के कारण। यह उजड्डपन केवल इसलिए था कि एक बार डिंगा निवासियों ने निर्णय कर लिया था कि यहाँ स्टेशन न बनने देंगे तो अब चाहे धरती इधर-से-उधर हो जाये उस प्रण का पालन किया जायेगा। इस घोर रक्तपात की बड़ी तन्मयता से खोज की गयी। कुछ बदनाम बदमाशों को बेतरह पीटा गया, परन्तु पर्याप्त प्रमाण न मिलने से हाईकोर्ट ने मुलज़िमों की अपील मंजूर करके उन्हें बरी कर दिया। उसके बाद वहाँ जाने को कोई बाबू तैयार न होता था। इसलिए पुनः स्टेशन स्थापित करने का प्रयत्न ही नहीं किया गया। यह डिंगावालों की बहुत बड़ी विजय समझी गयी। जरायमपेशा बूढ़ों की आँखों में, इस कारनामे का ज़िक्र छिड़ने पर अब भी भेड़िये की आँखों जैसी तेज़ी और चमक उत्पन्न हो जाती थी—यद्यपि जब कभी उन्हें गाड़ी पर सवार होने की आवश्यकता होती तो पहले नौ-दस मील पैदल चलना पड़ता था परन्तु इस उल्लास में कि उन्होंने वहाँ स्टेशन स्थापित न होने दिया था, वे प्रसन्नतापूर्वक ये सब कष्ट झेल लेते थे।

डिंगा बहुत बड़ा गाँव था। हिन्दू, मुसलमान, सिख सभी रहते थे, सिखों की संख्या चालीस प्रतिशत से भी कुछ ऊपर ही थी। इन लोगों के सम्बन्ध में दूसरे चाहे कुछ भी सोचें, परन्तु वे परस्पर मिल-जुलकर रहते थे। धर्म का ख़्याल तो अवश्य रखा जाता था, परन्तु इस आधार पर कोई लड़ाई-झगड़ा नहीं होता था। सारा गाँव एक बड़े कुटुम्ब की तरह था। उनमें कुछ व्यक्ति ऐसे भी थे जो अपने पड़ोसियों को धोखे दे सकते थे या एक-दूसरे का भेद प्रकट कर सकते थे, परन्तु वे गिने-चुने ही थे, और वे लोग भी अन्य लोगों से इतने भयभीत थे कि गाँववालों की इच्छा के विरुद्ध ज़रा भी इधर-से-उधर न हो सकते थे। मज़े की बात यह थी कि गाँव में साहूकार भी मौजूद थे। यूँ तो वे अलग खिचड़ी पकाते और स्वयं को जन-साधारण से कुछ उच्च ही समझते थे, परन्तु यहाँ उनकी दाल न गल पाती थी। उन्हें पता था कि यदि उन्होंने कुछ चूँ-चरा की तो एक ही रात के अन्दर-अन्दर उन्हें इस ढंग से ठिकाने लगा दिया जायेगा कि उनकी हड्डी-पसली ढूँढ़े न मिलेगी। गाँववाले उनसे ऋण भी लेते। सूद तो एक ओर, वे असल ही वसूल करके जान की ख़ैर मानते थे। वास्तव में उनका कारोबार आसपास के गाँववालों के बूते पर चल रहा था, अन्यथा यदि उनकी आय अपने गाँव पर ही निर्भर होती तो कभी के दीवाला पिटवाकर वहाँ से जा चुके होते।

पालीसिंह का परिवार किसी समय गाँव-भर में बड़ा महत्त्व रखता था, रुपये-पैसे तथा दबदबे के लिहाज़ से। परन्तु जब बुरे दिन आये तो सब-कुछ हाथ से जाता रहा। परिवार के बचे-खुचे लोगों का मान तो वही था—अर्थात् उसी धौंस से बात करना, ज़रा-ज़रा-सी बात पर सिर-धड़ की बाज़ी लगा देना; और लोग उनसे डरते भी थे। परन्तु वास्तव में वे आर्थिक रूप से बिलकुल खोखले हो चुके थे। उनके बड़े-

बूढ़ों ने अपने समय में डाकेजनी का पेशा अपनाया। कुछ इधर-उधर की लड़ाइयों में मर-खप गये। कुछ फाँसी पर गये और कुछ जेलों में सड़ रहे थे। ले-देकर एक पालीसिंह रह गया था या उसका बड़ा भाई। भूमि का अधिक भाग मुकदमेबाज़ी में उठ चुका था। जो थोड़ी बहुत रह गयी थी, उसे पालीसिंह के बड़े भाई लहनासिंह ने सँभाल लिया था। शुरू-शुरू में उसकी बुद्धि में भी फ़र आने लगा था, परन्तु जब उसका विवाह हो गया और बच्चे भी पैदा हो गये तो वह बड़ी शान्ति से खेती-बारी करने लगा। पालीसिंह छोटी उम्र में ही कलकत्ते भाग गया। उसकी माँ, जो शक्ल-सूरत और शारीरिक रूप से राक्षसी प्रतीत होती थी, गली में खड़े होकर बड़े ज़ोर-ज़ोर से रोया करती, परन्तु उसकी चर्बी-चाम में कोई अन्तर न आया था। यूँ वह मुँह बिसूरकर हर एक से शिकायत करती कि जब से मेरा पाली खो गया है मेरे तन को रोग-सा लग गया है, न कुछ खाती हूँ, न पीती हूँ, यदि खाऊँ भी तो तन को लगता नहीं...। लोग उसके डील-डौल और उसकी इस प्रकार की बातों की तुलना करके उसकी पीठ पीछे हँसते थे, क्योंकि उसके सम्मुख उसकी किसी बात पर सन्देह करना मानो बैठे-बिठाये विपत्ति मोल लेना था। वह बड़े तेज़ स्वभाव की और हथछुट स्त्री थी। उसे पुरुषों के मुकाबले में लट्ठ लेकर लड़ने में भी संकोच न होता था। एक बार गाँव ही के एक बदमाश की साज़िश से कुछ डाकू आये। यद्यपि उन्हें सफलता न प्राप्त हुई परन्तु गाँव के कुछ व्यक्तियों के घायल हो जाने के कारण थानेदार सिपाहियों-सहित आ धमका। पालीसिंह की माँ सिन्दा को भी गवाही के लिए तलब किया गया। वह नियमानुसार अपने बड़े-बड़े हाथ घुमा-घुमाकर ऊँचे स्वर में कहने लगी, "जब लहने का बापू (बाप) ज़िन्दा था तो क्या मजाल जो कोई चोर-डाकू गाँव में घुसने का नाम ले..." यह सुनकर लोगों के होंठों पर व्यंग्यपूर्ण मुस्कराहट उत्पन्न हुई क्योंकि सारा इलाका जानता था कि लहने का बापू (लहना तथा पालीसिंह का बाप) स्वयं बहुत बड़ा डाकू था, जिसे अन्त में फाँसी पर लटका दिया गया था। परन्तु सिन्दा किसी की मुस्कराहट पर ध्यान दिये बिना कहती चली गयी, "वाह गुरु, वाह गुरु...अब तो कलयुग आ गया है (जैसे पाली के बापू के दिनों में सतयुग था)! लोग डाके डालने के लिए हमारे गाँव पर ही चढ़ दौड़ते हैं और जब लहने का बापू..."

लोगों में से किसी ने व्यंग्यपूर्ण अन्दाज़ से कहा, "हा...हा...बड़ा ही नेक था बेचारा लहने का बापू..."

सिन्दा ने सन्देह भरी नज़रों से उस व्यक्ति की ओर देखा, परन्तु उसे गम्भीर पाकर फिर अपना मुँह खोला, "हाँ जी, उसकी क्या बात थी, वह गाँव में न तो डाकुओं को घुसने देता था और..." यह कह उसने क्षण-भर के लिए तीखी नज़रों से थानेदार की ओर देखा, "और न...न...थानेदार को..."

इस पर थानेदार सहित सब लोग क़हक़हा लगाकर हँसे।

यह था भी सत्य। लहने के बापू के दिनों में तो डिंगा गाँव चोरों, डाकुओं और जरायमपेशा लोगों का गढ़ बना हुआ था, परन्तु क्या मज़ाल जो गाँववालों में से किसी की एक धेले की भी चोरी हो जाये। केवल एक बार मौजू माछी ने इस प्रकार की हरकत की थी। लहने के बापू को जब इस बात का पता चला, उस समय वह पीपल के नीचे एक मुगदर के पास बैठा खुसिये खुजा रहा था। यह समाचार मिलते ही उसने तीन मन का मुगदर उठाया और सीधा मौजू माछी के पास पहुँचा, और इससे पूर्व कि उसके मुँह से कोई बात निकल सके अथवा वह भाग निकलने ही की सोच सके उसने मुगदर उसके सिर पर दे मारा और उसने वहीं दम तोड़ दिया। यह सब-कुछ भरे गाँव में हुआ, परन्तु इस पर भी उसके विरुद्ध कोई विशेष कार्यवाही न हो सकी। छह-सात मास के अन्दर-अन्दर सारा झगड़ा समाप्त हो गया। और यह भी सत्य था कि उन दिनों पुलिस भी उस गाँव में प्रवेश करने से कतराती थी। उन बदमाशों के फैले हुए जाल में कभी-कभी पुलिस के बड़े-बड़े अफसर भी फँस जाते थे। लहने के बापू ने एक बार हथकड़ियों के बावजूद दोनों हाथ से जूता पकड़ पुलिस थानेदार को पीट डाला। उसके साहस और बल की तो उसके शत्रु भी सराहना करते थे। यह भी एक वास्तविकता है कि डिंगासिंह और छम्माँ डाकू के बाद लहने के बापू ने ही अपने नाम का डंका बजाया।

बाहरवाले लोगों के दिलों में तो सिन्दा के नाम की भी धाक बैठी हुई थी। अपनी गली में तो वह किसी अपरिचित बदमाश को एक पल के लिए न टिकने देती। सिन्दा डाके-चोरी को बुरा न समझती। यदि बुरा समझती थी तो इस बात को कि उसके परिवार के अतिरिक्त या अधिक-से-अधिक उनके गाँववालों के अतिरिक्त भला कोई ऐसा साहस ही क्यों करे। यदि बहुत हुआ तो वह एक जाट की बदमाशी की उपेक्षा कर सकती थी। एक बार जब गाँव का एक हिन्दू लड़का जवान होकर बढ़-बढ़कर लड़ाइयों में भाग लेने लगा तो उसने विचित्र प्रकार से नाक-भौं चढ़ाकर कहा, ''वाह गुरु, वाह-गुरु! घोर कलयुग आ गया। अब तो बनिये भी लाठियाँ घुमाने लगे!''

लहने के बापू का देहान्त उस समय हुआ जब पाली की आयु दो-ढाई वर्ष की थी। बेचारे पाली को बाप की सूरत देखनी भी नसीब न हुई। उसकी मृत्यु के बाद जब सिन्दा ने बुढ़ापे में प्रवेश किया तो पहले जैसी आन-बान तो रही नहीं थी इसलिए उसके मन पर पीड़ा का भाव छाने लगा; परन्तु वह किसी से दबकर नहीं रहती थी। उसे वाह गुरु अकाल पुरख पर पूर्ण विश्वास था। पाली के बाप के दिनों में तो लोगों पर उनका बहुत दबदबा था। फिर जब उस दबदबे में अन्तर आने लगा तो सिन्दा को ऐसा अनुभव होने लगा जैसे लोग उसके साथ अन्याय कर रहे हैं और उसका जो आदर होना चाहिए, नहीं होता। लहनासिंह बड़ा हो चुका था, और उसे माँ से इतना लगाव भी नहीं था, इसलिए पाली ही सिन्दा के प्यार का केन्द्र बन गया। पाली अभी बालक ही था कि वह जबरदस्ती मक्खन की गोलियाँ उसके कण्ठ में से नीचे उतारने

लगी। उसे पाली के आहार की बड़ी चिन्ता रहती थी। वह नन्हें पाली को अनाथ समझती थी। बेचारे के सिर से बाप की छत्र-छाया उठ चुकी थी। उसके अतिरिक्त कौन था, जो उस मासूम की देख-रेख करे। अतएव मक्खन, दही, मलाई, दूध आदि से पाली के पेट का तन्दूर भरे रखती। और पाली की सूरत से उसका अनाथ प्रकट होता तो एक ओर रहा, वह उलटे बाप की तरह हिंसक दिखायी देता था। भेड़िये की-सी चिरी हुई बाछें थीं उसकी, ऐसा जिद्दी और मुँहतोड़ कि ज़रा हाथ-पाँव निकालते ही उसने माँ को चोटी से पकड़कर आँगन में घुमाना शुरू कर दिया। छोटी-सी आयु में उसने गली और फिर गाँव भर के लड़कों का नाक में दमकर दिया था। हथ-छुट ऐसा कि ज़रा-सा क्रोध आया तो धड़ से थप्पड़ अगले के मुँह पर। पेटू होने के कारण वह नाक के स्थान पर मुँह से श्वास लेता था और जब अपने शत्रु पर झपटता था तो ऐसी तेजी से जैसे उसकी जान लेकर ही छोड़ेगा। बड़े-बूढ़ों को इस छोकरे के लक्षण कुछ अच्छे नज़र न आ रहे थे। एक दिन वह अचानक गाँव से गायब हो गया। कई दिन से वह चैनलाल पंसारी से तकाजा कर रहा था कि उसे शहर की सैर करा लाये। चैनलाल भी वायदा करता था परन्तु कई दिनों तक उसे शहर जाने का अवसर न मिला। शायद पाली के लिए अधिक प्रतीक्षा करना कठिन हो गया। वह स्वयं ही गायब हो गया। फिर क्या था, सिन्दा ने सारा गाँव सिर पर उठा लिया। बीच मैदान में खड़े होकर भूरी भैंस की तरह कूल्हा हिला-हिलाकर और भौं-भौं करके जो रोने पर आयी तो बस दरिया ही बहा दिया। चैनलाल ने यह हालत देखी तो भगवान् को लाख-लाख धन्यवाद दिया कि यदि वह ऐसे नटखट छोकरे को अपने साथ शहर ले जाता और वहाँ कहीं वह गायब हो जाता तो अवश्य ही उसे चैन की बाँसुरी बजानी भूल जाती, बल्कि पंजाबी वाक्य व्यवहार के अनुसार संसार में से उसका 'दाना फक्का'[१] ही उठ जाता। सिन्दा के बाबेला मचाने पर कुछ लोग शहर को दौड़ाये गये। उन्होंने कोना-कोना छान मारा; परन्तु सुपुत्र को न मिलना था, न मिला।

सिन्दा ने भी अपने चहेते पुत्र के वियोग में यह नियम बना लिया कि प्रात: उठकर बासी रोटी पर मक्खन का गोला धरा और चट कर गयी। फिर कुछ देर के लिए मुँह बिसूर लिया। दोपहर के खाने के समय थोड़ा-बहुत रो-धोकर भरपेट भोजन किया और सो गयी।

इस दूसरे आघात से सिन्दा के हृदय को काफ़ी दुःख पहुँचा। चिड़चिड़ेपन में भी अधिक नहीं तो उन्नीस-बीस का अन्तर अवश्य दिखायी देने लगा। बुढ़ापे के कारण शरीर में भी शिथिलता उत्पन्न हो चली थी, इसलिए केवल मौखिक रूप से 'वाह गुरु, वाह गुरु' कहने पर सन्तोष करने की अपेक्षा उसने प्रतिदिन तो नहीं प्रति संक्रान्ति गुरुद्वारे में जाकर गुरुवाणी सुनना भी आरम्भकर दिया। ग्रन्थी जी के सुन्दर लम्बी-

---

१. दाना-पानी।

लम्बी मूँछों में छिपे मुँह से निकलती हुई सच्चे गुरु की सच्ची वाणी का यद्यपि वह एक शब्द भी न समझ पाती थी, परन्तु बड़े ध्यान से उसके मुँह की ओर देखती रहती थी। और हर सम्भव ढंग से अपने मन को विश्वास दिलाने का प्रयत्न करती कि वह अवश्य ही अच्छी बातें कह रहा है।

कई वर्ष के बाद जब कलकत्ते से उसके बेटे पालीसिंह का पत्र आया तो बस वह बावली ही हो गयी। उसने कई व्यक्तियों से वह पत्र पढ़वाया ताकि किसी सन्देह की सम्भावना न रहे। यहाँ तक कि उसे सारा पत्र जबानी याद हो गया। उसने गाँव की प्रत्येक स्त्री को यह समाचार सुनाया। रास्ता चलते वह किसी स्त्री को देखकर रुक जाती...

''हाँ भैन (बहन)...मेरे बेटे पाली की चिट्ठी आयी है काले-कुत्ते से।''

वह स्त्री रुक जाती, ''भला हुआ बहन, तूने पहले भी बताया था।''

कई स्त्रियों को वह यह समाचार दो-दो, तीन-तीन बार सुना चुकी थी। परन्तु वह हर बार यही समझती कि वह पहली ही बार यह समाचार सुना रही है। यह जानकर कि उसने यह समाचार दोबारा सुना दिया है वह अपनी गँदली आँखें उठाकर उस स्त्री के मुख पर गाड़ देती। उसकी आँखों के कोनों की झुर्रियाँ और भी घनी हो जातीं और उसके मुख पर एक प्रकार की वेदना के चिह्न उभर आते। इस पर वह स्त्री पूछ लेती—

''तो बहन, वहाँ क्या काम करता है?''

इस पर सिन्दा की भयानक बाछों पर फैली हुई मुस्कान बड़ी विचित्र-सी दिखायी देती। कृतज्ञता के वशीभूत वे गँदली आँखें जल की हलकी तह में डूबकर और भी परे चली जातीं।

''कालेकुत्ते में डरेबर (ड्राईवर) है...मोटर चलाता है।''

सुननेवाली स्त्री को बहुत आश्चर्य होता कि पाली और यह काम करे।

कुछ ही दिनों में सिन्दा ने निश्चय कर लिया कि वह अवश्य पाली से मिलने कलकत्ते जायेगी। यद्यपि उसके पास रुपये थे परन्तु उसने बिना टिकट ही जाना उचित समझा। रास्ते में गाड़ी से उतारी भी गयी, लड़ाई-झगड़े भी हुए, परन्तु वह लड़ते-झगड़ते कलकत्ते पहुँच ही गयी...वहाँ पहुँचकर जब उसने पाली को देखा तो उसे पहचान न सकी। कहाँ वह छोटा-सा लड़का और कहाँ अब उसकी पगड़ी का उठा हुआ शमला छत को छूता था। जब उसने उसे पहचान लिया तो रोने लगी।

वह कुछ दिन बेटे के पास रही। वह उसे अपने साथ गाँव ले जाना चाहती थी; परन्तु पालीसिंह ने कहा कि वह कुछ दिनों के बाद आयेगा। जब वह विदा होने लगी तो पाली ने उसका टिकट ख़रीदने के विचार से पैसे निकाले। उसने उन्हें लेकर अपने पल्ले में बाँध लिया। कहने लगी, ''मैं आगे जाकर ख़ुद ही ले लूँगी, तू फिकर न कर।''

वापसी पर फिर बिना टिकट ही आयी और आते ही इस पाप के प्रायश्चित स्वरूप संक्रान्ति के दिन सवा रुपये का कड़ाह प्रसाद (हलुआ) करवा दिया। गाँव भर में घूम-फिरकर घर-घर अपने बेटे के सम्बन्ध में सब बातें पहुँचाईं। अपने विशेष ढंग से उसने बेटे की शक्ल-सूरत और साहस तथा बल का भी वर्णन कर डाला। उसने यह भी कह सुनाया कि अब वह निकट-भविष्य में ही गाँव वापस आयेगा। लोगों को एक प्रकार की धमकी थी कि तुम जो आजकल हमारा दबदबा नहीं मानते, मेरा बेटा आकर लट्ठ से सब-कुछ मनवा लेगा।

गाँव पहुँचकर सिन्दा ने पत्रों का ताँता बाँध दिया और हर पत्र में बेटे को गाँव आने की बार-बार ताकीद की जाती थी।

परन्तु उसका लाड़ला इस बीच में जेल की हवा खाने चला गया। पत्रों का उत्तर भी न आता था। आख़िर जब वह एक बार फिर 'काले-कुत्ते' जाने को तैयार हो रही थी तो पाली के एक मित्र का पत्र आया जिसमें लिखा था कि पालीसिंह सेना में भर्ती होकर बर्मा चला गया है, छुट्टी मिलने पर गाँव पहुँच जायेगा। यह पत्र कदाचित् पाली के कहने के अनुसार ही लिखा गया था।

इस पर सिन्दा चुप हो रही। दिन में दो घड़ी 'वाह गुरु-वाह गुरु' का जाप करके प्रार्थना करती कि उसका पुत्र लड़ाई से सुरक्षित वापस पहुँच जाये। अतएव एक दिन उसकी प्रार्थना स्वीकार कर ही ली गयी। संयोगवश उस दिन उसने उठते ही पहला कार्य यह किया कि जौहड़ से तीन-चार तसले गीली मिट्टी ले आयी और अपने मकान की कच्ची दीवारें, जो यहाँ-वहाँ से उखड़ गयी थीं, उन्हें गीली मिट्टी से भर दिया और अपनी बहू की सहायता से भुस मिले पतले गोबर से सब दीवारें पोत डालीं। कहीं दोपहर तक यह कार्य समाप्त हुआ। फिर बहू ने जल्दी से खाना खाकर घर के सब बर्तन माँजकर चमका दिये और उन्हें ढंग से टिका दिया। इसी बीच में सिन्दा चर्खा घुमाती रही। जो भी स्त्री मिलने आती, कहती, "बेबे, आज तो घर जगमग-जगमगकर रहा है। आख़िर किस बात की तैयारियाँ हैं ये?"

इस प्रकार की बातें सुनकर बहू की नाक प्रसन्नतावश लाल हो जाती परन्तु सिन्दा बड़ी गम्भीरता से कहती—"अरी, तैयारियाँ किस बात की होंगी, इधर कई दिनों से लिपाई नहीं हुई। तुम जानो, बहू ठहरी नौजवान—आज जो काम करने पर आयी तो देख लो, दोपहर तक सारा घर भीतर-बाहर से लीप डाला...अब हमारा क्या है, एक साँस आयी, दूसरी की ख़बर नहीं..."

"तुम तो सदा से यही कहती आयी हो। आख़िर तुम्हें हुआ क्या है। भगवान् सौगन्ध, जैसा स्वास्थ्य तुम्हारा है, गाँव भर में किसी का न होगा। अपनी आयु की ओर भी तो देखो, इस पर भी कैसा दम-खम है..."

बुढ़िया मन-ही-मन प्रसन्न हुई परन्तु ऊपर से नाक-भौं चढ़ाकर बोली, "अब क्या है, हमारा खाया-पहना तन को नहीं लगता जब से मेरा पाली..."

सन्ध्या समय जब सिन्दा तन्दूर जलाने के लिए छत पर से कपास की सूखी छड़ियाँ लेने गयी हुई थी और उसकी बहू अपनी चुंधी आँखों से आँगन में बैठी चर्खे की तकली सीधी कर रही थी, ड्योढ़ी पर भारी-भारी कदमों की भनक सुनकर उसने सिर उठाया तो देखा कि ड्योढ़ी के दरवाज़े में से एक लम्बा-तड़ंगा पुरुष सिर झुकाकर गुज़रा और आँगन में आ खड़ा हुआ।

बहू ने पराये पुरुष को देखते ही छोटा-सा घूँघट निकाल लिया और कनखियों से देखने का प्रयत्न करने लगी कि आख़िर यह है कौन? गाँव के पुरुषों को तो वह पहचानती थी; परन्तु उस घनी भवों, गरुड़ की-सी तेज़ आँखोंवाले व्यक्ति को वह न पहचान सकी। उसका पति बाहर गया हुआ था। बच्चे गली में खेल रहे थे। आख़िर वह पूछने को ही थी कि भई तुम कौन हो कि सहसा सिन्दा ने छत पर से आँगन में झाँक लिया, और उसका मुँह खुले-का-खुला रह गया और उसके मुँह से मानव तथा पशु का मिला-जुला-सा स्वर निकला, "अरे पाली!"

अच्छा हुआ कि सिन्दा ने छत पर से ही आँगन में छलाँग नहीं लगा दी, बल्कि सीढ़ियों की ओर लपकी और यूँ आवाज़ आयी जैसे किसी ने सीढ़ियों पर भारी सिल लुढ़का दी हो। नीचे पहुँचते ही बगुले-की-सी तेज़ी से वह बेटे के गले से चिपट गयी।

उस समय बहू को याद आया कि उस दिन प्रातः से सन्ध्या तक कौआ मुँडेरे पर कायँ-कायँ करता रहा था और उसकी आँख भी फड़कती रही थी।

जब सिन्दा कुछ अपने-आपे में आयी तो उसने अपना हाथ फैलाकर बहू की ओर संकेत करते हुए कहा, "अरे! तूने पहचाना नहीं, यह है तेरी भाभी—ताबाँ!"

पालीसिंह को भाभी के पाँव छूते समय आकाश से धरती पर उतरना पड़ा। भाभी ने भी उसका माथा चूमने की चिन्ता में मुँह जो बढ़ाया तो जल्दी में उसकी लम्बी नाक की नोक ही उसकी पगड़ी के सिरे को छू पायी। फिर उसने उसके सिर पर हाथ फेरकर दोनों हाथों की अँगुलियाँ अपनी कनपटियों पर जमा लीं मानो उसकी समस्त बलाएँ अपने सिर ले लीं। फिर जल्दी से दीवार के साथ लगी हुई एक खाट को घसीटकर आँगन के बीच डाल दिया। प्रसन्नता से सिन्दा के पाँव भूमि पर न टिकते थे। ताबाँ भी कुछ कम प्रसन्न न थी। शक्ल-सूरत तो उसकी ऐसी ही थी परन्तु हृदय विशाल और छल से खाली था। उसने भी सिन्दा के मुँह से उनके पूर्वजों के कारनामों की अतिशयोक्ति-पूर्ण बातें सुनी थीं। पहले तो उन्हें सुनकर वह सचमुच प्रसन्नता अनुभव करती रही परन्तु बाद में उसका उल्लास कम हो गया था। उसका पति बिलकुल मूढ़ और मोटी बुद्धि का व्यक्ति था। किसी पर रोब गाँठना तो जानता ही नहीं था। लड़ने पर आये तो व्यर्थ-सी बात पर लड़ पड़े और यदि प्रसन्न होने लगे तो वह भी निर्मूल-सी बात पर। उसे स्वप्न में भी ख़्याल न था कि उसका देवर ऐसा करारा जवान होगा। यद्यपि बचपन में पाली की आँखों में हिंसक चमक मौजूद थी परन्तु चूँकि उसने अभी हाथ-पाँव नहीं निकाले थे इसलिए गाँव की स्त्रियों ने उसका

वर्णन कभी विशेष रूप से नहीं किया था। वह तो उसे आँगन में खड़ा देखकर सचमुच डर गयी थी। कैसे गढ़े हुए नयन-नक्श और कैसी शरीर को आर-पार भेदती हुई दृष्टि थी उसकी। कैसा लम्बा, ऊँचा क़द और पौरुष-युक्त तेवर थे।

थोड़े समय के बाद बच्चे भी शोर मचाते घर लौट आये। परन्तु आँगन में एक अपरिचित को देख चुप हो गये। जब उन्हें समझाया गया कि यह व्यक्ति उनका सगा चाचा...'कालेकुत्ते' वाला चाचा है—कोई चोर, उठाईगीर अथवा कातिल नहीं, तो वे शरमा-शरमा कर उसके निकट आने लगे। पालीसिंह ने भी अपनी गठरी खोली और उसमें से शहरी मिठाई निकाल-निकालकर बच्चों को बाँटने लगा। मिठाई खाने के बाद बच्चों को एक सीमा तक उसके सगा चाचा होने का विश्वास हो गया। और जब उन्होंने देखा कि पीठ पर चढ़ बैठने पर भी वह उन्हें कुछ नहीं कहता तो फिर वे शीघ्र ही उससे हिल-मिल गये।

प्रात:काल की दाल बनी पड़ी थी। घरवालों का यह प्रोग्राम था कि चूल्हा गरम न किया जाये, केवल तन्दूर पर रोटियाँ पकाकर ले आयें और दाल ही से खा-पीकर सो रहें, परन्तु अब चूँकि पालीसिंह आ गया था इसलिए ताबाँ ने दो सूखे उपले तोड़-ताड़कर चूल्हे में ठूँस दिये और नीचे से कपास की कुछ नाज़ुक छड़ियाँ जलानी आरम्भकर दीं और बड़ी लड़की को बड़ियोंवाली हाँडी उठा लाने को कहा।

सिन्दा प्रसन्नतावश घर के भीतर-बाहर घूम रही थी। ड्योढ़ी के दरवाज़े के सामने से निकलनेवाले प्रत्येक स्त्री-पुरुष को पाली के आगमन का शुभ समाचार सुनाती थी। लोगों को पाली से क्या सरोकार हो सकता था। बचपन के साथियों के बड़े-बूढ़ों में से कई एक को उसकी मुखाकृति तक स्मरण नहीं थी; परन्तु चूँकि स्त्रियाँ इन विषयों में कुछ अधिक दिलचस्पी का प्रदर्शन करती हैं इसलिए वे भीतर चली आतीं। उसे दृष्टि भर देखने से सचमुच उसके व्यक्तित्व से प्रभावित होतीं। इधर-उधर की बातें करने के बाद आशीर्वाद देती हुई चली जातीं।

फिर उसकी माँ लहना को ढूँढ़ने घर से बाहर चली गयी। पालीसिंह चुपचाप खाट पर बैठा रहा। उसे उस वातावरण की अपरिचितता का बोध हो रहा था। भारत के एक बहुत बड़े शहर में कई वर्ष व्यतीत कर चुकने के बाद वह वापस लौटा था। आँगन के कोने में टिमटिमाता हुआ दीपक और वे मैले-कुचैले बालक—उसे ऐसा अनुभव होने लगा जैसे वह किसी अपरिचित स्थान पर आ गया हो और उसे कुछ-कुछ शंका होने लगी कि क्या वह यहाँ रह भी पायेगा अथवा नहीं। वास्तव में वह माँ के आग्रह के बावजूद भी आना नहीं चाहता था। परन्तु एकाएक उसे सरनी स्मरण हो आयी थी। धीरे-धीरे उसे यूँ अनुभव होने लगा था कि उनका मन सरनी के विरह में तड़पता रहता है। जैसे वह उसकी अपनी अमानत हो, अपना धन हो जिसकी देख-भाल करना, जिसे दूसरों के चंगुल से बचाना उसका प्रधान कर्त्तव्य हो।

वह अपने हाथ पीछे की ओर टेके खोयी-खोयी नज़रों से भाभी की ओर देख रहा था। उसके भाई का विवाह भी उसकी अनुपस्थिति में हुआ था। उसके मस्तिष्क में भाभी की जो कल्पना थी वह उससे सर्वथा विपरीत निकली। उसकी भाभी ताबाँ का शरीर गाँव की लड़कियों की भाँति ख़ूब हृष्ट-पुष्ट था। परन्तु मुँह पतला था; कुछ लम्बोतरा। आँखें चुंधी जिनके कोने लाल तथा सजल। यदि कोई वस्तु सुन्दर थी तो उसके बाल तथा छातियाँ। घने तथा लम्बे बालों की लम्बी चोटी ऐसी बोझल थी कि उसके सिर की थोड़ी-सी हरकत से तो उसमें डोल उत्पन्न ही न होता था। उसकी छातियाँ ख़ूब तनी तथा उनकी नोकें आगे की ओर निकली हुई थीं। सहसा भाभी ने चूल्हे की आग के प्रकाश में झलमलाता हुआ मुख ऊपर की ओर उठाया और उसकी ओर चुँधी आँखों से देखते हुए पूछने लगी, ''क्या देख रहे हो मेरी तरफ़?''

बड़े बटुए के मुँह की भाँति पालीसिंह का मुँह खुल गया और उसके सामने के एक दाँत में जड़ी हुई सोने की कील जगमगा उठी।

''क्यों, तुम्हारी तरफ़ देखना क्या पाप है?'' उसने बेतकल्लुफ़ी से कहा।

''कोई देखने की चीज़ भी हो!'' कहकर भाभी ने विशेष ढंग से सिर नीचे झुका लिया।

''हा-हा,...भाभी, देखने के लिए आँख चाहिए आँख! क्यों ठीक कहता हूँ न?''

ताबाँ का मन इस प्रकार के हँसी-मज़ाक को तरस गया था। भाभी देवर के सम्बन्ध ही में इस प्रकार के हँसी-ठिठोल की सम्भावना हो सकती थी और वह तो बचपन ही से बड़ी नटखट और हँसोड़ लड़की थी।

''तुमने बहुत अच्छा किया जो अपने घर चले आये। हाय, तुम कितने निर्मोही हो! तुम्हारा घर आने को जी तक न चाहता था!''

''क्यों नहीं...वाह भाभी! यह भी ख़ूब कही...'' पालीसिंह ने स्वाभाविक मधुरता से कहा, ''तुम्हें देखने को तो जी तरस गया था मेरा...''

ताबाँ असल नुक्ता समझ खिलखिलाकर हँस पड़ी।

''तुम तो बकते हो...याद करने की बात तो कुछ हमारे दिल से पूछो...तुमने तो मुझे देखा ही नहीं था और मैं यहाँ हर रोज़ बेबे के मुँह से तुम्हारी ही कथा सुना करती थी। तुम क्या जानो, तुम्हें देखने को कितना दिल तरसता था हमारा?''

पालीसिंह ने दाढ़ी खुजाते हुए कहा, ''लेकिन भाभी, मुझे देखकर तो तू सारी चौकड़ी भूल गयी होगी एक बार...मेरे दर्शन पाकर तो अच्छे-अच्छों के होश उड़ जाते हैं, भला तुम किस खेत की मूल हो...''

इस पर ताबाँ हाथ में बेलन पकड़कर उसे दिखा-दिखाकर धमकी के तौर पर हिलाने लगी।

"नहीं भाभी, सच कहो...धर्म से...बस, मेरी कसम तुम्हें जो झूठ बोला ज़रा-सा भी..."

ताबाँ ने बेलन एक ओर रख दिया, "नहीं, सच पूछो तो वाकई मैं डर गयी थी...आख़िर किस बाप के बेटे हो!"

"नहीं, भाभी, सच-सच बताओ, तुम क्या समझ बैठी?"

"कह तो दिया, बस डर गयी थी..."

"नहीं भई, ज़रा विस्तार से।"

"हटाओ, बस..."

"भई यूँ नहीं, हम तो पूछकर ही रहेंगे।"

ताबाँ ने दुपट्टा खींचकर सिर पर ओढ़ लिया और क्षण-भर के लिए उसकी ओर मुस्कराकर देखा। चुँधी आँखों में शरारत की चमक उत्पन्न हो गयी।

बच्चे भी उनकी झड़प में दिलचस्पी ले रहे थे। उनमें से एक ने कहा, "बता दो न माँ...जब चाचा भीतर आया तो तुमने क्या समझा कि कौन आ गया है?"

"पहले तो पाँव की धमक से मैं यह समझी कि हमारी ड्योढ़ी में कोई हाथी घुस आया है। फिर जब तुम आँगन में आ खड़े हुए, तो मैं जो ऊपर देखने लगी तो बस ऊपर-ही-ऊपर देखती चली गयी और मैंने दिल में कहा कि इस आदमी का मुँह भला कहाँ पर होगा..."

इस बात पर सब बच्चे खिलखिलाकर हँस पड़े।

"और जब मुँह दिखायी दिया तो पगड़ी के उठे हुए शमले यूँ दिखायी देते थे जैसे बादलों में घुल-मिल गये हों जाकर..."

इस पर बच्चों को फिर बड़े जोर की हँसी आयी और बच्चा खाट पर चढ़, चाचा की पगड़ी का उठा हुआ शमला ऊपर की ओर खींचकर जो सचमुच बादलों के साथ मिलाने लगा तो पगड़ी उतर गयी...।

"ओए-ओए, सूर दे पुत्तर!" (अबे ओ सुअर के बच्चे) पालीसिंह ने गाली दी और उचककर उस शरारती बच्चे को पकड़ना चाहा परन्तु वह चीखकर हँसता हुआ खाट से कूद पड़ा और तेज़ी से भागता हुआ परे हट गया।

घर में यह नयी चहल-पहल तथा रौनक देखकर ताबाँ का हृदय प्रसन्नता से गद्गद हो उठा। चहककर बोली, "अब पगड़ी उतार ही डालो, कब तक मेहमान बने डटे रहोगे?" यह कहकर वह उठी और उसके निकट चली गयी और उसके जूड़े को छू-छूकर बालों को ध्यानपूर्वक देखते हुए बोली, "मालूम होता है कि तुमने कई दिनों से बाल ही नहीं धोये...।"

"वाह भाभी, कुछ मालूम भी है। कितने दिनों से रेल में बैठा हुआ हूँ। इतने लम्बे सफ़र में बालों की जैसी भी बुरी गत हो कम है।"

"कम-से-कम नहा ही लो, थकान दूर हो जायेगी। कहो तो पानी भर दूँ कुएँ से।"

"मैं तो अभी-अभी नहाकर चला आ रहा हूँ।"

"कहाँ नहाये थे?"

"नदी में...।"

"क्या बाल भी भिगो डाले थे नदी के पानी में? मैं भी कहूँ आख़िर बालों में यह रेत कहाँ से आयी...।"

"नहीं भई, सिर नहीं डुबोया मैंने...बाल सुखाने का समय ही कहाँ था...और फिर नदी का पानी तो मुझे तुझसे भी अच्छी तरह दिख रहा था कि बाल धोने के योग्य नहीं हैं।"

"हाय रे, बड़ा आया मुझसे भी ज़्यादा देखनेवाला। तेरी आँखें कौन बड़ी हैं।"

"बड़ी नहीं, पर बिलकुल जीरा भी तो नहीं न!"

ताबाँ ने कोमलता से एक हाथ उसके टेंटुए पर रखते हुए कहा—"क्यों रे आते ही मेरे मुँह लगने लगा..."

"ओ हो, हो हो,...भई, देखना नाराज़ मत होना...तुम्हारा मुँह वहाँ, हमारा यहाँ..."

"अच्छा-अच्छा...कल सुबह ही तुझे पकड़कर बाल धो डालूँगी।"

"यह बात अब तक मेरी समझ में नहीं आयी कि औरतों को दूसरों को नहलाने और उनका सिर-मुँह धोने की इतनी चिन्ता क्यों रहती है। जब छोटा था तो माँ ने नाक में दमकर रखा था और अब तुम पैदा हो गयी हो।"

ताबाँ ने अपनी सीधी अँगुलियों से उसके गाल पर टहोका देते हुए कहा—"काका, मैं अब पैदा नहीं हुई हूँ बल्कि आज से पच्चीस-छब्बीस बरस पहले पैदा हो गयी थी, समझे!"

"हाँ, बस समझ गया।"

"तो फिर क्या विचार है?"

"हार मान ली हमने।"

"लो, ख़ूब याद आया, घर में बासी लस्सी भी पड़ी है।"

"अच्छी बात...बस इधर दिन निकला और उधर हमने अपना जूड़ा तुम्हारे हाथ में थमाया।"

"लस्सी को थोड़ा-सा गरम करके सिर में डालेंगे तो फिर देखना कैसे मैल निकलती है, और इसके बाद चुंदिया पर..."

"जूते!"

"हट मूर्ख...चुंदिया पर ठण्डा दही मल दूँगी।"

"और इसके बाद?"

"इसके बाद?...इसके बाद गाढ़ा अधरिड़का[१]।"

"आजकल कितनी भैंसें हैं?"

"दो, पर दूध एक ही देती है।"

इधर ये बातें हो ही रही थीं उधर सिन्दा भी लहनासिंह को कहीं से ढूँढ़ लायी। गली ही से उसकी तेज़ आवाज़ सुनायी देने लगी। लहनासिंह लपका चला आ रहा था! खद्दर का तहबन्द लहराता हुआ जब पालीसिंह के सम्मुख आ खड़ा हुआ तो प्रसन्नता से उसके चौड़े नथुने फड़कने लगे।

आँख झपकने की देर में दोनों ने पहले हाथ मिलाये, फिर आपस में गले मिल गये...और कुछ देर उसी तरह गले मिले रहे।

पति के आगमन से ताबाँ भी सुघड़ पत्नियों की तरह दुपट्टा खींच सँभलकर खड़ी हो गयी। सिन्दा दोनों हाथों की अँगुलियों को एक दूसरी में फँसाये बड़ी तन्मयता से दोनों बेटों के मिलन का दृश्य देख रही थी।

आख़िर दोनों भाई अलग हुए और एक-दूसरे के सामने खाट पर बैठ गये। लहनासिंह ने जल्दी-जल्दी दाढ़ी के बालों में अँगुलियों से कंघी करते हुए कहा, "बल्ले-बल्ले...पाली! सचमुच तेरा दिल बहुत सख़्त है। हम तुझे कभी याद तक न आये, कितना तरसाया तूने!"

पालीसिंह के मुख पर लज्जा की हलकी-सी लालिमा दौड़ गयी।

"क्या कहूँ भाई! बस समझ लो कि मेरे पाँव में चक्कर था। जिधर चक्कर ले जाता था मैं चला जाता था।"

ऐसे महत्त्वपूर्ण अवसर पर भाभी ने मौन रहना उचित न समझा। उसने ज़रा सँभलकर दार्शनिकता पूर्ण स्वर में कहा—"यह सब अन्न-जल की बात है।"

सिन्दा को अन्न-जलवाली बात बहुत प्रिय लगी। उसने भी सिर हिलाया—"हाँ, बस अन्न-जल...अन्न-जल।"

लहनासिंह ने पगड़ी में हाथ डालकर जूड़े को ज़रा ढीला किया—"वह जो गुरु साहब ने कहा है कि दाने-दाने पर मुहर लगी होती है...अब देख लो इसके भाग्य। यहाँ का अन्न खाना लिखा था सो हजारों मील तय करके यहाँ आ पहुँचा है।"

---

१. आधा बिलोया हुआ दही।

लहनासिंह को जब कभी अपने विचारानुसार कोई विशेष बात कहनी होती थी तो वह उसका उत्तरदायित्व गुरु साहब पर थोप देता था, "वह जो गुरु साहब ने कहा है..."

इसके बाद बातों की आँधी चल निकली। हर कोई कुछ-न-कुछ कहने पर तुला हुआ था।

लहनासिंह ने दोनों हाथों से संकेत करते हुए कहा—"छोटा-सा था पालीसिंह जब वह यहाँ से गया था। सब उसे पाली-पाली कहते थे। लो अब देखो कितना तगड़ा जवान निकला है!"

सिन्दा ने बुरी नज़र से बचाने के लिए कहा—"जवान कहाँ? बेचारे की तो हड्डियाँ निकली हुई हैं। बचपन में बापू मर गया। पाली बेटा, पूछ अपने भाई से कैसे अच्छे दिन थे तेरे बापू के ज़माने में। क्या मजाल जो कोई लहने को 'तू' भी कह दे। बेटा, तुझे तो बापू का मुँह तक देखना नसीब न हुआ। न तेरी वह ख़ातिरदारी हुई और न वह ख़ुराक। छुटपन ही में देस-बिदेस की ख़ाक छाननी पड़ी। और फिर बाज़ार की रोटी में रखा ही क्या है। मुँह देखो, कैसा सूख गया है, बेटा!"

सब ने पालीसिंह का जंगली-बिलाव ऐसा मुँह देखा और सुख की साँस ली।

ताबाँ बोली, "बेबे, चिन्ता न करो। घर में वाह-गुरु का दिया सभी कुछ है। खुली हवा में घूमेगा। खाये-पियेगा तो आप-ही-आप मुँह ठीक हो जायेगा।"

लहनासिंह को पत्नी की बात भली न लगी। खुली हवा में घूमेगा, खाये-पियेगा...इस तरह मुँह ठीक रहेगा—अर्थात् काम-धाम कुछ नहीं करेगा। यह सोच लहनासिंह ने बड़े प्रयत्न से सूखे कण्ठ को थूक से तर किया...

इधर ताबाँ ने भी अपनी चुंधी आँखों से सारी बात भाँप ली। चूड़ियाँ खनकाकर बोली—"आख़िर बड़ा भाई भी तो पिता के समान ही होता है।"

यह निशाना ठिकाने पर बैठा। लहनासिंह का उड़ता हुआ रंग लौट आया, बल्कि उसने हाथ बढ़ाकर पाली के कन्धे पर रखना कुछ अनुचित न समझा—"हाँ-हाँ, क्यों नहीं। तू हमारा वही नन्हा-मुन्ना पाली ही तो है जिसे हम गोद में उठाये-फिरते थे।" कहते-कहते उसका कण्ठ सचमुच भर आया और वह मस्तिष्क पर ज़ोर डालकर सोचने लगा कि वह कब पाली को गोद में उठाये फिरता था।

सिन्दा ने प्रतिक्षण तर होते हुए नथुनों को मैले आँचल से पोंछते हुए कहा—"भाइयों को तो लोग अपनी बाँहें कहा करते हैं...और इन दोनों में छुटपन ही से बड़ा मोह था।"

सिन्दा ऐसी भावुक नहीं थी कि वह सचमुच ही यह सोचने बैठ जाती कि उन दोनों में मोह कब था। इस बीच में पालीसिंह बड़ी दयनीय मुद्रा बनाये अपने बुज़ुर्गों के शुभ संकल्प तथा प्रेम भरी बातों को सुनता रहा। सम्भव है क्षण-भर के लिए

उसका मन भी भर उठा हो, परन्तु जब उसके चिरे हुए मुँह में से एक किनारेवाला 'कुत्ता' दाँत चमकता तो उसका चेहरा बड़ा भयानक दिखने लगता।

लहनासिंह को सांसारिक चिन्ताओं, परिश्रम आदि ने समय से पूर्व ही कुछ कमज़ोर कर दिया था। भूमि का अधिक भाग चूँकि मुकदमों में निकल चुका था इसलिए उसके मन में असहाय होने का भाव सदैव बना रहता था। उसने पालीसिंह की भाँति वीरतापूर्वक तूफानी लहरों में छलाँग नहीं लगा दी थी। कदाचित् वह छोटे भाई की भाँति चतुर भी नहीं था। जब माँ की बात से इस तथ्य का अनुभव हुआ कि भाई बाँह का काम देता है तो उसके मन को कुछ सन्तोष प्राप्त हुआ। जब उसने पालीसिंह के विशाल कन्धों, आगे को निकली चौड़ी और सपाट छाती और हिंसक तेवरों को देखा तो उसके मन में यह विश्वास उत्पन्न होने लगा कि अब उसके दुःखों में कमी आने लगेगी। सहसा उसने मुस्कराकर पालीसिंह की ओर देखा।

"पाली, मुझे तेरे वे मित्र बिशना और किशना भी मिले थे।"

"अच्छा!" पालीसिंह ने प्रसन्न होकर कहा।

"हाँ भई, उन्होंने ही तो बताया कि पाली आ गया है। पहले तो मैं समझा, हँसी करते हैं लेकिन जब वे कसमें खाने लगे तो मैं सब काम छोड़-छाड़कर गाँव की तरफ़ भागा..."

ताबाँ को यह बात सुनकर न जाने इतना आश्चर्य क्यों हुआ..."अच्छा तो...हम समझे बैठे थे कि बेबे तुम्हें ढूँढ़ने के लिए यहाँ से गयी है।"

सिन्दा यह आरोप सहन न कर सकी। आख़िर वह लहने को ढूँढ़ने के लिए नहीं तो क्या कबड्डी खेलने गयी थी। उसने मुँह फाड़कर कहा—"हाय रे, मैं तो लहने को ढूँढ़ने ही निकली थी!"

न जाने यह बात कहाँ-से-कहाँ पहुँचती, क्योंकि उन्हें अधिक दूर की नहीं सूझती थी, परन्तु जब लहने ने यह बात समझायी कि लौटते समय बेबे मार्ग ही में मिल गयी थी तब कहीं बात बनी।

"हाँ, तो मैं लहने को सारे गाँव में ढूँढ़ती फिरी। जब वह मिला ही नहीं, तो मैं क्या करती..."

इस पर लहनासिंह ने भी अपनी पोजीशन स्पष्ट करनी आवश्यक समझी—"बेबे, मैं गाँव में था ही नहीं, मिलता कहाँ से।"

इसी टैं-टैं में लहनासिंह को असली बात भूल गयी। हाथ से माथा दबाते हुए बोला—"मुझे एक बात याद आयी थी, भुला दी!"

सिन्दा ने इसे स्वयं पर हमला समझकर रक्षा के लिए कहा—"मैंने तो कुछ कहा नहीं।"

सहसा लहने को बात याद आ गयी—"हाँ, मैं...वह बात...बिशना कहता था कि हमारी लड़ाई हुई थी...हुई थी क्या?"

"ओह नहीं...नहीं तो...यूँ ही हँसी मज़ाक़।"

सिन्दा ने हाथ पर हाथ धरकर हँसते हुए कहा—"ह, ह, ह...दोस्त हैं न!"

इस पर लहने ने भी भद्रतापूर्वक कहा—"अहा, हा, हा...दोस्ती भी क्या चीज़ है!...और हाँ, वे लोग तो गाँव-भर में तुम्हारे आने की ख़बर मशहूर करना चाहते थे। उनका विचार था कि बचपन के सब साथियों को इकट्ठा करके हमारे यहाँ पहुँचे, पर मैंने रोक दिया।"

"हाय रे, तुमने क्यों रोक दिया?" सिन्दा को पाली के मित्र तक अत्यन्त प्रिय थे।

"नहीं, नहीं, मैंने कोई ऐसी-वैसी बात नहीं की,"—लहने ने इस बात का प्रमाण देने के लिए कि वह कभी-कभी बुद्धि की बात भी कह लेता है, बताना आरम्भ किया—"मैंने बड़े प्रेम से उन्हें समझा दिया कि अभी तो पाली थका हुआ होगा, सैकड़ों कोस का फासला तय करके आ रहा है। बेचारे को मिलना-जुलना क्या सूझेगा। आज तो बस खाना खाकर सो रहेगा...क्यों पाली?"

पालीसिंह को इसमें हँसने की तो कोई बात दिखायी नहीं दी, परन्तु भाई लहने अर्थात् अपनी बाँह को हँसते देख उसने भी अपने दाँतों का प्रदर्शन कर दिया।

इस प्रकार इधर-उधर की बातों के बाद खाना तैयार होने पर सबने मिलकर खाया और फिर अपने-अपने बिस्तर पर जाकर लेट रहे।

परन्तु नींद से पूर्व बातों के अतिरिक्त चारा ही क्या था। पालीसिंह भी कभी-कभी बोल उठता, परन्तु उस समय दूसरों के बोलने का समय था। पालीसिंह को प्रत्येक बात से सूचित करने के लिए घर की आर्थिक स्थिति से लेकर पूर्वजों के कारनामों तक हर प्रकार की बातें होती रहीं। पालीसिंह इन बातों में विशेष दिलचस्पी नहीं ले रहा था, उसे उलझन-सी हो रही थी। विशेषकर माँ और भाई की बातें तो बिलकुल फीकी थीं। एक भाभी थी जो कोई-कोई मजेदार बात कह देती थी। पालीसिंह के मन में यदि कोई कुरेद थी तो वह सरनो के सम्बन्ध में जानने की, परन्तु उसका जिक्र ही नहीं हो पाता था। मित्रों से तो वास्तविक स्थिति का पता न चल सकता था। उसकी माँ का सरनो के यहाँ आना-जाना अवश्य होगा। यदि वह इस समय बात उठाये तो अवश्य ही बहुत-सी बातें मालूम हो सकती हैं।

आख़िर बातें अपने घराने तथा सम्बन्धियों तक सीमित कैसे रहतीं। लहनासिंह ने जब बातों-बातों में यह चर्चा चलायी कि इस जंग में लोग बहुत धन कमा रहे हैं, तो सिन्दा ने सरनो के बाप निरंजनसिंह का ज़िक्र छेड़ दिया।

"निरंजनसिंह ही को देखो, बड़ा आदमी बना फिरता है। लड़ाई से पहले क्या था? यही कि दाल-रोटी अच्छी चल रही थी। ज़मीन ही का दिया खाते थे और जब लाम लगी (लड़ाई शुरू हुई) तो उसने काले बाज़ार में ख़ूब रुपया कमाया। अब

तो गर्दन तानकर चलता है... और तो और, लड़की को भी पढ़ने के लिए शहर में उसकी बुआ के पास भेज दिया। अब तो वह भी मिडिल पास है...''

पालीसिंह का दिल धड़कने लगा। उसके लिए तो काला अक्षर भैंस बराबर था।

''वाह गुरु-वाह गुरु!'' लहनासिंह ने कहना आरम्भ किया—''अब तो निरंजनसिंह की औरत का मिज़ाज भी बिगड़ गया है, क्यों बेबे?''

''हाँ, नहीं तो क्या झूठ?''

ताबाँ ने क्षीण स्वर में कहा—''पर बेबे, औरत का मिज़ाज इतना बुरा नहीं।''

''बुरा भी हो तो हमारा क्या बिगाड़ लेगी?'' सिन्दा ने नाक-भौं चढ़ाकर कहा।

पालीसिंह के मन में सन्देह उत्पन्न हुआ कि कहीं उसकी झगड़ालू माँ ने उन लोगों से सम्बन्ध तोड़ न लिया हो। विशेष ढंग से खाँसकर कण्ठ का बलगम साफ़ करते हुए बोला—''लेकिन माँ, तुम दोनों तो एक-दूसरे की धर्म की बहनें बनी हुई थीं?''

''अरे बेटा, जब पैसा आ जाये तो कौन किसका बनता है?''

''तो क्या अब उनके यहाँ आना-जाना नहीं है?''

''है क्यों नहीं, भाई!...आना-जाना भी है, बहनापा भी है!'' कहकर सिन्दा मन-ही-मन विचार करने लगी कि आख़िर उसे अपनी धर्म-बहन से शिकायत ही क्या है। फिर उसे ख़्याल आया कि वह गहने पहनने लगी है जो उसके पास नहीं हैं।—''लेकिन पाली, देखो तो, बूढ़ी होने को आयी है। उसका बड़ा बेटा तो लहनासिंह की उम्र का है पर बीबी 'शटल्लो' गहने पहनने लगी है!...यूँ भी ख़ूब बन-सँवरकर रहती है जैसे नयी-नवेली दुल्हन हो!''

इस पर ताबाँ ने दबे स्वर में कहा—''पर बेबे, अच्छे कपड़े पहनना तो कोई बुराई नहीं। जब वाह गुरु अकाल पुरख दे तो आदमी क्यों न पहने?''

बहू की इस बात पर सिन्दा का पारा चढ़ने लगा, परन्तु जब पाली ने भी भाभी का समर्थन किया तो उसकी उत्तेजना तुरन्त मन्द पड़ गयी। कोमल स्वर में बोली—''अच्छा तो लड़की को पढ़ाने से क्या लाभ? उसे मिडिल पास क्यों करवाया? वह तो उसे ऐं...ऐं...क्या नाम है भला सा...ऐण्ट्रन्स भी पढ़वा देते, पर वह मरदूद बैल की तरह बढ़ गयी। इसीलिए वे स्कूल से उठवाकर गाँव ले आये।''

यह पढ़ाने की बात पालीसिंह को भी बिलकुल पसन्द न आयी। वह पढ़ना-लिखना निकम्मों का कार्य समझता था। बचपन ही से सरनो उस पर कोई-न-कोई रोब गाँठे रहती थी। और नहीं तो उसे 'गन्दा चूहड़ा' कहा करती। अब यह नयी मुश्किल आ पड़ी। कमबख़्त न जाने क्या-क्या पढ़ गयी है? न जाने कैसी टर्र-टर्र बातें करेगी!

अपनी बात बनती देखकर सिन्दा ने पुनः कहना शुरू किया—"न जाने, भई ठीक है या नहीं, मैंने तो यह भी सुना है कि शहर में किसी कालेज के छोकरे के साथ फँस गयी थी।...भई, वाह गुरु ही जाने..."

यह सिन्दा की केवल मनगढ़न्त बात थी।

ताबाँ पहले भी कई बार यह बात उसके मुँह से सुन चुकी थी। वह यह जानती थी कि उसकी सास केवल ईर्ष्यावश ऐसे आरोप लगाने में संकोच नहीं करती थी।

"बेबे, यह तो किसी की उड़ायी हुई बात है, बिलकुल...वह बेचारी तो बिलकुल मासूम है।"

"होगा," सिन्दा ने बड़ी निश्चिन्तता से कहा—"हमें क्या लेना-देना है?...जो सुना सो कह दिया।...पर इतना तो तुम भी मानोगी कि जब से शहर होकर आयी है उसके रंग-ढंग ही और हो गये हैं।"

उन दोनों की बातें सुनते समय कभी तो पालीसिंह का ख़ून खौलने लगता और कभी सरनो से मिलने की इच्छा तीव्रतर हो उठती।

"हाँ, जब तीन-चार वर्ष शहर में बिताये हैं तो शहरवालों के से रंग-ढंग तो हो ही जायेंगे!"

"और फिर आँखों से कैसी चंचलता टपकती है! क्या लतर-लतर ज़बान चलती है!"

"यह तो न कहो, बेबे, गाँव की लड़कियाँ क्या कम हैं? रेशमा, प्रेमा, रत्नी, बेगमा क्या कम चंचल हैं?"

भाभी के इस उत्तर पर पालीसिंह को अनुभव हुआ कि वह उसकी मेरी भी बन सकती है। कदाचित् सरनो से उसका बहनापा भी है, अन्यथा इस प्रकार वह उसका पक्ष न लेती।

सिन्दा को कुछ-कुछ क्रोध आने लगा—"भई ताबाँ, अब तुम्हारे साथ माथा कौन मारे!"

लहनासिंह के ऊँचे होते हुए खर्राटे ने एकदम उसकी आवाज़ को दबा लिया।

झड़प-झंकार में किसी को इस बात का एहसास ही न हो पाया कि लहनासिंह कब सोया।

पालीसिंह ने दोनों में सन्धि कराने के विचार से कहा—"चलो हटाओ, आपस में झगड़ने से क्या लाभ?...आख़िर हमें उनसे क्या सरोकार?...मेरा मतलब है कि बेचारे हमारा तो कुछ नहीं बिगाड़ते न!"

सिन्दा ने दुपट्टा सिर से उतारकर उसे गोलकर लिया और अपने सिर के नीचे तकिये के तौर पर रख लिया। फिर बड़े भेदपूर्ण ढंग से सिर आगे की ओर बढ़ाकर

कहने लगी—"भई, मेरी तो बेटी समान है। मुझे उसका कोई दुःख तो नहीं न...मैं तो उसी के भले की कहती हूँ। अब देखो न, वह शहर से बालों में लिपक लगाना सीख..."

"क्लिप कहो, क्लिप, बेबे!" ताबाँ ने बात काटी।

सिन्दा के नथुनों से गुर्राते हुए कुत्ते की-सी गूँजदार तथा अजीब आवाज़ निकली। उसने एक बार उत्तेजित नेत्रों से ताबाँ की ओर देखा—"हाँ, तो जो भी हो...कलप...लपक,...अच्छा तो अब उसी पर लड़कों ने गाना बना लिया :

नंगा रावदी क्लिपवाला पासा
लोकां माने धुण्ड कढ़दी।[1]

तुम ही कहो।"

इस पर ताबाँ हँस पड़ी—'हाय, हाय!...बेबे, न जाने तुझे कौन ऐसी बातें बता देता है!...यह तो बहुत पुराना गाना है। हम जब बच्चे थे तो उस समय भी लोगों को यह गाना गाते सुना करते थे।

पालीसिंह भी भाभी के स्वर में स्वर मिलाकर हँसने लगा। इस पर सिन्दा खिसिया गयी और उत्तर में एक लम्बी-सी बनावटी जम्हाई लेकर करवट जो बदली तो कुछ ही देर बाद लहने के खुर्राटों से उसके खुर्राटों का मुकाबला होने लगा...अलबत्ता पालीसिंह कुछ देर तक आकाश में बिखरे हुए धुले, उजले सितारों की ओर देखता रहा।

---

१. सिर का वह भाग जिधर क्लिप लगा हुआ है नंगा रखती है परन्तु लोग समझते हैं कि उसने घूँघट निकाल रखा है।

दो

□□

सरदार निरंजनसिंह के पूर्वज भी डिंगा के ही वासी थे। यद्यपि वे लोग अधिक धनवान नहीं थे, परन्तु अच्छे खाते-पीते अवश्य थे। निरंजनसिंह के बाप की बुद्धि में बुढ़ापे के दिनों में कुछ फेर आ गया था अथवा न जाने उसकी बुद्धि पर क्या पत्थर पड़ गये थे कि उस पर सट्टे में भाग्य आजमाने का भूत सवार हो गया। परिणामस्वरूप मकान के अतिरिक्त लगभग सारी-की-सारी भूमि रहन हों गयी। संयोग ही की बात थी कि वह रेड़ी (एक प्रकार की घोड़ा-गाड़ी) से गिरकर मर गया, अन्यथा उसकी हड्डी ऐसी मज़बूत थी कि उसके मरने की आशा न थी, और जीवित रहकर वह न जाने और क्या-क्या गुल खिलाता। केवल वही एक व्यक्ति था जिसने ख़ानदान की उन्नति से विमुख हो, उसके विनाश की ओर अधिक ध्यान दिया, वरना इससे पूर्व अनेक पूर्वज अपने सुलझे हुए विचारों, शील-स्वभाव तथा रख-रखाव के लिए दूर-दूर तक प्रसिद्ध थे।

दसवीं श्रेणी पास करके निरंजनसिंह सेना में भर्ती हो गया। सन् १९१४ के युद्ध में वह बिलकुल लड़का-सा था। सन् १९१६ में जब उसकी आयु अट्ठारह वर्ष की थी वह सेना में भर्ती हुआ। उन्नति करते-करते वह हवलदार के पद पर पहुँच गया। सम्भवतः और भी उन्नति करता, परन्तु पहले तो गाँव से बाप की कारस्तानियों के समाचार आते रहते थे, फिर पता चला कि वह दुर्घटना में मर गया है। साधारण स्थिति में कदाचित् उसे चिन्ता न होती और वह नौकरी करता रहता, परन्तु घर की स्थिति बहुत बिगड़ चुकी थी। बड़ा भाई कोई था नहीं। यद्यपि छोटे भाई नौजवान थे, परन्तु संसार के ऊँच-नीच से बिलकुल अनभिज्ञ थे। सिर पर ऋण का बोझ था, भूमि रहन, परिवार का पेट पालने के साधन अनिश्चित थे। अतएव उसे नौकरी छोड़ गाँव वापस आना पड़ा। उसके बाद जिस साहस तथा तन्मयता से उसने कड़ी परिस्थितियों का सामना किया, वह अवश्य ही सराहनीय था। उसके छोटे भाई लगभग अपने बाप ही की तरह के थे। यदि सारा उत्तरदायित्व उन पर आ पड़ता तो फिर परिवार के सर्वनाश में कोई कसर न रहती।

जिन्दकौर अर्थात् निरंजनसिंह की पत्नी का भी उसकी सफलता में बहुत बड़ा हाथ था। यद्यपि सद्वृत्ति, विशेषतया अभिरुचि की पवित्रता, उच्च शिक्षा तथा संस्कृति के पालने में उत्पन्न होती है; परन्तु ऐसा भी देखा गया है कि कुछ व्यक्तियों में यह गुण केवल ईश्वरीय देन के रूप में होता है। जिन्दकौर केवल पवित्र मनोवृत्ति की ही स्त्री न थी बल्कि दूरदर्शी, गम्भीर, मितव्ययी, धैर्यवती तथा वाह गुरु अकाल पुरख पर पूर्ण विश्वास रखनेवाली थी। स्वयं निरंजनसिंह यह जानता था कि यदि उसकी पत्नी उसे साहस न दिलाये रखती तो शायद ही वह अपने कर्त्तव्य-पालन में सफलता प्राप्त कर पाता।

जब दूसरा महायुद्ध आरम्भ हुआ तो निरंजनसिंह ने दूरदर्शिता से काम लेते हुए टोह (खोज) लगानी शुरू की। टोह लगाते-लगाते उसे अपने एक अंग्रेज अफसर का पता चल गया जो नौकरी के दिनों में उस पर बहुत कृपालु था। पता मालूम होते ही उसने साहस से काम लेकर उससे मुलाकात की। तरकीब निकाली और उसी अफसर की सिफारिश से उसका काम बन गया। ठेके के कामों में उसे इतना धन प्राप्त हो गया कि सारा ऋण चुका देने के बाद भी उसके पास काफ़ी रकम बच गयी। भूमि एक बार पुनः अपने हाथ आ गयी और उसकी आय से तो रही-सही कसर भी पूरी हो गयी।

यह सच है कि पति-पत्नी पर इस क्रान्ति का प्रभाव अवश्य पड़ा। जहाँ तक जिन्दकौर का सम्बन्ध था, उसे मन-ही-मन इस बात पर गर्व था, परन्तु उसके गर्व में, जो पहले भी मौजूद था, लोगों को अभिमान की हलकी-सी झलक दिखायी देने लगी थी। कहा नहीं जा सकता कि वह वास्तव में अभिमानी हो गयी थी, अथवा यह लोगों का केवल भ्रममात्र था। और तो और, उसने सिन्दा को मुँह-बोली बहन बना लिया था। यद्यपि दोनों में धरती-आकाश का अन्तर था परन्तु जिन्दकौर यही समझती थी कि सिन्दा है विश्वासपात्र। सिन्दा निस्सन्देह उसकी गहरी सहेली रही, परन्तु जब उसके पास इतना रुपया आ गया और उसकी आर्थिक दशा इतनी अच्छी हो गयी तो यह बात सिन्दा की सहन-शक्ति से बाहर हो गयी। सम्भवतः इस ईर्ष्या का कारण उसकी अपनी दरिद्रता थी। वास्तविकता यह है कि सिन्दा का ख़ानदान धन के लिहाज़ से कभी ऊँचा नहीं समझा गया था। उसका डाकू पति यदि एक ओर हँडिया भर-भरकर रुपये लाता था तो दूसरी ओर मटके भर-भर ख़र्च करता था। और ख़र्च भी होता था मुकदमेबाज़ी में। जो थोड़ा-बहुत रुपया बचता, शराब और औरतों पर ख़र्च हो जाता।

जहाँ तक निरंजनसिंह का सम्बन्ध था, उसके स्वभाव में निस्सन्देह बहुत अन्तर आ गया था। अर्थात् अब वह लोगों से कहता कि यदि मैं न होता तो ख़ानदान में ऐसा कोई व्यक्ति नहीं था जो घर की गिरती दीवारों की मरम्मत भी करवा सकता। बात-बात पर कहता—"मैं किसी की क्या परवाह करता हूँ!" लोग इसे अभिमान का

लक्षण मानते थे, परन्तु रुपये में बड़ी शक्ति है। उसके प्रत्यक्ष अभिमान के बावजूद लोग उसकी प्रशंसा करते थे। उसके व्यक्तित्व का यह कमज़ोर पक्ष था कि प्रशंसायुक्त शब्दों की मिठास में वह उस मक्खी की तरह विवश हो जाता था जो संयोग से खाँड़ के शीरे में जा गिरे। इन कुछ कमज़ोर पहलुओं के बावजूद वह एक अनुभवी और दूरदर्शी व्यक्ति था। जीवन से उसने क्रियात्मक शिक्षा ली थी। इसलिए उसने पत्नी का कहा मानकर उसकी बेटी सरनो को शहर में बुआ के यहाँ भेज दिया था ताकि वह थोड़ा-बहुत पढ़-लिख जाये।

उसके भाई तो बिलकुल निकम्मे थे, इसलिए उनमें से प्रत्येक को अपनी आवश्यकताएँ पूरी करने के लिए उसका मुँह देखना पड़ता। यद्यपि कभी वह झल्लाकर उन पर बरस भी पड़ता था परन्तु ख़ानदान के सब व्यक्तियों को समेटे रखने में उसकी मनोवृत्ति बिलकुल हिन्दुओं जैसी थी। उसके दो पुत्र पूर्णसिंह तथा करतारसिंह सरनकौर से क्रमश: दो और साढ़े-तीन वर्ष बड़े थे। सरनो की आयु भी विवाह के योग्य हो चुकी थी परन्तु प्राय: देखा गया है कि पंजाब के जाटों की लड़कियों का बाईस-बाईस बल्कि चौबीस-चौबीस वर्ष तक भी विवाह किया जाता है। इसलिए यद्यपि किसी समय पति-पत्नी में इस विषय पर बातचीत छिड़ जाती परन्तु तान यहाँ पर टूटती थी कि लड़की से पहले दोनों लड़कों का विवाह होना चाहिए। लड़कों के सम्बन्ध में पहले जो घराने उनकी नज़र में थे अब वे जँचते न थे और नये घरानों की तलाश के लिए आख़िर कुछ समय तो चाहिए ही था।

उपर्युक्त दोनों नौजवान अर्थात् पूर्णसिंह और करतारसिंह यद्यपि ऐश-इशरत में पड़ चुके थे परन्तु थे गाँठ के पक्के। रुपये-पैसे के मामले में उन्हें उल्लू नहीं बनाया जा सकता था। अपने विचार में वे बदमाश भी बनते थे। देखने में बलवान् भी थे। गाँववालों के दिलों में उनके बल तथा धन का मिला-जुला रोब बैठा हुआ था; परन्तु वास्तव में वे बदमाश नहीं थे। पड़ोस के गाँव के खेतों में से गन्ने, भुट्टे या खरबूजे चुरा लेने को तो बदमाशी में नहीं गिना जा सकता। एक बार उन्होंने बहुत किया तो निकटवर्ती गाँव से एक बड़े ज़मींदार के दो मुर्गे चुराकर खा लिये। इसी पर मुकदमेबाजी भी हुई जिसमें दोनों बरी हो गये थे। असल बात तो यह थी कि अभी वे एक प्रकार से बालक ही थे। अपने गाँव के अतिरिक्त उन्हें संसार का कोई अन्य भाग देखने का अवसर ही नहीं मिला था। अपने गाँव के असली बदमाशों से उन्होंने टक्कर भी न ली थी, इसलिए अभी तो दूर के ढोल सुहावनेवाला ही मामला था। और अब तो पालीसिंह जैसा ख़ानदानी लफंगा गाँव में आ पहुँचा था।

निरंजनसिंह का मकान गाँव-भर के बड़े मकानों में से था। उनका परिवार भी बहुत बड़ा था। तीन परिवारों ने एक ही मकान बाँट रखा था—अर्थात् निरंजनसिंह और उसके दोनों छोटे भाइयों के बाल-बच्चे भी वहीं रहते थे। सारा मकान कुछ इस प्रकार बाँटा गया था कि प्रत्येक भाग एक अलग मकान दिखायी देता था। हाँ, आँगन

में सबका साझा था। हर एक का रसोईघर भी अलग-अलग था—रसोईघर अर्थात् आँगन में बने हुए तीन अलग-अलग चबूतरे जिन पर छत नहीं थी। हर चबूतरे पर दो-दो चूल्हे और एक ज़मीन में ख़ुदी हुई अँगीठी जिसमें दूध गरम करने के लिए रख दिया जाता था। चबूतरे, चूल्हे और उनके बीच बनी हुई छोटी-छोटी कच्ची दीवारें हर समय गोबर से लिपी-पुती बहुत सुन्दर लगती थीं। छत पर चढ़ने के लिए चौड़े-चौड़े तख़्तों की दो सीढ़ियाँ—एक तो निरंजनसिंह के परिवार के लिए थी, दूसरी दोनों छोटे भाइयों के लिए साझी।

आँगन के एक कोने में चरखड़ीवाला तंग मुँह का कुआँ बना था जिसमें एक बार एक बच्चा डूब मरा था, इसलिए रुपया पाते ही निरंजनसिंह ने आँगन के बीचोबीच हैण्डपम्प लगवा लिया। उस नल के कारण बाहर के लोग भी पानी लेने के लिए चले आते थे, इस तरह उनके आँगन में काफ़ी रौनक हो जाया करती थी।

अभी सवेरा ही था, जिन्दकौर अपने मकान के खुले आँगन में बने रसोईघर में बैठी पराँठे सेंक रही थी। निरंजनसिंह के दोनों छोटे भाई अपने-अपने चूल्हे के सम्मुख पत्नियों के पास बैठे पराँठे खा रहे थे। सुबह का नाश्ता, जिसे 'छाह बेला' कहा जाता है, करने के बाद वे दोनों खेतों में काम करने चले जाते थे।

जिन्दकौर के निकट उसके सरनो के छोटे बच्चे—एक लड़का और एक लड़की बैठे खाना खा रहे थे अर्थात् वही 'छाह बेला'। दोनों मोटे-ताज़े बच्चे अपनी भारी-भरकम माँ के गिर्द बैठे मुर्गी के चूजे से लग रहे थे। जिन्दकौर का शरीर पहले तो बहुत ही अच्छा था; परन्तु अब आराम-तलब हो जाने से वह ख़ूब मोटी हो गयी थी। मोटापे के बावजूद वह कमज़ोर नहीं थी। उसने चूल्हे में सूखे उपलों का एक बड़ा-सा टुकड़ा रखते हुए बच्चों से पूछा—"बापू (बाप) कहाँ है तुम्हारा?"

"बेबे, तुम्हें नहीं मालूम—लाओ दही—रोज़ तो गुरुद्वारे जाते हैं।"

बच्चे की तेज़ आवाज़ सुन उसने प्रेम-पूर्वक टकटकी बाँधकर उसकी ओर देखते हुए कहा—"देख लो इस लड़के को, अभी से मुझे आँखें दिखाने लगा है!"

जिन्दकौर के सामने के ऊपरवाले दाँत कुछ ऊपर को उठे हुए थे जो भद्दे तो नहीं लगते थे, केवल मुँह बन्द करने के लिए उसे ऊपरवाले होंठ को खींचकर निचले होंठ से मिलाना पड़ता था और इस खिचावट का प्रभाव उसकी सुन्दर बारीक नाक पर भी पड़ता था। अतएव बातचीत करते समय उसकी नाक की नोक भी हिलने लगती थी। देखनेवाला यदि ध्यानपूर्वक देखे तो यह चीज़ काफ़ी उपहासजनक दिखती थी।

यूँ तो वह पराँठे सेंक रही थी; परन्तु उसके मस्तिष्क में कई चिन्ताओं ने सिर उठा रखा था। सहसा उसे याद आया कि दूध दुहने के बाद बछड़ा छोड़कर वह उसे फिर से बाँधना भूल गयी थी। अब बछड़ा गाय के स्तनों पर मुँह मारे जा रहा होगा और गाय ने उछल-कूद मचा रखा होगा। बच्चे पराँठे खा रहे थे। उनके मुँह से

एकाएक निकला—"सरनो, ओ बेटा सरनो।" चहेती बेटी सरनो को भी वह बेटा ही कहती थी।

एक बच्चे ने उत्तर दिया—"अभी तो वह सोकर भी नहीं उठी।"

पासवाले चौके से निरंजनसिंह का भाई डकार लेता हुआ उठा और पाँव से जूतों को सीधा करते हुए बड़बड़ाया—"लाड़ली अभी सो रही है! धूप तो देखो, कहाँ-से-कहाँ पहुँच गयी।"

इस बात से जैसे जिन्दकौर के हृदय पर चोट-सी लगी—"हाय, यूँ तो न कहो, बेचारी बहुत काम करती है। मैं तो शाम ही को मारे गर्मी के छत पर चली जाती हूँ। बेचारी सरनो घर का सारा काम करती है। खाना बनाना, फिर सब-कुछ छत पर ले जाकर हमें खिलाना, जूठे बरतन नीचे लाकर एक-एक बरतन को माँजना, दूध को जामन लगाना, यहाँ तक कि चौका भी रात ही को पोत देती है ताकि सुबह तक सूख जाये। इसके अतिरिक्त बीसियों छोटे-मोटे काम निबटाने में आधी रात निकल जाती है। कई बार तो मैं स्वयं सो जाती हूँ और मुझे मालूम ही नहीं होता कि बेचारी कब आयी। अभी बच्चों को पालो-पोसोगे तो इन बातों का पता चलेगा।"

उसकी पत्नी गुरदीपकौर ने छोटे बच्चे के मुँह में स्तन ठूँसते हुए पति को सम्बोधित करके कहा—"अच्छा, अब जाओ न, क्यों छोटी-सी बात कहकर मुफ्त में...हाँ और क्या!"

गुरदीपकौर काफ़ी बदमिज़ाज औरत थी। विशेषत: सरनो से तो उसे चिढ़ थी। सम्भवत: उसे अपने कुँवारेपन के दिन स्मरण हो उठते थे, जब वह स्वतन्त्र चिड़िया की भाँति गलियों में फुदकती फिरती थी। प्रतिबन्ध अब भी उस पर कुछ न था; परन्तु उसे निरंजनसिंह के अधीन रहना पड़ता था। शायद इसी कारण उसके मन की कटुता और भी बढ़ गयी थी। जिन्दकौर को शुरू से ही गुरदीपकौर की बदमिज़ाजी पसन्द नहीं थी, परन्तु सदा की भाँति उसने विशेष ध्यान न दिया।

दोनों भाइयों ने खाना खाकर कन्धों पर अँगोछे डाले और फड़फड़ाते हुए तहबन्दों को सँवारते हुए घर से बाहर निकल गये। जिन्दकौर ने खाना समाप्त करते हुए लड़के से कहा—"अब भागकर जा, और बछड़े को बाँध। फिर अपने बापू को बुला ला।"

"नहीं, मैं इत्ती दूर गुरुद्वारे तक जाऊँ अब?" लड़के ने कुछ मुँह बिसूरकर और कुछ आँखें दिखाकर कहा।

"गुरुद्वारे में अब तक क्या करता होगा। यहीं पीपल के नीचे खड़ा गप्प हाँक रहा होगा किसी से, जा, मेरे बेटे...वापस आयेगा तो पैसा दूँगी।"

लड़का पगड़ी से बाहर निकले हुए बालों को अँगुली से भीतर की ओर ठूँसते हुए भागा तबेले की ओर। पैसे की रिश्वत का उसके दिल पर सुन्दर प्रभाव पड़ा था।

थोड़ी देर बाद जब जिन्दकौर की देवरानी नल की हत्थी हिला-हिलाकर जल भरने में व्यस्त थी, पालीसिंह आँगन में दिखायी दिया। बदला हुआ नक्शा और अपरिचित व्यक्तियों को देखकर वह ठिठककर खड़ा हो गया और नज़रों-ही-नज़रों में सब चीज़ों का निरीक्षण करने लगा।

उस समय पालीसिंह ने उजले वस्त्र पहन रखे थे। धोबी का धुला हुआ कुर्ता जो उसकी रानों से नीचे तक पहुँचता था। कुर्ते की बटन छाती के एक पहलू पर थे। सब बटन उसने जान-बूझकर नहीं लगाये थे, इसलिए गिरेबान का सिर नीचे की ओर उलट गया था। छाती के नंगे भाग पर उगे हुए बाल दिखायी दे रहे थे। नीचे सिल्क का तहबन्द प्रात: की नरम धूप में झिलमिलाता हुआ आँखों को बहुत भला लगता था। पाँव तथा टखनों पर जमी हुई धूल उसने ख़ूब अच्छी तरह धो डाली थी। गले में सोने के कण्ठे के ऊपर लाल रंग का जापानी रेशम का रूमाल लहरा रहा था। दायें हाथ में श्री हुजूर साहब हैदराबाद-दक्षिण का लोहे का कड़ा था, जिसमें उस स्थान के चिह्न स्वरूप तीन छोटे-छोटे निशान बने थे। उसकी बालिश्त भर ऊँची गरदन पर तरबूज जैसा सिर सैनिकों की तरह उठा हुआ था। मुँह का चौड़ा पाट जरा-सा खुला था। कलफ लगी रंगीन पगड़ी के ऊपर उठे हुए शमले के कारण उसका क़द और भी ऊँचा दिखायी देता था। इस सजधज के साथ पहले तो उसने अपनी चमकीली तथा भेदती हुई आँखों से इधर-उधर देखा, फिर 'तुच' का स्वर उत्पन्न करते हुए अगले दाँतों की दरार से थूक की पिचकारी छोड़ी और ठुड्डी पर उगे बालों पर अटके हुए कुछ बुलबुलों को आस्तीन से पोंछा। अपनी लम्बी-लम्बी टाँगों को हरकत दी और दो-चार डग भरकर जिन्दकौर के निकट जा खड़ा हुआ। उसने नज़र उठाकर पालीसिंह की ओर देखा; परन्तु शायद पहचाना नहीं। पालीसिंह ने भारी-भरकम स्वर में कहा—

"चाची, माथा टेकता हूँ।"

इस बिलकुल बदली हुई सूरत को पहचानना जिन्दकौर के लिए बहुत कठिन था; परन्तु चूँकि वह काफ़ी समझदार औरत थी इसलिए उसने अनुभव ही से समझ लिया कि हो-न-हो यह पालीसिंह है। सिन्दा ढिंढोरा पीटा ही करती थी कि पालीसिंह आनेवाला है और उसके 'चाची' कहने से तो उसे पूर्ण विश्वास हो गया। उसने आश्चर्य तथा प्रसन्नता से मिले-जुले स्वर में पूछा—"अरे!...तू पाली तो नहीं अपना?"

पालीसिंह की बांछें चिर गयीं—"हाँ चाची, मैं पाली ही हूँ।"

जिन्दकौर पीढ़ी (चौकी-सी) में धँसी बैठी थी, जल्दी में उठ न सकी। हँसते हुए बोली—"अरे, सिर तो नीचे कर...अब तो पूरा ऊँट हो गया है।"

पालीसिंह ने सिर नीचे कर दिया। जिन्दा ने उसके सिर पर हाथ फेरा।

"अरे, कब आया तू?"

"कल शाम।"

"आय-हाय!...कितने बरस हो गये तुझे, जब तू..." यह कहकर क्षण-भर के लिए उसने हिसाब लगाया—"आठ-नौ बरस हो गये।"

पालीसिंह सिर झुकाकर मुस्कराने लगा।

"भई, अच्छा हुआ तू वापस आ गया। अपनी माँ की हालत न पूछ; बेचारी मछली की तरह तड़पा करती थी। मुझे तो वह दिन कल की तरह याद है जब तू पहले-पहल गायब हुआ था यहाँ से! सिन्दा तो बावली हो गयी थी। कई आदमी...करतार का बापू आदि मिल-जुलकर गये। शहर का चप्पा-चप्पा छान मारा, लेकिन जाने तू कहाँ चल दिया...और तेरी माँ! बस क्या बताऊँ, बेचारी पर इतने दुःख पड़े और फिर तेरे जाने से तो उसकी कमर ही टूट गयी...सारा दिन बैठी उसे दिलासा देती...लेकिन सन्तान का प्रेम..." कहते-कहते जिन्दा का कण्ठ भर आया—"हाय, वाह गुरु अकाल पुरुख ने भी क्या खेल रचाया है। माँ-बाप के दिल में सन्तान के प्रति इतना प्रेम और सन्तान में रत्ती भर भी नहीं..."

यह कहकर जिन्दा ने अपने सजल नेत्र दुपट्टे के आँचल से पोंछे।

उसकी बातें सुनकर उसकी दोनों देवरानियाँ भी पास आ खड़ी हुईं। जिन्दा उन्हें हाथों से भाव बताते हुए कहने लगी—"अरी, वह है न अपनी सिन्दा...यह उसी का लड़का है। बहुत छोटा-सा था। हमारे हाथों में पला, यहीं खेला-कूदा, फिर न जाने किसके बहकावे में आकर भाग खड़ा हुआ यहाँ से। किसी को कुछ पता न चला कि आख़िर गया कहाँ...कई बरस बाद इसने माँ को पत्र लिखा तो बेचारी का मन ठिकाने आया। उसने तो रो-रोकर अपनी आँखें ख़राब कर लीं।"

पालीसिंह को अपने भाग जाने की कथा बार-बार दुहराये जाने पर कष्ट-सा अनुभव होने लगा था; परन्तु और सब लोगों के लिए तो यह बड़ी महत्त्वपूर्ण बात थी। वे इसकी चर्चा किये बिना कैसे रहते।

फिर जिन्दकौर के अतिरिक्त सब लोग अपने-अपने काम में व्यस्त हो गये। भला इन नयी औरतों को पालीसिंह से क्या दिलचस्पी हो सकती थी। उन्हें यह भी स्मरण नहीं था कि कभी उनका नाम भी सुना है।

जिन्दा पालीसिंह से संसार भर की बातें करती रही। अभी उसे कुछ पराँठे पकाने थे। धूप कुछ तेज़ हो गयी थी। जिन्दा के मशविरे से पालीसिंह ने आँगन में एक बड़ी-सी खाट इस ढंग से खड़ीकर दी ताकि उस पर धूप न आये।

"पाली बेटा, तुम पसार (बरामदे) में क्यों नहीं बैठ जाते, यहाँ तुम्हें कष्ट हो रहा होगा। लो, मैं पराँठा रकाबी में रखे देती हूँ, वहाँ बैठकर खाओ, मैं अभी आती हूँ।"

पालीसिंह लकड़ी की ओखली को औंधा किये उस पर चूतड़ टिकाये बैठा था, बोला—"नहीं, मुझ पर धूप का असर नहीं होता। मैं तुम्हारे ही पास बैठूँगा।"

"बेटा, धूप है न!" जिन्दा ने पुचकारकर कहा।

"कुछ परवाह नहीं।"

जिन्दा रकाबी में पराँठा रख कटोरी में दही डालने लगी।

"मैं पराँठा भी नहीं खाऊँगा।"

"क्यों?"

"खाकर आ रहा हूँ।"

"तो क्या हुआ?"

"नहीं, चाची, पेट भरा हुआ है।"

"अरे हट!"

"फिर किसी दिन सही।"

"अच्छा बको नहीं...वाह ऐसा लम्बा-चौड़ा जवान और एक पराँठे से डरता है।"

पालीसिंह चुप रहा।

"जूता उतारकर यहीं मेरे पास छाया में आ जा।"

अधिक इनकार अनुचित समझ पालीसिंह उठा। जूते उतारकर उसने चौके में पाँव रखा ही था कि उसकी नज़र ऊपर उठ गयी। सीढ़ियों से एक नौजवान लड़की उतर रही थी।

वह लड़की सरनो ही थी। जब उसकी आँख खुली तो धूप निकल चुकी थी। गहरी निद्रा में उसे कुछ पता ही न चला। वह सदैव ही माँ से कुछ देर बाद उठती थी; परन्तु आज तो गज़ब ही हो गया। रात के काम की थकावट और फिर जवानी की नींद। उसके घने केश अस्त-व्यस्त हो रहे थे। सिर नंगा था। चुनरी पीछे-पीछे सीढ़ियों के तख़्तों पर घिसटती चली आ रही थी।

पालीसिंह ने अभी तक सरनो के सम्बन्ध में कुछ पूछना उचित न समझा था; परन्तु उसकी आँखें सबसे अधिक उसे ही खोज रही थीं। वह उसे किस तरह पहचान सकता था। छुटपन के लिहाज़ से धरती आकाश का अन्तर उत्पन्न हो चुका था; परन्तु सीढ़ियों से उतरनेवाली युवती को देखकर वह चौकन्ना हो गया। आख़िर उनके यहाँ और कौन लड़की हो सकती थी।

जिन्दा ने पालीसिंह को उसकी ओर ध्यान देते हुए पाया तो मुस्कराकर बोली—"यह सरनो है। तुम्हें याद हो या न हो, तुम दोनों साथ-साथ खेला करते थे...अब देख लो, तुम बड़े हो गये हो तो यह भी बड़ी हो गयी है।"

इतने में सरनो निकट आ गयी। अब पालीसिंह को उसकी सूरत अच्छी तरह देखने का अवसर मिला। धूप के कारण अभी तक उसकी आँखें अच्छी तरह न खुली थीं। वह गोरे-गोरे हाथों से उन्हें मल रही थी। उसके घने, लम्बे और बोझल बाल दोनों कनपटियों से नीचे की ओर ढलके जा रहे थे। मुख पालीसिंह के सपनों से कम सुन्दर नहीं था। पाँव से सिर तक...उसके व्यक्तित्व में विशेष आकर्षण था। ढीली-ढाली सलवार के पाँयचे उसकी एड़ियों में घिसट रहे थे। बारीक कुर्ते में उसकी नाज़ुक कमर की मद्धिम परन्तु डोलती रेखाएँ दिखायी दे रही थीं। उसकी गोल छातियाँ विद्रोही ढंग से पेट और पसलियों के स्तर से कहीं आगे की ओर बढ़ आयी थीं। तीक्ष्ण धूप में उसके गले में लापरवाही से लिपटी हुई धानी रंग की चुनरी का झिलमिलाता हुआ रंगीन प्रतिबिम्ब उस नरम गर्दन और श्वेत छाती के ऊपरवाले भाग की त्वचा से घुल-मिलकर विचित्र मादकता उत्पन्न कर रहा था।

यह सत्य है कि जब तक पालीसिंह परदेश में रहा उसे उसका ख़्याल नहीं आया। वह उसका नाम तक भूल चुका था। जब उसने वापस आने का इरादा किया तो उसकी याद बिलकुल सरसरी तौर पर जागी थी; परन्तु जब वह बाबे की समाधि के पास आ खड़ा हुआ और उसने अपने सम्मुख अपना गाँव तथा जाने-पहचाने स्थान देखे तो अन्य चीज़ों के साथ-साथ सरनो की ख़्याली सूरत भी उभरने लगी जो अन्त में सब चीज़ों पर छा गयी।

औरतों के सम्बन्ध में वह कोरा नहीं था। कई बजारू औरतों से सम्बन्ध स्थापित कर चुका था। लड़ाई शुरू हो जाने पर तथा कुछ समय बाद अमरीकनों के कलकत्ते में आगमन से वहाँ मिली-जुली जाति की औरतों की भरमार हो गयी थी। उसने उसमें से भी कुछ एक को फँसाया और उनसे ख़ूब आनन्द प्राप्त करता रहा। आज तक उसे किसी से प्रेम नहीं हुआ था, परन्तु जब उसने सरनो को भरपूर देख लिया तो उसके हृदय में एक हूक-सी उठी। नींद की माती, कुछ निद्रा और कुछ यौवन के नशे में लड़खड़ाती हुई मोहिनी सूरतवाली सरनो की यह जीती-जागती मूर्ति उसके दिल में उतरती चली गयी और उसने जीवन में पहली बार अपनी अँगुलियों में कौर को काँपते अनुभव किया। जिन्दा ने सरनो की आँखें मलते देखकर कहा, "अरी अब आँखें खोल भी ले।"

"बेबे, तुम्हारी यह क्या आदत है? सरनो के कोमल होंठ अत्यन्त मनोहर रूप से सिकुड़ गये।"

"क्यों बेटा, क्या है?"

"मुझे जल्दी जगा दिया करो न।" उसकी सलवार का रंगीन नाड़ा लटककर झूलने लगा।

"नाड़ा तो उड़स ले, हाय इतनी बड़ी हो गयी; लेकिन..."

उसने नाड़ा ऊपर उठाकर उड़स लिया।

"खामुखाह मेरा जी ख़राब होता है, धूप तो देखो..."

"भई हम तो इसलिए नहीं जगाते कि रात की थकावट होगी, आराम कर लेने दो।"

"पर धूप निकल आये तो मेरा बदन टूटने लगता है।"

"यह क्या बहस छेड़ दी है तूने...ज़रा देख तो कौन आया है?"

सरनो ने आँखों पर से हाथ उठाकर इधर-उधर देखा।

"कौन आया है?"

फिर उसकी नज़रें पालीसिंह की नज़रों से मिलीं तो वह उसे पहचान न सकी और मस्तिष्क पर जोर देने लगी।

जिन्दा मुँह से कुछ न बोली, परन्तु उसकी ओर देखकर मुस्कराती रही—"क्यों पहचाना?"

सरनो ने अपने सम्मुख एक विशालकाय नौजवान को बैठे पाया। उसके बड़े-बड़े जंगलियों जैसे हाथ, मुँह का पाट बहुत फटा हुआ। उसकी आँखों में हिंसक चमक थी। बाछों से पशुता टपकती थी। मस्तिष्क पर ज़ोर देने से भी कुछ याद न आया। वह बिलकुल भूल गयी थी कि यही वह व्यक्ति था जो छुटपन में उसके सुन्दर तथा कोमल बालों को दोनों हाथों में जकड़कर उसे बड़ी निर्दयता से अपनी ओर खींच अपना बदबूदार मुँह उसके चमेली की कली जैसे उजले होंठों पर जमा दिया करता था। उसे केवल एक बेपनाह और मुँह-तोड़ शक्ति, एक भयानक जकड़ का अस्पष्ट-सा अनुभव होकर रह गया।

"यह पाली है।"

सरनो को पाली का भी अच्छी तरह स्मरण नहीं था। वह पूछने ही को थी कि पाली कौन? परन्तु फिर उसे याद आया कि सिन्दा के खोये हुए लड़के का नाम पाली है। स्वयं उसे यह बात स्पष्ट रूप से स्मरण नहीं थी कि वह पाली के साथ खेला करती थी और उन दोनों की आपस में मित्रता थी। चूँकि वह पालीसिंह से चार वर्ष छोटी थी इसलिए उसे इन बातों का विवरण स्मरण नहीं था। बार-बार उसकी बातें सुन-सुनकर उसे लोगों द्वारा विवरण का पता चल गया था और इस प्रकार वह यह भी समझने लगी थी कि पाली से उसका सम्बन्ध अवश्य ही निकटतम था। न उसके मस्तिष्क में उसकी सूरत की कोई कल्पना ही थी, न उसकी प्रकृति-स्वभाव का ज्ञान। केवल दूसरों द्वारा सुनी हुई बातों से उसके मन में भी उसके प्रति उत्सुकता उत्पन्न हो जाती और वह सिन्दा के गले में लिपटकर कहती—"चाची, तुम यहाँ बुला लो न पाली को..." यदि वह मिडिल पास करने के लिए शहर न जाती तो शायद और अधिक बातें सुनकर उसके हृदय में पाली से मिलने की इच्छा तीव्रतर हो उठती।

ख़ैर, माँ से यह जानकर कि सामने बैठा हुआ देव पाली है, उसने शहर की लड़कियों के विशेष ढंग में दोनों हाथ जोड़कर कहा—

"भ्रा, (भाई या भैया) सत सिरी अकाल।"

"सत सिरी अकाल।" उसने उत्तर दिया।

उसका स्वर ऐसा भारी तथा गूँजदार था कि सरनो को यूँ अनुभव हुआ जैसे तह-दर-तह बादलों में छिपा हुआ कोई उन्मत्त बादल गरज उठा हो।

पालीसिंह के स्वर में एक विशेष प्रकार का जंगलीपन था। यूँ मालूम होता था मानो उसकी भारी-भरकम आवाज़ कण्ठ से निकलने से पूर्व उसकी चौड़ी छाती में किसी पागल पशु की-सी अधीरता के साथ गूँजती हो।

"कब आये, भैया?"

"कल शाम।"

"फिर सीधे यहाँ हमें मिलने क्यों नहीं आये?"

"पालीसिंह का हृदय नाच उठा। बाछें खिल गयीं—"मैं...ओ...ओ हम...ज़रा..."

"थक गया होगा..." जिन्दा आड़े आयी।

"हाँ...कुछ...पहले मैं घर गया। मैंने सोचा, माँ बेचारी इन्तज़ार करती होगी और फिर इतने लम्बे समय बाद मिले थे। बातें चलीं तो समाप्त होने ही में न आयीं...रात अधिक हो गयी..."

पालीसिंह ने सरनो के इस प्रश्न को बहुत महत्त्व दे दिया। तुरन्त उसके पास न पहुँचने पर स्वयं को अपराधी समझने लगा। अतएव उसने अपनी सफाई में बहुत लम्बा-चौड़ा बयान दे डाला और फिर यह भी कह दिया—"बस सुबह उठा...और सीधा इधर चला आया।"

"पाली बेटा, अचार ले ले न, खाओगे?"

"हाँ अगर..." अब पालीसिंह अपने आपे में नहीं था।

"जा बेटी, भागकर भीतर से अचार ले आ भाई के लिए।"

फिर पालीसिंह सरनो को तेज़ी से पग उठाते और भीतर जाते हुए देख रहा था।

"चलो, पाली...आओ हम भी पसार में चलकर बैठें।"

जब पालीसिंह पराँठे की रकाबी हाथ में थामे पसार की ओर आगे बढ़ रहा था तो सरनो भीतर से अचार लेकर निकली। उसे आता देख वह ठिठककर खड़ी हो गयी। उसे पालीसिंह की बचपन की सूरत याद नहीं आ रही थी और अब उसे वह अपरिचित-सा दिखायी दे रहा था। यह अपरिचितता दिल की नहीं, केवल सूरत की थी। उसे यूँ अनुभव हो रहा था मानों उसे इसी सूरत को पसन्द करना होगा।

जब वे दोनों आसपास खड़े थे तो इसके बावज़ूद कि सरनो का शरीर भी क़द के लिहाज़ से कुछ कम न था, शायद सुन्दरता के भेद के कारण, वे ज़िन्न तथा परी का जोड़ा दिखायी देते थे। सरनो ने एक तो बुद्धि अपनी माँ से विरासत में पायी थी, दूसरी थोड़ी-बहुत शिक्षा तथा शहर की लड़कियों की संगति के कारण उसका सोचने, बात करने तथा उठने-बैठने का सलीका गाँव की लड़कियों से भिन्न हो गया था, परन्तु जहाँ तक शरीर की बनावट, बल आदि का सम्बन्ध था वह उससे किसी प्रकार भिन्न नहीं थी।

पालीसिंह खाट पर बैठ गया। पीछे-पीछे जिन्दा चली आ रही थी। सरनो ने हँसकर कहा—"भैया, अब तो तुम बहुत बड़े हो गये हो। बेबे, भला गाँव में कोई दूसरा भी भैया जितना ऊँचा होगा?"

"अरी पगली, इकहरा शरीर है इसलिए गाँव भर में सबसे ऊँचा मालूम होता है। जब मोटा हो जायेगा तो फिर इस तरह का ऊँट-का-ऊँट दिखायी नहीं देगा।"

सरनो खिलखिलाकर हँस पड़ी। जब वह हँसती थी तो उसके चिकने गालों का माँस एक स्थान पर उभर आता था और वे सेब की भाँति चमकने लगते थे।

"नहीं, फिर भी...बेबे, भैया मोटा नहीं तो ऐसा दुबला-पतला भी तो नहीं...ठीक ही तो है।"

"अपने बाप पर गया है...और माँ भी क्या कम है। आख़िर तुमने यह क्या बात छेड़ दी, कोई और बात कर न...वाह परेशान कर दिया बेचारे को!"

सरनो कुछ झेंपकर दोनों हाथ रानों में दबाते हुए लाड़ से नन्हीं बच्चियों की तरह पीछे की ओर झुक जिह्वा गाल के भीतर घुमाने लगी।

"और क्या बात करूँ?"

"पगली कहीं की!"

"भई, हमें तो डर लगता है।"

पालीसिंह हँस पड़ा, "चाची, मुझसे सभी डरते हैं। क्या मेरी शक्ल ऐसी ही भयानक है?"

यह सच है कि पालीसिंह का चेहरा सुन्दर नहीं था। नयन-नक्श भी सुन्दरता से वंचित थे, परन्तु वास्तव में वह कुरूप भी नहीं था। उसका चेहरा वैसा ही था जैसा कि आम तौर पर दूसरे लोगों का होता है; परन्तु वह भयानक अवश्य था। देखनेवालों को जिन चीज़ों से डर था, वह उसके जबड़े और आँखें थीं। मुँह का पाट केवल अधिक चिरा हुआ ही नहीं था, बल्कि उस पर हिंसक भेड़िये के जबड़े का भ्रम होता था और घनी भवों के तले उसकी छोटी-छोटी परन्तु चमकीली आँखें सामनेवाले व्यक्ति के हृदय में उतर जाती थीं। उसकी आँखों की चमक का संसार के सभ्य या कम-से-कम मिल जुलकर रहनेवाले व्यक्तियों की आँखों से दूर का भी सम्बन्ध नहीं

था। यही चीज़ें थीं जो मिलनेवालों के हृदय पर भय अंकित कर देती थीं और उन्हें मित्रता तथा सदाचार का बड़ी कठिनता से विश्वास होता था।

"सचमुच तू तो निरी पगली है," जिन्दाकौर ने पराँठे झाड़न में लपेटते हुए कहना आरम्भ किया—"तेरा तो भाई है, तुझे निगल तो नहीं जायेगा। भला कोई भाइयों से भी डरता है!"

सरनो को अनुभव हुआ कि उसे इस प्रकार की व्यर्थ बातें नहीं कहनी चाहिए। यदि उसे भय ही लगता हो, तो भी कहने की क्या आवश्यकता है। फिर वे दोनों तो बचपन के साथी हैं। न जाने बेचारा कितनी उत्सुकता से मिलने आया होगा? इससे तो हँसी-मज़ाक़ की अच्छी बातें करनी चाहिए। बेचारा कितने प्रेम से बातचीत करता है।

उधर पालीसिंह के दिल में एक ही बात खटक रही थी। जब से वह आया था, माँ-बेटी ने 'भाई' शब्द की रट लगा रखी थी; जैसे वे पहले ही से उसकी नीयत भाँप गयी हों और उसे चेतावनी दे रही हों कि सावधान, मन में कोई आशा न बाँध बैठना! उसने एक बार पुनः सरनो की ओर देखा। यद्यपि वह जवान हो गयी थी परन्तु अब तक उसके चेहरे पर लाड़-प्यार द्वारा पले हुए बच्चे के चिह्न अंकित थे। दोनों की नज़रें मिलीं तो सरनो ने कुछ सिर की हरकत से तथा कुछ हाथ की सहायता से आगे को गिरी हुई ढीली-ढाली चोटी ज़ोर से पीछे की ओर फेंकी। उसकी यह हरकत प्रेमिका की अदा की अपेक्षा यूँ ही बच्चों जैसी हरकत मालूम होती थी और फिर वह हँस पड़ी। यह हँसी भी किसी प्रेमिका की हँसी के बजाय मित्र की हँसी थी। ...पालीसिंह बिना कुछ कहे उसकी ओर एकटक देखे जा रहा था। इस पर उसने अपनी कोमल अँगुलियों से दाहिनी आँख पर गिरी हुई बालों की लट को पीछे की ओर हटा दिया। वह पुनः हँसी। उसके श्वेत दाँत झलक गये, जो मंजन की रगड़ से श्वेत नहीं किये गये थे, बल्कि अधिक मात्रा में दूध के सेवन से दमक रहे थे। फिर सहसा उसने मुँह बन्द कर लिया, क्योंकि पालीसिंह नहीं हँस रहा था। फिर सरनो ने अपने पाँव खाट पर रख लिये और घुटने समेटकर दोनों बाँहें उनके गिर्द लपेट लीं और मौन हँस दी। हँसते समय एक बार पुनः उसके मुख की समस्त लालिमा तथा चमक उसकी कजलायी आँखों के नीचे कपोलों के उभार पर आ एकत्रित हुई। वह भी परोक्ष रूप से पालीसिंह को रिझाने का प्रयास कर रही थी। शायद वह उसकी दृष्टि को नहीं समझ पायी...उसे उसका यूँ टकटकी बाँधे अपनी ओर देखना कुछ विचित्र-सा प्रतीत हो रहा था। वह मन-ही-मन कुछ अधीरता-सी अनुभव कर रही थी। यह अधीरता कष्टदायक नहीं, परन्तु अस्पष्ट अवश्य थी...इसीलिए वह उसकी जमी हुई नज़रों के सम्मुख कई पहलू बदल-बदलकर मैत्री पूर्ण ढंग से हँस चुकी थी। उसकी मुस्कराती हुई आँखें पालीसिंह से यह नहीं कहना चाहती थीं कि कहो, तुम्हें मेरे रसीले होंठ पसन्द आये? कहो, मेरी मदभरी आँखें तुम्हारे मन को भाईं हैं?

कहो, मेरी झूमकर आकाश के शिखरों में उठते हुए मेघों जैसी छातियों के उभार से तुम्हारे हृदय में कसक उत्पन्न हो उठी है?...बल्कि यह देखो, मैं वही तो हूँ जो तुम्हारे साथ खेला करती थी और बड़े-बूढ़ों के कथनानुसार हम दोनों का दिन-रात का साथ था। परन्तु पालीसिंह अर्थहीन तथा खायी-खोयी नज़रों से चुपचाप उसकी ओर देखे जा रहा था। वह मचलकर हँस पड़ी और माँ की उपस्थिति में काफ़ी ऊँचे स्वर में बोल उठी—"हाय, क्या देख रहे हो मेरी ओर?"

उसकी माँ दो मूढ़े दीवार के साथ टेकती हुई एकाएक घूमी और माथे पर बल डालकर बोली—"आय हाय, पागल कहीं की...क्या बक रही है?"

जिन्दा समझ गयी थी कि वह क्यों घूर-घूरकर देख रहा था उसकी ओर...वह भी तो उन लड़कों में से एक था जिनके सम्बन्ध में वह सोच रही थी...।

न जाने सरनो उसकी नज़रों का अर्थ क्यों न समझ पायी। वह नन्हीं बच्ची भी नहीं थी। शहर में भी रह चुकी थी। सम्भवत: वह पालीसिंह को 'भैया' ही समझ बैठी, किसी अन्य बात की ओर उसका ध्यान ही न गया हो...सम्भव है पालीसिंह की शक्ल-सूरत उसके मन में प्रेम-भाव जागृत ही न कर सकी हो, या शायद वह इस प्रकार की बातों में सचमुच ही कोरी हो।

सरनो की इस बात से पालीसिंह एकाएक सावधान हो गया। आयु के लिहाज़ से तो नहीं, अनुभव के लिहाज़ से वह घाघ था; परन्तु केवल कुछ क्षणों के लिए वह मन्त्र-मुग्ध हो गया था। फिर उसने अपने विशेष ढंग से क़हक़हे जैसी हँसी हँसकर कहा—"मैं तुम्हें डराने की कोशिश कर रहा था।"

"देखो भई, हमें डराओ नहीं।"

"क्यों?"

"नहीं, भई।"

पालीसिंह ने अपने विशेष ढंग से चटखारा लेकर कहा—"कारण?"

"हाय, तो क्या अब डराते ही चले जाओगे उम्र भर?"

"उम्र भर?"

"हाँ तो,...नहीं क्या?"

"पहले कब डराया तुम्हें?"

"जब मैं छोटी थी।"

"तो मैं क्या करता था?"

"करना क्या था...कुछ नहीं, लेकिन डराया करते थे।"

"कैसे?"

"अब मुझे याद नहीं रहा, बस इतना जानती हूँ कि मुझ पर रोब जमाया करते थे...मैं डर जाया करती थी।"

"रोब कैसा?"

"अब क्या बताऊँ...मैं बहुत छोटी-सी थी।"

"फिर किसी ने झूठ कहा होगा।"

"नहीं तो..."

"फिर तुम्हें असली बातें तो याद होनी चाहिए।"

"बस मुझे एक ही बात याद है कि मुझे तुमसे डर लगता था। न जाने तुम क्या करते थे, बस यूँ ही बिलाव की तरह आँखें फाड़-फाड़कर देखते होगे।"

"झूठ!"

"हाय, बेबे, देख लो, आते ही लड़ाई शुरू कर दी।"

जिन्दा उन्हें मुलाकात की पहली मंज़िल समाप्त करते देख किसी काम से भीतर चली गयी थी। वहाँ से बोली—"जब से तू बैठी है, अकल की एक बात नहीं की। पाली भी हैरान होगा कि आख़िर शहर से क्या पढ़कर आयी है। पढ़ी-लिखी लड़कियाँ तेरी तरह होती होंगी? बस क्लिप लगाना ही जानती है, कोई और बात ही तुझे नहीं सूझती!"

यह कहती हुई जिन्दा बाहर आ गयी। वे दोनों खाट पर बैठे थे। वह सूत की अण्टी लेकर उनके पास ही पीढ़ी पर बैठ गयी और सूत अटेरती हुई कहने लगी—"देख, पाली, इस लड़की में कोई फ़र्क़ आया है?"

"फ़र्क़ तो है चाची।"

"यही न कि भैंस बराबर हो गयी है।"

पालीसिंह मुँह फैलाकर हँसा।

"देख, बेबे, सौ बार कह चुकी हूँ, मुझे भैंस न कहा करो, हाँ!"

जिन्दा मुस्करा दी और प्यार से बोली—"उठ मेरी रानी! देख क्या हालत है तेरे बालों की। मुँह-हाथ धोकर बाल समेट ले। कुर्ते के बटन बन्द कर सब-के-सब। भैया को अपनी किताबें दिखा और जो फूल-वूल काढ़े हैं वह भी दिखा...और फिर तुझे कुएँ पर भाइयों के लिए 'छाह-वेला' भी लेकर जाना है। मुँह सवेरे ही चले गये थे। बेचारों को भूख लग रही होगी।"

सरनो ने अनमने-से उठते हुए कहा—"कुक्कू (छोटा भाई) को भेज दो न। मैं आज के दिन पाली भैया से बातें भी न करूँ—तौबा!"

"बातें करने से मैं कब रोकती हूँ, लेकिन ज़रा अपनी सूरत तो देख शीशे में।"

"लेकिन मैं खेतों पर नहीं जाऊँगी।"

"कुक्कू भी नहीं है, वह बापू को बुलाने गया है। हाय, मैं तो तंग आ गयी हूँ औलाद के हाथों।"

सरनो मुँह-हाथ धोने नल की ओर चली गयी और वहीं से चिल्लाकर बोली—"बेबे, तुम सारा इलज़ाम मुझी पर थोप देती हो। इतना काम करती हूँ, फिर भी तुम नाराज़-की-नाराज़...कहा आज ज़रा कुक्कू को भेज दो, तो इसमें बुराई क्या है?"

जिन्दा ने रुष्टता प्रकट किये, बिना अटेरने को तेज़ी से घुमाते हुए धीमे स्वर में कहा—"अब वह आ जाये तो उसी को भेज दूँ। बच्चा है न, कहीं खेल-कूद में लग जाये तो दोपहर ही को आये वापस। दिन्नी बैठी थी, तुम आये तो न जाने किधर खिसक गयी!...पाली, दिन्नी का तो तुम्हें क्या पता होगा?"

"कौन दिन्नी?"

"सबसे छोटी लड़की। जब तुम यहाँ थे तो उस समय कुक्कू की आयु तीन वर्ष के लगभग होगी। तुम्हें तो वह भी याद नहीं होगा।"

"नहीं तो।" पालीसिंह ने कुछ लज्जा-सी अनुभव की, परन्तु जिन्दा ने उसको देखा नहीं।

"कुक्कू के बाद एक और लड़का हुआ था, परन्तु सात-आठ महीने का होकर गुज़र गया। फिर वाह गुरु तुम्हारा भला करे, दिन्नी उत्पन्न हुई। अब ये तीन लड़के हैं और दो लड़कियाँ। वाह गुरु अकाल पुरुख इन्हीं की आयु लम्बी करे! तुम मिले हो सरनो के दोनों भाइयों को?"

"नहीं, मैं कल शाम ही आया।—और फिर सुबह सीधा इधर चला आया।"

सरनो मुँह धोकर वापस आयी और उसे पोंछने के लिए कपड़ा ढूँढ़ने लगी। उसके मुँह से पानी की बूँदें टपक रही थीं। वह चेहरा आगे की ओर बढ़ाये एक धारीदार अँगोछे से मुँह पोंछती हुई भीतर चली गयी। गोबर से लिपे हुए फर्श पर उसके गीले पाँवों के चिह्न बाक़ी रह गये।

जिन्दा पूर्ववत् कहती रही—"हाँ, आजकल खेतों का सारा काम वही दोनों करते हैं। उनका बापू इधर-उधर का काम करता है। शहर जाना हो तो भी वह स्वयं ही जाता है। तुम्हें शायद मालूम हो, जब लाम लगी तो इनके बापू ने एक अंग्रेज अफसर से मिलकर ठेके का काम ले लिया। वाकई बड़ी हिम्मत की, तभी तो सारी ज़मीन हमारे कब्जे में आयी।"

"अच्छा?...मुझे कई बातों का पता नहीं है। माँ जब कलकत्ते गयी थी, तो उसने थोड़ा-बहुत हाल बताया था।"

जिन्दा को पालीसिंह के स्वर से यूँ अनुभव हुआ जैसे उसे उनके दुःख-सुख से विशेष सम्बन्ध हो। अतएव उसने और अधिक भेदपूर्ण स्वर में कहना शुरू किया—"सरनो के दादा का तुम्हें कुछ पता नहीं—हाँ बेटा, तुम बच्चे थे जब यहाँ से चले गये—तो सरनो के दादा ने सट्टे में बहुत-सा धन गँवाया। न जाने वह बुरी लत उन्हें कहाँ से पड़ गयी और फिर बाल-बच्चेवालों का, तुम जानते ही हो, इस

तरह गुज़ारा होना बहुत कठिन है। सिन्दा को सब बातों का पता है। आख़िर हम भी मज़बूर थे। उन दिनों तुम्हारे चाचा फौज़ में नौकर थे। सारी ज़मीन रहन रखकर वह तो वाह गुरु जी को प्यारे हुए और फिर रह गये हम—सरनो के बापू को नौकरी भी छोड़नी...''

''बेबे, कंघी कहाँ है मेरी?'' भीतर सरनो का उत्तेजित स्वर सुनायी दिया।

''बेटा! वह पत्थर के कूँडें के नीचे पड़ी होगी।''

''यह भी कौन जगह है कंघी रखने की...।'' निन्दापूर्ण बड़बड़ाहट सुनायी दी।

जिन्दा ने मुस्कराकर पालीसिंह की ओर देखा। वह शील-स्वभाव की स्त्री थी, उसे क्रोध कम ही आता था। अर्थपूर्ण ढंग से बोली—''देख लो रंग-ढंग हमारी लड़की के। इसका रोब भी हम पर लड़कों से कुछ कम नहीं है। भई, हम तो लड़कों-लड़कियों को एक समान समझते हैं। आख़िर लड़कियाँ भी तो अकाल पुरुख ही की देन हैं। वह...रीति...गुरु साहब ने कुड़ीमारों (पैदा होते ही लड़की का गला घोटनेवालों) की बड़ी निन्दा की है...''

पालीसिंह जिन्दा के इस प्रगतिशील दृष्टिकोण को अच्छी तरह न समझ सका। जिन्दा ने तो बात छेड़ दी थी, वह उसे भूल गयी और शायद वह उसी सोच में कुछ खो-सी गयी।

कुछ समय तक चुप्पी छायी रही। फिर जिन्दा ने दुपट्टे के ढलकते हुए आँचल को खींचकर सिर ढँक लिया और पालीसिंह की ओर देखे बिना पूछा—''अच्छा पाली! अब तो तुम यहीं रहोगे न?''

''हाँ, चाची।''

''यहीं, अपनी खेती करोगे?''

''हाँ, चाची।''

''हाँ, तुम दोनों भाइयों के लिए काफ़ी होगी यह ज़मीन।''

''बहुत अधिक तो नहीं चाची। तुम्हें तो पता ही है, हमारे पास भी अब अधिक ज़मीन नहीं है। सोचता हूँ कुछ ख़रीद लूँ और...''

जिन्दा के कान खड़े हो गये, परन्तु वह इतनी शीघ्रता से झाँसे में आनेवाली नहीं थी।

बात यह थी कि पालीसिंह के पास ज़मीन ख़रीदने के लिए रुपया भी नहीं था और यदि रुपया होता भी तो वह जमकर काम करने के योग्य नहीं था। बाप की ही भाँति अस्थिर स्वभाव का व्यक्ति था। न कोई ठिकाने का काम, जो रुपया कमाया चटकर डाला और ज़मीन ख़रीदने का इरादा सुनकर जिन्दा ने वास्तविकता टटोलने के लिए कुछ कहना चाहा कि झट से सरनो आयी और शड़ाप से चारपाई पर बैठ गयी।

''हाँ भैया, अब हो जायें हमारी-तुम्हारी बातें।''

पालीसिंह ने मुस्कराकर उसकी ओर देखा। मुँह धोने के बाद उसकी चमक और भी बढ़ गयी थी, बल्कि सच तो यह है कि वह चेहरा जिस पर नींद का नशा बाक़ी था, एक अलग सौन्दर्य रखता था और यह चेहरा जिस पर से हर प्रकार की मलिनता धुल चुकी थी, अपनी चमक-दमक के कारण और ही आकर्षण लिये हुए था। परन्तु अब पालीसिंह ने अपने-आपको इन विचारों में उतरने नहीं दिया। वह हृदय तो पहली नज़र में ही दे चुका था, परन्तु उसने स्वयं पर कुछ पाबन्दियाँ लागू करना आवश्यक समझा। अतएव पूर्ण चौकन्नेपन से सरनो की ओर देखा।

''हाँ सरनो, तुम्हें तो बिलकुल ही कुछ याद नहीं; लेकिन मुझे पुरानी बातों में से कुछ-एक याद हैं।''

''कौन-कौन सी?'' सरनो ने प्रसन्न होकर कहा।

''अब सारी कथा तो क्या सुनाऊँ, पर इतना बताये देता हूँ कि तुम उन दिनों ख़ूब साफ़-सुथरी रहती थीं और मैं नहाता तक नहीं था...क्यों चाची, ठीक कहता हूँ न?''

जिन्दा मुस्करा दी, परन्तु वह इस बात को बढ़ाकर अभी सरनो की नज़रों से पाली को गिराना नहीं चाहती थी, बोली—''बचपन था न।''

सरनो बहुत प्रसन्न हुई—''अच्छा तो फिर?''

''फिर,'' पालीसिंह ने शरारत-भरी नज़रों से उसकी ओर देखा, ''फिर मैं तुम्हारे बालों को दोनों हाथों से पकड़कर तुम्हें ख़ूब झंझोड़ा करता था।''

सरनो की मासूम आँखों में भय की हलकी-सी छाया दिखायी दी और उसने अपने सुन्दर बालों की ओर देखते हुए उन्हें हाथ से छुआ।

''और इसीलिए तुम्हारे बाल इतने लम्बे हो गये हैं।''

सरनो हँस पड़ी और पाली के बालों के बहुत बड़े जूड़े की ओर संकेत करते हुए बोली, ''और तुम्हारे बाल इतने लम्बे कैसे हो गये?'' यह कहकर वह ख़ूब खिलखिलाकर हँसी। इतने में कुक्कू आ पहुँचा। पालीसिंह ने बड़े-बूढ़ों की भाँति उसकी पीठ पर हाथ फेरा।

कुक्कू ने बताया कि उसे बापू का कहीं पता नहीं चला। जब माँ ने उसे खेतों को भेजना चाहा तो वह मचल गया। फिर एक आने की रिश्वत पाकर चला गया।

उसके चले जाने के बाद सरनो ने पुन: पालीसिंह को सम्बोधित किया—''अच्छा भैया, और बात सुनाओ।''

''भई ऐसी मजेदार बात बतायी तुम्हें...अब तुम अपनी कहो।''

''अपनी कहूँ,'' कहकर सरनो ने एक अँगुली दाँतों तले दबा ली और आँखों की पुतलियाँ घुमा-घुमाकर सोचने लगी। जिन्दा बोली—''बेटी! पाली को बताओ न; तुमने क्या पढ़ा, क्या लिखा, क्या-क्या काम किया?''

"लेकिन वह कोई मज़ेदार बात थोड़ी है।" और फिर वह कूदकर भीतर चली गयी और अपनी किताबें उठा लायी।

"जब मैं शहर में थी तो तुम्हें मालूम नहीं शायद, मैं वहाँ बहुत-कुछ पढ़ती रही। गणित पढ़ा—गुरुमुखी पढ़ी—ऊड़ा, ऐड़ा, ईड़ी...क्या तुम गुरुमुखी पढ़ना जानते हो?"

पालीसिंह ने पहले अपने चौड़े कन्धों को हरकत दी और फिर गुर्राकर कहा—"नहीं, मैं कुछ नहीं पढ़ सकता, बस तीन अक्षर जानता हूँ, ऊड़ा, ऐड़ा, ईड़ी।"

"बस?"

"बस!—और हाँ, अपना नाम भी लिख लेता हूँ। मैंने एक जण्टरमैन (जण्टल मैन) बाबू से कहा कि वह कागज़ पर मेरा नाम लिख दे। मैं उसकी नकल करता रहा।"

"लिखो तो भला!"

"बड़ी आयी उस्तानी!" जिन्दा ने कहा।

पालीसिंह ने नाम लिखा। अक्षर टेढ़े-मेढ़े अवश्य थे, परन्तु नाम पढ़ा जा सकता था।

नाम लिखकर पालीसिंह ने प्रशंसा-इच्छुक नज़रों से सरनो की ओर देखा। इस विषय में महानता के अनुभव से सरनो को पाली पर प्यार-सा आ गया। गम्भीरता से बोली—"मैं तुम्हें अपना कायदा (पढ़ाई की पहली पुस्तक) दूँगी, तुम और अधिक पढ़ लेना..."

इतने में पाली की माँ सिन्दा उधर आ निकली। पाली को वहाँ देखकर खड़ी हो गयी। "अरे पाली, तू यहाँ बैठा है, मुझे कुछ कहकर भी नहीं आया। सुबह से तुम्हारे मित्र चक्कर काट रहे हैं..."

जिन्दा ने सिन्दा को देखा तो ऊँचे स्वर में बोली—"ए! मैं कहूँ बहन बधाई हो, अपना पाली वापस आ गया है।"

इस पर सिन्दा बहुत प्रसन्न हुई, उत्तर में आवश्यकता से कहीं अधिक मुँह फाड़कर बोली—"बहन, तुम्हें भी बधाई हो...देख लो इसे, दिन भी निकलने नहीं दिया और इधर चला आया। देखो तो बचपन के साथियों को, कैसे घुल-मिलकर बातें कर रहे हैं।"

"हाँ, बहन, इनका आपस में बड़ा प्रेम था", यद्यपि जिन्दा घड़ी-भर के लिए भी उनसे असावधान न हुई थी, ताकि कहीं अधिक घुल-मिलकर बातें न करने लगें।

सिन्दा ने पुनः कहा—"हाँ तो बेटा, उन्होंने तुम्हें बगीचे में बुलाया है...अब तू कब जायेगा उनके पास? अरी बहन, क्या कहूँ, एक आता है, दरवाज़े में से झाँककर

पूछता है, 'माँ, सुना है पाली आ गया है' दूसरा आता है 'माँ, सुना है पाली वापस आ गया है' इस तरह सुबह से ताँता बँध रहा है। कई बेचारे जिन्होंने बड़े समय से हमारे दरवाज़े के भीतर कदम नहीं रखा था वह भी इसके लिए आये।'' कहते-कहते सिन्दा की आँखें सजल हो उठीं। थोड़ी देर तक इधर-उधर की बातों के बाद बोली—''अच्छा बेटा, रोटी खाकर दोपहर को वहाँ जाइयो और यहाँ से उठकर सीधा घर आकर रोटी खा लीजो...''

जिन्दा चुप न रह सकी—''हे बहन, क्या नाक में दम कर दिया तूने। यहीं खा लेगा रोटी। हमारी रोटी परायी तो नहीं न...''

''वाह गुरु का नाम लो, परायी कौन कहता है; अपना घर है!'' सिन्दा ने फूलकर कुप्पा होते हुए उत्तर दिया—''लेकिन इसकी भाभी को भी तो बड़ा चाव है। गुड़ के मीठे चावल बनाये बैठी है।''

यह कहकर वह तो चल दी और जिन्दा ने भावुकता में डूबे हुए स्वर में कहा—''कितना चाव होता है माँ को भी। सन्तान के बिना तो माँ को अन्धी समझो।''

सरनो भीतर से अपने काढ़े हुए तकिये के गिलाफ, मेज़पोश और झालरें उठा लायी। इन कामों में सरनो निपुण नहीं थी, इसलिए काम बिलकुल मामूली था; परन्तु पालीसिंह को बहुत पसन्द आया और वह सरनो की निपुणता से प्रभावित भी हो गया।

फिर सरनो उससे कलकत्ते के सम्बन्ध में पूछने लगी—''क्या वह बहुत बड़ा शहर है?''

''हाँ...बहुत बड़ा।''

''क्या अमृतसर से भी बड़ा?''

अब प्रभावित करने की बारी पालीसिंह की थी। उसने विजयी मुस्कराहट होंठों पर उत्पन्न करते हुए कहा—''अमृतसर-जैसे सौ शहर उनमें समा जायें।''

सरनो का मुँह खुले-का-खुला रह गया।

''इतना बड़ा?''

''हाँ!''—पालीसिंह ने सिर हिलाते हुए और बाकायदा रोब जमाते हुए उत्तर दिया।

फिर वे तीनों इधर-उधर की गप्पें उड़ाते रहे। सरनो का मधुर स्वर उसके कानों में मधु टपकाता रहा। उसका मन चाहता था कि बस वे उसी प्रकार बैठे बातें करते रहें, परन्तु सरनो का बापू निरंजनसिंह आ गया। उसने बड़ी कठिनता से पालीसिंह को पहचाना। उसने भी उसके वापस चले आने पर प्रसन्नता प्रकट की, परन्तु वह उतना उत्सुक नहीं था। वह दिल का बुरा नहीं था। पहले की अपेक्षा कुछ अभिमानी अवश्य हो गया था।

सरनो उठकर आटा गूँधने लगी। जिन्दा पति से बातें करने लगी। अब पालीसिंह ने टल जाना ही उचित समझा। अतएव वह खाट पर से उठकर खड़ा हो गया और अपने तहबन्द के बल सँवारने लगा।

''क्यों बेटा पाली?'' जिन्दाकौर ने अपने मीठे स्वर में पूछा।

''अब चलता हूँ।''

''रोटी खाकर जाना।''

''नहीं चाची, फिर सही,'' उसने पगड़ी को सँवारकर पति-पत्नी दोनों को सम्बोधित करते हुए ''सत सिरी अकाल'' कहा और फिर एक उचटती-सी नज़र सरनो पर डाली।

सरनो चुपचाप परन्तु निर्लज्जतापूर्वक हँस दी। उसने माँ-बाप से चोरी से हँसने की आवश्यकता नहीं समझी। पालीसिंह इसी बात के सम्बन्ध में सोचता घर से बाहर निकल आया। धूप तेजी पकड़ चुकी थी। पुरुष कामों पर गये हुए थे। स्त्रियाँ गूँधे हुए आटे के तसले उठाये तन्दूरों की ओर लपकी चली जा रही थीं या वापस आ रही थीं। मैले कुचैले बच्चे आवारा कुत्तों के गलों में रस्सियाँ डाले उन्हें इधर-से-उधर घसीटते फिरते थे। गोबर से सनी धूल में गली के नुक्कड़ पर खड़े पीपल के वृक्ष के पत्ते तेज़ी से घूमते, चक्कर खाते चले आ रहे थे।

वह ठिठककर थोड़ी देर तक भूसा मिले गारे से बने मकानों को चिलमिलाती धूप में खोयी-खोयी नज़रों से देखता रहा।

तीन

□□

वह स्थान जिसे डिंगा निवासी बगीची कहते थे, ज़मीन का एक ऐसा भाग था, जहाँ धरेक के पच्चीस-तीस वृक्षों का झुण्ड था। इन वृक्षों की पत्तियाँ कड़वी परन्तु छाया बहुत ठण्डी होती थी। बगीची गाँव से लगभग एक फर्लांग के फासले पर थी। इसे गाँव का क्लब-घर समझना चाहिए। गर्मी के दिनों में दोपहर के समय लोग खाना आदि खाकर अपनी-अपनी चारपाइयाँ उठाकर विश्राम तथा मनोरंजन के लिए यहाँ आ पहुँचते। यहाँ बच्चे, नौजवान और बूढ़े सभी आ सकते थे, परन्तु स्त्रियाँ दिखायी न देती थीं। स्त्रियों के लिए यह स्थान उचित भी नहीं था। यहाँ पुरुष अपने दिल का बुखार निस्संकोच निकालते। मर्दानगी की बातें, मर्दानी गालियाँ, मर्दाने खेल और मर्दाने ही मनोरंजन होते थे। दोपहर की इन महफिलों में बच्चे, जवान, बूढ़े सभी इस प्रकार घुल-मिल जाते थे कि किसी को अपनी आयु तथा उसकी मर्यादा याद ही न रहती थी। आयु पार कर चुके बूढ़े भी, जिनके मुँह में दाँत थे न पेट में आँत, यदि और कुछ नहीं तो अपनी-अपनी खाटों पर लेटे दूसरों की चटखारेदार बातों ही से आनन्दित होते। शतरंज और चौसर इनके प्रिय खेल थे। अधिकतर तो ऐसा होता कि कुछ लोग दिन के थके-हारे होते, बल्कि अधिकांश लोग वे होते जिन्हें तारों की छाया ही में हल लेकर खेतों में जाना पड़ता था। वे प्रायः अधिक नहीं तो एक-आध घण्टे के लिए अवश्य सो जाते। कुछ लोग शतरंज और कुछ चौसर खेलते। शतरंज में एक-दूसरे के मुकाबले में तो दो ही व्यक्ति होते थे, परन्तु इनके साथ और लोग भी मिल जाते थे। कुछ एक खिलाड़ी के तरफदार और कुछ दूसरे को मशविरा देनेवाले। इस प्रकार के खेल में दोनों ओर के व्यक्ति बड़ा जोश प्रकट करते और जब वे एक-दूसरे के मुहरे 'मारते' तो सचमुच एक मुहरा उठकर दूसरे मुहरे के सिर पर पूरी शक्ति से पटक देते। इनके मुहरे भी भद्दे तथा मोटे-मोटे होते थे। जब कभी वे शहर से शतरंज ख़रीदते तो सबसे पहला गुण मुहरों का यह समझते कि वे मारपीट से टूट न जायें। मारपीट एक ओर, यदि उन पर आदमी पाँव रखकर खड़ा हो जाये तो भी न टूटें। बच्चे ज़मीन पर कोयले या अँगुली से रेखाएँ खींचकर 'बाराँ कटाल' खेलते। पीली-पीली कौड़ियों से जिन्हें वे 'डड्डू कौड़िया' कहते थे, बड़ी तेज़ी तथा तन्मयता

से चुटकी बजा-बजाकर खेलते थे। इसमें सौ अथवा पचास तक गिनती पूरी करनी होती थी। जिस लड़के की गिनती पूरी हो जाती वह दूसरे की गिनती के हिसाब से उल्टे हाथ पर दो अँगुलियों से पूरी शक्ति से 'चुण्टियाँ' लगाता था। उन्हीं चुण्टियों के कारण खेल में गर्मा-गर्मी उत्पन्न हो जाती थी।

प्राय: लोग अपनी धुन में मस्त रहते थे। शोर कुछ उसी समय होता जब दो जवानों में किसी बात पर मुकाबला ठनकर पटका-पटकी होने लगती। या कोई स्त्री-हरण की कथा छेड़ बैठता या कहीं निकट या दूर कोई बहुत बड़ी घटना हो जाती अथवा जब उनके गाँव में किसी पर कोई महत्त्वपूर्ण मुकदमा चलने लगता। अपने गाँव की बात होती तो फिर सब लोग मनोरंजन छोड़ किसी व्यर्थ-सी बात पर भी घण्टों एक-दूसरे का भेजा चाटते।

एक बगीची का मालिक ज्वालासिंह था। केवल ज्वालासिंह ही एक ऐसा व्यक्ति था जिसने अपना घर गाँव से बाहर बना रखा था। भेद इसमें यह था कि गाँव में रहने से कठिनाइयों का सामना करना पड़ता। पुलिस की नज़रों में पालीसिंह के बाप सन्तासिंह के बाद यही इस गाँव का सबसे अधिक खतरनाक व्यक्ति था। परन्तु ज्वालासिंह सन्तासिंह की अपेक्षा बहुत अधिक मक्कार था। गाँववाले तो ख़ैर उसके सम्बन्ध में बहुत कुछ जानते ही थे और उनके दिलों में उसके प्रति बहुत श्रद्धा थी, परन्तु वास्तव में ज्वालासिंह के कई भेद ऐसे थे जिन पर अभी तक पर्दा पड़ा था। इसमें और सन्तासिंह में यही भेद था। सन्तासिंह जो कुछ करता था बीच मैदान में। कभी-कभी डाका डालने से पूर्व ही अपने शिकार को सूचित कर देता था ताकि उसे अपने बचाव के लिए जो करना हो कर ले या एक नियत रकम उसके लिए तैयार रखे, और यदि उसके आगमन पर वह रकम पेशकर दी जायेगी तो उसे तथा उसके परिवार के किसी प्राणी को कुछ न कहा जायेगा। परन्तु ज्वालासिंह के ढंग निराले थे। वैसे वह अपने-आपको शरीफ भी नहीं कहता था, परन्तु अपने भेद भी प्रकट नहीं होने देता था। और यदि कोई जान पाये तो उसे इसकी चिन्ता भी नहीं थी।

उसका पारिवारिक जीवन भी रहस्यमय-सा था। न पत्नी, न सन्तान। उसकी ज़मीन थी। गाय-भैंस भी पालता था। सम्बन्धियों में उसकी एक बहन थी—चिन्तो, जो उसके साथ रहती थी। लोगों का ख़्याल था कि उसके बहन ही को घर में बसा लिया है। परन्तु स्पष्ट रूप में यह बात कहने का किसी में साहस नहीं था। एक बार गाँव से बाहर एक नवजात मृत शिशु पाया गया, उन दिनों चिन्तो बीमारी के बहाने कई दिन तक बिस्तर में पड़ी रही। लोगों का कहना था कि वह बच्चा उसी ने जना था। परन्तु कुछ लोग यह भी कहते थे कि चिन्तो स्वयं भी डाका डालने जाती है। उसके तहबन्द अथवा सलवार के नेफे में हर समय गैर-इलाके का बना हुआ पिस्तौल छिपा रहता है। उसके बारे में इतनी बातें प्रसिद्ध थीं कि गाँव की स्त्रियों में उसका उठना-बैठना कठिन हो गया था। लोग अपनी युवती तथा कुंवारी लड़कियों को विशेष रूप

से उससे दूर रहने को कहते थे। उसकी आयु बयालीस-तैंतालिस वर्ष के लगभग थी; परन्तु अब भी वह सैनिकों की तरह छाती तानकर चलती थी। बड़े-बूढ़े बताते थे कि जवानी में वह अत्यन्त सुन्दर लड़की मानी जाती थी; परन्तु अब सुन्दरता के समस्त चिह्न लगभग मिट चुके थे, बल्कि अब उसके चेहरे से मर्दानापन झलकता था। बाछों, होंठों और आँखों से सख़्ती टपकती थी। वह किसी से बात भी करती तो पुरुषों की तरह अर्थात् पाँव फैलाकर तथा अकड़कर खड़ी हो जाती। बड़े ऊँचे स्वर में क़हक़हा लगाकर सामने के व्यक्ति के बाजू या कन्धे पर पुरुषों की तरह धप लगाती। स्त्रियों में बैठती तो बाज़ू बढ़ाकर कहती, "आओ, बीनी (कलाई) पकड़ो मेरी।"

स्त्रियाँ उसकी इन हरकतों से बड़ी घृणा करतीं। अब तो ख़ैर उसकी आयु इसी गाँव में व्यतीत हो चुकी थी और गाँववालों ने उसे एक प्रकार से स्वीकार कर लिया था। अलबत्ता एक बार उसने पाली की माँ सिन्दा को बीनी पकड़ने का चैलेंज दे दिया, जिसे सिन्दा ने तुरन्त स्वीकार कर लिया और उसे हरा भी दिया। सिन्दा हाथ-पाँव की बहुत मज़बूत थी। उसके नयन-नक्श भी भद्दे थे और चेहरे से एक विशेष प्रकार की सख़्ती भी टपकती थी; परन्तु चिन्तो की अपेक्षा उसमें पर्याप्त नारीत्व था।

ज्वालासिंह की आयु भी पचास के लगभग थी। बहन की तरह उसने भी विवाह नहीं किया। किसी समय तो उसके शारीरिक बल का ठिकाना न था; परन्तु यह पालीसिंह के बचपन से भी पहले की बात थी। वास्तव में वह पाली के बाप का साथी था, यद्यपि सन्तासिंह की धूमधाम में वह पीछे ही पड़ा रहा। सन्तासिंह के साथ मिलकर भी उसने बड़े-बड़े कारनामे किये थे। अब भी उसका मकान जरायमपेशा लोगों का गढ़ था। विचित्र-विचित्र सूरतें दिखायी देती थीं वहाँ। भंग के नशे में धुत्त लड़खड़ाते चोर और डाकू, जिनकी पगड़ियाँ सिर से उतरकर टाँगों में उलझी होती थीं, प्रायः रहते थे। ज्वालासिंह अब भी बड़ा मज़बूत था। यदि उसे नशे की लत न होती तो उसका शरीर काफ़ी आयु तक उसका साथ दे सकता था। यद्यपि अपराध का शरीर की बनावट से विशेष सम्बन्ध नहीं होता परन्तु उसका शरीर भी उतना भद्दा तथा काला था जितना कि उसका दिल खोटा था। गर्मियों में जब वह कुर्ता उतारकर अपनी खाट पर बैठ जाता तो देखनेवालों को दूर से वह बिलकुल रीछ दिखायी पड़ता। सिर के बाल तो थे ही, दाढ़ी के बाल कैंची से कुतरने के कारण बहुत घने और मोटे होकर फैल गये थे और उसके गालों के ऊपरवाले भाग तक चढ़ आये थे, फिर उसके शरीर पर अर्थात् छाती, कन्धों, पीठ, रानों, बाँहों और कलाइयों पर काले छल्लेदार बाल बेतहाशा उगे हुए थे। इसलिए गर्मियों में उसे बड़ी परेशानी का सामना करना होता था। विशेषतः पीठ की खुजली उसे बहुत परेशान करती।

इधर-उधर के बच्चे उसके घने बालों तथा पसीने की लजलजाहट से घबराकर उसकी पीठ खुजाने से इनकार कर देते थे, इसलिए उसने एक लम्बी-सी दातुन के

साथ कंघा बाँध रखा था। सोने से पूर्व वह आँखें बन्द करके उससे पीठ खुजाता, इससे उसे बहुत आनन्द प्राप्त होता था।

यद्यपि वह इस बगीची का मालिक था परन्तु अब लोग इस वास्तविकता को सर्वथा भुला बैठे थे। अतएव कई बार ऐसा भी होता कि उसे छाया में चारपाई बिछाने को स्थान न मिलता। इस पर वह अपनी भँवों तले चमकती हुई आँखों से उन सबका निरीक्षण करता जो अपनी चारपाइयों पर आराम से लेटे होते थे। फिर होंठों में मुस्कराकर कहता—"हरामी! कैसे लेटे हैं टाँग-पर-टाँग जमाये जैसे बाप की बगीची हो!"

इस पर उसी की आयु का व्यक्ति गुर्राकर कहता—"अबे जा, साला आया बगीची का मालिक वहाँ से!"

पालीसिंह का गाँव में आना कोई साधारण घटना नहीं थी। लोग उसके बाप को जानते और मानते थे। उसका भाई बेचारा तो बस ऐसा ही निकला; परन्तु जब बिशने, किशने और रतने ने अपने मित्र के हाथ की सफाई देखी, तो उन्हें मालूम हो गया कि अब एक बार पुन: डिंगा की परम्पराएँ जाग उठेंगी। पालीसिंह, ज्वालासिंह और सन्तासिंह, इन दो विपरीत व्यक्तियों का बहुत सुलझा हुआ मिश्रण था, परन्तु शारीरिक बल तथा हथकण्डों में 'गुरु' होने के बावजूद बातचीत और उठने-बैठने के ढंग में उसमें न तो बाप की-सी धूमधाम थी और न ज्वालासिंह जैसी मक्कारी। बात यह थी कि यदि उसे कलकत्ते में उन्हीं के इलाके के अपनी कला में निपुण तथा पुराने पापी और मोटर-ड्राइवरों से, सरोकार न पड़ता तो निस्सन्देह वह भी इस सम्बन्ध में अनगढ़ ही रहता। हो सकता है कि ज्वालासिंह जैसा घाघ कुछ बातों से उसे मात दे दे, क्योंकि उन दोनों की आयु में भी तो बहुत बड़ा अन्तर था, और फिर प्रत्येक स्थान की कुछ अपनी परम्पराएँ भी होती हैं।

दोपहर के समय लोग बगीची में बैठे नियमानुसार गप्पबाज़ी कर रहे थे कि किसी ने पालीसिंह का जिक्र छेड़ दिया, "अरे भई, सुना है पालीसिंह गाँव वापस आ गया है।"

"कौन पालीसिंह?"

"लहने का भाई..."

"लहना?...अरे उस लहने का भाई कौन है?"

"तुम्हें याद नहीं क्या! भई सन्तासिंह के दो बेटे थे—एक तो यह...अपना लहना और दूसरा पाली।"

"ओह...वह कहाँ से आ टपका, दोस्त? ...उसकी तो माँ रोती फिरती थी...हम समझे कि बस गया।"

"हाँ-हाँ, वही, भाग गया था न।"

"कहाँ था अब तक?"

"कलकत्ते में।"

"अब तो बड़ा हो गया होगा।"

"हाँ, सुना है बहुत करारा जवान है।"

'करारा जवान' सुनकर बहुतों के कान खड़े हो गये—"भई कौन है करारा जवान..."

"पालीसिंह! सन्तासिंह का बेटा।"

"तुमने उसे देखा है क्या?"

"नहीं, देखा तो नहीं...सुबह से न जाने कहाँ गायब है। घर पर भी गये पर मिला नहीं।"

इतने में बिशनसिंह और किशनसिंह भी आ पहुँचे। इधर-उधर देखने के बाद बोले—"क्यों, भई, तेजासिंह, पाली नहीं आया यहाँ?"

अब शतरंज के कुछ खिलाड़ियों ने झल्लाकर सिर उठाया "क्या टाँय-टाँय लगा रखी है? कौन है यह पाली, पालीसिंह?"

फिर सब लोग खेल आदि बन्द करके बिशने से पालीसिंह की बातें सुनने लगे।

यह सबकी दिलचस्पी की बात थी। एक बूढ़े ने अपने गाँव के जवान लड़के का हाल सुना, तो गर्व से दाढ़ी पर हाथ फेरते हुए कहा—"अच्छा! वाह...वाह...तो उसे यहाँ बगीची में लाओ न!"

"हम दो बार उसके घर जा चुके हैं। उसकी माँ को कह आये थे कि बगीची में भेज दीजियो। बोली, अभी तो उसने खाना भी नहीं खाया। ढूँढ़कर लाती हूँ। खाना खाते ही यहाँ चला आयेगा। क्यों ताया (ताऊ) तुम्हें याद है पाली?"

"अच्छी तरह तो नहीं, लेकिन छोटा-सा तो था। कुछ-कुछ याद आता है। अच्छा तो अपने बाप पर गया है?"

किशना बोला—"अरे ताया, वह तो बाप से भी चार जूते आगे है।"

यह सुनकर ताया हरप्रसाद (जिसे हर कोई 'ताया' कहता था) की धागे से बँधी हुई ऐनक गिर पड़ी।

अब सब लोग कान लगाये बैठे थे। बिशने ने पुनः कहना आरम्भ किया—"कल शाम जब वह आया तो हमारी आपस में लड़ाई हो गयी।"

"अरे, लड़ाई हो गयी! वह क्यों?"

"ऐसा हुआ कि वह नदी में नहा रहा था। हम पास के कुएँवाले खेतों का चक्कर लगा रहे थे। हम समझे कोई परदेसी है..."

"तुमने उसे पहचाना भी नहीं? ...हो-हो!"

"पहचानते क्या, साला बिलकुल बदल गया है। कहाँ वह छोटा-सा पाली और कहाँ यह शरींह के पेड़ जैसा ऊँचा और पला हुआ बकरा!...हमने देखा तो सोचा, कोई नया आदमी है, कुछ रुपये झाड़ लें इससे।"

"हा...हा!"

"वह रतना...भेंगा रतना भी तो था हमारे साथ। किशना और मैं तो उसके सामने खड़े थे, रतना पीछे की तरफ़ से आया। पहले तो धोखे से हमने उससे रुपये छीन लिये, लेकिन फिर उसने हम तीनों को सामने खड़ा करके आँख झपकते में हरा दिया..."

अक्खड़ जवानों को भला कैसे विश्वास आता—"ह...ह...ह...भला यह कैसे हो सकता है?"

"हो तो नहीं सकता...पर हम स्वयं हैरान रह गये। ऐसा साफ़ हाथ हमने किसी का नहीं देखा। अरे फौजू, तुम जो मूँछे ताने फिरते हो, अगर उसके सामने खड़े हो जाओ तो इससे पहले कि तुम अँगुली भी उठा सको वह तुम्हें ज़मीन पर लिटा देगा।"

फौजू ने कन्धों को हरकत देकर एक 'ऊँह' से घृणा प्रकट की।

ताया हरप्रसाद सारे वार्त्तालाप का सारांश निकालते हुए बोला—"तो यूँ कहो न कि बाप पर गया है!"

किशने ने कहा—"अरे ताया, वह तो बाप का भी बाप है! क्या समझे?"

यहाँ से बात शुरू हुई तो शारीरिक बल तथा डील-डौल की बातें छिड़ गयीं। इसके बाद वे पेटूपने की बातों पर उतर आये।

"हाँ, मेरी आँखों देखी बात है...मैंने एक आदमी को पचीस सेर दूध का कड़ाहा डकारते देखा है।"

ताया हरप्रसाद, जो जवानी की बातों में दिलचस्पी रखने के अतिरिक्त समझदार भी था, गम्भीरता से बोला—"भई, इसमें आश्चर्य की क्या बात है? यहाँ भी कई ऐसे निकल आयेंगे जो खाना खाने से पहले हलवे का भरा हुआ थाल बिना डकार लिये खा जायेंगे। हालाँकि अगर तुम किसी शहरी से इस बात का ज़िक्र करो तो वह विश्वास नहीं करेगा। हाँ, एक बात बताऊँ। यह ज़रूरी नहीं कि पेटू ताकतवर भी हो, क्योंकि बेतहाशा खाने के साथ ताकत का कोई सम्बन्ध नहीं है..."

इस बात पर बड़े-बूढ़ों ने विशेष रूप से सिर हिलाकर हामी भरी। युवकों को विश्वास हुआ अथवा नहीं, परन्तु वे प्रभावित अवश्य हुए। ताया हरप्रसाद ने अपनी इस बात से स्वयं ही प्रसन्न होकर अधिक प्रभाव डालने के लिए मुँह खोला ही था...कि गाँव की इधर को खुलती हुई गली की ओर देखकर चुप हो गया।

एक अपरिचित व्यक्ति हाथ के पंजे में चारपाई उठाये बगीची की ओर बढ़ा आ रहा था। वे सब उसके क़द-काठ तथा डील-डौल का नज़रों-ही-नज़रों में निरीक्षण

करते रहे। उनमें से प्रत्येक को यह स्वीकार करते देर न लगी कि आनेवाला जवान सुन्दरता के लिहाज़ से नहीं, तो शारीरिक रूप से हज़ारों में एक है। और वह पालीसिंह के अतिरिक्त कौन हो सकता था।

बिशनसिंह और किशनसिंह उसे देखते ही उसकी ओर लपके। दो-चार व्यक्तियों ने अपनी चारपाइयाँ सरकाकर उसके लिए जगह कर दी। उसने आते ही दोनों हाथ जोड़कर सबकी ओर देखा—"वाह गुरु जी का खालसा! सिरी वाह गुरु जी की फ़तह!"

"वाह गुरु जी की फ़तह!"—सबने बड़े आदर से उत्तर दिया। उसके बचपन के साथ अधिक सब्र न कर सके। वे उससे गले मिलने के लिए आगे बढ़े। बिशने ने ज़रा हाथ बढ़ाकर कहा—"भई, बारी-बारी! ठहरो, मैं इसे बताता भी तो जाऊँ कि कौन-कौन है?"

यह कहकर उसने एक जवान को बाँह से पकड़कर आगे खींचा—"यह है नवाबदीन...'सौंची' में फतहसिंह से भी बढ़ गया है...गले मिलो दोनों।"

यह अपना यार फौजा...लट्ठबाज।"

"यह तेजासिंह है।"

"यह जोरासिंह है...मुगदर हिलाता है...ज़रा इसकी लाश देखो!"

फिर उसने गुरांदित्ते के मशीन से मुँडें हुए सिर पर हाथ फेरते हुए कहा—"इधर आ बे दित्ते...यह कुश्ती लड़ता है...धड़सी गाँव के नम्बरदार के बेटे फलौरासिंह को पटक मारा था इसने...इसके गले से भी लगो और इसे शाबाशी दो।"

"और यह हीरा...बस सचमुच हीरा...शराफत में पहला नम्बर नवाब का और दूसरा इसका..."

"हाँ, शरीफों से जी भर गया है तो वह रहा चाचा ज्वालासिंह! देख लो भालू का भालू...तुम्हारे बाप का साथी..."

"यह दीवानचन्द...कबड्डी खेलता है। ख़ूब खेलता है। 'पाले' से आगे बढ़ते ही इस तेज़ी से घूमता है कि आँख नहीं ठहरती ससुरे पर।"

इस प्रकार बिशने ने नौजवानों से उसका परिचय कराया। पालीसिंह सबसे हँस-हँसकर गले मिलता रहा और फिर बिशने ने बुज़ुर्गों के नाम गिनवाने आरम्भ किये, ताया हरप्रसाद से घुचड़ूँ तेली तक।

"...और भई यह रहा अपना घुचड़ूँ तेली। तुम्हें याद है इसकी सूरत। अब पहचान लो, है न वह घुचड़ूँ का घुचड़ूँ..."

घुचड़ूँ तेली उस गाँव का सबसे निर्बल, परन्तु बाहरवालों में बहुतों से बलवान् व्यक्ति था। कपड़े तेल से चीकट, गाल भीतर को धँसे हुए, सूखा-सा मुँह, दयनीय-सा। परन्तु जब कभी अपने बराबर के किसी व्यक्ति से कबड्डी अथवा कुश्ती में जोड़

हो जाये तो ख़ूब हाथ दिखाता था, और इसीलिए उसका असली नाम भुलाकर 'घुचड़ूँ' रख दिया गया था।

हरप्रसाद बूढ़ों में पाँव रखता था, परन्तु नौजवानों से उसे विशेष लगाव था। उनका पक्ष लेने, उनके नाज़ उठाने में कोई बात न उठा रखता था। यहाँ तक कि एक बार गाँव का एक नौजवान किसी दूसरे के धोखे में उसकी नौजवान लड़की को छेड़ बैठा। लोगों ने देख लिया और जूतों से उसकी ठुकाई करने पर तुल गये; परन्तु हरप्रसाद ने यह कहकर बात आयी-गयी कर दी कि यह आयु ही ऐसी होती है। जो हो गया सो हो गया; फिर ऐसा नहीं करेगा।

अतएव नौजवानों के ग्राहक नम्बर १ के रूप में उसने नवागन्तुक पालीसिंह का मन मोहने के लिए कदम आगे बढ़ाया और उसके कन्धे पर हाथ रख दिया और दयालुतापूर्ण नेत्रों से देखते हुए बोला—

"बेटा, तुम्हें देखकर हम सबको बड़ी प्रसन्नता हुई है। तुम्हारी माँ मुझसे तुम्हें पत्र लिखवाया करती थी। फिर जब हमें मालूम हुआ कि तुम बर्मा चले गये हो, लड़ाई पर हो, हम निराश हो गये। जब तुम्हारा कोई पत्र भी नहीं आया तो तुम्हारी माँ के दिल में शंका पैदा होने लगी और वह उस हालत में भी कलकत्ता जाने को तैयार थी, परन्तु मैंने रोका कि बहन, ऐसे समय कलकत्ते जाने से कुछ लाभ न होगा क्योंकि पालीसिंह कलकत्ते में तो है ही नहीं। कलकत्ते पर बम बरस रहे हैं। पगली, कहाँ जायेगी तू? बोली, बर्मा चली जाऊँगी। अरी, तुझे बर्मा कौन जाने देगा? बर्मा में तो लड़ाई हो रही है। भला सरकार बर्मा जाने भी देगी। भई, बड़े यत्नों से कहीं उसे मनाया मैंने..."

हरप्रसाद ने यूँ ही इतनी बातें बना डालीं, हालाँकि उसे यह भी स्मरण नहीं था कि पालीसिंह है कौन? डेढ़-दो वर्ष पूर्व सिन्दा ने उससे एक-आध पत्र अवश्य लिखवाया था। भवावेश में आ यह कहानी गढ़ने पर हरप्रसाद कुछ लज्जित-सा हुआ और उसने अपने झूठ को कुछ कम करने के विचार से कहा—"तू बहुत छोटा था जब यहाँ से गया था। अगर तुम्हारे बचपन का फोटो और अब का फोटो साथ-साथ दिये जायें, तो तुम स्वयं भी न पहचान पाओगे कि ये एक ही आदमी के फोटो हैं। सो बेटा, अभी-अभी जब बिशने ने बताया कि तुम वापस आ गये हो और ख़ूब तगड़े जवान हो गये हो तो मैं हैरान रह गया..."

"और ताया की नाक पर से ऐनक गिर पड़ी!" बिशने ने गिरह लगायी।

"अबे, चुप सुअर के बच्चे!" हरप्रसाद गुर्राया।

इस पर हरप्रसाद के समवयस्क कर्मदीन ने झल्लाकर कहा—"अबे, तू बात ख़तमकर न! लौंडे के पीछे हाथ धोकर पड़ गया है। हाँ, और क्या। लचकर (लेक्चर) पिलाये जा रहा है।"

''तेरे पेट में क्यों ऐंठन होती है?'' हरप्रसाद ने घूमकर कर्मदीन की ओर देखा।

''पकड़ो बे लौंडों, इस उल्लू के चर्खे को।...क्यों बे, हमारा दिल नहीं चाहता इससे बातें करने को? इसमें तो सबका साझा होना चाहिए।'' कहकर वह मुस्कराते हुए हुक्का गुड़गुड़ाने लगा।

हरप्रसाद ने कृत्रिम क्रोध के साथ तेज़ी से ऐनक उतारी। फिर पहनी और हार मानकर अपनी चारपाई पर आ गया।

पालीसिंह अपनी चारपाई पर बैठ गया। सब ओर से उत्सुकतापूर्ण नज़रें उस पर जमी थीं। सब लोग हरप्रसाद के मौन होने की प्रतीक्षा में थे। अब जो मैदान खाली पाया तो प्रश्नों की बौछार कर दी।

कर्मदीन ने एकाएक हुक्के की 'नै' मुँह से हटाते हुए पूछा—''लेकिन, भई, कलकत्ता है कहाँ?''

यह प्रश्न किसी को सूझा ही न था, हालाँकि उनमें से कोई भी ठीक से नहीं जानता था कि कलकत्ता कहाँ है। कुछ एक को कर्मदीन की बुद्धि से ईर्ष्या हुई। क्या पते की बात पूछी है कमबख़्त ने।

इस प्रश्न का उत्तर स्वयं पालीसिंह के लिए भी कुछ कम कठिन न था। इस बीच में हरप्रसाद नाराज़ होने के बाद आप-ही-आप मान भी चुका था। बड़ी गम्भीरता से बोला—''कलकत्ता शहर हिन्दुस्तान में है और यहाँ से पाँच हज़ार मील दूर है। गाड़ी दिन-रात चलती रहती है तब कहीं वहाँ पहुँचती है।''

इस उत्तर से सब सन्तुष्ट हो गये। पालीसिंह में भी इसका खण्डन करने की योग्यता नहीं थी, उसने भी हामी भर दी। सबको विश्वास हो गया कि कलकत्ता हिन्दुस्तान में है। भला हुआ जो किसी ने नहीं पूछा कि हिन्दुस्तान कहाँ है?

ज्वालासिंह ने जब हरप्रसाद को पालीसिंह पर बड़े-बूढ़ों जैसे ढंग से स्नेह झाड़ते देखा था, तो उसके मन में भी खलबली-सी मच उठी थी, परन्तु हरप्रसाद की दुर्दशा होते देख उस समय तो वह चुप हो रहा था; पर अब चूँकि पहला जोश ठण्डा पड़ चुका था इसलिए वह उठकर पालीसिंह के समीप जाने को पर तोलने लगा।

कर्मदीन ने फिर बात चला दी—''भई पाली, कलकत्ते में और पंजाबी भी होंगे?''

''ओह! कलकत्ते में कई तरह के लोग रहते हैं। बस, यह समझो कि दुनिया-भर के आदमी, अंग्रेज, अफरीकी, अमरीकी, चीनी, जापानी, पारसी, सिन्धी, गुजराती, मदरासी—सभी लोग।''

''क्या करते हैं वहाँ इत्ते लोग?'' किसी ने पूछा।

''कारोबार करते हैं। शहर भी तो बड़ा है। तुमने अमृतसर देखा है, बस यह समझ लो कि पचास अमृतसर आ सकते हैं एक कलकत्ते में...''

''तुम्हारी माँ कलकत्ते को 'कालाकुत्ता' कहती है—हा-हा!''

सब लोग हँसने लगे।

''क्या वहाँ कालेकुत्ते बहुत होते हैं?'' एक लड़के ने पूछा।

पालीसिंह ने गौरव से हँसकर कहा—''अरे नहीं, भई! यह तो माँ की ब्याकूफी (बेवकूफी) है जो उसे 'कालाकुत्ता' कहती फिरती है।''

कर्मदीन ने अनुभवी व्यक्ति की तरह माथे पर बल डालकर पूछा—''वहाँ कारोबार तो ख़ूब होता होगा?''

''हाँ...पर मोटर ड्राइवरी का सारा काम सिखों के हाथ में है।''

''अच्छा?'' कर्मदीन कुछ प्रसन्नता और आश्चर्य से बोला।

''वहाँ हमारे इलाके के बीसियों सिख गये हुए हैं। मोटर-ड्राइवरी का सारा काम उन्हीं के हाथ में है।''

''बीसियों क्यों हजारों कहो, बल्कि लाखों कहो।''

''हाँ।'' पालीसिंह ने हामी भरी।

''तो वे सारा दिन मोटरें चलाते फिरते हैं?'' किशने ने प्रश्न किया।

''बड़े-बड़े अमीर आदमी भी हैं...जो सिख बहुत पहले से गये हुए हैं उनके पास तो बहुत धन इकट्ठा हो गया है। एक-एक ठेकेदार के पास कई-कई लारियाँ हैं।''

''अच्छा!'' नवाब का मुँह खुले-का-खुला रह गया।

''और ख़ूब तगड़े हैं वे लोग, खाते-पीते हैं, ऐश करते हैं...''

''वहाँ का पानी कैसा है?'' यह प्रश्न कर्मदीन के अतिरिक्त और कौन कर सकता था।

''पानी इत्ता अच्छा नहीं है—बुरा भी नहीं। खुराक ठीक हो तो आदमी बना रहता है...वहाँ बंगाली लोग रहते हैं। उनका दिमाग़ अच्छा होता है, पर तगड़े नहीं होते।''

हरप्रसाद प्रश्न कर अपनी हीनता नहीं दिखाना चाहता था; परन्तु वह सब बातें बड़े ध्यान से सुन रहा था।

नवाब ने प्रश्न किया—''तो वहाँ सभी लोग बेचारे कमज़ोर होते होंगे?''

''नहीं,''—पालीसिंह ने सिर हिलाकर उत्तर दिया—''मरीकी (अमरीकी) सिपाही बहुत तगड़े होते हैं। यह लाल सुर्ख रंग, ख़ूब लम्बे और मोटे-ताज़े होते हैं।''

फौजू चूँकि प्राय: शहरों में घूमता रहता था, बोला—''अमरीकी ग्रेज़ (अंग्रेज़) ही तो होते हैं न?''

''नहीं ग्रेज़ नहीं होते...मरीकी मरीका के रहनेवाले होते हैं। ग्रेज़ सिपाहियों को टामी कहते हैं। वे उतने लम्बे-चौड़े नहीं होते। जब पहले-पहल मरीकी सिपाही कलकत्ते में आये तो लोगों को बहुत तंग करते थे। ड्राइवरों को पैसे नहीं देते थे...''

यह बात सुनकर जो लोग ऊँघ चले थे, एक बार पुन: चौंक उठे—"अच्छा, तो बड़े तगड़े होते हैं वे?"

पालीसिंह ने सबको आकृष्ट पाकर कहना आरम्भ किया—"तीन-चार मरीकी मोटर में बैठ जाते थे और छावनी में पहुँचकर बिना किराया दिये उतर जाते थे। जो कुछ कहो तो पीटने लगते थे ड्राइवर को..."

अब तो सबकी रगों में ख़ून खौलने लगा। पंजाबी इस प्रकार मार खा लेते थे? उनमें से प्रत्येक व्यक्ति प्रश्न-चिह्न-सा बना हुआ था।

"जब हमने देखा कि ये इस तरह नहीं मानते तो हमने एक नयी तरकीब निकाली। हम एक-दो सिपाहियों को मोटर में बिठाकर शहर से बहुत दूर ले जाते। किसी निर्जन स्थान पर पहुँचकर करपानों से उन्हें मार डालते..."

"शाबाश!" फौजू ने हाथ फेंककर कहा—"अच्छा फिर?"

"हमने कई मरीकी मार डाले। उनकी जेबों में जितना रुपया होता निकाल लेते और फिर हम उनके ट्रक भी छावनी से चुराने लगे। ट्रक की बाडी कुछ जलाते, कुछ बरबाद कर देते और उनके इंजन अपनी पुरानी लारियों में फिटकर लेते। कभी वहाँ जाओ तो देखोगे कि बिलकुल छकड़ा हो रही लारियाँ भी ऐसी सरपट भागती हैं कि अचरज होता है। उन सबमें मरीकी इंजन फिट किये गये हैं।"

जोरासिंह ने बहुत प्रसन्न होकर पूछा—"तो कितने मरीकी मारे तुमने...?"

"याद नहीं मुझे...तीन-चार तो मैंने अपने हाथों मारे थे। फिर उनकी फौज में खलबली मच गयी कि सिपाही और अफसर कहाँ गायब हो रहे हैं? जब बड़े अफसर को इस बात का पता चला, तो उसने आर्डर निकाला कि कोई मरीकी सिपाही या अफसर ड्राइवरों का किराया न मारे...इसके बाद मरीकी सिपाहियों के कान खुल गये और वे मोटर में बैठने से पहले ही किराया देने लगे..." यह कहकर पालीसिंह ने बड़े अभिमान से उपस्थित लोगों की ओर देखा और बात इस वाक्य पर समाप्त की—"और फिर वे हमें मिश्टर (मिस्टर) सिंह कहकर बुलाने लगे।"

फौजासिंह अपनी रान पर धप लगाकर जो हँसा, तो सबकी हँसी दबकर रह गयी—"मिश्टर...हा-हा!...मिश्टर सिंह! वह कहा है न किसी ने कि मौला बक्श (डण्डा) है बिगड़्याँ तिगड़्याँ दा (बिगड़ों का)!"

सब लोगों को इस प्रकार ख़ुश होते देखकर पालीसिंह को भी कुछ कम प्रसन्नता नहीं हुई। उसने आख़िर दुनिया देख रखी थी और फिर ऐसे-ऐसे लोगों से मिल चुका था, जिनका उन लोगों ने कभी नाम तक नहीं सुना था।

जब तक लोग हँसते रहे, पालीसिंह चुप रहा। इस बीच में उसने केवल दो बार थूक की पिचकारी फेंकने पर ही सन्तोष किया। वे चुप हो गये तो उसने फिर कहना आरम्भ किया—"हाँ, एक बात है कि खबशी (हब्शी) भी बड़े तगड़े होते हैं।"

"ये खबशी कौन होते हैं?"

हरप्रसाद ने अवसर पाकर रोब जमाया—"खबशी नहीं, हबशी! वे अफरीका में रहते हैं।"

उपस्थित लोगों को खबशी और हबशी में कुछ ऐसा फ़र्क़ दिखायी न दिया और हरप्रसाद की बुद्धि पर भी उन्हें कुछ ऐसा विश्वास नहीं रहा। यही दो-चार पुस्तकें ही तो पढ़ी थीं उसने। मुन्शी बना फिरता है—उन्होंने सोचा। अतएव कर्मदीन ने हरप्रसाद को मारने के ढंग से हुक्के की नै उठाते हुए कहा—"अबे रहने दे अपनी इलमीयत (ज्ञान), हम बेटा पाली से पूछ रहे हैं।"

हरप्रसाद को इस बात पर बहुत दुःख हुआ कि उसकी अपेक्षा अब कर्मदीन पाली का सगा बनता जा रहा है; परन्तु उसने शान्ति से काम लिया—"हाँ बेटा पाली, तुम ही बताओ।"

अक्खड़ पाली ने हरप्रसाद की शब्द बुद्धि पर ध्यान दिये बिना कहना आरम्भ किया—"हाँ, तो एक खबशी मेरा मित्र बन गया। वे लोग बहुत काले होते हैं...काले स्याह..."

"अच्छा?" नवाब ने आश्चर्य प्रकट किया।

"वे बहुत लम्बे-चौड़े होते हैं। हाथ-पाँव भी ख़ूब बड़े-बड़े। सिर तरबूज़ जितना, नाक चौड़ी, नथुने फैले हुए..."

"तुमने यह तो बताया ही नहीं कि वह कहाँ के रहनेवाले होते हैं?" एक लड़के ने याद दिलाया।

"हाँ, जो मेरा मित्र था उसने बतलाया कि वह भी मरीका का रहनेवाला है। जिस तरह यहाँ ग्रेज़ हमें काला आदमी कहते हैं उसी तरह मरीका में गोरे मरीकी काले मरीकी को 'यू काला आदमी' कहते हैं..."

लोग 'यू' शब्द सुनकर और प्रभावित हो गये। किशना बोला—"लो अब यह भी ग्रेज़ी बोलने लगा है। पहले तो वह...बी.ए. पास ही ग्रेज़ी में गिट-पिट किया करता था..."

"वह कौन?" पाली ने पूछा।

"तुम नहीं जानते उसे? वह टेकूशाह (गाँव) के नम्बरदार का लड़का। आजकल फौज में लफटैन बन गया है।"

"हूँ—तो।"

"छोड़ो जी, अब लफटैन की कथा ले बैठे? तुम खबशी की बात कह रहे थे?" नवाब ने झल्लाकर कहा।

"हाँ, तो वह मेरा गहरा मित्र बन गया। जब मैंने उसे बताया कि पहले मरीकी हमें किराया नहीं देते थे, फिर जब हमने उन्हें कत्ल करना शुरू किया तो सीधे हो

गये, तो उसने कहा, 'ये लोग जो अपने रंग के कारण हमें मूर्ख कहते और इमसे घृणा करते हैं इनका यही इलाज है। एक दिन आयेगा जब हम कालों का राज होगा और फिर हम उनकी औरतों को पकड़कर ख़ूब रगड़ेंगे।''

''हो...हो...हो...हो...हो...!'' सारी बगीची लोगों की हँसी से गूँज उठी।

पालीसिंह ने अपनी मूँछों को छुआ—''जब वे लोग लड़ते हैं तो हमारी तरह एक-दूसरे से लिपटने की कोशिश नहीं करते। बस दूर-ही-दूर से घूँसे मारते हैं और उसे वे बा-क-सिंग...कहते हैं।''

''बाक सिंह?'' दो-तीन के मुँह से निकला।

''सिंह नहीं सिंग...हो-हो, भई बाकसिंग किसी सिख का नाम नहीं है, वे लोग घूँसां से लड़ने को बाकसिंग कहते हैं...।''

''हद हो गयी!'' कहकर कर्मदीन हुक्के सहित और निकट सरक आया—''मैं समझा कोई मिस्टर सिंह मिल गया होगा। उसने मन भर का घूँसा दिया होगा किसी मरीकी के मुँह पर, तो उन्होंने उसका नाम बाक सिंह रख दिया...''

इस पर सब हँसे तो कर्मदीन भी मुँह खोलकर इधर-उधर देखते हुए अभिमान-पूर्वक 'हो-हो' करने लगा! जैसे उसने बड़े पते की बात कह दी हो।

''नहीं, यह बात नहीं,'' पालीसिंह ने मन-ही-मन उनके अज्ञान पर शोक करते तथा अपना आदर किये जाने पर प्रसन्न होते हुए कहा—''तो मैं कह रहा था कि वे लोग हमारी तरह गुत्थम-गुत्था नहीं होते, बल्कि घूँसों से लड़ते हैं और ऐसी तेज़ी से एक-दूसरे को मारते हैं कि तुम लोग कुछ अनुमान ही नहीं लगा सकते।''

''अच्छा!''

''असल बात यह है कि इन लोगों के शरीर में फुर्ती बहुत होती है, जितनी देर में हम लठ उठायें उतने में वे दो-चार घूँसे इस ज़ोर से जड़ देते हैं कि दूसरे के होश उड़ जाते हैं।''

''होश उड़ जाते हैं?''

''हाँ, बेहोश हो जाता है।''

''ओह नहीं!''—फौजू ने बेचैनी से अपनी भारी-भरकम कन्धों को हरकत दी।

परन्तु किशने ने समर्थन किया—''नहीं, यह बात ठीक है। हमें कल ही इस बात का पता चल गया था...उस्ताद, तुम्हें कुछ और भी गुर आते हैं?''

पालीसिंह इन बातों में काफ़ी सुलझा हुआ था। वह यूँ ही सबको चौंकाना नहीं चाहता था—''नहीं, मैंने तो यूँ ही थोड़े-बहुत गुर उससे सीखे थे...''

''तो क्या तुमने भी बाकसिंह...न सिंग सीखा था?''

"हाँ, कुछ-कुछ...पहले मेरे खबशी मित्र ने बताया कि फलाँ स्थान पर घूँसा जमाया करते हैं, उस समय हमने थैले पहन रखे थे..."

"थैले कैसे?"

"जब सिखाते हैं तो हाथों पर थैले पहन लेते हैं ताकि चोट न आये। उन्हें ग्रेज़ी में कुछ और कहते हैं, मुझे याद नहीं। तो मैंने जब उसके घूँसा जमाया तो वह चित गिरा और उसे दिन में तारे दिखने लगे। अगर मेरे हाथ पर थैला न होता तो उसके जबड़े सिरे ही से उड़ा देता...."

"वे सब बाकसिंग सीखे होते हैं?"

"मेरा मित्र तो उस्ताद था। वह कहता था कि फौज में भरती होने से पहले उसने एक टोला बना रखा था और ख़ूब लूट-मार किया करता था..."

"कभी तुमने अपने मित्र की किसी और से भी लड़ाई देखी?"

"हाँ, एक दिन एक होटल में वह एक और खबशी से लड़ पड़ा। दूसरा भी बहुत तगड़ा था। जब लड़ते थे तो यूँ मालूम होता था जैसे दो पहाड़ टकरा रहे हों। होटल की बहुत-सी कुरसियाँ और मेजें टूट गयीं। सारा सामान उलट-पुलट हो गया। सब लोग भाग खड़े हुए..."

"तो तुमने अपने मित्र की मदद नहीं की?"

"नहीं, तब तक हम दोनों मित्र नहीं बने थे।"

"तो फिर कौन जीता उनमें से?"

"अभी वे दोनों लड़ ही रहे थे। जिस किसी को घूँसा पड़ता वह लड़खड़ाकर गिर पड़ता। फिर एकदम उठ खड़ा होता। दोनों के मुँह और नाक से ख़ून बह रहा था। उन्होंने लड़ना बन्द नहीं किया था कि पुलिस आ गयी और बड़े यत्नों से उन्हें हटाया और अपने साथ ले गयी।"

नवाब ने कहा—"मालूम होता है बड़े गुण लेकर आये हो?"

पाली ने नम्रतापूर्वक उत्तर दिया—"नहीं जी, यूँ ही..."

"बड़ा घुटा हुआ है, इसे ऐसा-वैसा न समझ बैठना।" बिशने ने कहा।

"क्यों बक रहा है खामुखाह?" पालीसिंह ने मन-ही-मन प्रसन्न हो उसे डाँटा।

अब किशना आगे बढ़ा—"फुर्ती तो इसके शरीर में भी बहुत है। सैर-सैर लाठी जो घुमायी, तो धर्म से हमें कुछ पता ही न चला। बेचारे रतने की बुरी गत बनायी है इसने...कहाँ है...रतना नहीं आया क्या?...जहाँ-जहाँ चोट लगी थी, सेंक रहा होगा।"

उपस्थित लोगों में से अधिक तो पालीसिंह से प्रभावित हो चुके थे। उसका डील-डौल, उसके तेवर, हर चीज़ उस वास्तविकता की गवाही देती थी। पहलवानी

करनेवाले नौजवान यद्यपि मन-ही-मन उसके शरीर की सराहना कर रहे थे, परन्तु उन्हें सब बातों पर विश्वास नहीं आ रहा था। कुछ बातों को वे कोरी गप्प समझ रहे थे और दो-दो हाथ हुए बिना भला वे माननेवाले भी कहाँ थे? कुछ-एक को तो ऐसी खुजली छूटी कि अभी ललकारा जाये पाली को। परन्तु बेचारा आज ही कई वर्षों के बाद गाँव लौटा था इसलिए मन की इच्छा को उन्होंने प्रकट न होने दिया। फिर देखा जायेगा, इस विचार से चुप हो रहे।

इस गरमा-गरम वार्त्तालाप में ज्वालासिंह के मन की मन ही में दबी रही। वह छोटी-छोटी लाल आँखों से पाली के चेहरे तथा शरीर का निरीक्षण करता रहा। वह भी घाघ खिलाड़ी था। उसे पाली की रगों में वही रक्त तथा सख़्ती दिखायी दी जो उसके बाप की रगों में थी परन्तु इतना उसने भी समझ लिया कि बाप की तरह ओछा नहीं है यह। उसने पूर्ण रूप से इस बात का अनुमान लगा लिया कि यह लड़का किसी समय नाम पैदा करेगा और सारे इलाके बल्कि पंजाब भर में अपने नाम का डंका बजा देगा। इसलिए उसने आवश्यक समझा कि किसी-न-किसी प्रकार पाली का दिल अपनी मुट्ठी में कर लिया जाये, या कम-से-कम उससे बहुत घनिष्ठ सम्बन्ध स्थापित कर लिया जाये। वह यह सोच ही रहा था कि उसके पास पहुँचकर किस ढंग से बात करे कि कर्मदीन पुनः कह उठा—"वाह बेटे पाली, क्या मज़े की बातें सुनायी हैं तू ने! लो, हम बूढ़े होने को आये—न कभी हिन्दुस्तान जाकर कलकत्ता देखते न ऐसी मज़ेदार बातें देखने-सुनने में आतीं..."

हरप्रसाद ने हारे हुए मैदान पर फिर काबू पाने के लिए कर्मदीन को सम्बोधित करते हुए कहा—"और उस्ताद, यह भी तो कहो कि पालीसिंह ने क्या हाथ-पाँव निकाले हैं।"

जाने आज कर्मदीन के मस्तिष्क में नयी-नयी बातें कहाँ से आ रही थीं—"लो और सुनो। ताये की बात सुनो, भला यह भी कहने की बात है। शेर सबकी आँखों के सामने है, इससे कौन इनकार कर सकता है और यूँ भी शेर का बच्चा शेर होता है। अरे ताया! इसके बाप को भूल गये?"

यह कहकर कर्मदीन तो सन्तोष से हुक्का गुड़गुड़ाने लगा और ताया हरप्रसाद खिसिया गया, परन्तु बड़ा सन्तोष था उसमें भी। बुज़ुर्गों की तरह बोला—"भई, हम तो ईश्वर से यही प्रार्थना करते हैं कि हे प्रभु! इसकी जवानी बनाये रख, संसार में ख़ूब फले-फूले!"

अब कर्मदीन के लिए भी हाँ में हाँ मिलाये बिना चारा न रहा। ऐसी शुभ-कामना के लिए वह ख़ुदा से दुआ क्यों न माँगे? अतएव उसने दुआ माँगने के ढंग से हाथ उठा दिये—"हाँ, भई, यही दुआ करनी चाहिए। हमारा क्या है, टाँगें क़ब्र में लटकाये बैठे हैं। कर भला, हो भला!"

एक बार पुन: वातावरण में गम्भीरता उत्पन्न हो गयी और बुजुर्गों की कामनाओं का भी प्रदर्शन होने लगा। इतनी देर सें मन मारे बैठा ज्वालासिंह भला यह सुनहरा अवसर क्यों हाथ से जाने देता। वह दातुन से बँधे कंघे से अपनी पीठ खुजाता हुआ आगे बढ़ने लगा। इससे पूर्व कि उसके मुँह से कोई शब्द निकले, उसके बेतहाशा माँस से भरे हुए चेहरे में हरकत हो जाने के कारण कोई जगह उभरी, तो कोई पिचकी—

"हो पाली!"

पाली ने यह भारी स्वर सुना, तो उसे यूँ अनुभव हुआ जैसे कोई व्यक्ति बहुत बड़े मटके में मुँह डाले बोल रहा हो। उसने घूमकर ज्वालासिंह की ओर देखा तो अपने सम्मुख एक विशालकाय, ढीले-ढाले माँस तथा घने बालोंवाले व्यक्ति को खड़े पाया। उसकी आँखों के नीचे थैले लटक आये थे, जो अधिक व्यभिचार तथा मदिरा-सेवन का लक्षण था। पालीसिंह ने उसे सिर से पाँव तक चुपचाप देखा।

ज्वालासिंह हँसने लगा। उसके आड़े-तिरछे दाँत काले मसूड़ों सहित निकल आये। उसका चेहरा आगे की ओर झुक गया और उसके कानों में पड़े मुँदरे काँपने लगे। उसने अपनी फैली-फैली तथा मैली आँखें पाली की स्वच्छ आँखों में गाड़ दीं।

"मुझे पहचाना?"

वह बेचारा भला किस-किस को पहचानता, परन्तु ज्वालासिंह उत्तर की प्रतीक्षा में था। उसके बालों से अटे नथुनों और अँधेरो गुफा की भाँति खुले मुँह से निकलता हुआ गरम-गरम श्वास पाली की गर्दन को छू रहा था। उसने प्रश्न का उत्तर मौन इनकार के रूप में पाकर ज्वालासिंह से निचला जबड़ा आगे की ओर बढ़ा दिया। फिर बादल की गरज जैसी हँसी की आवाज़ उसके कण्ठ से निकलती हुई यूँ मालूम होने लगी जैसे उसकी सन्दूक जैसी छाती से परे उसके भारी-भरकम पेट की अन्धकारपूर्ण गहराइयों में से निकल रही हो।

पाली उसके आगे की ओर बढ़े हुए चौड़े जबड़े और मज़बूत ठुड्डी को देखकर भली-भाँति अनुमान लगा सकता था कि वह दृढ़ संकल्प का कठोर व्यक्ति था। हँसते समय उसके निचले होंठ से भी कुछ आगे को बढ़ी हुई जिह्वा से उसका उजड्डपन स्पष्ट रूप से प्रकट होता था। ज्वालासिंह ने हँसते-हँसते अपना शरीर सीधा कर लिया और फिर अपना बाज़ू बढ़ाकर पाली के दोनों कन्धों को उसकी लपेट में लेते हुए अपनी बालोंवाली छाती से लगा लिया। पाली को उसकी कैंची से कतरी हुई घनी दाढ़ी में से पसीने की तीखी दुर्गन्ध आयी। फिर वह घूमकर पाली के सम्मुख आ गया और बाँहें फैलाकर अपने हाथ पाली के दोनों कन्धों पर धर दिये और स्वयं सिपाहियों की तरह तनकर खड़ा हो गया।

"मैं ज्वालासिंह हूँ।"

पाली को यह भी मालूम नहीं था कि ज्वालासिंह कौन है?

"मैं ज्वालासिंह—तुम्हारे बापू सन्तासिंह का गहरा दोस्त..." कहकर ज्वालासिंह भेदपूर्ण ढंग से अपना चेहरा उसके चेहरे के बिलकुल निकट ले आया, यहाँ तक कि पाली को उसकी गँदली आँखों के लाल-लाल डोरे दिखायी देने लगे।—"हम दोनों का बड़े-बड़े कामों में साथ रहा।"

इतनी-सी भूमिका बाँधने के बाद उसने तुर्की मुर्ग की तरह गर्दन उठाकर सब का निरीक्षण किया। ताया हरप्रसाद और कर्मदीन की ओर उनका सहयोग प्राप्त करने के लिए अर्थपूर्ण नज़रों से देखा। दो-तीन बार चटखारे का-सा स्वर निकाला, जैसे वह कोई बड़ी महत्त्वपूर्ण बात कहने जा रहा हो—"पाली तो अपना बेटा है।"

इसकी ऐसी साधारण-सी बात का लोगों पर कुछ प्रभाव न हुआ। वे अपने ध्यान में मग्न रहे। इस पर ज्वालासिंह यूँ ही इधर-उधर सिर घुमाकर स्वयं ही 'हो-हो-हो' करके हँसते हुए पीछे की ओर हटने लगा और कुछ कदम परे हटकर ऊँचे स्वर में बोला—"बेटा पाली, तूने अपने गाँव के किसी भी आदमी को नहीं पहचाना? जब बिशने-किशने से नदी पर तुम्हारी लड़ाई हुई तो क्या उन्होंने तुझे पहचान लिया या तूने..."

इस बीच में पाली को विचित्र मानसिक असमंजस का अनुभव होता रहा। वह कुछ फैसला ही न कर सका कि क्या कहे और क्या न कहे, परन्तु ज्वालासिंह के इस प्रश्न पर उसकी बाछें चिर गयी और दाँत निकल आये।

"मैं बहुत छोटा था जब यहाँ से गया था, इसलिए मुझे उन दिनों की सूरतें तो याद थीं लेकिन अब उनको पहचानना काफ़ी कठिन था। लेकिन जब मैंने रतने को देखा तो मुझे उसके भेंगेपन से उसे पहचानने में कुछ कठिनता नहीं हुई..."

कर्मदीन ने हुक्के की नै हटाकर रतने की भेंगी आँखों की नकल उतारते हुए कहा—"और जब उसने यूँ टेढ़ी नज़रों से देखा होगा तो तुमने तुरन्त ही पहचान लिया होगा..."

इस पर लड़के खिलखिलाकर हँस पड़े।

ताया हरप्रसाद ने पहले माथे और फिर सारे सिर पर हाथ फेरा और कहा—"हाँ भई, बचपन में आदमी की सूरत कुछ और ही होती है और जवानी में बिलकुल ही बदल जाती है। क्यों ज्वाले? तू ही बता अगर तुझे सब लोगों से न मालूम होता कि यह सन्तासिंह का बेटा पाली है तो क्या तू इसे पहचान पाता?"

ज्वालासिंह को इसमें अपने अपमान का न जाने कौन-सा चिह्न दिखायी दिया परन्तु वह उसे पी गया—"हो...तू ठीक कहता है, ताया..."

हरप्रसाद को उसके ताया कहने पर क्रोध आया—"अबे तू तो मेरा हानी (समवयस्क) है, मुझे ताया क्यों कहता है?"

"ताया ही कहूँगा अब तो!" ज्वालासिंह को मानो बड़े मज़ाक की बात सूझ गयी।

"अगर ज़रूर ही कहना हो तो बाप कह लिया करो!—" हरप्रसाद ने जलकर उत्तर दिया।

"अबे!...अबे!...होशकर...होश, लाला! अभी मोर बना दूँगा।" अब ज्वालासिंह गरम हुआ और हरप्रसाद तीर के निशाने पर बैठने के कारण मुस्कराने लगा।

सहसा कर्मदीन ने सिर हिलाकर कहा—"लेकिन, भई, दूर से पाली बिलकुल पृथ्वीपाल सिंह नज़र आता है।"

"हाँ, बात तो ठीक कहते हो," हरप्रसाद ने हामी भरी—"लेकिन पृथ्वीपाल सिंह में एक तो शहरीपन पैदा हो गया...कुछ शहरवालों की-सी नज़ाकत भी आ गयी। बदन ठीक पाली जैसा है। रंग बहुत गोरा है। चेहरा तो बड़ा सुन्दर है, वाह-वाह!..."

ज्वालासिंह एक कदम आगे बढ़कर बोला—"चेहरा सुन्दर होने से क्या होता है? शरीर में वह बल नहीं है। उसके दिल में साहस भी नहीं, और फिर सुना है, बहुत बदमाश हो गया है वह।"

"अरे होगा," कर्मदीन ने दो-टूक फैसला करते हुए कहा—"हमें इससे क्या मतलब? वह ठहरा दूसरे गाँव का लड़का और पाली हमारा अपना बेटा है। वह सुन्दर है तो हुआ करे, हमें क्या? पाली से तगड़ा तो नहीं हो सकता..."

पाली पहले भी पृथ्वीपाल सिंह का नाम सुन चुका था, बोला—"क्या वह आजकल यहीं रहता है...मेरा मतलब है अपने गाँव में?"

"नहीं, वह तो लफटैन है फौज में। छुट्टी पर आता है...गाँव पास ही तो है, इधर भी आ निकलता है। फौज में जाने से पहले शहर में पढ़ता था, पढ़ाई में मन नहीं लगा तो भागकर फौज में भरती हो गया..."

"हाँ भई, कुछ और भी सुना तुमने?" हरप्रसाद की आवाज़ गूँजी।

"क्या?" दो-तीन के मुँह से निकला।

"सुना है, उसे नौकरी से हटा दिया गया है।"

"क्यों?"

"भई कुछ ठीक पता नहीं।"

"फिर भी?"

"कुछ बदमाशी की होगी।"

"बदमाशी कैसी?"

"सुनी-सुनायी बात ही तो है।...परन्तु सुना है उसने अपने साहब की मेम को छेड़ा था। इस पर उसे निकाल दिया गया।"

"सच?"

"भई ईश्वर जाने।"

"इसका मतलब है अब घर चला आयेगा वह।"

"हाँ, और क्या करेगा।"

इसके बारे में कुछ देर बातें होती रहीं। आख़िर धूप की उष्णता कम हो जाने पर लोग भी कम होने शुरू हो गये। कुछ खेतों को चल दिये और कुछ घरों को।

पालीसिंह वर्षों तक बहुत बड़े शहर में रह चुका था और अब गाँव का सीमित-सा जीवन उसे कुछ विचित्र-सा लग रहा था। जहाँ तक नज़र जाती थी खेत-ही-खेत थे। इधर बरगद का पेड़। उसके नीचे बैलों के लिए मिट्टी की बनी हुई खुरलियाँ (चारा खिलाने की नाँद) और कँटीली झाड़ों के बाड़े थे। कुलाँचे भरते हुए बछड़े। सीधे-सादे रंगों के कपड़े पहने स्त्रियाँ। सब वस्तुओं से वह नये सिरे से परिचित होने का प्रयास कर रहा था। दिन-भर की बातों के बाद उसका मन आप-ही-आप उचाट हो रहा था। उसने सोचा कि वह ज़रा सरनो से मिल आये।

उसके मित्र भी एक-एक करके चले गये। दोपहर के बाद लोग पुनः कुछ समय अपने-अपने कामों में व्यतीत करते थे, और सन्ध्या समय फिर रौनक हो जाती। कभी कोई खेल खेला जाता था या कलाई पकड़ने, मुगदर हिलाने आदि का मुकाबला होने लगता।

उसने कुछ सोचकर चारपाई को भूमि पर आड़ा ही किया था कि ज्वालासिंह की बहन आ पहुँची।

उसने आते ही मर्दानी शान से पालीसिंह की ओर देखा और ज्वालासिंह से पूछा—"यह कौन है?"

ज्वालासिंह बहन के निकट उठ आया—"पहचानो तो जाने।"

चिन्तो ने अपनी तेज़ आँखों से पालीसिंह को सिर से पाँव तक देखा—"जवान तो बहुत अच्छा है, मुझे पसन्द है; पर मैंने इसे पहले कभी नहीं देखा।"

पाली मुस्कराकर चुपचाप नवागन्तुका की ओर देखने लगा। स्त्री मुखाकृति से बुद्धिमान् दिखायी देती थी। उसकी भेदती हुई आँखों से ऐसा लगता था कि वह संसार को ठोक-बजाकर देख चुकी है। पतले, मुस्कराते हुए होंठों तथा चेहरे के अन्य अंगों से भी मर्दानी दृढ़ता के अतिरिक्त बुद्धिमत्ता भी टपकती थी। ज्वालासिंह ने उसे और अधिक अन्धकार में रखना उचित न समझा। अपने धीमे परन्तु गूँजदार स्वर में बोला—"यह सन्तासिंह का बेटा पालीसिंह है, जो..."

"ओह! मैं जानती हूँ। यह छुटपन ही में भाग गया था।" कहकर वह पालीसिंह के बहुत निकट आ गयी। इतना निकट कि दोनों एक-दूसरे के नयन-नक्श अच्छी तरह देख सकते थे।

पालीसिंह को ऐसा लगा मानो अधेड़ आयु की उस स्त्री के शरीर में रक्त नहीं पारा भरा हुआ है। वह उसके निकट एक क्षण के लिए सिपाही की तरह खड़ी रही, फिर उसने मर्दाने ढंग से अपना दाहिना हाथ उसके कन्धे पर मारकर मुस्कराते हुए कहा—"आख़िर तुम आ गये!... अच्छा किया।" यह कहकर उसके होंठ बन्द हो गये।

पालीसिंह को उस स्त्री से मिलकर मन-ही-मन प्रसन्नता अनुभव हुई।

चार

□□

गाँव लौट आने के बाद कुछ दिनों तक तो पालीसिंह की तबीयत उखड़ी-उखड़ी-सी रही। कारण यह नहीं था कि उसे गाँव के लोग या यहाँ का वातावरण पसन्द नहीं था, बल्कि वह भारत के इतने बड़े शहर से एकाएक पंजाब के एक छोटे-से गाँव में चला आया था। स्वाभाविक था कि वहाँ के अनोखेपन को अपनाते कुछ समय लगता। यद्यपि कलकत्ते में भी वह एक मामूली-से मोहल्ले के एक छोटे-से मकान में रहता था, जिसमें केवल एक कमरा और एक छोटी-सी रसोई भर ही थी; परन्तु कम-से-कम देखने को.तो गगनचुम्बी भवन मौजूद थे। होटल, सिनेमाघर अर्थात् नये जमाने की प्रत्येक चहल-पहल आँखों के सामने रहती। उसके अपने कमरे में तो मिट्टी के तेल की लालटेन ही जलती; परन्तु सड़कों पर बिजली के प्रकाश की बहार होती थी। भाँति-भाँति के लोग तथा भाँति-भाँति की बोलियाँ। प्रातः से रात्रि तक जीवन की रेल-पेल तथा शोर-गुल ऐसा कि कान पड़ी आवाज़ सुनायी न देती थी। ऐसे वातावरण में काम तो उसका मोटर-ड्राइवरी ही था, परन्तु वास्तव में मोटर चलाना उसका साइड बिज़नेस था। रुपया कमाने के असली साधन तो सर्वथा भिन्न थे। वह स्वभाव ही से चतुर व्यक्ति था। इस पर शुरू से ही कुछ घाघ गुरुओं की कृपा से इस छोटी-सी उम्र में ही उसका हाथ बहुत साफ़ हो गया था।

प्रत्येक बड़े शहर में दो प्रकार का जीवन होता है। एक तो दिन की भाँति स्पष्ट और दूसरा गुप्त। सामान्य लोगों के लिए, जो कि साधारण रूप से रोटी कमाते, बच्चे उत्पन्न करते तथा जीवन के अन्य झमेलों से जूझते अपने दिन व्यतीत करते चले जाते हैं, जीवन का यह दूसरा पक्ष बड़ी दिलचस्पी रखता है। वे स्वयं इस प्रकार का जीवन पसन्द नहीं करते, अलबत्ता यदि वे चाहें तो इसका परिचय पा सकते हैं और यह इतना कठिन भी नहीं है जितना कि प्रायः इसे समझा जाता है।

पालीसिंह यही 'गुप्त' जीवन व्यतीत करता था। वह जानता था कि सड़क पर चलते-चलते किन लोगों के जरिये वह पाँच मिनट के अन्दर-अन्दर एक सुन्दर स्त्री प्राप्त कर सकता है। उसे मालूम था कि कहाँ से किराये पर बदमाश प्राप्त किये जाते

हैं। बेचारे सीधे-सादे, पढ़े-लिखे शहरी, जो पायजामों के नेफे में चाकू उड़से रहनेवाले गुण्डे तथा बदमाश आदमियों से बहुत भयभीत रहते हैं। पालीसिंह ऐसे बदमाशों को देखकर मुस्करा दिया करता था। वह इस बात से पूर्णतया परिचित था कि इन लोगों का 'बदमाशी' से कोई सम्बन्ध नहीं और यदि कुछ है भी, तो अभी वह इस कला की पहली श्रेणी के विद्यार्थी हैं। वह उन शराबखानों तथा खुफिया अड्डों को अच्छी तरह जानता था जो बदमाशों के गढ़ थे। आवारागर्दी के दिनों में उन लोगों से भी उसका परिचय हो गया था जो बम्बई के घुड़दौड़ के मैदानों के बाहर इनाम पानेवाले घोड़ों का अनुमान लगाया करते थे। इसी प्रकार का एक व्यक्ति वीरसिंह उसके घनिष्ठ मित्रों में से था। वह बहुत चलता-पुर्ज़ा था। अमरीकी सैनिकों से मित्रता स्थापित कर लेना उसके बायें हाथ का खेल था। उसके ज़रिये पालीसिंह की भी कई सैनिकों से मित्रता हो गयी थी। वे लोग उसके ज़रिये नित नयी स्त्रियों से सम्बन्ध स्थापित करते और यह उनसे जी भरकर रुपया बटोरता। पालीसिंह का असली लाभदायक व्यवसाय तो अमरीकी छावनियों से ट्रक चुराना था। इसके लिए कई बार उसे आमने-सामने लड़ना भी पड़ा। दो बार जबकि वह ट्रक लेकर फरार हुआ तो तुरन्त पता चल जाने से उसका बेतरह पीछा किया गया। उस पर राइफलों से फायर भी किये गये। एक बार तो वह ट्रक सहित बचकर निकल गया, परन्तु दूसरी बार पीछा करनेवालों ने गोलियों से उसके ट्रक के टायरों का धमाका उड़ा दिया। सौभाग्य से रात का समय था। ट्रक को रोककर वह एकदम जंगल में घुस गया। गोलियाँ सीटियाँ बजाती उसके निकट से निकल गयीं, परन्तु आख़िर वह बच निकला।

अपने 'खबशी' मित्र से उसने आमने-सामने की लड़ाई के कई नये गुर सीख लिये। उसका टेढ़ा-मेढ़ा नाम उसकी जिह्वा पर न चढ़ पाया इसलिए उसे 'खबशी' ही कहा करता था।

इन आठ-नौ वर्षों में उसने कई मित्र बनाये। गाँव आकर उसे केवल पुराना जीवन तथा मित्रों ही की याद नहीं सताती थी बल्कि वहाँ का चुप-चुप-सा वातावरण, गिनी-चुनी दिलचस्पियाँ, कच्ची ईंटों के सीधे-सादे से घर, कुछ टेढ़ी-तिरछी-सी गलियाँ, कूड़े-कचरे के ढेर और उन्हें कुरेदते हुए मुर्गे और चूज़े देखकर भी वह कभी-कभी वहाँ से शीघ्र-से-शीघ्र वापस भाग जाना चाहता था, लेकिन पहले-पहल केवल एक चीज़ के आकर्षण अर्थात् सरनो की उपस्थिति के कारण उसके पाँव में बेड़ियाँ पड़ी रहीं, परन्तु धीरे-धीरे वह नये हालात के अनुसार ढल गया।

घर में उसकी भाभी ताबाँ थी। ताबाँ बड़ी हँसोड़, प्रसन्नचित्त तथा बातूनी स्त्री थी। उसे पालीसिंह के आगमन का बड़ा चाव था। दो बच्चों की माँ अवश्य बन चुकी थी परन्तु थी अभी नयी उम्र की। आयु और स्वास्थ्य की ओर से तो वह कदाचित् बूढ़ी न बन सकती थी और यह भी कठिन था कि वह दिन भर गाँव की कुंवारी

लड़कियों की संगति में घर-घर कुदकुदे लगाती फिरे, हालाँकि यदि उसके मन में कोई अभिलाषा थी तो केवल यही। सौतेली माँ के कारण उसका बचपन आनन्द-रहित ही गुज़रा था। यह केवल उसकी स्वाभाविक प्रसन्नचित्तता थी, जिसने उसे बचाये रखा अन्यथा अब तक हलकान हो गयी होती। एक ग्रामीण स्त्री के नाते मानसिक रूप से वह अपने पति से अधिक प्रसन्नताओं की इच्छुक भी नहीं थी। विशेषकर उससे जो आयु के लिहाज़ से भी नौजवान नहीं था और फिर जीवन के झमेलों और चिन्ताओं ने उसे काफ़ी गम्भीर बना दिया था। वह सुनती थी कि बचपन में उसका पति काफ़ी शरारती तथा प्रसन्नचित्त था। बल्कि जब उसने युवावस्था में कदम रखा तब भी काफ़ी दबंग था, परन्तु विपरीत परिस्थितियों ने उसे घेर लिया; एक बार जो चित्त बुझा तो बस बुझ ही गया और वह एकदम शान्त बल्कि दब्बू बनकर रह गया। सिन्दा तो ख़ैर इतनी भावुक भी नहीं थी परन्तु ताबाँ बहुत भावुक थी। उसका चंचल स्वभाव न तो सौतेली माँ के अत्याचारों से बुझा और न प्रस्तुत परिस्थितियों से, परन्तु आर्थिक हीनता तथा घर में किसी लड़ाकू पुरुष की कमी के कारण लोगों से पर्याप्त आदर करवाना असम्भव था। इस प्रकार की हीनता के अनुभव से कभी-कभी ताबाँ के हृदय को बहुत ठेस पहुँचती थी। इसलिए वह पालीसिंह की वापसी के लिए सिन्दा से भी अधिक उत्सुक थी और जब उसने एक नज़र अपने देवर को देख लिया तो गद्गद हो उठी। मुख-मण्डल, कद-काठ, आवाज़ तथा तेवर के लिहाज़ से बिलकुल इसी प्रकार का एक पुरुष वह घर में चाहती थी। उसका विचार ठीक भी था, क्योंकि जब से पालीसिंह आया था लोगों के दिलों में सहसा उत्पन्न हो आये आदर के भाव को उसने अच्छी तरह महसूसकर लिया था। विशेषकर बिशने, किशने और रतने के साथ पालीसिंह की पहली झड़प तो गाँव भर में प्रसिद्ध हो चुकी थी और इस ख़बर पर किसी प्रकार का सन्देह करके गाँव का शायद ही कोई व्यक्ति बैठे-बिठाये मुसीबत मोल लेने पर तैयार होता।

केवल यही नहीं, पालीसिंह का सब लोगों के साथ व्यवहार भी बहुत अच्छा था। उसके स्वभाव में ओछापन नहीं था। व्यर्थ की अकड़ और बात-बात पर झगड़ा खड़ा करने या दूसरे को धमकाने की उसे आदत ही नहीं थी। पालीसिंह को अपनी बाँहों तथा बुद्धि पर पूर्ण विश्वास था। भलाई तथा सभ्यता चाहे उसमें लेश-भाव भी न हो, परन्तु केवल इसी विश्वास के कारण उसके मन में पहुँचे हुए ऋषियों, मुनियों की-सी शान्ति उत्पन्न हो चुकी थी। गाँव के वे जवान जो पहले उसके शारीरिक बल की प्रशंसा में अपने अपमान का पहलू पाकर उसे मन-ही-मन नापसन्द करने और शायद उससे कुछ घृणा भी करने लगे थे, उसके व्यवहार से स्वयं ही झाग की तरह बैठ गये थे। गाँव के कुछ जवानों ने चाहा कि किसी प्रकार पालीसिंह सबसे तगड़े और अभिमानी जवानों से लड़ पड़े, परन्तु वह ऐसी कच्ची गोलियाँ नहीं खेला था। उसने अपने विशेष ढंग से उन सबकी हरकतों तथा एक प्रकार की धमकियों को नज़रअन्दाज़

कर दिया और धीरे-धीरे दूसरे की डींगों के सम्मुख उसकी गम्भीरता तथा चुप्पी अधिक सम्मानीय, अधिक ठोस और अधिक शक्तिशाली नज़र आने लगी। विशेषकर जब वह जोरासिंह के उस पाँच मन के मुगदर को, जो इलाके भर में मशहूर था और जिसे स्वयं जोरासिंह कठिनतापूर्वक दो बार ज़मीन पर से उठाकर सिर से ऊपर तान सकता था, बड़े साधारण रूप से दस बार उठा लेता और फिर सिर झुकाकर इस प्रकार पीछे हट जाता जैसे वह गाँव के तुच्छतम व्यक्तियों में से हो, तो लोगों के दिलों में एक विचित्र प्रकार का भय-सा उत्पन्न होता चला जाता। परन्तु पालीसिंह ने किसी पर कभी अँगुली तक न उठायी थी। वह दिल में अपने इस ढंग को ख़ूब समझता था। तरह-तरह के लोगों से निबट चुका था इसलिए वह अपने कार्य में क्रियात्मक मनोविज्ञान से भी परिचित हो चुका था, जिससे उसके गाँववाले अनभिज्ञ थे। यदि उसे किसी हद तक कोई समझ पाया था तो वह ज्वालासिंह था। अनगढ़ जवानों के समूह में वही एक 'पुराना पापी' था। दिल में वह भी पाली को पूर्ण रूप से समझ लेने का दावेदार नहीं था, परन्तु यह वास्तविकता उस पर प्रकट हो गयी थी कि पाली कोई साधारण व्यक्ति नहीं है। वह निस्संकोच कह देता था कि इस गाँव में तो क्या इलाके-भर में एक भी ऐसा व्यक्ति नहीं जो पालीसिंह की बुद्धि को पहुँच सकता हो।

ताबाँ को इस बात की चिन्ता नहीं थी कि पाली कोई काम भी करेगा या नहीं। बल्कि वह उसके आने से पूर्व ही यह समझती थी कि पाली कोई काम नहीं करेगा। वह कहती, "न करे। घर का ख़र्च तो बढ़ा नहीं, आख़िर जहाँ घर भर की रोटी पकती हो वहाँ एक आदमी के और आ जाने से क्या फ़र्क़ पड़ता है!" यदि कोई और स्त्री होती तो ऐसे बेकार देवर के आगमन पर प्रसन्न तो क्या होती, उसे क्रोध आता। ताबाँ का जीवन के प्रति दृष्टिकोण अभी तक रोमांचकारी था। उसे दाल-रोटी की चिन्ताओं से विशेष सम्बन्ध न था। उसने ऐसी बातों को कभी महत्त्व न दिया और फिर संसार ने जो उसके मन में हीन-भाव उत्पन्न करने का प्रयत्न किया था और जो एक सीमा तक उसके मन में उत्पन्न हो भी चुका था, उस भाव में कुछ न्यूनता पाली की उपस्थिति से हो जाती थी। कुछ दिनों के बाद लहनासिंह ने पाली की बेकारी और लफंगबाज़ी की दबे कण्ठ से चर्चा भी शुरू कर दी परन्तु ताबाँ ने उन बातों को महत्त्व देना तो एक ओर रहा, कान घर कर सुना तक नहीं। वास्तव में वह भावावेश में आकर पति को ग़लत समझती थी। अर्थात् उसकी इस बात को समझने का प्रयत्न नहीं करती थी कि यदि काम न किया जायेगा तो रोटी कहाँ से आयेगी! न जाने वह यह समझती थी कि पाली के होते कोई ख़राबी उत्पन्न हो ही नहीं सकती। रही सिन्दा तो उसे पाली कल का छोकरा नज़र आता था। उसका वश चलता तो गोदी में उठाये-उठाये फिरती। उसने कभी फूटे मुँह से भी पाली को न जतलाया कि हमारे घर के हालात कुछ अच्छे नहीं हैं, बस यही है कि खा-पी रहे हैं। जाट के यहाँ एक भैंस और एक गाय का होना कोई विशेष बात नहीं है।

जो भी था, घर के हालात पाली के अनुकूल थे। परन्तु यदि न भी होते तो भी उसके लिए कोई बात नहीं थी। वह तो एक चढ़ती नदी की तरह था। कोई चीज़ उसके मार्ग में बाधा नहीं डाल सकती थी, बल्कि घास-फूस की तरह बह निकलती थी। यदि कोई काम ऐसा था कि जिसे पाली बिना किसी के कहे स्वयं ही कर देता था तो वह दोनों समय भैंस और गाय के लिए सानी करना तथा दूध दुहना। यह भी शायद इसलिए कि दूध दुहने के बाद वह भैंस का एक थन 'धारें लेने' के लिए अपने लिये बचा लेता था।

पालीसिंह का नाममात्र काम ही उसकी भाभी के लिए बहुत बड़ी बात थी। उसे इसके व्यक्तित्व से प्रेम था। उसकी प्रत्येक बुरी अथवा अच्छी हरकत से प्रेम था। अतएव इन हालात में पालीसिंह की बेकारी और आवारगी का एक नया पट खुला। उसका नियम यह था कि प्रातःकाल ही वह गाँव से बाहर चला जाता। हाँ, सन्ध्या समय घर में बँधे पशुओं के लिए सानी करने अवश्य आता। गाँव से बाहर दातुन करने, नहाने और फिर गप-शप करने में काफ़ी समय निकल जाता। लौटता और दूध दुहता। फिर रात की पकी खिचड़ी और दही या बासी रोटी और मक्खन अथवा ऐसी ही अन्य किसी चीज का नाश्ता करता। फिर बड़े सलीके से वस्त्र पहनता। विशेषकर पगड़ी बाँधने और उसके शमलों को उठाने में कोई कसर न छोड़ता। अँगोछे से मूँछें पोंछता हुआ भाभी के सम्मुख आ खड़ा होता और बड़े आज्ञाकारी बच्चे के ढंग से पूछता—"भाभी, कोई काम-वाम तो नहीं घर का?"

और भाभी उसे कभी कोई काम करने को न कहती, बल्कि पति दो-एक बार नाराज़ भी हुआ कि वह उस 'मलंग' को कोई काम क्यों नहीं बताती? परन्तु ताबाँ पति की सादगी पर कभी-कभी तो हँस देती और कभी-कभी झगड़ा उठ खड़ा होने के भय से चुप ही रहती। परन्तु देवर के बुलाने पर चूल्हे में फूँके मारते-मारते सहसा वह सिर उठाती और धुएँ के कारण छोटी-छोटी सजल आँखों को मैले आँचल से पोंछते हुए उन्हें झपका-झपकाकर देवर की ओर देखकर मुस्कराने लगती।

उसे चुपचाप मुस्कराते देख वह अपनी हरकतों से काम करने की इच्छा प्रकट करते हुए पुनः कहता—"नहीं, भाभी! सचमुच बताओ तो कोई काम-वाम..."

ताबाँ का चेहरा गेंदे के फूल की तरह खिल उठता। वह सिर हिलाते हुए कहती—"नहीं, कोई काम नहीं!"

"सच?"

यह सुनकर पाली सन्तोष की साँस लेता। फिर वह धीरे-धीरे पग उठाता और आँगन में भेदती दृष्टि डालता हुआ ड्योढ़ी के दरवाज़े की ओर बढ़ता। कभी जब ख़्याल आ जाये तो टूटी हुई चारपाई की पट्टियाँ चुराये जाने के भय से बाहरवाले दरवाज़े के निकट से उठाकर आँगन के सुरक्षित कोने में खड़ी कर देता।...ताबाँ

कनखियों से विशालकाय देवर को झुक-सिमटकर ड्योढ़ी के दरवाज़े में से गुज़रते तथा गायब होते देखती रहती।

उसके चले जाने के बाद यदि उसका पति घर पर न होता (और अधिकतर उस समय तक वह खेतों में जा चुका होता था) तो उसकी पड़ोसन जो उसी की तरह जवान और प्रसन्नचित्त स्त्री थी, और शायद पाली को प्रेम की नज़रों से भी देखती थी, उचककर अपने घर में से उनके आँगन में झाँकती और फिर कुहनियाँ बीच की दीवार पर टेककर पूछती—''चले गये ढोल (प्रियतम) कमायी करने के लिए?''

इस पर ताबाँ खिलखिलाकर हँस पड़ती।

''हाँ ढोल ही तो है?''

शकल-सूरत से पाली ढोल से बिलकुल नहीं मिलता था। वह घर से निकलकर आम तौर पर दीनो लुहार की दुकान पर चला जाता था। परन्तु वहाँ तक का रास्ता तय करने की उसे कुछ जल्दी नहीं होती थी। वह रास्ते में भी गली के नुक्कड़ पर खड़े अथवा दुकानों पर बैठे लोगों से बातें करता, हँसता-खेलता और ताक-झाँक करता चला जाता था।

यद्यपि गाँव की लड़कियों में से उसे केवल सरनो ही से प्रेम था, परन्तु अन्य लड़कियों से उसे घृणा भी नहीं थी। शकल-सूरत न सही, परन्तु उसका पौरुष, तेवर और रोब-दाब ही उसके हक में बहुत बड़ी सिफारिश का काम देते थे। मीठी नज़रों का उत्तर मुस्कराहट में देने का वह बुरा न समझता था, परन्तु इन कामों में वह जंगली बिलाव से भी अधिक चतुर था। कभी किसी लड़की से खामुखाह नज़रें लड़ाने का प्रयत्न न करता, गाँव में मुफ़्त की बदनामी उसे पसन्द नहीं थी और सबसे अधिक भय तो उसे सरनो तथा उसके घरवालों का था। सरनो से उसका विवाह होने की सम्भावना भी थी इसलिए वह नहीं चाहता था कि उसके साथ किसी अन्य लड़की का नाम लिया जाय और बनता काम बिगड़ जाय। वह अन्य लड़कियों के मामले में जितना सावधान था, उतना ही वह सरनो के मामले में साहस से काम लेता था। कोई दूसरा उसे सरनो से छेड़-छाड़ करते न देख ले, इस बात का ख़्याल रखते हुए जब कभी वह उसे अकेली मिल जाती वह उसे छेड़े बिना न रहता। पहले-पहल उससे सरनो के यहाँ बड़ी पाबन्दी से जाना शुरू कर दिया था परन्तु शीघ्र ही अपनों के इशारों से उसने दूर की बात ताड़ ली और तुरन्त ही दूसरी पॉलिसी पर चलने लगा अर्थात् उनके यहाँ काफ़ी समय के बाद जाना शुरू कर दिया। सरनो के माता-पिता के मन में भी इसके अतिरिक्त कि उन दोनों में बचपन ही से लगाव है, और किसी प्रकार का सन्देह उत्पन्न नहीं हुआ। सरनो से दूर-दूर रहना पाली को बहुत खलता परन्तु वह इसकी कसर अन्य लड़कियों बल्कि अधिकतर स्त्रियों से पूरी कर लिया करता था। विवाहित स्त्रियों में ऐसी स्त्रियों की कमी नहीं थी जिनकी आयु

चौबीस–पच्चीस से अधिक न थी। जिनमें से बहुत–सी स्त्रियाँ अपने पतियों से सन्तुष्ट नहीं थीं और फिर पालीसिंह जैसे जवान की चटपटी बातों से आनन्दित होने की किसे इच्छा न होगी। यूँ भी वे कुंवारी लड़कियों की अपेक्षा अधिक बेबाक होती थीं। न छोटी–छोटी बातों से बदनामी का डर, न छोटी–मोटी चुहल से पवित्रता या धर्म पर आँच आने का भय। उनसे सब बातें इशारों–इशारों में होती थीं। कोई मौसी, कोई चाची तो कोई मामी बनी बैठी थी। इस आड़ में यदि किसी 'अर्थपूर्ण' बात पर कभी कोई नाराज़ होती दिखायी दी तो बीच में बात बदल दी और यदि लजीली आँखें झुककर छातियों पर गयीं तो फिर अँगुलियाँ घी में और सिर कड़ाही में।

बगीची सब पुरुषों के क्लब घर का काम देती थी, तो दीनो लुहार की दुकान केवल नौजवान छोकरों का क्लब–घर।

दीनो था तो लुहार ही के नाम से प्रसिद्ध (उसके पूर्वज लुहार रहे होंगे) परन्तु अब वह बढ़ई का काम करता था और बढ़ई का काम भी बस नाममात्र को ही। केवल फालों की ठुकाई के लिए हल दो–दो, चार–चार दिन तक पड़े रहते। दीनो की आयु सत्ताईस–अट्ठाईस वर्ष के लगभग होगी परन्तु उसके चेहरे से ऐसी कोमलता तथा आँखों से ऐसी सरलता टपकती थी कि उसकी आयु बाईस वर्ष से अधिक किसी प्रकार नहीं कही जा सकती थी। घर में उसकी दादी, जो बहुत बूढ़ी थी, कब्र में पाँव लटकाये बैठी थी और माँ थी। पाली की तरह उसका बाप भी बचपन में ही मर गया था। एक बार विवाह भी हुआ था उसका, परन्तु पत्नी एक बच्ची छोड़कर चल बसी। बच्ची का पालन–पोषण उसकी माँ कर रही थी, परन्तु वह स्वयं सदैव की भाँति इत्मीनान से दिन व्यतीत कर रहा था। वह कामचोर नहीं था परन्तु काम से अधिक उसे ताश खेलने तथा गप लड़ाने का शौक़ था। यदि पास कोई न हो तो चुपचाप अपने काम में जुटा रहता। पंजालियाँ, हल, दही बिलाने की 'मथनियाँ' और इसी तरह की अन्य चीज़ें काफ़ी अच्छी बना लेता था। कुछ दिनों तक शहर में रहकर भी यह काम सीख चुका था। दूसरे गाँव के लोग भी उसे अच्छा कारीगर समझते थे। एक तो शील–स्वभाव, दूसरे बातें बहुत मीठी करता था। इसलिए न काम की कमी थी, न उजरत की, परन्तु यदि किसी चीज़ की कमी थी तो फुरसत की। दो–चार मित्र आ बैठे (जो आ ही बैठते थे) तो फिर दिन भर काम करने की नौबत ही न आती। यहाँ प्रत्येक नौजवान अपनी मनपसन्द लड़की का नाम लेने और उससे अपने सम्बन्ध को प्रकट करने से बिलकुल नहीं हिचकिचाता था। हर किसी के मन का भेद, सबका भेद था, सभी एक–दूसरे के भेदी थे, कुछ इसी कारण से उनमें एक विचित्र प्रकार के ऐक्य की भावना उत्पन्न हो गयी थी। बल्कि यदि एक–दूसरे की सहायता करने की आवश्यकता होती तो इसमें बिलकुल संकोच न किया जाता।

पालीसिंह का दोपहर के खाने से पहले का समय अधिकतर इसी दुकान पर गुज़रता था। पहले तो दीनो दो–एक मित्रों की उपस्थिति में भी थोड़ा–बहुत आवश्यक

काम करता रहता था परन्तु इधर जब से पालीसिंह ने दुकान पर आना आरम्भ किया था, वह उसे देखते ही सारा काम उठाकर रख देता।

वह पालीसिंह का बड़ा आदर करता था। उसे इस बात की अभिलाषा ही रही कि वह भी गाँव से निकलकर शहर-शहर घूमे, कहीं दूर देश में जाये। ख़ैर, यदि तह स्वयं नहीं जा सका था तो कम-से-कम उसका एक मित्र तो ऐसा था जो कई वर्ष आवारगी में बिता चुका था। पाली बातों का पिटारा था और गाँववालों का ज्ञान इतना सीमित था कि उनके लिए नयी दुनिया की कोई छोटी-से-छोटी घटना भी किसी जादू की कहानी से कम न थी। नौजवान अधिकतर स्त्रियों में ही दिलचस्पी लेते हैं। इस सम्बन्ध में पालीसिंह के जीवन की घटनाएँ केवल गिनती ही में अनगिनत मालूम न होतीं, बल्कि दीनो तथा अन्य नौजवानों के लिए विचित्र भी थीं।

दीनो की दुकान पर कुछ और बेकार भी डेरा जमाये रहते थे। उनमें से सबको खाने को दोनों समय रोटी मिल जाती थी। माता-पिता की छत्र-छाया सिरों पर मौजूद थी। यूँ भी पंजाब के गाँव में साधारण आवश्यकता की चीज़ें लगभग हर किसी को मिल जाती हैं। युद्ध ने रंग और चोखा कर दिया था। जो रंगीले थोड़ा-बहुत काम करते थे, वे भी समय निकालकर उधर का चक्कर अवश्य लगाते। अन्यथा रात के खाने के बाद जो महफिल जुटती थी उसमें सम्मिलित होना तो हर एक ने अपना कर्त्तव्य बना रखा था।

'छाह वेले' से लेकर 'भत्ते वेले' (लंच टाइम) तक पाली गप्पें लड़ाने में ऐसा लीन रहता कि उसे आगे-पीछे की कुछ सुधि न रहती। बेचारी सिन्दा पहले तो उसकी तलाश में सारा गाँव छान मारती थी परन्तु जब से उसे उस अड्डे का पता चला था वह सबसे पहले दीनो की ही दुकान पर आती थी। पाली को गप्पें लड़ाते देख माथे पर बहुत गहरे बल पड़ जाते परन्तु प्रतिक्षण चिरती हुई बाछें मन की प्रसन्नता को छुपा न सकतीं। ज़मीन पर पाँव जमाये वह चुपचाप पाली की ओर टकटकी बाँधकर देखने लगती।

ताबड़तोड़ बातें बनाते हुए दीनो का संकेत पाकर जब पाली स्वयं ही माँ को पास खड़ी देख लेता तो एकाएक चुप हो जाता। कुछ समय तक चुप्पी छायी रहती, फिर पालीसिंह स्वभाव के अनुसार थूक की पिचकारी छोड़ता।

माँ कहती—"मैं तुझे गाँव भर में ढूँढ़ती फिरी और तू यहाँ बैठा है..."

"हो-हो-हो!" पाली हँसने लगता और उसके सामने के दो दाँतों में जड़ी हुई सोने की कीलें चमक उठतीं—"माँ, तुझे तो अच्छी तरह मालूम है कि मैं यहीं दीनो के पास बैठा करता हूँ। फिर तू गाँव भर में क्यों हलकान होती फिरी?"

"लो और सुनो...काम का न काज का। मैं क्या जानूँ यहाँ हर रोज़ क्या खिचड़ी पकती है? दिन-भर बेकार फिरता रहता है, कामचोर!"

कहने को सिन्दा उसकी बेकारी पर नाराज़ होती थी, परन्तु दिल में अपने बेटे के ये चलन देखकर वह फूली नहीं समाती थी।

इस पर पाली के मुँह का यह बड़ा पाट पूरा खुल जाता।

"अरी माँ, तू तो लोगों के बहकावे में आ जाती है..."

"हाय, तो तूने सुबह से कौन काम किये हैं?"

"मैंने भाभी से पूछा था कि कोई काम है तो बताओ, उसने कहा, कोई काम नहीं।...फिर मैं क्या करता? इधर चला आया।"

यह सुनकर उसे मारने के ढंग-से हलके-से हाथ ऊपर को उठाती—"हैं रे?...अब माँ को भी जवाब देने लगा है?"

हालाँकि सिन्दा का यह हाथ उठाना भी केवल धमकी देना ही होता था, परन्तु पाली कुहनी उठाकर और सिर छिपाकर अपने-आपको इस तरह बचाने का प्रयत्न करता, जैसे उसकी कमर ही तो टूट जायेगी।

फिर सिन्दा बड़े प्यार से दोनों बाँहों में उसका चेहरा समेट लेती और उसके गाल हौले-हौले थपथपाते हुए कहती—"अच्छा, चल रोटी खा ले...तेरी भाभी कब से इन्तज़ार कर रही है...हम पर इतनी दया तो कर दिया कर!"

यूँ तो पालीसिंह को बहुत कम क्रोध आता था। हर किसी से बड़ी अच्छी तरह पेश आता था, परन्तु अपनी माँ से तो वह कभी खफ़ा हो ही नहीं सकता था, चाहे वह कुछ भी कह दे।

इस प्रकार सिन्दा बड़ी मुश्किल से बेटे को खदेड़कर घर तक लाती। अब घर पर भाभी के शिकवे शुरू हो जाते।

"न जाने बाहर क्या है, पाली, जो एक पल को भी तू घर नहीं बैठता..."

पाली चुप रहता।

"न जाने हमीं से नाराज़ है।"

"अरे नहीं, भाभी, भला तुमसे नाराज़गी कैसी?"

इस पर ताबाँ प्रसन्न हो जाती।

एक दिन बोली—"आख़िर यह क्या चक्कर है तेरे पाँव में? इधर दिन निकला तूने अँगोछा कन्धे पर फेंका और चल दिया..."

पहली बार पाली नियम-विरुद्ध चुप रहा।

परन्तु मालूम होता था कि उस समय भाभी को कोई शरारत सूझ रही थी और फिर उस समय घर में कोई था भी नहीं। वह अर्थपूर्ण नज़रों से देखकर बोली—"पहले-पहल जब तू आया तो हम समझे कि कोई होगी..."

पाली के कान खड़े हो गये, परन्तु अनजान-सा बनकर बोला—"कौन होगी?"

भाभी मुस्करायी—"आख़िर कोई-न-कोई तो होगी...तभी तो..."

अब पालीसिंह को भाँडा फूटने का भय उत्पन्न हो गया।

"भाभी, तुम तो पहेलियाँ बुझवा रही हो।"

"हैं? यह पहेली क्या है। अन्धों को भी दिख रहा है।"

"क्या दिख रहा है?"

यही कि सरदार जी लट्टू हो रहे हैं किसी पर...तभी तो भाभी के पास बैठने की फुरसत नहीं मिलती..."

"अजी हटाओ। खामुखाह..."

"खामुखाह क्या...मेरी आँखें चुंधी न समझो..."

अब पालीसिंह खिलखिलाकर हँस पड़ा—"अच्छा भाभी तुम्हें कैसे पता चला?"

"चल गया!" यह कहकर ताबाँ ने नाजुक अँगुली चेतावनी स्वरूप उठाकर शरारत से कहा—"लेकिन देखो पाली, यह राह बड़ी कठिन होती है।"

पाली कुछ शरमा रहा था, परन्तु हँसे जा रहा था—"कठिन-वठिन क्या? जब तुम्हारी जैसी भाभी का हाथ हमारे सिर पर है, तो फिर सब राहें आसान हो जायेंगी।"

"नहीं जी...हम ऐसे फेर में नहीं पड़ते।"

पाली ने बढ़कर ख़ुशामद के से ढंग से भाभी के दोनों हाथ अपने हाथों में ले लिये... "नहीं, भाभी, तुम्हें कसम है हमारे..."

"उई...कैसे काठ की तरह सख़्त हैं तुम्हारे हाथ...और भई, यह कसमों-वसमों से काम नहीं चलेगा!"

पाली ने सिर झुकाते हुए कहा—"तो फिर जो कहोगी।"

"मुँह से कहो ना?"

"तुम्हें इकन्नी का गट्टा खिला दूँगा।"

इस पर ताबाँ उत्तेजित हो गयी—"यह गट्टा-वट्टा तो उसी को खिलाना...हाँ, नहीं तो!..."

पाली ने शरारत भरी नज़रों से ताबाँ के फूले हुए मुँह की ओर —"फिर, देखो भई, तुम ही कह दो।"

ताबाँ चुप।

"तुम बिगड़ गयी...देखो हम ख़ुशामद कर रहे हैं।"

"तो फिर मेरी हँसी क्यों उड़ाते हो?"

"वाहगुरु-वाहगुरु!...हँसी कौन उड़ाता है?"

"और नहीं तो क्या!"

"लो भई, सच्चे दिल से वायदा करते हैं...जो तुम कह दोगी,...बस वही मंजूर होगा हमें।"

"कहो, वचन दिया?"

"वचन दिया?"

"तो मैं सोना लूँगी।"

"चलो मंजूर...क्या चीज होगी भला?"

"पहली चीज तो होगी अँगूठी...मंजूर?"

"मंजूर...इसका मतबल (मतलब) यह हुआ कि दूसरी चीज़ भी होगी।"

"'हाँ, ज़रूर होगी।"

"जो तुम कहोगी।"

"मुँह से कहो।"

"यह अच्छी रही...अभी से सब-कुछ कहलवा लो...ख़ुद भी तो कुछ करके दिखाओ।"

"वायदा भूलना नहीं।"

"वाह, मजाल है हमारी..."

"अच्छा, अब कुछ बातें तो बताओ।"

"पूछो।"

"सरनो ही है ना?"

"हाँ, वही।"

"अभी तक कुछ हुआ?"

"कुछ नहीं।"

"झूठ तो नहीं?"

"बिलकुल सच।"

"उसका क्या विचार है?"

"विचार कैसा?"

"यही तुम्हारे बारे में?"

"भई, कुछ मालूम नहीं।"

"अच्छी तरह बोलती है?"

"बहुत अच्छी तरह!"

"और...बाक़ी कैसा बर्ताव है उसका?"

"बस हँसे जाती है।"

"यानी है उसके दिल में भी कुछ?"

"कह नहीं सकता...इसका पता लगाना तो तुम्हारा काम है।"

"अच्छा, मैं पता लगाऊँगी।"

"तुम्हारा बहनापा भी है?"

"मैंने ख़ुद ही नहीं बढ़ाया।"

"तो भाभी, देखती क्या हो, बढ़ा लो ना!"

"यह तो मेरे बायें हाथ का खेल है।"

"बस तो आज ही से शुरू कर दो...अभी जाओ।"

"अभी क्या भगदड़ मची है, रोटी तो खिला लूँ तुम्हें।"

उस दिन के बाद भाभी उसकी सलाहकार और मेरी बन गयी। वह उसे सदैव यही कहती कि सब्र से काम लो। सहज पके तो मीठा होय! भाभी को अपना भेद बता देने से उसे बहुत-सी सुविधाएँ प्राप्त हो गयीं। उसे सरनो की प्रत्येक बात की सूचना मिलती रहती। आज उसने अमुक वस्त्र पहना था। उसका स्वभाव वास्तव में कैसा है। वह किन चीजों को पसन्द करती है और किन से घृणा। वह किस समय कहाँ जाती है? पाली को पहले ही से पता मिल जाता कि आज सरनो अमुक समय कुएँ पर जायेगी, उसे मार्ग में ही घेरने में उसे सुविधा हो जाती। भाभी की सलाह तथा अपनी बुद्धि से ही उसने यही फैसला किया था कि वह उसके घर बहुत कम जाया करेगा। और खेतों या तंग गलियों में वह उसे इस प्रकार मिलता, जैसे उनकी यह मुलाकात बिलकुल अचानक हो गयी हो। मौका पाकर वह कोई छेड़-छाड़ भी कर लेता। यूँ भी उसे विश्वास था कि उसका विवाह सरनो से हो जायेगा, इसलिए वह कोई बुरी हरकत न करता। कभी-कभी एक बात उसे बेतरह खटकने लगती और वह था सरनो का व्यवहार।

देखने में तो सरनो की हरकतों और बातचीत से यही प्रकट होता था कि उसे भी पालीसिंह से लगाव था, परन्तु पाली को कुछ ऐसा अनुभव होता था कि यह केवल एक भ्रम-मात्र ही था। मानो सरनो की हँसी खोखली हो, बातें निरर्थक और सुन्दर भाव दिखाने भर के लिए।

पाली को सरनो का एक रंग नहीं, कई रंग नज़र आते थे। दिन-प्रतिदिन वह उसके लिए पहेली बनती चली जा रही थी। जब कभी वह उसे मार्ग में मिलती या वास्तव में वह उससे जा मिलता, तो उसकी आँखें चमकने लगतीं। वह इसके लतीफ़ों

और हँसी-मज़ाक़ की बातों पर खिलखिलाकर हँस पड़ती। उसके कोमल कपोलों के उभार और उनकी चमक में यौवन-रक्त लहरें लेता था। उसके होंठ क्षण-भर के लिए भी निश्चेष्ट न होते थे। वह बोले अथवा न बोले, रक्त प्रति क्षण उन होंठों में समुद्र की लहरों के रेले की भाँति आता और गुज़र जाता था। हँसी थी कि फूटी पड़ती थी। कदाचित् सरनो को इसका अनुभव भी था। वह बार-बार अपने होंठों को सँवार-सँवारकर बन्द करती परन्तु आँख झपकते में वह पुनः खुल जाते। होंठों के बिगड़ने तथा सँवरने की क्रिया जारी रहती और वे हर अवस्था में सुन्दर नज़र आते थे। उन होंठों का अस्तित्व ही अलग प्रतीत होता था। पालीसिंह सोचता, शायद किसी दिन ये विकसित होंठ पुरुष के होंठों के स्पर्श और गरमी से कुछ देर के लिए निश्चेष्ट हो जायें। जो वस्तु उनमें इतनी विकलता तथा अधीरता उत्पन्न किये रहती थी, शायद उसकी सन्तुष्टि हो जाये।

परन्तु उन बातों, उस हँसी, उस अटक-मटक में कोई ऐसी चीज़ न थी, जो केवल पालीसिंह के लिए ही हो। सरनो की चाल यूँ ही उखड़ी-उखड़ी-सी होती थी। उसकी जिह्वा में भी लड़खड़ाहट होती थी और उसे अपने हाथों का भी पता न चलता कि उन्हें वह किस ढंग से उठाये या बढ़ाये या हिलाये! ऐसा लगता था कि उसके हृदय में कई परस्पर विरोधी तत्त्व स्थान बना चुके थे और उन्हीं के वशीभूत हो उसके अंगों की हरकतों में अन्तर उत्पन्न होता रहता था, परन्तु जो बात पाली चाहता था, वह न होती थी। वह उससे विशेष रूप से झेंपती न थी। उसकी छेड़-छाड़ पर बिगड़ती नहीं थी बल्कि उसके मुख से तो ऐसा प्रकट होता था, जैसे वह उन इशारों का अर्थ ही न समझती हो।

इन्हीं बातों के कारण पाली विचित्र असमंजस में पड़ गया था। अब वह क्या कर सकता था। यदि वह कहता—"सरनी! आज तो तुम बहुत सुन्दर दिख रही हो।"

"झूठे कहीं के!" कहते हुए वह शरमाने की अपेक्षा सँवरने लगती।

यदि वह कहता—"सरनी! अगर तुम्हें दो दिन तक न देखूँ तो न जाने दिल को क्या होने लगता है।"

"हाँ जी, झूठ बोलने में तो तुम गुरु हो। घर पर तो आते नहीं...भला कितने दिन हो गये हैं तुम्हें..."

वह कहता—"सरनी! सच-सच बताओ, कभी तुमने मुझे भी याद किया है!"

"क्यों नहीं!" वह हँसने लगती।

नहीं...नहीं...वह ऐसी भोली नहीं थी। वह सब बातें समझती थी। क्रियाशील जीवन में इतना भोलापन उत्पन्न नहीं हो सकता। क्या उसे अपने सौन्दर्य तथा यौवन का कुछ भी ज्ञान नहीं। क्या उसने सखियों से प्रेम के गीत तथा कहानियाँ तक न सुनी होंगी और जब सुनसान रातों को हीर गानेवालों की तानें सारे वातावरण में गूँजने लगती

हैं, तो क्या सरनो ने उन्हें एक बार भी नहीं सुना। कभी वह सोचता, सम्भव है, उसने मुझे प्रेमी के रूप में कभी देखा ही न हो, या मन में मेरी छेड़-छाड़ को पसन्द न करती हो और केवल शिष्टाचार के नाते माथे पर बल न आने देती हो। सोचती हो, इतने वर्षों तक बाहर रहने के बाद लौटा है, धीरे-धीरे स्वयं ही समझ जायेगा। यह भी हो सकता है कि वह मुझे निपट मूर्ख समझकर मेरी बातों को कोई महत्त्व ही न देती हो।

इस प्रकार के सन्देह और चिन्ताएँ उसके मस्तिष्क की गहराइयों में से उभरतीं, कभी दब जातीं और कभी मिट जातीं। परन्तु उसने कभी भी किसी पर उन्हें प्रकट न किया था। देखने में सरनो का व्यवहार ऐसा अच्छा था कि उसके लिए शिकायत का कोई अवसर ही उत्पन्न न होता था। उस गोरख-धन्धे से निकलने का केवल एक ही साधन था कि वह किसी दिन उससे ऐसी छेड़-छाड़ करे कि सरनो अपने मनोभाव प्रकट किये बिना न रह सके। उदाहरणत: किसी दिन वह उसे गले से लगा सकता था या उसके होंठ चूम सकता था। फिर तो सरनो के लिए इसके अतिरिक्त कोई चारा न रहेगा कि या तो वह शरमाये और मुँह छिपाकर भाग जाये या उस पर बरस पड़े। परन्तु यह रास्ता ख़तरे से खाली न था, क्योंकि यह अनुमान लगाया जा सकता था कि सरनो के माता-पिता भी उसे अपना दामाद बनाने की सोच रहे थे। इसलिए ऐसी अवस्था में सारा खेल बिगड़ जाने का भी भय था और इसीलिए वह कोई निश्चय न कर पाता था।

दोपहर के समय जब वह खाना खाने घर जाता तो प्राय: उसकी माँ लहने के लिए रोटी लेकर खेतों पर जा चुकी होती थी। घर में वह, भाभी और बच्चे ही होते थे। भाभी और उसकी बातें बहुधा सरनो ही के सम्बन्ध में हुआ करती थीं, उसने अपनी चिन्ताओं का ज़िक्र तो कभी नहीं किया था, परन्तु भाभी की बातों में से वास्तविक परिस्थिति जानने में ही वह लगा रहता था।

खाने के बाद उसका नियम यह था कि वह कुर्ता उतारकर कन्धे पर डाल लेता और बग़ल में चारपाई दबा बगीची की ओर चल खड़ा होता। वहाँ सूरज की गर्मी कम होने तक भिन्न-भिन्न खेलों में मगन रहता। कभी ताश, कभी चौसर। शतरंज की चालें ही उसे याद न रहती थीं। यदि किसी खेल में मन न लगा तो बेसिर-पैर की बातें शुरू कर दीं अन्यथा सिर के नीचे बाँह रखकर खर्राटे लेने लगा।

गाँववालों से उसके सम्बन्ध गहरे हो गये थे। उसके हमउम्र तो ख़ैर सब-के-सब उसके मित्र बन गये थे। किसी को उसके विरुद्ध कोई शिकायत नहीं थी। बड़े-बूढ़ों में उसे ताया हरप्रसाद की बातें बहुत पसन्द थीं। वह उसे बहुत बड़ा विद्वान् समझता था। और इसमें भी सन्देह नहीं था कि ताया हरप्रसाद एक पढ़ा-लिखा व्यक्ति था और उसने दूसरों की अपेक्षा इधर-उधर घूमकर दुनिया भी देखी थी। अतएव जब

सीधे-सादे गाँववासियों की युक्तियों को अपनी तर्क-विद्या द्वारा निरर्थक सिद्ध कर देता, तो पालीसिंह को वैसा ही आनन्द प्राप्त होता जो दो पहलवानों के दंगल में एक पहलवान के चारों खाने के चित गिरने से होता है।

कर्मदीन भी काफ़ी दिलचस्प आदमी था। पालीसिंह को उन दोनों की नोक-झोंक बहुत पसन्द थी। पहले दिन ही उसने उन दोनों का तमाशा देख लिया था और बाद में जब आपस में कुछ घनिष्ठता हो गयी, तो वह उन्हें आपस में भिड़ाकर बहुत प्रसन्न होता। वह बारी-बारी दोनों को शह देता और वे सचमुच ही बहस करने लगते। फिर असील मुर्गों की तरह वे अपनी-अपनी बात पर अड़ जाते। क्या मजाल जो उनमें से कोई अपनी हार मान ले। ताया हरप्रसाद विद्वान् था और फिर उसे अपने सम्मान का भी विचार था, भला वह हथियार क्यों डाले और उधर कर्मदीन ठहरा अनगढ़ जाट। वह भी हुक्का भरकर हरप्रसाद के सामने डट जाता। उसकी दलीलें सीधी-सादी होती थीं परन्तु उसका बात करने का ढंग ही ऐसा था कि सुननेवाले मारे हँसी के पेट थामकर बैठ जाते। आख़िर तंग आकर हरप्रसाद कहता—"भाई, तुम ठहरे अड़ियल जाट। तुमसे कौन सिर मारे?"

वे दोनों हमउम्र थे। एक-दूसरे का बहुत कम आदर करते थे। हरप्रसाद की इस बात पर क़र्मदीन हुक्के की नै को मारने के-से ढंग से ऊपर उठाकर कहता—"खड़ा रह बे ब्राह्मन के बच्चे! बात नहीं सूझती तो मुँह चिढ़ाने लगे।"

यह कहकर कर्मदीन सचमुच नै लेकर उस पर पिल पड़ता और हरप्रसाद एक हाथ से ऐनक सँभालता, सिमटकर चारपाई से चिपक जाता और चिल्ला-चिल्लाकर कहता—"ओए! ना मारीं....न मारीं अपने प्यो नूँ (अपने बाप को मत मारना)!"

इस पर कर्मदीन सचमुच हलके-हलके दो हाथ जड़ देता। उसे अपनी नै के टूट जाने का भी तो भय लगा रहता था!

फिर जब कर्मदीन अपने स्थान पर जा बैठता तो हरप्रसाद कहता—"मित्रों! कर्मदीन पर तो वह बात ठीक बैठती है कि एक बार एक गाँव में बहुत बड़ा विद्वान् पण्डित घूमता-फिरता आ निकला।"

कर्मदीन जल्दी-जल्दी हुक्के के कश लेने लगता।

"उसने लोगों से कहा कि 'मैं पण्डित हूँ, यदि कोई ज्ञान-ध्यान की समस्या पर बातचीत करना चाहे तो मैं तैयार हूँ' ...इस पर कर्मदीन ही का कोई जाट भाई कहने लगा, 'इस पण्डित को मैं अभी हराये देता हूँ। सारा ज्ञान-ध्यान धरा रह जायेगा।' सब लोग हैरान रह गये..."

इस पर कर्मदीन घूरकर हरप्रसाद की ओर देखता—"बेटा! मालूम होता है तुम्हारा अभी और मार खाने को जी चाहता है।"

हरप्रसाद मुस्कराकर बात ज़ारी रखता—"जब वह जाट पण्डित जी के सामने आया तो पण्डित जी ने बड़े प्रेम से कहा, 'उचरो (फर्माइये)!' इस पर जाट छूटते ही बोला, 'घुचेरो, पुचरो, ढुचरो'!"

लोगों को ऐसी हँसी छूटती कि कुछ ज़मीन पर लोटने लगते।

कर्मदीन कुछ खिसिया जाता।

हरप्रसाद विजय के नशे में कहता—"और भई, पण्डित जी ने जाट के आगे हाथ जोड़ दिये और कहा, 'भाई! तुम जीते मैं हारा!' "

पाली ज्वालासिंह का भी बड़ा आदर करता था। केवल इसी कारण से नहीं कि वह उसके बाप का मित्र था और दोनों ने बड़े-बड़े कामों में एक-दूसरे का साथ दिया था, बल्कि ज्वालासिंह के अपने कारनामे भी ऐसे थे कि पालीसिंह जैसे व्यक्ति के मन में खामुखाह उसके प्रति आदर-भाव उत्पन्न हो गया। ज्वालासिंह को भी पाली से लगाव हो गया था। यदि कभी किसी खेत की मेड़ पर या गुरुद्वारे की ओर जाते समय उन दोनों की भेंट हो जाती तो ज्वालासिंह घण्टों उसे अपनी जीवन-कथाएँ सुनाया करता। उसका जीवन भी कुछ कम दिलचस्प न था। वह बड़े-बड़े खतरों में फँस चुका था। कई बार जेल जा चुका था। पाली ने विचित्र लोगों को उसके यहाँ आते-जाते देखा था। दिन के समय वह स्वयं भी दो-तीन बार उसके घर जा चुका था।

पाली के लिए ज्वालासिंह से अधिक उसकी बहन का व्यक्तित्व प्रभावशाली था।

पाली मन में सोचता कि ज्वालासिंह की बहन का नाम चिन्तो की अपेक्षा निश्चिन्तो होना चाहिए था क्योंकि उसने आज तक उसे उदास न देखा था। वह हर समय तैयार-बर-तैयार रहती, जैसे युद्ध-भूमि को जा रही हो। होंठों पर हँसी, आँखों में चमक, हरकतों में कमाल की फुर्ती, मुख पर तेज़, चाल में रोब...ज्वालासिंह ने एक-दो बार दबे कण्ठ से अपनी बहन के स्वभाव का वर्णन भी किया था। मालूम होता था कि ज्वालासिंह ने किसी खुफिया स्थान पर हथियार भी एकत्रित कर रखे थे। कृपाणें, बरछियाँ, कुल्हाड़ियाँ, चाकू, छुरे और रस्सियाँ और शायद पिस्तौल और बन्दूकें भी। उसने कभी स्पष्ट शब्दों में तो इन बातों को स्वीकार नहीं किया था परन्तु एक दिन उसने पाली को बता दिया था कि चिन्तो का पिस्तौल का निशाना बिलकुल अचूक है। यदि दीवार पर मक्खी भी बैठी हो तो भी उसका निशाना चूक नहीं सकता। स्वयं पाली ही ने अधिक प्रश्न पूछना उचित न समझा। इस प्रकार खामुखाह ज्वालासिंह के मन में सन्देह उत्पन्न हो सकता था परन्तु पाली इतना समझ चुका था कि सम्भव है किसी दिन उन दोनों को एक-दूसरे का हाथ बँटाना पड़ेगा।

बगीची में दोपहर का समय काटने के बाद वह घर जाता और खट्टी लस्सी में नमक और काली मिर्च मिलाकर सुबह की पड़ी हुई एक आध रोटी खा लेता।

सन्ध्या समय सब लोगों की मिली-जुली महफिल गाँव से परे खेतों में जमती। उस समय गाँव के लड़के-बाले तथा नौजवान अलग-अलग टोलियों में बँटकर कबड्डी खेला करते। पालीसिंह इन खेलों में भाग न लेता, परन्तु दर्शकों में अवश्य शामिल हो जाता। हाँ, यदि कभी ज़ोर-आजमायी शुरू हो जाती और उसे भी आग्रह-पूर्वक शामिल कर लिया जाता तो वह इन्कार भी न करता।

रात के खाने के बाद केवल नौजवानों की जो खुफिया महफ़िल जमती थी उसमें पालीसिंह आगे रहता था। एक-दूसरे की प्रेमिकाओं की प्रशंसा होती और आलोचना की जाती। पालीसिंह ने अपने प्रेम की बात आम न होने दी थी। दूसरों का ख़्याल था कि नवागन्तुक पालीसिंह अभी किसी से प्रेम कर भी नहीं रहा होगा। वे समझते थे कि महफिल में गानेवालों के प्रेम भरे गीत सुन-सुनकर एक दिन अवश्य ही उसके हृदय में भी प्रेम-ज्वाला भड़क उठेगी।

परन्तु प्रेम-ज्वाला तो बहुत पहले ही से भड़क चुकी थी और एक दिन यह भेद भी खुल गया।

सन्ध्या का समय था। गाँव को लौटते हुए पशुओं के पाँव से उड़ती हुई धूल ने बढ़ते हुए अन्धकार में घुलकर वातावरण को और धुँधला कर दिया था। पालीसिंह कबड्डी खेलनेवालों को छोड़कर लौट रहा था। उसका मन खोया-खोया-सा था जैसा कि कभी-कभी प्रत्येक व्यक्ति अनुभव करने लगता है। उसने कच्चे मकानों और गाँव की तंग गलियों की ओर देखा जहाँ उस समय विचित्र प्रकार की उदासी छा रही थी। विशेषकर मकानों के बीच जहाँ कहीं वृक्ष उग रहे थे, वहाँ अन्धकार और अधिक बढ़ चुका था। उनके फैलते हुए गन्दले साये वातावरण को और अधिक उदासीन बना रहे थे। हवा बिलकुल बन्द थी। उमस और पसीने से दम घुटता तथा तबीयत बेचैन हुई जाती थी। पालीसिंह ने अपने बेढब पगड़ी में दो लम्बी अँगुलियाँ डालीं। पसीने से तर बालों में से होती हुई अँगुलियाँ उस विशेष स्थान पर जा पहुँची जहाँ वह असल में खुजाना चाहता था। फिर जाने वातावरण की नीरसता से तंग आकर अथवा गर्मी से घबराकर उसने एक दीर्घ श्वास छोड़ी। कबड्डी के मैदान में दर्शकों के चिल्लाने का बहुत धीमा स्वर सुनायी दे रहा था। गर्मी के कारण पालीसिंह को कन्धों पर पड़ा अँगोछा भारी मालूम दे रहा था। उसे कन्धे से उतारकर उसने कमर के गिर्द लपेट लिया और कसकर गाँठ लगा दी। इससे कमर का घेरा तंग हो गया और छाती का फैलाव बहुत अधिक दिखने लगा। सामने नवाब का तबेला (पशु बाँधने का स्थान) दिखायी दे रहा था। जिसके चारों ओर ऊँची दीवार बनी थी। दीवार में बहुत ही घटिया रंग की सुरमई मिट्टी लगायी गयी थी। उसे कभी लीपने का प्रयत्न भी नहीं किया गया था, अतएव पतले गोबर के छींटे उस पर जमकर रह गये थे।

उसे तबेले के पास ही से निकलना था। जब वह तबेले से उधर तुन के वृक्ष के तले से निकल रहा था तो सहसा उसे खेतों में से एक लड़की आती दिखायी दी।

दूर से वह सरनो ही मालूम होती थी। वह एक बैलगाड़ी की आड़ में हो गया। जब वह ज़रा निकट आयी तो उसने देखा कि उसका अनुमान ठीक ही था। अतएव वह भागकर और चक्कर काटकर तबेले की दीवार के उधर के कोने पर जा खड़ा हुआ।

वह निकट पहुँची तो वह धीरे से दो पग उठाकर उसके निकट चला गया। सरनो ने कुछ भयभीत नज़रों से उसकी ओर देखा परन्तु फिर तुरन्त ही उसकी घबराहट जाती रही और वह हँसने लगी।

"ओह! मैं तो डर गयी थी।"

हँसते-हँसते कुछ गम्भीर मुद्रा धारण करने के लिए उसने होंठ बन्द करने का प्रयत्न किया परन्तु स्वभावानुसार दाँत निकले पड़ते थे और उसके इस प्रयत्न में उसकी गोल ठुड्डी पर कई नन्हें-नन्हें गढ़े बने और मिट गये।

धुँधले प्रकाश में उसके ढीले-ढाले बालों की लटें जिन पर धूल की बहुत हलकी-सी तह जमी हुई थी, उसकी चमकती हुई आँखें जो बादलों के पीछे से झाँकती हुई मालूम होती थीं, उसके सुन्दर हाथों की मनोरम हरकत जो स्वच्छ पानी की तह में एक अदा से हरकत करते हुए दिखायी दे रहे थे, उसके रसीले होंठों से निकलते हुए शब्द जो कबड्डी खेलनेवाले लड़कों की प्रसन्नतापूर्ण चीखों की तरह बहुत परे से आते हुए सुनायी पड़ रहे थे।

सरनो ने कई बार पाली को अपनी ओर इस प्रकार घूरते पाया था, इसलिए अब उसने उसकी इस हरकत पर परेशान होना छोड़ दिया था... "मैं 'निघे' (पास का गाँव) तक गयी थी", वह कहने लगी—"जुलाहों को सूत दे रखा है हमने..."

पालीसिंह ने एक हाथ उठाकर सुरमई दीवार पर रख दिया और कुछ आगे की ओर झुककर धीरे से बोला—"सरनी! मुझसे कब तक डरती रहोगी?..." और फिर उसने उसका हाथ कोमलता से पकड़कर अपनी ओर खींचा। वह पहले भी उसके बिलकुल पास खड़ी थी परन्तु अब इसी खिंचाव से वह एक कदम और निकट आ गयी। पाली को लगा जैसे उस समय वह इस प्रकार की हरकत के लिए तैयार नहीं थी, परन्तु अब वह उसे अपने बिलकुल निकट ले आया था। उसके रंगीन कुर्ते के ऊपर के दो खुले बटनों के कारण उसकी नरम गर्दन की उजली त्वचा कुर्ते के हलके प्रतिबिम्ब से घुल-मिलकर और भी अधिक मनोरम हो गयी थी। उसकी छातियों का निचला भाग पसीने के कारण कुर्ते से चिपक गया था और वे गोलाइयाँ और भी उग्र हो उठी थीं। भावावेश में सरनो दबे स्वर में अस्पष्ट शब्दों द्वारा आनाकानी कर रही थी। पाली की बुद्धि कहती थी कि उसे यह हरकत नहीं करनी चाहिए थी परन्तु अब जब कि वह अपनी छाती पर सरनो की सख़्त छातियों के स्पर्श से उन्मत्त-सा हो रहा था, उसके लिए पीछे कदम हटाना असम्भव था...

सहसा कहीं से खटका सुनायी पड़ा। उसकी बाँहें तुरन्त ढीली पड़ गयी और आँख झपकते में सरनो उसके बाहुपाश से बाहर निकल गयी। उसने सोचा, अच्छा ही हुआ जो मैंने उसे बाहुपाश में लेने के अतिरिक्त कोई अन्य हरकत नहीं की। शायद वह फिर भी हँस रही थी...खिसियानी हँसी। शायद उसके फड़कते होंठों पर रुष्टता-भरी बड़बड़ाहट थी। उसे स्पष्ट रूप से कुछ भी स्मरण न रहा...उसने देखा कि वह जल्दी-जल्दी अपने अस्त-व्यस्त वस्त्रों को सँवारती बड़ी तेजी से पग उठाती गली के मोड़ पर आँखों से ओझल हो गयी है।

कशमकश के दौरान में पाली के मन-मस्तिष्क में युद्ध छिड़ा रहा। वह उस आन्तरिक असमंजस के कारण कुछ थक-सा गया था। इसलिए क्षण-भर के लिए वह दीवार ही से टेक लगाकर खड़ा हो गया...फिर अत्यन्त धीमे स्वर में कोई गाने लगा—

आ नी जयकौरे
जा नी जयकौरे
भीड़ी गली विच होवे टाकरा
ओए...
भीड़ी गली विच होवे टाकरा
भाइयाँ तेर्‌याँ नू ख़बर जो हो जाऊ
आ जान डांगाँ फड़के...
नी फेर तूँ
फेर तूँ रोवेंगी, लड़ साफे दा फड़के[1]

पाली ने चौंककर सिर घुमाया तो देखा कि नवाब तबेले की दीवार पर दोनों कुहनियाँ टेके शरारत भरी-नज़रों से उसकी ओर देख-देखकर गीत गा रहा था।

नवाब उसका मित्र था। परम मित्र। यूँ भी उसके मन में किसी के लिए बुराई नहीं थी। फिर जब वह दीवार पर से कूदकर गली में उतरा तो उसके स्याह बालों के पटे कानों के पीछे से निकलकर आँखों पर आ गिरे। पाली ने बढ़कर उसका हाथ थाम लिया और चापलूसी के-से स्वर में बोला—"देखो यार, बाहरवालों को ख़बर न हो!" वह जानता था कि मित्रों में तो यह बात मशहूर हो ही जायेगी।

रात के खाने के बाद जब पाली मित्रों की महफिल में पहुँचा, तो सबकी आँखों में शरारत नाच रही थी। पाली जान गया कि उन सबको उसके प्रेम का पता चल

---

१. अरी जयकौर! तू आ और जा ताकि तंग गली में मिलाप हो जाये। जब तुम्हारे भाइयों को इस बात का पता चल जायेगा, तो वे लाठियाँ लेकर आ धमकेंगे। और फिर तू पगड़ी का सिरा पकड़कर रोयेगी।

गया है। रतने ने अपनी निरर्थक भेंगी आँखों को अर्थपूर्ण बनाने का निष्फल प्रयास करते हुए पूछा—"बेटा आशक! कहो क्या हाल है?'

पालीसिंह थूक की पिचकारी छोड़कर मुस्कराने लगा।

उस समय वे गाँव से बाहर एक बहुत पुराने कुएँ पर की टूटी-फूटी मुँडेर और ऊँची-नीची भूमि पर बैठे थे। कभी कुएँ से लोग पानी भी भरा करते थे, परन्तु अब उसे मिट्टी से भरवा दिया गया था। केवल छोटा-सा गड्ढा रह गया था या लकड़ी के दो जर्जर स्तम्भ थे जिन पर चरखड़ी पड़ी रहती थी।

सब लोग नवाब को गाने के लिए उकसाने लगे। नवाब की आवाज़ बड़ी रसीली थी। उसके मुकाबले में ख़ैराती भी ख़ूब गाता था, परन्तु मसखरा था कमबख़्त! औरतों की आवाज़ और हरकतों की बहुत अच्छी नक़ल उतारता था। दोनों को महफिल में पाकर सबने शोर मचाया—"हाँ भई, फिर हो जाये!"

नवाब ने अपना सुन्दर चेहरा ऊपर उठाया और कान पर हाथ रखकर गीत के बोल आरम्भ किये :

ऐस कवेलड़े नी
पानिये नू क्यों चली ऐं
मेरिये नाज़के नारे[1]

ख़ैराती ने मैले कुर्ते को उल्टा कर सिर पर ओढ़ लिया और औरतों की तरह घूँघट-सा निकालकर अपने भद्दे मोटे होंठों में से बारीक स्वर निकाला :

ऐस कवेलड़े वे
पानिये दी लोड़ सी
मेर्‌या वहमिया ढोला[2]

सब साथी प्रसन्नतावश नाच उठे। बिशने ने नाक और अँगुलियों की सहायता से मानो अलगोज़े बजाने शुरू कर दिये और फौजू ने जिह्वा तथा कण्ठ की सहायता से चस-चसा-चस की आवाज़ें निकालकर मानों घुँघरुओं का स्वर उत्पन्न कर दिया। नवाब ने बढ़कर पाली की पगड़ी झपट ली और सिर पर ओढ़ने के लिए ख़ैराती की ओर फेंक दी। इस पर पाली ने उसे दो-तीन अश्लील गालियाँ सुनायीं। परन्तु उसके जूड़े पर बँधी हुई जाली के रंगीन फुँदनों के डोलने के साथ-साथ नवाब का स्वर गूँजा—

---

१. ऐ मेरी नाज़ुक नारी! इस बेवक़्त तुम जल भरने क्यों चली हो?

२. ऐ मेरे वहमी प्रेमी! इस बेवक़्त पानी की ज़रूरत है।

केहड़ी खूहड़ी नी
सानू दस दे
मेरिये नाज़के नारे[1]

"वाह-वाह बलिहारे," ख़ैराती ने कमर मटकायी—

ओहो खूहड़ी वे
सानू भूल गयी
मेर्‌या वहमिया ढोला[2]

नवाब ने अपने पटों को सँवारते हुए हँसकर सबकी ओर देखा—

ओहो झजरी नी
ओहो झजरी नी
सानू दस दे
मेरिये नाज़के नारे[3]

ख़ैराती ने उठकर भोंडी तरह नृत्य भी करना आरम्भ कर दिया था, अब उसने बड़े ज़ोर से चूतड़ हिलाये।

ओहो झजरी वे
ओहो झजरी वे
साथों भज पयी
मेर्‌या वहमिया ढोला[4]

इस पर हँसनेवालों की प्रसन्नता का ठिकाना न रहा। कुछ-एक ने हाय-वाय के नारे लगाये और उठकर नाचने-कूदने लगे।

अब नवाब ने अपनी कमर को सीधा किया। एक हाथ तो कान पर टिकाया, दूसरे को उसने हवा में लहराया—

ओहो ठीकरी नी
ओहो ठीकरी नी

---

१. ऐ मेरी नाज़ुक नारी! तुम कौन से कुएँ पर जाओगी? इतना हमें बता दो।

२. ऐ मेरे वहमी प्रेमी! वह कुआँ हमें भूल गया है।

३. ऐ मेरी नाज़ुक नारी! मुझे बताओ कि तुम्हारी मटकी कहाँ है?

४. ऐ मेरे वहमी प्रेमी! वह मटकी हमसे टूट गयी है।

सानू दस दे
मेरिये नाज़के नारे[1]

इस पर ख़ैराती घूँघट उलटकर नवाब के सम्मुख जा खड़ हुआ और अपने कुरूप चेहरे को और भी भोंडा बनाकर तान उड़ायी—

ओहो ठीकरी वे
ओहो ठीकरी वे
बाक लै गये
मेर्‌या वहमिया ढोला।[2]

पालीसिंह के प्रेम के सम्मान में गाया हुआ यह गीत समाप्त होते ही महफ़िल में मानो प्रलय आ गया। अश्लील गालियों में वाह-वाह के नारे दबकर रह गये।

---

१. ऐ मेरी नाज़ुक नारी! उस मटकी का कोई टुकड़ा ही दिखा दे।
२. ऐ मेरे वहमी प्रेमी! मटकी का टुकड़ा भी राही ले गये।

पाँच

□□

उस शाम जो घटना घटी थी, उसने पाली को मित्रों की महफिल में भी बेचैन ही रखा। यूँ देखने में वह उनके गीतों, बातों और हँसी-मज़ाक़ से आनन्दित होता रहा था परन्तु उसके मन पर एक अज्ञात-सा बोझ पड़ा हुआ था। उसे आनेवाली सुबह से भय लग रहा था।

बदनामी तथा लड़ाई-झगड़े से वह भयभीत होनेवाला नहीं था, और फिर सज्जनता को भी वह अच्छी बात नहीं समझता था। वह समझता था कि सज्जन बनने के लिए प्राय: बहुत कुछ बातों की मनाही है। किसी से कहो नहीं, कोई यदि अधिकता भी करे तो भी मौन रहो, डाके न डालो, परायी स्त्री की ओर बुरी दृष्टि से न देखो। अर्थात् कायरता के कामों पर सज्जनता का तमग मिल जाता था। रहे सरनो के भाई! यदि सरनो उन्हें कह भी दे और वे लड़ने पर उतारू हो भी जायें तो भी उसका क्या बिगाड़ सकते थे। स्वयं ही पिटकर भाग जायेंगे। परन्तु उसे सरनो से भय लग रहा था। बचपन ही से उसके मन में सरनो की विशिष्टता का भाव था। वह साफ़ सुथरी रहती थी। दाँत साफ़ करती थी। आँख में काजल लगाती थी। धूप में आवारा नहीं घूमती थी। नहाने या केश धोने से कतराती नहीं थी। ख़ैर, यहाँ तक तो वह अपने मन को यह कहकर सन्तुष्ट कर सकता था कि सरनो लड़की थी और उसे यह सब करना ही चाहिए, परन्तु, सरनो की किसी बात से उसका जो भी मतभेद था वह उसे प्रकट नहीं करना चाहता था। वह सरनो से प्रेम करता था। वह उसे प्राप्त करना चाहता था, इसलिए कोई ऐसी बात या हरकत नहीं करना चाहता था जिससे वह उसके विरुद्ध हो जाये।

परन्तु शाम को रोकते-रोकते भी उसकी हरकत कहाँ-से-कहाँ जा पहुँची थी। फिर वह उस घटना की एक-एक बात पर विचार करने लगा। उसने क्या कुछ किया था और सरनी पर उसकी क्या प्रतिक्रिया हुई थी? परन्तु स्पष्ट रूप से कुछ भी नो स्मरण नहीं था। जो कुछ उसने किया वह तो जाहिर था, परन्तु उसका परिणाम क्या होगा, इसका अनुमान वह न लगा सकता था।

मित्रों की महफिल विसर्जित होने के बाद वह घर की ओर चला। उस रात गर्मी फिर बहुत बढ़ गयी थी। इसलिए लोग-बाग घर की छतों पर सो रहे थे। ड्योढ़ी में-से होता हुआ जब वह आँगन में प्रविष्ट हुआ तो उसकी भाभी गोबर से चौके की लिपाई कर रही थी। लगभग आधी रात हो चुकी थी, उसे आश्चर्य हुआ। घर के अन्य व्यक्ति छत पर जा चुके थे। उसने टिमटिमाते हुए दिये के धीमे प्रकाश में भाभी की ओर देखा जो उस समय दुपट्टे के स्थान पर यूँ ही एक झाड़न-सा सिर पर रखे, उचक-उचककर गोबर में सने कपड़े के टुकड़े को चूल्हे पर फेरती जा रही थी। क्षण भर के लिए चुपचाप खड़ा रहने के बाद वह बोला—"भाभी, तुम इस समय लिपाई कर रही हो? मैं समझा सो गयी होगी। और सब सो गये हैं ना?"

ताबाँ ने स्वभावानुसार हँसते हुए कहा— "काके के साथ जब तक लेटूँ नहीं वह सोता नहीं। आज न तो वह स्वयं सोया, न मुझे उठने दिया। और जब सो गया तो एक बार तो मेरा भी जी चाहा कि सो जाऊँ पर फिर मैंने सोचा, सुबह भी तो मुझे ही यह सब काम करना है।"

पालीसिंह को इतने लम्बे-चौड़े उत्तर की आशा नहीं थी। उसने भाभी का अन्तिम वाक्य बिलकुल नहीं सुना था। वह यूँ ही आँगन में पड़ी वस्तुओं की ओर देखने लगा। एक ओर दीवार के साथ छकड़े का धुरा टिका था। उसके पास ही पंजाला, दरान्ती और छह फल की तरंगली आदि। वह सोचने लगा, भला तरंगली की यहाँ क्या आवश्यकता है! लहना तो हर चीज़ को भीतर से निकालकर बाहर फेंक देता है। फिर मिट्टी का रोड़ा फेंकनेवाले धनुष को, जो दरवाज़े के आगे गिरा पड़ा था, उठाकर उसने आँगन की दीवार में ठुके हुए लकड़ी के खूँटे से लटका दिया। पड़ोसी के आँगन में पीपल का एक बहुत बड़ा वृक्ष खड़ा था जिसकी डालियाँ उनके आँगन तक फैली हुई थीं। उन पर बैठनेवाले कौवे और तोते केवल शोर ही नहीं मचाते थे बल्कि बीटों की भी वर्षा करते रहते थे। उन्हें उड़ाने के लिए उनके बाप ने इस धनुष का आविष्कार किया था। उस धनुष के दोनों सिरों पर सुतली की दो रस्सियाँ एक-दूसरे के समानान्तर चली गयी थीं। बीचोबीच बाध की बुनी हुई रोड़ा रखने की जगह थी। वह उसी को देखता रहा, जिसके तागे कमज़ोर हो चुके थे। फिर उसकी नज़र आँगन के दूसरे नुक्कड़ में चली गयी, जहाँ फीकी चाँदनी में कच्चे फर्श पर पक्षियों की बीटें चमक रही थीं। फिर वह टहलता हुआ खुरलियों की ओर चला गया और थोड़ी देर तक पशुओं की पीठ पर हाथ फेरता रहा।

ताबाँ बोली—"तुम्हें नींद नहीं आती। जाओ, तुम्हारा बिस्तर बिछा दिया है, सो रहो। सुबह उठकर तुम्हें सानी भी तो करनी होती है।"

पाली ने भाभी की बात को सुनी-अनसुनी करते हुए यूँ ही बात चलाने के लिए कहा— "भाभी, तुम्हें बहुत काम करना पड़ता है।"

ताबाँ ने यह बात सुनी तो मुस्कराकर उसकी ओर देखा और फिर सिर झुकाकर अपने काम में व्यस्त हो गयी।

"अब तुम्हारी जोरू आयेगी तो मेरा हाथ बँटा दिया करेगी। भला सोचो फिर मैं आधी-आधी रात तक लिपाई-पुताई थोड़े ही किया करूँगी!"

यह कहकर ताबाँ कुछ समय तक मौन ही रही और फिर अपनी बात की प्रतिक्रिया जानने के लिए उसने सिर ऊपर उठाया और पाली की ओर देखा। पाली के होंठों पर फीकी-सी मुस्कुराहट उत्पन्न हुई और फिर लुप्त हो गयी। ताबाँ को यह बात कुछ विचित्र-सी लगी। उसने एक गोल मोढ़ा उसकी ओर लुढ़काते हुए कहा— "अगर नींद नहीं आयी तो बैठो ना! कोई मज़ेदार बात या नयी ख़बर ही सुनाओ।"

पाली ने लुढ़कते हुए मोढ़े को पाँव से रोका, जो आड़ा-तिरछा हिलता हुआ आख़िर ज़मीन पर आ टिका। पाली बिना कुछ कहे उस पर बैठ गया और निकट पड़ी बच्चों के खेलने की कुछ ठीकरियाँ (टूटे हुए घड़े के टुकड़े) उठाकर उन्हें हवा में उछालते हुए कहने लगा— "क्या ख़बर सुनाऊँ!"

"बात क्या है आज?...बड़ी उखड़ी-उखड़ी-सी बातें कर रहे हो। चेहरा भी कुछ उदास है?"

"नहीं तो!"

ताबाँ ने अपनी बात का खण्डन स्वीकार कर लेने के विचार से अधिक ज़ोर न दिया, परन्तु मन में खटक रही थी कि कोई बात है ज़रूर।

कुछ देर तक चुप्पी रही फिर पाली ने ठीकरियाँ उछालने और दबोचने की क्रिया जारी रखते हुए पूछा-"आज तुम गयी थीं वहाँ!"

"वहाँ कहाँ?"

"पाली चुप रहा": उसने सोचा, भाभी स्वयं ही समझ जायेगी...और दूसरे ही क्षण वह समझ भी गयी।

"ओह! अच्छा वहाँ की पूछते हो!... हाँ गयी थी।"

"कब?"

"दोपहर ढले...लेकिन वह नहीं थी घर पर...फिर रोटी के बाद ढींगरी की कटोरी देने... उस वक़्त वह घर पर ही थी।"

पाली के हाथ रुक गये।

परन्तु ताबाँ के मुख से कोई असाधारण भाव प्रकट नहीं हुआ। पाली इस बात की प्रतीक्षा में था कि वह आगे कुछ कहे परन्तु वह मौन रही। अन्त में वह पूछे बिना न रह सका।

"क्या कर रही थी वह?"

यह कह चुकने के बाद पाली को ख़्याल आया कि असल में वह पूछना यह चाहता था कि उसका व्यवहार कैसा था। परन्तु...

ताबाँ के बालों की एक लट आँख पर आ गिरी थी। उसने गोबर से सना हुआ हाथ उठाया और कलाई से उसे पीछे की ओर हटा दिया। उसकी इस हरकत से उत्तर देने में और विलम्ब हो गया। पाली ने बेचैनी से अँगुलियों में एक ठीकरी को दबाकर तोड़ डाला। ठीकरी तोड़ चुकने के बाद उसे महसूस हुआ कि उसे ऐसा नहीं करना चाहिए था। बेचारे बच्चे बड़ी मुश्किल से अच्छी-अच्छी ठीकरियाँ चुनते हैं, फिर बड़ी मेहनत से उन्हें ईटों पर घिस-घिसकर गोल करते हैं...भाभी को भी तो इस बात का एहसास नहीं था कि वह उसके उत्तर की किस बेचैनी से प्रतीक्षा कर रहा था। बेचारी को एहसास होता भी किस तरह, उसे यह तो मालूम नहीं था कि कितनी महत्त्वपूर्ण घटना घट चुकी थी।

आख़िर ताबाँ कहने लगी—"वे लोग देर से खाना खाते हैं इसलिए मैं खाना-वाना खिलाने से निबटकर ढींगरी लेकर वहाँ गयी थी। सरनो के बाप को ढींगरी की सब्ज़ी बहुत भाती है। उसने पूछा, 'कहो बेटी अच्छी तो हो? आज तुम्हें बहुत दिनों के बाद देखा?...' मैने उत्तर दिया, 'मैं तो आती ही रहती हूँ, आप ही कभी दिखायी नहीं दिये और न ही कभी हमारे घर पर दर्शन देते हैं।' फिर जब उसे मालूम हुआ कि मैं ढींगरी की सब्जी लायी हूँ, तो कहने लगा, 'लो भई, हम तो खाना खा चुके... भाग्य की बात है ना' यह कहकर वह हँसने लगा। मैंने कहा, आप लोग तो खाना बहुत देर से खाते हैं, इसीलिए तो मैं इस वक़्त चली आयी।' इस पर सरनो की माँ बोल उठी, 'गर्मी है न आज और फिर सभी घर पर मौजूद थे। सोचा, अब अला-बला छत पर ले जानी होगी क्यों न सब लोग खा ही लें...और हाँ, लाओ कटोरी पानी में रख देती हूँ। छत पर पड़ी रहेगी तो ख़राब न होगी ढींगरी'..."

पाली को भाभी की ये बातें सुनकर बहुत दुःख हुआ और बार-बार ढींगरी का शब्द सुनकर तो उसके कान ही पक गये। इतनी लम्बी-चौड़ी बातों में काम की एक भी बात न कही।

उसने सिर से पगड़ी उतारकर अपने घुटने पर रख ली। दाढ़ी के छोटे-छोटे बालों पर हाथ फेरते हुए पूछा- "तो तुम वहाँ बैठी रहीं या भाग आयीं?"

"अरे बैठी क्यों नहीं? बैठने के लिए ही तो गयी थी...हाँ, अब सारा काम लशटम-पशटम..."

पाली का मन भर आया। हाँ, बहुत काम करती थी भाभी और फिर उसे अपना लफंगपना याद आया—

"भाभी तुम बहुत ही काम करती हो, एक हम हैं बेकार, निखट्टू..."

अपनी प्रशंसा सुनकर ताबाँ प्रसन्न हुई परन्तु इसके साथ ही प्रौढ़ वृत्ति भी जागृत हो उठी—"अरे कौन कहता है कि तू निखट्टू है!"

"सभी कहते हैं।"

"ज़बान न खींच लूँगी कहनेवाले की!"

पाली प्रसन्न हुआ— "ज़बान से न कहें दिल में तो कहते हैं।"

"मजाल है किसी की! तुझे यह भ्रम हो कैसे गया है!"

"नहीं भाभी, कभी-कभार मैं सोचने लगता हूँ...तुम इतना काम करती हो और मैं हर रोज़ तुमसे पूछकर घर से बाहर निकलता हूँ!"

भाभी को देवर के 'पूछकर घर से निकलने' की वास्तविकता मालूम थी फिर भी उसे यह अदा पसन्द थी।

"हाँ-हाँ, पूछकर तो जाते ही हो मुझसे," यह कहकर उसने कनखियों से पाली की ओर देखा और एक ही विचार के वशीभूत दोनों की हँसी निकल गयी, जैसे वे दोनों एक-दूसरे को अच्छी तरह समझते हों।

ताबाँ लोगों से दबकर रहनेवाली स्त्री नहीं थी। स्वभाव से वह बड़ी लड़ाका स्त्री थी, उसे केवल सहारे की आवश्यकता थी। अतएव जब से पाली गाँव में आया था, वह दो-तीन बड़े मार्के की लड़ाइयाँ लड़ चुकी थी। काम करने में वह तेज़ अवश्य थी, परन्तु आवारगी की इच्छा शुरू ही से उसके मस्तिष्क में समा चुकी थी। काम से निबटकर वह गाँव-भर में फिरकी की तरह घूम जाती। उसे सब स्त्रियों के भेद तथा प्रत्येक घराने की ढँकी-छिपी बुराइयों का ज्ञान था। इसलिए किसी से ज़रा ठन जाये, तो वह उसके पूर्वजों तक की ऐतिहासिक बुराइयाँ गिनवा देती थी। पालीसिंह को स्त्रियों के इन झगड़ों की सूचना तक न मिलती थी, परन्तु उसके नाम का दबदबा तो था और ताबाँ उसका उचित या अनुचित लाभ उठाने से कभी संकोच न करती।

कुछ देर तक हँसते रहने के बाद पाली ने नाक के नथुने में अँगुली फेरते हुए कहा— "अच्छा भाभी! तो तुम वहाँ बैठी रहीं?"

"हाँ"

"छत पर या आँगन में?"

"पहले आँगन में फिर छत पर।"

पाली जिरह क्यों कर रहा है, यह ताबाँ जानती थी। वह उलट-फेरकर बातें पूछता रहा और वह रुककर चुंधी आँखों से अर्थपूर्ण ढंग से उसकी ओर देखकर दीवार की ओर देखने लगती... पाली उसके होंठों की मुस्कराहट से सब-कुछ समझ गया। उसने झुंझलाकर कहा—

"भाभी, तुम मुझे जान-बूझकर तंग कर रही हो।"

"ऐ-है! यूँ ही बैठे-बिठाये..."

"देखो तो, जाने-बूझे इधर-उधर की हाँक रही हो।"

"तुम भी तो इधर-उधर ही की हाँक रहे हो। तुम्हें जो पूछना है साफ़-साफ़ क्यों नहीं पूछते?"

उसे सन्देह हुआ कि भाभी को अवश्य ही आज की बात का ज्ञान हो गया है।

भाभी ने पुनः कहा— "अब तुम ही से कोई पूछे की रोज़ तो बातें होती हैं, फिर भला आज यह गोल-मोल बातें क्यों?"

भाभी ठीक ही तो कह रही थी। जब वह स्वयं ही असल बात पूछने में संकोच कर रहा था तो भला भाभी उसकी इस झेंप से थोड़ा-बहुत आनन्द क्यों न ले?... परन्तु वह भी तो विवश था। उसके दिल में भी चोर था, इसलिए भेद खोलने से पूर्व उसने भाभी के दिल की टोह लगाने में कुछ बुराई न समझी। इसी बीच में उसने अपने जूड़े पर से जाली उतार ली और उसे एक फुँदने से पकड़कर घुमाते हुए बोला— "अच्छा तो बताओ!"

"पूछो?"

"वह कहाँ थी?"

"वह कौन?"

"भई वही... यह क्या मज़ाक़ है?"

"वह कौन?"

"सरनो... सरनो...सरनो !!!"

पाली ने चिढ़कर ये शब्द इस ऊँचे स्वर में कहे कि ताबाँ का हाथ ज़मीन पर फिरता हुआ रुक गया। उसे भय हुआ कि घर का कोई व्यक्ति अवश्य ही यह सुनकर ऊपर से झाँककर पूछेगा कि यह सरनो-सरनो की क्या रट लगा रखी है?

थोड़ी देर तक वह कान धरे सुनती रही। कोई आहट न पाकर उसने निन्दापूर्ण नज़रों से पाली की ओर देखा।

पाली ने बच्चों की-सी रुष्टता के साथ दबे स्वर में कहना शुरू किया- "भाभी, तुम्हारा ही तो दोष है। मुफ्त में बात का बतंगड़ बनाती हो... परेशान कर दिया मुझे!"

इस पर ताबाँ चुप हो गयी और मुँह फेरकर जल्दी-जल्दी लिपाई करने लगी।

कुछ देर तक तो पाली उसकी बात की प्रतीक्षा करता रहा। फिर उसे सन्देह हुआ कि वह नाराज़ हो गयी है। अतएव वह बैल की तरह दोनों हाथों और घुटनों के बल चलता हुआ उसके निकट पहुँचा। देखा तो सचमुच मुँह फूला हुआ था।

ताबाँ ने मुँह दूसरी ओर फेर लिया। वह भी उचककर अपना चेहरा उसके चेहरे के सम्मुख ले गया। ताबाँ अपने मुँह को उधर-इधर हरकत देती रही। परन्तु पाली

का चेहरा भी उधर पहुँच जाता... अन्त में ताबाँ के मुँह से हलकी-सी हँसी निकल गयी। यूँ बड़े भाई की पत्नी होने से वह 'बड़ी' बन बैठती थी, परन्तु स्वभाव में बचपन ही था।

"हट बाघड़ बिल्ला!"

पाली ने अपना भारी-भरकम हाथ बढ़ाकर अँगुलियाँ उसकी चिकनी ठुड्डी के नीचे रख दीं।

"अच्छा भाभी, गुस्सा थूक दो!"

"पीछे तो हट...आधी रात को कोई हमें इस तरह देख ले तो न जाने क्या समझे..." कहकर उसने अपना मुँह बन्द कर लिया और पाली शिष्टतापूर्वक पीछे हटकर चौके की हाथ-भर ऊँची दीवार पर बैठ गया।

"तुम ही तो बात-बेबात रूठ जाती हो।"

"तुम चिल्लाये जो इतनी ज़ोर से।"

पाली ने अँगुली से भँवों का पसीना झटककर कहा—"तुम ही तो..."

"तो क्या अब हँसी-मज़ाक़ भी न करें?"

"भाभी! मैंने कौन से लट्ठ बरसा दिये हैं?"

"गला फाड़कर जो चिल्लाये तुम..."

"अच्छा भाभी, देखो इधर हमारी तरफ़..."

ताबाँ ने देखा कि वह पगड़ी गले में डाले दोनों हाथ बाँधे बड़ी दयनीय सूरत बनाये बैठा है। भाभी ने देवर की यह दयनीय सूरत देखी तो मुस्कराकर मुँह दूसरी ओर फेर लिया।

समझौता हो चुका था, परन्तु बात को फिर से शुरू करने के लिए उल्लासजनक भूमिका बाँधना आवश्यक था।

ताबाँ ने लिपाईवाली गोबर की हँडिया को उसके गले से बँधी हुई रस्सी से पकड़कर ऊपर उठाया। कदाचित् वह बीटों से अटे स्थान पर लिपाई करने के विचार से उठी थी। पाली मौक़ा ताड़कर लपका और बढ़कर हँडिया की रस्सी थाम ली—"लाओ भाभी, हम ले चलते हैं।"

ताबाँ ने चुपचाप हँडिया उसके हाथ में दे दी। पाली ने उजड्डपने से पहाड़ी कौवे की तरह चोंच आड़ी करके भाभी की ओर देखा और दिखावे के अभिमान से बोला—"भला हमारे होते गोबर की हँडिया उठाओगी, भाभी! क्या हम उठाने देंगे?"

अब वे कोठे की छाया से निकलकर खुली चाँदनी में आ गये थे। ताबाँ बड़ी भावुक स्त्री थी। बचपन ही से वह प्रेम की भूखी थी इसलिए स्नेह-प्यार की छोटी-सी बात पर वह मोम की तरह पिघल जाती थी।

अतएव पाली की हरकतों और बातों का उसके दिल पर बहुत ही सुखद प्रभाव हुआ। सच तो यह है कि वह नाराज़ हुई ही कब थी, वह तो प्रेम का रूठना था। इसे प्यार की चुहल ही तो कहेंगे, और यदि पाली उसे मनाने का प्रयत्न न करता, तो थोड़ी देर बाद वह स्वयं ही उसे मना लेती।

वह बीटों से अटे स्थान पर लिपाई करने लगी, परन्तु दो-एक हाथ मारने के बाद ही उसे मालूम हो गया कि बीटें ऐसी जमी हुई हैं कि गोबर का पतला-सा लेप न तो उन्हें छिपा ही सकेगा और न गोबर की नमी में वह घुल ही सकेंगी।

पाली ने देखा तो कह उठा- ''भाभी, बीटों को खुरचना पड़ेगा।''

''यह तो मुसीबत है। क्या करूँ! सोचा था जल्दी से इस पर भी लिपाई कर दूँगी...

वह बात समाप्त भी न कर पायी थी कि पाली लपककर आँगन के अन्धकारमय कोने से खुरप उठा लाया और बीटें खुरचने लगा।

''लो, मैं बीटें खुरचे देता हूँ और तुम लिपाई करती चली जाओ...''

देखो झटपट सब काम हो जायेगा...''

मलंग प्रकृति रखनेवाले पाली का इस विनय तथा तन्मयता से काम करना ताबाँ को बहुत भला लग रहा था। लिपाई करते-करते वह सोच रही थी कि अब फिर किसी प्रकार सरनो के घर की बातचीत आरम्भ कर देनी चाहिए। केवल बात चलाने के लिए बोली—''अब तो सरनो भी बहुत काम करने लगी है। उसकी माँ कह रही थी कि आज दूसरे गाँव में गयी हुई थी। पहले तो बहुत मुश्किल से उसे भेजना पड़ता था, अब वह आप-ही-आप चली जाती है...जब तुम दोनों की शादी हो जायेगी तो इधर-उधर घूमना-फिरना भूल जाओगे। बस, जो बीबी रानी कहेगी वही करोगे भाग-भागकर...''

अब ताबाँ ने भी मज़ेदार बातों से देवर का मन प्रसन्न कर दिया था।

पाली के चौड़े मुख पर हँसी फूट पड़ी परन्तु फिर उस शाम की करतूत याद आ गयी।

''अच्छा तो ख़ूब बातें होती रहीं?''

''हाँ, घर के सब लोग थे न।''

''और सरनो?''

''वह भी थी...लेकिन हम दोनों को अकेले में बैठने का मौक़ा नहीं मिला।''

''फिर भी वह बातें तो करती होगी?'

''हाँ-हाँ!...तो क्या बात भी न करती?''

''मेरा मतलब है कि तुमसे भी बात करती रही थी?''

"हाँ भई, क्यों नहीं!"

पाली अभी तक मानसिक असमंजस में था। जाने भाभी को शाम की घटना का ज्ञान था या नहीं?

"क्या बात कही थी उसने?"

"लो और सुनो!..." वह हँसने लगी—" तो क्या अब मुझे उसके मुँह से निकली हुई हर बात याद है?...घर के सभी लोग बैठे थे। औरतें भी, मर्द भी, बच्चे भी। सभी इधर-उधर की बातें करते रहे। अब मैं क्या जानूँ किसने क्या कहा। अरे कोई है भी ऐसा जो सब बातें याद रख सके?"

"भाभी! सबकी तो नहीं...सरनो की बातें पूछ रहा हूँ..."

"हाय रे...पगला है पगला!"

पाली खिसियानी हँसी हँसने लगा।

"बस, समझ लो ख़ूब मज़ेदार बातें होती रहीं और सरनो भी बोलती रही.. और क्या कहूँ?"

"क्या बातें... बस गप-शप?"

"सरनो की माँ कहने लगी, अब के चलेंगे अमृतसर साहब दीवाली देखने।"

"कब?"

"अबके... जब दीवाली आयेगी..."

"कब होगी दीवाली?"

"अभी तो ढाई-तीन महीने पड़े हैं..."

"तो तुम भी जाओगी?"

" मैं क्या...तुम भी चलोगे! माँ, काके का बापू, सभी..."

"अच्छा तो..."

"हम सब मिलकर चलेंगे ना! हम तो हर साल जाते हैं। वह कहती थी, अब के तो पाली भी आ गया है। उसके साथ और भी रौनक रहेगी..."

"तो क्या उसने यह बात भी कही थी?"

"हाँ।"

"नहीं...मुझे...ख़ुश करने को कहती हो।"

"दुर..."

पाली ख़ुश हुआ।

"और वह यह भी कहती थी... हाँ, भई वह तो बुरा मान रही थी कि पाली हमारे यहाँ आता ही नहीं... खिंचा-खिंचा रहता है। हम तो उसे अपना बेटा समझते हैं पर न जाने उसके दिल में क्या बात समा गयी है..."

पाली ने प्रसन्न होकर बीटें खुरचना बन्द कर दिया और आश्चर्य से भाभी की ओर देखने लगा।

"सच भाभी...नहीं?"

"हाँ-हाँ-हाँ!..उसे तो तेरा बहुत ही चाव है। मुझे कहने लगी कि हमारे यहाँ भेजकर...मैंने जवाब दिया...माँ, पाली को भी आप लोगों से बड़ा प्रेम है...शरमाता है जो आता नहीं। घर में आप लोगों की बड़ी तारीफ़ करता है। कहता है, मुझे सरनो की माँ बहुत अच्छी लगती है..."

सरनो की माँ अच्छी लगने की गप सुनकर पाली मन-ही-मन बहुत प्रसन्न हुआ। जब उसने सिर उठाकर भाभी की ओर देखा तो वह शरारत से मुस्करा रही थी।

"देख लो!..मैंने उससे यह नहीं कहा कि उसे सरनो अच्छी लगती है, बल्कि सरनो की माँ अच्छी लगती है।"

पाली भाभी की राजनीतिज्ञता का कायल हो गया।

"फिर क्या कहा उसने?"

"कहना क्या था...जल्दी-जल्दी पंखा झलते हुए बोली, "बलिहारी जाऊँ! मेरा बेटा जो ठहरा!...ताबाँ तुझे क्या बताऊँ...नन्हा-सा था...ऐ बस इतना-सा...हमने उसे गोदी खिलाया है... उसे चाहे याद न हो, पर दिल में महसूस करता है न...मैं भी तो उसकी माँ ही हूँ। सिन्दा ठहरी मेरी धरम-बहन! और ताबाँ, तू क्या जाने, जब वह कलकत्ते भाग गया, तो बेचारी सिन्दा ऐसा रोयी, ऐसा रोयी कि बस... "यह कहकर वह आँचल से आँसू पोछने लगी..."

पाली का मुँह खुले-का-खुला रह गया—"अच्छा! भाभी सच कहो..."

" अब मैं तुझे कैसे यक़ीन दिलाऊँ?"

"तो इसका मतबल (मतलब) है कि उन्हें मेरा बहुत ख़्याल है...क्यों, भाभी?"

"सचमुच उन्हें तेरा बहुत ख़्याल है।"

"अच्छा तो दीवाली पर मुझे भी साथ ले जायेंगे?"

"हम हर साल जाते हैं।"

"मेरा मतबल है उनके साथ।"

"हाँ, मज़ा रहेगा साथ-साथ।"

वह मन में सोचने लगा, मालूम होता है सरनो ने उस बात का जिक्र माँ से नहीं किया अन्यथा वह ऐसी प्रेम-भरी बातें न करती। शायद सीधे मुँह बात तक न करती... या यदि क्रुद्ध होती तो लड़ने पर तैयार हो जाती, परन्तु यदि अब भी सरनो ने बता दिया तो फिर बना-बनाया खेल बिगड़ जायेगा। वह अपने-आपको धिक्कारने लगा। मुफ़्त में छेड़ा उसने! आख़िर ऐसी बेसबरी की भी क्या आवश्यकता थी। उसने कई

बार निश्चय किया था कि वह सरनो से बातचीत करते समय अधिक छेड़छाड़ नहीं करेगा परन्तु जो बात भाग्य में लिखी हो उसे कौन टाल सकता है। जाने उसके सिर पर क्या भूत सवार हो गया था। हे भगवान्! आज की शाम वह और रुक जाता, तो उसे मालूम हो जाता कि धीरे-धीरे उसका कार्य सिद्ध हो रहा है, परन्तु वाहगुरु अकाल पुरुष ने परिस्थिति ही कुछ ऐसी उत्पन्न कर दी थी। संयोगवश भेंट हो गयी। निर्जन जगह। उसने हाथ बढ़ा दिया। बुद्धि न-न करती रही, मन काबू से बाहर निकल गया और फिर आँख झपकते में उसने उसे पकड़ लिया। उसे कुछ सुध-बुध न रही। निस्सन्देह उसके होश ठिकाने पर न रहे थे। इतने दिनों से वह सब्र कर रहा था, तो अब क्या ऐसी बात थी? हे भगवान्! इस प्रकार गली में भेंट न होती अथवा ऐसी निर्जनता न होती तो वह कभी यह साहस न करता।

इस मानसिक असमंजस के कारण पालीसिंह का चेहरा उतर गया। आँखें खोयी-खोयी-सी दिखने लगीं। ताबाँ को कुछ सन्देह हुआ। पाली ने यह देखते ही बात करने के लिए कहा—"अच्छा तो सरनो भी बातें करती रही?"

"हाँ, वह भी थी।"

"तो वह भी ख़ुश हुई होगी?"

"हाँ, ख़ुश तो थी।"

ताबाँ को और अधिक आश्चर्य हो रहा था। पाली को अनुभव हुआ कि वह मन:स्थिति को अधिक देर तक नहीं छिपा सकेगा। उसने नज़रें मिलाने से कतराते हुए पूछा—"मेरा मतबल है उसने... उसका मिजाज कुछ बिगड़ा हुआ तो नहीं था, तुझे कोई फ़र्क़ तो नहीं दिखायी दिया?"

भाभी को अपनी ओर सन्देहपूर्ण नज़रों से ताकते देखकर पालीसिंह ने पुन: खुरपा सँभाला और काम में जुट गया। ताबाँ भाँप गयी कि वह जान-बूझकर उससे आँखें चुरा रहा है। उधर पाली का हाथ चल रहा था, इधर ताबाँ का हाथ चलते-चलते रुक गया था। अन्त में वह रह न सकी—"क्यों पाली? क्या बात है?"

पाली ने सिर ऊपर उठाया।

"बात?" उसने मन:स्थिति को छुपाने का प्रयत्न किया।

"देखो मेरी आँखों में धूल मत डालो।"

"ओह! क्या कहती है?"

"दाल में कुछ काला ज़रूर है!"

पाली चुप रहा।

"मुझसे छिपाने से क्या मिल जायेगा?"

पाली ने खुरपा हाथ से रख दिया—"ओह, तुम तो हाथ धोकर पीछे पड़ गयी हो।"

उत्तर में ताबाँ के होंठों पर प्रेम-पूर्ण मुस्कराहट उत्पन्न हुई, परन्तु वह मुँह से कुछ न बोली।

अब पाली ने हार मान ली।

''अच्छा अब बता दे, पाली! क्या भेद है?''

''सच कहो, भाभी! तुम्हें कुछ ख़बर नहीं?''

''नहीं।''

''धर्म से कहती हो?''

''हाँ भई, धर्म से कहती हूँ।''

पाली ने कुछ अविश्वास से भाभी की ओर देखा।

''मेरा ख़्याल था, तुम्हें पता चल गया होगा।''

''भला वह कैसे?''

''सरनो से''

''नहीं, उसने मुझे कुछ नहीं बताया।''

''आज शाम मैंने उसे छेड़ दिया था, ज़रा।''

कुछ देर के लिए चुप्पी छा गयी। सम्भवतः ताबाँ इस इन्तज़ार में थी कि वह स्वयं ही सारी बात कह सुनायेगा।

पाली उचित शब्द ढूँढ़ रहा था।

''तो क्या कह दिया तू ने उसे?''

''मैंने नवाब के तबेले के पास उसे रोक लिया था।''

''कुछ और?''

''उसके कन्धों पर हाथ रख दिये।''

''बस?''

''उसे अपनी तरफ़ खींचा।''

''बस?''

''मेरा ख़्याल है मैंने ज़रा...''

''कहो!''

''ज़रा छाती से लगा लिया था।''

पाली ज़मीन की ओर देख रहा था। उसे इस बात का साहस ही न हुआ कि वह भाभी के मुख पर इस बात की प्रतिक्रिया देखे, परन्तु फिर उसने सोचा कि अब छिपाने की बात तो कोई रही नहीं, क्यों न इस महत्त्वपूर्ण घटना पर विचार-विनिमय कर लिया जाये।

"मैं डरता था कि कहीं सरनो ने माँ को न बता दिया हो। लेकिन मालूम होता है उसने कुछ नहीं कहा। नहीं तो क्या उसकी माँ तुमसे ऐसी प्रेम-भरी बातें करती?"

थोड़ी देर तक चुप रहने के बाद फिर बोला, —"जाने अभी कहने को वक़्त ही न मिला हो... शायद रात को कह देगी।"

मालूम होता था भाभी को इस बात की अधिक चिन्ता नहीं थी—" किसी और ने तो नहीं देखा?"

"नहीं!"

"तुम्हें अच्छी तरह यक़ीन है ना?"

"हाँ...लेकिन वह अपना नवाब है ना? उसे पता चल गया था।"

"क्या सरनो को भी मालूम है कि नवाब ने तुम दोनों को साथ-साथ देख लिया है?"

"नहीं, उसे कुछ मालूम नहीं... वह तो यूँ ही खटका सुनकर भाग गयी थी।"

"हूँ!"

"और जब वह चली गयी तो नवाब ने दीवार पर से सिर निकालकर मेरी तरफ़ देखा।"

"नवाब की चिन्ता नहीं, वह बड़ा शरीफ़ है, किसी से नहीं कहेगा।"

" मेरे मित्रों को उसने इतना बता दिया है कि हम दोनों प्रेम करते हैं पर असल बात नहीं बतायी।"

"हाँ तो चिन्ता काहे को करते हो? यह प्रेम-ब्रेम तो सबका चलता है। असल बात मालूम नहीं होनी चाहिए। नवाब बहुत शरीफ़ आदमी है... बेचारा किसी की बुराई नहीं करता, फिर तुम्हारी तो दोस्ती है उससे।"

बात बनती देखकर पाली का साहस बढ़ने लगा।

"लेकिन भाभी, चिन्ता नवाब की नहीं... सरनो की है। जो वह ख़ुद ही अपनी माँ से कह दे..."

"दुर!" ताबाँ ने हाथ को झटका जो दिया, तो गोबर के कुछ छींटे पाली के चेहरे पर भी आ गिरे—"भला मुटियार लड़कियाँ भी ऐसी बातें माँ-बाप से कहती हैं। भोले भइया, लड़कियाँ अपने ढँके-छिपे भेदों का भाँडा ख़ुद ही नहीं फोड़ दिया करतीं।"

"सच, भाभी?" प्रसन्नतावश पाली की बाछें चिरने लगीं।

"और नहीं तो क्या?

पाली के मन पर से बहुत बड़ा बोझ हट गया।

"अच्छा तो उसकी बातचीत का ढंग कैसा था?"

"हर रोज़ की तरह।"

"कोई फ़र्क़ नहीं था?"

"नहीं तो।"

"भाभी, क्या बताऊँ, मैं तो बहुत डर गया था। सोच रहा था कि मैंने ख़ुद ही अपना बना-बनाया काम बिगाड़ लिया है।"

"पगला जो ठहरा!...अरे, घाट-घाट का पानी पिया है तुमने, इतनी समझ भी न आयी। ठीक ही तो है। बेचारे को अभी औरत का मुँह देखना नसीब नहीं हुआ, भला ऐसी बातें समझेगा कैसे?"

भाभी के इस भ्रम पर पाली ने मन-ही-मन ख़ूब बगलें बजायीं। वह बदमाश औरत को काबू में कर सकता था, परन्तु किसी शरीफ़ लड़की से उसका पाला नहीं पड़ा था। उसे इससे पहले किसी औरत से प्रेम नहीं हुआ था। वह तो काम-चलाऊ प्रेम को ही सब-कुछ मानता था। परन्तु सरनो का मामला टेढ़ा था और फिर वह उसे अपनी पत्नी भी बनाना चाहता था। बस, कुछ ऐसी ही पेच-दर-पेच बातें थीं जो उसकी समझ से बाहर थीं अन्यथा वह कब का इस झंझट से छूट गया होता।

ताबाँ ने सोचा कि देवर फिर चिन्ताओं में डूब गया है। अतएव उसने बड़े विद्वानों की तरह उसे समझाने का प्रयत्न करते हुए कहा—"सरनो तो समझती है कि इस भेद को संसार में कोई नहीं जानता। बस एक तुम जानते हो या वह! ज़रा सोचो तो भला वह खामुख्वाह अपनी बदनामी क्यों करने लगी, समझे?"

इस पर पाली चहककर बोला—"सच पूछो भाभी! तो मैंने उसे कहा ही क्या है?" कहकर वह उसके समीप सरक आया और उसके कन्धों पर दोनों हाथ रखकर बोला—"सो बस, मैंने इस तरह उसके कन्धों पर हाथ धरे और फिर ज़रा-सा खींचकर अपने साथ लगा लिया।"

"हट रे!" भाभी ने उसे परे धकेलते हुए कहा। फिर मुस्कराने लगी—"देखो तो, मुँह पर दाढ़ी उग आयी है, और...और यह आधी रात के वक़्त जो कोई हम दोनों को इस तरह देख लेता तो?"

पाली पाँव के बल उकड़ूँ बैठा था। धक्का खाकर लुढ़क गया और भाभी को विश्वास दिलाने के ढंग से बोला—"सच भाभी! बस इत्ती-सी बात थी!... अब तुम ही कहो मैंने कौन-सा लठ खींच मारा था उसे..."

"मूर्खता तो है तेरी..."

"मूर्खता कैसी?"

"और जो कोई देख लेता?"

"कौन देख लेता?"

"कोई भी"

"तो क्या था?"

"सारे गाँव में फैल जाती न यह बात?"

"हूँ! कैसे फैल जाती? मैं साले का वहीं दम निकाल देता गला घोंटकर।"

ताबाँ आँचल में मुँह छिपाकर हँसने लगी—" निरा मूर्ख है, मूर्ख!"

"भाभी, तुम मुझे सदा मूर्ख कहती हो, क्या मेरे दिमाग़ में बिलकुल ही भूसा भरा है?"

"भई, अब तुमसे बहस कौन करे? अब जाओ, सो जाओ। देखो, यूँ ही बात का बतंगड़ बनाया। बातों-बातों में मुझे काम भी खत्म नहीं करने दिया..."

"वाह-जी-वाह!—हमने इतना काम कर दिया। एक तो हाथ बटायें इस पर गालियाँ भी सहें..."

"अच्छा, भई, अच्छा... जा तेरा भला हो!... तेरी खाट बिछा रखी है मैंने, जाकर सो रह। सुबह उठकर सानी-वानी करनी होगी। पड़े खर्राटे भरते रहोगे दिन चढ़े तक।"

"नहीं भाभी, जी चाहता है आज रात-भर बातें ही करते रहें!"

"अब चला भी जा, जो माँ की आँख खुल गयी तो चिल्लाने लगेंगी! गाँव भर को ख़बर हो जायेगी..."

इतने में चौकीदार ने हाँक लगायी—"जागते रहो!...हो...हो... हो..."

"नहीं भाभी, साथ-साथ चलेंगे ऊपर...अब काम ही कितना है, खत्म तो हो गया है।" और वह वहीं फैल गया।

ताबाँ ने चुप रहना ही उचित समझा।

पाली ने सारी-की-सारी टाँगें समेटीं और भाभी के समीप सरकते हुए बोला,—"हाँ, भाभी! कोई और बात सुनाओ।"

"क्या बात?...सुना तो दीं सब।"

"अच्छा तो अब के अमृतसर की दीवाली देखने का इरादा है?"

"लो, अब फिर से रामायण छेड़ बैठे।"

"नहीं भाभी, ज़रा सोचो तो मैंने अमृतसर की दीवाली देखी ही नहीं।"

"अरे हाँ, मैं तो भूल ही गयी। पाली, तू तो छोटा-सा होगा। तुझे अमृतसर की दीवाली क्या याद होगी?"

"हाँ, सो ही तो कह रहा हूँ।"

"तूने अमृतसर तो देखा ही होगा?"

"अब के आया तो देखा। पहले की मुझे अच्छी तरह याद नहीं। तब मैं बहुत छोटा था, जब माँ मुझे दीवाली पर ले गयी थी। फिर जब बड़ा हुआ तब देखा। अमृतसर मुझे कुछ-कुछ याद है पर दीवाली बिलकुल याद नहीं..."

"अरे फिर तूने देखा ही क्या है, बातें तो इतनी बनाता है। दीवाली देखेगा तो पता चलेगा। ऐसी रौनक होती है...ऐसी रौनक होती है कि क्या बताऊँ!"

"हो-हो।"

"बस रौनक तो बैसाखी की या दीवाली की देखे आदमी!"

" अच्छा...भाभी, मेलों की बातें तो याद हैं मुझे। नदी के पुल पर से निकला करता था संग। हाय मेरे पास घोड़ा होता तो मैं भी उसे कुदाता हुआ जाता सब पर।"

"तूने कलकत्ते में रहकर रुपया भी न कमाया..."

"कमाया तो...भाभी!"

"फिर?"

"सब चट!"

"तो फिर घोड़ा कहाँ से आये?" कहकर ताबाँ हँसने लगी हाँ रे, क्या तूने सरनो की माँ से कहा था कि अब तू ज़मीन ख़रीदेगा?

पाली सिंह ने मस्तिष्क पर ज़ोर डाला—"ओह! हाँ, कहा तो था पहले दिन। जब गया था न तो...अच्छा क्या कहती थी?"

"पूछती थी कि पाली ने ज़मीन ख़रीदी की नहीं।"

"फिर तूने क्या कहा?"

"मैंने कहा, ख़रीदेगा।"

"कहने लगी, नम्बरदार का लड़का लफ़्टैन हो गया है! छोटा-सा था, यूँ ही घूमा करता था। फिर शहर में पढ़ने लगा। फिर लफ़्टैन हो गया अब सरकारी वर्दी पहनता है और सरकार का तकमा (तमग़ा) लगाता है।"

"पर इस बात का मतलब?" पाली ने माथे पर बल डा़ले।

"क्या पता क्या मतलब था..."

"और यह सूअर नम्बरदार का लड़का है कौन?"

"वह...वह...क्या भला-सा नाम है...पृथ्वीपाल सिंह"

"तूने देखा है उसे?"

"हाँ, एक-दो बार देखा है...बड़ा ही ख़ूबसूरत है। क्या प्यारा नाक-नक्शा है जैसे मूरत..."

पाली को पृथ्वीपाल की यह प्रशंसा पसन्द न आयी।

"पर भाभी, मैंने तो सुना है कि पृथ्वीपाल सिंह बड़ा बदमाश है...औरतों को ख़राब करता है।"

"वाहगुरु ही जाने।...मुँह से बड़ा भोला दिखता है और जब वर्दी पहनता है तो ऐसी सज-धज होती है उसकी! अरे हाँ, पहले उसे कोई पूछता भी न था...पर अब के जो आया तो लोग उसके आगे-पीछे फिरते थे..."

"छोड़ो भाभी, उस मनहूस की बातें!"

"अरे, तेरा उससे क्या बैर है?"

"भाभी, तुम इन पढ़े-लिखों की बातें नहीं जानती। बड़े बदमाश होते हैं ये लोग। बस, ऊपर की टीप होती है।

"जो हो सो हो...बेचारे ने हमारा तो कुछ नहीं बिगाड़ा। हर किसी से हँसकर बोलता है। एक बार मैं उसके गाँव में गयी तो वह छुट्टी गुज़ारकर वापस फौज में जा रहा था। मुझे देखा तो रुक गया। तुम ही सोचो, कहाँ इतना बड़ा आदमी और कहाँ मैं...दोनों हाथ जोड़कर पहले उसने 'सत-सिरी-अकाल' कहा, फिर हँसकर बोला, 'आपको याद नहीं...हम पहले भी मिले थे कहीं' पाली! मुझे याद तो था पर मैं घबरा गयी, 'आप सरदार निरंजनसिंह के यहाँ बैठी थीं।'

" 'हाँ-हाँ, मुझे अच्छी तरह याद है' ...बेचारा मुझे आप कहकर बुलाता था।"

"तो क्या वह निरंजनसिंह के यहाँ भी आया करता था?"

"हमने तो एक ही बार देखा है। यूँ ही कभी-कभार आता होगा। गाँव में कोई नया आदमी आये तो पता चल ही जाता है न!"

"क्या उसने बहुत रुपया कमाया है?"

"हाँ, सुनते हैं डेढ हज़ार तनख्वाह पाता है।"

"अजी वाह! इतनी तनख्वाह तो लाट साहब की भी नहीं होती।"

"अब बताओ, मैं क्या जानूँ इन बातों को?"

पृथ्वीपाल सिंह की चर्चा चलने से पाली कुछ चिन्ता में डूब गया। उसके मस्तिष्क में विचित्र-विचित्र बातें आने लगीं। उसे इस बात का तो पता भी नहीं था कि वह सरनो के यहाँ जाता रहता है। कौन जाने वह भी सरनो से विवाह करना चाहता हो! परन्तु वह भला विवाह क्यों करेगा। पढ़ा-लिखा लफ़्टैन तो किसी मेम को फाँस लेगा या किसी पढ़ी-लिखी लड़की से विवाह रचायेगा जो गिट-पिट-गिट-पिट कर सके (अंग्रेज़ी बोल सकें), भला सरनो में क्या धरा है। सूरत अच्छी सही, पर है तो देहातन की देहातन।

"किस सोच में डूबे हो?" भाभी ने पूछा।

"कुछ भी नहीं।"

"नहीं कुछ तो होगा।"

पाली खुरपे से सारी बीटें कुरेद चुका था। अब वह चौके की छोटी-सी दीवार पर बड़े आराम से चढ़ बैठा। फिर उसके होंठों पर शरारत भरी मुस्कराहट उत्पन्न हुई।

"अच्छा, तो तुम्हें लफ़्टैन पसन्द आ गया?"

ताबाँ ने माथे पर बल डालकर उसकी ओर देखा और शरारत भाँपकर ताव में आ गयी।

"मुझे क्यों पसन्द आने लगा?"

"आप ही तो कह रही थीं न।"

"क्या कह रही थी?"

पाली ने बात टोक दी—"यही की बड़ा ख़ूबसूरत है। हँसता रहता है। तुम्हें 'आप' कहता है और रास्ते में खड़ा होकर तुमसे मीठी-मीठी बातें करता है।"

"दुर।... वह मुझसे मीठी-मीठी बातें क्यों करने लगा?"

"भई, दिल ही तो है।"

"इसमें दिल की क्या बात है?"

"उसने देखा होगा, कैसी प्यारी लड़की है..."

"दुर!"

"यह नन्हीं-नन्हीं, प्यारी-प्यारी आँखें..."

"हाय!"

"हाय क्या?"

"तू अपनी सूरत तो देख!"

"मेरी सूरत को क्या है?"

वे दोनों कभी-कभी बिलकुल बच्चों की तरह लड़ने लगते थे। भाभी ने मुँह चिढ़ाकर कहा—"यह लम्बा बाँस!"

"क्या बुराई है?"

"बड़े-बड़े कान हाथी के-से।"

"तुमसे भी बड़े?"

"यह बड़ा मुँह! बैल की तरह सिर!"

"अच्छा जी"

"और चले प्रेम लड़ाने!"

"हूँ!"

"कहाँ सरनो और कहाँ तुम चट्टू-वटट्।"

"बड़ी सरनो की हिमायती आयी हैं वहाँ से!"

"हाँ, नहीं तो! मेरी सहेली जो है।"

"जैसा मुँह वैसी चपत!"

"मुँह सँभालकर बोलो जी!"

"क्यों सहेली की बेइज्जती होती है?"

"क्यों नहीं।"

"बड़ी सहेली तो देखो!"

"कैसी प्यारी है सरनो, जैसे रेशम की..."

पाली ने मुँह चिढ़ा दिया।

"अरे शरम करो न, मुँह चिढ़ाते हो अब।"

"अरे मैं परवाह नहीं करता किसी की!"

"अच्छा जी!"

"हाँ जी!"

"और जो मेरी ख़ुशामदें करते रहते हो?"

"क्या ख़ुशामद की मैंने?"

"यही कि मिला दूँ सरनो से। उसका दिल तो टटोलो! हाय, मेरी शादी हो जाय उससे!"

"मेरी जूती से!"

"अच्छा तो याद रखना!"

"याद रखेंगे!"

"फिर न कहना!"

"नहीं कहेंगे!"

"तुम तो नाक रगड़ोगे, नाक!"

"मैं किसी साले के आगे नाक नहीं रगड़ता!"

"अच्छा! यह अकड़ है तो फिर देख लेना!"

"क्या?"

"मेरी भी बला से!"

"मंज़ूर!"

"अब तुम्हारे लिये कोई कोशिश नहीं करूँगी!"

"न करो, हम तो तुम्हारे लिये करेंगे!"

"क्या मतलब?"

"यही सिफारिश करेंगे!"

"दुर!"

"आने दो लफ़्टैन को!"

ताबाँ रुआँसी हो गयी।

"कहूँगा, हुजूर लफ़्टैन साहब! आप ही इस औरत के माई-बाप हैं। इसकी चुंधी आँखों का ख़्याल न कीजिये। छाती चीरकर दिल देखिये। आपके प्रेम में..."

"हट कुत्ते! बेशर्म!" ताबाँ का कण्ठ भर आया।

"वह कहेगा, 'मत रो मानो! मत रो मेरी कट्टो! मैं तो मेम की जगह तुम्हें अपने घर ले जाऊँगा!"

ताबाँ ने उसे मारने के ढंग से खुरपा ऊपर उठाया। पाली शिकारी कुत्ते की तरह खड़ा हो गया—"न मेरी लफ़्टानी...चच...चच!..."

ताबाँ आगे बढ़ी, वह पीछे हट गया। फिर भगदड़ मच गयी। पाली एक दरवाज़े से ड्योढ़ी में घुसता और दूसरे से निकल जाता। इस प्रकार आगे-पीछे उन्होंने तीन-चक्कर लगाये। पाली घोड़े की तरह हिनहिनाकर हँस रहा था और ताबाँ के रुँधे कण्ठ से गालियाँ निकल रही थीं। आख़िर थककर वह चौके की दीवार पर बैठ गयी और ज़ोर-ज़ोर से रोने लगी।

सिन्दा जाग उठी। उसने कोठे पर से झाँककर देखा—"अरे क्या है?"

पाली ने मुँह ऊपर उठाकर देखा—"माँ, भाभी के पेट में दर्द हो रहा है।"

सिन्दा ने शायद लहना को बताने के लिए या न जाने क्यों बड़े ज़ोर से वाहगुरु-वाहगुरु का जाप किया और फिर सीढ़ियाँ उतरने लगी।

माँ के आने से पहले-पहले पाली ने झुककर भाभी के पाँव के निकट ज़मीन पर नाक से तीन-चार लकीरें खीच दीं।

अतएव ताबाँ ने माँ से कुछ नहीं कहा और माँ की दी हुई अजवायन को चुपके से फाँककर ऊपर से दो घूँट पानी पी लिया।

छह

□□

कोई अनजानी-सी अनुभूति थी जिसके वशीभूत हो पालीसिंह ने आरम्भ में ही ज्वालासिंह से सम्बन्ध स्थापित कर लिया था। ज्वालासिंह को भी इस बात का कम अनुभव नहीं था। अर्थात् दोनों ओर एक-सी बात थी। या फिर मन-का-मन से सम्बन्ध होता है, क्योंकि ज्वालासिंह और पाली दोनों एक ही श्रेणी के व्यक्ति थे इसलिए पारस्परिक मित्रता हो जाना एक स्वाभाविक-सी बात थी। यद्यपि पाली को ज्वालासिंह से और ज्वालासिंह को पाली से आन्तरिक लगाव था, परन्तु देखने में पालीसिंह ने उस सम्बन्ध को दृढ़ नहीं होने दिया। शायद इसकी तह में सरनो का विचार आड़े आता था। उधर उनका घराना भद्र बना हुआ था और इधर पाली के पूर्वजों के कारनामे उसके बिलकुल विपरीत थे। अलबत्ता अब उसका भाई लहना एक साधारण किसान था और बाप की मृत्यु के बाद उसके घर में किसी व्यक्ति ने कोई आपत्तिजनक हरकत न की थी। गाँववालों में से कई एक को इस बात का दुःख भी था। वे उसके बाप के कारनामों को गर्व से दोहराते और सिर धुनते थे। निरंजनसिंह को यह साहस ही न हो सकता था कि वह उनके विचारों का खण्डन करे। हाँ, अपनी बेटी सरनो का विवाह वह अपनी इच्छानुसार जहाँ चाहता कर सकता था। इसमें हस्तक्षेप करने का किसी को क्या अधिकार हो सकता था। पाली जानता था कि उनकी आँख में आये हुए लड़कों में एक वह भी था और वह इस बात से भी बेख़बर नहीं था कि निरंजनसिंह तथा उसकी पत्नी किन विचारों के व्यक्ति थे। इन परिस्थितियों में उसने यही उचित समझा कि मुफ्त की बदनामी से वह जितना बचा रहेगा उतना ही उचित होगा। इसीलिए वह जान-बूझकर ज्वालासिंह और उसके मिलने-जुलनेवालों से परे-परे ही रहता।

धीरे-धीरे पृथ्वीपाल सिंह का नाम भी उसके कान में पड़ने लगा। वह एक अमीर असामी था। फिर सुन्दर नौजवान! वह सरनो के यहाँ दो-चार बार आ चुका था इसलिए उसका नाम पालीसिंह के दिल में खटकने लगा। उसकी सूरत देखे बिना, उससे बातचीत करने से पूर्व ही उसने उसे अपना प्रतिद्वन्द्वी समझ लिया। एक ओर

उसने अपनी शराफत का ढोंग भी रचाये रखा और दूसरी ओर चुपके-चुपके ज्वालासिंह से सम्बन्ध भी बढ़ाने शुरू कर दिये।

बेचारा चाहे जितना भी शरीफ़ बन बैठता, सूरत और तेवर ऐसे थे कि किसी को उसकी शराफत पर विश्वास न हो सकता था। फिर भी उसने साहस नहीं छोड़ा। जहाँ तक हो सका सफेद पोश सज्जनों के-से गुण ग्रहण किये, परन्तु साथ-ही-साथ ज्वालासिंह से सम्बन्ध बढ़ाने में भी जाने क्या विशेषता छिपी थी, स्वयं उसके मस्तिष्क में भी यह बात पूर्ण रूप से स्पष्ट नहीं हुई थी। उसे कुछ ऐसा ही अनुभव हुआ कि ज्वालासिंह से सम्बन्ध बढ़ाना चाहिए चाहे वह गुप्त ही क्यों न हो।

नहीं कहा जा सकता कि उसके मन में इस विचार के उत्पन्न होने का मूल कारण क्या था? उसे मालूम हो चुका था कि सरनो की माँ उसकी भाभी से पूछ रही थी कि वे और ज़मीन कब ख़रीद रहे थे। पाली ने तो यूँ ही गप हाँक दी थी। उसे क्या मालूम था कि सरनो की माँ उस बात को पल्ले ही से बाँध लेगी। परन्तु औरतें भला ऐसी बातों में कब चूकती हैं, फिर पृथ्वीपाल सिंह के ज़िक्र ने उसे और भी चिन्तित कर दिया। कदाचित् इसी प्रकार के मिले-जुले भावों के वशीभूत हो उसने ज्वालासिंह से सम्बन्ध बढ़ाने शुरू कर दिये। हालाँकि वह बिलकुल नहीं जानता था कि वह करेगा क्या?

दीवाली निकट आ रही थी। उन दोनों घरानों ने अमृतसर जाने का पक्का निश्चय कर लिया था। पाली को इस बात से बहुत प्रसन्नता हुई कि सरनो ने उसकी छेड़-छाड़ का बुरा नहीं माना था। उस घटना के बाद कुछ दिनों तक तो वह जान-बूझकर सरनो के यहाँ नहीं गया, बल्कि यदि कहीं रास्ते में वह दिखायी भी देती तो कतराकर निकल जाता। हाँ, भाभी को अवश्य भेजता रहा। ताबाँ भी इन बातों में बड़ी चतुर थी। यूँ भी हँसमुख, चुलबुली और बातूनी औरत थी, इसलिए सरनो का मन हरने में उसे अधिक कठिनता नहीं हुई। जब उससे उसका इतना गहरा सम्बन्ध हो गया था तब भला उसके देवर के सम्बन्ध में वह अपने मन में भली-बुरी बात कैसे रख सकती थी? पाली चाहता था कि भाभी उसकी उस हरकत का ज़िक्र करके खेद प्रकट कर दे, ताकि वह धोना धुल जाये, परन्तु ताबाँ इस बात के विरुद्ध थी। वह कहने लगी कि सरनो को यह बात जतलाकर खामुखाह उसके मन में यह भ्रम क्यों उत्पन्न किया जाये कि बात फैल रही है। यदि वह यह समझती हो कि गाँव-भर में किसी भी व्यक्ति को उस घटना की ख़बर नहीं तो और भी अच्छा है। फिर इतनी-सी बात का भला वह क्या बुरा मानेगी। विशेषकर जबकि किसी दूसरे ने देखा ही नहीं। और यह भी तो सम्भव है कि उसे पाली से थोड़ा-बहुत प्रेम भी हो...पाली ने भाभी की बात मान ली और इसका परिणाम भी अच्छा ही निकला...आख़िर जब सरनो से उसकी मुलाकात हुई तो उसके चेहरे और हरकतों से बिलकुल यह प्रकट नहीं होता था कि उसे उससे किसी प्रकार की शिकायत भी थी।

यह देख पाली ने सन्तोष की साँस ली। उसके मन पर से बहुत बड़ा बोझ हट गया। आगे के लिए उसने कानों को हाथ लगाया कि फिर कभी ऐसी हरकत नहीं करेगा। वह सुन चुका था कि पृथ्वीपाल सिंह कैसी चिकनी-चुपड़ी बातें करता है। उसके मन में भय उत्पन्न हुआ कि कहीं ऐसा न हो कि वह सरनो के कान में मीठी-मीठी बातें फूँककर उसे ले उड़े और वह मुँह ताकता रह जाये।

एक दिन पाली आँगन में बैठा धनुष की रस्सियाँ नये सिरे से कसकर बाँध रहा था। जब धनुष ठीक हो गया तो उसने पीपल पर बैठे कुछ कौवों को मिट्टी के गल्ले खींच मारे। धनुष को पहले की अपेक्षा तना हुआ पाकर प्रसन्नतावश उसने मुँह ढीला छोड़ दिया। उसके दाँत निकल आये। परन्तु चूँकि वहाँ कोई उसकी हँसी में शामिल होनेवाला नहीं था इसलिए उसने धनुष को एक ओर रख दिया और फिर रोटियाँ लपेटनेवाले झाड़न से जूतों पर की धूल झाड़ने लगा। इतने में सिन्दा उधर आ निकली। उसने यह माजरा देखा तो बरस पड़ी।

"अरे, देखता नहीं?..."

"हो?...माँ, क्या बात है?"

"रोटियोंवाले झाड़न से जूते पोंछ रहा है? तू तो पिछले जन्म का भंगी है, भंगी!"

बेचारा पाली हैरान था। बहुत देर बाद उसकी समझ में यह बात आ सकी। माँ-बेटे का झगड़ा सुनकर छत पर से ताबाँ ने झाँका।

पाली ने यह बात तो मान ली कि वह उसकी मूर्खता थी जो वह एक साधारण कपड़े और रोटियों के झाड़न का भेद न जान सका था, परन्तु पूर्ण रूप से हार मानने को तैयार नहीं था।

"पर, माँ, तेरी भी तो मूर्खता है। झाड़न रोटियों के छिक्के (टोकरी) में होना चाहिए न कि दीवार पर फेंक देना चाहिए।"

"अरे, इसे तो धोकर दीवार पर सूखने के लिए डाल दिया था! तो क्या अब इसे धोना भी नहीं चाहिए?"

"धोने में तो कुछ बुराई नहीं, पर इसे दीवार पर क्यों डाला जाये..."

"दीवार पर नहीं तो क्या इसे अपने सिर पर डाल लूँ?"

"हाँ, सिर पर ही डाल लिया कर...यह जो सिर पर दुपट्टा डाले फिरती हो, यह इस झाड़न से तो साफ़ नहीं है।"

इस पर सिन्दा ने जान-बूझकर चिमटा इस ढंग से फेंका कि निशाना ओछा पड़े और पालीसिंह ने भी हँसी-हँसी में बारहसिंघे की तरह यह बड़ी छलाँग लगायी जैसे चिमटा नहीं उस पर भाला फेंका गया हो...इस पर ताबाँ हँसने लगी और सिन्दा बनावटी रुष्टता से परन्तु होंठों-ही-होंठों में मुस्कराती हुई भीतर चली गयी।

पाली ने पगड़ी के शमले सँवारते हुए सिर ऊपर उठाया और भाभी को हँसते पाकर बोला—"तो भाभी! थोड़ी देर के लिए बाहर घूम आऊँ।"

"जाओ," भाभी ने हाथ झटककर उत्तर दिया, "घर में कौन से कोल्हू के आगे जुते हो।"

"अच्छा जी! यह बात है। लेकिन यह न समझना कि छत पर बैठी हो तो मैं वहाँ तक पहुँच ही नहीं सकता..."

"वाह जी! कैसे पहुँचोगे। सीढ़ियों की कुण्डी न चढ़ा दूँगी।"

"चढ़ाये रखो। मुझे अगर कोई बड़ा-सा बाँस मिल जाये तो फिर देखना, एक ही छलाँग में छत पर पहुँचता हूँ या नहीं..." कहकर वह बाँस की तलाश में इधर-उधर देखने लगा।

भाभी ने पीछा छुड़ाने के लिए कहा—"अच्छा भई, तुम बड़े कामे (काम करनेवाले) हो, लो हाथ जोड़ते हैं, हमारी जान बख्श दो और सीधे बाहर का रास्ता लो...हाँ, और क्या..."

पाली ने भी बात आगे नहीं बढ़ायी और बाहर जाने के लिए पर तोलने लगा। फिर नियमानुसार बोला—"नहीं, सचमुच कोई काम हो तो बता दो।"

"सचमुच?" भाभी की चुंधी आँखें चमक उठीं।

"हाँ-हाँ, सचमुच!"

"शाबाश! बस इसी तरह बड़ों का कहा माना करो। अच्छा, अब जाओ, बख्श दिया तुम्हें..."

वह आँगन से ड्योढ़ी के दरवाज़े में प्रवेश करने ही को था कि भाभी का ऊँचा स्वर सुनायी पड़ा—"अरे पाली...पाले रे!"

"हो भाभी!" उसने आँगन में आकर भाभी की ओर देखा।

"तूने भी काम-काम की रट लगा रखी थी। ले, देख वाहगुरु ने सुन ली है मेरी!"

"क्या हुआ?"

"अरे बड़ी भारी आँधी उठी है। क्या पता बारिश भी होने लगे। ज़रा छत पर रखी हुई मनछिट्टी (कपास की छड़ियाँ) उतारकर ड्योढ़ी में रखे दे। अगर भींग गयी तन्दूर जलाना मुश्किल हो जायेगा।"

पाली तुरन्त छत पर जा चढ़ा और फिर तीन-चार फेरों ही में उसने सारी मनछिट्टी ड्योढ़ी में जा फेंकी। इससे निपटकर उसने पुनः पगड़ी को सँवारा और नथुने फुलाकर अभिमान से भाभी की ओर देखा।

"हो भाभी!"

"हो देवर!" ताबाँ ने भी उसी स्वर में उत्तर दिया।

"कोई और काम हो तो बताओ।"

"नहीं भइया! बस!"

"बता दे, फिर मत कोसना, हाँ!"

"नहीं, भई, बस अब कोई काम नहीं।"

इस पर पालीसिंह टाँगें चौड़ी किये अकड़ता हुआ ख़ुश-ख़ुश गली में हो लिया।

मालूम होता था कि कोई व्यक्ति भूसे का बड़ा-सा गट्ठा लेकर उधर से निकला था, क्योंकि भूसे की लम्बी-सी लकीर गली में दूर तक चली गयी थी।

वह तंग गली में से होता हुआ चला जा रहा था। एक तो तंग गली, इस पर हर मकान के आगे बढ़ा हुआ चबूतरा! चलने के लिए रास्ता और भी तंग हो गया था। कुछ मकान जो ज़रा अच्छे खाते-पीते लोगों के थे, उनके दरवाज़ों के आगे दायें-बायें दो-दो चबूतरे बने हुए थे। इन चबूतरों पर या तो नन्हें-नन्हें बच्चे खेला करते थे, जो हर गुज़रनेवाले की ओर आश्चर्य भरी नज़रों से देखते थे और उनके खुले मुँह से राल टपकने लगती थी या घर के बहुत ही बूढ़े व्यक्ति पाँव के बल बैठे अपनी लम्बी-लम्बी श्वेत दाढ़ी में कंघी किया करते थे। अपने विचारानुसार नन्हों की रखवाली भी करते थे, परन्तु उनकी पीली-पीली, गँदली और कमज़ोर आँखों को बहुत कम सुझायी देता था। अतएव उन्हें किसी होनेवाली घटना का तब पता चलता जब कोई बच्चा हाथों और पाँव से चलता हुआ धड़ाम से गली की कीचड़ में जा गिरता। उस समय बदमिज़ाज बहूरानियाँ भागी-भागी आतीं और छोटे-छोटे घूँघटों के पीछे से बड़बड़ातीं—"इतना भी तो नहीं होता कि बच्चों को देखते रहें। बस, खा डकारकर बैठ गये।"

बूढ़ों की आयु का यह भाग अत्यधिक धैर्य रखने का होता था। बहुओं को भला कौन समझाता कि इन बेचारों को सुझायी ही कहाँ देता था, जो वे बच्चों की रखवाली करते। और यदि कभी देख भी लें तो इससे पूर्व कि उनकी काँपती हुई टाँगें उन्हें वहाँ तक पहुँचायें, चंचल बच्चे दम-भर में फिसलकर नीचे जा गिरते थे।

पाली ऊँचे-नीचे चबूतरों से गुज़रता और सड़े हुए कीचड़ को फलाँगता बढ़ा जा रहा था। आगे गली चौड़ी हो गयी थी, जहाँ साधारण ज़रूरत की चीज़ों की कुछ दुकानें भी थीं।

इस समय दुकानों के चबूतरों पर कुछ बड़े-बूढ़े बैठे थे जिनमें ताया हरप्रसाद और कर्मदीन आदि उपस्थित थे। कर्मदीन नियमानुसार हुक्का पी रहा था। हुक्के की चिलम से लटकी हुई चिमटी हवा में झूल रही थी। पाली ने सोचा कि यदि वह उधर से निकला तो वे उसे रोक लेंगे। कर्मदीन और हरप्रसाद बहस शुरू कर देंगे और उसे

मध्यस्थ बनाकर उसका भेजा चाटेंगे। वह तो दीनो की दुकान पर जाने के विचार से निकला था, इसलिए कतराकर बग़लवाली गली में घुस गया।

यह गली उस रहट पर जा निकलती थी जो गाँव के बिलकुल नुक्कड़ पर था। गाँव के कुछ लोगों को इससे बड़ी सुविधा होती थी। यहाँ स्त्रियों के नहाने का तो कोई प्रबन्ध नहीं था परन्तु पुरुषों को कोई असुविधा नहीं होती थी। पाली धीरे-धीरे टहलता चला जा रहा था। सामने आकाश पर नज़र दौड़ायी तो देखा कि गर्द-गुबार बेतहाशा छा चुका था। वर्षा की भी सम्भावना थी क्योंकि चीलों के झुण्ड पर फैलाये आँधी के आगे-आगे उड़ते चले आ रहे थे।

वातावरण बिलकुल शान्त था। वृक्ष चुपचाप खड़े थे। वायु बन्द थी। गाँव के सिरे के मकानों सें मिला हुआ एक जौहड़ था जिसमें भरा हुआ गँदला, मटियाला और बदबूदार पानी भी शान्त था। ऐसे समय रूँ-रूँ करता, तेज़ी से चलता हुआ रहट आँखों को बहुत भला लग रहा था। वह थोड़ी देर तक ऊपर तथा नीचे घूमती हुई टिड्डों की ओर देखता रहा।

कुएँ के पानी का स्तर दम भर के लिए भी समतल नहीं होता था। टिड्डें बड़ी तेज़ी के साथ एक-के-बाद-एक पानी में डुबकी लगातीं, ऊपर पहुँचने तक पानी उनके किनारों से छलकता रहता। पाली सोचने लगा कि प्राचीन युग में उस व्यक्ति की भी क्या बुद्धि होगी जिसने कुएँ से पानी निकालने की यह विधि निकाली थी? पानी औलू में गिरकर तलमलाता-कलमलाता और झाग उड़ाता आड़ (नाली) में बह निकलता था। खेतों की ओर बल खाकर जाती हुई आड़ भी आँखों को बहुत भली लगती थी। पानी के निर्मल स्तर पर ऊँचे-ऊँचे वृक्षों का प्रतिबिम्ब झिलमिलाता। आड़ के नमदार किनारों पर एक विशेष प्रकार के गुच्छेदार छोटे-छोटे पौधे उगते थे। लड़के-बच्चे उन्हें उखाड़ लेते और कहते, ये हमारे बटेर हैं और फिर वे उन्हें आपस में भिड़ा-भिड़ाकर प्रसन्न होते थे।

रहट देखकर पाली को प्यास भी लग आयी। जूते उतारकर औलू में घुस गया और हाथों का प्याला बनाकर झाल की ओर बढ़ा दिया। पानी के नन्हें-नन्हें छींटे उड़-उड़कर उसके पपोटों और भँवों पर गिरते रहे। उसके पाँव तले पानी की तह में बैठी हुई नरम-नरम रेत और चिकनी ठीकरियाँ फिसलती रहीं; पानी पीकर उसने पाँव झटक-झटककर जूतों में डाल दिये। ठीक उसी समय रक्खी पानी भरने उधर आ निकली।

रक्खी एक बच्चे की माँ और बीस-बाईस वर्ष की युवती थी। उसकी भाभी की तरह वह भी बड़ी हँसोड़ थी। दाँत कभी साफ़ नहीं करती थी, परन्तु उसके अनारों के दानों जैसे छोटे-छोटे कुछ पीलापन लिये हुए दाँत दूसरों से कम सुन्दर न दिखते थे। फिर उसकी नाक के नथुने पर चिपकी हुई चौड़ी कील की छवि तो अनुपम थी। इस समय वह गहरे नीले रंग का तहबन्द और लाल छींट का ढीला कुर्ता पहने थी।

कुर्ते के कपड़े की लाल ज़मीन पर बने सफ़ेद आम बहुत सुन्दर दिखते थे। वह सदैव ढीले-ढाले वस्त्र ही पहनती थी; परन्तु उसका गठा शरीर उनमें से भी फूटा पड़ता था। वह ताबाँ की सहेली थी और प्राय: उसके यहाँ आया करती थी। पाली ने कई बार उसे देखा था और उससे बातें भी की थीं। उसे इस बात पर आश्चर्य होता था कि यह नाज़ुक-सी औरत चार-चार घड़े एक साथ कैसे उठाये चली जाती थी। अब जो उसने रक्खी को पानी भरते देखा तो उसे ख़्याल आया कि कम-से-कम तीन घड़े तो अवश्य होंगे उसके पास! सचमुच उसने तीन घड़े भरकर कुएँ की मुँडेर पर रख लिये और जब पाली मुड़कर अपनी राह लेने लगा तो पीछे से आवाज़ सुनायी दी।

"वे बीरा (अरे भाई), घड़े तो उठवा दो!"

पाली ने घूमकर देखा। वह सिर पर एक घड़ा रखे कुछ हँस रही थी, कुछ झेंप रही थी। पाली ने माथे पर दिखावटी क्रोध के बल डालकर कहा—"और तुझे किसने कहा कि दर्जन-दर्जन घड़े सिर पर रखकर चला करो!"

यह कहकर वह शुतुरमुर्ग की तरह उसकी ओर बढ़ा और शेखी बघारने के लिए घड़े के मुँह में हाथ डाल एक ही हाथ से घड़े को उठा जो पहले घड़े पर रखा तो धचके से एक तो कुछ पानी छलककर रक्खी के चेहरे और छाती पर जा गिरा और दूसरे उसके सिर पर धमक भी पड़ी। इस पर रक्खी चिल्लाकर बोली—"मेरी गर्दन तोड़ेगा क्या?"

पाली ने हँसी रोकने का प्रयत्न किया और इस प्रयत्न में उसके नथुने फूलकर लाल हो उठे। मसखरेपन से बोला—"मैं तेरी गर्दन क्या तोड़ूँगा, तू ख़ुद ही तुली हुई है! मत उठाया कर इतने घड़े।"

रक्खी ने होंठ सिकोड़कर कहा—"तेरा क्या बिगड़ता है? क्या तुझे उठाने पड़ते हैं?"

"उठाने नहीं तो उठवाने तो पड़ते हैं।"

इस पर रक्खी नाक पर अँगुली जमाकर बोली—"अरे, एक हम हैं कि इतने बड़े-बड़े चार घड़े उठाये बिना थके चले जाते हैं और एक तुम हो कि...अच्छा, अब लाओ वह घड़ा मेरी बग़ल में दे दो।"

पाली ने मुँह ढीला छोड़कर अपनी जबान मुँह में इधर-उधर घुमायी और शरारत से मुस्कराकर कनखियों से उसकी ओर देखा और तीसरे बड़े पेटवाले घड़े के किनारे को अँगूठे और अँगुली से पकड़कर ऊपर उठा दिया। घड़ा हवा में झूलने लगा—"क्यों, क्या हम कमज़ोर हैं?"

रक्खी का हृदय कण्ठ में आ अटका—"भई, लाओ हमारा घड़ा। किनारा टूट गया तो मुफ्त में गिरकर फूट जायेगा...थोड़ा-सा काम क्या कह दिया कि बस जान को आ गये तुम..."

पाली ने घड़ा उसकी बग़ल की ओर इस प्रकार बढ़ा दिया जैसे कोई व्यक्ति कुत्ते के पिल्ले को एक कान से पकड़कर उठाये और परे फेंक दे।

जैसे-तैसे जब घड़ा उसकी बग़ल में पहुँच गया तो उसे सन्तोष हुआ।

"ज़रा-सा काम बताकर पछताये", कहकर रक्खी ने कमर ठुमका दी, ताकि घड़ा ठिकाने से बैठ जाये और फिर जाने से पूर्व वह सिर तो न उठा सकी, केवल एक बार देखकर मुस्करा-भर दी जैसे कह रही हो, 'धन्यवाद!'

वह चली गयी और पाली कुछ देर तक उसका पराँदा (चुटीला) पीछे से देखता रहा। उसकी लम्बी चोटी का लाल रंग का पराँदा इधर-उधर लहराता रहा और फिर गली के मोड़ पर से वह आँखों से ओझल हो गयी।

रहट के आगे थोड़ी दूर तक ढलान थी। वह बढ़ा तो आप-ही-आप उसके कदम खिंचते चले गये। उसके पाँव की चाप से डरकर एक बड़ा-सा कछुआ जो जौहड़ के किनारे पर बैठा था रेंगकर पानी में डुबकी लगा गया। तुन के वृक्ष की एक लम्बी और मज़बूत टहनी से झूले की रस्सी लटक रही थी। शायद गाँव की लड़कियाँ उस पर झूलती रही थीं।

अब वह गाँव से बाहर निकल आया था। उसका ख़्याल था कि वह बाहर-बाहर ही से चक्कर काटता हुआ दीनो की दुकान पर पहुँच जायेगा।

वह गोबर और कीचड़ से बचता, लम्बे-लम्बे डग भरता बढ़ रहा था। अभी वह पण्डित ज्ञान के बाड़े के निकट ही पहुँचा था कि उसे एक मर्दानी परन्तु बारीक आवाज़ सुनायी दी—"हो पाली!"

उसके कदम रुक गये। घूमकर पीछे की ओर देखा तो चिन्तो खड़ी थी। वह नियमानुसार सैनिकों की तरह खड़ी मुस्करा रही थी।

"सत सिरी अकाल!"

"सत सिरी अकाल!"

चिन्तो उसके निकट पहुँच गयी और उसके कन्धे पर हाथ रखकर क्षण-भर के लिए उसकी ओर ध्यान से देखने के बाद बोली—"कहाँ जा रहे हो?"

"ओह कहीं नहीं..."

"छिपाओ नहीं! आख़िर यह जो लपके जा रहे थे तो कुछ दाल में ज़रूर काला है!"

पाली ने बेपरवाही से क़हक़हा लगाया—"सच कहता हूँ, किसी काम से नहीं जा रहा था। बेकार बैठा था। सोचा ज़रा घूम आऊँ..."

"आख़िर, भई हमसे क्या छिपाना..."

"यही दीनो की दुकान तक जाने का इरादा था। भला और कौन जगह हो सकती है मेरे जाने की!"

चिन्तो के चेहरे से प्रकट होता था कि उसे पाली की बात पर विश्वास नहीं आया। उसने उसके कन्धे को झँझोड़कर हाथ हटा लिया और फिर अपने विशेष ढंग से मुस्कराते हुए बोली—"देखो, आज आँधी के लक्षण दिखायी दे रहे हैं। शायद बारिश भी हो। ओले भी पड़ें..."

इस पर पाली ने पुन: आकाश की ओर देखा। आँधी का गुबार सारे आकाश पर छा चुका था। उड़ती हुई चीलें भी निकट आ पहुँची थीं। चकोर खेत से दूर पहुँचकर आपस में बिलकुल खिचड़ी हो गये थे। बहुत परे कछुओं-सी दिखायी देनेवाली भूसे की धड़ों के ऊपर हलकी-हलकी धूल उड़ने लगी। पाली की नज़रें क्षितिज को छूकर वापस चली आयीं और फिर चिन्तो के चेहरे पर गड़ गयीं।

चिन्तो ने निन्दा मिश्रित स्वर में कहा—"पाली! तुम हमारे यहाँ क्यों नहीं आते?"

पाली ने माथे के ऊपर पगड़ी को ज़रा आगे की ओर दबाते हुए उत्तर दिया, "वाह! यह तुम कैसे कहती हो! क्या मैं तुम्हारे यहाँ कभी नहीं आया?"

इस पर चिन्तो के होंठों पर मुस्कराहट फूटने लगी। उसके नथुने फड़क उठे और आँखों के कोने कुछ गहरे हो गये।

"आते तो हो लेकिन बहुत कम।"

इस पर पाली प्रसन्न हो उठा और उसने उस प्रसन्नता को छिपाने का प्रयत्न भी नहीं किया—"तो फिर कैसे कहती हो कि मैं कभी आया ही नहीं?"

"भई, आज चलो तो जाने!"

"क्यों आज क्या है—?"

"ज़रा आकाश की तरफ़ देखो, कैसी आँधी उठी है। थोड़ी देर बाद शायद बारिश भी होने लगे, फिर देखना क्या मज़ा आता है...ऐसे में तुम दीनो की दुकान पर जाकर क्या करोगे?"

पाली ने सोचा, ठीक ही तो है। भला दीनो की दुकान पर कोई विशेष बात तो होगी नहीं—"लेकिन तुम्हारे यहाँ क्या होगा? तुम होगी या चाचा ज्वालासिंह! हम क्या करेंगे?"

"नहीं, आज तो हमारे यहाँ कुछ मेहमान भी आये हुए हैं। कुछ पीने-पिलाने का इन्तज़ाम भी है। ख़ूब रहेगी। तुम्हरा चचा कह रहा था कि अगर पाली आ जाये तो क्या ही मज़ा हो! और अगर सच पूछो तो मैं इस ख़्याल से निकली थी कि तुम कहीं नज़र आ जाओ तो साथ ले चलूँ। तुम यहाँ रास्ते में न मिल जाते तो मैं तुम्हारे घर जाती...ऊपर से आँधी का भी डर था, अच्छा ही हुआ जो तुम यहाँ मिल गये।"

पाली सिर झुकाकर कुछ सोचने लगा। चिन्तो ने उसकी कोहनी को हाथ से थपथपाते हुए कहा—"क्यों, इसमें सोचने की क्या बात है?"

पाली को सरनो के घरवालों का ख़्याल आ रहा था, परन्तु अब वह ज्वालासिंह से भी निकट का सम्बन्ध स्थापित करना चाहता था। सोचा, थोड़ी देर बाद आँधी के शोर और गर्द की घटा में हाथ को हाथ नहीं सूझेगा। मुझे कौन देखने आयेगा कि मैं अपने घर पर हूँ या दीनो की दुकान पर या ज्वालासिंह के मकान में। फिर चिन्तो के कहने के मुताबिक समाँ भी बहुत अच्छा था। ऐसे अवसर पर शराब की बोतल और मुर्गे की टाँगें खाने को मिलें तो आदमी को और किस पदार्थ की इच्छा हो सकती है। बल्कि ऐसी दावत पर तो उसे चिन्तो का कृतज्ञ होना चाहिए। चिन्तो के प्रश्न पर वह फिर लापरवाही से हँस पड़ा।

"नहीं, सोच-विचार का क्या काम, फिर अपना ही तो घर है। और न सही, दो घड़ी हँस-बोल ही लेंगे।"

जब वे दोनों ज्वालासिंह के घर की ओर जा रहे थे तो हवा धीरे-धीरे बहने लगी। जब वे घर के निकट पहुँचे तो हवा कुछ तेज़ हो गयी, यहाँ तक कि दीवार पर रखे उपलों में फँसे भूसे के तिनके भी हवा के तेज़ झोंकों से हिलने लगे।

मकान में प्रवेश करने से पूर्व कच्ची ईंटों से बनी एक टूटी-फूटी चारदीवारी में से गुज़रना पड़ता था। चारदीवारी के भीतर धरेक के तीन-चार वृक्ष खड़े थे। इन वृक्षों की छाया में उनकी बकरियाँ में-में करतीं या मुर्गियाँ कुड़कुड़ातीं। इस स्थान पर आटा पीसने का खरास (चक्की) भी था। यद्यपि अब लोग मशीन का आटा खाने के अभ्यस्त हो चुके थे, फिर भी खरास की आय पर्याप्त थी। भला ज्वालासिंह को इसका बोझ क्यों मालूम होता। एक बूढ़ी साँड़नी खरास के आगे जोत देता। साँड़नी आराम से घूमती रहती, लोगों का अनाज पिस जाता और ज्वालासिंह के पैसे खरे हो जाते। आय के असली साधन तो और थे परन्तु दिखावे के लिए कोई-न-कोई उचित पेशा तो होना ही चाहिए।

चारदीवारी से गुज़रकर वे दोनों आँगन में प्रविष्ट हुए। पाली ने आँगन के एक कोने में मुर्गों के बहुत से सिर और नुचे हुए पर देखे। इससे उसने अनुमान लगा लिया कि आज बहुत बड़ी दावत का प्रबन्ध हो रहा है।

चिन्तो पाली के आगे-आगे चली जा रही थी। वह चार कदम पीछे-पीछे था। चिन्तो का आँगन में पाँव रखना ही था कि ज्वालासिंह कुछ क्रुद्ध स्वर में बोला—"अरी तू, कहाँ चली गयी थी?"

"गयी थी खेत में अपने यार से मिलने!"

इतने में ज्वालासिंह को पाली दिखायी दिया। आँगन में चूँकि कुछ नयी सूरतें भी दिखायी दे रही थीं, इसलिए पाली ने दोनों हाथ जोड़कर ऊपर उठाये और कुछ ऊँचे स्वर में बोला—"वाहगुरु जी का खालसा..."

"सिरी वाहगुरु जी की फ़तह!" अब दूसरों ने भी उसके स्वर में स्वर मिलाया।

पाली को देखते ही ज्वालासिंह की बाछें खिल उठीं—"आहा! बेटा पाली? भई, तुम आ गये। यह तो बहुत ही अच्छा किया तूने...आ, इधर बैठ जा चारपाई पर।"

चिन्तो का मिज़ाज अभी तक बिगड़ा हुआ था। वह तीखी नज़रों से ज्वालासिंह की ओर देखती हुई बोली—"अब लगे बेटा पाली-पाली बेटा कहने।...इसी को तो बुलाने गयी थी।"

"भई बहुत अच्छा किया, आख़िर हमें क्या मालूम था कि तू पाली को बुलाने के लिए गयी हुई थी।"

"मालूम कैसे नहीं था? क्या तुमने नहीं कहा था कि पाली आ जाता तो बड़ा मज़ा रहता...और अब लगे मुझे ही झूठा करने पाली के सामने..."

"अरे भई, तू तो खामुखाह हाथ धोकर पीछे पड़ गयी है। आख़िर मैंने क्या कह दिया तुझे? घर में इतने काम करने को पड़े थे।"

"भाड़ में जायें काम! क्या मैं ही इन कामों के लिए रह गयी हूँ...बड़े काम लिये फिरते हो..."

इस पर ज्वालासिंह ने चुप रहना ही उचित समझा। वह जानता था कि चिन्तो का यह बड़बड़ाना केवल ऊपरी मन ही से था। यदि स्वयं वह अधिक बातें बनाकर बना-बनाया खेल न बिगाड़े होता, तो चिन्तो स्वयं ही सब कामों को निबटा लेती। इसलिए उसने चिन्तो की जली-कटी बातों पर विशेष ध्यान नहीं दिया।

इसी बीच में पाली ने भी लोगों का आँखों-ही-आँखों में निरीक्षण करना शुरू किया। उनमें तीन पुरुष थे और एक स्त्री। इससे पूर्व उसने उन्हें कभी नहीं देखा था। उनके गाँव के निवासी तो ख़ैर वे थे ही नहीं। उनमें से प्रत्येक व्यक्ति ने चारखाने के खेस ओढ़ रखे थे, केवल स्त्री का खेस सादा था, परन्तु उसके दोनों किनारों पर लाल रंग की चौड़ी पट्टी थी।

हवा तो अभी-अभी चलने लगी थी। इससे पहले तो बड़ी तेज़ गर्मी पड़ रही थी। इस पर उन्होंने खेस लपेट रखे थे। तीन पुरुषों की सूरतें अच्छी तरह दिखायी न देती थीं अलबत्ता स्त्री ने खेस को छाती से ऊपर खींचने की कोशिश नहीं की थी। कदाचित् इसकी तह में अपनी नुमाइश का भाव छिपा था अन्यथा वह भी साथियों की तरह खेस लपेटे गुमसुम बैठी रहती।

पालीसिंह के लिए यह बात आश्चर्यजनक अवश्य थी परन्तु वह अवसर इसकी तह में जाने का नहीं था।

चिन्तो की बातों से कान हटाकर ज्वालासिंह ने काफ़ी ऊँचे स्वर में उन लोगों को सम्बोधित करते हुए कहा—"यह अपना ही लड़का है। बचपन ही से सैर करने

का शौकीन था। छोटी उम्र में ही घर से भाग निकला और फिर कई बरस तक घर से गायब रहा। आख़िर अब आकर घर पर मुँह दिखाया।...जब यहाँ से गया था तो बिलकुल नन्हा-सा था, अब जो वापस आया तो सूरत में ज़मीन-आसमान का फ़र्क़ पैदा हो गया है।''

उनमें से किसी के चेहरे से यह बात प्रकट न होती थी कि उन्हें उसे देखकर प्रसन्नता हुई थी। वे चुपचाप जैसे पहले बैठे थे, उसी तरह बैठे रहे और खाली-खाली नज़रों से पाली की ओर देखते रहे। उनकी दाढ़ियाँ तो खेसों में छिपी थीं। हाँ, उनकी अधखुली आँखें कभी-कभी बहुत भयानक दिखने लगतीं और कभी बिलकुल सरल। केवल उस स्त्री ने पाली का नाम सुनकर ज़रा पहलू बदला। पाली ने देखा कि उसकी नाक और आँखें बहुत ही सुन्दर थीं।

पाली भी ज्वालासिंह की चारपाई पर बैठ गया। परन्तु उन सबकी रहस्यपूर्ण-सी चुप्पी के कारण उसे कष्ट-सा होने लगा। धीरे-धीरे हवा और तेज़ हो गयी। पाली ने दरवाज़े में से देखा, गर्द कुछ इस तरह फैल चुकी थी कि आँगन से परे कोई चीज़ दिखायी नहीं देती थी। आख़िर जब गर्द भीतर आने लगी तो पाली ने उठकर दरवाज़ा बन्द कर दिया। ज्वालासिंह उठा और दीवार की खूँटी से लटकी हुई लालटेन का बटन दबाकर चिमनी ऊपर उठा दी और फिर दियासलाई जलाने लगा। दो तीलियाँ खाली गयीं, तीसरी जल उठी और उसने लालटेन जला दी। इस काम से निबटकर उसने सबकी ओर उचटती नज़रों से देखा और फिर गहरी साँस इस प्रकार छोड़ी जैसे बड़े मार्के का काम कर डाला हो।

कुछ देर तक ज्वालासिंह ऊँचे स्वर में बातें करता रहा, परन्तु इस वार्त्तालाप में किसी ने भाग नहीं लिया। उन व्यक्तियों में से किसी के नथुनों में से हिंसक पशु की गुर्राहट का-सा स्वर उत्पन्न होता और मूँछें ज़रा-सी हिलकर रह जातीं।

इतने में चिन्तो भीतर आयी। उसके हाथ में मिट्टी के प्याले थे। प्यालों को एक ताक में रखते हुए उसने इधर-उधर देखा, फिर उसकी नज़रें दूसरी स्त्री के चेहरे पर जाकर रुक गयी। नियमानुसार बेतकल्लुफ़ी से बोली—''क्या नाम है तुम्हारा...हाँ, प्यारो! ज़रा उठकर ये कुज्जे (प्याले) ही धो डालो।''

मालूम होता था कि अभी वे आपस में बेतकल्लुफ़ नहीं हुई थीं। अपरिचित स्त्री ने इस बात पर तुरन्त उठने की अपेक्षा उनमें से एक पुरुष की ओर देखा। उस पुरुष के गालों की हड्डियाँ उभरी हुई थीं। चेहरे पर चेचक के दाग़ थे। विशेषकर उसकी ऊँची नाक की नोक पर अनेक छोटे-छोटे दाग़ों का जाल-सा बुना हुआ था। उसकी भँवों का हलका-सा संकेत पाकर स्त्री ने खेस उतारकर परे रख दिया और तहबन्द सँभालती हुई खड़ी हो गयी। पाली ने देखा कि वह ख़ूब मोटी-ताजी स्त्री थी और फिर जब उसने पेट भींचकर तहबन्द के पल्लू कसे तो उसकी आगे की ओर बढ़ी

हुई छातियों से इस बात का पूर्णतया अनुमान लगाया जा सकता था कि मोटापे के बावजूद उसका शरीर तना हुआ था। नयन-नक्श भी अच्छे थे। उसके चलने-फिरने और ओढ़नी सँभालने का ढंग ऐसा मनमोहक था कि हृदय में आप-ही-आप प्यार आने लगता था। वह काफ़ी खायी-खेली स्त्री मालूम होती थी। उसका भरपूर शरीर और अदाएँ इस बात की साक्षी थीं कि वह मज़बूत-से-मज़बूत पुरुष को सन्तुष्ट कर सकती थी।

उसने प्यालों को आँगन में ही धो डाला। कच्चे फ़र्श पर पानी की लकीरें साँपों की तरह बलखाती बह निकलीं।

ज्वालासिंह ने पाली के कान में बताया कि चेचक के दाग़ोंवाले व्यक्ति का नाम मित्तसिंह है। पुराना पापी है। औरतें और युवा लड़कियों को घरों से भगा ले जाना और उन्हें किसी के हाथ बेच डालना उसका विशेष धन्धा है, वह इस कला का गुरु है। यह मत समझो कि इसकी सूरत बुरी है तो स्त्रियाँ इससे घृणा करती होंगी। न जाने इसमें क्या रहस्य है! तुमने देखा होगा कि कई आदमियों के हाथ पर भैंस बैठ जाती है, यानी चाहे कितनी ही अड़ियल हो, बिदकती हो, लेकिन इधर उसने हाथ रखा। उधर वह राम हो गयी। यही हाल मित्तसिंह का है। कुछ इस तरह लड़कियों और औरतों को फुसलाता और सब्ज़बाग दिखलाता है कि बस वे इसी की हो रहती हैं। लेकिन केवल यही गुण नहीं है इसमें। यह अन्य कलाओं में भी निपुण है। लड़ने-भिड़ने में भी बहुत प्रसिद्ध है। बल्कि अपने इस कमाल पर इसे अभिमान भी बहुत है। दूसरे भले कामों अर्थात् चोरी, डाके आदि में भी भाग ले लिया करता है...

प्यारो प्यालों को धो चुकी, तो उन तीनों में से एक उठा और कोने में पड़ा हुआ एक पुराना ट्रंक उठाकर तीनों चारपाइयों के पास फर्श पर ला रखा और प्याले ट्रंक के ऊपर टिका दिये। पाली चूँकि उन्हें गौर से देख रहा था, इसलिए जब वह आदमी इधर-उधर घूम रहा था, तो उसने जाँच लिया कि वह एक इकहरे शरीर और अधेड़ आयु का व्यक्ति है। ज्वालासिंह ने खुसुर-फुसुर जारी रखी...

"...और इस आदमी का नाम साधुसिंह है।"

यह नाम सुनकर पाली के होंठों पर मुस्कराहट फूटने लगी। नाम साधुसिंह परन्तु सूरत से जेबकतरा प्रतीत होता था। दुबले-पतले हाथ-पाँव! फुर्तीला शरीर और भेदती आँखें।

प्यारो जूतियाँ फटफटाती चारपाई की ओर बढ़ी और मित्तसिंह से सटकर बैठ गयी। वह इस ढंग से बैठी हुई भी बड़ी प्यारी लगती थी। उसकी मोटी-मोटी आँखों के नीचे भोण्डेपन से फैला हुआ काजल बुरा नहीं लगता था। उसके होंठ मुस्कराहट और गम्भीरता का अत्यन्त सुन्दर संगम बना रहे थे।

बाहर आँधी चलने लगी थी। कुछ देर पहले जो चुप्पी छायी हुई थी उसका स्थान अब शोर-गुल ने ले लिया। चिन्तो किसी काम से भीतर आयी तो बोली—"गर्द...गर्द-ही-गर्द...सूरज डूबा नहीं और बाहर देखो तो ऐसा लगता है जैसे काली रात हो!"

ज्वालासिंह ने पाली की रान पर चुटकी भरकर पूछा—"कहो बेटा! पसन्द है प्यारो! चाहो तो मिल सकती है।"

पाली भारी आवाज़ में नाक-ही-नाक में हँसा।

ज्वालासिंह ने अपने विशेष ढंग से जबड़ों से नीचे लटकते हुए माँस को हरकत दी।

"बड़ी चुलबुली और हरामज़ादी है यह औरत। जानते हो, ये लोग क्या करते हैं? मित्तसिंह किसी अच्छे घराने के रण्डवे पर डोरे डालकर उससे कुछ रकम ले लेता है और प्यारो का उससे विवाह कर देता है। तुम जानते ही हो कि कई लोगों का किसी ऐब की वज़ह से विवाह नहीं होता। उनके घरवालों को बहू का बहुत चाव होता है। वे बहू को गहनों से लाद देते हैं। फिर एक दिन शाम के समय प्यारो कहती है—"मैं ज़रा पाखाने जाऊँगी।' एक आध बड़ी-बूढ़ी उसके साथ भेज दी जाती है। कपास के खेत में पहुँचकर बुढ़िया तो मेंढ़ पर बैठ जाती है और गहनों से लदी-फँदी प्यारो चुपके-चुपके खेत के अन्दर-ही-अन्दर चलती हुई परे चली जाती है और वहाँ मित्तसिंह पहले ही से मौजूद होता है और वह उसे उड़ा ले जाता है..."

पाली को यह तरकीब सुनकर बड़ा हर्ष प्राप्त हुआ। उसे कुछ हँसी आ गयी।

फिर पाली ने तीसरे व्यक्ति की ओर देखा, जो पहाड़ की तरह पूरी चारपाई पर जमा बैठा था। संकेत करते हुए पूछा—"चाचा, वह कौन है!"

ज्वालासिंह ने नाक के नथुने में अँगुली डालकर एक लम्बा-सा 'चूहा' निकाला और फिर उसे चारपाई की पट्टी पर चिपकाते हुए कहने लगा—"वह जैलसिंह है...तुम नये-नये आये हो इसलिए इसे नहीं जानते। इस वक़्त इसके मुकाबले का डाकू पंजाब-भर में नहीं होगा। पुलिस का इसने नाक में दम कर रखा है। अपने जिले में डाका नहीं डालता लेकिन लायलपुर, गुजराँवाला, गुजरात, सरगोधा वगैरह में इसकी धाक बैठी हुई है। लोगों ने इसका नाम तो सुन रखा है लेकिन बहुत कम लोग इसे पहचानते हैं। आज ख़ास मेहमान तो यही है। तुम्हारे बाप के जमाने में तो छोटा-सा था। तुमसे छह-सात बरस ही बड़ा होगा। देख लो कैसा देव-का-देव है...है बड़ा नेक आदमी। डाका डालने से पहले गुरुद्वारे में माथा टेकने ज़रूर जाता है। इसीलिए तो इसे हर काम में सफलता मिलती है।"

चिन्तो ने बनावटी क्रोध में चिल्लाकर कहा—"यह क्या धीरे-धीरे खुसुर-फुसुर किये जा रहे हो। बोतलें तो निकालो, कहाँ रखी हैं?"

ज्वालासिंह ने नम्रतापूर्वक कहा—"देखो, अब मैं आराम से बैठा हूँ, तुम ख़ुद ही निकाल लाओ। छप्पर के नीचे उपलों में दबी पड़ी हैं।"

चिन्तो थी तो हँसमुख और साहसी स्त्री, परन्तु सब लोगों का आराम से बैठे रहना और इसे इधर-उधर भागने पर मज़बूर करना उसे बहुत बुरा लग रहा था।

ख़ैर, बोतलें भी ट्रंक पर रख दी गयीं।

अब महफिल में जान पड़ने लगी। वे अपनी-अपनी जगह पर पहलू बदल-बदलकर थूक निगलने लगे।

घर की खींची हुई नाजायज़ शराब की तेजी और नशे का कुछ अनुमान नहीं लगाया जा सकता और फिर उसमें पानी आदि मिलाये बिना कण्ठ से उतार लेना कुछ उन्हीं लोगों का काम था।

साधुसिंह ने विशेष ढंग से चालीस औंस की बोतल के मुँह में फँसे मज़बूत कार्क को दाँतों में दबाकर एक झटके से खींचा और 'भाक' के-से स्वर से कार्क बाहर निकल आया। थोड़ी-सी शराब उसके हाथ पर गिर पड़ी। वह उसे पगड़ी के शमले से पोंछने लगा, तो चिन्तो ने बढ़कर उसकी लम्बी दाढ़ी को मुट्ठी में लेकर कहा—"भला यह दाढ़ी किसलिए बढ़ा रखी है?" यह सुनकर उसने दाढ़ी ही-से हाथ पोंछ डाला।

चिन्तो की इस बात पर लोगों के होंठों पर मुस्कराहट उत्पन्न हुई और एक-दो को तो हँसी भी आ गयी।

जब चिन्तो ने एक बड़ा देगचा भी फर्श पर ला रखा तो मसालों और शराब की मिली-जुली सुगन्ध से सबके नथुने महक उठे। उन्होंने खेस कन्धों से गिरा दिये और कुछ आगे की ओर झुककर चारपाई एक-दूसरे के निकट घसीट लाये और हाथ बढ़ाकर शराब के प्याले थामे, फिर उन्हें कण्ठ में उँड़ेलकर बाँहें पोंछने और चटखारे लेने लगे।

एक-एक प्याला पी लेने के बाद हर किसी के होंठों पर उदार-सी मुस्कराहट उत्पन्न हुई और उन्होंने एक-दूसरे से जान-पहचान करने की इच्छा से पहले की अपेक्षा अधिक ध्यान से एक-दूसरे की ओर देखना शुरू कर दिया।

जैलसिंह के कन्धों से चारखानेवाला खेस खिसककर उसकी कमर के चारों ओर लिपटकर रह गया था। उसकी आयु तीस वर्ष से अधिक किसी तरह न हो सकती थी। उसकी दाढ़ी छिदरी, छोटी और सुन्दर थी। मालूम होता था कि वह सिखों के सिद्धान्तों का दृढ़ता से पालन करता था। उसके बाल बहुत बारीक़ और हलके थे। सूरत भी बुरी नहीं थी परन्तु शरीर दुहरा था। बहुत चौड़े कन्धे, उभरी हुई छाती, मोटी गर्दन और आवाज़ बैठी हुई थी। उसके बड़े-बड़े हाथों की लम्बी और मोटी अँगुलियाँ फैली रहती थीं। मालूम होता था कि वे आपस में मिल नहीं सकती थीं। जड़ की ओर

पहले जोड़ के नीचे उसने अँगुलियों पर बारीक़ सुतली ख़ूब कसकर लपेट रखी थी। इस प्रकार शायद हाथ की पकड़ बहुत सख़्त हो जाती थी। जो कोई एक बार उन अँगुलियों की लपेट में आ जाता होगा, मुश्किल ही से छुटकारा पाता होगा।

पहला प्याला समाप्त करने के बाद जैलसिंह ने शराब से तर मूँछों पर हाथ रखकर उन्हें नीचे झुकाया और फिर उन्हें ज़ोर से चूसकर छोड़ दिया।

ऐसे अवसर पर चिन्तो भी चूकनेवाली कब थी। वह भी ताक पर कुहनी टेककर और धड़ का सारा बोझ उस पर डालकर एक प्याला चढ़ा गयी और प्यारो को चुपचाप बैठी देखकर उससे न रहा गया।

"अरे प्यारो!"

प्यारो ने उसकी ओर देखा और अपनी नाज़ुक अँगुलियों से नथुने पर चमकती हुई कील को टटोलने लगी।

"हो प्यारो!...तुम भी पियो एक-आध कुज्जा।"

प्यारो बालों पर हाथ फेरती हुई बड़ी अदा से नाक चढ़ाकर बोली—"ना, हम नहीं पीते।"

चिन्तो ने छाती पर हाथ रखकर ज़ोर से हिचकी ली—"अच्छा जी! वह क्यों?"

"हमें अच्छी नहीं लगती।"

इसी बीच में चिन्तो ने एक प्याला शराब से भर दिया और उसे छलकाती हुई प्यारो के पास चली आयी—"लो, मेरी कट्टो! ज़रा चखकर तो देखो!"

प्यारो ने पुनः नाक चढ़ायी और बढ़ते हुए प्याले को दूर ही से रोकते हुए बोली—"बस जी, बस, हमें तो उबकाई आने लगती है।"

चिन्तो का हाथ रुक गया। क्षण-भर के लिए वह खोयी-खोयी नज़रों से प्यारो की ओर देखती रही, फिर बोली—"हैं, जब और सब पापड़ बेल चुकी हो तो फिर इसमें ऐसी क्या बुराई है?"

ऐसे समय पर भला प्यारो मुँह-तोड़ उत्तर दिये बिना कैसे रह सकती थी—"अजी, यह एक पापड़ तुम्हारे बेलने के लिए छोड़ दिया था हमने।"

प्यारो की हाज़िरजवाबी पर सब पुरुष क़हक़हे लगाकर हँसने लगे। जैसे कोई सीढ़ियों पर से टीन के अनगिनत कनस्तर लुढ़का दे।

ज्वालासिंह ने हाथ फेंककर दाद देते हुए कहा—"अहा प्यारो! कुर्बान जाइये, क्या बात कही!"

मित्तसिंह ने प्यारो की कमर को बाँह के घेरे में लेने का असफल प्रयत्न करते हुए कहा—"प्यारो, प्यारो ही है।"

इस पर साधुसिंह ने तरंग में आकर कहा—"पर मित्तसिंह तुम भी बस मित्तसिंह ही हो...कोई है तुम जैसा!"

मित्तसिंह ने दूसरे प्याले का कुछ भाग समाप्त करने के बाद साधुसिंह की पीठ पर हाथ मारा—"और, साधुसिंह, तुम भी बस साधुसिंह ही हो।"

यह कहकर उसने सबकी ओर प्रशंसा इच्छुक नज़रों से देखा, जैसे उसने कोई बड़े मार्के की बात कह दी हो—"यार, अपना साधुसिंह भी बड़ा घाघ है!"

ज्वालासिंह ने सिर के छोटे से जूड़े को छूकर कहा—"अब तो साधुसिंह ऐश करता है, खाता है, पीता है और चैन की बाँसुरी बजाता है।"

चिन्तो ने देगचे का ढकना ऊपर उठाया। भाप का बादल एक भपके के साथ बाहर निकला और कुछ देर तक तो चिन्तो को यह भी नज़र न आया कि देगचे में महाप्रसाद (माँस) है भी या नहीं। जब भाप कम हुई तो उसने कड़छे से बड़ी-बड़ी बोटियाँ एक बड़े थाल में डालनी शुरू कर दीं।

हर मुर्ग के केवल दो टुकड़े किये गये थे। पीठ और टाँगें एक ओर तथा छाती और बाज़ू दूसरी ओर। शोरबा बहुत गाढ़ा था। जब वे बोटियाँ नोचते तो शोरबे की बूँदें टपक-टपककर उनकी दाढ़ियों पर गिरतीं और फिर वहीं बालों में फँसकर रह जातीं। वे शराब पी रहे थे और ज़ोर-ज़ोर से बातें किये जा रहे थे।

अब पाली को भी आनन्द आने लगा था। कचौरी जैसे गालोंवाली प्यारो से भी दो-तीन बार आँख लड़ चुकी थी। उसने सोचा कि अच्छा हुआ जो वह आज इधर चला आया, अन्यथा इस समय दीनो की दुकान पर क्या धरा था। बाहर आँधी के बाद बड़े ज़ोरों की वर्षा भी होने लगी थी, भला किसी को क्या पता कि वह इस समय कहाँ बैठा है! भेद खुल जाने की भी कोई सम्भावना नहीं थी। इस प्रकार के विचारों से पाली को बड़ा सन्तोष प्राप्त हुआ।

अब इधर-उधर की बेतुकी बातें होने लगीं। कहाँ तो उनमें से हर-एक चुपचाप अपनी ही धुन में बैठा था और कहाँ अब जो बातें करने पर आये तो अजीब शोर मच उठा।

एकाएक मित्तसिंह खेस लहराता हुआ उठा और लम्बे-लम्बे पर फड़फड़ाते हुए गिद्ध की तरह चिन्तो की ओर बढ़ा और लड़खड़ाती ज़बान में बोला—"मैं शराब नहीं पिऊँगा।"

पाली ने देखा कि मित्तसिंह एक विशालकाय और मज़बूत हाथ-पाँव का व्यक्ति है। दाग़ों भरे चेहरे और लाल नेत्रों के कारण वह और भी भयानक दिखायी देता था।

चिन्तो भी इस समय आकाश में तैर रही थी। ऊँचे बाँस की तरह लहराकर बोली—"नहीं पिओगे शराब?"

"नहीं!" मित्तसिंह ने रीछ की तरह इनकार में ज़ोर-ज़ोर से इधर-उधर सिर हिलाया। सिर के साथ उसका धड़ भी हिल गया।

ख़ास शराबियों के-से लगाव के साथ चिन्तो उस पर झुकी और आँखों की पुतलियाँ घुमाकर पूछने लगी—"क्यों नहीं पिओगे? क्या तुम पर भी प्यारो का असर हो गया है?"

"नहीं, मैं कुज्जे में नहीं पिऊँगा।"

इस पर चिन्तो ने अपनी लड़खड़ाती हुई टाँगों पर शरीर सँभालने की कोशिश करते हुए पूछा—"तो काहे में पिओगे?"

"ओक से पिऊँगा।"—ज्वालासिंह ने गिरह लगायी।

"नहीं।" मित्तसिंह ने फिर ज़ोर से सिर हिलाया।

मित्तसिंह की इन बातों से महफिल में और गर्मा-गर्मी उत्पन्न हो गयी। इस बीच में पाली को महसूस हुआ कि प्यारो उसकी ओर मीठी-मीठी नज़रों से देख रही है।

जैलसिंह हँसकर भारी आवाज़ में बोला—"ओक से नहीं, वह छित्तर (जूते) में पियेगा।"

"नाहुम!" मित्तसिंह ने फिर ज़ोर से सिर हिलाया।

चिन्तो पहले तो पीछे की ओर लड़खड़ा गयी, फिर एक झटके के साथ ज़ोर से आगे बढ़ी और मित्तसिंह की छाती पर अँगुली रखकर बोली—"तो फिर तुम काहे में पिओगे?"

मित्तसिंह पहले तो क्षण-भर के लिए लाल-लाल नेत्रों से चिन्तो की ओर देखता रहा, फिर उसने हाथ बढ़ाकर बोतल उसके हाथ से छीन ली और उससे मुँह लगाकर गटागट चढ़ा गया। बोतल खाली हो गयी तो उसने उसे मुँह से हटाकर ऊपर उठा लिया और उससे टपकनेवाली अन्तिम बूँद के नीचे भी अपनी ज़बान बढ़ा दी...फिर वह लड़खड़ाते कदमों से पीछे की ओर हटा, यहाँ तक कि उसकी पीठ धड़ौंची से जा टिकी और वह सिर हिला-हिलाकर बड़े वेदनापूर्ण परन्तु बेढब स्वर में वारिसशाह गाने लगा :

'अस्साँ वत्त न खेडना ई...'[१]

थोड़ी देर तक गाता रहा। फिर उसका स्वर वेदना ही में डूबकर रह गया। उसने खाली-खाली नज़रों से इधर-उधर देखा और दोनों बाँहें घुटनों के गिर्द लपेट सिर झुकाकर बाँहों में छिपा लिया।

---

१. हमें फिर यहाँ आकर नहीं खेलना।

उसके चुप हो जाने से वातावरण सूना नहीं, अलबत्ता गम्भीर अवश्य हो गया। चिन्तो भी 'गुट' हो चुकी थी। वह ताक में दोनों हथेलियाँ टिकाये इस प्रकार खड़ी थी जैसे उसे नीचे गिर पड़ने का भय हो।

अन्य चारों के होश कायम थे। वे आपस में इधर-उधर की बातें करते रहे। ज्वालासिंह को अपनी बेतहाशा उगी हुई दाढ़ी में सरसराहट-सी महसूस हुई। उसने तुरन्त तीन-चार अँगुलियाँ 'चोर' की तलाश में बालों में घुसेड़ते हुए हँसकर गुम-सुम मित्तसिंह की ओर देखा—"जब हम छोटे थे, तो मित्तसिंह, मैं और गाँव के दूसरे लड़के लुकनमिटी (आँख मिचौली) खेला करते थे...यह भी जवानी के शुरू ही में गाँव से भाग गया और सच पूछो तो एक तरह से अब भी भागा हुआ है। क्या हुआ जो कभी-कभार आकर गाँववालों को मुँह दिखा गये।"

जैलसिंह ने पाली की ओर आँख का इशारा करते हुए पूछा—"यह कौन है?"

"अरे, इसी की तो बात की थी तुमसे एक बार! क्या भूल गये, सन्तासिंह का बेटा पालीसिंह है...सन्तासिंह, भई सन्तासिंह, जानते तो हो उसका नाम?"

"हो-हो? भला सन्तासिंह का नाम किसने नहीं सुना? अच्छा, आजकल क्या करता है यह छोकरा?"

यद्यपि जैलसिंह आयु में पालीसिंह से बड़ा था। उसका डील-डौल भी जबर्दस्त था। परन्तु पाली को उसका यह ढंग पसन्द नहीं आया। वह उसका ज़िक्र इस तरह करता था जैसे वह कल का बच्चा हो। उसका कण्ठ कुछ खुश्क होने लगा। वह चारपाई की पट्टी पर हाथों का दबाव डालकर उठने लगा तो ज्वालासिंह ने पूछा—"क्यों?...ख़ैर तो है?"

"प्यास लगी है, ज़रा पानी पिऊँगा।"

"मैं लाये देती हूँ,"—प्यारो ने जल्दी से उठते हुए कहा। उसने शराब नहीं पी थी, चुनाँचे घड़ौंजी की ओर चली तो पाली की नज़रों ने उसका पीछा किया। ज्वालासिंह और जैलसिंह बातों में मग्न थे। मित्तसिंह ने किसी दूसरे के जाने बिना सिर उठाया और सोयी-सोयी नज़रों से पाली की ओर देखने लगा। पाली की नज़रें प्यारो की नज़रों की खोज में थीं। छन्ने (कटोरे) में पानी डालते समय प्यारो ने घूमकर देखा और बेख़बरी में घड़ा उसके हाथ से छूट गया। फर्श पर गिरते ही टूट गया और सारे फर्श पर जल-ही-जल हो गया।

पाली उसकी सहायता के लिए जल्दी से उठकर आगे बढ़ा परन्तु मित्तसिंह ने लपककर उसे कुहनी के टहोके से बड़े ज़ोर से पीछे की ओर धकेल दिया और नशे में डूबे स्वर में बोला—"सरदार जी, ज़रा होश की दवा करो।"

पाली पीछे हटकर खड़ा हो गया। मित्तसिंह के तेवर बदले हुए दिखायी देते थे। जाने नशे की तरंग में उसे पाली पर क्या सन्देह हुआ था, वह तोल-तोलकर कदम

बढ़ाता पाली के समीप पहुँचा। प्रतिक्षण पाली को उसका दाग़ों-भरा चेहरा अपनी आँखों के निकट आता दिखायी दिया, यहाँ तक कि उसे अनगिनत दाग़ों से भरी नाक दिखायी देने लगी और फिर जन्नाटे का एक थप्पड़ उसके मुँह पर पड़ा और उसकी पगड़ी परे जा गिरी। पाली ने क्षण-भर के लिए चुपचाप उसकी ओर देखा, फिर धीरे से कहा—"मैं लड़ाई-भिड़ाई पसन्द नहीं करता। अब तुम जाओ अपनी जगह पर बैठ जाओ।"

परन्तु मित्तसिंह का क्रोध ठण्डा न हुआ था। उसका पंजा पाली के गरेबान पर कस गया। ज्वालासिंह बीच-बचाव करने के लिए उनके पास पहुँचा, तो पाली ने नर्मी से उसे पीछे हटा दिया। मित्तसिंह ने एक और थप्पड़ उसके मुँह पर जड़ा और फिर दूसरे की अँगुलियों से उसकी गर्दन दबाने लगा।

इस पर पाली के होंठों पर मुस्कराहट उत्पन्न हुई। उसने मित्तसिंह की ठुड्डी के नीचे हथेली रखकर ज़ोर से पीछे की ओर धकेला और फिर जबड़े पर जो घूँसा जमाया तो वह दरवाज़े से जा टकराया। दरवाज़ा खुल गया और वह आधा बाहर वर्षा में और आधा भीतर ढेर हो गया। चिन्तो उसे उठाने के लिए बढ़ी, तो पाली ने कहा—"चिन्तो! इधर आओ, पहले मेरे कुर्ते में बटन टाँक दो!"

चिन्तो उसकी ओर चली आयी।

किसी ने कुछ न कहा। मित्तसिंह के मसूढ़ों से ख़ून बहकर वर्षा के गँदले पानी में मिलता रहा। ज्वालासिंह और जैलसिंह ने एक-दूसरे की ओर अर्थपूर्ण नज़रों से देखा।

सात

□□

दीवाली निकट आयी तो दीवाली देखने अमृतसर जानेवालों के घर में बड़ी चहल-पहल दिखायी देने लगी। दो दिन पूर्व प्रातः समय सिन्दा निरंजनसिंह के आँगन में जा खड़ी हुई। सरनो की माँ उस समय चौके में बैठी थी, सिन्दा को देखकर वह बहुत प्रसन्न हुई।

''आओ बहन, दो दिन से सूरत तक नहीं दिखायी।''

''सूरत क्या दिखायें, मैं ठहरी बेकार और तुम...''

जिन्दा ने आँखों पर हाथ की छाया करके सिन्दा की ओर देखा और कुछ दुखित स्वर में कहा—''अरी कहाँ, काम-वाम कैसा?''

''लो और सुनो, जब देखो काम, जब देखो काम!''

जिन्दा ने मोढ़ा आगे ढकेलते हुए कहा—''कोई निबटता तो नहीं न। तुम्हें तो यही मालूम होता है कि मैं बड़ा काम करती हूँ लेकिन यहाँ यह हाल है कि काम बस अधूरे ही पड़े रहते हैं। बड़ी परेशान रहती हूँ।''

''मैं कहूँ, परेशानी की क्या बात है? अब छोड़ो दुनियादारी के झंझट! चौकी पर बैठकर वाहगुरु-वाहगुरु किया करो।''

यह जिन्दा की दुखती रग थी। उसने लोगों से सुना था कि अब चूँकि रुपया-पैसा अधिक हो गया है इसलिए उसका लोभ भी दिन-प्रतिदिन बढ़ता जा रहा है। चाहे सिन्दा ने यह बात भोलेपन ही में कह दी हो परन्तु जिन्दा ने इसकी चुभन को बहुत महसूस किया।

''वाहगुरु-वाहगुरु तो उठते-बैठते मुँह से निकलता है। सच पूछो बहन, वाहगुरु के बिना किसी का कोई सहारा नहीं है।''

इस पर सिन्दा ने भक्तों की तरह हाथ की पाँचों अँगुलियाँ इन्कार के तौर पर हिलाते हुए उत्तर दिया—''न बहन, न...वाहगुरु के बिना कोई सहारा नहीं! तेरा माना मीठा लागे...पाली का बापू भी यही कहा करता था...''

पाली के बापू के नाम का हवाला तो सिन्दा ने इस प्रकार दिया, जैसे वह कोई बहुत बड़ा महात्मा हो गुज़रा हो। इस विचार से जिन्दा के होंठों पर हलकी-सी मुस्कुराहट उत्पन्न हुई, जिसे ज़बर्दस्ती दबाते हुए उसने कहना शुरू किया—"बहन, तुम मज़े में हो। घर में बहू काम करती है...सारा-सारा दिन..."

जिन्दा कहने तो यह जा रही थी कि सारा-सारा दिन घूमती रहती हो, परन्तु सहसा ये शब्द उसके होंठों तक आते-आते रुक गये और वह बात बदल गयी—"सारा-सारा दिन वाहगुरु के नाम का जाप करती रहती हो।"

सिन्दा ने जिन्दा की बात पर सचमुच विश्वास कर लिया। बड़ी गम्भीरता से बोली—"बहन!...अब कौन जाने एक साँस आये दूसरी न आये। पाली के बापू ने भी (फाँसी पाने के लिए जेल) जाने से पहले मुझे इस बात की ताकीद कर दी थी। कहने लगा, भागवान! मैं तो सदा यही मत देता आया हूँ और अब भी कहता हूँ कि वाहगुरु का स्मरण किया कर...और मैंने भी उसकी बात पल्लू से बाँध ली, और, नहीं, बहन, यह सब-कुछ... यह मकान, यह खेत, यह रुपया (जो तुमने बटोर रखा है) और ये गहने (जो तुमने बनवाये हैं) सब-कुछ इसी संसार में तो छोड़ जाना है!"

जिन्दा ने भक्ति-रस में डूबा हुआ लम्बा-चौड़ा व्याख्यान सुनकर सिन्दा के मगरमच्छ जैसे चेहरे की ओर देखा और एक हलकी-सी आह भरकर कहने लगी—"बहन, तुम धन्य हो, जो तुम हर रोज़ वाहगुरु से ध्यान लगाती हो!"

उसे इस सन्तोषजनक स्वर में धन्य-धन्य कहते देखकर सिन्दा के मन को शान्ति प्राप्त नहीं हुई। उसके मन में विशेष रूप से यह इच्छा जागृत हुई कि उसकी मुँहबोली बहन भी वाहगुरु से ध्यान लगाये। परन्तु कैसे? यह बात जल्दी से उसकी समझ में नहीं आ सकी।

"लो बहन, एक पराठा ही खा लो," जिन्दा ने रकाबी उसकी ओर बढ़ाते हुए कहा।

"नहीं, बहन, अभी-अभी खाकर चली आ रही हूँ," सिन्दा ने थूक निगलते हुए उत्तर दिया।

फिर उसने कनखियों से पराँठे की ओर देखा, जो उस समय मक्खन में तर था। उधर जिन्दा ने पराँठा उलटने के लिए मुँह फेरा और इधर इसने हाथ बढ़ाकर रकाबी अपने सामने खींच ली। वह खाने-पीने की शुरू ही से शौकीन थी। इन बातों में शर्म करना वह मूर्खता समझती थी। पहले तो मनभाता खाती थी, परन्तु अब बाल-बच्चोंवाले घर में उसे बुढ़िया समझकर अधिक ख़ातिरदारी नहीं की जाती थी। इसलिए ऐसे मज़ेदार पराँठे को छोड़कर वह कृतघ्नता का पाप माथे पर लेने को तैयार नहीं थी। जब जिन्दा ने उसकी ओर घूमकर देखा, तो उसकी कथनी और करनी में यह

अन्तर पाकर उसे भी कुछ विशेष आश्चर्य न हुआ। सिन्दा के स्वभाव को तो जानती ही थी, फिर वह दूसरों की बहुत-सी कमज़ोरियाँ नज़रअन्दाज़ कर देती थी।

सिन्दा ने उसे अपनी ओर आकृष्ट पाकर अँगुली से संकेत करते हुए पूछा—"यह क्या है?"

"डेलों का अचार।"

"अच्छा... अच्छा।"

यह कहकर उसने पराँठा खाने में कोई हानि न समझी। दो-चार कौर खाकर जो जिह्वा ने पराँठे की नर्मी और मक्खन की ख़ुशबू का मज़ा पाया तो वह पुनः जिन्दा की भलाई की बातें सोचने लगी।

"मैं कहूँ, जिन्दा! अब तुम एक बहू लाओ ना। ख़ैर से दो देवरानियाँ तो आ ही चुकी हैं।"

यह जिन्दा की मन लगती बात थी। उसका मुख प्रसन्नता से खिल उठा।

"हाँ बहन! कोई बहू ढूँढ़ो न हमारे लिये।"

"लो भला, तुम्हारे लिये बहुओं की कमी है?"

"कमी तो नहीं, पर तुम जानो, घर-घाट भी तो देखना होता है। सारी उम्र का सम्बन्ध होता है।"

यह बात सिन्दा के समझ में बिलकुल नहीं आयी। उसने आँचल सँभालते हुए उत्तर दिया—"अरी बहन! शादी होनी चाहिए। सम्बन्ध तो अपने-आप हो जाता है...सारी उम्र का।"

जो बात सिन्दा ने बड़े मार्के की समझकर की थी, जिन्दा को पसन्द न आयी। उसने सुनी-अनसुनी करते हुए कहा—"सिन्दा बहन, इसीलिए सरनो की बात रुकी पड़ी है। जब तक बड़े भाइयों की शादी न हो जाये, बहन की कैसे हो...है न?"

सिन्दा सरनो को तो अपना ही माल समझे बैठी थी। उचित अवसर पाकर उसने जिन्दा को भी सांकेतिक भाषा में यह बात सुना दी—"सरनो की बात क्या करती हो। उसे किस बात की कमी है। वह तो मेरी बेटी है।"

किसी ज़माने में जिन्दा का भी यही ख़्याल था, परन्तु जब धीरे-धीरे उसके पास रुपया आने लगा, तो पति-पत्नी ने नये सिरे से इस समस्या पर विचार करना शुरू किया। फिर उन्हें मालूम हुआ कि पाली कलकत्ते में ख़ूब रुपया कमा रहा था। उसने स्वयं भी गाँव में वापस आते ही और ज़मीन ख़रीदने का ज़िक्र कर दिया था, परन्तु इतने महीने निकल गये, ज़मीन न ख़रीदी गयी। अब जिन्दा के मन में भी सन्देह उत्पन्न होने लगा था। परन्तु इस समय उसने न तो हामी भरी और न सिन्दा की बात का खण्डन ही किया।

जब एक बार सरनो की बात चल निकली तो फिर सिन्दा से न रहा गया—“मैं कहूँ सरनो रानी हैं कहाँ?...दिखायी नहीं दी?”

“पड़ी सोती होगी।”

“क्या अभी तक सो रही है।”

“बेचारी बहुत काम करती है। रात को सब लोग सो जाते हैं, तब कहीं घर के कामों से फुर्सत पाती है।...लो आ ही रही है छत से।”

सिन्दा ने सिर उठाकर देखा। तेज़ धूप में सरनो की आँखें भी अच्छी तरह न खुली थीं। चुँधियाई आखों से इधर-उधर देखती सीढ़ियाँ उतर रही थी। बाल बिखरे हुए थे, चुनरी का एक सिरा कन्धे पर था और दूसरा पीछे घिसटता चला आ रहा था। नीचे की ओर झूलता हुआ रंगीन नाड़ा शायद कुछ ढीला होकर पेट से नीचे सरक आया था, इसलिए पाँव बार-बार सलवार के पायचों में उलझ रहे थे।

माँ ने यह हाल देखा तो कटु स्वर में बोली—“बेटा, सोकर उठती है तो नाड़ा कसकर बाँध लिया कर। जो कभी पाँयचें में पाँव फँस गया, तो धड़ाम से मुँह के बल गिरेगी।”

इस पर सरनो ने भी मुँह फुलाकर कहा—“बेबे! मैं तुमसे हर रोज़ कहती हूँ, मुझे जगा दिया करो, परन्तु तुम कभी नहीं जगातीं। जब धूप निकल आये तो मुझे अच्छा नहीं लगता।”

माँ ने सिन्दा की ओर मुस्कराकर देखा—“है न लाडो रानी! भला कोई इससे पूछे कि तू सुबह उठकर क्या करेगी? जब रात इतनी देर तक जागना पड़ता है, तो सुबह ख़ुद ही देर से उठेगी।”

सिन्दा ने नज़रों-ही-नज़रों में सरनो को अपनी बहू के रूप में जाँचते हुए कहा—“उम्र भी तो है सोने की! हाय, इस उम्र की नींद!

“उम्र तो ख़ैर है ही...पर आदतें बिलकुल बच्चों जैसी है। जब देखो हँसे जाती है...”

इतने में सरनो नीचे आ गयी और हँसती हुई सिन्दा के निकट चली आयी। सिन्दा ने उसके भरे-भरे शरीर को बाँह में समेटकर खींचा और फिर उसके गालों पर हाथ फेरते हुए जिन्दा को सम्बोधित हुई—“देखो भई, हमारी बिटिया को कुछ न कहा करो। तुम क्या जानो यह क्यों हँसती है! दाँत देखो तो क्या दूध की तरह सफ़ेद हैं।”

इस पर सरनो ने होंठ भींचकर दाँतों को छिपाने का प्रयत्न किया, पर वह आप-ही-आप निकले पड़ते थे। अन्त में बिल्ली की तरह सिमटकर उसने अपना चेहरा सिन्दा की बड़ी-बड़ी छातियों में छिपा लिया।

सरनो की माँ ने माथे पर बल डालकर कहा—“देखो तो किस तरह झेंप रही है। भला कोई पूछे कि यह शरमाने का कौन-सा मौका है? अरी, ताई के साथ कोई

इधर-उधर की बात कर। इतनी बड़ी हो गयी पर समझ कौड़ी-भर नहीं...''

सरनो ने बड़ी कोशिश से सिर उठाया। मुख पर अभी तक लज्जा की हलकी-सी लालिमा और आँखों में नमी थी। आख़िर उसने बात करने का निश्चय कर लिया—''ताई, अबके दीवाली पर चलोगी न अमृतसर?''

सिन्दा को जैसे कोई भूली-बिसरी बात स्मरण हो उठी। तुरन्त जिन्दा की ओर मुड़कर बोली—''हाँ, ख़ूब याद आया!...क्या ख़्याल है जिन्दा! अमतृसर चलोगी या नहीं?''

भला जिन्दा अपनी गुरु-भक्ति जतलाने के इस सुनहरे अवसर को हाथ से क्यों जाने देती—''हाँ, बहन, चलेंगे क्यों नहीं। हम सभी चलेंगे साथ-साथ...सरनो का बापू घर पर रहेगा। तुम भी हमारे साथ चलना।''

''हाँ-हाँ, ज़रूर चलेंगे। लहने को घर पर छोड़ जायेंगे। अबके वह बक-झक ज़रूर करेगा। पिछले साल भी तो उसे नहीं ले गये थे।... पर भई, पाली को घर पर कैसे छोड़ूँ? उस बेचारे ने अमृतसर की दीवाली पहले कभी देखी ही नहीं...उसे तो शहर अमृतसर भी अच्छी तरह याद नहीं।...जब वापस आया न कालेकुत्ते से, तो भी अमृतसर बहुत थोड़ी देर रुका। वक़्त बहुत कम था...शहर कैसे देखता। वह शहर जाने को कहता रहा, मैंने नहीं जाने दिया। मैंने कहा, बस दीवाली पर ही चलेंगे। एक पन्थ दो काज...

सरनो ने चंचल चमकीली आँखों से सिन्दा की ओर देखा—''ताई, तुमने पाली को इसी डर से शहर नहीं भेजा होगा कि पहले की तरह कहीं फिर 'कालेकुत्ते न भाग जाये।'

सिन्दा ने प्यार से उसके गाल पर हलकी-सी चपत लगाते हुए कहा—''देख लो लाडो रानी को! अब हमसे भी मजाख (मज़ाक़) करने लगी है!''

परन्तु जिन्दा और ही नसीहत करने लगी—''सरनो बेटा! पाली मत कहो, अब भइया कहा करो उसे!''

इसके बाद कुछ देर तक अमृतसर जाने के सम्बन्ध में अन्य बातें होती रहीं, फिर जिन्दा उठकर घर चली आयी।

एक दिन पहले तक बड़ी ज़बर्दस्त तैयारियाँ होती रहीं। सरनो, ताबाँ और गाँव की अन्य लड़कियाँ और युवा स्त्रियाँ गाँव से कुछ परे पीर जी की कब्र के निकट साफ़ पानी के जौहड़ पर कपड़े धोने के लिए गयीं। सारा दिन वहीं व्यतीत हुआ। हँसी-मज़ाक़ का सिलसिला भी जारी रहा। कपड़े भी साफ़ होते रहे और नहाना-धोना भी होता रहा। ताबाँ, रक्खी, आसाँ, करतारो आदि तो ख़ूब तैर लेती थीं, अलबत्ता सरनो को पानी से डर लगता था। यद्यपि थोड़ा-बहुत तैर लेती थी परन्तु आठ-दस हाथ मारने के बाद आप-ही-आप घबरा जाती—''मैं डूबी... मैं डूबी...''

इस पर कोई सहेली चिढ़ाने लगती—"अरी सरनो, डूबने से पहले ही क्यों चिल्लाने लगती है। पहले डूब लिया कर फिर चिल्लाया कर..."

सरनो की समझ में यह बात कभी न आ सकी कि आख़िर आदमी डूबने के बाद कैसे चिल्ला सकता है?

लड़कियों और औरतों ने अपने दुपट्टे रंग लिये तो छैल-छबीले नौजवानों ने अपनी पगड़ियाँ रंग डालीं। रंग के साथ-साथ कलफ़ और अबरक के टुकड़ों के कारण नयी बहार नज़र आने लगी।

आख़िर दीवाली के दिन लोग-बाग तैयार हो मुँह-अँधेरे ही नाश्ता कर स्टेशन की ओर चल दिये। गाँव के निकट तो उन्होंने स्टेशन बनने ही न दिया था, कोसों का रास्ता था।

गाँव के इस छोटे से काफ़िले में, छकड़े, घोड़ियाँ, साँड़नियाँ और रेढ़ियाँ आदि हर प्रकार की सवारी मौजूद थी। कई मनचले पैदल ही लपके चले जा रहे थे।

जिन्दा और सिन्दा के परिवार के लोग पहले-ही-से एक साथ जाने का प्रोग्राम बना चुके थे। उन्होंने दो छकड़ों का इन्तज़ाम किया था। घर की घोड़ियाँ थीं। सरनो का एक भाई घोड़ी पर सवार था, दूसरा छकड़े पर बैठा था और तीसरा रेढ़ी पर। छकड़ों के बैल हाँकने और फिर स्टेशन से छकड़े वापस गाँव ले जाने के लिए लहना सिंह और निरंजनसिंह का एक नौकर नियुक्त किये गये थे। छकड़ों की सवारियों को यूँ बाँटा गया था, एक छकड़े पर दो बुजुर्ग यानी जिन्दा, सिन्दा, निरंजनसिंह का एक भाई, जिन्दा की बड़ी देवरानी आदि सवार थीं और दूसरे पर सरनो, ताबाँ, सरनो का भाई करतार सिंह, पालीसिंह, जिन्दा की छोटी देवरानी, सरनो की छोटी बहन और कुछ बच्चे बैठे थे। वास्तव में यह बाँट पाली की साज़िश से ताबाँ द्वारा हुई थी।

सुबह का समय था। धूप अभी तेज़ नहीं हुई थी। शीत ऋतु के आरम्भ के दिन थे और सब के मन में दीवाली देखने का चाव था। साल-भर में दो या तीन बार ही तो घर से बाहर निकलने मिलता था, इसलिए सबके मन उल्लास और कामनाओं से परिपूर्ण थे।

दोनों छकड़े आगे-पीछे चले जा रहे थे परन्तु दोनों के वातावरण में ज़मीन-आसमान का अन्तर था। बुज़ुर्गों के छकड़े का वातावरण गम्भीर था। यद्यपि अपने लड़केवालों को प्रसन्न देखकर मन-ही-मन वे भी बहुत प्रसन्न थे, परन्तु देखने में अपनी ही बातों में तल्लीन नज़र आते थे। नौजवानों के छकड़े में तो बात-बेबात पर क़हक़हे उठ रहे थे। पाली मन-ही-मन भाभी का बहुत कृतज्ञ था। उसे यह आशा नहीं थी कि कभी ऐसा अवसर भी प्राप्त होगा, जब वह सरनो के साथ एक ही छकड़े में सवार होगा और धचके लगने पर उसके घुटने एक-दूसरे से भिड़ जाया करेंगे।

रास्ता कच्चा और ऊबड़-खाबड़ था। घास पर ओस की बूँदें अभी तक चमक रही थीं। झड़बेरियाँ और पेड़ पहले छकड़ों के पास पहुँचकर एकाएक परे को भागते मालूम होते। बबूल की कँटीली टहनियों पर भोली-भाली चिड़ियाँ आश्चर्य से उस काफ़िले द्वारा उड़ी हुई धूल की ओर ताक रही थीं। परन्तु पाली का ध्यान इन चीज़ों की ओर नहीं था। वह इस समय सरनो की ओर आकृष्ट था। यद्यपि ताबाँ ने उसे चेतावनी दे दी थी कि वह सरनो की ओर आँखें फाड़-फाड़कर न देखे ताकि किसी को कोई सन्देह न हो, परन्तु पाली ने बातों-बातों में ऐसा समा बाँध दिया था कि औरों का किसी दूसरी ओर ध्यान ही न जा सकता था।

सरनो अत्यधिक सुन्दर दिख रही थी। उसने पुराने फैशन के कपड़े की पोशाक पहन रखी थी। परन्तु उसके शरीर पर सब-कुछ खिल रहा था। विशेषकर उसके ऊदे रंग की ओढ़नी तो गज़ब ढा रही थी। उससे उसका मुख और भी दमक उठा था। ओढ़नी पर लगे अबरक के टुकड़े उसके माथे और धनुष जैसी भँवों में आ फँसे थे जिससे उसके सौन्दर्य में चार चाँद लग गये थे।

दूसरों के मन को मोह लेनेवाली बातें करने में तो पाली यूँ भी बहुत निपुण था, परन्तु आज वह बहुत ही प्रसन्न था। उस शाम के बाद जबकि उसने सरनो को छेड़ा था, उसे उससे खुलकर बातें करने का अवसर न मिला था। उसे यह तो विश्वास हो चुका था कि सरनो उससे नाराज़ नहीं हुई, फिर भी कुछ दिनों तक वह स्वयं ही उसके सम्मुख जाने से कतराता रहा। फिर जब कभी सामना हुआ भी तो घुल-मिलकर बातें करने का अवसर नहीं मिला था। परन्तु अब कुछ घण्टों के लिए वे बिलकुल स्वतन्त्र थे, बल्कि उसे विश्वास था कि भाभी की कृपा से अमृतसर में भी खुलकर बातचीत करने के अवसर प्राप्त होते रहेंगे। इसलिए उसने यात्रा के आरम्भ ही से सरनो का मन मुट्ठी में ले लेने का प्रयत्न शुरू कर दिया।

बातों-बातों में साधु-सन्तों और भक्ति की बातें शुरू हो गयीं। पाली ने कहा—"यह ठीक है कि कुछ सन्त तो वाकई परमेश्वर तक पहुँचे होते हैं, लेकिन अब तो कलयुग का ज़माना है। अब कई सन्त ऐसे हैं, जो महात्मा बनकर दूसरों को लूट लेते हैं। बस, राम-नाम जपना और पराया माल अपना।"

ताबाँ इस बात पर बड़े ज़ोर से हँस दी। हँसने में वही पहल करती थी और फिर अन्य लोग उसके पीछे चलते थे।

पाली की इस बात पर सरनो के भाई ने हाँ में हाँ मिलायी। पाली के सम्बन्ध में उसकी राय प्रतिक्षण अच्छी होती जा रही थी। पाली ने दाढ़ी पर अँगुलियाँ फेरकर टटोला कि कहीं उसमें कोई तिनका आदि न फँसा हो और फिर हँसकर बोला—" एक बार का ज़िक्र है कि चोरों की एक टोली ने एक अमीर आदमी का घर तोड़ा..."

इस पर एक छोटी लड़की बोली—"क्या दामोदर सेठ का घर तोड़ा था?"

"दुर!" ताबाँ ने नर्मी से डाँटा—"भला यहाँ दामोदर सेठ का क्या मतलब?"

"बस कोई सेठ समझ लो,"—पाली ने कहना शुरू किया—"हाँ, तो सेठ साहब साधु-सन्तों का बड़ा आदर करते थे। जब उन चोरों को मालूम हुआ, तो उन्होंने यह सोचा क़ि सन्तों का भेष बदलकर सेठ के घर पहुँच जायें। वहाँ ज्ञान-ध्यान का पाखण्ड रचा जायें और फिर उसका सब-कुछ लेकर चम्पत हो जायें।"

सरनो सहित सब लोग बड़े ध्यान से उसकी कथा सुन रहे थे।

"बस जी, उन्होंने सन्तों का भेष बदला और वाहगुरु-वाहगुरु कहते और माला के मनके खटखटाते सेठ जी के यहाँ पहुँचे। उधर सेठ जी समझे कि आज उनका भाग्य खुल गया है, जो इतने बड़े महात्मा उनके यहाँ पधारे हैं।"

इस बात पर सरनो के मुँह से छर...र...र के-से स्वर के साथ हँसी निकल गयी।

पाली के मस्तिष्क में बचपन की याद जागृत हो उठी, जब इसी प्रकार सरनो के मुँह से हँसी निकल जाया करती थी।

एक ओर पाली की कलफ़ लगी रंगीन पगड़ी के शमले हवा में लहरा रहे थे और दूसरी ओर उसके बड़े-बड़े हाथ और भँवें हिल रही थीं।

"बस, सेठ जी ने उनकी बड़ी ख़ातिर की। कड़ाह-प्रसाद तैयार करवाया।...हाँ, मैं यह बताना भूल ही गया कि वे शाम के वक़्त गये थे उनके यहाँ...खाना-वाना खाने के बाद रात को शब्द-कीर्त्तन हुआ। ढोलक, छैने और चिमटे के साथ भक्ति रस में डूबे वे शब्द गाने लगे। घर के सब लोग उनके चारों ओर घेरा डाले पवित्र वाणी सुनकर अपने अगले-पिछले जन्मों के पाप धो रहे थे। उन सन्तों के गुरु आँखें मूँदे माला के मनके खटखटा रहे थे और बाक़ी चेले-चाँटे भक्ति रस में ऐसे डूबे कि उन्हे कुछ सुधि न रही। मस्ती में नाच-नाचकर गाते और खड़तालें बजाते थे। इसी बीच में दो-तीन चेले चुपके से खिसक गये और घर-भर की तलाशी लेने लगे..."

इस पर स्त्रियों के मुँह आश्चर्य से खुल गये। सरनो ने तो हाथ उठाकर मुँह के आगे रख लिया। कई एक के मुँह से एक साथ निकला—"अच्छा फिर?"

"फिर उन्होंने एक कमरे में लोहे की पेटी (तिजोरी) देखी। उन्होंने अन्दाज़ा लगा लिया कि सेठ जी का सारा सोना और रुपया इसी पेटी में होगा। झट पेटी तोड़ने के यत्न करने लगे। लेकिन पेटी ऐसी मज़बूत बनी हुई थी कि टस-से-मस न हुई। आख़िर तंग आकर वे फिर गुरुजी के दीवान में पहुँचे। वहाँ वही समाँ बँधा था। उनमें-से एक उछलकर गानेवालों में शामिल हो गया और ऊँची आवाज़ में हाँक लगायी।

ओए पेटी नईं टूट दी ते जान नईं छूट दी।
पेटी नईं टूट दी...।[१]

---

१. अजी पेटी नहीं टूट रही और इस तरह जान नहीं छूटती (बात नहीं बनती)

"जानी (यानी) घर के लोगों ने समझा कि सन्त जी का मतबल (मतलब) है कि हमारे शरीर की पेटी में जब तक आत्मा बन्द है, दु:खी है और जब तक शरीर की पेटी टूट न जाये, मनुष्य की जान संसार के झंझटों से छूट नहीं सकती। लेकिन गुरु जी जो उस वक़्त आँखें मूँदे बैठे थे असल मतबल पा गये। खट से आँखें खोलीं और प्रेम रस में डूबी हुई लय में फरमाया,

नाम दे हुलारे लै जाओ रेड़-रेड़ के जी
नाम दे हुलारे...[1]

"अब फिर लोगों ने यह समझा कि गुरु जी ने भक्ति की महिमा बतायी है। यानी शरीर की पेटी को तोड़ने की ज़रूरत नहीं। इसे परमेश्वर के नाम के धक्के दे-देकर जीवन नदी से पार ले जाओ।"

इस बात पर छकड़े में बैठे सभी लोग मारे हँसी के दुहरे हो गये। सरनो जो पहले ही हर समय हँसती रहती थी, अब चुप होने ही में न आती थी। यहाँ तक कि उसके पेट में दर्द होने लगा और आँखों में आँसू आ गये।

छोटी लड़की ने पूछा—"अच्छा तो फिर वे पेटी को धकेलकर ले गये होंगे?"

"हाँ, और क्या!"

इस तरह बातें करते और हँसते-खेलते समय गुज़रता गया और रास्ता समाप्त होता गया। रास्ते में हर बस्ती से कुछ-एक लोग उनके साथ हो लेते थे। इस तरह स्टेशन तक पहुँचते-पहुँचते यह काफ़िला काफ़ी बड़ा हो गया।

आख़िर वे स्टेशन पर पहुँच ही गये। लम्बे सफर और ऊबड़-खाबड़ मार्ग के कारण हिचकोले लगने से स्त्रियों का जोड़-जोड़ दुखने लगा था, अलबत्ता नौजवान बड़े ख़ुश दिखायी देते थे।

छोटा-सा स्टेशन था। यहाँ प्लेटफार्म भी नहीं था इसलिए लोग जंगले के निकट बजरी पर ही अपनी-अपनी टोलियाँ बनाकर बैठे गये। बाबू से मालूम हुआ कि अभी गाड़ी आने में देर है। इधर लड़के-लड़कियों को भूख भी लग आयी थी। निकट ही ढलान पर हैण्डपम्प था। सरनो मुँह धोने उधर गयी, तो पाली भी कमण्डल ले पानी भरने के बहाने उसके साथ हो लिया। ताबाँ को पाली की यह हरकत पसन्द नहीं आयी, परन्तु उस अफरा-तफरी में किसी ने उस ओर ध्यान नहीं दिया।

सरनो अपने ही ध्यान में नल की ओर बढ़ रही थी। उसे मालूम नहीं था कि पाली उसका पीछा कर रहा है। नल पर काफ़ी भीड़ थी। बेचारी सरनो कुछ देर तक चुपचाप खड़ी रही। ज्यों ही वह हाथ बढ़ाती कोई और आदमी नल की हत्थी पकड़ बैठता। आख़िर पाली ने पीछे से कहा—"आओ सरनो, मैं हत्थी चलाता हूँ, तुम मुँह-हाथ धो डालो।"

---

१. गुरु का नाम लेकर उसे धकेल ले जाओ।

सरनो ने चौंककर पीछे की ओर देखा। वह क्षण भर के लिए झिझकी। फिर जब पाली ने सब लोगों को पीछे हटाकर नल का दस्ता हिलाना शुरू किया, तो उसने भी पानी की धार की ओर हाथ बढ़ा दिये। मुँह-हाथ धोकर उसने पानी पीना चाहा। पाली ने बहुत धीरे-धीरे हत्थी हिलायी ताकि पानी की धार पतली हो जाये।

पानी से तर सरनो का मुख जैसे ओस में नहाया हुआ गुलाब का फूल, पालीसिंह को बहुत भला लगा। काश, वह कभी उसे समेटकर अपनी बाँहों में ले सके तो उसके गालों, होंठों, आँखों, ठुड्डी पर चुम्बनों की बौछार कर दे।

जब कभी पाली इस प्रकार सरनो के चेहरे पर नज़रें गाड़ता, तो वह बेचैन हो जाती थी। परन्तु इस समय उसका ध्यान पाली की ओर नहीं था। पानी पी चुकने के बाद उसने पाली की ओर कृतज्ञतापूर्ण नज़रों से देखा। वह हँस पड़ा और उसने पानी का कमण्डल उसके हाथ में देकर उसे चलता किया ताकि वे लोग उन्हें साथ-साथ आते न देख पायें और स्वयं टाँगों और टखनों पर जमी धूल धोने लगा।

अभी उन्होंने पूरी तरह खाना नहीं भी खाया था कि एकदम "सिंगल (सिगनल) डाउन हो गया! सिंगल डाउन हो गया!" की आवाज़ें आने लगी।

वे सब तुरन्त ही अपनी-अपनी पोटलियाँ बाँधकर तैयार हो गये। अधिक सामान तो किसी के पास भी नहीं था। यही छोटी-मोटी गठरियाँ अवश्य थीं।

आखिर जब गाड़ी नज़र आने लगी, तो लोगों ने देखा कि रेल के डिब्बों के दरवाज़ों के बाहर और छतों पर, बल्कि इंजन के आगे और पहलुओं पर भी आदमी-ही-आदमी लटक रहे हैं। वे सब अमृतसर जानेवाले यात्री थे।

जब गाड़ी निकट पहुँची तो "जो बोले सो निहाल, सत सिरी अकाल" के नारों से वातावरण गूँज रहा था।

नये सवार होनेवाले हैरान थे कि वे गाड़ी के भीतर कैसे घुस पायेंगे? जिन्दा ने एक जनाना डिब्बा ताड़ लिया, परन्तु उसके दरवाज़े पर भी पुरुष इस तरह चिपके हुए थे जैसे छत्ते में भिड़ें। सिन्दा ने ज़रा डाँटकर उन्हें कहा कि औरतों के लिए रास्ता छोड़ दो और उसने दो-तीन की टाँगें भी खींच लीं, परन्तु वहाँ कौन सुनता था किसी की इस हड़बोंग में। पाली को भी साथवालों का कुछ पता न चला। वह ऊँट की तरह गर्दन उठाये इधर-उधर देख रहा था। गाड़ी वहाँ दो मिनट से अधिक न रुकती थी। सहसा उसने देखा कि माँ जनाना डिब्बे की खिड़की से भीतर घुस रही है। उसका अगला धड़ भीतर था और टाँगें बाहर थीं। यह भागता हुआ वहाँ पहुँचा और उसे भीतर धकेल दिया। सिन्दा ने भीतर पहुँचते ही घूमकर जिन्दा की ओर हाथ बढ़ाया—"आ जाओ, बहन! इधर ही से आ जाओ, गाड़ी छूटनेवाली है।"

"जिन्दा ने घबराये हुए स्वर में कहा—"हाय! बच्चे भी तो हैं"

"तुम तो आओ!"

जिन्दा ने हाथ बढ़ा दिया। नीचे से पाली ने सहारा दिया और वह डिब्बे के भीतर पहुँच गयी। भीतर बैठी स्त्रियाँ उनके इस बेहूदेपन पर बिगड़ने लगीं। सिन्दा ने झगड़ने के लिए जिन्दा को आगे कर दिया और स्वयं अन्य स्त्रियों को ऊपर खींचने लगी। पाली तथा सरनो के भाई नीचे से सहारा दे-देकर उन्हें ऊपर उठाते रहे। सौभाग्य से सरनो पाली के हिस्से में आयी। रेशमी सलवार में उसकी भरी-भरी रानों के स्पर्श से पाली के हाथों में अवर्णनीय-सी सरसराहट दौड़ गयी। इतने में गाड़ी चल दी। ख़ैर, सब-की-सब स्त्रियाँ डिब्बे में पहुँच चुकी थीं। सरनो के दोनों भाई भी डिब्बे के साथ लटक गये। पाली ने जल्दी से इधर-उधर नज़र दौड़ायी। उसकी पगड़ी उतर गयी थी जिसे उसने बग़ल में दबा रखा था। हर डिब्बे के साथ लोग लटके हुए थे। गाड़ी की रफ्तार तेज़ होती जा रही थी। एक बार तो पाली को लगा, जैसे वह वहीं रह जायेगा परन्तु एकाएक उसे गार्ड के डिब्बे के साथ खाली जगह दिखायी दी और वह लपककर उस पर सवार हो गया।

उस दिन का सफर कष्टदायक अवश्य था परन्तु चूँकि उन लोगों को घर से निकलने का बहुत कम अवसर प्राप्त होता था इसलिए इतनी रौनक और भाँति-भाँति की बोलियों में उन्हें शारीरिक कष्ट का अनुभव ही नहीं हुआ।

यद्यपि गाड़ी के भीतर, बाहर, छत और इंजन पर सवारियाँ नज़र आती थीं परन्तु उनमें से सत्तर प्रतिशत ऐसे थे जिन्होंने टिकट नहीं ख़रीदी थी। उजड्ड और जोशीले लोगों के दिलों में किसी नियम और कानून का प्रतिबन्ध नहीं था। आसपास के गाँव के लोग जो समय पर स्टेशन न पहुँच पाये थे वे रास्ते ही में रेल की पटरी के पास खड़े हो जाते थे। उन्हें देखकर तुरन्त जंजीर खींचकर गाड़ी खड़ी कर ली जाती ताकि वे भी सवार हो जायें। गार्ड यह मामला देखकर अलग ही सिर पीट रहा था, परन्तु भीड़ के आगे क्या चल सकती थी उसकी?

इसी प्रकार उधम मचाते लोग अमृतसर जा पहुँचे। फाटक पर बाबू टिकट बटोरने के लिए खड़ा था। भला यहाँ किसकी जेब में टिकट था। दो-चार मनचलों ने हलके-फुलके बाबू को उठाकर कन्धों पर बिठा लिया और नारे लगाते आगे को चल दिये।

एक लम्बे-तगड़े आदमी ने चार फीट लम्बी कृपाण हवा में लहराते हुए हाँक लगायी—"बोलो टिकट बाबू की!"

सबने चिल्लाकर कहा—"जय!"

"बोलो टिकट बाबू की!"

"जय!"

जब लोगों ने देखा कि टिकट बाबू फाटक पर नहीं हैं तो वे कुछ इस प्रकार फाटक से निकले, जैसे नदी का बाँध टूट जाने पर पानी बह निकलता है। चारों ओर सिर-ही-सिर नज़र आते थे, पगड़ियाँ, शमले, दाढ़ियाँ, कृपाणें और आवाज़ें...

"ओए काहन सिंहा!" (अबे काहन सिंह!)

"ऐधर ओए ऐधर!" (अबे इधर, अबे इधर!)

"वे शंगारे दे बापू!" (अरे शंगारे के पिता!)

बच्चे पाँव तले रौंदे गये। साथी एक-दूसरे से बिछड़ गये। किसी की गठरी गुम, किसी की पगड़ी गायब। किसी ने घूँसा जमाया, तो किसी ने कृपाण सँभाल ली। ऐसी भीड़ और हड़बाँग में यदि दुर्भाग्यवश किसी स्त्री का साथ अपने सम्बन्धियों से छूट गया, तो लफँगे, जो ऐसे मौकों पर आते ही इसी विचार से थे, उन्हें खदेड़कर कहीं-से-कहीं ले जाते।

पाली ने एक नयी तरकीब निकाली। जितने पुरुष साथ थे, उन्होंने एक-दूसरे के हाथ पकड़कर स्त्रियों को अपने घेरे में ले लिया। इतना होने पर भी मारे धक्कों के सबका बुरा हाल हो गया, परन्तु कम-से-कम कोई गुम नहीं हुआ। भीड़ में से निकलकर पाली ने पुन: छोटे-बड़ों को गिना और हँसकर कहा—"अब इसी जगह गिन लो। अगर कोई गुम हुआ है तो बता दो, ढूँढ़ लें। यह न हो कि बाद में याद आये, उस वक़्त तलाश करना बहुत मुश्किल होगा।"

पाली स्वयं सबको गिन चुका था, परन्तु केवल उन्हें छेड़ने के लिए शोशा छोड़ दिया था। बेचारी औरतें घबरायी हुई थीं। वे बार-बार सबको गिन रहीं थी। वे कुछ इस तरह परेशान थीं कि उनसे ठीक तरह से गिना भी नहीं जाता था।

जब लोग थके-हारे श्री दरबार साहब के पास बनी गुरु रामदास की सराय में पहुँचे। मालूम हुआ कि कोई भी कमरा खाली नहीं, बल्कि हाल में भी आलमारी तक न मिल सकी। सब लोग बरामदे में एक किनारे ही ढेर हो गये। शरीर चूर-चूर हो रहे थे। औरतों के सिरों पर ठिकाने से दुपट्टे भी नहीं ठहरते थे। पसीना इस तरह छूट रहा था कि उन्हें सलवारों के पायचें ऊपर घुटनों तक खींचकर पिण्डलियों की नुमाइश करनी पड़ रही थी।

पालीसिंह कमरा न मिलने से झल्ला रहा था। उसके होते हुए सबको इतना कष्ट हो, वह सहन न कर सकता था। किसी में भी तो इतनी हिम्मत नहीं थी कि उठकर घूम-फिर सके। हाँ, पाली एक बार पुन: मैनेजर की खिड़की के पास पहुँचकर उनसे झगड़ने लगा—"मैनीजर साहब!"

मैनेजर पहले ही से परेशान था, कोई उत्तर न दिया।

"अजी मैनीजर साहब! हमारी भी सुनिये!"

मैनेजर ने ऐनक सँभालते हुए कहा—"हाँ जी, आप भी सुनाइये! क्या सुनाना चाहते हैं!"

पाली को मैनेजर का यह व्यवहार बिलकुल पसन्द न आया। क्रोध को दबाते हुए उसने कहा—"हमारे साथ बहुत-सी औरतें हैं। हमें ज़रूर कमरा मिलना चाहिए!"

मैनेजर चीख़ उठा—"भाई जी, औरतें तो सभी के साथ हैं!"

मैनेजर खासा उजड्ड आदमी मालूम होता था। वास्तव में वह इस योग्य भी नहीं था कि उसे लोगों की सेवा पर नियुक्त किया जाये।

पाली मन-ही-मन उबालें खा रहा था। वह मुँह से कुछ न बोला, परन्तु क्रोधपूर्ण नज़रों से मैनेजर की ओर इस प्रकार देख रहा था, जैसे उसे खा ही जायेगा। मैनेजर बेचारा भी निर्दोष था, परन्तु उसके स्वभाव में ठहराव तो होना ही चाहिए था...। चुप रहने की अपेक्षा उसने उत्तेजित होकर कहा—"अब खिड़की के सामने से तो हट जाओ। मैं क्या करूँ जो तुम्हारे साथ औरतें हैं?...और यह घूर-घरकर क्या देखते हो! यह रोब कहीं और झाड़ना।"

पाली ने खिड़की की सलाखें मज़बूती से पकड़ लीं—"ज़रा बाहर आओ न!"

"बाहर क्या बिगाड़ लोगे मेरा?"

"ज़रा आओ तो—बताऊँ तुम्हें!"

अभी यह तू-तू-मैं-मैं हो ही रही थी कि सरनो का भाई भागा-भागा आया।

"पाली! पाली!! आओ भई, कमरा मिल गया है!"

पाली को आश्चर्य हुआ। इसी बात पर तो मैनेजर से उसका झगड़ा हो रहा था, उन्हें कमरा कहाँ से मिल गया?

सरनो का भाई यह बात कहकर तुरन्त वापस चल दिया। क्षण-भर के लिए तो पाली वहीं-का-वहीं खड़ा रहा, फिर लपककर उससे जा मिला।

"कैसे मिल गया कमरा?"

"हमारे वाकिफ़ हैं एक! बस उन्होंने ही बन्दोबस्त कर दिया है।"

मैनीजर कहता है, कोई कमरा खाली नहीं। तुम कहते हो कमरा मिल गया है?"

"अरे भई, हम उन्हीं के यहाँ ठहरेंगे।"

"किनके यहाँ?"

"अब तुम क्या जानो...तुम उन्हें नहीं जानते! एक हैं पृथ्वीपाल सिंह..."

"वह लफ़्टैन पृथ्वीपाल सिंह?"

"हाँ...उनके घर के लोग भी इसी जगह ठहरे हुए हैं।...आजकल वह छुट्टी पर आया हुआ है ना। उसकी भाभी हमें जानती है। उसे जब पता चला कि हमें कोई कमरा नहीं मिला तो सबको अपने कमरे में ले गयी। अब ख़ूब मज़ा रहेगा..."

परन्तु पाली के लिए इसमें मज़े की कोई बात न थी। उसे पृथ्वीपाल सिंह के नाम से ही चिढ़ हो गयी थी, परन्तु इसमें धरवालों का भला क्या दोष था। यदि वह उनके लिए कमरे का प्रबन्ध कर देता तो वे काहे को वहाँ जाते! ख़ैर, अब जो होना था सो हो चुका। पाली सिर झुकाये उसके साथ हो लिया।

कमरे के दरवाज़े पर ही उसे एक सुन्दर नौजवान दिखायी दिया। उसने अनुमान ही से पहचान लिया कि वही पृथ्वीपाल सिंह है...काफ़ी समय से वह उसका नाम सुनता आया था। अब आमना-सामना जो हुआ तो उसने उसे सर से पाँव तक भेदती हुई दृष्टि से देखा।

पृथ्वीपाल सिंह उसी की तरह लम्बा-तगड़ा नौजवान था। रंग उसकी अपेक्षा काफ़ी साफ़ था। दाढ़ी के बाल हलके भूरे रंग के थे। शायद इसी कारण से उसका रंग काफ़ी गोरा दिखायी देता था। उसकी सुन्दरता की जो प्रशंसा उसने सुनी थी, निस्सन्देह वह ग़लत नहीं थी। तीखे नयन-नक्श, बड़ी-बड़ी आँखें, दाढ़ी बैठी हुई, सिर के बाल बहुत साफ़ और मुलायम! इस समय वह नंगे सिर खड़ा था। बँधी-बँधाई पगड़ी उसके हाथ में थी। शायद अभी-अभी बाहर से आया था। बँधी हुई पगड़ी से यह बात प्रकट होती थी कि वह सिख सैनिकों की तरह दुहरी पगड़ी बाँधता था और यह ढंग देहातियों से सर्वथा भिन्न था। उसके गरेबान के बटन खुले थे और सफ़ेद कमीज़ तथा खाकी पतलून उस पर बहुत सज रही थी।

जब पृथ्वीपाल सिंह से पाली का परिचय कराया गया, तो पृथ्वीपाल सिंह ने सिर को ज़रा हरकत दी और शिष्टतापूर्वक हँसकर हाथ बढ़ा दिया। पाली ने उसका हाथ अपने हाथ में ले लिया। क्षण-भर के लिए दोनों की नज़रें मिलीं। पाली को उसके असाधारण व्यक्तित्व का अनुभव तो हुआ, परन्तु इसके साथ ही उसे यह भी महसूस हुआ कि उसके प्रतिद्वन्द्वी के हाथों की हड्डियाँ अधिक मज़बूत नहीं और त्वचा भी काफ़ी मुलायम है।

कमरे में बहुत से लोग ऐसे भी बैठे थे, जिन्हें पाली ने इससे पहले कभी नहीं देखा था। थोड़ी देर बाद औरतों की काँय-काँय पुनः शुरू हो गयी। छोटा-सा कमरा था, रोशनदान नहीं था, केवल एक खिड़की थी, इसलिए प्रकाश बहुत कम था। धुँधले प्रकाश में बैठी स्त्रियाँ संसार की प्रत्येक बात से निश्चिन्त गप्पों में मगन थीं। पाली कोने में बिछी एक टूटी-सी कुर्सी पर बैठ गया। उसकी नज़रें सरनो को ढूँढ़ रही थीं। उस समय वह कमरे के सबसे अन्धकारमय कोने में बैठी थी। वह कुछ न जान पाया कि इस समय उसके मुख पर कौन से भाव विराजमान हैं या वह किस ओर देख रही है। पृथ्वीपाल सिंह अभी तक दरवाज़े में खड़ा था। उसके मुलायम बालों का बड़ा-सा जूड़ा एक ओर ढलक रहा था। वह केवल सुन्दर ही नहीं था, बल्कि उसकी सूरत से अफसरी शान टपकती थी। पाली उससे प्रभावित न हुआ था। फौजी वर्दियों से उस पर कुछ रोब न पड़ सकता था। उसके देखते-देखते पृथ्वीपाल सिंह ने दरवाज़े से गुज़रनेवाले कुछ पुरुषों तथा स्त्रियों से बातचीत की। उसका विशेष रूप से सिर को एक ओर झुकाना, उसका बड़े भोलेपन से आँखें झपकाना, धीमे स्वर में मीठी-मीठी बातें करना, कभी-कभी हलकी-सी हँसी हँसना...देखनेवालों को यह सब बहुत भला लगता था, परन्तु पालीसिंह गर्दन अकड़ाये कुछ अभिमान से उसकी ओर देखता

रहा। उसे उसकी प्रत्येक हरकत में बनावट और मुस्कराहट में ज़हर घुला मालूम हो रहा था। कौन जाने उसका अनुमान ठीक था अथवा अपना काल्पनिक दुश्मन बना लेने के कारण वह उससे घृणा करने लगा था।

पृथ्वीपाल सिंह दरवाज़े से हटकर भीतर चला आया। जिन्दा ने उसे निकट की चारपाई पर बैठते देखकर कहा—"बेटा पृथ्वीपाल! तुम कब आये!"

"जी, बस तीन-चार दिन ही हुए हैं।"

"अभी रहोगे न यहाँ?"

"जी हाँ, दो-चार दिन रहूँगा। दस दिन की छुट्टी पर आया था। सोचा, चलो अमृतसर की दीवाली ही देखते चलें...यहाँ आकर पता चला कि असली दीवाली कल रात मनायी जायेगी। अब पछता रहा हूँ कि खामुखाह एक दिन पहले चला आया। बेबे ने घर पर मुझे बताया ही नहीं।"

"क्या बुरा है, बेटा! कल घूम-फिरकर दरबार साहब के दर्शन करना। रोज-रोज कौन आता है। अच्छा ही है, इस तरह कभी-कभार किसी-न-किसी बहाने रौनक मेला हो जाता है।"

"जी!" यह कहकर पृथ्वीपाल ने सिर झुका लिया।

मालूम होता था कि जिन्दा उससे और बातें करना चाहती थी। कुछ और नहीं सूझा तो कहने लगी—"इतने दिनों से तुम आये हुए हो। भला हमसे क्यों नहीं मिले? बहन, तुमने ही भेज दिया होता बेटे को।"

"शर्माता है। मैं तो हमेशा कहती रहती हूँ कि कम-से-कम प्यार-मुहब्बतवाली जगह तो जाया करो।"

पाली को इन सब बातों से बहुत कष्ट हो रहा था। अन्य लोग तो उससे मुलाकात हो जाने से प्रसन्न थे कि सिर छिपाने को कमरा मिल गया, परन्तु पाली को बहुत निराशा हो रही थी। बल्कि उसके विचार में तो रंग में भंग पड़ चुका था।

सन्ध्या हो गयी। धीरे-धीरे अन्धकार बढ़ने लगा। सबने गुरु के 'लंगर' से रोटियाँ खायीं। फिर बातचीत चलने लगी। एकाएक जिन्दा ने सिर उठाकर कहा—"भला, कोई इनसे पूछे कि तुम बूढ़ों की तरह कमरे में बेकार क्यों बैठे हो? जाओ, जाकर दरबार साहब में माथा टेक आओ। अकाल तख़्त में शस्त्र दिखाये जायेंगे। जाओ, उन्हें देखो...भई, हमारा क्या है, हम ठहरे बूढ़े! थक गये हैं। अब कल ही दर्शन करेंगे और माथा भी टेकेंगे। हाँ, और क्या करें।"

अतएव ताबाँ, सरनो, जिन्दा की देवरानियाँ, पृथ्वीपाल सिंह और उसकी भाभी तथा पाली आदि जाने को उठ खड़े हुए। रास्ते में पृथ्वीपाल सिंह सरनो के भाइयों और पाली से अपने विशेष ढंग से बातें करता रहा, यह बात बिलकुल स्पष्ट थी कि वह उससे सर्वथा भिन्न था, इसलिए बातें तकल्लुफ़ की सीमा से आगे न बढ़ सकीं।

अवसर पाकर पाली ने अपनी भाभी के कान में कहा—"भाभी, यह कमबख़्त न जाने कहाँ से टपक पड़ा। देखो तो, बना-बनाया खेल बिगड़ गया...

ताबाँ ने हाथ झटककर कहा—"सब्र तो करो! यूँ ही आपे से बाहर हुए जाते हो!"

पाली की आशा के विरुद्ध ताबाँ ने भी खुश्क-सा उत्तर दिया। इस पर वह कुछ दुःखी हो गया।

वे लोग सराय से ही नंगे पाँव चल दिये थे। लोग अलग-अलग टोलियों में खड़े किसी वक्ता का भाषण या रागियों के जत्थे का कीर्त्तन सुन रहे थे। वे सरसरी तौर पर उनकी ओर देखते हुए आगे बढ़ते गये। यहाँ तक कि वे पवित्र तालाब के किनारे पहुँच गये।

तालाब के बीच में सुनहरे रंग की इमारत खड़ी थी। आज भी थोड़े-बहुत बिजली के लट्टू लगाये गये थे। वह ये सुनहरी इमारत जिसे 'हर मन्दिर' या दरबार साहब कहते थे, सोने की डली जैसी दिखायी दे रही थी। पाली के अतिरिक्त वे सभी इधर-उधर की बातें करते तालाब के किनारे-किनारे चलने लगे। पाली का सिर झुका हुआ था। वह सबके बढ़ते हुए पाँवों की ओर देख रहा था। पृथ्वीपाल सिंह के पाँव उसकी अपेक्षा अधिक उजले थे, छोटे थे और अँगुलियों के नाखून सफाई से कटे हुए थे।

उसने देखा कि उसके अपने पाँव तथा सरनो के पाँव में कोई चीज़ सामान्य नहीं थी, अलबत्ता पृथ्वीपाल सिंह और सरनो के पाँव में समानता अवश्य थी।

पाली सिंह की तबीयत निस्सन्देह बदमज़ा हो गयी थी। यदि वे अकेले होते तो कितना आनन्द आता! तब वही सब पर छाया होता। जैसे कि गाँव से लेकर स्टेशन तक उसी का व्यक्तित्व सबकी नज़रों का केन्द्र बना रहा था। परन्तु पृथ्वीपाल सिंह की उपस्थिति में वह स्वयं ही अपनी नज़रों में तुच्छ हुआ जा रहा था। पृथ्वीपाल सिंह के वस्त्र, उसकी चाल, बात करने का ढंग और कोमल स्वर अर्थात प्रत्येक चीज़ बिलकुल उसके विपरीत थी...वे नमदार फर्श पर फूलों की पंखड़ियाँ पाँव तले कुचलते हुए दरबार साहब के भीतर जानेवाले पुल पर हो लिये।

पृथ्वीपाल सिंह को अनुभव हुआ कि उन सब में केवल एक व्यक्ति बहुत ही बुझा-बुझा-सा दिखायी दे रहा है। उसने बड़े ध्यान से पाली की ओर देखा। उसने महसूस किया कि वह असली देहाती, उजड्ड, गँवार और बुरे चरित्र का व्यक्ति है। इसके बावजूद पृथ्वीपाल सिंह ने बड़े भद्र ढंग से हँसकर कोमल स्वर में उससे पूछा—"आप तो बिलकुल चुप हैं।"

पृथ्वीपाल सिंह के इन शब्दों में कोई ऐसी बात नहीं थी, जिससे बुरा माना जा सकता, फिर भी पाली को बहुत क्रोध आया और वह क्रोध को छिपा भी नहीं सका और न ही उसको छिपाने का प्रयत्न ही किया। उसके प्रश्न के उत्तर में उसके चेहरे

पर घृणा के लक्षण उत्पन्न हो आये और वह होंठों-ही-होंठों में कुछ बड़बड़ाकर रह गया।

परन्तु पृथ्वीपाल सिंह ने बुरा नहीं माना। वह अपनी सरल तथा मनोहर हँसी हँसकर दूसरी ओर देखने लगा।

दरबार साहब के भीतर पहुँचकर सबने गुरु-ग्रन्थ साहब के सामने बड़ी श्रद्धा से माथा टेका, परन्तु पाली उस समय परमात्मा से भी बिगड़ा हुआ था, इसलिए उसने सिर तो झुकाया, परन्तु माथा फर्श पर लगाने के पूर्व ही सिर उठा लिया।

दरबार साहब के भीतर किसी प्रकार का शोर नहीं था। ग्रन्थ साहब के ऊपर रंगीन और रेशमी रूमाल पड़े थे। फूलों की भीनी-भीनी सुगन्ध, पैसों की हलकी-हलकी झंकार और रागी जत्थे की लय गूँज रही थी। पृथ्वीपाल सिंह ने हँसकर साथियों से कहा—"गुरु के घर में कितनी शान्ति है। हर तरफ़ ही आनन्द-ही-आनन्द। जी चाहता है आदमी यहीं गुरु के चरणों में पड़ा रहे..."

उसका कोमल और मीठा स्वर सुननेवालों के कानों में शहद घोलता रहा।

"अच्छा! आइये, अब शस्त्र देखने चलें।"

अकाल तख़्त पर पहुँचकर वे भीड़ में घुस गये। यहाँ सिख गुरुजनों तथा पूर्वजों के शस्त्रों की नुमाइश की जाती थी। पाली सरककर साथियों से अलग हुआ और ज़रा हटकर खड़ा हो गया। आख़िर शस्त्रों की नुमाइश आरम्भ हुई। एक लम्बा-तड़ंगा सिख जिसकी लहराती हुई काली दाढ़ी उसकी नाभि तक पहुँचती थी ज़मीन से हाथ-भर ऊँचे तख़्त पर खड़ा हो गया। एक व्यक्ति कोई शस्त्र झाड़न से पोंछकर उसकी ओर बढ़ाता। वह उसे हाथ में लेकर कहता—"यह सिरी साहब (तलवार) सिरी गुरु गोविन्दसिंह जी महाराज की है।"

"यह अठारह सेर का खेड़ा सिरी गुरु गोविन्दसिंह जी महाराज का है।"

"ये तीर दसवें पिता सिरी गुरु गोविन्दसिंह जी महाराज के हैं। देखिये, इनके पिछले कोने पर सोना लगा हुआ है। यह इसलिए लगाया गया था कि जो आदमी हुज़ूर के तीर का निशाना बने, इस सोने की कीमत से उसके कफ़न-दफ़न का प्रबन्ध हो सके।"

"यह सिरी साहब, सिरी गुरु..."

पाली एक कोने में खड़ा अपने साथियों की ओर देख रहा था, जिनमें उसकी भाभी, सरनो, उसके भाई, पृथ्वीपाल सिंह और अन्य लोग खड़े थे। सरनो अब भी आदत के अनुसार लजा-लजाकर हँस रही थी। वे दोनों पास-पास खड़े थे। पाली को यूँ महसूस होने लगा, जैसे वे दोनों एक-दूसरे के लिए ही बनाये गये हों और वह स्वयं एक फालतू व्यक्ति हो। कभी-कभी पृथ्वीपाल सिंह सिर झुकाकर मनोहर ढंग

से मुस्कराते हुए न जाने क्या कहता कि सुननेवालों के होंठों पर मुस्कराहट खेलने लगती। वे सब उसका बहुत आदर करते थे। उसे 'लफ़्टैन' समझते थे।

रात के समय जब सब लोग सोने के लिए सराय की छत पर पहुँचे, तो बड़ी कठिनता से केवल स्त्रियों के लिए ही चारपाइयों का प्रबन्ध हो सका। अब सारा प्रबन्ध पृथ्वीपाल सिंह को सौंप दिया गया था। पुरुषों को चारपाइयाँ नहीं मिली थीं, इस पर भी स्त्रियाँ आपस में कह रही थीं—"भला हो पृथ्वीपाल सिंह का, अगर वह न होता तो भला ऐसी भीड़ में हमें चारपाई कैसे मिलती?"

"बहन, इसे सब मानते हैं ना। न जाने सकत्तर (प्रबन्धक) के पास जाकर इसने क्या गिट-पिट की कि उसने झट चारपाइयाँ दे दीं।"

"लफ़्टैन है ना लफ़्टैन!"

पाली यह सुनकर मन-ही-मन पेंच-ताव खा रहा था। उसका जी चाहता था कि तुरन्त पृथ्वीपाल सिंह का टेंटुआ दबोचे और बटेर की तरह उसकी गर्दन मरोड़ डाले।

पृथ्वीपाल सिंह के घरवालों की चारपाइयाँ परले कोने में बिछी थीं। स्वयं पृथ्वीपाल सिंह ने अपने लिये भी एक बड़ी-सी चारपाई का प्रबन्ध कर लिया था। वह अपने उजले बिस्तर पर बड़ी शान से बैठा था। सरनो के घरवालों का ध्यान भी उसी की ओर था। इधर उसकी माँ और भाभी की चारपाइयाँ थीं। भाभी के बिस्तर पर इस समय दो बच्चे सो रहे थे। अभी सब लोग पृथ्वीपाल सिंह के घरवालों से बातचीत कर रहे थे। पाली ने सबसे अलग छत के सिरे पर बने सीमेण्ट के चबूतरे पर अपनी मैली चादर बिछा ली थी। तकिया उसने कभी इस्तेमाल नहीं किया था। बहुत हुआ तो सिर के नीचे बाज़ू रख लिया। उसकी कानों में सबकी बातें और क़हक़हों की आवाज़ें आ रही थीं। वह सितारों के धुँधले प्रकाश में छत पर यहाँ-वहाँ बिछे बिस्तरों पर बैठी-लेटी स्त्रियों, पुरुषों और बच्चों को अर्थहीन नज़रों से देखता रहा।

सुबह हुई तो अवसर पाकर उसने भाभी पर अपना सन्देह प्रकट किया। पहले तो उसने हँसकर टाल दिया, परन्तु जब पाली ने ज़रा ज़ोर देकर कहा कि दाल में ज़रूर कुछ काला है, तो ताबाँ ने इस सम्बन्ध में गम्भीरतापूर्वक विचार करने की कोशिश की। मालूम होता था कि स्वयं उसे भी पृथ्वीपाल सिंह पसन्द था। पसन्द का अर्थ यह नहीं कि उसे उससे प्रेम था, बल्कि वह उसके व्यक्तित्व से बहुत प्रभावित हुई थी और उसे वह बहुत सभ्य नौजवान दिखायी देता था। उसे पाली की इस बात पर विश्वास नहीं था कि पृथ्वीपाल को सरनो से प्रेम हो गया है या वह उसे फुसलाना चाहता है। उसने पाली को समझाना चाहा—"पाली! तुम यूँ ही जलते हो उससे। वह तो है ही हँसमुख। सबसे हँस-हँसकर बातें करता है। तुमने उसका कुछ और ही मतलब निकाल लिया है।"

पाली का सन्देह न मिटा तो ताबाँ ने हँसकर कहा—"अच्छा, तो आज रात ताल (तालाब) के किनारे बैठना, मैं सरनो को तुम्हारे पास ले आऊँगी। अगर हो सका तो कुछ देर के लिए मैं उसे तुम्हारे पास अकेली भी छोड़ दूँगी।"

रात हुई तो श्री दरबार की दीवारों और छत पर बिजली के अनगिनत नन्हें-नन्हें लट्टू जगमगाने लगे। प्रकाश की जगमगाहट से सुनहरी इमारत दहकते हुए अँगारे-जैसी दीखने लगी।

भाभी से तय करके वह तालाब के किनारे एक विशेष स्थान पर जा बैठा और सरनो की प्रतीक्षा करने लगा। एक-एक क्षण एक-एक वर्ष से कम नहीं था। पाली जानता था कि वह नहीं आयेगी। यदि धोखे से आ भी गयी तो उसे दूर ही से देखकर लौट जायेगी।

परन्तु उसका विचार ग़लत सिद्ध हुआ। थोड़े समय के बाद उसने देखा कि सरनो उसकी भाभी के साथ चली आ रही थी। उसने दूर से देख भी लिया परन्तु वह भागी नहीं। निकट पहुँचते ही ताबाँ ने आँचल लहराकर कहा—

"लो भई, ले आयी हूँ तुम्हारी सरनो को..."

भाभी के इस वाक्य पर पाली का हृदय धड़क उठा। वह घबराये हुए स्वर में कुछ कहने ही को था कि वह पुनः कह उठी—"लो सरनो! अब पूछ लो! कहता था कि सरनो मुझसे नाराज़ है ठीक तरह से बोलती नहीं। मैं भी नहीं बोलूँगा।" कहते-कहते धड़ाम से उसके पास बैठ गयी और अपने साथ सरनो को भी बिठा लिया। सरनो बेचारी केवल लज्जित ही नहीं थी बल्कि कुछ भयभीत भी थी। आँचल का किनारा मरोड़ते हुए उसने दबी-दबी नज़रों से पाली की ओर देखा। उसके होंठ फड़के...

"पाली...भइया, मैं तुमसे नाराज़ तो नहीं हूँ। तुम तो यूँ ही ख़फ़ा हो गये हो..."

"ऐ लो..." ताबाँ ने एक ओर देखकर कुछ इस प्रकार कहा, जैसे उसने अपनी किसी सहेली को देख लिया हो—"भई, मैं अभी आयी," कहकर वह चम्पत हो गयी। पाली बेचारा स्वयं घबरा रहा था। उसने टूटे-फूटे शब्दों में कुछ कहा। फिर चारों ओर फैले हुए प्रकाश में सरनो की मदमाती आँखों की ओर चुपचाप देखने लगा।

सरनो को यह मा़लूम होते ही कि पाली उससे नाराज़ नहीं, बड़ी प्रसन्नता हुई और वह फिर वही सरनो थी और वही उसकी हँसी।

एकाएक पाली ने गम्भीरतापूर्वक कहा—"सरनो, तुम मुझे बहुत याद आती हो। तुम्हारी कोई निशानी मेरे पास होनी चाहिए और मेरी कोई निशानी तुम्हारे पास ..."

इस पर सरनो मौन हो गयी। ताबाँ वापस चली आ रही थी। सरनो चाहती तो उसका कुछ-न-कुछ उत्तर दे सकती थी, परन्तु उसने उत्तर देने में बहुत देर कर दी।

वे दोनों थोड़ी देर उसके पास बैठी इधर-उधर की बातें करती रहीं, फिर जब वे उठकर चली गयीं तो पाली एक विशेष प्रकार की आशा-निराशा में घिर गया।

उसकी नज़रों के सामने तालाब का पानी था जो उस समय काले रंग का दिखायी देता था। उसकी गहराई का कुछ पता न था। पानी का स्तर शान्त था। कभी वायु के किसी हलके-से झोंके के साथ कोई भूली-भटकी लहर प्रकाश की झिलमिलाहट अपने कन्धों पर उठा ले आती और तुरन्त ही गुम हो जाती ...फिर वही शान्त स्तर, वही अथाह गहराइयाँ...

अपनी धुन में उसे आसपास की कुछ सुधि न रही। यहाँ तक कि उसे एक 'सेवादार' ने कन्धे से झंझोड़कर उठा दिया।

उसने देखा कि कुछ व्यक्ति 'शब्द' गाते हुए चले आ रहे हैं। वे मानो चौबीस घण्टे की 'वाणी' का निचोड़ लेकर हर मन्दिर साहब से निकले थे और तालाब का चक्कर काट रहे थे। उनके आगे-आगे इकहरे शरीर का एक सिख अपनी करारी आवाज़ में "सावधान! सावधान!" कहता चला आ रहा था।

जब इर्द-गिर्द के लोगों ने श्रद्धापूर्वक सिर झुका लिये और उन गुरु-सिखों के आगे दूध के प्याले रखे, तो पाली उनकी ओर ध्यान दिये बिना टहलता हुआ परे निकल गया।

आठ

□□

दीवाली के दिन जो शंका पाली के मन में उत्पन्न हुई थी वह किसी-न-किसी प्रकार बनी रही, मिट न सकी।

दिन व्यतीत होते गये।

पालीसिंह के दैनिक क्रम में कोई अन्तर न आया। वही बेकारी के दिन, खाना-पीना, मित्रों के जमघटें, वही गन्दे लतीफे, अश्लील गीत और इन सब चीज़ों के साथ हृदय में एक दबी-दबी-सी कसक। एक मौन आह! घुन की भाँति भीतर-ही-भीतर खा जानेवाली वेदना!

औरत उसके लिए कोई नयी चीज़ नहीं थी। वह कई औरतों से सम्बन्ध स्थापित कर चुका था। उसने स्त्री-जाति के साथ कभी अधिक विशेषताएँ नहीं जोड़ी थीं। वह औरत को बस औरत समझता था। उसका ख़्याल था कि औरत की छातियाँ ख़ूब उभरी हुई और रानें भरपूर होनी चाहिए—और यह कि स्त्री पुरुष ही के लिए ही उत्पन्न हुई है। दिन भर के सिरतोड़ परिश्रम और जीवन के झमेलों से टक्कर लेने के बाद थक-थकाकर किसी पली हुई औरत को खींचकर अपनी गोद में ले लेना...

उसकी मज़बूत अँगुलियों की पकड़ लोहे के जम्बूर की तरह सख़्त थीं। उसके चँगुल में फँसी हुई औरत बच नहीं सकती थी। नारी जाति के साथ उसकी प्यार की हरकतें भी काफ़ी सख़्त होती थीं। वह मन-पसन्द औरत की नाज़ुक कलाई एक हाथ से मज़बूती से पकड़ लेता और स्वयं एक स्थान पर जमकर खड़ा हो जाता। औरत की खींच-तान, छीना-झपटी और हाथ-पाँव मारने के बावजूद वह खूँटे की तरह अपनी जगह पर जमा रहता। हँस-हँसकर अपने दाँतों में ठुकी सोने की कील का प्रदर्शन करता...और आख़िर वह लचकती, मचलती, तड़पती और भड़कती औरत को इस प्रकार शान्त कर देता, जैसे कोई किसी वस्तु के बीच मोटी कील ठोंककर ज़मीन में जड़ दे...परन्तु यहाँ वह विवश था।

गाँव की पाँच-सात दुकानों में एक दुकान उसके मित्र ख़ैराती की भी थी। ख़ैराती भी एक मलंग नौजवान था हालाँकि उसके घर की हालत इस मलंगी की आज्ञा नहीं

देती थी। वह स्वयं इकहरे शरीर का कुरूप-सा व्यक्ति था परन्तु आवाज़ बहुत बारीक और सुरीली पायी थी उसने। गाँव भर में केवल नवाब ही उससे अच्छा गा सकता था। नवाब की आवाज़ ज़रा भारी थी परन्तु उसमें अत्यधिक लोच और दर्द था।

घरवालों के कहने पर ख़ैराती ने दुकान खोल रखी थी, जिसमें गाँव की अन्य दुकानों की तरह लगभग प्रत्येक वस्तु मौजूद थी। परन्तु उसका सौदा कम ही बिकता था क्योंकि शर्बत और अर्क कई वर्षों के पुराने थे, मसालों में कीड़े, अचार में चूहे अर्थात् प्रत्येक वस्तु में कोई-न-कोई ख़राबी मौजूद थी। हाँ, यदि कोई चीज़ बिकती थी तो हड़ का मुरब्बा। न जाने हड़ का मुरब्बा बनाने की तरकीब उसे कहाँ से मालूम हो गयी थी कि शीरे में डूबी हुई हड़ें छोटे अखरोट के बराबर फूली होती थीं। हड़ का ऐसा मुरब्बा तो शहर में भी कहीं नहीं मिलता था। एक तो मुरब्बा इतना अच्छा था, इस पर गाँव का इकलौता हकीम अली असगर, जो उसके गहरे मित्रों में से था, प्रत्येक रोगी को अवश्य हड़ के मुरब्बे का सेवन करने को कहता। हड़ के मुरब्बे के साथ चाँदी के वर्कों की सिफारिश भी की जाती। आसपास के गाँवों में अली असगर की हक़ीमी चलती थी। परिणामस्वरूप ख़ैराती की हड़ें ख़ूब बिकतीं, जो माल तैयार होता तुरन्त निकल जाता। इस तरह ग्राहकों को भी ताज़ा माल मिलता— यदि किसी के पाँव में भी मोच आ जाती तो ख़ैराती को विश्वास हो जाता कि उसकी टके की हड़ें तो अवश्य बिक जायेंगी।

कभी जब जी में आता, वह जलेबियाँ और पकौड़े तलने लगता। उस दिन काफ़ी पैसे उसके हाथ लग जाते। गाँव में पकौड़े और चटनी या जलेबियाँ खाने को कहाँ मिलती हैं। जिस दिन वह कड़ाही आग पर रखता, गाँव भर में ख़बर फैल जाती। हर कोई थोड़ा-बहुत सामान ज़रूर ख़रीद लेता। बच्चे तो जलेबियाँ और पकौड़ों के पीछे बावले हो जाते थे। यदि पैसे न मिलते तो थोड़ा-बहुत गेहूँ ही लिये चले आते। गाँववाले जलेबी को जलेब कहते थे। कड़ाहे में से उठती हुई तेल या घी की महक सूँघकर ताया हरप्रसाद और कर्मदीन जैसे बूढ़े भी हुक्के उठाये और तहबन्द लहराते पास के चबूतरों पर पाँव के बल आ बैठते। ख़ूब मज़े ले-लेकर बातें करते। जल्दी-जल्दी कश ले नथुनों से धुआँ उड़ाते और नज़रें जलेबियों पर जमाये रहते।

शीतकाल में 'लोहड़ी' से पन्द्रह-बीस दिन पहले एक सन्ध्या को लोगों ने देखा कि ख़ैराती ने अपनी दुकान के सामने भट्ठी में आग जलाकर घी का कड़ाहा चढ़ा दिया है।

राह चलते आदमी रुककर पूछते—"क्यों, भई ख़ैराती, जलेब?"

"हाओ भ्रा जी (हाँ भाई साहब)!"

और फिर वे लोग कहीं पास के चबूतरों पर बैठ जाते। जंग के कारण मैदे की बहुत तंगी हो गयी थी, इसलिए अबके कड़ाहा बहुत दिनों के बाद चढ़ाया गया था।

अतएव थोड़ी देर में बहुत से लोग वहाँ एकत्रित हो गये। ख़ैराती 'पूर' निकालते ही पत्तों में डाल-डालकर बाँट देता। किसी से कुछ कहने सुनने की आवश्यकता न थी। वे सब पेट भरकर खाते और फिर उनमें से हर एक अपनी समझ और अनुमान से जितने पैसे दे देता, वह रख लेता। कभी किसी प्रकार की बक-झक न होती थी। घरों से बच्चे भी भाग आते। उन्हें भी जलेबियाँ मिलती रहतीं।

पाली भी वहाँ मौजूद था। जब से वह गाँव में आया था उसके लिए यह पहला अवसर था। सब लोग हुक्का गुड़गुड़ाने और बातें करने के साथ-साथ ख़ैराती को भी देख रहे थे। आवश्यकता अनुभव करने पर अपने बहुमूल्य मशविरे भी दे देते।

ग्रामीण वातावरण में पला हुआ ख़ैराती भी बड़े आराम से काम करता रहता। उसे ग्राहकों की चिन्ता नहीं थी। वे तो पहले ही से वहाँ मौजूद थे, इसलिए भट्ठी में मोटी-सी-लकड़ी घुसेड़कर वह रुक जाता और सिर खुजाने लगता। फिर कड़ाहे में घी उँड़ेलकर अपनी छोटी-सी चोटी को मरोड़ने लगता या कोई अन्य छोटा-मोटा काम कर खुसिये खुजाने लगता। हर कोई उसकी इस प्रकार की किसी भी हरकत पर सहनशीलता का प्रमाण देता, हाँलाकि हर किसी का जी यही चाहता था कि शीघ्र-से-शीघ्र कड़ाहे से जलेब निकले और वह खाये।

यूँ तो गाँव का हर शौकीन मिज़ाज—और कौन ऐसा था जो जलेबियों के मामले में शौकीन मिज़ाज न हो—वहाँ उपस्थित था, केवल कर्मदीन की कमी थी। अचानक जो वह उधर से निकला तो कदम रुक गये। हुक्के की नै होंठों से अलग हो गयी। अब वह केवल नाक ही से नहीं बल्कि मुँह से भी घी में तली जा रही जलेबियों की सुगन्ध सूँघने लगा...हुक्के की चिलम के साथ लटकी हुई चिमटी झूलती रही...उसकी नीचे को गिरी हुई लम्बी, फैली-फैली मूँछों में क्षण-भर के लिए हरकत हुई...

ऐसे अवसर पर हरप्रसाद कैसे चूकनेवाला था। तुरन्त अवाज़ा कसा—"बैठ, बे बाबा। खड़े-खड़े क्या देखता है? तैयार हो जायेंगे तो तुझे भी मिल जायेंगे..."

कर्मदीन ने मुस्कराकर नै फिर दाँतों में दबा ली और मन-ही-मन हरप्रसाद के हमले का उचित उत्तर सोचने लगा।

हरप्रसाद ने उसे चुपचाप एक ही स्थान पर जमे खड़े देखा, तो साथवाले आदमी को कुहनी से टहोका देते हुए बोला—"देखो, अब बाबा इस जगह से हिल न सकेगा!"

कर्मदीन जल्दी-जल्दी कश खींचकर धुआँ छोड़ने लगा...इस समय न जाने क्यों उसे कहने के लिए कोई बात न मिल रही थी। हरप्रसाद ने चोट-पर-चोट जारी रखी—"बाबा, जलेब देखे और फिर चल दे...अरे तौबा!"

कर्मदीन ने ढीठ बनकर एक चबूतरे पर डेरा जमाते हुए उत्तर दिया—"और बेटा! तुम जो सुबह ही से यहाँ बैठे हो,सो?"

हरप्रसाद ने सुनी-अनसुनी करते हुए लोगों से कहना शुरू किया—"छुटपन में भी इसकी ऐसी ही आदतें थीं। लो, अब तुम्हें एक मज़ेदार बात सुनाऊँ..."

यह कहकर हरप्रसाद ने कनखियों से कर्मदीन की ओर देखा, जो इस वक़्त बेचैनी से पहलू बदल रहा था। वह ख़ूब समझ रहा था कि आज कमबख़्त हरप्रसाद पहलकर गया है इसलिए उसने दरकने (दब जाने) में विशेष हर्ज न समझा। बचपन के इन दोनों साथियों ने अनजाने ही में यह समझौता कर रखा था कि उनमें से यदि किसी एक को प्रधानता प्राप्त हो जाये, तो दूसरे को शान्तिपूर्वक सह जाना जाहिए।

बचपन की बात सुनाता हूँ। एक बार हम मेला देखने गये..."

कर्मदीन समझ गया कि अब वह कौन-सी बात सुनानेवाला है। वह स्वयं भी बड़े सन्तोष से हुक्का गुड़गुड़ाकर मुस्कराने लगा।

हरप्रसाद कहता गया—"हम दोनों के घरवाले भी साथ थे। इतने में मियाँ कर्मदीन सबका साथ छोड़कर खिसके और एक बूढ़े की तरफ़ बढ़े, जो उस वक़्त जलेब खा रहा था। जाते ही जनाब ज़बर्दस्ती उसकी गोद में जा बैठे और बड़े प्रेम और भोलेपन से कहने लगे, "तुम मेरे बापू हो ना!"

इस बात पर सब लोग हँस पड़े। नौजवानों ने अपनी पगड़ियाँ हवा में उछालीं। हरप्रसाद ने उसकी नकल उतारते हुए बड़ा विचित्र-सा मुँह बनाकर कहा—"जी चाहता है कि अब जो कर्मदीन जलेब खाने लगे तो चुपके से धोती समेटकर उसकी गोद में बैठ जाऊँ और कहूँ, मेरे बापू हो ना!"

हा...हा...हा!...अई...अई...अई...ओ हो...हो...हो...!...हुई...हुई...हुई!...की हँसी से सारा वातावरण गूँज उठा। इतने में जलेबियों का पहला 'पूर' निकल आया और कुछ लोगों में बाँट दिया गया।

इस प्रकार जलेबियों के साथ-साथ गरमा-गरम बातों और लतीफों का सिलसिला भी जारी रहा। पाली को जलेब बहुत पसन्द आये और उसके मित्र ख़ैराती ने भी कंजूसी से काम नहीं लिया। यह नये ढंग की महफिल पाली को इतनी पसन्द आयी कि वह सोचने लगा, जलेबियाँ अवश्य थोड़े-थोड़े दिनों के बाद बननी चाहिए। पाली भी अच्छी-अच्छी कहानियाँ कहने में गुरु माना जाता था। उसे सबने उकसाया और उसने अपनी छोटी-छोटी मूँछों को मरोड़ते हुए दो-चार बड़ी चटपटी बातें छेड़ दीं।

लोग उसकी बातों से बहुत आनन्दित हुए। पाली के बाद वे कर्मदीन के पीछे पड़ गये। आख़िर कर्मदीन भी इस विचार से तैयार हो गया कि बातों-बातों में ज़रा हरप्रसाद की भी ख़बर ले लेगा।

जब लोग कर्मदीन की बातें सुनने में मगन थे। पाली ने नज़रें उठायीं तो दूर से एक लड़की आती दिखायी दी। उसे उस पर तुरन्त सरनो का भ्रम हुआ परन्तु ज्यों ही वह निकट के मोड़ से घूमी उसका सन्देह जाता रहा।

यहाँ गाँव में आकर जब उसने पहले-पहल सरनो को देखा, तो उसे अपनी आशा से बढ़कर सुन्दर पाया था। उसके भीतर वह मनुष्य जाग उठा जो सब पड़ोसियों के साथ समझौता करके शान्तिपूर्वक पारिवारिक जीवन व्यतीत करना चाहता था। यद्यपि उसने इस स्थिति का स्पष्ट रूप से अनुभव नहीं किया था, परन्तु यह बात इस रूप से प्रकट हो चुकी थी कि वह बड़े शान्त ढंग से सरनो को अपनाना चाहता था। यदि कभी उसके मन में इस प्रकार का विचार उत्पन्न भी हुआ कि वह किसी-न-किसी प्रकार सरनो को भगा ले जाये तो उसने स्वयं ही इस विचार को ठुकरा दिया। किसी अज्ञात भावना के वशीभूत उसने मन में से अनुत्तरदायित्व की प्रवृत्तियाँ एक सीमा तक कम हो रही थीं। यूँ भी उसे इस बात की आशा थी कि सरनो से उसका विवाह हो ही जायेगा और स्वयं उसने इस बात का निश्चय भी कर लिया था कि उसे सरनो के माता-पिता की नज़रों में जँचने के लिए 'पुराने-पापियों' से ज़रा बचकर रहना होगा। परन्तु जब से उसने पृथ्वीपाल सिंह को देखा था, उसके मन में कई प्रकार की शंकाएँ उत्पन्न हो रही थीं। इसका कोई विशेष कारण भी नहीं था, परन्तु न जाने वह कैसी आवाज़ थी जो प्रतिक्षण उसके कान में 'सावधान! सावधान!!' की चेतावनी फूँक रही थी। उस दिन वह सरनो तथा पृथ्वीपाल के पारस्परिक सम्बन्ध के बारे में वास्तविकता की टोह लगा रहा था परन्तु कुछ परिणाम न निकलता था। कुछ दिन पूर्व उसे पता चला था कि पृथ्वीपाल सिंह फिर छुट्टी पर गाँव आया हुआ है और वह विस्मित था कि आख़िर पृथ्वीपाल सिंह के लिए उसके साधारण से गाँव में कौन-सा आकर्षण है, जो वह इतनी जल्दी-जल्दी छुट्टी लेकर आ धमकता है?

वह कुछ इसी प्रकार के विचारों में खोया रहता। मित्रों की महफिल में भी कभी-कभी उसकी यही हालत हो जाती और वे उसे इस बात पर टोका भी करते परन्तु इस समय सब लोग कर्मदीन के लतीफों पर हँस रहे थे, इसलिए किसी ने उसकी ओर अधिक ध्यान न दिया। इतने में नवाब भी उधर आ निकला और जलेबियाँ देखकर बहुत प्रसन्न हुआ। गाढ़े की मोटी चादर के कोने में जलेबियाँ डलवाकर वह पाली के पास पहुँचा और उसके साथ सटकर बैठते हुए बोला—"कहो, पाली!"

पाली ने मुस्कराकर उसकी ओर देखा। नवाब ने दो-तीन जलेबियाँ एक साथ मुँह में रखते हुए कहा—"बेटा! अकेले-अकेले खाते रहे जलेब। हमें ख़बर भी नहीं की..."

पाली ने विवशता प्रकट करते हुए कहा—"भई मुझे तो ख़ुद इस बात का पता नहीं था। जब से गाँव में आया हूँ, पहली बार देखा है यह तमाशा।"

नवाब ने प्यार से उसकी पीठ पर थपकी देते हुए हाथ बढ़ाकर कहा—"लो खाओ।"

"तुम खाओ, यार! मैं तो पहले भी खा चुका हूँ।"

“अबे उठा भी ले! ज़रा हमारे कहने से!”

पाली ने एक जलेब उठा ली। फिर बातें होने लगीं। सहसा नवाब ने इधर-उधर देखा और यह जानकर कि किसी दूसरे का उनकी ओर ध्यान नहीं है, उसने भेदपूर्ण ढंग से गर्दन आगे की ओर बढ़ायी और दबे स्वर में बोला—“हाँ, यार! मैं तुमसे एक बात कहनेवाला था...”

“कहो।”

“वह है न! क्या नाम है भई उसका...वह लफ़्टैन! देखो नाम भूल रहा हूँ इस वक़्त...”

पाली का दिल धड़कने लगा।

“क्या वह पृथ्वी...”

“हाँ, पृथ्वीपाल...”

“तो क्या हुआ?”

“आज मैंने उसे देखा था अपने गाँव से कुछ दूर...उधर कब्रिस्तान से भी परे...”

“अच्छा!”

“तो भई, मुझे कुछ शक हुआ।”

पाली चुप रहा, परन्तु उसकी नज़रें नवाब के चेहरे पर जमी थीं। नवाब पुन: बोला—“सरनो भी उधर से आ रही थी।”

क्षण-भर के लिए चुप्पी छा गयी। फिर पाली ने भारी आवाज़ में पूछा—“तो क्या उन दोनों को तुमने साथ-साथ देखा है?”

“नहीं...पर मालूम होता है, दोनों ज़रूर आपस में मिले होंगे। आख़िर इतनी दूर जाने का लड़कियों का क्या काम...?”

पाली के लिए यह ख़बर उसकी आशा के विरुद्ध नहीं थी।

“सरनो चुपके-चुपके इधर-उधर देखती लपकी चली आ रही थी और वह भी लम्बे-लम्बे डग भरता गाँव की तरफ़ जा रहा था। भई, मैं यह तो नहीं कहता कि मेरा ख़्याल बिलकुल ठीक है, पर दिखायी यही देता है कि है गड़बड़वाली बात...”

“कब देखा तुमने?”

“अभी-अभी...जब मैं रहट से लौट रहा था...”

“क्या तुमने अच्छी तरह देखा था कि वह सरनो ही थी?”

“हाँ, भई! तो क्या मैं सरनो को भी नहीं पहचानता?”

पाली क्षण-भर के लिए मौन हो गया, फिर उसके कन्धे पर हाथ रखकर बोला—“देखो यार! किसी और से न कहना यह बात!”

"नहीं, बिलकुल नहीं।"

"देखो, पक्का वायदा रहे!"

"अरे वाह!"

यूँ भी पाली को नवाब पर पूर्ण विश्वास था और वह था भी विश्वसनीय। लगायी-बुझायी करने का उसका स्वभाव नहीं था। मित्र के नाते उसने पाली को यह बताना उचित समझा था।

पाली पगड़ी सँवारता हुआ उठ खड़ा हुआ और फिर तेजी के साथ कब्रिस्तान की ओर चल दिया।

यद्यपि नवाब समझ गया था कि यदि पाली ने पृथ्वीपाल सिंह को देख लिया, तो उस मुलाकात का परिणाम दोनों के लिए अच्छा नहीं निकलेगा। परन्तु वह इस विचार से सन्तुष्ट था कि पृथ्वीपाल सिंह अकेला था। यदि मुठभेड़ हो गयी तो पाली का पलड़ा भारी रहेगा, अतएव वह बैठा जलेब खाता रहा।

पाली के कुछ मित्रों ने उसे गाँव से बाहर जाते हुए देखा तो उनमें से एक बोल उठा—"अबे देखो, पाली चुपके से खिसक गया है।"

"कोई पकड़े हरामजादे को।" दूसरा बोला।

इस पर बिशना सचमुच में तहबन्द कसकर उसका पीछा करने को तैयार हो गया।

नवाब ने जब यह हाल देखा तो चिल्लाकर बोला—"यारो गज़ब करते हो...पास के खेत में पाखाना करने गया है, अभी लौट आयेगा।"

"क्या तुमसे कह गया है?"

"हाँ, भई, तो क्या झूठ बकता हूँ? अजीब ऊल-जलूल आदमी हो।"

इस प्रकार उसने सबको चुप कराया और फिर उसका ध्यान बँटाने के लिए ख़ैराती से सम्बोधित होकर ललकारने लगा—"अबे ख़ैराती, क्या हो गया है तुझे? जलेब ला, जलेब! खड़ा टुकुर-टुकुर देखे जाता है हमारा मुँह!"

पाली बड़ी तेजी से कदम उठाता कब्रिस्तान की ओर बढ़ रहा था। अभी तक वह कोई निश्चय नहीं कर पाया था कि यदि उसने उन दोनों में से किसी एक को देख लिया, तो वह उससे क्या व्यवहार करेगा? परन्तु चेहरे पर कुछ अच्छे लक्षण नहीं थे और हृदय में तो एक तूफ़ान मच रहा था।

आख़िर कब्रिस्तान के निकट होता हुआ वह उसकी परली ओर पहुँच गया, परन्तु वहाँ मैदान साफ़ था। दूर-दूर तक नज़र दौड़ायी कि शायद पृथ्वीपाल ही दिखायी पड़ जाये, परन्तु खेतों में कुछ किसानों के अतिरिक्त जो कन्धों पर फावड़े रखे इधर-उधर

घूम रहे थे, कोई और ऐसा व्यक्ति दिखायी न देता था, जिस पर पृथ्वीपाल का सन्देह हो सकता।

वह कुछ देर तक वहाँ खड़ा रहा फिर उसके घने बालों में सरसराहट-सी होने लगी। इधर कई दिनों से उसने बाल नहीं धोये थे। सोचने लगा, कहीं जुएँ न पड़ गयी हों। फिर उसे अपनी लापरवाही पर क्रोध आने लगा। वह मन-ही-मन अपने-आपको कोसने लगा। सरनो तो इस प्रकार की आदतों से बहुत घृणा करती थी और अब कुछ पढ़-लिख चुकने के बाद तो उसका स्वभाव और भी बिगड़ गया था। फिर वह सोचने लगा कि पृथ्वीपाल सिंह यदि अधिक नहीं तो सप्ताह-भर में दो बार तो अवश्य ही सिर के बाल धोता होगा। उसने भी निश्चय कर लिया कि घर पहुँचते ही वह रीठे तोड़कर उनके छिलके अभी से पानी में भिगो देगा और प्रातः सबसे पहला कार्य यह करेगा कि उन्हें उबालकर सिर के बाल ख़ूब मल-मलकर धो डालेगा। यदि हो सका तो बाल धोने के बाद कहीं से नारियल का तेल भी लायेगा और उससे बालों को ख़ूब चमकायेगा। जूड़े पर बँधी मैल और चिकनाई से चीकट जाली और उसके फुँदने भी धो डालेगा।

ऐसे शुभ निश्चय के बाद वह परिस्थितियों पर नये दृष्टिकोण से विचार करने लगा।

सम्भव है कि सरनो तथा पृथ्वीपाल में ऐसा-वैसा कोई सम्बन्ध ही न हो। चूँकि स्वयं उसे सरनो से अत्यन्त प्रेम है इसलिए यह सब-कुछ उसके मन का भ्रम मात्र ही हो। आख़िर सरनो से उसका विवाह होने में बाधा ही क्या पड़ सकती थी? नयन-नक्श तथा शारीरिक रूप से उसमें कोई त्रुटि नहीं थी। यदि सरनो का घराना शिष्ट था, तो जब से वह गाँव में आया था, उसने भी कोई ऐसी-वैसी हरकत नहीं की थी। ज्वालासिंह तथा अन्य दुराचारी व्यक्तियों से भी उसका विशेष सम्बन्ध नहीं था। एक बार जो उसने ज्वालासिंह के यहाँ शराब पी थी और खाना खाया था, तो उस दिन इतने ज़ोर की आँधी चली कि किसी को कानों-कान पता न चला था। रही थोड़ी-बहुत शरारत, तो वह गाँव में कौन ऐसा नौजवान था जो नहीं करता था।

उसने सरनो के सम्बन्ध में भी नये सिरे से विचार किया। चाहे वह कुछ भी कहता तथा समझता हो परन्तु सरनो ने उसे कभी शिकायत का अवसर न दिया था। ऐसी हँसोड़ थी कि जब भी मिलती फूल की तरह खिल उठती थी। हर समय अल्हड़पन से हँसते रहने की यह आदत ही तो थी जो उसके लिए एक मुसीबत बन गयी थी। अब वह उसे किसी से हँसकर एक बात तक करते देख पाता, तो उसके मन में कई प्रकार के सन्देह उत्पन्न होने लगते। नहीं-नहीं! ये सब सन्देह निर्मूल थे। वह कदापि ऐसी लड़की नहीं थी। बल्कि स्वयं उसने भावावेश में आकर एक बार उसे छाती से लगा लिया था और उसे चूमने का प्रयत्न भी किया था, परन्तु उसकी

उस हरकत को उसने मन में नहीं लगाया और माथे पर बल न आने दिये। इससे यह भी कुछ सिद्ध होता है कि उसके मन की गहराइयों में उसके लिए स्थान भी है। यदि वह ढंग से आपसी सम्बन्ध दृढ़ करता चला जाये तो...और दीवाली के दिन जब वह मन-ही-मन में बिलकुल निराश हो चुका था, भाभी ने सरनो से कह दिया कि पाली तुमसे नाराज़ है, तो बेचारी भागी-भागी चली आयी। उस समय उसका हाव-भाव भी प्रशंसनीय था। यदि उसके मन में उसका ख़्याल न होता, तो क्या वह उस प्रकार वहाँ आती? नहीं, कदापि नहीं।

इस प्रकार पाली ने अपने बोझल मन को तसल्ली देकर प्रसन्न करने का प्रयत्न किया। फिर वह दूर-दूर तक नज़रें दौड़ाकर क्षितिज तक फैले हुए खेतों, उनकी आड़ी-तिरछी जाल-सा बुनती हुई मेंढ़ों, चुपचाप बैठे कछुओं की भाँति भूसे की धड़ों, तुन के वृक्षों की अन्धकारमय छाया तले रूँ-रूँ करते हुए रहटों, कहीं-कहीं चुपचाप खड़े झड़बेरियों और मदार की झुण्डों की ओर देखता रहा। खुली हवा तथा शान्त वातावरण का उसके थके पट्ठों पर बड़ा सुखद प्रभाव पड़ा। उसने जी में ठान ली कि कल से वह सरनो पर किसी प्रकार का सन्देह किये बिना उससे नये सिरे से सम्बन्ध स्थापित करेगा और आगे के लिए भी इस बात का ख़्याल रखेगा कि जब तक उसे सरनो के विरुद्ध कोई स्पष्ट तथा ठोस प्रमाण न मिल जायेगा, वह उस पर सन्देह नहीं करेगा।

वह सीटी बजाता और कभी नाक में किसी गीत के बोल गुनगुनाता गाँव को लौट पड़ा। अपनी धुन में उसे साफ़-सुथरी पगडण्डी पर चलने का भी ध्यान न रहा। जिधर उसका पाँव पड़ जाता वह उसी ओर हो लेता। इस तरह कई बार उसके पाँव वर्षा के दिनों में पशुओं के खुरों द्वारा बने हुए गड्ढों में भी ओछे पड़-पड़ गये, परन्तु अच्छा हुआ जो मोच नहीं आयी।

इधर कूड़े-करकट के ढेर के पास से गाँव की गली आरम्भ होती थी। जब वह उस ढेर की छोटी-सी चढ़ाई चढ़ रहा था तो उसने गाँव के कुछ बच्चों को वही पुराना खेल खेलते देखा जो उनके पूर्वज सदैव से खेलते चले आये थे।

एक लड़का दीवार की ओर मुँह करके उस पर दोनों हाथ टेककर खड़ा हो गया। दूसरे ने उसकी पीठ पर अपना पाँव रख दिया। अन्य लड़कों में से, जो उसके पास खड़े थे, एक ने प्रश्न किया, "तेरी घोड़ी कीह दित्ता?" (तुम्हारी घोड़ी ने क्या जना है?)

दीवार की ओर मुँह किये जो लड़का खड़ा था उसने उत्तर दिया—"लाल बछेरा।"

"खांदी कीह हे?" (खाती क्या है?)

"दाल बड़ी।" (दाल बड़ी)

"पींदी कीह हे?" (पीती क्या है?)

"भंग।"

"तेरी घोड़ी दी तोड़ दयाँ टंग?" (तुम्हारी घोड़ी की तोड़ूँ टाँग?)

और फिर सहसा उसकी पीठ पर एक लात पड़ी और सब लड़के फुलझड़ी की चिनगारियों की तरह इधर-उधर भाग निकले और वह दीवार से हाथ हटाकर उनको पकड़ने के लिए लपका। उनकी प्रसन्नतापूर्ण चीख़ों और क़हक़हों से वातावरण गूँज उठा...और पाली भी मुस्कराता हुआ आगे बढ़ गया।

घर की ड्योढ़ी में प्रवेश करने के बाद धीरे से उसने बाहर का दरवाज़ा उड़का दिया ताकि किसी दूसरे का कोई पशु या कोई आवारा कुत्ता भीतर आकर इधर-उधर मुँह न मारने लगे।

आँगन में लहने के बच्चे भी खेल रहे थे। आज उसने पशुओं के लिए सानी तक न की थी। अपने-अपने खूँटों से बँधे वे सींग हिला-हिलाकर डकारते और इस प्रकार अपनी बेचैनी प्रकट करते थे। ख़ैर, खली भीगी पड़ी थी। उसने आस्तीनें चढ़ाकर पहले यही काम किया और फिर सानी से सने हाथ धोये बिना ही वह बच्चों के साथ खेलने लगा। जब खली की चराँद से उसकी कलाइयों और बाँहों पर मिर्चे-सी लगने लगीं, तो उसने ठण्डे पानी से हाथ धो डाले।

उसकी भाभी शायद सूखे हुए कपड़े एकत्रित करने के लिए छत पर गयी होगी, परन्तु अब एक पड़ोसन के साथ बातों में मग्न हो गयी थी। पाली ने दो-तीन बार उसे बुलाने के लिये नन्हें को भेजा, परन्तु उसकी बातें समाप्त होने ही में न आती थीं और जब नन्हें ने उसे बहुत तंग किया तो उसने कोठे की मुँडेर पर से आँगन में झाँका। उसके होंठों पर नियमानुसार मुस्कराहट खेल रही थी। सचमुच का क्रोध तो उसे कभी आया ही न था। माथे पर बनावटी क्रोध के बल डालकर बोली—"क्या है, भई?"

पाली ने चिढ़ाने के लिए कहा—"होता क्या...दिन है।"

"हाय रे, कहाँ जाऊँ मैं?"

"यह हाय रे कैसी..."

"तो फिर?"

"क्या हमने झूठ कहा है?"

"अच्छा, बाबा, माना दिन है अभी। तो फिर बताओ मैं क्या करूँ?"

"नीचे आओ।"

"नीचे कहाँ?"

"भई, छत से नीचे आने के लिए कह रहे हैं और किसके नीचे?"

पाली ने अपनी हाज़िर जवाबी पर स्वयं ही अपनी पीठ ठोंकी।

ताबाँ उसकी शरारत-भरी आँखों में असल मतलब पा गयी...और कुछ झेंप-सी गयी।

"फिर लगे बकने? आने दो माँ को!"

"नहीं, भाभी, तुम्हें कसम है मेरे पेट की। अच्छा नाक की। अच्छा भाई, सिर की।...माँ से कुछ न कहना। अब आ भी जाओ।"

"मैं ज़रा बात कर रही हूँ।"

"भई, हम भी बात ही करेंगे और कुछ नहीं करेंगे।"

"क्यों मेरा भेजा चाटते हो मुफ्त में?"

"वाह भाभी! हम इस चाव से बुला रहे हैं तुम्हें और तुम..."

"मेरा अच्छा भइया! मैं ज़रा-सी बात और कर लूँ। बस, अभी आती हूँ।"

"पाली ने बच्चों की तरह मचलते हुए कहा—"न,भई, हम नहीं...तुम्हें कसम है!"

परन्तु ताबाँ छत की परली ओर अपनी सहेली के पास पहुँच चुकी थी। पाली अच्छी तरह जानता था कि भाभी की ज़रा-सी बात कितना समय लेगी, परन्तु उसे अधिक देर तक प्रतीक्षा नहीं करनी पड़ी। ड्योढ़ी का दरवाज़ा खुलने की आवाज़ आयी और इसके साथ ही उसकी माँ आँगन में प्रविष्ट हुई और छूटते ही बोली—"तेरी भाभी कहाँ है?"

"छत पर।"

"छत पर?"

"हाँ...बहुत दूर नहीं, छत पर ही है!"

माँ बिगड़ी—"छत पर तो है पर मैं पूछती हूँ क्या काम कर रही है वहाँ?"

"बातें कर रही है।"

"बातें...अरे बातें..."

"हाँ...क्यों?"

"लो और सुनो। भला बातें करना भी कोई काम है?"

"मुझसे पूछती हो?"

"अरे क्या कान खा लिये तुमने भी..."

"नहीं, माँ, यह बात तो उसी से पूछना।"

"हाँ पूछूँगी तो उसी से...आने दे!"

"आ चुकी वह तो।"

"क्यों?...अब पड़ोसिन ही के यहाँ बसेरा करने का ख़याल है उसका?"

"मालूम तो यही होता है..."

"आख़िर बात भी तो हो कोई!"

"बात क्या...दो घण्टे से तो बैठी है ऊपर। हिलने का नाम नहीं लेती।"

"दो घण्टे से!" सिन्दा को बड़ा आश्चर्य हुआ।

"और नहीं तो क्या?"

इतने में लहनासिंह भी आ गया। उसने भी यह बात सुन ली। अब सिन्दा से न रहा गया—"अरी ताबाँ? ताबाँ री!"

लहनासिंह ने सिर से पगड़ी उतारकर उसे झाड़ा और फिर उसे चारपाई पर फेंकते हुए बोला—"कई बार कह चुका हूँ इस चुड़ैल से कि इतनी बातें न किया कर। घर का कोई काम भी किया कर।

पाली ने आग पर तेल डालते हुए कहा—"न जाने कब समझाते हो ? उसके सामने तो भीगी बिल्ली बने सिमटे खड़े रहते हो।"

यह आरोप सर्वथा झूठा था। लहनासिंह को ताव तो बहुत आया,परन्तु उसने पाली से कुछ कहना उचित न समझा।

सिन्दा ने फिर हाँक लगायी—"अ[illegible] ताबाँ?...ताबाँ री!"

आख़िर ताबाँ जल्दी-जल्दी खट-पट करती सीढ़ियों से नीचे उतरी।

सिन्दा भरी बैठी थी। उसके आते ही काट खाने को दौड़ी—"मोई,क्या मज़ा मिलता है तुझे बातें करने में? जब देखो दो-दो घण्टे बातें ही करती चली जाती है।"

ताबाँ भी उत्तेजित हो गयी—"कब मैं दो-दो घण्टे बातें करती हूँ? तुम्हारे जो मुँह में आता है बक देती हो।"

अब लहनासिंह भी पति के अधिकारों का लाभ उठाते हुए उत्तेजित स्वर में बोला—"तेरी ज़बान कैसी चलती है री? ज़रा काम की बात कह दो तो मिर्चे लग जाती हैं तुझे..."

"क्यों, मुझे मिर्चें क्यों लगें?"

इस पर लहनासिंह ने आगे बढ़कर धमकाने के रूप में हाथ उठाकर कहा—"याद रखियो, यह ज़बान खींच लूँगा मुँह से।"

यह देख कि सब बिना कारण ही उस पर पिल पड़े हैं, ताबाँ की आँखों में आँसू आ गये। भर्राये हुए स्वर में बोली—"काटकर खा लो मुझे। दिन भर काम करते-करते कमर टूट जाती है, ज़रा दो घड़ी किसी से बात कर ली, तो बस, सब-के-सब सिर पर सवार हो गये।"

यह कह वह लम्बे-लम्बे डग भरती धुले हुए कपड़े आँगन में आर-पार लटकी हुई रस्सी पर डालकर सबसे पिछले कमरे में घुस गयी और धड़ाम से पलँग पर औंधे मुँह जा गिरी।

लहनासिंह ने चारपाई घसीटकर उसकी पट्टी पर बैठते हुए कहा—"अजीब औरत है! भला कोई पूछे कि सभी बाल-बच्चोंवाली औरतें घर का काम-काज करती हैं कि मुँडेर पर चढ़कर पड़ोसिनों से बातें करती रहती हैं चार-चार घण्टे!"

सिन्दा और लहनासिंह दोनों बात बढ़ाना नहीं चाहते थे इसलिए जब पाली भाभी को मनाने के लिए भीतर के कमरे की ओर बढ़ा, तो उन दोनों ने सन्तोष की साँस ली।

भीतर के कमरे में बड़ा अँधेरा रहता था। न कोई खिड़की थी न रोशनदान। ले-देकर छत में एक 'मध' था, जिसमें से दोपहर के समय कुछ प्रकाश आने लगता था। परन्तु अब सन्ध्या हो रही थी और मध का होना-न-होना एक बराबर था।

जब पाली आँगन के अच्छे-खासे प्रकाश से एकाएक कमरे में प्रविष्ट हुआ, तो पहले तो उसे कुछ सुझायी न दिया। अन्धकार में केवल सिसकियों की आवाज़ें आती रहीं।

ताबाँ को इस बात का बिलकुल ज्ञान नहीं था कि यह सारी आग देवर की ही लगायी हुई थी। अतएव जब पाली की आँखों में कमरे का मद्धम प्रकाश उतरा और उसने भाभी के कँपकँपाते कन्धों पर हाथ रखा तो उसने कोई प्रतिरोध न किया। पाली ने बड़े भोलेपन से कहा—"भाभी?"

वह सिसकियाँ भरती रही।

"भाभी!"

उसने पुन: कहा, परन्तु इस बार भी कुछ उत्तर न मिला।

तब उसने भाभी का हाथ अपने हाथ में ले लिया। उसने हाथ नहीं खींचा, जिससे सिद्ध होता था कि उसे पाली से कोई शिकायत नहीं थी।

"भाभी, तुम मुझसे नाराज़ तो नहीं हो?"

जब इस बार भी भाभी ने उत्तर न दिया, तो पाली ने शिकायत-भरे स्वर में कहा—"भई देखो, तुम हमसे यूँ ही ख़फ़ा हो गयी हो, हमने तो कुछ भी नहीं किया। कोई अपराध हो गया हो, तो हम हाथ जोड़कर क्षमा माँग लेते हैं।"

इस पर भाभी ने उसका हाथ दबाया जिसका अर्थ था कि यह बात ठीक निशाने पर बैठी थी।

पाली ने लाड़ से मचलकर कहा—"भई, कह दो कि तुम हमसे ख़फ़ा नहीं हो?"

वह चुप।

पाली ने आग्रह किया—"भई, हम नहीं मानते यूँ...कहो?"

भाभी ने 'नहीं' में सिर हिला दिया, जैसे अपने भोले देवर से भला भाभी क्यों नाराज़ होने लगी?

इस प्रकार पाली बातों के चमत्कार दिखाता रहा और उन बातों का उचित परिणाम निकला और अन्त में ताबाँ फूट-फूटकर रोयी।

"देखो तो, तुम्हारे तो सामने ही बात हुई है। जब देखो हवा के घोड़े पर सवार। वह खेतों को चला जाता है। माँ घर-घर घूमती है। सब काम मैं निबटाती हूँ और फिर भी काट खाने को दौड़ते हैं ये।"

ताबाँ ने यह बात बड़े ऊँचे स्वर में कही थी, ताकि उन दोनों के कानो तक भी पहुँच जाये, परन्तु उनकी तो कल्पना में भी यह बात नहीं थी कि यूँ बात का बतंगड़ बन जायेगा। कान-दबाये चुपचाप बैठे सुनी-अनसुनी कर रहे थे।

पाली ने भाभी को साहस दिलाते हुए कहा—"वाह भाभी, किसी की मजाल भी है घर में...घर में क्या गाँव भर में...जो तुम्हारी तरफ़ आँख उठाकर भी देख जाये। और भला हम किस मर्ज़ की दवा हैं?"

ऐसी बातों से केवल ताबाँ को तसल्ली ही नहीं हुई, वह प्रसन्न भी हुई।

"अच्छा, भई, अब यह रोना-धोना बन्द करो। तुम्हारी आँखें तो पहले ही से दुखती हैं। रो-रोकर और ख़राब न करो।"

इस प्रकार की चिकनी-चुपड़ी बातों के बाद वह उसे गुदगुदाने लगा। यहाँ तक कि वह खिलखिलाकर हँस पड़ी। घर की रानी की हँसी की आवाज़ सुनकर सिन्दा और लहने के प्राण-में-प्राण आये।"

सिन्दा ने चौके-बर्तन की ओर तो ध्यान देना ही छोड़ दिया था। कभी-कभार कड़छी हाथ में उठा ले, यह अलग बात थी। उस दिन भी उसने कड़छी हँडिया में घुमानी शुरू कर दी। साथ-साथ ऊँचे स्वर में इधर-उधर की बातें करने लगी। इतने में बच्चे ने पास आकर कहा—"माँ-माँ, हमें तोता बना दो आटे का।"

"भई, तुम्हारी बेबे ही बनायेगी...आये तो उसी से कहना।"

इतने में उनकी बेबे ताबाँ भी आ पहुँची। सिन्दा और लहने ने कुछ इस प्रकार की मुद्रा धारण कर ली, जैसे कोई झगड़ा हुआ ही न हो। बल्कि बच्चों के साथ घुल-मिलकर वातावरण उल्लास-पूर्ण बना दिया।

ताबाँ को देखते ही सिन्दा ने चूल्हे के आगे से उठकर उसके लिए चौकी छोड़ दी।

आलू-बड़ी की सब्जी पक चुकी थी। ताबाँ ने हँडिया उतारकर आग धीमी कर दी और पहले से गुंधे गीले आटे को फिर से गूँधने लगी।

सिन्दा को महफिल में सनसनी उत्पन्न करने के लिए एक बात सूझी। पास कोई मोढ़ा न पाकर उसने चूल्हे में जलानेवाली एक लम्बी और मोटी-सी लकड़ी पर कूल्हे टेकते हुए बात छेड़ी—"भई, उस लौंडिया की बातें निकलने लगी हैं कुछ-कुछ"।

पाली के कान खड़े हो गये।

लहने को इस प्रकार की बातों में कोई दिलचस्पी नहीं थी, परन्तु चूँकि अभी-अभी रूठी पत्नी के मान जाने से उसे बहुत प्रसन्नता प्राप्त हुई थी, इसलिए उसने आवश्यकता से भी अधिक उत्सुक्ता प्रकट करते हुए पूछा—"कौन लौंडिया, बेबे?"

"यही अपनी सरनो..."

लहने ने ऊँट की तरह गर्दन बाढ़ कर कहा—"अच्छा...भई, कमाल है!"

सिन्दा को भी इस समय कुछ इसी प्रकार के सुननेवाले की आवश्यकता थी। चोंच-से-चोंच जोड़कर बैठ गयी। भेद पूर्ण स्वर में बोली—"वह है ना...पृथ्वीपाल सिंह...यही नाम है ना उस लफ़्टैन का...तूने दीवाली पर देखा ही होगा उसे...पर हाँ, तू तो दीवाली पर गया ही नहीं था।"

इस पर लहने के मन में उसे दीवाली पर अमृतसर न ले जाने की शिकायत जाग उठी, परन्तु इस समय उसने इसे व्यक्त करना उचित न समझा। सिर हिलाकर बोला—"नहीं, मैंने उसे देखा तो नहीं, पर नाम ज़रूर सुना है। अभी-अभी जब हम जलेब खा रहे थे, तो उसी की बातें होने लगीं थीं।"

पाली को आश्चर्य हुआ। शायद नवाब ने कुछ कह दिया हो। हालाँकि उससे इस प्रकार की बिलकुल आशा नहीं थी।

लहने की बात सुनकर सिन्दा को जैसे और शह मिली। मुँह फैलाकर कहने लगी—"अच्छा तो अब दुकानों पर भी बातें होने लगी हैं? भई, दाल में ज़रूर काला है। पाली का बापू कहा करता था..."

"अरे नहीं, बेबे, तू तो बात सुने बिना ही अपनी गाड़ी चला देती है..."

सिन्दा को थोड़ा-सा क्रोध आया—"अरे वाह...तू ख़ुद ही तो..."

"ख़ुद ही क्या...मैं तो यह कह रहा था कि उसकी इधर-उधर की बातें होती रहीं..."

सिन्दा ने नाक पर अँगुली रखकर कहा—"अब यह भी तो बताओ, क्या होती रहीं इधर-उधर की बातें?"

"अरे यूँ ही...कहते थे बड़ा ख़ूबसूरत जवान है। तुम जाओ, लागों को ऐसी बातों का चस्का तो होता ही है। पर ख़ैर, ऐसी-वैसी बात नहीं हुई।"

यह सुनकर सिन्दा को निराशा हुई और बोली—''ख़ैर, औरतों में तो कुछ-कुछ बातें होने लगी हैं।''

ताबाँ बोली—''माँ, औरतों का क्या है, वे तो यूँ ही बकने लगती हैं!!''

सिन्दा ने बड़े-बूढ़ों के-से स्वर में उत्तर दिया—''पर, बिटिया कोई-न-कोई बात तो होगी...लोगों को क्या पड़ी है, जो खामुखाह झूठी बातें बनाते फिरे...''

ताबाँ ने अँगुलियों से आटा छुड़ाते हुए कहा—''क्यो नहीं? लोग तो चाहते हैं कि किसी पर कोई इल्जाम धरकर ख़ूब नमक-मिर्च लगाकर बातें करें।''

सिन्दा नरम पड़ते हुए बोली—''अच्छा, बहू, हमें क्या? जो करेंगे सो भरेंगे, तू क्यों भयो उदास।''

कबीर जी के इस कथन को दुहराने पर सिन्दा को प्रशंसा की आशा थी, परन्तु ताबाँ ने कुछ प्रशंसा न की, बल्कि कहने लगी—''और तो किसी से नहीं सुनी यह बात। जब कभी सुनी तुम्हारे ही मुँह से...''

ऐसा निराशायुक्त उत्तर पाकर सिन्दा को बहुत क्रोध आया, परन्तु इस समय वह उससे झगड़ा मोल लेने को तैयार नहीं थी। बड़ी कोमलता से बोली—''न भई! सरनो तो मेरी बेटी जैसी है। भला मैं उसे क्यों बदनाम करने लगी? हाँ, अपने घर में बात करना तो कोई पाप नहीं।''

इस पर ताबाँ कुछ न बोली। सिन्दा ने और अधिक पहलू बचाने के लिये बात जारी रखी—''बल्कि अगर कोई मेरे सामने इस किस्म की बात करता भी है, तो मैं उसे यही कहती हूँ कि यह सब झूठ है। किसी की उड़ायी हुई गप है।''

पाली ने उनकी बेतुकी बातों से ऊबकर कहा—''माँ, अब कह भी डालो कि क्या बात सुनी है तुमने? इतना बखेड़ा खड़ा करने की भला क्या ज़रूरत है?''

सिन्दा ने कभी ताबाँ और कभी पाली की ओर देखते हुए उत्तर दिया—''यही सुना है कि दोनों में बड़ा मेल-जोल है।''

''दोनों कौन?''

''यही सरनो और लफ़्टैन...''

''शायद ठीक ही हो। लफ़्टैन है भी ख़ूबसूरत।'' लहने ने राय दी ।

सिन्दा ने चमककर कहा—''ख़ाक ख़ूबसूरत है।''

लहना डर गया—''भई मैं क्या जानूँ?...लोग ही कहते थे। सुनी-सुनायी कह दी मैंने।''

सिन्दा बालों को अँगुलियों से दबाते हुए बोली—''चालाक तो है...मुझे ऐसा आदमी बिलकुल अच्छा नहीं लगता...मुझे तो धोखेबाज़ नज़र आता है।''

ताबाँ ने तवा चूल्हे पर रखते हुए कहा—"माँ, यूँ ही बिना देखे-भाले कैसे पता चल सकता है कि कोई अच्छा है या बुरा?"

"हाँ जी, वाहगुरु ही जाने!"

पाली की मानसिक शान्ति भंग हुई जाती थी, भला ऐसे में वह कैसे मौन रहता!

"माँ, तो क्या किसी ने उसे उसके साथ देखा है?"

ताबाँ को ये बातें बिलकुल पसन्द नहीं थीं और वह नहीं चाहती थी कि इस प्रकार की बातें हों, परन्तु चूँकि स्वयं पाली इसमें दिलचस्पी ले रहा था, इसलिए उसने टोकना उचित न समझा।

सिन्दा बोली—"वाहगुरु के बिना दिलों का भेद कौन जानता है। लोग यही कहते हैं कि दोनों में बड़ा मेल-जोल हो रहा है। सरनो भी तो किसी-न-किसी बहाने उनके गाँव जाती रहती है।"

ताबाँ के मन में भय उत्पन्न हुआ कि कहीं पाली के मन में यह सन्देह जड़ न पकड़ ले। व्यर्थ दुःखी होगा। इसलिए उसने सिन्दा की बात का खण्डन करते हुए कहा—"उनके गाँव तो वह हमेशा से जाती है। पहले तो कभी कोई बात नहीं उठी..."

सिन्दा बोली—"और वह भी तो आता रहता है इनके यहाँ।"

"तो क्या सरनो के माँ-बाप अन्धे हैं? उन्हें भी तो ये सब बातें मालूम होती होंगी। क्या उन्हें लड़की का कुछ ख़्याल नहीं?"

"भई जो कुछ भी हो, जब तक कुछ गड़बड़ न हो, लोग बातें नहीं बनाते।"

ताबाँ ने आटे की लोई बनाते हुए कहा—"असल बात तो यह है कि लोग उनसे जलते हैं। उनके पास कुछ रुपया आ गया है न। लोग उन्हें देख नहीं सकते।"

यह बात गुप्त रूप से सिन्दा के मन में भी थी। उसने कानों को हाथ लगाते हुए कहा—"नहीं, जी नहीं! हमें क्या पड़ी है कि हम उनसे जलें। हमें किस बात की कमी है?"

ताबाँ ने रोटी तवे पर उलटा दी—"नहीं माँ, मैं तुम्हें नहीं कह रही। मैं तो औरों की बात कर रही हूँ।"

सिन्दा ने गम्भीर मुद्रा धारण करते हुए कहा—"हाँ, औरों के बारे में हम नहीं कह सकते।"

ताबाँ ने दो-चार रोटियाँ पका ली थीं। बच्चों से बोली—"आओ, बेटा! तुम लोग एक ही थाली में खा लो सबसे पहले...हाँ, माँ, यह भी तो है कि सरनो बड़ी हँसोड़ है और उस लफ़्टैन की भी यही आदत है कि जिससे भी बात करता है, हँसकर करता है। इस तरह के सभी व्यक्तियों पर लोग बड़ी जल्दी शक करने लगते हैं।"

ताबाँ अपने विचार से पाली को भी सन्तुष्ट कर रही थी।

थोड़ी देर तक चुप्पी छायी रही, फिर न जाने लहने को क्या सूझी, बोला—"यह भी हो सकता है कि जिन्दा उन दोनों की शादी करना चाहती हो।"

सिन्दा बिगड़कर बोली—"क्या रखा है उस बन्दर में?"

ताबाँ को सिन्दा की इस बात पर आश्चर्य हुआ। पृथ्वीपाल जैसे सजीले नौजवान को बन्दर कहना निपट मूर्खता थी। लहने ने अपने विचारानुसार बड़ी समझ-बूझ की बात कहनी शुरू की—"शकल से बन्दर ही होगा। कौन जाने निरंजनसिंह को रुपये का लोभ हो। लोभ भी तो बुरी बला है।"

इन सब बातों का पाली के दिल पर अनुचित प्रभाव ही पड़ा। रुपयेवाली बात सुनकर उसके मस्तिष्क पर चोट-सी लगी। जब वह गाँव में आया था तो उसने जिन्दा से झूठ ही कह दिया था कि वह ज़मीन ख़रीदेगा, हालाँकि उसकी जेब में फूटी कौड़ी भी नहीं थी। सम्भव है पहले उनकी उस पर आँख हो परन्तु जब उन्होंने देखा हो कि ज़मीन ख़रीदने की बात केवल एक ढकोसला ही थी, तो उनका ध्यान पृथ्वीपाल सिंह की ओर चला गया हो। शायद वे किसी प्रकार जान गये हों कि वह 'फोकट' ही है।

पाली के मस्तिष्क में कई विचार उत्पन्न हुए और मिट गये। वह बीते दिनों की याद से पछताने लगा। यदि वह ज़रा सँभलकर ख़र्च करता तो आज उसके पास काफ़ी बड़ी रकम होती परन्तु उसने रुपये को रुपया न समझा मिट्टी जाना...

इतने में ड्योढ़ी का दरवाज़ा खुलने की आवाज़ आयी और फिर गाय के गले में बँधे घुँघरू बज उठे। वे ड्योढ़ी की ओर देखने लगे। ड्योढ़ी में चिन्तो दिखायी दी।

सिन्दा ने उसे देखते ही कहा—"आओ,बहन!"

लहनासिंह ने सरककर चारपाई पर उसके बैठने के लिये स्थान बना दिया। वहाँ बैठती हुई वह बोली—"कहो, बहन ताबाँ, कैसा हाल-चाल है?"

ताबाँ को चिन्तो से बहुत चिढ़ थी। इसलिए उसने धीरे से यह कहकर टाल दिया —"आनन्द से हूँ, बहन!"

"बहन सिन्दा, तुम कहो...चैन की बाँसुरी बज रही है न!"

सिन्दा को उससे किसी प्रकार की शत्रुता नहीं थी। उसने बड़ी सज्जनता से उत्तर दिया—"तुम्हारी कृपा है, बहन," चैन की बाँसुरी तो भला क्या बजायेंगे, बस इतना है कि जीवन के दिन पूरे कर रहे हैं।"

"हा...हा...हा!" चिन्तो ने क़हक़हा लगाया।

"बहन, मुझे ज़रा जल्दी जाना है। बातें फिर कभी होंगी। घर से सरसों का तेल लेने आयी थी, पर दुकान बन्द हो चुकी है। तुम मेरी बोतल में इसका एक तिहाई भर दो, कल लौटा दूँगी।"

सिन्दा भीतर से बड़ी बोतल उठा लायी और कुछ तेल उसकी बोतल में डाल दिया।

चिन्तो उठती हुई बोली—"तुमने दरवाज़े के पास ही तो गाय बाँध रखी है। मारने को दौड़ती है।"

सिन्दा ने कहा—"उसके सींग आगे तक नहीं पहुँचते। निश्चिन्त होकर निकल जाओ।"

"नहीं बाबा...चलो पाली, मुझे दरवाज़े से बाहर छोड़ आओ।"

पाली अनमना-सा दोनों हाथ घुटनों पर टेककर उठा—"डरपोक कहीं की!"

ड्योढ़ी में पहुँचकर सहसा चिन्तो रुक गयी। उसने पाली के मुँह के पास मुँह लाते हुए रहस्यपूर्ण ढंग से कहा—"यह तेल-वेल का तो बहाना था। असल बात यह है कि तुम्हें ज्वालासिंह ने बुलाया है।"

पाली को उसका रहस्यपूर्ण स्वर सुनकर और धीमे प्रकाश में तेज़ी से चमकती हुई आँखें देखकर विचित्र प्रकार का अनुभव हुआ। उसने अनुमान लगा लिया कि उसे किसलिए बुलाया जा सकता है? उसने चाहा कि साफ़ इन्कार कर दे—"क्यों क्या काम है—?"

वह चुप रही।

"फिर भी...तुम्हें तो मालूम ही होगा।"

चिन्तो ने पुरुषों की तरह सिर झटककर भरपूर नज़रों से उसकी ओर देखा और हलका-सा क़हक़हा लगाया—"बस यह समझ लो तुम्हारी शान ही का काम है।"

इन्कार के शब्द उसके होंठों तक आते-आते रुक गये। कुछ ऐसी ही बात थी कि वह इन्कार न कर सका।

"अच्छा!"

"तो कब आओगे?"

"तुम ही बताओ कब आऊँ?"

"जल्दी-से-जल्दी।"

"क्यों, कोई गड़बड़ है क्या?"

"नहीं-नहीं, गड़बड़ कोई नहीं इस वक़्त। अभी तो बातचीत ही करनी है।"

"तो मैं खाना खाकर आ जाता हूँ।"

"ज़रूर!"

"ज़रूर!"

नौ

□□

चिन्तो को विदा करने के बाद जब पाली आँगन में आया, तो उस समय किसी और सम्बन्ध में बातें हो रही थीं, परन्तु पाली अभी तक अपने विचारों में खोया हुआ था। उसने सोचा सम्भव है सरनो के सम्बन्ध में जो अफवाहें उड़ रही हैं, वे बिलकुल निराधार हों, परन्तु फिर उसे ख़्याल आया कि यदि सरनो के माता-पिता की नज़र सचमुच पृथ्वीपाल सिंह पर हुई तो फिर वह क्या कर सकता है। हाँ, यदि इन परिस्थितियों से बचने के लिए वह घर से भाग निकलने पर राज़ी हो जाये तो वह उसे बड़ी ख़ुशी से घर से भगा ले जाने को तैयार हो सकता है। यहाँ से वह सीधा कलकत्ता पहुँच जायेगा और अच्छा-सा धन्धा शुरू कर देगा, जिसमें पकड़े जाने और जेल जाने का भय न हो। एक छोटा-सा घर होगा। वह होगा और सरनो।

दूसरे ही क्षण पाली का मस्तिष्क अपने इन मूर्खतापूर्ण विचारों पर उसे कोसने लगा। उसने सोचा कि यदि सरनो या उसके माता-पिता को उसके इन विचारों का पता चल जाये, तो निस्सन्देह वे उससे घृणा करने लगेंगे। सरनो बेचारी को इन बातों की कुछ सुधि ही नहीं। उफ! उसे अपने विचार अच्छे रखने चाहिए। बार-बार उसका मस्तिष्क उलटी बातों की ओर ही क्यों खिंच जाता है?

इसके साथ ही उसके विचार वास्तविकता की ओर पलट गये। सरनो ने अभी तक उससे प्रेम प्रकट नहीं किया था। उसकी बातों से भी कुछ पता नहीं चलता था। अधिक-से-अधिक यही कहा जा सकता था कि उसे उससे घृणा नहीं थी। परन्तु घृणा न होना ही काफ़ी नहीं, प्रेम होना भी आवश्यक था। फिर उसे याद आया कि दीवाली की रात जब वह उसे मनाने आयी थी और जब एकान्त में उसने उससे कहा था कि मेरे पास तुम्हारी और तुम्हारे पास मेरी कोई निशानी होनी चाहिए तो उसने इस बात का कोई उत्तर ही नहीं दिया हालाँकि इसमें कुछ सोचने की बात नहीं थी और वह इस बात पर शरमायी भी नहीं थी। भाभी के वहाँ पहुँचने से पूर्व उसके पास उत्तर देने के लिए समय भी काफ़ी था, परन्तु न जाने उसने क्यों उत्तर नहीं दिया...वह उसके ज़रा-सा नाराज़ हो जाने पर कितनी उदास दिखायी देती थी। क्या विचित्र लड़की थी वह! उसकी बातों और हरकतों से कुछ पल्ले न पड़ता था।...वह एक विचित्र प्रकार

के असमंजस में पड़ा था कि उसकी भाभी ने उसे सोच-विचार में डूबा देख खाने की थाली उसके आगे बढ़ाते हुए कहा—"क्या सोच रहे हो?"

ताबाँ क्षण-भर के लिए उसके मुख की ओर सन्देहपूर्ण नज़रों से देखती रही, फिर धीरे से बोली—"देखो, बेबे की बातों में आकर भ्रम में न पड़ जाना। वह तो यूँ ही आँय-बाँय-शाँय बकती रहती है।"

"अरे नहीं, भाभी! तुम कुछ ख़्याल न करो। मेरे दिल में कोई शक पैदा नहीं हुआ।"

बेचारी ताबाँ को बड़ा स्नेह था उससे। आख़िर वही तो था जिससे वह दुःख-सुख की बात कर सकता था। वह उससे बहुत प्रेम करने लगी थी। यह एक ऐसे व्यक्ति से प्रेम था, जो उसका आदर भी करता था और उसका रक्षक भी था।

पाली के इस उत्तर से उसे पूर्ण रूप से सन्तोष नहीं हुआ। यद्यपि वह इस समय बात करने में संकोचकर रहा था, फिर भी उसने उसे अधिक तसल्ली देने के लिए कहा—"मैं कल जाऊँगी सरनो के पास और पता लगाऊँगी कि यह बात कहाँ तक ठीक है।"

पाली ने शिकायत-भरे स्वर में कहा—"तुम्हें तो कुछ पता ही नहीं चलता।"

ताबाँ ने दुःख-भरी नज़रों से पाली की ओर देखा और कुछ देर की चुप्पी के बाद बोली—"मैं तो सदा टोह में रहती हूँ, लेकिन, पाली! तुम्हारे सिर पर भी तो भुतना सवार है न..."

सिन्दा ने उन्हें कानाफूसी करते देख ज़रा ऊँचे स्वर में कहा—"क्या बात है, आज तो भाभी और देवर बड़ा सिर जोड़े बैठे हैं?"

इस पर दोनों ने बातें बन्द कर दीं और ताबाँ सिन्दा से सम्बोधित हुई—"बातें क्या?...कहता है सिर में दर्द हो रहा है..."

"अच्छा!"

बेचारी सिन्दा ने उठकर पाली के माथे पर हाथ रख दिया और फिर हौले-हौले सिर दबाने लगी।

पाली ने भाभी की ओर कड़वी नज़रों से देखा कि खामुखाह यह क्या मुसीबत डाल दी है।

ताबाँ पछतायी, परन्तु जल्दी में उसे और कोई बात सूझी ही न थी।

लहने ने शायद कभी अली असगर से यह बात सुनी होगी। अब हकीमी झाड़ने का अवसर हाथ से कैसे जाने देता, बोला—"कब्ज़ से भी सिर दर्द होने लगता है। ख़ैराती की दुकान से हड़ का मुरब्बा ले आओ या जयमल के यहाँ से गुलकन्द लाकर गरम-गरम दूध से खा लो। सुबह तक पेट हलका हो जायेगा..."

पाली ने माथे पर बल डालकर कहा—"सिर से पेट का क्या सरोकार?"

"वाहगुरु जाने!...हम क्या जानें। अली असगर कहता था...उसी से सुना है मैंने..."

सहसा पाली को याद आया कि उसे बाहर भी जाना है। कहीं ऐसा न हो कि माँ उसे लेटने पर मज़बूर कर दे। बोला—"हाँ तो फिर ठीक ही होगा। रोटी खाकर ले आता हूँ हड़ का मुरब्बा..."

सिन्दा ने राय दी—"बेटा, तुम लेट जाओ। लहना ला देगा हड़ का मुरब्बा..."

लहना थका-हारा आया था। बाहर जाने को उसका जी नहीं चाहता था, इसलिए वह चुप रहा। परन्तु जब सिन्दा ने कहा कि लहना इन बातों में बड़ा सयाना है, इसे अच्छे-बुरे मुरब्बे की काफ़ी पहचान है, तो लहने ने पन्द्रह-बीस कदम पर जाने में विशेष असुविधा न जानी। कहने लगा—"हाँ, पाली भइया, तुम लेट रहो, मैं ही लाये देता हूँ।"

पाली ने कुछ तीखे स्वर में कहा—"माँ, तू मुझे बिलकुल बच्चा समझती है। मैं ख़ुद ही ले आऊँगा। ज़रा खुली हवा में भी हो आऊँगा। लहना बेचारा थका-हारा आया है, अब फिर भगाओ उसे! लेटा रहने दो इसे। बच्चों से बातें करके दिल बहलायेगा अपना।"

अब सब लोग चुप हो गये और कुछ ही क्षण बाद कुछ ऐसी चुप्पी छा गयी कि पाली को अपने मुँह के हिलने की आवाज़ें सुनायी देने लगीं। जब सब लोग फिर आपस में बातचीत करने लगे, तो वह मानसिक रूप से उसने बहुत दूर एक बार पुनः अपनी विचारधारा में बह गया।

एक बार पुनः भाभी से लेकर पृथ्वीपाल और सरनो तक सब उसके मस्तिष्क में घूम गये।

उसे भाभी से यह आशा नहीं थी कि वह सरनो के मन में झाँक सकेंगी। उसे सरनो और पृथ्वीपाल के सम्बन्ध में स्वयं ही सन्देह हो चुका था। भला ऐसी अवस्था में वास्तविकता क्या है, वह कैसे जान सकती थी। सच तो यह था कि इसमें उसका कोई दोष भी नहीं था। आख़िर वह भी तो सरनो के सम्बन्ध में विश्वास के साथ कुछ नहीं कह सकता था। यहाँ पहुँचकर पाली का मस्तिष्क दूसरे प्रकार के विचारों में गडमड होकर रह गया। इस मानसिक असन्तुलन में एक अत्यन्त धीमा परन्तु स्पष्ट स्वर सुनायी दिया कि क्या यह सम्भव नहीं कि वह सरनो के विचारों से निश्चिन्त हो उसके माता-पिता का मन वश में कर ले...

यहाँ पहुँचकर उसके मस्तिष्क को बहुत थकान का अनुभव हुआ और उसने सोचना बन्द कर दिया। मुँह में पानी भरकर और अँगुली से मसूड़ों को मल-मलकर ज़ोर-ज़ोर से कुल्लियाँ करने लगा।

जाने से पूर्व उसने पगड़ी में दो अँगुलियाँ डालकर कनपटियों पर से बाहर निकले हुए बालों को भीतर घुसेड़ा। तहबन्द के पल्लू पुन: कसकर बाँधे और जूतों को पाँव के पंजों में फँसाकर ज़ोर-ज़ोर से झाड़ा और फिर ड्योढ़ी में से होता हुआ गली में निकल आया।

चाँदनी रात थी। गलियों में कच्चे मकानों के साये और चाँद के दूधिया प्रकाश का मिश्रण आँखों को बहुत भला लगता था। दो-चार कुत्ते उसे देखकर भौंकना बन्द करके पूँछ हिलाने लगे। वे उसे पहचानते थे। उसे चोर-डाकू नहीं समझते थे।

रहट पर कुछ रौनक थी। पाली को भय हुआ कि कहीं कोई मित्र न मिल जाये, अन्यथा पीछा छुड़ाना कठिन हो जायेगा, हालाँकि बहुत कम सम्भावना थी। वे तो गाँव की परली ओर अन्धे कुएँ की मुँडेर पर बैठे उसकी प्रतीक्षा करते होंगे। जो लोग मौजूद थे, वे उसे देखकर केवल मुस्कराये और उत्तर में वह भी मुस्करा दिया और आगे निकल गया। किसी को कोई सन्देह न हो, इसलिए पहले वह सीधा खेतों की ओर चला गया और तब एक लम्बा चक्कर काटकर ज्वालासिंह के घर जा पहुँचा।

आँगन में खरास चल रहा था। बूढ़ी साँड़नी धीमे कदमों से एक चक्कर में घूम रही थी। खरास को चलते देखकर उसे फिर विचार आया कि यदि अनाज पिसवानेवालों में से किसी ने उसे देखकर पहचान लिया, तो यह बात उसके पक्ष में हितकर सिद्ध नहीं होगी। घर से बाहर यदि कोई उसे ज्वालासिंह से बात करते देख ले, तो इसमें ऐसी हानि की बात नहीं थी, परन्तु किसी व्यक्ति का उसे उसके घर के भीतर देख लेना कुछ अनुचित ही था। उसे और तो किसी का भय नहीं था और न किसी को इसमें कोई आपत्ति थी, क्योंकि सब लोग ज्वालासिंह को बुरी नज़र से नहीं देखते थे, केवल भाई-बहन के अनुचित सम्बन्ध के बारे में जो अफवाह थी, उसी ने उन्हें बदनाम कर रखा था, परन्तु यह बात भी बहुत पुरानी हो चुकी थी। फिर अब तो चिन्तो की आयु भी ढल चुकी थी इसलिए लोगों के मन से यह बात धुल-सी चली थी। पाली को केवल सरनो के घरवालों का भय था। यूँ तो उसने उनके मुँह से कभी ज्वालासिंह की निन्दा न सुनी थी, परन्तु कुछ यूँ ही उसके मन में यह विचार बैठ चुका था कि ज्वालासिंह के साथ उसकी मित्रता को वे लोग पसन्द नहीं करेंगे। इसलिए, इस सम्बन्ध में जितना भी सावधान रहा जाये, अच्छा है।

अच्छा ही हुआ कि जो लोग अनाज पिसवाने आये हुए थे, वे उसके गाँव के थे ही नहीं। और उन लोगों ने इसके अतिरिक्त कि एक लम्बा-तड़ंगा जवान उनके पास से निकलकर भीतर चला गया है और किसी बात पर ध्यान नहीं दिया। आँगन में एक

ओर वर्षा ऋतु तथा शीतकाल के लिए एक रसोईघर बना हुआ था। रसोई घर के दो ओर ऊँची दीवारे थीं और अन्य दो ओर से बिलकुल खुला था। आँगन में छाज (चने छाननेवाली बड़े तथा आड़े छेदों की छलनी) और चर्खा आदि इधर-उधर पड़े थे। एक कुत्ते को ज़ोर-ज़ोर से ज़मीन पर दुम पटकते देख पाली ने अनुमान लगा लिया कि अभी घर के व्यक्ति चौके में बैठे खाना खा रहे हैं। वह उसी ओर चला गया। ताक पर सरसों के तेल का दिया जल रहा था और उसके टिमटिमाते मन्द प्रकाश में कम्बलों और खेसों में लिपटी कुछ सूरतें दिखायी दीं। वह तो उन्हें न पहचान सका, परन्तु उसे देखते ही उन निर्जीव-सी मूर्तियों में जीवन के लक्षण नज़र आने लगे।

"वाहगुरु जी की फतह!" आवाज़ आयी।

"सिरी वाहगुरु जी की फतह!" पाली ने उत्तर दिया।

बहुत निकट पहुँचने पर पाली को मालूम हुआ कि चिन्तो चूल्हे के आगे बैठी है। चारपाई पर ज्वालासिंह के अतिरिक्त दो व्यक्ति और बैठे थे, जिनमें से एक अभी खाना खा रहा था।

उसे देखते ही उन्होंने उसके लिए चारपाई पर स्थान बना दिया।

ज्वालासिंह ने ललकारकर कहा—"सुनाओ, बेटा पाली! बहुत कम मिलते हो...मालूम होता है नाराज़ हो हमसे...क्यों नहीं?"

पाली ने धीमे प्रकाश में ज्वालासिंह के चेहरे को स्पष्ट रूप से देखने का प्रयत्न करते हुए उत्तर दिया—"नहीं, चाचा! भला तुमसे नाराज़ हो सकता हूँ मैं..."

"तो फिर कभी आते क्यों नहीं?"

"यूँ ही इधर-उधर के धन्धों में फँसा रहता हूँ।"

ज्वालासिंह ने हाथ बढ़ाकर प्यार से उसकी पीठ पर धमाका लगाया और बलगम फँसे स्वर में गिड़गिड़ाया—"अच्छा, बेटा!...अब अपने चाचा को भी चकमे देने लगे? याद रखो, तुम हमारे हाथों में पले हो..."

पाली ने विश्वास दिलाने के स्वर में कहा—"सच, चाचा!...चकमा कैसा?"

"वाह रे पाली! शाबाश...शाबाश।...भला बताओ, तुम्हें काम ही क्या है?...किसी की लुगाई भगा ले जाने की फिक्र में तो नहीं हो?"

"वाहगुरु! वाहगुरु!!" पाली ने इस प्रकार की बातों से स्वयं को बिलकुल असम्बद्ध जताया।

इसी बीच में उसने अन्य दो व्यक्तियों को पहचानने के प्रयत्न में उनकी ओर बड़े ध्यान से देखना आरम्भ कर दिया था। अतएव ज्वालासिंह ने यह देखकर बादल की गड़गड़ाहट की भाँति क़हक़हा लगाते हुए कहा—"अरे, इन्हें पहचानते

नहीं?...हो...हो...हो! भाई यह है जैलसिंह और उधर वह साधुसिंह रोटी खा रहा है..."

निस्सन्देह भारी चट्टान की भाँति बैठा व्यक्ति जैलसिंह के अतिरिक्त और कौन हो सकता था। उसे एक बार देख चुकने के बाद जीवन भर उसकी सूरत भुलाना असम्भव था। वह भी उसे अवश्य पहचान लेता, परन्तु अन्धकार के कारण न पहचान पाया। अपनी स्थिति स्पष्ट करने के लिए उसने कहा—"नहीं, मैं जैलसिंह को ख़ूब अच्छी तरह पहचानता हूँ, लेकिन ज़रा रोशनी कम है न। यूँ मुझे शक तो हुआ था कि हो-न-हो यह जैलसिंह ही है।"

अब जो ज्वालासिंह हँसा, तो उसके बड़े-बड़े कन्धे हरकत करने लगे। जाने इसमें हँसने की कौन बात थी। चिन्तो की ओर हाथ फेंककर बोला—"सुनती हो चिन्तो! ज़रा दीवा (दीया) इधर करो, पाली के मुँह की तरफ़।"

जैलसिंह भी हँसने लगा। अपने शरीर के गिर्द लिपटे हुए चारखाने के खेस के भीतर-ही-भीतर बेचैनी से पहलू बदलकर उसने कहा—"दीवा इधर लाने की क्या ज़रूरत है, मैं ही दीवे की तरफ़ मुँह किये देता हूँ।" कहकर दीये की ओर मुँह बढ़ा दिया।

ज्वालासिंह बोला—"क्यों भई, देख लिया?"

"हाँ, चाचा, देख लिया।"

"फिर तो न भूलोगे?"

"भूला तो अब भी नहीं था। लेकिन इस समय चेहरा कुछ अँधेरे में था..."

"भई जैलसिंह। दीवे की तरह मुँह करना एक बार फिर।"

इस पर सब लोग खिलखिलाकर हँस पड़े।

हँसी के स्वरों में एक बार पुनः ज्वालासिंह का स्वर उभरा—"इस ख़ुशी में दोनों जने हाथ तो मिला लो।"

उन दोनों ने हाथ मिलाये। साधुसिंह खाना खा रहा था इसलिए उसने दायें की जगह बायाँ हाथ आगे बढ़ा दिया...

ज्वालासिंह ने अब ज़रा गम्भीर मुद्रा धारण करते हुए पूछा—"कहो तो घर के लोग, अच्छी तरह से हैं न?"

"हाँ, सब अच्छे हैं।"

"तुम्हारी भाभी और उसके बच्चे?"

"सब ठीक-ठाक हैं।"

ज्वालासिंह बड़े-बूढ़ों के-से स्वर में कहने लगा—"है न बेतुकी बात! एक गाँव में रहनेवाला...हम इनका हाल-चाल यूँ पूछ रहे हैं, जैसे कहीं परदेस में रहते

हों।...लहना तो ख़ैर काम में जुटा रहता है। उसकी तो बात ही जाने दो। हाँ, कभी रास्ते में भेंट हो जाये तो दो बातें कर लेते हैं। भला कोई सिन्दा से पूछे कि आखिर उसे क्या काम पड़े रहते हैं जो कभी शक्ल ही नहीं दिखाती?...कितने दिन हो गये हैं भला उसे देखे...क्यों चिन्तो तुझे तो कुछ ख़्याल होगा?

चिन्तो ने चिमटे से सुलगते हुए उपले की राख झाड़ते हुए उत्तर दिया—"उस पर क्यों दोष धरते हो? वह बेचारी तो आज ही मिली थी..."

पाली को एक लम्बी-सी जम्हाई आ गयी। उसे ज्वालासिंह की व्यर्थ-सी बातों में कुछ आनन्द नहीं आ रहा था। उसने अर्थहीन-सी नज़रों से इधर-उधर देखना शुरू कर दिया।

ज्वालासिंह कुछ और ही मतलब समझा और सरककर उसके निकट पहुँच गया। उसकी बग़ल में कुहनी से टहोका देते हुए बोला—"कहो, किसकी तलाश है?"

पाली ने कुछ आश्चर्य से उसकी ओर देखा—"नहीं, तलाश किसकी होगी मुझे?"

ज्वालासिंह ने कुछ इस प्रकार सिर हिलाया, जैसे वह सब-कुछ समझता हो—"वह यहाँ नहीं है। बस, चली गयी जहाँ से आयी थी!"

अब पाली जान गया कि ज्वालासिंह का संकेत किस औरत की ओर था। उसकी आँखों में प्यारो की सूरत घूम गयी।

ज्वालासिंह ने दाँत निकालते हुए कहा—"बेचारी बहुत याद करती थी तुम्हें।"

पाली ने कुछ उत्सुकता से पूछा—"सच! बहुत याद करती थी?"

"तो क्या मैं झूठ कहता हूँ?" यह कहकर ज्वालासिंह ने मुँह को कुछ और ऊपर उठा दिया। उसके नथुनों के गन्दे बाल नज़र आने लगे।

पाली को प्यारो की याद आयी, तो मन में उथल-पुथल-सी होने लगी। कैसा बाँका शरीर था प्यारो का। सिर से पाँव तक गठा हुआ। उसे दुःख होने लगा कि उस दिन उसने यूँ ही शेखी में आकर उसे छूने से इन्कार कर दिया था। वह मित्तसिंह को जताना चाहता था कि उस पर विजय पाने के बाद भी वह प्यारो को छोड़ सकता था। परन्तु इस भाव से भी अधिक दृढ़ भाव एक ओर था और वह था सरनो से उसका प्रेम। प्रेम के मार्ग में यह भी एक त्याग था। यह सोचकर उसका दुःख मिटने लगा और अन्त में उसे इस बात से प्रसन्नता ही हुई जो उसने उस बदकार औरत को छोड़ दिया। हालाँकि वह स्वयं इस बात की इच्छुक थी कि पाली उससे...प्यारो के सम्बन्ध में उसकी उत्सुकता एकदम भड़की और तुरन्त ही ठण्डी पड़ गयी, परन्तु बात ज़ारी रखने के विचार से उसने पूछ लिया—"आख़िर तुम्हें तो पता ही होगा कि वह कहाँ गयी है?"

"नहीं, धर्म से मुझको इसकी ख़बर नहीं। भला तुझे बता देने में मेरा क्या बिगड़ता था?"

"और वह आदमी...चेचक के दाग़ोंवाला...क्या नाम था उसका...मित्तसिंह?"

"वह भी तो उसकी दुम से बँधा हुआ है।"

पाली को उसके साथ अपनी झपट याद हो आयी। उसने विशेष रूप से ज्वालासिंह की आँखों में आँखें डालकर कहा—"मित्तसिंह भी बड़ा ज़हरीला आदमी था।"

कुछ देर तक ज्वालासिंह चुपचाप अपने दाँतों और सुर्ख़ मसूड़ों की नुमाइश करता रहा। फिर जिह्वा निकाल और उसके सिरे से मूँछ को छूते हुए बोला—"लेकिन, पाली, तूने दो हाथ ऐसे दिखाये कि सारा ज़हर उसकी नाक और मसूड़ों में से बहकर निकल गया। बाद में तो बिलकुल बकरी बन गया था। वह तो समझ ही न पाया कि तूने उसे एक नन्हें बच्चे की तरह घुमाकर परे कैसे फेंक दिया...क्यों जैलसिंह?"

जैलसिंह उन्हें धीरे-धीरे बातें करते देख अभी तक चुप बैठा था। वह तो जैसे पहले ही भरा बैठा था, तुरन्त ढोल की तरह बोल उठा—"हा हा!" (हाँ-हाँ!)

"वह भी औरों का हिला हुआ (आदी) था। उसने समझा होगा, कल का छोकरा है, अभी धर लूँगा नीचे..."

जैलसिंह बोला—"नहीं, पाली कल का छोकरा तो नहीं दिखता। अब भला इससे बड़ा जवान क्या हो—"हज़ारों में एक है। यह तो ठीक है कि मित्तसिंह को अपनी ताकत पर घमण्ड है, फिर भी उसे यह तो देखना चाहिए था कि इससे उसका मुकाबला हो ही नहीं सकता..."

अभी तक साधुसिंह खाना खा रहा था और मालूम होता था कि वह बुज़ुर्गों के उस कथन को पूर्ण रूप से निभा रहा था कि खाना खाते समय बातें नहीं करनी चाहिए। इसका वास्तविक कारण तो शायद वह न समझ सका था, परन्तु उसका अनुमान यही था कि यदि मनुष्य खाना खाते समय बातें करे तो उसका पेट बातों ही से भर जाता है और वह थाली में पड़ी रोटियों के साथ पूरा-पूरा न्याय नहीं कर पाता। जो हो, अब वह उस कड़ी परीक्षा से सफलतापूर्वक निकल आया था। तुरन्त ही बात करते हुए उसने स्थिति प्रकट कर दी "अजी, वह देखता भला कैसे?...नशे में तो धुत हो रहा था...तुम जानो नशे में आदमी समझता है कि वह पहाड़ से भी टक्कर ले सकता है..."

ज्वालासिंह उसकी उन स्पष्ट बातों से कुछ प्रभावित नहीं हुआ, बल्कि उसने उसकी दुबली-पतली गर्दन को अपने बहुत बड़े हाथों में दबोचकर कहा—"क्यों, तुम तो देख लेते हो न?"

साधुसिंह ने पाठशाला में पढ़नेवाले बालक की तरह गर्दन अन्दर की ओर सिकोड़ ली और विचित्र प्रकार से हँसते हुए बोला—"हाँ, मैं तो देख लेता हूँ।"

ज्वालासिंह ने अपने विचार में बड़ा अच्छा तमाशा प्रस्तुत करते हुए उसकी गर्दन को दो-तीन झटके देकर उसका सिर इस प्रकार ऊपर उठा दिया कि वह पाली का चेहरा देख सके।

"नहीं, फिर देख ले अच्छी तरह!"

"हाँ-हाँ, देख रहा हूँ। अरे भाई, मुझे मोर तो नहीं बनना जो इसे नहीं देखूँगा।"

पाली को उसकी 'ही-ही', लम्बी दाढ़ी, बेतुकी बातें और उपहासजनक सूरत बिलकुल पसन्द न आयी। बल्कि उसे कष्ट हो रहा था कि ज्वालासिंह क्यों खामुखाह बेतुकी बातें और बेढब हरकतें किये जा रहा था।

सबको खाना खिला चुकने के बाद जन चिन्तो खाने बैठी तो पाली से बोली—"पाली, रोटी खा ले।"

"नहीं...बस! मैं तो खाकर चला आ रहा हूँ, वाहगुरु तुम्हें और दे!"

पाली की इस बात पर ज्वालासिंह झूम उठा—"अह-हा-हा!...वाह पाली! वाह-वाह!...क्या बात कही है! वाहगुरु तुम्हें और दे! वाकई वाहगुरु सबको देता है!"

जैलसिंह ने ढीले जूड़े को ज़रा कसकर बाँधते हुए कहा—"ज्वालासिंह, बात तो तुमने ठीक कही है। देनेवाला तो वाहगुरु ही है, पर ऐसा भी नहीं कि आदमी आस लगाये बैठा रहे।"

ज्वालासिंह की गर्दन न होने के बराबर थी। इसलिए जब वह हामी भरने के लिए सिर हिलाने लगा तो सिर के साथ सारा धड़ भी हिलने लगा।

"खरी कही!...हाँ भई, रोज़ी तो हाथ की क़िरत है..."

इतने में साधुसिंह ने मिट्टी की अँगीठी, जिसमें सूखे उपले सुलग रहे थे, चारपाई के पास ला रखी। ज़ोरों की सर्दी पड़ रही थी। किसी ने अँगीठी की ओर हाथ बढ़ा दिये तो किसी ने पाँव।

जैलसिंह ने पाँव बढ़ाया तो उसकी मोटी, सुडौल पिण्डलियाँ नंगी हो गयीं। उन्हें देखकर इस बात का पूर्णतः अनुमान लगाया जा सकता था कि वह कितनी ताकत का मालिक है। ऐसे अवसर पर साधुसिंह भी दार्शनिकता छाँटे बिना न रह सका। चारपाई की अपेक्षा अँगीठी के निकट पड़ी चौकी पर बैठते हुए बोला—"वाहगुरु भी किसी हीले से देता है...आसमान से नहीं बरसता रोज़ी...क्यों, चाचा ज्वालासिंह?"

ज्वालासिंह ने प्रशंसा करते हुए कहा—"क्या बात कही है!...वाह-वाह!...साधुसिंह, तू पिछले जन्म में ज़रूर साधु हुआ होगा।...इस जन्म में तो ख़ैर हरामज़ादा है

पक्का!...क्यों, जैलसिंह, सुनी इसकी बात? मतलब यह है कि जब तक आदमी ख़ुद कोशिश न करे वाहगुरु उसे कुछ नहीं दे सकता।''

''वाहगुरु कहता है'' ...चिन्तो ने कौर चबाते-चबाते सहसा रुककर कहना शुरू किया, जैसे वाहगुरु सचमुच उसके कान में यह बात कहने आया हो—''वाहगुरु कहता है कि हे मनुख (मनुष्य) देख! मैंने तुझे यह मौका दिया है। तू इसका जो लाभ उठाना चाहता है, उठा ले, फिर न कहना कि मैंने तुझे कुछ नहीं दिया...''

थोड़ी देर तक सबके मुँह से 'वाहगुरु-वाहगुरु' निकलता रहा। सब लोग थोड़ी गम्भीरता से आँखें मूँदे इस प्रकार बैठे थे, जैसे उनके मन भक्तिरस में हिचकोले ले रहे हों। जैलसिंह की पूरी ठुड्डी खेस में छुपी हुई थी। फिर एकाएक उसकी आँखें उठीं, होंठों पर हलकी-सी मुस्कराहट उत्पन्न हुई और उसने ज्वालासिंह की ओर देखते हुए अर्थपूर्ण स्वर में कहा—''भई, मौका तो वाहगुरु ने अब भी बहुत अच्छा दिया है...क्यों, ज्वाले?''

''हूँ! हाँ क्यों नहीं।''

इसके बाद काफ़ी देर तक चुप्पी छायी रही। फिर ज्वालासिंह उठा और पाली की ओर संकेत कर उसे अपने साथ ले गया। पहले वे खरास पर गये। ज्वालासिंह ने वहाँ काम की देख-रेख करने के लिए एक आदमी बैठा रखा था। उससे इधर-उधर की दो-चार बातें करने के बाद पाली के कन्धे पर हाथ रखे वह एक कोने में छप्पर के नीचे जा खड़ा हुआ।

पाली को उसकी हरकतों ही से पता चल गया था कि दाल में कुछ काला ज़रूर है।

ज्वालासिंह ने एक हाथ में गुद्दी के बालों को समेटकर ऊपर किया और मुँह पाली के चेहरे के पास लाकर रहस्यमय स्वर में बोला—''एक घर ताड़ा है।''

पाली को इसी प्रकार की बात की आशा थी। उसने अभी तक विचार नहीं किया था कि यदि इस प्रकार का कोई प्रोग्राम बना, तो वह कहाँ तक उसमें भाग ले सकेगा? अतएव मन-ही-मन इस पर विचार करते हुए उसने पूछा—''कौन-सा?''

ज्वालासिंह ने अपने मुँह के आगे हाथ की ओट करते हुए ताकि किसी अन्य के कान में भनक न पड़ जाये, धीरे से कहा—''साहूकार है...और है भी मोटी असामी।''

पाली चुप रहा।

''अपने जिले का सबसे बड़ा साहूकार है, कोई छोटा-मोटा नहीं। जो एक बार दाँव चल गया, तो समझो बेड़ा पार है। जैलसिंह की शादी होनेवाली है न। वह वहाँ से अपनी औरत के लिए गहने लाना चाहता है। तुम जानो उसके यहाँ एक औरत का ज़ेवर तो होगा नहीं, कई औरतों का होगा। बस, हम लोगों की चाँदी-ही-चाँदी है।

जेवर, नकदी, कपड़े जो मिला हजम। जैलसिंह की नज़रों में समा गये हो। मुझसे कहता था कि लड़का अच्छा है, इसे साथ ले चलना चाहिए। दो-चार बार जायेगा, तो हाथ में सफाई आ जायेगी। तुमने जो उस दिन जो मित्तसिंह को दो हाथ दिखाये, बस, उसी दिन से तुमसे प्रेम हो गया है। बड़ा नेक आदमी है। उसके साथ तुम्हारा दोस्ताना हो गया, तो बस ऐश से दिन काटोगे। देखो, बेटा, तुम्हारे बाप के साथ भी मेरा यही मामला चलता था। पर वह था बहुत दबंग। इस काम में ज़रा सँभलकर पाँव उठाना चाहिए। आगा-पीछा ख़ूब अच्छी तरह देख लेना चाहिए। बड़े पते की बात कह रहा हूँ, यह ज़िन्दगी का निचोड़ है। जो आदमी ढब से चलते हैं, सारी उम्र ऐश करते हैं। तुम्हारे बापू के बाद इतने साल से हम सफाई से काम कर रहे हैं कि कभी बाल-बाँका तक न हुआ। ऐसा भी नहीं कि कोई जानता न हो। सब जानते हैं कि हम यह काम करते हैं, और डंके की चोट पर करते हैं, बीच खेत करते हैं, लेकिन कैसे करते हैं? यह किसी को मालूम नहीं। कभी पुलिस के हाथ आ जाते हैं, तो दो-चार दिन जूते भी पड़ते हैं, पर यहाँ तो वही बात है कि दो लगियाँ बिसर गइयाँ, याराँ दियाँ दूर बलावाँ (दो पड़ी और भूल गयीं, यारों की मुसीबतें दूर हो गयीं) अपनी...तक का ज़ोर लगाकर मर जायें, हमने कभी मरना ही नहीं। और फिर कोई सबूत भी तो होना चाहिए। हमारे पास से आज तक न कभी चोरी का माल पकड़ा गया, न कोई हथियार। फिर हम भी तो ऐसे मूर्ख नहीं जो उनके काबू में आ जायें। हमारे पास सब-कुछ है, पर कहाँ है? यह उन्हें मालूम नहीं हो सकता...''

पाली चुपचाप सुनता रहा।

''पहले-पहल दिल को खटका ज़रूर लगता है, फिर सब ठीक हो जाता है। तुमने तो दुनिया देख रखी है, कोई बच्चे तो हो नहीं। ख़ुद सब बातें सोचते और समझते हो। इतने दिन से गाँव में आये हुए हो, दो-चार दिन के लिए बाहर चले जायेंगे। घूमना-फिरना भी हो जायेगा और जो काम बन गया तो समझो कि आम-के-आम और गुठलियों के दाम। फिर ऐश करना आकर...''

ज्वालासिंह समझता था कि चूँकि पाली को पहले कभी ऐसे किसी काम में भाग लेने का अवसर नहीं मिला, इसलिए वह कुछ हिचकिचा रहा है। हालाँकि ऐसा नहीं था। वह तो स्वयं यही कुछ करता आ रहा था, लड़ाई, मार-पीट, कैद बल्कि मौत तक से उसे कभी भय न लगा था। ऐसे प्रोग्राम में भाग लेने पर उसे क्या आपत्ति हो सकती थी, बल्कि वह सबसे आगे छाती तानकर जाने को तैयार था। यदि उसके चेहरे से हिचकिचाहट के लक्षण प्रकट हो रहे थे तो केवल अपनी परिस्थितियों के आधार पर। जब से वह गाँव में आया था उसने इस प्रकार की संगति और ऐसे कामों से जान-बूझकर स्वयं को बचाया था। और इसी कारण से अब वह असमंजस में पड़ा था। क्या करे और क्या न करे?

ज्वालासिंह उसकी चुप्पी से हैरान हो रहा था।

"अरे बेटा! इस काम में मुश्किल ही क्या है, जो तुम इतने गहरे सोच में पड़ गये हो? जो आदमी हमारे बीच में है, वह घर की सब बातों का भेदी है। हमने सोच रखा है कि काम खत्म करने के बाद उसे भी मार डालेंगे। न रहे बाँस, न बजे बाँसुरी। फिर कौन जानेगा कि किसने डाका डाला। पुलिस के आदमी खोजी पागल कुत्तों की तरह भागते फिरेंगे, लेकिन हमें न पा सकेंगे। अरे भई, आठ-दस हजार तो एक-एक के हिस्से में यूँ ही आ जायेगा। तुम भी उस रुपये से अपनी ज़मीन ख़रीद लीजियो और बड़े आराम से रहियो।"

ज्वालासिंह ने अन्तिम वाक्य तो ऐसे कह दिया, जैसे उसने पाली के मन की बात खुले पन्ने की तरह पढ़ ली हो। उसके सारे भाषण का पाली के मन पर इतना प्रभाव नहीं हुआ था, जितना कि इस एक वाक्य का हुआ। यह सुनकर मानो पाली की कल्पना-शक्ति को पर लग गये। ज़मीन ख़रीदने को रुपया प्राप्त करने के लिए वह संसार का कोई भी काम करने को तैयार था। सरनो के माँ-बाप के दिल में इसके अतिरिक्त कोई अन्य बात भी नहीं थी। वे लोग इतने दिनों से इसी बात की प्रतीक्षा में थे कि इधर वह ज़मीन ख़रीदे और उधर वे सरनो का उससे ब्याह कर दें। परन्तु वह ज़मीन कहाँ से ख़रीदता? रुपया वृक्षों में तो नहीं लगता था जो वह तोड़ लाता, और न आकाश से बरसता था जो बटोर लाता...फिर एकाएक पाली को अनुभव हुआ कि स्वयं वाहगुरु अकाल पुरुष ने उसे विपत्ति में देखकर उसके लिए यह सुनहरा अवसर उत्पन्न कर दिया है। यदि वह अब भी चूक गया तो फिर उसका भाग्य! क्या मालूम जो आज से तीसरे-चौथे दिन सरनो के माँ-बाप के कानों में यह बात जा पड़े कि सरदार पालीसिंह ज़मीन और दो जोड़ी बैल ख़रीद रहा है। यह सुनते ही निरंजनसिंह दौड़ता चला आयेगा। उससे बातचीत करेगा, फिर वे उसे अपने घर बुलायेंगे। जिन्दा अपने विशेष ढंग से उसके साथ अर्थपूर्ण बातें करेगी और लफ़्टैन पृथ्वीपाल सिंह इस प्रकार गायब हो जायेगा, जैसे आँधी के आगे कोई तिनका। और फिर किसी को इस बात का पता भी न होगा। आख़िर कोई जान भी कैसे सकता है? वह कोई भी बहाना बना देगा। यही कि उसका एक मित्र कलकत्ते से अमृतसर आया हुआ है, वह उसे मिलने जा रहा है। बस इसी बीच में सारा काम समाप्त करके लौट आयेगा। जो माँ पूछेगी कि इतना रुपया कहाँ से आया तो वह कह देगा कि बर्मा में एक मित्र के पास उसका रुपया जमा था। अब वह बर्मा से लौट आया है और उसने रुपया भेज दिया है या इसी प्रकार का कोई बहाना बना देगा। आख़िर घरवाले पीछे तो न पड़ जायेंगे उसके। उन्हें तो रुपये से सरोकार होगा न कि इससे कि कहाँ से आया है? माँ को तो मालूम है ही कि उसका बाप किस तरह घर में रुपया लाया करता था।

पाली अपनी विचारधारा में बह रहा था और ज्वालासिंह उसकी चुप्पी से कुछ परेशान हो रहा था। वह इस बीच में अपने थैले जैसे मुँह में ज़बान को इधर-उधर घुमाता रहा। फिर धुँधले प्रकाश में दोनों की नज़रें मिलीं। उन्होंने भाँप लिया कि वे दोनों एक ही मैदान के खिलाड़ी हैं। पाली थूक की पिचकारी छोड़कर मुस्कराया और ज्वालासिंह की बाछें फट गयीं। मौन हँसी हँसते समय जो उसके गाल उभरे, तो उसकी छोटी आँखें और भी छोटी-छोटी दिखायी देने लगीं। यहाँ तक कि आख़िर गालों के उभार और भँवों के मध्य में वे केवल दो छिद्रों जैसी दिखायी देने लगीं और वह हाथ बढ़ाकर पाली को थपथपाने लगा।

पालीसिंह ने ज़मीन में लड़की के गड़े खम्भे से पीठ टेकते हुए पूछा—"किस दिन?"

"बस...कल नहीं तो परसों...अन्दर चलकर जैलसिंह से बातचीत कर लेंगे।"

पाली ने कुछ आगे की ओर झुककर पूछा—"तुमने अपनी तसल्ली कर ली है न? असामी कैसी है?"

ज्वालासिंह ने चुटकी बजाकर कहा –"अरे, असामी की क्या पूछते हो, सोलह आने खरी है। मैं ख़ुद जाकर वह घर देख आया हूँ। साहूकार है, साहूकार! बड़ा ज़बरदस्त माल हाथ लगेगा, चलकर तमाशा तो देखियो ।"

"अच्छा, तो तुमने ख़ुद देख लिया है घर?"

"हाँ, भई ख़ुद!" फिर ज्वालासिंह ने आँखों को छूते हुए कहा—"ख़ुद इन आँखों से देखा है मैंने..."

अब पाली की उत्सुकता बढ़ने लगी—"और यह भी मालूम है कि वहाँ गाँव ही में माल है सब?"

"हाँ, भई, वह अपने घर ही में रखता है। लेन-देन का काम है, सोना और रुपया सब वहीं रहता है।"

"तो ये सब बातें उस भेदी ने ही बतायी हैं?"

"हाँ।...एक बात और भी है। उसके यहाँ बन्दूक़ भी है... जो उनके यहाँ गहना-वहना न हो, तो भला बन्दूक़ रखने की क्या ज़रूरत है?"

पाली ने माथे पर बल डालकर कहा—"यह बन्दूक़वाला मामला टेढ़ा है ज़रा..."

ज्वालासिंह अपना मुँह इतना निकट ले आया कि पाली को अपनी गर्दन पर उसके मुँह से निकलती हुई गर्म-गर्म हवा का अनुभव होने लगा। ज्वालासिंह ने पलकें झपकाये बिना उसकी आँखों-में-आँखें गाड़ दीं। फिर उसके फूले हुए होंठ हिले—

"भेदी से मालूम हुआ है कि उनकी बन्दूक़ बिगड़ गयी थी। मरम्मत के लिए शहर भेज दी गयी है। अब पाँच-सात दिन से पहले आने की नहीं और हम इससे पहले ही सारा काम खत्म कर आयेंगे..."

पाली ने 'हाँ' में सिर हिला दिया। वह मन में ज्वालासिंह की होशियारी को मान गया, परन्तु ज्वालासिंह अब भी उसी प्रकार नज़रों-से.नज़रें मिलाये हुए था। फिर उसने नाक से फुंकार का-सा स्वर निकालते हुए कहा—"पाली! हमारे पास भी तो होगी बन्दूक़!"

पाली का मन प्रसन्नतावश उछलने लगा। उसने मुँह फैलाकर आश्चर्य प्रकट किया—"अच्छा!"

"हाँ, बेटा! मैंने सब पापड़ बेले हैं। ऐसी कच्ची गोलियाँ नहीं खेला हूँ।"

पाली ने उसे ख़ुश करने के लिए कहा—"चाचा, तुम वाकई समझदार आदमी हो!"

ज्वालासिंह ने भी ख़ुश होने में कुछ हानि न समझी—"तुम ज़रा तमाशा तो देखना!...अरे, जब तेरा बाप ज़िन्दा था तो बड़े-बड़े मैदान मारे थे हमने। जबसे तू आया था, मैं सोच रहा था कि कोई मौका बने तो हम दोनों साथ-साथ चलें। तू तो बिलकुल अपने बाप का रूप है। वह तेरे जितना लम्बा नहीं था। शराब भी बहुत पीता था लेकिन फिर भी बड़ा ज़ोर था उसके शरीर में। अरे उसकी आवाज़ ही ऐसी थी जैसे शेर की गरज़। सुननेवाले की घिग्घी बँध जाती थी...ज़रा एक मिनट खड़े रहो...मैं खरास तक हो आऊँ..."

ज्वालासिंह खरास की ओर गया। पिसाई का गेहूँ अलग छाज में धरा था। उसे देख ज्वालासिंह ने बड़े सन्तोष से छाती खुजाई। ग्राहकों ने जाते-जाते कहा—"भई, ज्वालासिंह! यह साँड़नी अब बहुत बूढ़ी हो गयी है। इससे तो चला ही नहीं जाता और चक्की के पत्थर भी ठीक काम नहीं करते।"

ज्वालासिंह ने उदारतापूर्वक हँसकर कहा—"हो-हो!...हाँ, अब यह काम भी करवा डालेंगे।"

इसके बाद जब ज्वालासिंह का आदमी अनाज से भरा छाज लेकर घर के भीतर चला गया, तो पाली भी उसके निकट चला आया। ज्वालासिंह ने आकाश की ओर देखते हुए कहा—"वाहगुरु अकाल पुरुख ने आसमान में तारे भी क्या ख़ूब बनाये हैं, जो आदमी का जी घबरा जाये तो आसमान की तरफ़ देखने लगे!...हो-हो! न जाने कितने तारे होंगे? क्यों पाली, हज़ार से या कम होंगे?"

पाली को तारों से कोई दिलचस्पी नहीं थी। वह कुछ उत्तर दिये बिना खरास की गाधी पर बैठ गया और वह उसके बोझ तले चरचराने लगी।

ज्वालासिंह ने उसे अपनी धुन में मग्न पाकर अपने आदमी को आवाज़ दी—"हो, लम्या हो!"

"हो!"

"अबे, बाहर तो आ। अन्दर जाकर ही मर गया क्या?"

लमा बहुत गन्दा तथा सुस्त व्यक्ति था। उसने आँगन के दरवाज़े में से सिर निकालते हुए कहा—"हो!...तू मेरे पीछे क्यों पड़ जाता है?"

ज्वालासिंह ने उसकी बात सुनी-अनसुनी करते हुए कहा—"डाची को तबेले में बाँध दे जल्दी से, हरामजादे! बद के तुख्म!"

दुबला-पतला लमा बड़बड़ाता हुआ साँड़नी की नकेल पकड़ उसे तबेले की ओर ले गया।

फिर ज्वालासिंह ने पाली से कहा—"आओ, अन्दर चलें। अब सर्दी में यहाँ बैठने की क्या ज़रुरत है।"

वे दोनों आँगन की ओर बढ़े। दरवाज़े में प्रवेश करते हुए ज्वालासिंह ने घूमकर लमे को पुनः आवाज़ देते हुए कहा—"अबे लमू! बाहर का दरवाज़ा अच्छी तरह बन्द कर लीजो।"

"हो!" उधर से आवाज़ आयी।

फिर वे दोनों आँगन में प्रविष्ट हुए। रसोईघर की महफिल भंग हो चुकी थी। जैलसिंह खुरलियों के पास बैठा पेशाब कर रहा था। साधुसिंह एक आवारा कुत्ते के आगे रोटी के टुकड़े फेंक रहा था। चिन्तो गायब थी। शायद जब वे खरास से ज़रा परे चले गये, उस समय चिन्तो कहीं बाहर चली गयी थी।

जैलसिंह जब उठकर खड़ा हुआ तो पाली को पता चला कि उसका डील-डौल कितना असाधारण है। देव का देव मालूम होता था। वह तहबन्द के नीचे अपने नाड़ा बाँधते हुए उधर आया। उसने अर्थपूर्ण नज़रों से ज्वालासिंह की ओर दखा। उत्तर में ज्वालासिंह के माँस से भरे चेहरे पर कई उतार-चढ़ाव उत्पन्न हुए और फिर उसकी गर्दन कठिनतापूर्वक हिली और मुँह खुला—"बस हो गया काम।"

पाली को इस बात का मतलब समझते देर न लगी।

ज्वालासिंह ने आँख मारते हुए कहा—"लौंडे को मैंने गुरुमन्त्र दे दिया है।"

जैलसिंह ने मैत्रीपूर्ण ढंग से अपना भारी भरकम हाथ पाली के कन्धे पर रख दिया।

साधुसिंह ने उनकी बातें सुनीं, तो वह भी निकट सरक आया और फिर वे आपस में बातें करते भीतर चले गये।

ज्वालासिंह ने पूछा—"चिन्तो कहाँ गयी है?"

साधुसिंह ने डकार लेते हुए कहा—"दो घड़ी के लिए बाहर गयी है।"

फिर साधुसिंह के अतिरिक्त सब चारपाई पर बैठ गये और साधुसिंह उचककर ऊपर-तले धरी हुई गेहूँ की बोरियों पर चढ़ बैठा।

ज्वालासिंह बोला, अरे, साधुसिंह, जरा अँगीठी ही ले आता भीतर।"

साधुसिंह ने बच्चों की तरह कन्धों को हरकत देते हुए उत्तर दिया—"हटाओ! अब कौन जाये चौके में।"

ज्वालासिंह ने भँवें तानकर उसे गाली दी—"हे माँ...न हो तो..."

साधुसिंह ने उसे गुर्राते देखा, तो अनमना-सा बोरियों पर से नीचे उतर आया। बाहर निकलते-निकलते बड़बड़ाया—"भैंस की-सी मोटी चमड़ी है...सर्दी से मर तो न जायेगा!"

यह सच था कि उनमें से कोई भी सर्दी से मरनेवाला नहीं था, परन्तु ज्वालासिंह को तो मेहमानों का ख़्याल था।

आख़िर साधुसिंह मिट्टी की अँगीठी में कुछ सूखे हुए उपले सुलगाकर ले आया और उसे चारपाई के पास रखकर पुन: बोरियों पर जा बैठा।

ज्वालासिंह ने उसे बन्दर की तरह बैठे पाया तो बोला—"बेटे, जो बोरे खिसक गये तो धड़ाम से नीचे गिरेगा। सारी शेखी किरकिरी हो जायेगी। यह चोंच-सी नाक पिचक जायेगी तेरी।"

जैलसिंह ने कहा—"अबे छोड़ हरामज़ादे को!...कोई काम की बात कर!"

ज्वालासिंह ने तुरन्त बात बदलते हुए कहा—"हाँ भई, पाली की कसर थी सो पूरी हो गयी। यह हमारे साथ चलेगा। मैंने तुझे पहले ही बता दिया था कि अपना ही बेटा है, जाने को तैयार हो जायेगा...बस कहने की देर है।"

जैलसिंह ने सन्तोषजनक स्वर में कहा—"हाँ, यह तो मुझे मालूम था, पर मैंने सोचा, अभी नया-नया है, शायद ऐसे काम से घबराता हो।"

"हो-हो!...वाह! तुम इसे नया कहते हो! क्या बात कह दी तुमने भी! उस दिन इसके हाथ की सफाई देख चुके हो फिर भी..."

"नहीं भई, इतना तो मैं मानता हूँ कि बड़ा करारा जवान है। उस दिन लड़ाई न भी होती तो भी इसकी सूरत से पता चल सकता था। मैं भी सूरत से आदमी पहचानता हूँ। अगर मेरे दिल में इसके लिए प्रेम न होता, तो मैं इसे अपने साथ ले जाने के लिए तुम्हें इतनी बार कहता ही क्यों?"

ज्वालासिंह ने ज़ोर से सिर हिलाकर कहा—"सो तो ठीक है, पर तुम्हें मालूम नहीं, पा़ली बड़ा हज़रत है। कलकत्ते में इसने बड़े हाथ मारे हैं। जान हथेली पर रखकर

गोरों की फौज में-से ट्रक चुरा-चुराकर लाता रहा। अब हमारे साथ होगा तब देखना इसके हाथ...''

पाली ये बातें सुनकर बहुत प्रसन्न हुआ। कुछ विनय दिखाने की अपेक्षा उसने दाँतों की नुमाइश करते हुए दाँतों की दरार में-से थूक की पिचकारी छोड़ दी।

ज्वालासिंह ने अपनी छोटी परन्तु मोटी गर्दन को कठिनता से आगे बढ़ाते हुए भेदपूर्ण स्वर में पूछा—''अच्छा भई, जैलसिंह! अब यह भी बता दो कि किस दिन जाना होगा। कुल कितने आदमी होंगे हमारे साथ। क्या-क्या सामान साथ होगा। कुछ माल-वाल का अन्दाज़ा भी है?''

जैलसिंह ने दोनों बाहें आपस में फँसाकर कुहनियाँ घुटनों पर टेक दीं—''अब तुम्हें कितनी बार बताऊँ कि बड़ा मालदार साहूकार है। तुझे तो घर भी दिखा दिया है—फिर वही पुरानी बात पूछे जाता है...''

''अरे नहीं, भई! अपने लिये नहीं। ज़रा पाली को बता देना, मुझे तो सब मालूम है।''

पाली का तो केवल बहाना था अन्यथा धन-दौलत का बार-बार वर्णन सुनकर स्वयं उसे प्रसन्नता प्राप्त होती थी। फिर उसने पाली को सम्बोधित करते हुए कहा—''लो बेटा, पाली! सुन लिया तुमने? मैंने कुछ झूठ न कहा था।...हाँ भई, तो फिर किस दिन?''

जैलसिंह ने मस्तिष्क पर ज़ोर डालकर कुछ क्षणों के लिए विचार किया, फिर निर्णयात्मक स्वर में बोला—''हमें कल शाम के धुँधलके में यहाँ से चल देना चाहिए। रातों-रात हम काहनसिंह के यहाँ पहुँच जायेंगे।''

''भई, यह काहनसिंह कौन है?''

''अरे, तुम्हें इतना भी याद नहीं। ननकाना साहब के मेले पर वह जो ख़ूबसूरत-सा आदमी था न...अरे भई जब हमने भंग पी थी और काहनसिंह को ऐसी हँसी छूटी थी कि बस तौबा ही भली...''

ज्वालासिंह ने मस्तिष्क पर ज़ोर दिया, परन्तु कुछ याद नहीं आया। जैलसिंह ने बेचैन होकर कहा—''अरे, जिसके दाँत बहुत सफ़ेद थे। तीस बरस की उम्र होगी। भूरे रंग की दाढ़ी उसकी...''

''ओह हाँ...याद आ गया। तुम्हीं ने बताया था कि शायद उसे एक औरत ने बेटा बना रखा था।''

''हाँ-हाँ, वही!...बड़ा चलता-पुर्जा है। वह औरत जिसने उसे बेटा बनाया था रण्डवी थी इक्कीस-बाईस बरस की। स्वभाव चंचल था उसका। कुछ माल भी था।

इधर काहनसिंह यतीम था, वैसे था बड़ा हराम का तुख्म। औरत ने उसे बेटा बना लिया। दो-चार बरस बाद उसकी दाढ़ी फूटने लगी तो एक रात अँधेरे में उस औरत ने घबरायी हुई आवाज़ में कहा—'अरे काहन, यह क्या करता है? ' तो उस हरामी के पिल्ले ने उत्तर दिया, "बेबे, थोड़ी देर के बाद पूछ लेती तो तेरा क्या बिगड़ जाता।" इस पर उस औरत ने उसे कुछ नहीं कहा और न कोई सवाल-जवाब हुआ..."

"हो!...हो!...हो...हो...हो...!...हा...हा!"

वे सब क़हक़हे लगाने लगे।

ज्वालासिंह ने मुश्किल से हँसी रोकते हुए पूछा—"जब खाने-पीने को ख़ूब है, तो फिर ऐसे कामों में क्यों पड़ता है?"

"अरे, हमारा-तुम्हारा भाई है न वह। बस लत पड़ गयी है। और है भी बड़ा प्रेमी आदमी। चलोगे तो पता चलेगा। बड़े काम का आदमी है। एक बार मिलोगे तो कहोगे कि ऐसी जी-जानवाला आदमी कभी नहीं देखा। वह ख़ुद भी कहता है कि मैं जी-जानवाला आदमी हूँ। हाँ भई, चार दिन की चाँदनी फिर अँधेरी रात है और वाहगुरु अकाल पुरुख सबका रखवाला है।"

ज्वालासिंह इस समय वाहगुरु अकाल पुरुख की बातें करने के मूड में नहीं था। उसने पुनः उसी विषय की ओर पलटते हुए कहा—"हाँ, तो हम कितने आदमी होंगे?"

जैलसिंह ने अँगुलियों पर गिनकर कहा—"कुल चौदह आदमी होंगे।"

"चौदह?"

"हाँ, चौदह...लेकिन बेफिक्र रहो। सबको बराबर का हिस्सा नहीं मिलेगा। उनमें से बहुत-से तो मेरे चेले-चाँटे हैं और फिर हमारा ख़्याल है कि गाँव के दो-चार और घरों पर भी हाथ साफ़ कर दिया जायगा।"

ज्वालासिंह ने कहा—"चिन्तो भी तो होगी।"

"अच्छा! चिन्तो साथ चलेगी?...बड़ी चतुर है वह भी इन कामों में।"

"हाँ, यह तो मैं भी जानता हूँ...चिन्तो को मिलाकर कुल पन्द्रह।"

"और भेदी?"

"अरे हाँ, उसका तो ध्यान ही नहीं रहा। बस, सब मिला-जुलाकर सोलह हो जायेंगे। सोलह-के-सोलह गाँव में जा घुसेंगे। रहा साधुसिंह, सो यह मरघट या कब्रिस्तान की झड़बेरियों में साँड़नियों के पास रहेगा।"

"अच्छा, तो अगर हम कल शाम ही को चल दिये तो साँड़नियों का इन्तज़ाम कौन करेगा!"

"निश्चिन्त रहो। यह सब काम काहनसिंह के पास पहुँचकर हो जायेंगे। बल्कि मैंने तो उसे पहले ही से ख़बरदार कर दिया है। बड़ा प्रेमी आदमी है, सब ठीक-ठाक कर देगा।"

ज्वालासिंह ने सन्तुष्ट होकर सिर हिलाया।

"अच्छा, तो कल शाम को चल देना चाहिए...सुन लो, पाली, कोई बहाना नहीं चलेगा, हाँ!"

पाली ने मुस्कराकर उत्तर दिया—"निश्चिन्त रहो, चाचा!"

ज्वालासिंह गिद्ध के परों की तरह अपना खेस फड़फड़ाता हुआ उठ खड़ा हुआ—"अच्छा, कल रात तो हम वहाँ पहुँचे, असल काम किस रात किया जायेगा?"

"बस परसों ही...और कब?"

"हाँ, बस ठीक है।"

पाली ने बढ़ावा दिया—"भले काम में देर नहीं करनी चाहिए।"

यह सुनकर सब हँस पड़े।

दस

□□

जैलसिंह से मशविरा करने के बाद दूसरे दिन पालीसिंह उनके साथ जाने की तैयारियों में लगा रहा और उसे इस बात का ज्ञान तक न हुआ कि ठीक उसी दिन सरनो के घर में कितनी असाधारण घटना घटी और जब वह चुपके से अपने साथियों के साथ खिसक गया, तो वहाँ परिस्थितियों में एक असाधारण क्रान्ति आ गयी।

प्रातः समय जिन्दा छाह वेले से निबटकर चौड़े तख़्तोंवाली सीढ़ी के निकट बिछी एक छोटी-सी चारपाई पर बैठी सूत अटेर रही थी। सूत का मुड़ा अटेरने की हरकतों के साथ-साथ ज़मीन पर लुढ़कनियाँ खा रहा था, जिसे पकड़ने के लिए उसकी देवरानी का दो वर्षीय बच्चा इधर-उधर हाथ हिला रहा था।

घर में उस समय चुप्पी-सी थी। पुरुष तो अपने-अपने कामों पर जा चुके थे और स्त्रियों को दोपहर के खाने तक फुर्सत-ही-फुर्सत थी। गोबर से लिपे हुए आँगन और चौके बड़े उजल-उजले दिखायी दे रहे थे। बच्चे की माँ बच्चे को मुड़ा पकड़ने में मग्न पाकर चौके की दीवार पर उकड़ूँ बैठी गन्ना चूस रही थी। दूसरी अपने नन्हें को अपने दोनों पाँव पर बिठाये हगा रही थी और उसकी सफाई के लिए दूर कोने में बैठे कुत्ते को 'कूर-कूर' करके बुला रही थी। सीढ़ी के तख़्ते पर बैठा एक जंगली बिलाव बड़े मज़े से अपनी दुम को हवा में हिला रहा था। न जाने वह किस चीज़ की ताक में था। प्रायः जंगली बिलाव ऐसे स्थानों पर नहीं बैठते; परन्तु उस बिलाव का साहस सराहनीय था।

इतनी स्त्रियों की उपस्थिति के बावजूद बातचीत की महफिल गर्म नहीं थी। कभी-कभी एक-आध बात हो जाती, अन्यथा हर कोई अपने-अपने कार्य और विचारों में मग्न था।

गन्ना चूसते-चूसते मेलो की नज़र सहसा बिलाव पर जा पड़ी। आश्चर्य से बोली—"हाय री!...देखो तो! कितना बड़ा बिल्ला है!"

सबने बिलाव की ओर देखा। हाँ, खासा पला हुआ था, परन्तु हुआ करे। वे अपने-अपने ध्यान में लग गयीं। परन्तु भला मेलो को चैन कहाँ आता। उसने गन्ने

का एक लम्बा-सा छिलका चूसकर बिलाव की ओर फेंका जो वहाँ तक न पहुँच सका, परन्तु उसने कोशिश जारी रखी। एक-दो छिलके बिलाव तक पहुँचे भी, परन्तु वह डरा नहीं, बल्कि यूँ घूर-घूरकर मेलो की ओर देखता रहा, जैसे कह रहा हो, मैंने ऐसी कई बिल्लियाँ देखी हैं!

मेलो को बड़ा गुस्सा आया। गन्ने को उसे मारने के ढंग से उठाकर उसकी ओर झपटी। बिलाव तो दो छलाँगों में छत पर जा पहुँचा, परन्तु मेलो के पाँव की ठोकर से औंधी धरी बाल्टी लुढ़कने लगी। मेलो की हँसी के साथ बाल्टी के लुढ़कने की गड़गड़ाहट सुनकर सरनो भीतर के कमरे से बाहर निकल आयी और बरामदे में खड़ी होकर आँगन की ओर चुंधी आँखों से देखने लगी।

नियमानुसार उस दिन भी वह देर से सोकर उठी थी। जागते ही उठकर बैठ तो जाती थी, परन्तु आँखें न खुलती थीं। गर्मी के दिनों में तो वह छत से उतरकर कभी बरामदे में बैठती तो कभी सीढ़ी के तख़्तों पर ही बैठकर इधर-उधर नज़रें दौड़ाने लगती थी; और शीत ऋतु में जब उसकी आँख खुलती, तो भी नींद का आक्रमण इतना अधिक होता था कि वह दरवाज़े में से बाहर तेज़ धूप की ओर क्षण-भर के लिए भी नहीं देख सकती थी, इसलिए वह बिस्तर पर ही लेटी रहती। कभी ऊँघकर एक ओर गिरती तो कभी दूसरी ओर। अब भी वह इसी हालत में थी कि आँगन से शोर की आवाज़ें सुनकर उठ खड़ी हुई।

मेलो ने सरनो को बरामदे में देखा तो दीवार पर से ही बोली—"वाह-वाह! देखो तो सरनी रानी भी उठ बैठी है!"

'सरनी रानी' शब्दों में कटुता छिपी थी। उन दोनों को जिन्दा की श्रेष्ठता एक आँख नहीं भाती थी, परन्तु चूँकि उसका कुछ बिगाड़ न सकती थीं इसलिए मन-ही-मन उससे जलती थीं और फिर सरनो का यह ऐश-आराम का जीवन तो उनके दिलों में काँटे की तरह खटकता था। वे भी क्या दिन थे, जब वे अपने माँ-बाप के घर में इसी बेपरवाही के साथ जीवन व्यतीत करती थीं। काम-धाम अपनी इच्छा से होता था। उन्हें यहाँ कोई विशेष कष्ट तो नहीं था, परन्तु न जाने क्यों उन्हें मैके में गुजारे हुए दिन ही याद आते थे। केवल उन्हीं की याद मन को सुहावनी मालूम होती थी।

सरनो कुछ देर तक बरामदे में खड़ी आँखों पर हाथ रखकर इधर-उधर देखती रही। एकदम प्रकाश में आ जाने के कारण उसकी आँखें भी नहीं खुल रहीं थीं। आँगन में कोई विशेष बात न देखकर उसने पूछा—"क्या बात है?"

जिन्दा ने सूत के बल निकालते हुए कहा—"कुछ नहीं बेटी, कुछ नहीं...यूँ ही बैठे-बैठे मेलो को शरारतें सूझती रहती हैं।"

मेलो ने चुप रहना उचित न समझा—"सरनो! यह बड़ा बिल्ला था, जंगली बिल्ला। तुमने तो देखा होगा मटियाले काले रंग का। पिछले साल साँसियों ने जान लड़ा दी पर यह बिल्ला ऐसा बदमाश है कि उनके काबू में नहीं आया। अब जो यहाँ आकर बैठा तो मैं उसे यह बड़े-बड़े छिलके मारती रही, पर वह ऐसा निडर है कि टस-से-मस नहीं हुआ...मेरे मैके में भी..."

सरनो को बिलाब से कोई दिलचस्पी नहीं थी। उसने आँखें मलकर उन्हें खोलना शुरू किया। उस समय उसके बाल अस्त-व्यस्त हो रहे थे। चेहरे की रंगत पर हलकी-सी धुँधलाहट बहुत भली दिखायी देती थी। वह पाँव लटकाकर नीचे बरामदे ही में बैठ गयी। पहले उसने दोनों बाँहों में सिर छिपाये रखा, फिर सिर उठाकर उलझे हुए बालों, कानों के ऊपर से अँगुलियों से कंघी करने लगी।

जिन्दा ने अटेरना घुमाते-घुमाते बेटी की ओर कनखियों से देखा और बोली—"सरनी बेटा, आज बाल-वाल धो डालो। अब के तो बहुत दिन गुज़र गये हैं...पाँच...नहीं छह दिन..."

अब सरनो की आँखें अच्छी तरह खुल गयी थीं। उसने पलकें झपकाते हुए माँ की ओर देखा और स्वप्नमय स्वर में उत्तर दिया—"हाँ, बेबे, धो डालूँगी।"

जिन्दा ने एक घुटना ऊपर उठाकर थके बाज़ू की कुहनी को उस पर रखते हुए पूछा—"पर, सरनो, मैं पूछती हूँ कि तू इतनी सुस्त क्यों हो गयी है?"

सरनो ने शिकायत भरे स्वर में कहा—"लो, बेबे, इतनी बार कह चुकी हूँ कि मुझे जल्दी से जगा दिया करो, ख़ुद ही नहीं जगातीं तुम। अब मैं क्या करूँ, ऐसी गहरी नींद आती है कि बस!"

"नहीं, मैं सोने की बात नहीं कह रही। तू कुछ यूँ ही अपने-आप में मग्न रहती है, खोयी-खोयी सी। बेटा, हर काम ध्यान से करना चाहिए।"

कभी-कभी माँ-बाप केवल कुछ कहने के लिए ही बोलने लगते हैं। सरनो ने इस बात को कोई महत्त्व न दिया और वास्तविकता भी यही थी। जिन्दा को भी कोई शिकायत न थी; उसने यूँ ही यह बात कह दी थी। उन दोनों को बात के साधारण होने का अनुभव था, इसलिए बात इससे आगे नहीं बढ़ी और एक बार पुनः कुछ क्षणों के लिए चुप्पी छा गयी।

जिन्दा ने सरनो को अँगुलियाँ चटकाते देख मशविरा दिया—"अब कुछ खाने-पीने से पहले तू इस काम से निबट क्यों नहीं लेती? कैसी मज़े की धूप है, घर में कोई है भी नहीं। नल के पास चारपाइयाँ खड़ी कर ले और लगे हाथों स्नान के साथ बाल भी धो डाल। खट्टी लस्सी भी पड़ी है। पर लस्सी की क्या ज़रूरत है, तेरे बालों में मैल तो है नहीं...बट्ठल में से दही ले ले और उसमें सरसों का तेल मिलाकर

बाल धो ले...घड़ी-दो-घड़ी धूप में बैठेगी तो सूख जायेंगे...फिर सारा दिन जो जी में आये कीजो।''

सरनो ने 'हाँ' के तौर पर सिर हिला दिया।

वह कुछ देर तक टाँगें और बाहें अकड़ाती और अँगुलियाँ चटकाती रही, फिर उठी और नंगे पाँव चलती हुई नल के पास जा पहुँची और दस्ता हिला-हिलाकर पानी की बाल्टियाँ भरने लगी। पानी भरकर उसने दो चारपाइयाँ नल के दोनों तरफ़ इस ढंग से खड़ी कर दीं कि नल के सिवाय हर तरफ़ से ओट हो जाये। बड़े आराम से टहलती हुई वह नया कुर्ता, धुली हुई सलवार, घर की सिली हुई बारीक कपड़े की बनियाइन, माँ का मैला दुपट्टा, तेल मिला दही और स्लीपर आदि सारा आवश्यक सामान लेकर चारपाइयों के बीच में जा खड़ी हुई। उस समय उसने बनियाइन नहीं पहन रखी थी, इसलिए जब उसने धूप की ओर मुँह करके कुर्ते का एक बटन खोला, तो छातियों के ऊपर और गर्दन के निचले भाग पर उसे गर्मी मालूम होने लगी। कुछ-कुछ गरम हवा के झोंके उसकी बगलों में उगे हुए बारीक बालों में घुसकर उसे गुदगुदाने लगे और उसके ज़रा खुश्क होंठों पर मोहिनी मुस्कराहट खेलने लगी।

उसके बालों की एक लट उसकी आँख पर आ गिरी, उसने बड़ी अदा से सिर को झटका देकर उसे पीछे गिरा दिया। गाँव की लड़कियाँ ऐसी हरकत नहीं किया करती थीं, परन्तु शहर की लड़कियों में-से कुछ शौकीन मिज़ाज इसी प्रकार बालों को पीछे की ओर फेंका करती थीं। उसने कन्धे पर से हाथ पीछे की ओर बढ़ाया और लम्बी चोटी को आगे खींचकर उसे धीरे-धीरे खोलने लगी। उसे किसी बात की जल्दी न थी। पुरुषों के लौटने की अभी सम्भावना नहीं थी, इसलिए वह बड़े मज़े से अपना काम कर रही थी। उसकी नाज़ुक उजली अँगुलियाँ कभी बालों की लट धीरे से बाहर खींचती और कभी एकदम रुक जातीं।

इसी प्रकार अपने विचारों में मग्न और आप-ही-आप मुस्कराती हुई वह अपने कार्य में लगी हुई थी कि ड्योढ़ी के बन्द दरवाज़े पर खटका हुआ। मेलो ने गन्ना चूसना बन्द कर दिया और चिल्लाकर बोली—''कौन?''

''मैं हूँ,'' एक नाज़ुक-सी आवाज़ आयी।

''मैं कौन?'' मेलो ने शरारत से डाँटा।

''मैं रक्खी।''

सरनो ने बेचैनी से चिल्लाकर कहा—''है! खोल ना दरवाज़ा, मेरी सखी आयी है!''

मेलो ने दरवाज़ा खोल दिया और चुलबुली रक्खी गोद में बच्चा उठाये, कमर मटकाती और गहरे नीले रंग का तहबन्द लहराती भीतर प्रविष्ट हुई। उसने पीले-पीले

परन्तु सुन्दर दाँतों की नुमाइश करते हुए कहा—"अरी क्या हो रहा है?...दिन-दहाड़े दरवाज़े बन्द कर दिये हैं तुम लोगों ने?"

"ऐ होगा क्या? देख लो मैं बाल धोने लगी हूँ!" सरनो ने फूल की तरह खिलकर उत्तर दिया।

थोड़ी देर तक तो सब स्त्रियों में कचर-मचर होती रही, परन्तु शीघ्र ही पहले जैसा वातावरण हो गया।

उस घर में रक्खी को सरनो ही से तो लगाव था, इसीलिए वहीं नल के पास चारपाई की पट्टी से लगकर खड़ी हो गयी। सरनो की अँगुलियाँ चोटी के नीचे से होती हुई ऊपर वहाँ तक पहुँच चुकी थीं, जहाँ की नज़रें न पहुँच सकती थीं। बालों की एक गाँठ ऐसी सख़्त लग गयी थी कि सुलझने में ही न आती थी। रक्खी ने बातें करते-करते सहसा कहा—"हटा हाथ, मैं खोले देती हूँ।"

उसने अपना बच्चा ज़मीन पर बिठा दिया। बच्चा भी बड़ा खिलन्दड़ा था, गोदी से उतरने की देर थी कि चाबी भरी मोटर की तरह एक ओर चल निकला।

रक्खी उसके बालों को सुलझाती रही और वे दोनों हँसने के साथ-साथ चुपके-चुपके बातें करती रहीं। सरनो को गुद्दी के बालों के भीतर घूमती हुई रक्खी की ठण्डी-ठण्डी अँगुलियों से बड़ा आनन्द मिल रहा था। जब एक बार चोटी खुल गयी तो रक्खी ने दोनों हाथों से उसके लम्बे घने बाल हवा में लहरा दिये। खुश्क बाल बिखरकर यूँ दिखने लगे, जैसे हवा दाख़िल हो जाने के कारण फूल गये हों और उनमें दमकता हुआ सरनो का चेहरा जैसे काली घटाओं में से एकाएक पूरा चाँद निकल आया हो।

सरनो ने ख़ुश होकर दायें-बायें सिर को हलके-हलके झटके दिये और रक्खी का बाज़ू सरनो की छातियों पर से होता हुआ उसकी बग़ल में जा टिका और फिर उसने उसे अपनी ओर खींचकर जाने उसके कान में क्या कहा कि दोनों सुन्दरियाँ खिलखिलाकर हँस पड़ीं।

अब सरनो कुर्ता उतारने के लिए नीचे बैठ गयी। आस्तीनों में से बाँहें निकाल उसने कुर्ते के दो पहलुओं से पकड़कर जो ऊपर खींचा तो पहले तो कुर्ते का कमरवाला भाग उसकी छातियों पर फँस गया और फिर ऊपर से रक्खी ने हाथ बढ़ाकर जो उसे खींचने में सहायता दी तो इस खींचा-तानी में न सरनो को और न रक्खी को इस बात का ज्ञान हुआ कि कब एक क़ाग़ज़, जो उसकी दोनों छातियों के बीच में फँसा हुआ था, खिसककर नीचे जा गिरा है और फिर सरनो के पाँव की एक अनजानी ठोकर से परे हटकर चारपाई की पट्टी की ओट में चला गया है।

वे दोनों हँस-हँसकर बातें करती रहीं। सरनो ने बालों में दही डाला और उन्हें ज़ोर-ज़ोर से मलने लगी। दो मिनट तक मलने के बाद चिल्लाकर बोली—"रक्खी की बच्ची! बातें बनाये जा रही है, ज़रा हत्थी तो हिला नल की...बालों में पानी भी तो पड़ना चाहिए।"

"है-है!...दो बाल्टियाँ पानी की रखी हैं, इनमें से ले लो न, यह रहा कटोरा।"

सरनो मचलकर बोली—"नहीं, भई, इस तरह मज़ा नहीं आता। नल की धार-तले सिर धरनो को जी चाहता है।"

रक्खी ने चिढ़ाने के लिए कहा—"मैं चली आयी हूँ, तो तू मज़े ढूँढ़ने लगी है, जो मैं न आती तो बाल्टी ही में से पानी लेती न?"

"हाँ, अब तो आ गयी है तू।"

"तो मैं तेरी नौकरानी नहीं हूँ..."

तेल मिला दही सरनो की आँखों में घुसकर चराँद पैदाकर रहा था। उसने परेशान होकर कहा—"तू तो मेरी बहन है। भई, देख, तेरी ख़ुशामद कर रही हूँ, ज़रा दस्ता हिला दे नल का।"

रक्खी ने उसके स्वर में प्रेम का अनुभव करते हुए और फिर हँसी दबाते हुए नल का दस्ता हिलाना शुरू कर दिया।

सरनो आनन्द तथा प्रसन्नतावश हँसने और चीखने लगी। जिन्दा दूर बैठी आप-ही-आप मुस्कराये जा रही थी। उसका ध्यान अपने काम की ओर था, परन्तु प्रसन्नतापूर्ण आवाज़ें सुन-सुनकर अनजाने रूप ही से उसके होंठों पर मुस्कराहट खेल रही थी। दोनों सहेलियाँ बचपन ही से चुहलें करती आ रही थीं और वे इसी प्रकार लड़ने-झगड़ने, एक-दूसरी को छेड़ने और तंग करने की अभ्यस्त हो चुकी थीं।

सहसा रक्खी ने हाथ रोक लिये और बड़े प्यारे ढंग से नाक चढ़ाकर बोली—"लाडो रानी, अब बस भी तो कह दे, मेरी बाँहें दुखने लगी हैं और तुम काहे को सिर नीचे डाले बैठी हो। दही कब का बालों में से निकल गया है..."

"बड़ा मज़ा आ रहा है।"

रक्खी को बिगड़ते या बनते कुछ देर न लगती थी—"भाड़ में जाये तुम्हारा मज़ा और क्या! चूर हो गयी हैं बाँहें थक कर!"

"अच्छा-अच्छा, मेरी बहन!" सरनो ने क्षमा माँगते हुए स्वर में कहना शुरू किया—"कहो, मेरे बाल तो धुल गये हैं न अच्छी तरह?"

रक्खी ने अपनी नाक के बायें नथुने पर जगमगाती हुई कील को हाथ से छूते हुए कहा—''हाँ-हाँ, बहुत अच्छे हो गये हैं।''

सरनो ने बालों को निचोड़कर गुद्दी पर उनका जूड़ा कर लिया। थोड़ा-सा तेल मिला दही उसने बचा लिया था। पलकों पर से पानी की बूँदें पोंछते हुए उसने रक्खी की ओर देखा—''इधर आ, मेरी बिल्लो! थोड़ा-सा काम और है...''

रक्खी बिदककर बोली—''नहीं, भई, अब मैं घर जाऊँगी। यूँ ही इधर से निकल रही थी, सोचा, तुमसे दो बातें करती चलूँ; पर तुमने तो सेवा लेनी शुरू कर दी।''

सरनो ने ख़ुशामद करते हुए कहा—''बस, यह दही मल दो मेरे बदन पर। अपने हाथ से न तो अच्छी तरह मला जाता है और न कुछ मज़ा आता है...''

रक्खी ने अपना गोल चेहरा आगे बढ़ाया और चंचल नज़रों से उसके नंगे बदन को सिर से पाँव तक देखा और धीरे से बोली—''नहीं, बहन! अब हमारे मले से कुछ न होगा!...अब तो कोई और ही आयेगा!''

सरनो जंगली बिल्ली की-सी तेज़ी के साथ उसकी लहराती हुई चोटी पकड़कर उसे अपनी ओर खींचने लगी।

''बदमाश कहीं की!...देख, अब मैं बाल्टी में डुबो दूँगी तेरा सिर!...याद रखियो...''

रक्खी का सिर आगे की ओर झुक गया था। वह बेतरह उसकी पकड़ में आ चुकी थी।

''छोड़!...छोड़ मुझे!''

''नहीं, अब तो डुबोकर रहूँगी। तेरी इन धमकियों की मुझे कुछ परवाह नहीं।''

''हाय, अल्लाह! मैं धमकी कब दे रही हूँ?''

सरनो ने हाथों में उसके बाल मज़बूती से पकड़े हुए थे और उसके होंठों पर हँसी थी।

सरनो की माँ दूर से बोल उठी—''अरी कमबख़्तो! इतनी बड़ी हो गयी हो...और भैंसों की तरह लड़ना नहीं छोड़तीं?...''

रक्खी पूरी तरह काबू में आ चुकी थी, मिन्नतें करने लगी—''ऐ मेरी बहन!...तू तो मेरी बड़ी बहन है!...इतनी सर्दी में मेरे कपड़े मत भिगोइयो!''

''मेरे बदन पर मालिश करेगी या नहीं?''

''हाँ-हाँ, करूँगी!''

''रब कसम?''

“कसम है।”

“फिर शरारत?”—सरनो ने एक ओर झटका दिया—“किसी की कसम खा!”

“किसकी खाऊँ?”

“नवाब की!” सरनो ने धीरे से कहा।

विवाह से पूर्व रक्खी नवाब पर लट्टू हो गयी थी और कई लोगों का ख़्याल था कि अब भी उन दोनों में अट-सट है।

रक्खी सटपटाकर बोली—“अब छोड़ दे, अल्लाह कसम, रो दूँगी मैं!”

“हाय रे मेरी बिल्लो! रो देगी, देखूँ तो मुँह?”—वह गर्दन झुकाकर उसका मुँह देखने की कोशिश करने लगी—“रोकर दिखाइयो ज़रा!”

और जब सरनो ने उसकी चोटी छोड़ दी, तो रक्खी ठेंगा दिखाकर भागने लगी। अब सरनो ने ख़ुशामद की—“देख, मेरी बहन!...नहीं, बड़ी बहन!”

सरनो की माँ की आवाज़ आयी—“देखो लोगों! कैसी लड़कियाँ हैं ये! कोई पूछे तुमसे, चुप नहीं बैठा जाता? अब तुम नन्हीं बच्चियाँ तो हो नहीं! क्यों बेटा रक्खी, बात क्या है?”

“कुछ नहीं ताई,” यह कहकर रक्खी भी उचककर दो चारपाइयों के बीच में घुसकर बैठ गयी और उसके शरीर पर दही मलने लगी।

“देख री, तू नीचे बैठ, मैं चोबच्ची के बाहर बैठूँगी। दही के छींटे मत उड़ा, मेरी लकदी (तहबन्द) खराब हो जायेगी।”

वह उसके बदन पर दही मलती रही। सरनो को अपने शरीर से गर्मी-सी निकलती अनुभव हो रही थी। रक्खी की दहीवाली कोमल अँगुलियों के स्पर्श से सरनो को अपने कोमल अंगों पर विचित्र प्रकार की आनन्दपूर्ण गुदगुदाहट महसूस होने लगी। उसकी आँखों में नमी आ रही थी और बदन कसमसा रहा था।

दही मलने के बाद जब उसने स्नान किया तो वह ओस से धुली कली की तरह दिखायी देने लगी।

सरनो कपड़े पहनने लगी तो रक्खी वापस जाने के लिए अपने बच्चे की ओर लपकी। सरनो बोली—“ऐ रक्खी! अभी बैठो न जल्दी ही क्या है?”

“नहीं भई, अब तो मैं चली।”

“फिर कब मिलोगी?” सरनो ने पुकारकर कहा।

आँगन के दरवाज़े में से बाहर को जाती हुई बोली—“वाह जी, तुम ही मिलो न आकर।”

वह दरवाज़े में से निकल चुकी थी, इसलिए सरनो ने और भी ऊँचे स्वर में चिल्लाकर कहा—"दोपहर को आऊँगी!"

"अच्छा!" कहीं गली में से आवाज़ आयी।

जिन्दा ने सूत अटेरते-अटेरते अपने-आपसे कहा—"वाहगुरु-वाहगुरु! कैसी लड़कियाँ हैं ये भी।"

सरनो स्लीपर फटफटाती, छातियाँ थिरकाती और कुर्ते के बटन बन्द करती हुई बरामदे की ओर आयी। ऊँची जगह पर खड़े होकर उसने जूड़ा खोला और बाल नीचे लटका दिये। कुछ क्षणों तक उनमें से पानी की बूँदें टपकती रहीं। माँ के मैले दुपट्टे से उसने उन्हें ख़ूब अच्छी तरह निचोड़-निचोड़कर पोंछा। कन्धों पर मैला कुर्ता फैलाकर बाल पीछे की ओर फेंक दिये...और उस समय उसे याद आया कि वह बनियाइन पहनना तो भूल ही गयी थी। उसने सोचा, चलो जाने दो, अब कौन पहने। वह भागकर चारपाई से बनियाइन उठा लायी। उसे खूँटी पर लटकाकर वह आँखों में काजल लगाने के लिए पसार में चली गयी।

एक ऊँचे मोढ़े पर बैठकर उसने बड़ा-सा शीशा अपने सामने चारपाई पर रख लिया। जब उसने उस शीशे में अपने चेहरे को देखा, तो उसने सोचा कि शीशा काफ़ी अच्छा है, हालाँकि पहले-पहल जब उसका बाप उसे शहर से ख़रीदकर लाया था, तो वह उसके भद्दे फ्रेम को देखकर, जिस पर पीले-पीले फूल बने थे, बहुत मायूस हुई थी; परन्तु बाद में जब उसने उसमें अपना मुख देखा तो वह बाप के चुनाव की सराहना किये बिना न रह सकी।

काजल की सलाई आँख में घुमाकर वह उसे बाहर निकालते समय आँख के कोने में एक छोटी-सी महीन रेखा खींच देती, जिससे आँखें अधिक लम्बी दिखायी देने लगतीं और अधिक कटीली हो जाती थीं।

प्रत्येक युवा लड़की की तरह वह स्वप्निल नेत्रों से शीशे में अपनी सूरत देखती रही, परन्तु उसका मस्तिष्क वहाँ नहीं था। वह जाने कहाँ गुम था। हर वस्तु पर गुबार-सा छाया हुआ था। लहलहाती खेतियाँ, पानी के छींटे उड़ाते और रूँ-रूँ करते रहट, दूर-दूर तक फैली हुई सरसों, ओस में डूबी हुई कपास के फूल और उनकी पत्तियों और टहनियों में से उठती हुई भाप, सिरींह के वृक्षों की छाया और लहराते हुए रंग-बिरंगे दुपट्टे...।

सरनो को कुछ याद आया। वह उठकर भीतरवाले कमरे में गयी। एक रंगीन ढकनेवाली छोटी-सी पिटारी में से सोने का हार निकाला। यह हार मेलो का था, जो उसने सरनो के बाप को शहर से छोटा कराने के लिए दे रखा था। शीशे के सामने बैठ उसने हार गले में डाल दिया। कुर्ते के बटन खोलकर वह अपनी उजली बेसनी

रंग की त्वचा पर सोने के पीले-पीले मनकों की बहार देखने लगी। मनके नीचे की ओर गिरते हुए उसकी छातियों के शिखरों पर न चढ़ सके और लुढ़ककर दोनों छातियों के मध्य में कुछ उजले स्थान पर रुक गये। उसने झुककर मनकों की कतार की ओर देखा, तो उसे यूँ अनुभव हुआ, जैसे उसकी छातियाँ उन्हीं मनकों का रंग-रूप लेकर ऊपर की ओर उभर आयी हों...एक बार पुनः वह उन सुन्दर स्वप्नों में खो गयी।

बाहर पूर्ववत् चुप्पी छायी थी। दीवारें पर बैठे कौवे बेतहाशा काँय-काँय कर रहे थे। उनमें से कुछ नल के निकट इधर-उधर गिरी हुई दही की फुटकियों पर चोंच मारने के लिए वहाँ पहुँचकर पर फड़फड़ाने लगे। एक-आध फुटकी उस काग़ज़ पर भी जा गिरी थी। चोंच लगने पर काग़ज़ चारपाई की पट्टी से बाहर निकल आया और हवा के एक तेज़ झोंके से और परे जा गिरा।

सहसा जिन्दा को याद आया कि उसने ज़मीन में गड़ी अँगीठी पर, जिसमें दूध से भरी मटकी रखी थी, ढकना नहीं धरा। उसने किसी से कहने के लिए इधर-उधर देखा, परन्तु मेलो आदि भी न जाने कहाँ चली गयी थीं। छत पर चली गयी थीं या अपने-अपने कमरों में जा घुसी थीं। जब सरनो भी पास दिखायी न दी, तो स्वयं उसने उठकर यह काम कर दिया, और जब वापस लौटी, तो उसकी नज़र उस काग़ज़ पर जा पड़ी। यूँ काग़ज़ को देखकर उसे कुछ भी ख़्याल न आता, परन्तु चूँकि वह अच्छी तरह तह किया हुआ था, इसलिए उसने यह समझकर कि सम्भवतः उनके कुटुम्ब में से किसी की चिट्‌ठी गिर पड़ी हो, उसे उठा लिया। परन्तु वह काग़ज़ कोई साधारण काग़ज़ नहीं था, बल्कि हलके गुलाबी रंग का ऐसा सुन्दर काग़ज़ इससे पूर्व उसकी नज़रों से गुज़रा ही नहीं था। उसे कुछ आश्चर्य हुआ। वह चारपाई पर आकर बैठ गयी। उसकी नज़र अब ज़रा कमज़ोर हो गयी थी, परन्तु चिट्‌ठी बड़े सुन्दर गुरुमुखी अक्षरों में लिखी थी, इसलिए उसे पढ़ने में विशेष असुविधा न हुई।

पहली पंक्ति पढ़ते ही उसका दिल ज़ोर-ज़ोर से धड़कने लगा और एक बार तो उसे ऐसा लगा, जैसे उससे आगे वह कुछ न पढ़ सकेगी। उसने हाथ नीचे झुका लिया। चारों ओर देखा, वहाँ कोई व्यक्ति नहीं था।

फिर उसने जल्दी-जल्दी सारी चिट्‌ठी पढ़ डाली। लिखा था :

"जान से प्यारी मेरी और केवल मेरी सरने।"

"सुनो, मेरे मन की रानी! मेरे हृदय की धड़कन सुनो! यह प्रतिक्षण तुम्हें याद करता है! अब मैं तुम्हें कितनी बार कहूँ और किस प्रकार विश्वास दिलाऊँ कि मैं तुमसे प्रेम करता हूँ। प्रेम क्या करता हूँ, तुम्हारी नज़रों का घायल तुम्हारे सुन्दर पाँव में सिर झुकानेवाला गुलाम हूँ! सारी-सारी रात नींद नहीं आती। तुम्हारी याद में तारे

गिनता रहता हूँ। तुम्हारा सुन्दर और मोहक मुखड़ा एक घड़ी के लिए भी तो आँखों से ओझल नहीं होता। मेरी जाने! मेरी रानी! तुम लिखती हो कि तुम भी इस गुलाम से प्रेम करती हो, तो फिर बताओ, अपनी जुदाई में मुझे इतना क्यों तड़पाती हो? ज़ालिम, तुम क्या जानो प्रेम क्या बला होती है। बस कहीं से प्रेम का नाम सुन लिया है। तुम मुझे दिन में कम-से-कम एक बार तो अपने कोमल हाथों से लिखा हुआ कुशलता का सन्देश भेज दिया करो। लो विदा।''

''मेरी ओर से अपने होंठों, गालों, आँखों बल्कि सारे शरीर के एक-एक अंग पर सौ-सौ चुम्बन कबूल करो!''

तुम्हारा और केवल तुम्हारा

पृथ्वीपाल सिंह

जिन्दा सुलझे स्वभाव की स्त्री थी। उसे चिट्ठी के शब्दों में बनावट की बू आयी। शहरी पुरुष का सारा दिखावा उसमें मौजूद था। उसने चिट्ठी को बार-बार पढ़ा। बदनामी का जो ख़तरा उस समय उनके सिरों पर मँडरा रहा था, उसका उसे पूर्णतया अनुभव हो आया था। उसे सब काम-धाम भूल गया। अटेरना एक ओर रखकर हाथ में काग़ज़ भींचे वह भीतर आयी।

पसार में बैठी सरनो माँ के एकाएक आगमन से घबरा गयी। उसने अर्धनग्न छातियों पर पड़े मनकों को मुट्ठी में भींच लिया; परन्तु जिन्दा उसकी ओर देखे बिना भीतर के कमरे की ओर लपकी और चलते-चलते बोली—''सरनो, ज़रा अन्दर आइयो।''

सरनो को माँ के स्वर में कुछ विचित्र प्रकार का अन्तर मालूम हुआ। उसने चुपके से हार उतारा और उसे टोकरी में बन्द करके एक ओर सरका दिया।

भीतर पहुँचकर जिन्दा बड़े पलँग पर बैठ गयी।

कमरे में प्रकाश आने के लिए या तो छत में मघ था जो उस समय ढँका हुआ था या पिछली दीवार में ऊपर की ओर छोटी रकाबी के बराबर गोल छिद्र था, इसलिए वहाँ प्रकाश बहुत मन्द था। तेज़ प्रकाश में से एकदम अँधेरे में आ जाने से उन दोनों को एक-दूसरे की सूरतें धुँधली-धुँधली-सी दिखायी देती रहीं।

सच बात तो यह है कि जिन्दा के मन पर इस घटना का बहुत बुरा प्रभाव हुआ था। उसके तो स्वप्न में भी यह बात नहीं थी। स्वयं उसने कई बार अपने पति को मशविरा दिया था कि युवा लड़की को इतने दिनों घर में बिठाये रखना उचित नहीं। इतनी-सी चिन्ता तो प्रत्येक माँ-बाप को होती है। यद्यपि घर में पाली, पृथ्वी और दूसरे कुछ जवान लड़कों का आना-जाना था, परन्तु चूँकि वह इन बातों पर कड़ी नज़र

रखती थी, इसलिए उसे कभी सन्देह भी नहीं हुआ था कि भीतर-ही-भीतर न केवल खिचड़ी पक रही है, बल्कि नौबत यहाँ तक पहुँच चुकी है। यूँ ही उसने एक-दो बार सरनो और पृथ्वीपाल की उड़ती-उड़ती अफवाह सुनी थी, परन्तु उसे कभी विश्वास नहीं हुआ। वह कहती—"बहन! इस दुनिया में किसी का कुछ भी न बिगाड़े तो भी कोई-न-कोई बैरी ज़रूर होता है जो किसी-न-किसी तरह अपने मन का खोट निकालता रहता है।" सबको उसकी बात पर विश्वास आ जाता। सब लोगों का ख़्याल था कि अब चूँकि उनके पास बहुत-सा धन एकत्रित हो गया था और फिर जिन्दा के न सही निरंजनसिंह के स्वभाव में घमण्ड की बू थी, इसलिए उनके सम्बन्धी उनसे ईर्ष्या रखते थे और इधर-उधर की गप उड़ा देते थे। बहू-बेटियोंवाले लोग बिना प्रमाण किसी की इज़्ज़त पर धूल नहीं उड़ाते, ताकि अपने-आप पर अँगुली न उठे। अब जिन्दा को मालूम हुआ कि ज़रूर किसी ने दोनों को सन्देहयुक्त अवस्था में देखा होगा, अन्यथा यह बात झूठ-मूठ न उड़ती। यदि सचमुच कोई जाना हुआ व्यक्ति उन दोनों को साथ-साथ देख लेता, तो अब तक सारे गाँव में ही नहीं, बल्कि दूर-दूर तक उनके जाननेवालों में यह बात फैल जाती। जिन्दा इस प्रकार की बातों से उतना ही डरती थी जितना कि इज़्ज़तवाले घराने को डरना चाहिए।

कुछ क्षणों तक माँ-बेटी आमने-सामने चुपचाप बैठी रहीं। यह असाधारण चुप्पी देखकर सरनो का हृदय भी धड़क रहा था कि जाने इसमें क्या भेद है और जाने क्या होनेवाला है? उधर जिन्दा को यूँ लग रहा था, जैसे उसका मस्तिष्क बिलकुल सुन्न हो गया हो। हालात में अचानक परिवर्तन उत्पन्न हो जाने से उसके मन में विपरीत प्रकार के भाव बड़ी तेज़ी से आ रहे थे। उसे अपनी बेटी पर इतना क्रोध आ रहा था कि कुछ देर तक तो वह मुँह से आवाज़ तक निकालने में असफल रही, फिर उसने हाथ बढ़ाकर वह काग़ज़ बेटी के हाथ में दे दिया।

काग़ज़ देखते ही सरनो का रंग फीका पड़ गया। वह समझ गयी कि उससे क्या ग़लती हो चुकी है। हाय, उसे नहाते समय छाती में छिपे पत्र का ध्यान क्यों न रहा? अब वह समय लौटकर न आ सकता था और इस विपत्ति से निकलने का मार्ग सुझायी न देता था। जिन्दा ने और निकट पहुँचकर उसके गाल पर बड़े ज़ोर से चुटकी भरी और आगे-पीछे झटके देते हुए धीमे परन्तु अत्यन्त कटु स्वर में कहा—"हरामखोर! चुड़ैल! मुस्टडी!...बोल!"

वह बेचारी क्या बोलती?

जिन्दा ने और आगे बढ़कर उसके बाल अपनी मुट्ठी में भर लिये और एक झटके से जो खींचा, तो सरनो का सिर उसकी गोद में जा गिरा। ऊपर से उसने उसकी पीठ पर पूरी ताकत से धुँआ-धूँ दोहत्तड़ मारने शुरू किये।

"बड़ी इशकबाजी करनेवाली आयी वहाँ से! कलमुँही! तू पैदा होते ही क्यों न मर गयी?...क्यों री, तेरी छाती में कौन-सी चिता जल रही थी, जो तू कुछ देर और सन्तोष न कर सकी? तुझे कौन-से पिस्सू काट खा रहे थे? तेरी उम्र से कहीं बड़ी लड़कियाँ पड़ी हैं गाँव में, क्या कभी उन्होंने भी इशकबाजी की है? बोल हरामजादी, बोल!"

एकदम पोल खुल जाने से सरनो बिलकुल ही भौचक्की रह गयी थी। माँ के क्रोध का मुकाबला करने का साहस ही उसमें कहाँ था। जिन्दा उस समय तक दोहत्तड़ मारती गयी, जब तक कि उसके हाथ थक नहीं गये।

सरनो को लगा, जैसे उसकी रीढ़ की हड्डी चकनाचूर हो गयी हो। उसकी कमर पीछे को झुक गयी थी। उसने पीठ सहलाने के लिए अपना एक हाथ पीछे की ओर बढ़ाया, तो कुर्ते के दो-तीन बटन, जो वह जल्दी से अच्छी तरह बन्द न कर पायी थी, खुल गये और उसकी तनी हुई छातियाँ अर्द्धनग्न हो गयीं। इस दृश्य ने जैसे जिन्दा के मन पर कोड़े का काम किया और उसने निर्दयतापूर्वक उसके गिरेबान को खींचकर कहा—"आग लगे तेरे फैशन को हरामजादी! कुर्ते के बटन बन्द कर। लाडो रानी! हम तेरा मुँह देखें और तू हमारी इज़्ज़त डुबोये। भैंस को पाल-पोसकर इतना बड़ा किया, न कोई काम, न धाम, लगी है प्रेम के झूले झूलने! अभी दुनिया की होश तो कर, कमबख़्त!" ऐसे चिट्ठियाँ आती हैं तुझे आशकों की? बोल, कलमुँही कुतिया! अभी तो तेरे दो बड़े भाई कुँवारे बैठे हैं, कभी उनकी भी इशकबाजी सुनी है तूने, और तू लड़की होकर तारे तोड़ने लगी! जब तेरे भाइयों की शादी नहीं हुई तो तू क्यों अपने आशक ढूँढ़ने लगी है? मैं तो तेरी यह बड़ी लाश देखकर हमेशा डरती थी। दिन-रात यही कहती थी कि वाहगुरु, तू ही लाज रखनेवाला है सबकी! हमारी छोकरी की रक्षा करना! लेकिन हमारी लौंडिया तो ऐसी तेज़ निकली कि बस! अभी क्या है, आने दे बाप को, तेरी वह हड्डियाँ तुड़वाऊँगी कि सारा इशक-विशक भूल जायेगी! क्यों री, हम तुझे खिलायें-पिलायें, चाव-चोंचलें करें और तू हमें इसका यह बदला दे? जाने पिछले जन्म में क्या पाप किये थे हमने, जो तूने हमारे घर जन्म लिया..."

जिन्दा एक बार पुनः चुप हो गयी। वह कुछ निश्चय न कर पायी कि उस मुरदार को इतना साहस हुआ कैसे और अब वह क्या करे या क्या कहे? वह मारपीट कर चुकी थी, जो कुछ मुँह में आया था, वह कह चुकी थी। उसकी आँखें अभी तक लाल थीं और अंग फड़क रहे थे।

"अच्छा, मरदूद, अब तू यहाँ बैठी रह, और ख़बरदार, कुतिया, जो तूने अकेले घर से बाहर कदम रखा तो तेरी टाँगें तोड़कर रख दूँगी!... अभी आता ही होगा तेरा बाप, अब देखना क्या गत बनती है तेरी। तूने तो लोकलाज ही सिर से उतार फेंकी है!"

यह कहकर जिन्दा ने सरनो को परे धकेला और बाहर से दरवाज़े की कुण्डी चढ़ाकर बरामदे में टहलने लगी। क्रोध कम करने के लिए उसने ठण्डे पानी का गिलास पिया। उसे भय था कि कोई उसे उस हालत में देख न ले और सन्देह न करने लगे।

थोड़ी देर तक टहलने के बाद वह बाहर निकली। आँगन में चुप्पी छायी थी। पहले तो उसने आँगन ही में बैठकर काम करने का निश्चय किया, फिर कुछ सोचकर बरामदे में चारपाई डाल दी और सूत अटेरने लगी। वह नहीं चाहती थी कि उसे किसी से आँख मिलानी पड़े। उसके हृदय में जो तूफान उठ चुका था, उसे दबाने के लिए कुछ-न-कुछ समय तो अवश्य चाहिए था।

इस प्रकार समय गुजरता गया। फिर उसने उठकर स्वयं ही आटा गूँधा। रात का साग पड़ा था, सोचा, उसे ही गर्म करके गुज़ारा कर लिया जायेगा। जब तन्दूर गर्म हुआ, तो उसने मेलो को आवाज़ देकर कहा—"मेलो बेटी, ज़रा हमारी रोटियाँ भी लगा दे तन्दूर पर।"

"अच्छा,...सरनो कहाँ है, क्या छत पर बैठी है?"

"नहीं तो," जिन्दा ने उत्तर गोल करना चाहा।

मेलो ने पास आकर पूछा—"फिर कहाँ है?"

जिन्दा ने बहाना बनाया—"जब से सिर धोया है, कहती है, सिर में दर्द हो रहा है।"

मेलो ने आश्चर्य प्रकट किया—"अच्छा...मैं जाकर सिर दबाये देती हूँ...कहाँ है?"

"नहीं, बेटी, रहने दो। सो रही है भीतर के कमरे में। सिर तो मैं दबा चुकी हूँ। ज़रा सोयी है तो सोयी रहने दो।"

मेलो को कुछ सन्देह नहीं हुआ और वह उनके आटे की परात उठाये तन्दूर की ओर चली गयी।

रोटियाँ पककर आ गयीं तो घर के पुरुष भी आ पहुँचे। जिस किसी ने भी सरनो के बारे में पूछा, उसने सिर-दर्द का बहाना बना दिया। सरनो के भाई खाना आदि खाकर अपनी-अपनी चारपाई उठाये बगीची की ओर चले गये। अपने साथ खाने के लिए कुछ छोटी-छोटी नर्म-नर्म मूलियाँ और पिसा हुआ नमक भी ले गये।

जब घर में केवल निरंजनसिंह रह गया, तो जिन्दा उसकी बाँह थामकर सरनो के साथवाले कमरे में ले गयी। निरंजनसिंह को आश्चर्य तो हुआ, परन्तु उसने सोचा कि स्त्रियों की यह आदत ही होती है कि ज़रा-सी बात सुन पायें, तो बड़े ही विचित्र ढंग से बात का बतंगड़ बनाकर सुनाती हैं। अतएव कमरे में पहुँचकर वह बड़े सन्तोष

के साथ रंगीन पायोंवाले पलँग पर बैठ गया। सिर से पगड़ी उतारकर एक ओर रख दी और अपना हाथ माथे पर फेरने लगा। आगे के कुछ बाल उड़ जाने से उसका माथा बहुत चौड़ा दिखायी देने लगा था। सिर पर दो-तीन बार हाथ फेरने के बाद उसने बड़े शान्त स्वर में पूछा—"हाँ, अब कहो क्या बात है?"

जिन्दा ने हाथ झटककर उत्तर दिया—"जरा सब्र करो?"

उसका अपना मन बेकाबू हो गया था। वह चाहती थी कि उस घटना का वर्णन इस ढंग से करे कि उसे इतना क्रोध न आ जाये कि ज़ोर-ज़ोर से बकने लगे और लोगों को खामुखाह इस बात की ख़बर हो जाये।

निरंजनसिंह ने ज़रा आश्चर्य से कहा—"तुम भी ख़ूब हो, ख़ुद ही मेरा हाथ पकड़कर इस तरह लायी हो जैसे कोई बहुत बड़ी बात हो गयी हो...मैं तो पहले ही समझता था..."

जिन्दा ने भेदपूर्ण स्वर में कहा—"बात तो बड़ी ही है।"

"अच्छा जी!" निरंजनसिंह ने पत्नी को चिढ़ाने के लिए कहा।

"देखो, मज़ाक़ नहीं, लेकिन तुमसे डरती हूँ। ऐसा न हो कि पारा एकदम चढ़ जाये..."

निरंजनसिंह ने कुछ बिगड़कर कहा—"सरनो की माँ! तुमसे इतनी बार कह चुका हूँ कि मेरे सामने जो बात कहनी हो साफ़-साफ़ कह दिया करो। यह जो खामुखाह का तूमार बाधँती हो, सो मुझे अच्छा नहीं लगता।"

"है-है! साफ़ ही कहूँगी, तुम तो अभी से बिगड़ने लगे।"

"अब कह भी डालो।"

जिन्दा हाथ मलते हुए बोली—"अब क्या कहूँ? मैं फिर से कहती हूँ कि हवा के घोड़े पर मत सवार हो जाना।...मैं तो नहीं, तुम ही बात का बतंगड़ बना डालोगे।"

यह सुनकर निरंजनसिंह माथे पर हलका-सा हाथ मारकर चित लेट गया—"लो भई, तुम जीती मैं हारा। अब मैं कुछ नहीं पूछने का। तुम्हारे जो जी में आये कहो, हाँ और क्या?"

जिन्दा ने बात बिगड़ती देखकर कहना शुरू किया—"बात तो यूँ ही छोटी-सी थी। मेरा मतलब है अभी तो छोटी ही है, लेकिन बड़ी हो सकती थी, अगर मुझे आज इस बात का पता न चल जाता तो..."

निरंजनसिंह ने जैसे न बोलने की सौगन्ध खा ली थी।

जिन्दा ने फूँक-फूँककर कदम रखते हुए कहना शुरू किया—"बात यह है कि आज मुझे सरनो की एक बात का पता चल गया है।"

"किस बात का?" निरंजनसिंह ने ऐसे ही पूछ लिया।

"आप तो बच्चा बनते हैं!"जिन्दा पति को कभी 'तुम' और कभी 'आप' कहकर सम्बोधित करती थी—"भला जवान लड़कियों की बात ही क्या हुआ करती है?"

पति के मन में कुछ खटका—"तुम्हारा मतलब...आख़िर हुआ क्या है, मुझे भी तो बता डालो अब!"

"होगा क्या?...वह लड़का था न पृथ्वीपाल सिंह, वह बहुत ख़ूबसूरत और लम्बा-सा लड़का...याद है तुम्हें?"

"तुम्हारा मतलब लफ़्टैन से है?"

"हाँ-हाँ।"

"तो लफ़्टैन कहो...लेफ़्टिनेण्ट है असल में...हाँ, तो फिर?"

जिन्दा ने फिर कुछ संकोच किया—"उन दोनों की आपस में...समझे न!"

"किन दोनों की?"

जिन्दा का मतलब स्पष्ट था, परन्तु निरंजनसिंह जैसे सुनी-अनसुनी कर रहा था।

"सरनो और वह...लफ़्टैन की।"

इस बीच में वह एक कुहनी के सहारे ज़रा ऊपर को उठ गया।

"क्या कहती हो तुम?"

"अब ज़रा सब्र से काम लो...मैं जो कहती हूँ बिलकुल ठीक कहती हूँ।"

निरंजनसिंह बेचैनी से बोला—"नहीं जिन्दा, यह कभी नहीं हो सकता। यह तो बड़ी बदनामी की बात है! हम किसी को मुँह दिखाने के योग्य नहीं रहेंगे, और लड़की की तो सारी ज़िन्दगी बरबाद हो जायेगी।"

"यही तो दुःख है," कहते-कहते जिन्दा का कण्ठ भर आया—"इन लड़कियों को खिलाओ, पिलाओ, पाल-पोसकर बड़ा करो, पर क्या कहा जाय ऐसी सन्तान को जो माँ-बाप के सफ़ेद बालों में राख डाल दे?"

अब निरंजनसिंह बात की तह तक पहुँच चुका था। पत्नी की दबी-दबी सिसकियों पर झल्लाकर उसने पूछा—"आख़िर तुम्हें यह बात मालूम कहाँ से हुई?...अब बकोगी भी या रोती ही चली जाओगी?"

जिन्दा ने आँचल के कोने से आँखें पोंछते हुए वह चिट्ठी उसके आगे बढ़ा दी।

निरंजनसिंह ने जल्दी-जल्दी चिट्ठी पढ़ी और फिर एकाएक बिगड़कर उठ खड़ा हुआ। पास पड़ा हुआ बड़ा-सा लठ उठाकर सरनोवाले कमरे की ओर चलने लगा, तो जिन्दा लठ से लिपट गयी—"क्या उसे जान से मार डालोगे?"

"जिन्दा ! लठ छोड़ दे!"

वह और भी मज़बूती के साथ लठ से लिपट गयी और हठधर्मी से बोली—"नहीं, कभी नहीं छोड़ूँगी!...आख़िर तुमने वही बात की ... इसीलिए तो मैं तुम्हें बात बताने से घबराती थी।"

निरंजनसिंह ने लठ छोड़ दिया और घूँसा तानकर बोला—"मैं मारे घूँसों के उसकी पसलियाँ तोड़ दूँगा।" वह फुँफकारता हुआ उस कमरे की ओर लपका, जहाँ सरनो बैठी थी। उसके पीछे-पीछे जिन्दा भागती चली आयी। निरंजनसिंह ने कमरे में प्रविष्ट होते ही बिना कुछ कहे सरनो को बालों से पकड़कर इस ज़ोर से परे फेंका कि उसका माथा पलँग के पाये से टकरा गया और वहाँ तुरन्त ही एक गोला-सा बन गया। गोले के पास ख़राश आ जाने से ख़ून बह निकला। फिर उसने ज़ोर की ठोकर लगाने के लिए पाँव उठाया, तो जिन्दा तुरन्त उसकी टाँग से लिपट गयी। अचानक फौज की नौकरी के ज़माने की बेंत की पतली-सी छड़ी निरंजनसिंह के हाथ लग गयी। जिन्दा ने देखा कि दरवाज़ा खुला है। उसने यह भी देख लिया कि पति के हाथों में कोई ऐसी ख़तरनाक चीज़ भी नहीं, इसलिए उसने लपककर दरवाज़ा बन्द कर दिया। इतनी-सी देर नें सरनो की हलकी-हलकी आवाज़ें, 'चाचा, मैं मर जाऊँगी, चाचा, मैं मर जाऊँगी' और मज़बूत छड़ी की फुँकार सुनायी देने लगी। दरवाज़ा बन्द करके जब वह लौटी, तो पति को परे धकेलकर बोली—"बस करो, क्या अब मार ही डालोगे इसे?"

सरनो गिरती-पड़ती माँ की ओट में हो गयी।

"माँ, मेरी माँ, बचा लो मुझे!..."

निरंजनसिंह ने अत्यधिक क्रोध में गुर्राकर कहा—"जिन्दा, हट जा मेरे सामने से!" और फिर वह सरनो को पकड़ने की कोशिश करने लगा।

"मेरी माँ! मेरी माँ!" और फिर सरनो के मुँह से एक बड़ी दर्द भरी चीख़ निकलने लगी। जिन्दा ने तुरन्त उसके मुँह पर हाथ रख दिया और उसे एक नन्हीं-सी बच्ची की तरह अपनी छाती से लिपटा लिया और फिर छड़ी का हर वार उसने अपने शरीर पर रोका।

आख़िर मारनेवाला स्वयं ही निढाल हो गया और पलँग की पट्टी के सहारे बैठकर हाँफने लगा।

जिन्दा ने घूमकर धीमे स्वर में कहा—"जाओ, अब वाहगुरु के लिए बाहर चले जाओ...दरवाज़ा बन्द करते जाना।"

पति ने आज्ञा का पालन किया।

यद्यपि सरनो के सारे शरीर पर चोटों के निशान पड़ गये थे, परन्तु जिन्दा मन में वाहगुरु अकाल पुरुख को धन्य-धन्य कह रही थी कि उस समय उसके पति के हाथ में कोई भारी-भरकम चीज़ नहीं थी और सरनो को भी कोई खतरनाक चोट नहीं आयी थी। ऐसी जवान लड़की के लिए छड़ी की मार तो कुछ भी नहीं थी।

दो घड़ी के बाद उसने बेटी को पलँग पर लिटा दिया और स्वयं भी उसके साथ लेट गयी और उसका सारा शरीर अपने शरीर से लिपटा लिया। फिर धीरे-धीरे उसके शरीर को सहलाने लगी। पन्द्रह-बीस मिनट तक तो उसने क्षण-भर के लिए भी बेटी को अपने-आप से अलग नहीं किया। फिर जब वह उठने लगी, तो सरनो ने उसका हाथ अपने दोनों हाथों में थाम लिया—"माँ मत जाओ...यहीं लेटी रहो।"

अपनी बेटी का गदराया हुआ शरीर, उभरी-उभरी छातियाँ, भर्रायी हुई आवाज़ और अपने बूढ़े हाथों में उसके कोमल हाथों को लिपटे देख न जाने किस विचार के वशीभूत हो जिन्दा के नेत्र सजल हो उठे, परन्तु उसने अपने-आप पर काबू पाते हुए मन्द स्वर में कहा—"ठहर, मैं ज़रा तेरा बदन सेंकने के लिए रुई और कुछ आग ले आऊँ।"

ईंट का टुकड़ा आग में गर्म करके उसने रुई में लपेटा और बेटी का बदन सेंकने लगी। थोड़ी देर तक सेंक करने के बाद गर्म-गर्म दूध में घी डालकर उसने बेटी को पिलाया। शायद सरनो को इस स्नेह की आवश्यकता नहीं थी, परन्तु माँ की ममता जाग उठी थी। भला ऐसा किये बिना वह कैसे रह सकती थी?

सरनो को कुछ नींद-सी आने लगी, तो जिन्दा उसे छोड़ दूसरे कमरे में पति के पास चली गयी।

पति की झल्लाहट तो समाप्त हो चुकी थी, परन्तु नये विचार उत्पन्न हो जाने से वह गहरी चिन्ता में डूबा हुआ था। उसने पत्नी की ओर देखा, परन्तु कुछ कहा नहीं।

किसी को जाने-बूझे बिना उनके घर में इतना कुहराम मच चुका था, परन्तु जिन्दा इस बात से सन्तुष्ट थी कि अब कोई ठिकाने की बात सोची जा सकती है। वह पति के पलँग के पास एक मोढ़े पर बैठ गयी। पति-पत्नी की मौन नज़रें एक क्षण के लिए एक-दूसरे से मिलीं, परन्तु दोनों में से किसी को भी कुछ नहीं सूझ रहा था।

कुछ देर चुप्पी छायी रही। फिर निरंजनसिंह ने माथे पर हाथ रखकर गोबर से लिपी हुई दीवार की ओर खोखली नज़रों से घूरते हुए कहा—"इस लौंडिया ने तो तबाह कर दिया हमें।"

घोर विपत्ति के समय जिन्दा ही पति को साहस दिलाया करती थी और पति भी इस बात का अभ्यस्त हो चुका था। हर ऐसे मौके पर वह पत्नी के प्रोत्साहनपूर्ण शब्दों

का इच्छुक होता था। जिन्दा ने नियमानुसार दृढ़तापूर्वक कहा—"यह क्या कहते हो? वाहगुरु का नाम लो! घरों में ऐसी बातें तो हो ही जाया करती हैं। इसमें तबाही की बात ही क्या है? मैं समझती हूँ, अभी तक किसी को इसकी ख़बर ही नहीं हुई।"

"ख़बर फैलते क्या देर लगती है?"

"देर तो नहीं लगती। अगर आदमी होशियारी से काम ले, तो सब बातें छिपी रह सकती हैं।"

इस बात पर निरंजनसिंह ने एक आह भरी और हाथ पलँग पर टेककर पीछे की ओर झुक गया।

जिन्दा ने पुन: कहना शुरू किया—"एक तुम हो कि एकदम हवा के घोड़े पर सवार हो जाते हो। कुछ सोच तो लिया करो। सांसारिक बातें इस तरह हल नहीं होतीं।"

"हाँ, बस अब तुम नसीहतों के दफ़्तर खोल दो! यह तो बात ही ऐसी थी, मैं अपने-आपको काबू में न रख सका। मैं इस लड़की को ऐसी...नहीं समझता था।"

"यह तो उम्र की बातें होती हैं। जवान लड़की है, अगर भटक भी जाये तो इसमें हैरानी की बात नहीं। हमारे गाँव में कितनी लड़कियों की बातें उड़ीं। रक्खी और नवाब की भी लोग बातें करते थे। शीला को तो मैंने अपनी आँखों से देखा..."

"न जाने कैसा ज़माना आ गया है। हमारे दिनों में तो ऐसी लड़कियों की टाँगें तोड़कर उन्हें नहर में डुबा दिया जाता था..."

"लद गये वे दिन। गाँव की बातें करते हो, ज़रा शहर में जाकर देखो तो होश उड़ जायें..."

"अजी रहने भी दो। अब शहर की बातें ले बैठी। हम गाँव के लोग गाँव की बातें ही तो करेंगे।"

"गाँव लिये फिरते हो। मालूम भी है कुछ, अपनी लड़की कितने बरस शहर की हवा खा चुकी है। इससे बिलकुल देहातियों की-सी बातों की आशा तो न रखो..."

"मैं पूछता हूँ, शहर में लड़कियों को बस यही कुछ सिखाया जाता है कि लड़कों से प्रेम की पींगे बढ़ायें और उन्हें प्रेम-भरी चिट्ठियाँ लिखती रहें?"

"ख़ैर, सिखाया तो नहीं जाता पर लड़कों से मिलने-जुलने की आज़ादी होती है। अब तो लड़के और लड़कियाँ साथ-साथ स्कूल में पढ़ने लगे हैं..."

"अब छोड़ो इन बातों को, सरनो की माँ!...यूँ ही बेसिर-पैर की हाँके जाती हो। इन बातों से तुम्हारा मतलब क्या है? क्या हम अपनी लड़की को मनमानी करने के लिए छोड़ दें?"

"हाय रे, तुम तो यूँ ही सिर पर चढ़े जाते हो। लो, भला यह भी कोई बात हुई। आजाद क्यों छोड़ दें? मैं तो कहती हूँ कि नौजवान लड़की है, शहर में भी रह चुकी है, अगर इससे कोई ग़लती हो भी जाय तो हमें उसकी मज़बूरी को समझ लेना चाहिए।"

"अच्छा, चलो मान लिया कि मज़बूरी है। अब कहो आगे क्या होगा। इधर-उधर की हाँकने से क्या लाभ? कुछ सोचो, इसका कुछ इलाज तो होना ही चाहिए।"

"अजी, मैं कहती हूँ लड़के में बुराई भी क्या है..."

"कौन से लड़के में?"

"यही पृथ्वीपाल सिंह।"

"क्या मतलब?"

"ख़ूबसूरत है, जवान है, पढ़ा-लिखा है, खाता-पीता है, अफसर है..."

"हाँ-हाँ, यह तो मैं जानता हूँ। अब पहेलियाँ मत बुझाओ, जो बात कहनी है कह डालो।"

जिन्दा ने आश्चर्य से नाक पर उँगली रखकर उत्तर दिया—"अरे वाह, और साफ़-साफ़ क्या कहूँ?...मैं कहती हूँ, उससे रिश्ता हो जाये तो क्या बुराई है?"

निरंजन सिंह ने गुर्राकर कहा—"तुम्हारा मतलब है, अब उसी बदमाश से शादी भी कर दूँ तुम्हारी लाडो की?...वाह!"

"फिर वही बात?...बदमाश काहे को हो गया वह? अगर दोनों में हँसना-बोलना है भी, तो इससे कुछ ख़राबी तो पैदा नहीं होगी। आपस में प्रेम ही तो करते हैं। ऐसा लड़का तो चिराग़ लेकर ढूँढ़ने से भी न मिलेगा। हम जो कुछ भी हों, ऐसे ऊँचे रिश्ते का सपना तक नहीं देख सकते। अब अगर ख़ुद लड़का ही लड़की को पसन्द करता है तो फिर मुश्किल ही क्या है। दोनों की जोड़ी भी चाँद-सूरज की होगी।"

निरंजनसिंह ने धीमे स्वर में कहा—"भई, मुझे तो जँचती नहीं यह बात..."

"अब छोड़ो पुराने विचारों को। जब लड़की और लड़के की आपस में बनती है, लड़के में सब गुण हैं और ऐब कोई भी नहीं, तो हमें और किस चीज़ की ज़रुरत है? ज़रा ठण्डे दिल से सोचो मेरी बात को। यूँ ही झल्लाने से कुछ न होगा।"

यह निरंजनसिंह के तजुर्बे की बात थी कि पत्नी की तजवीजें पहले-पहल बिलकुल निरर्थक मालूम होती थीं। वह तुरन्त उसकी बात को झुठला नहीं सका, थोड़ी देर बाद उसे यह महसूस होने लगा कि इस मुश्किल का इससे अच्छा हल हो ही नहीं सकता, परन्तु उसने मुँह से कुछ न कहा और न माथे के बल ही दूर किये।

कुछ देर बाद जिन्दा पुनः बोली—" तुम आज ही पृथ्वीपाल के बाप से मिल आओ और..."

"क्या मैं उसके यहाँ जाऊँ?"

"तो और कौन जायेगा?...इस तरह बात जल्दी बन जायेगी या फिर किसी दूसरे को बीच में डालकर इस बात की भनक उनके कान में डाल दें।...लेकिन इस तरह वक़्त बहुत लगेगा। ऐसी बातें तो साधारण हालतों में होती हैं। अब हमें यह डर है कि यह भेद दूसरों को मालूम न हो जाये। इस तरह खामुखाह बात का बतंगड़ बन जायेगा..."

"जो भी हो, मैं ख़ुद तो कुछ न कहूँगा। किसी को बीच में डालना ही होगा।...कम-से-कम उन लोगों तक हमारा सन्देश तो पहुँच जाये, फिर अगर ज़रूरत हुई तो मैं ख़ुद भी मिल लूँगा।"

ग्यारह

□□

गर्म-गर्म दूध पीने के बाद सरनो को नींद आ गयी। वह बहुत देर तक पड़ी सोती रही। यदि उसकी सहेली रक्खी उससे मिलने न आ जाती, तो जाने वह और कितनी देर तक न जागती।

उसकी आँखें खुलीं तो उसने देखा कि रक्खी का हँसता हुआ चेहरा बिलकुल उसके चेहरे पर झुका हुआ है। वह धीमी आवाज़ में उसका नाम पुकार-पुकारकर उसे जगा रही थी। दोनों की नज़रें मिलीं तो रक्खी ने कुछ तेज़ स्वर में पूछा—"क्यों री, तू आयी नहीं मेरे यहाँ?...इन्तज़ार करती रही तेरा..."

सरनो ने होंठों पर उँगली रख उसे चुप रहने का संकेत किया और यह देखने के लिए कि कोई और तो उनकी बातें नहीं सुन रहा, उसने गर्दन उठाकर इधर-उधर देखा। वहाँ उन दोनों के अतिरिक्त अन्य कोई नहीं था। हिलने पर उसे ऐसा महसूस हुआ, जैसे उसके शरीर के जोड़-जोड़ में दर्द हो रहा है। जहाँ-जहाँ छड़ी लगी थी, वहाँ-वहाँ उभार उत्पन्न हो आये थे। बड़ी तीखी जलन हो रही थी। सारा शरीर फोड़े की तरह दु:ख रहा था। उसके चेहरे पर पीड़ा के चिह्न उत्पन्न हुए तो रक्खी को बड़ा आश्चर्य हुआ। फिर भी उसने हँसकर धीमे स्वर में पूछा—"अरी, क्या हुआ है तुझे?"

सरनो ने कुछ उत्तर नहीं दिया। केवल उसका चेहरा फीका पड़ गया।

रक्खी जान गयी कि दाल में अवश्य कुछ काला है। उसने हाथ बढ़ाकर सरनो का बाज़ू थामा तो पीड़ा वश सरनो के होंठों से एक आह निकल गयी। उसकी बाँह पर छोटे-छोटे उभार देख रक्खी की हँसी गायब हो गयी। परेशान नज़रों से देखती हुई बोली—"क्यों, क्या बात है?"

सरनो ने फिर कुछ उत्तर नहीं दिया। बाँह उठाकर आँखों पर रख ली, जैसे वह अपना आँसू छिपाना चाहती हो।

रक्खी ने उसके गले में बाँहें डालकर अनुनय के स्वर में पूछा—"सरनी बहन, क्या मुझे भी नहीं बतायेगी कि आख़िर हुआ क्या है?"

सरनो के होंठ काँपकर रह गये।

"बताओ न! मुझसे क्यों छिपाती हो?"

सरनो ने रुक-रुककर उत्तर दिया—"आज मुझे चाचा ने बहुत पीटा है।"

यह एक बिलकुल नयी बात थी। रक्खी ने बचपन से लेकर अब तक सरनो को पिटते नहीं देखा था। कभी बहुत शरारत करने पर उसे एक-आध धप पड़ गया तो पड़ गया और वह भी माँ के हाथ का धप। बाप ने तो कभी कुछ कहा ही नहीं था। यदि कुछ कहता भी तो जिन्दा रूठ जाती, 'देखो जी, मेरी बेटी को कुछ न कहा करो, हाँ! मेरी बेटी है, तुम्हारा क्या बिगाड़ती है? अगर कुछ गड़बड़ करेगी तो मैं आप ही समझ लूँगी।...भला ऐसी लाडली को इस बुरी तरह क्यों पीटा गया?

सहसा रक्खी के मन में एक सन्देह उत्पन्न हुआ। केवल उसी कारण से मार पड़ सकती थी। परन्तु वह भेद खुला कैसे? उसकी सहेलियों में से तो उसके अतिरिक्त किसी अन्य को इस बात का पता नहीं था। सारा काम बड़ी चतुराई और सावधानी से हो रहा था। सरनो के बाप को इस बात की ख़बर मिलने की कोई सम्भावना नहीं थी और अभी सुबह तक तो सब-कुछ ठीक था। जो कुछ भी हुआ, उसके जाने के बाद ही हुआ होगा! सम्भव है, इसका बाप कहीं बाहर ही से कोई बात सुन आया हो। परन्तु केवल सुनी-सुनायी बात पर इतना पीटने की नौबत कैसे आ सकती थी? इस प्रकार के कई विचार क्षण-भर में उसके मस्तिष्क में आये...वह झुककर सरनो से लिपट गयी और उसके गाल पर हाथ रखकर बोली—"क्यों मारा चाचा ने?"

उत्तर में सरनो की आँखों से टप-टप आँसू गिरने लगे और उसने भरे कण्ठ से उत्तर दिया—"तुम जानती ही हो..."

अर्थात् उसका सन्देह ठीक निकला। क्षण-भर तक दोनों चुप रहीं। रक्खी को समय की नज़ाकत का पूरा-पूरा एहसास हो चुका था।

"हाँ, मैं जानती हूँ। लेकिन, बहन, यह बात उन्हें मालूम कैसे हुई? मैं अल्लाह की कसम खाकर कहती हूँ, उनसे तो क्या मैंने किसी से इस बारे में कभी एक बात नहीं कही..."

सरनो ने प्रेम से उसका हाथ थाम लिया और नम्रतापूर्वक बोली—"नहीं, बहन, भला तुम्हें क्या पड़ी है? ग़लती मेरी ही है...एक चिट्ठी उनके हाथ पड़ गयी..."

"अरी वह कैसे?"

"जब मैं नहाने के लिए कपड़े उतार रही थी तो वह नीचे गिर पड़ी। बाद में बेबे के हाथ लग गयी..."

"मैं भी तो थी। मैंने तो नहीं देखी कोई चिट्ठी-विट्ठी..."

"न जाने क्यों हममें से किसी की नज़र भी उस पर नहीं पड़ी। सब चिट्ठियाँ ऐसी जगह छिपा रखी हैं कि किसी को जीवन भर पता न चले। बस, यही एक थी

जो मैंने पढ़कर यहाँ (छाती की ओर संकेत करके) छिपा रखी थी। और जब हम दोनों ने मिल-जुलकर कमीज़ उतारी, तो हँसी-मज़ाक में मुझे उसका ख़्याल ही न रहा। मैं नहा-धोकर अन्दर चली आयी। माँ आँगन में बैठी थी, उसने उठाकर पढ़ ली। बस, फिर क्या था, तूफ़ान खड़ा हो गया। मैं बिलकुल बेख़बर थी। मैं क्या जानती थी कि एकाएक सारा काम ही बिगड़ जायेगा।''

यह कहकर वह पुन: सिसकियाँ भरने लगी। रक्खी जानती थी कि अब बात बहुत बिगड़ चुकी थी। वह सिर झुकाकर अपने विचारों में खो गयी। वह सरनो की मन:स्थिति का पूर्ण रूप से अनुमान कर सकती थी, क्योंकि स्वयं उसके साथ यही कुछ बीत चुका था। यह बात ठीक थी कि उसे नवाब से प्रेम था, परन्तु उसके साथ विवाह न हो सका। वह जानती थी कि ऐसी हालत में जी पर क्या बीतती है? अब वही हाल उसकी चहेती सहेली का होनेवाला था। अब उसके माता-पिता शीघ्र-से-शीघ्र उसका विवाह किसी अन्य व्यक्ति के साथ कर देंगे और सरनो का जीवन नष्ट हो जायेगा। जीवन-भर वह अपने भाग्य को रोती रहेगी। उसने सरनो की ओर देखा जो बराबर सिसकियाँ भरे जाती थी।

''सरनो, आख़िर तुम्हारी बुद्धि को हो क्या गया? तू हर वक़्त चिट्ठियाँ अपने साथ-साथ क्यों लिये फिरती थी? क्या तुझे मालूम न था कि अगर किसी के कान में इस बात की भनक पड़ गयी, तो तुम कहीं की न रहोगी? तुम कोई नन्हीं बच्ची तो नहीं। तुम्हें इस बात का ख़ास ख़्याल रखना चाहिए था। अब तो सब-कुछ तुम्हारी आँखों के सामने आ गया है, ज़रा सोचो कि तुम्हारा क्या बनेगा?''

प्यार तथा सहानुभूति की अपेक्षा नसीहतें सुनकर सरनो ने आँसू-भरी बड़ी-बड़ी आँखें उठायीं और उसकी ओर शिकायत-भरी नज़रों से देखा—''मैं तो हर चिट्ठी छिपाकर रखती थी। अब भाग्य से तो नहीं लड़ सकती। वह चिट्ठी कल ही तो मिली थी मुझे। मैंने बस एक ही बार पढ़ी थी। सोचा था, एक बार फिर पढ़कर जवाब दूँगी। हर वक़्त वह चिट्ठी मेरी छाती से लगी रहती थी। भला मुझे क्या मालूम था कि इस तरह बेख़बरी में गिर जायेगी? तुम भी तो मेरे पास ही थी, तुम्हें भी कुछ पता न चला...''

''मैंने कोई काग़ज़ गिरते नहीं देखा।''

''हाँ तो...अब तुम मुझे तसल्ली देने की बजाय उलटे मुझ पर ख़फ़ा हो रही हो।...क्या पहले ही मेरे साथ कुछ कम हुई है जो तुम रही-सही कसर निकाल रही हो!''

''भई, मैंने तुमसे कोई बुरी बात तो कही नहीं...''

''बुरी बात तो किसी ने नहीं कही। सभी अच्छी कह रहे हैं...''

"हाँ, अब तुम मुझ ही पर सारा गुस्सा निकालोगी!...मुझे तो बस इतना ही दुःख है कि यूँ ही छोटी-सी बात से तुमने सारा काम..."

इतने में जिन्दा भीतर आ गयी और रक्खी चुप हो गयी। सरनो मुँह फेरकर दीवार की ओर देखने लगी।

जिन्दा जानती थी कि वे दोनों गहरी सहेलियाँ हैं, परन्तु उसे इस बात का ज्ञान नहीं था कि वे एक-दूसरे की राज़दार भी हैं। अतएव उसने हँसकर बेटी के सिर पर हाथ फेरते हुए पूछा—"कहो, बेटी अब सिर-दर्द का क्या हाल है?"

सरनो ने धीमे स्वर में उत्तर दिया—"अब तो ठीक है बेबे।"

रक्खी ने अज्ञानतापूर्वक पूछा—"माँ, क्या बात है, आज तो सरनो बहुत सुस्त-सी दिखायी देती है?"

जिन्दा ने नज़रों-ही-नज़रों में रक्खी के चेहरे से उसकी मनःस्थिति का अनुमान लगाने का प्रयत्न करते हुए उत्तर दिया—"क्या कहूँ बेटी! यूँ ही तबीयत ख़राब है। तुम कब आयी हो?"

"बस, आकर ही बैठी थी कि तुम आ गयी..."

जिन्दा ने अर्थहीन नज़रों से इधर-उधर देखते हुए कहा—"अच्छा बेटी, तुम बातें करो। इसका दिल बहला रहेगा...सरनो बेटी, नींद जो आये तो सो जाइयो...भूख लगी हो, तो बताओ, तुम्हें दूध पिला दूँ या कुछ और..."

"नहीं, बेबे!" सरनो ने नज़रें मिलाये बिना उत्तर दिया—"अभी तो कुछ भी खाने को जी नहीं चाहता।"

जिन्दा से अब कुछ कहते न बना। वह बाहर चली गयी।

सरनो चुपचाप दीवार की ओर देखे जा रही थी। लगता था, जैसे वह कोई असाधारण समस्या सुलझा रही हो। रक्खी भी बिना कुछ कहे उसके मुख की ओर देखती रही।...स्वयं उसे भी कुछ नहीं सूझ रहा था।

सहसा सरनो ने उसकी आँखों में आँखें डालकर उसके हाथ पर अपना हाथ रख दिया—"रक्खी!"

"कहो ?"

"एक काम है, करोगी?"

सरनो के चेहरे से कुछ यह प्रकट होता था, जैसे वह कोई दृढ़ संकल्प कर चुकी है और संसार की कोई शक्ति उसे उस मार्ग से, नहीं हटा सकती, जिस पर चलने का उसने निश्चय किया है।

रक्खी अपना चेहरा उसके निकट ले गयी।

"ज़रूर करूँगी! अगर मेरे करने का हुआ तो..."

सरनो थोड़ी देर चुप रहने के बाद बोली—"किसी-न-किसी तरह तुम उससे मिलो...अभी, एकदम...और कहो कि आज शाम सूरज ढले वह मुझे उसी पुरानी जगह पर मिले।"

"वह कहाँ होगा इस वक़्त?"

"अपने गाँव ही में होगा...उसे तलाश करके मेरा सन्देश पहुँचा दो।"

"बस, और तो कुछ नहीं कहना?"

"नहीं, बिलकुल नहीं।...आज की बात बतानें की भी ज़रूरत नहीं, बस यही कहना कि बहुत ज़रूरी काम है। जिस तरह भी हो सके वह मुझे मिले।"

रक्खी सिर झुकाकर कुछ सोचने लगी। सरनो ने बेचैनी से पूछा—"क्या सोचने लगी हो? कोई गड़बड़ है क्या?"

"नहीं, मैं तो यह सोच रही हूँ कि घर में क्या बहाना बनाऊँगी?"

"लो और सुनो! तुम कोई कुंवारी लड़की तो हो नहीं, जो घरवाले खामुखाह शक करने लगें..."

"लोग बातें करने से कब चूकते हैं?...ख़ैर, कोई बात नहीं। मैं कोई-न-कोई तरकीब ज़रूर निकालूँगी।"

"अच्छा, तुम निश्चिन्त रहो, मैं जिस तरह भी बन पड़ेगा, तुम्हारा यह काम कर डालूँगी। हाँ, यह तो कहो, अब क्या आयी है तुम्हारे जी में?"

"इस वक़्त मत पूछो।"

"बता भी दो। भला मुझसे छिपाने से क्या फायदा?"

"देखो, अब तुम ज़िद मत करो। धर्म से मैं तुम्हें बता दूँगी, लेकिन अब वक़्त बहुत कम है। तुम भागम-भाग चली जाओ। यह न हो कि आज मुलाकात ही न हो सके।"

"अच्छा, तो फिर मैं चली..."

यह कहकर रक्खी उठकर चल दी और सरनो ने अपनी दुखती हुई बाँहों को सहलाते हुए टाँगें फैला दीं। थोड़े समय बाद माँ भीतर आयी और पलँग के निकट मोंढ़े पर बैठते हुए बोली—"कहो, सरनी बेटा, अब तबीयत कैसी है?"

सरनो ने कमज़ोर स्वर में उत्तर दिया—"अच्छी हूँ।"

"ज़रा मेरी तरफ़ करवट बदलकर तो देखो।"

सरनो ने करवट बदलकर धीरे-धीरे पपोटे झपकाते हुए माँ की ओर देखा और माँ उसके सिर पर हाथ फेरने लगी—"देखो मेरी बिटिया! तुम शायद न समझती हो कि तुमने हमारी लोक-लाज को कितने ख़तरे में डाल दिया है। माँ-बाप यह जानते हुए कि लड़कियाँ पराया धन होती हैं, उन्हें चाव-चोंचले से पालते हैं। अब उनका

भी यह कर्त्तव्य होना चाहिए कि अगर वे अपने माँ-बाप की सेवा न कर सकें, तो कम-से-कम कोई ऐसी हरकत भी तो न करें जिससे खामुखाह उनकी बदनामी हो...''

इस प्रकार उसकी माँ ने नसीहतें देनी शुरू कीं, परन्तु लाडली सरनो को गाली-गलौज और मारपीट से ऐसा धक्का पहुँचा था कि उसके हृदय पर इन बातों का कुछ प्रभाव नहीं हो रहा था। यदि संसार में इस समय उसे कोई अपना हितैषी दिखायी दे रहा था तो वह पृथ्वीपाल सिंह ही था।

माँ बातें करती रही, बेटी चुपचाप सुनती रही। बेटी की चुप्पी से माँ ने यही परिणाम निकाला कि वह उसकी प्रत्येक बात समझ रही है और आगे के लिए उस पर अमल भी करेगी।

एक बार पुनः सरनो की आँखें नींद से बोझल दिखायी देने लगीं। यह देख जिन्दा उठकर बाहर चली गयी।

समय निकलता गया। सन्ध्या समय रक्खी ने उसे आ जगाया और यह शुभ समाचार सुनाया कि अँधेरा पड़ते ही पृथ्वीपाल सिंह उसे मिलने के लिए आ जायेगा।

सरनो यह सुनकर बहुत प्रसन्न हुई।

''कोई और बात भी हुई?'' उसने पूछा।

''नहीं।''

''कुछ नहीं पूछा उसने?''

''पूछता क्या? मैंने तो कह दिया कि बस तुम ही से कहेगी, जो कुछ उसे कहना होगा।''

''बस?''

''और क्या...तुम्हें तो अपनी पड़ी है, यह भी तो पूछो, आख़िर मैं वहाँ कैसे पहुँची? क्या बहाना बनाया, उसे किस तरह मिली और कैसे...''

''हाँ-हाँ, मेरी बहन! यह तो मैं भूल ही गयी थी।

''हाँ, तो बताओ ये सब बातें।''

''अजी छोड़ो, भला अब पूछने से क्या होता है? अब जो काम की बात हो सो करो।...अच्छा देखो, मैं सीधी तुम्हारे पास चली आ रही हूँ। अब मुझे घर जाना चाहिए। कोई काम हो तो बता दो, नहीं तो हमारा सलाम कबूल करो।''

''हाय री, अभी तेरा काम समाप्त कहाँ हुआ है? घर से होकर वापिस चली आइयो। सूरज डूबने को है। अँधेरा पड़ने पर मुझे बाहर कौन जाने देगा? और अगर गयी भी तो जाने कौन साथ चल दे। तू आ जाइयो, तुझ पर किसी को कोई शक भी नहीं है। हम दोनों चुपके से चली जायेंगी और काम भी बन जायेगा।''

"अच्छा रानी जी!...मैं तो बाँदी हूँ तुम्हारी! आज सारा दिन तुम्हारा काम निपटाने में ही निकल गया...कहीं घरवाले बिगड़ गये, तो मेरी भी वही दुर्दशा होगी जो तुम्हारी हुई।"

कुछ देर गायब रहने के बाद रक्खी लौट आयी। इसी बीच सरनो भी उठ खड़ी हुई थी। उन दोनों ने पाखाना जाने का बहाना बनाया और चल दीं।

सिन्दा सरनो को बाहर न भेजना चाहती थीं, परन्तु चूँकि स्वभाव से वह इतनी कठोर नहीं थी और फिर यह सोचकर कि इतनी देर में कौन-सी प्रलय आ जायेगी, वह चुप हो रही। हाँ, इतना अवश्य कह दिया—"अरी रक्खी, सरनो का ध्यान रखयो, आज जी अच्छा नहीं इसका ..."

रक्खी ने आँखें मटकाकर उत्तर दिया—"अरी चाची, निश्चिन्त रहो। सुबह से मैं ही इसकी देखभाल कर रही हूँ।"

यह कहकर उसने सरनो की कमर में ज़ोर की चुटकी भरी।

परन्तु सरनो इस समय हँसी-मज़ाक़ के मूड में नहीं थी। वह अपने विचारों में डूबी बढ़ती चली गयी।

मकानों का सिलसिला समाप्त होने पर गलियों का-सा अन्धकार न रहा था।

सूरज कब का अस्त हो चुका था। क्षितिज पर लाल-रेखा-सी खिंचकर रह गयी थी और अन्धकार खेतों में उगी फसलों में रच रहा था। वृक्ष ज़ैसे काला लबादा ओढ़े खड़े थे। दोनों आड़ी-तिरछी मेढ़ों पर चलती मंज़िल की ओर बढ़ती जा रही थीं। जब दूर से जौहड़ के किनारे खड़े फलाह के पेड़ों का मुँह दिखायी देने लगा, तो सरनो ने हाथ से रक्खी को रोक दिया।

"रक्खी! तू यहीं पर मेरा इन्तज़ार कर।"

"वाह लाडो! इतनी दूर?...अरी मैं तेरी दुश्मन तो नहीं हूँ?"

"देख मेरी बहिन! तू यहीं पर रुकी रह!"

"उई अल्लाह! कितनी ज़ोर से दबा दिया है मेरा हाथ। मैं तो ख़ैर रुकी रहूँगी, पर तुझे अँधेरे में कोई और उठा न ले जाये। मुझे तो इतनी दूर से कुछ दिखायी भी नहीं देने का।"

सरनो उसे वहीं छोड़ आगे बढ़ी। जब उस झुण्ड के पास पहुँची, तो वहाँ कोई नहीं था। पृथ्वीपाल को अब तक वहाँ पहुँच जाना चाहिए था। उसने नज़र दौड़ाकर इधर-उधर देखा। प्रियतम के गाँव से आनेवाले मार्ग के किनारे-किनारे मदार के पेड़ उगे हुए थे, जिसमें आदमी ओझल हो सकता था, परन्तु उसके प्रियतम को छिपने की क्या आवश्यकता थी। वह टहलती हुई जौहड़ के किनारे की ओर बढ़ी और पानी को चूमती हुई उन ईंटों पर खड़ी हो गयी, जिन पर गाँव की स्त्रियाँ कपड़े धोया करती

थीं। हवा के हलके-हलके झोंको से पानी की नन्हीं-नन्हीं लहरों का उतार-चढ़ाव बहुत मालूम होता था। ज्यों-ज्यों नज़र आगे बढ़ती थी, पानी का स्तर शान्त दिखायी देता था। यहाँ तक कि वह फैली हुई उजली चादर की भाँति दिखने लगता।

कुछ देर तक वह पानी की ओर देखती रही, फिर जब उसने गर्दन घुमाकर मदार के पेड़ों की ओर देखा, तो उसे अपना विशालकाय प्रियतम दिखायी दिया। वह सीधा उसी की ओर बढ़ता चला आ रहा था। उसे देखते ही यह भी लपककर उसकी ओर बढ़ी और दूसरे ही क्षण उसके गले का हार हो गयी।

उसे अपने दुखते हुए शरीर पर पृथ्वीपाल सिंह के बाहुपाश की आनन्ददायक पीड़ा का अनुभव हुआ। उसका मन भर आया और वह शरीर की पूरी शक्ति से उसके साथ लिपट गयी और सिसकियाँ भरने लगी। पृथ्वीपाल ने अपने विशेष प्रेमियों जैसे ढंग से उसके गालों, होंठों और माथे पर चुम्बनों की बौछार कर दी।

"ओह, मेरी जान से प्यारी !...तुम्हारे बिना मैं न रह सकूँगा। क्या तुम्हें कभी मेरा ख़्याल नहीं आता?" ऐसे शब्दों का ताँता बँध गया और सरनो को उसकी मिठास और जादू के कारण अपने-आपकी सुधि न रही। वह कुछ न बोली, परन्तु प्रियतम की छाती पर गाल रखे, उसके सहारे की आशा में उसका हृदय ख़ुशी तथा चैन से हिचकोले लेने लगा। आँसू थे कि थमने में न आते थे।

पहले-पहल तो पृथ्वीपाल ने उसकी हिचकियों को मुलाकात की प्रसन्नता का परिणाम समझा, जब हिचकियों का सिलसिला आवश्यकता से अधिक लम्बा होने लगा, तो उसने सरनो के नाज़ुक और काँपते हुए कन्धों को कोमलतापूर्वक दोनों हाथों से थामकर पीछे की ओर हटाया और उसकी सजल आँखों में आँखें डालकर पूछा—"सरनी, मेरी तरफ़ देखो, ज़रा आँखें तो मिलाओ!"

सरनो ने बड़ी मुश्किल से पलकें उठायीं, परन्तु आँखें चार होते ही दहाड़ मारकर वह पुनः छाती से लिपट गयी।

पृथ्वीपाल सिंह को लगा कि अवश्य ही कोई विशेष घटना घटी है। उसने उसके कन्धों को थपथपाकर तसल्ली देते हुए कहा—"प्यारी! आख़िर बात क्या है, साफ़-साफ़ कहो न?"

परन्तु वह बिना कुछ कहे ज़ोर-ज़ोर से रोती रही। पृथ्वीपाल डर रहा था कि कहीं कोई व्यक्ति सुन न ले, परन्तु मालूम होता था कि सरनो को इस बात की कोई परवाह नहीं थी या वह अपने आँसू रोकने में असमर्थ थी।

पृथ्वीपाल सिंह उसी तरह उसे अपने साथ लिपटाये एक ऊँची मेढ़ की ओर बढ़ा। ज़मीन पर रूमाल बिछाकर उसने बड़े प्यार से सरनो को बिठाया और स्वयं भी उससे सटकर बैठ गया। कुछ देर तक वह सरनो को दिलासा देता रहा। सरनो ने झुककर सिर को उसके कन्धे पर टेकते हुए कहा—"आज चाचा ने मुझे मारा है..."

"मारा है?" पृथ्वीपाल आश्चर्य से उछल पड़ा।

"हाँ, बहुत मारा है...मार-मारकर अधमुआ कर दिया है। इसीलिए मैंने तुम्हें बुलवाया है।"

"आख़िर क्यों?"

यद्यपि आँसू थम चुके थे, परन्तु वह पुनः सिसकियाँ लेने लगी।

पृथ्वीपाल ने उसके गाल थपथपाते हुए कहा—"देखो सरनी! बिलकुल बच्ची न बनो। मुझे सारी बात तो सुनाओ। आख़िर क्यों मारा चाचा ने...?"

सरनो ने अपनी धुन में उत्तर दिया—"पहले कभी नहीं मारा था इस तरह।"

"आख़िर ऐसा क्या पाप कर दिया था तुमने?"

"तुम्हारी चिट्ठी उनके हाथ लग गयी थी।"

पृथ्वीपाल सिंह के चेहरे पर इस बात का विशेष प्रभाव पड़ा। थोड़ी चुप्पी के बाद उसने सरनो के चेहरे पर नज़रें गाड़ते हुए कहा—"तुम तो कहती थीं कि तुम मेरी चिट्ठियाँ छिपाकर रखती हो। फिर चाचा के हाथ कैसे आयी ?"

"चाचा के नहीं, बेबे के हाथ लगी थी।"

"अच्छा तो बेबे के हाथ कैसे लगी?"

सरनो ने छाती की ओर संकेत करते हुए उत्तर दिया—"मैंने यहाँ छिपा रखी थी। एक ही बार पढ़ी थी। सोचा, एक बार फिर पढ़कर जवाब लिखूँगी।"

"हूँ।"

"सुबह के वक़्त जो नहाने लगी, तो मुझे मालूम ही नहीं हुआ कि कपड़े उतारते वक़्त काग़ज़ किस तरह गिरा। न मैंने गिरते देखा और न मुझे उसका ख़्याल आया। मेरी एक सहेली मिलने आयी थी, वही जिसे मैं तुम्हारे पास दो-तीन बार भेज चुकी हूँ।"

"रक्खी?"

"हाँ।"

"अच्छा?"

"मैं उससे बातें कर रही थी। हम दोनों बातों में मग्न थीं। दोनों में से किसी ने भी चिट्ठी गिरते नहीं देखी। नहा-धोकर मैंने कपड़े बदले और अन्दर चली गयी..."

"फिर भी तुम्हें चिट्ठी का ख़्याल न आया?"

"नहीं।"

"उफ़...अच्छा फिर?"

"थोड़ी देर बाद बेबे भी अन्दर आ गयी और मुझे साथ लेकर सबसे अन्दरवाले कमरे में जा बैठी। जब उसने एकदम चिट्ठी मेरी आँखों के सामने कर दी तो मैं न तो कोई बहाना गढ़ सकी और न कुछ छिपा सकी। बेबे ने लाल आँखें निकालकर मेरी ओर देखा और बेतहाशा गालियाँ देते हुए मुझे धुँआ-धूँ पीट डाला...और जब चाचा घर आया तो उसे भी बता दिया। उसने मुझे फौजी छड़ी से इतना मारा कि मैं बेहोश हो गयी..."

यह कहकर उसने प्रियतम की ओर देखा। पृथ्वीपाल का सुन्दर और लाल चेहरा फीका पड़ गया था। मालूम होता था, वह किसी गहरी सोच में डूब गया था। सरनो ने उसका हाथ थामकर पूछा—"क्यों, क्या सोच रहे हो?"

"यही सोच रहा हूँ कि अब मामला बहुत बेढब हो गया है। और किस-किसको मालूम है यह बात? मेरे ख़्याल में अब तो सारे इलाके में हमारी बदनामी हो जायेगी...बहुत बुरा हुआ..."

"नहीं और किसी को कुछ मालूम नहीं। बेबे, चाचा और रक्खी को पता है इस बात का..."

"रक्खी को किसने बताया?"

"मैंने?"

"क्यों?"

"वह मेरी सहेली है। किसी से इस बात का जिक्र नहीं करेगी। लेकिन इस बात पर ज़ोर देने से लाभ? जो मेरा हाल हुआ कुछ उसकी भी चिन्ता है तुम्हें?"

"ओह!...हाँ-हाँ सरनी! लेकिन तुम्हें सोचना चाहिए था।"

"तुम भी मुझ ही को धमकाने लगे?...मैं समझती थी कि..."

इस पर पृथ्वीपाल ने उसे अपने समीप घसीटते हुए कहा—"नहीं, भला ऐसे हो सकता है कहीं..."

"मेरे बदन का अंग-अंग दुःख रहा है।"

"कितने दुःख की बात है। तुम अन्दाज़ा नहीं लगा सकती कि इस वक़्त मेरे दिल को कितना दुःख हो रहा है।"

"मैं जानती हूँ।...लेकिन अब बताओ...मैं क्या करूँ? तुम पुरुष हो, मैं लड़की हूँ। मैं तो कहीं की न रहूँगी।"

पृथ्वीपाल चुप रहा।

"बताओ, अब मैं क्या करूँ?"

"कुछ समझ में नहीं आता। यह बात तो सपने में भी नहीं थी। किस मज़े से दिन कट रहे थे।"

"जो होना था सो हो चुका। उसे दुहराने से क्या लाभ? अब तो आगे के लिए सोचना चाहिए। तुम्हारी क्या राय है?"

"सरनी! मैं क्या राय दे सकता हूँ। इस समय तो मेरी बुद्धि कुछ काम नहीं कर रही है। अभी तो यह हो सकता है कि तुम चुपचाप घर पर बैठो..."

सरनो ने आश्चर्य से उसकी ओर देखा।

"चुपचाप घर में कैसे बैठूँ? कितने पत्थर-दिल हो तुम। मालूम होता है, तुम्हें मेरी बातों पर विश्वास नहीं आया।" यह कह सरनो ने जोश में आकर सलवार ऊपर सरकायी और टाँगें रानों तक नंगी कर दीं—"यह देखो, छड़ी की मार के निशान। मेरे पेट पर, पीठ पर, छाती पर हर जगह ऐसे ही निशान पड़ गये हैं। मेरा शरीर फोड़े की तरह दु:ख रहा है और तुम कहते हो...नहीं, अब मैं उस घर में नहीं रह सकती। मेरा तुम्हारे बिना है ही कौन। ये लोग तो नाक में दम कर देंगे मेरा...! बताओ!...बताओ! अब क्या करना चाहिए?"

"मैं क्या कह सकता हूँ। तुम ही बताओ कुछ?"

सरनो ने नज़र उठाकर अन्धकार में पृथ्वीपाल सिंह के सुन्दर चेहरे की ओर देखा और फिर दृढ़ता से बोली—"आओ, हम भाग चलें ...तुम मुझे यहाँ से कहीं दूर ले चलो ..."

पृथ्वीपाल ने कुछ उत्तर नहीं दिया और सरनो अन्धकार में उसके चेहरे पर से उसके मनोभाव न पढ़ सकी। परन्तु उसकी चुप्पी से उसका जी घबराने लगा। वह बेचैनी से उत्तर की प्रतीक्षा में थी। चारों ओर छायी हुई चुप्पी से उसकी परेशानी हर क्षण बढ़ने लगी। सहसा उसे अनुभव हुआ कि वह एक दिल दहला देनेवाली चीख़ मारने से स्वयं को रोक न सकेगी...

बारह

❑❑

इन सब घटनाओं से बेख़बर पालीसिंह अपनी तैयारियों में मग्न रहा। दोपहर को वह मीठी नींद सो गया। सन्ध्या होने पर उठा और मुँह-हाथ धोकर खाना खाया और ज्वालासिंह के यहाँ पहुँच गया।

गाँव के एक ओर पाली की प्रेमिका सरनो पृथ्वीपाल से मुलाकात कर रही थी और दूसरी ओर पाली अन्य साथियों के साथ तारों की छाँव में साँड़नी उड़ाता मंज़िल की ओर बढ़ रहा था।

लम्बा सफ़र था, इस पर साँड़नियों की सवारी। पहले-पहल तो वे एक-दूसरे से बातें करते रहे, लेकिन फिर सब चुप हो गये और अपने-अपने विचारों में मग्न सफ़र तय करने लगे।

खेतों, वृक्षों और मदार के पौधो में से तेज़ी से बढ़ते हुए साँड़नी-सवारों की पगड़ियों के शमले हवा में उड़ रहे थे। साँड़नियों में से दो तो बेतरह बिलबिला रही थीं।

पाली को इससे पूर्व कभी साँड़नी पर सवार होने का मौका न मिला था, इसीलिए वह ज्वालासिंह के पीछे बैठ गया था, बेडौल ज्वालासिंह बला का फुर्तीला सवार था। पाली समझे बैठा था कि वह बेचारा साँड़नी के कदम उठाते ही धड़ाम से धरती पर आ रहेगा, परन्तु वह तो चट्टान की भाँति जमा बैठा था। और तो और ज्वालासिंह की बहन चिन्तो भाई से भी बढ़ी हुई थी। वह साँड़नी पर अकेली बैठी हुई थी। उसकी साँड़नी सबसे अधिक अड़ियल थी और यह वही थी जो उसे काबू में किये हुए थी।

आधी रात के बाद सर्दी बढ़ गयी। साधुसिंह ने एक पुराना धुस्सा निकालकर शरीर के गिर्द लपेट लिया। पिछले पहर लगभग सभी ऊँघने लगे। साधुसिंह तो ऊँघते-ऊँघते सचमुच नीचे गिरने लगा था, परन्तु उसके आगे बैठे हुए जैलसिंह ने हाथ डालकर उसे थाम लिया। इसी कोशिश में उसके सिर से पगड़ी उतरकर नीचे जा गिरी। सौभाग्य से उसका एक सिरा उसके हाथ में रह गया और वह घबराहट में ज़ोर-

ज़ोर से चिल्लाने लगा। इस पर सभी चौकन्ने हो गये और असल बात मालूम होने पर क़हक़हे लगाने लगे। चिन्तो ने हाथ हवा में लहराकर कहा—"अब कोई न सोये, सूरज निकलने को है..."

जैलसिंह ने उत्तर में क़हक़हा लगाकर कहा—"अभी से सूरज निकलने का सपना देख रही हो?...चाँद की रोशनी से धोखा मत खाओ..."

चिन्तो ने साँड़नी उसके निकट लाते हुए ललकारा—"क्यों, शर्त बाँधोगे?... मालूम होता है, तुम सचमुच सो गये थे... हमने भी दुनिया देखी है।"

सूरज निकलने में यद्यपि अभी देर थी,परन्तु वे जिस किसी गाँव के निकट से निकलते थे, वहाँ से मुर्गे की बाँग सुनायी देने लगती थी। इसके बाद उनमें से कोई नहीं ऊँघा, बल्कि वे इधर-उधर की गप्पें लड़ाने लगे। आँख तो सबकी नींद से बोझल हो रही थीं, परन्तु वातावरण कुछ ऐसा था कि मन पक्षियों की तरह चहकने पर विवश था।

सूरज निकला तो जैसे दूर-दूर तक फैले हुए भरे-भरे खेतों पर से काला पर्दा हट गया। जैलसिंह ने साँड़नी रोक ली और इसके साथ ही अन्य सवार भी रुक गये। जैलसिंह ने ज़रा ऊपर को उठकर एक हाथ साँड़नी के कुहान पर रखा और दूसरा आँखों पर धरकर दूर तक नज़र दौड़ाते हुए बोला—"लो भई, वह रहा चीरी...का गाँव।"

ज्वालासिंह ने भी आगे बढ़कर नज़र दौड़ायी—"कहाँ, भई?"

"अरे वह...उधर कल्लरवाली ज़मीन के टुकड़े की सीध में नज़र दौड़ाओ।"

सब लोग उधर देखने लगे।

बहुत दूर कुहरे में घिरे हुए गाँव के धुँधले मकान दिखायी दे रहे थे। सब ने एक साथ कहा—"ओह!...हाँ-हाँ, अब दिखायी दिया गाँव... धुँध है न, इसलिए साफ़-साफ़ नज़र नहीं आता।"

जैलसिंह ने चमकती हुई आँखों से सबकी ओर देखा—"बस, अब हम आ पहुँचे," यह कहकर उसने साँड़नी की नकेल को झटका दिया और सबको आने का संकेत करते हुए बोला—"अगर हम सूरज निकलने से पहले वहाँ पहुँच जाते तो अच्छा था। ख़ैर, अब भी कोई हर्ज नहीं। हर तरफ़ धुँध छायी हुई है, अभी गाँव के ज़्यादा लोग घरों में ही होंगे...आओ, लपककर बढ़ो।"

एक बार फिर साँड़नियाँ हवा से बातें करने लगीं। अब घास में बेतहाशा भागती हुई वे गर्द की बजाय ओस की छीटें उड़ाने लगीं। जहाँ-जहाँ साँड़नियों के पाँव पड़ते थे वहाँ ओस हट जाने से कुछ गहरे रंग के निशान पड़ते जा रहे थे।

जैलसिंह ने एक बार फिर पलटकर कहा—"बेरियों के जो पेड़ सामने दिखायी दे रहे हैं, हमें उनके पास से ही होकर निकलना होगा।"

जब वे उन पेड़ों के पास पहुँचे तो पालीसिंह ने देखा कि तीन-चार बेरियाँ एक-दूसरे से इस प्रकार गडमड हो रही हैं, जैसे कुश्ती लड़कर एक दूसरी को नीचे गिराने की कोशिश कर रही हों।

आशा के विरुद्ध गाँव के लोगों की काफ़ी संख्या पाखाना करने के लिए खेतों में मौजूद थी, परन्तु कड़ी सर्दी के कारण वे कम्बल या खेस लपेटे कुछ ऐसे मग्न थे कि उनमें से बहुत कम ने उन नवागन्तुक सवारों की ओर ध्यान दिया।

अब वे गाँव के बिलकुल निकट पहुँच चुके थे। वे एक चौड़ी गली में घुसे। वास्तव में यह गली नहीं थी, काहनसिंह के घर का रास्ता था। दायें-बायें ऊँची दीवारें खड़ी थीं। किसी मकान का दरवाज़ा गली की ओर न खुलता था और गली काहनसिंह के घर के बहुत बड़े दरवाज़े तक पहुँचकर समाप्त हो जाती थी।

यह दरवाज़ा इतना ऊँचा था कि वे साँड़नियों सहित उसमें से गुज़रकर एक बहुत बड़े तबेले में प्रविष्ट हो गये।

मुर्गियों का एक दल उनकी ज़द में आने से बाल-बाल बचकर पर फड़फड़ाता और कुड़कुड़ाता इधर-उधर की ऊँची-नीची दीवारों की ओर उड़ गया। मैं-मैं करती हुई बकरियाँ एकाएक मिमियाना बन्द करके नवागन्तुकों की ओर देखने लगीं।

जैलसिंह ने इधर-उधर नज़रें दौड़ायीं। वह अपने मित्र काहनसिंह को ढूँढ़ रहा था।

काहनसिंह दूध से भरी बाल्टी उठाये चला आ रहा था। उसकी मज़बूत बाँहों के पट्ठों पर गाढ़े और सफ़ेद दूध की बूँदें चमक रही थीं। उसने नज़रें उठाकर नवागन्तुकों की ओर देखा और जब जैलसिंह से नज़रें मिलीं तो उसने 'आहा' का स्वर निकालकर दूध की बाल्टी वहीं ज़मीन पर रख दी। इधर जैलसिंह ने भी साँड़नी पर से नीचे छलाँग लगा दी। दूसरे क्षण वे दोनों एक-दूसरे से लिपट गये। इस बीच में अन्य लोग भी साँड़नियाँ बिठाकर नीचे उतर आये और फिर वाहगुरु जी का खालसा, सिरी वाहगुरु जी की फतह से वातावरण गूँज उठा।

काहनसिंह जैलसिंह के अलावा किसी से परिचित नहीं था। फिर भी वह सबको आदर-सहित घर के आँगन में ले गया। दीवारों के साथ खड़ी चारपाइयों को उठा-उठाकर उसने उन्हें आँगन में डाल दिया। उन पर चारखाने या किनारों पर चौड़ी-चौड़ी लाल पटियोंवाले खेस बिछाकर मेहमानों को बिठाया और सबसे पहले बासी रोटी के छोटे-छोटे टुकड़ों पर मक्खन के गोले रखकर खाने के लिए पेश किये और पीने के लिए हाथ-हाथ लम्बे गिलासों में छाछ।

नाश्ते के साथ-साथ बातें भी होती रहीं। काहनसिंह बड़ा हँसोड़ था। उसे यदि कुछ कहना होता तो भी हँसकर कहता और यदि कोई बात सुननी होती, तो भी हँसे जाता। पाली को उसके व्यक्तित्व में आकर्षण दिखायी दिया। उसका रंग गोरा था, सिर और दाढ़ी के बालों का रंग भूरा था। आयु बीस-इक्कीस के लगभग दिखती थी। नाक ख़ूब ऊँची, दाँत सुन्दर, मज़बूत और चमकीले। जब वह हँसता था तो उसके मुँह के दोनों किनारे कानों की लवों की ओर खिंच जाते थे और उसके दाँतों की पंक्ति बहुत दूर तक नज़र आने लगती थी। उसे इस प्रकार का मुँह बहुत भला लग रहा था। उस समय उसने पगड़ी भी कूकों के ढंग पे बाँध रखी थी अर्थात् पगड़ी का एक किनारा माथे पर और दूसरी गुद्दी पर होने की अपेक्षा दोनों कोने कानों के ऊपर बन गये थे और माथे का बहुत-सा भाग पगड़ी की लपेट में आ गया था।

वह औरत भी, जिसने उसे अपना पुत्र बनाया था, उसके पास आ बैठी। औरत की आयु सत्ताईस-अट्ठाईस वर्ष से अधिक नहीं थी। यद्यपि बातों और हरकतों से गम्भीरता टपकती थी, परन्तु शकल-सूरत से बिलकुल युवती दिखायी देती थी। पाली जैलसिंह से उन दोनों की बातें सुन चुका था, परन्तु उन दोनों के चेहरों से उनका यह सम्बन्ध प्रकट नहीं होता था।

काहनसिंह ने उच्च स्वर में कहा—"जैलसिंह! तुमने मुझे कोई ख़बर न भेजी। मैं तो समझे बैठा था कि तुम अब नहीं आओगे।"

"वाह!... अरे, ऐसे मौके पर भी न आता तो कब आता। ज़रा इधर-उधर के कामों में देर हो गयी। इस बार मैं एक नये साथी को भी साथ लाना चाहता था।" यह कहकर उसने पाली की ओर संकेत किया—"बस, इसीलिए वक़्त पर नहीं पहुँच सका। ख़ैर, ऐसी भी क्या देर हुई है। ज़्यादा-से-ज़्यादा दो दिन ऊपर हो गये होंगे।...देखते क्या हो, पालीसिंह मेरा दोस्त है।"

काहनसिंह ने मुस्कराकर पालीसिंह की ओर देखा। जैलसिंह फिर बोल उठा—"अरे भई, इसकी सूरत पर न जाना— बड़ा चण्ट है यह!"

बेचारा पाली हजार कोशिश करे, उसकी सूरत से नम्रता प्रकट हो ही नहीं सकती थी। जैलसिंह की बात सुनकर काहनसिंह क़हक़हा लगाकर हँसा—"वाह भई! इस सूरत पर न जाने की भी एक ही कही।"

और फिर काहनसिंह ने हाथ मिलाने को आगे बढ़ाया। पाली को उसकी यह ठिठोली पसन्द आयी और वह प्रसन्नता प्रकट करने के लिए मुस्कराने लगा। यहाँ तक कि उसके दाँतों में ठुकी हुई सोने की कीलें नज़र आने लगीं।

उन दोनों ने एक-दूसरे को पसन्द कर लिया था। दिल-से-दिल मिल गये थे।

जैलसिंह ने अँगोछे से मूँछें और दाढ़ी पोंछते हुए पूछा—"अच्छा यह तो बताओ, सारा मामला तय है न?"

"क्या?"

जैलसिंह ने आँख मारी।

"वही अपने आदमी...और डाचियाँ (साँड़नियाँ)?"

"ओह...हाँ, परसों तक तो सब-कुछ तैयार था। अब भी तैयार ही समझो। मैं यह समझकर कि तुमने वहाँ जाने का इरादा छोड़ दिया है, ढीला पड़ गया था। ...ज़रा आदमी भेजना पड़ेगा, सो अभी भेज देता हूँ।"

"हाँ, तो अभी आदमी भेज दो, ख़बर कर दो सबको।"

"बे-फ़िक्र रहो। हाँ, यह तो बताओ यहाँ तो नहीं बुलाना किसी को?"

"अरे नहीं..."

"सब लोगों को कहाँ मिलना होगा?"

"गुरुद्वारा खूआ साहब में इकट्ठे हो जायेंगे सब। यहाँ सबको बुलाना तो व्यर्थ होगा न। बस गुरुद्वारे में अरदासा सादेंगे (प्रार्थना करेंगे) और चल देंगे।" यह कहकर उसने अन्य साथियों की ओर देखा—"क्यों ठीक है, ज्वालासिंह?...चिन्तो?

"ठीक, बिलकुल ठीक!"

इस बीच में काहनसिंह मुँह खोले सबकी ओर देखता रहा, फिर बोला—"किस वक़्त इकट्ठे होना चाहिए?"

ज्वालासिंह ने कहा— आज हमें जिस गाँव में जाना है, भला कितनी दूर होगा यहाँ से?"

"तुम ख़ुद भी तो देख चुके हो, आप ही बताओ न।"

"यही होगा सात-आठ कोस...क्यों?"

"हाँ, बस इतना ही होगा।"

"अच्छा, चाँद कब छिपेगा?"

"देख लो तुम चूक गये। हेर-फेर में अमावस की रात भी गँवा दी।"

"काहनसिंह, मैं तुम्हें इतनी बार कह चुका हूँ कि जो बात हो चुकी हो, उसके लिए मत रोया करो!...अभी कोई ख़ास फ़र्क़ नहीं पड़ा। चाँद आधी रात से पहले डूब जायेगा और मैं समझता हूँ हमें आधी रात से पहले वहाँ पहुँच जाना चाहिए। डरने की कोई बात नहीं। गाँव में लड़नेवाले आदमी बहुत कम हैं और जो हैं वे हमारा मुकाबला करने से डरेंगे। अगर लड़ने आयेंगे भी तो मुफ्त में मारे जायेंगे, समझे। हम चाँद रहे ही अपना काम शुरू कर देंगे।"

चिन्तो ने टाँगें फैलाकर खड़े होते हुए हाथ हवा में लहराया और नियमानुसार जोशीले स्वर में बोली— "और इधर चाँद डूबेगा उधर साहूकारों की तकदीर डूब जायेगी, हा-हा!"

इस पर सब लोग 'हा-हा' करने लगे।

जैलसिंह ने कहा—"रात का खाना खाकर सब लोग इकट्ठे हो जायँ, अभी आदमी भेज दो..."

"अजी, अभी लो..."

"हाँ, अब सब लोग बातें बन्द कर दें। काहनसिंह! हमने सारी रात जागकर बहुत लम्बा सफ़र किया है। आज रात फिर जगना होगा, इसलिए अब हम सबके सोने का प्रबन्ध कर दो। दोपहर को खाने के वक़्त से पहले मत जगाना। खाना खाने के बाद हम लोग फिर सो जायेंगे।"

यह सुनकर काहनसिंह ने उनके सोने के लिए पसार में चारपाइयाँ बिछवा दीं। रात के थके-माँदे मुसाफिर लेटते ही खुर्राटे लेने लगे।

दोपहर को खाना खाने के लिए उन्हें उठना पड़ा। खाना खाने के बाद वे फिर सो गये।

काहनसिंह की 'माँ' ने पंखा हिला-हिलाकर उनकी सेवा की, जैसे वे किसी बहुत शुभ कार्य के लिए जानेवाले हों।

शाम हुई तो काहनसिंह ने छिले हुए बादाम, चारों मगज़, काली मिर्च, छोटी इलायची, सौंफ, भंग, खोया आदि रगड़कर और उसमें दूध और खाँड़ मिलाकर शरदाई तैयार की और फिर मेहमानों को जगा दिया।

जैलसिंह ने शरदाई देखकर पूछा—"अबे कड़ाके के जाड़े में शरदाई किस मूर्ख ने बतायी है तुझे। इसे पीकर सबके हाथ-पाँव न फूल जायेंगे?"

काहनसिंह ने फबती कसते हुए कहा—"चाचा, जवानी में जाड़ा किसे लगता है। हम तो सर्दी हो चाहे गर्मी, शरदाई ज़रूर पीते हैं।"

सबको काहनसिंह के उजड्डपन पर आश्चर्य हुआ। ज्वालासिंह बोला—"तो भई, तुम लोग पी लो, मैं बूढ़ा आदमी हूँ, मुझे तो गर्म चीज़ चाहिए।"

"शाबाश!" कहकर जैलसिंह ने ज्वालासिंह की पीठ पर प्यार से एक धमाका दिया। फिर उसने गठरी खोलकर देशी शराब की तीन-चार बोतलें निकालीं और बोला—"काहनसिंह, गिलास या कुज्जे लाओ।"

काहनसिंह ने बहुतेरा शोर मचाया कि शरदाई में पानी की बूँद तक नहीं, दूध-ही-दूध है, परन्तु वहाँ कौन सुनता था। जैलसिंह ने उसके चूतड़ों पर लात मारकर गाली दी—"अरे जा बहन..."

हँसी-ठठोल में काहनसिंह की बात किसी ने नहीं सुनी। हाँ, उसके तैयार किये हुए भाँग के पकौड़े काम आ गये।

बोतलें खत्म करके जैलसिंह ने मूँछें चूसकर डकार ली—"भई शराब कम रही...चलो, अच्छा ही है, नहीं तो रात को काम करने की बजाय किसी जौहड़ के किनारे कीचड़ में लोट लगाते होते।"

खाना तैयार हुआ तो सबने भर-पेट खाया और आराम करने के विचार से चारपाई पर लेट गये।

काहनसिंह ने अर्थपूर्ण नज़रों से जैलसिंह की ओर देखते हुए पूछा—"क्यों भई, वह चीज़ तो तैयार है न?"

"कौन चीज़?"

"वही ठुसा-ठुस।"

जैलसिंह समझ गया कि उसका संकेत बन्दूक़ की ओर है—"हाँ भई, बिलकुल तैयार है...भला वह भी कोई भूलने की चीज़ थी?"

कुछ देर तक इधर-उधर की बातें होती रहीं। आख़िर वे लोग तहबन्द कसकर उठ खड़े हुए। आँगन के दरवाज़े के पास रुककर काहनसिंह ने उन्हें बताया कि उसने साँड़नियाँ और दूसरा सामान गुरुद्वारा खूआ साहब को भेज दिया है ताकि गाँव से चलने पर किसी को सन्देह न हो।

सबने उसकी दूरदर्शिता की सराहना की।

डाकुओं का यह दल पैदल चलता हुआ कोस-डेढ़ कोस के फासले पर गुरुद्वारा खूआ साहब के अहाते में पहुँच गया। यह गुरुद्वारा सुनसान स्थान पर बना था। किसी अज्ञात शहीद की समाधि बनी हुई थी और एक बहुत बूढ़ा ग्रन्थी, जिसे बहुत कम सुझायी देता था, यहाँ रहा करता था।

जैलसिंह को देखते ही दस-ग्यारह व्यक्ति उनके सामने आ खड़े हुए।

आयु में यद्यपि वे छोटे-बड़े थे, परन्तु थे सब-के-संब विशालकाय। उनमें से तीन साँहसी जाति के मुसलमान थे और एक बाजीगर। एक हिन्दू जो उस गाँव का निवासी और उनका भेदी था और अन्य सब सिख थे।

पालीसिंह ने भी बड़े-बड़े काम किये थे, परन्तु इस प्रकार संगठित रूप से डाका डालने का उसे कभी अवसर न मिला था। उसने एक ही नज़र में जान लिया कि उनमें से हर व्यक्ति का मिज़ाज बिगड़ा हुआ है, यद्यपि प्रत्येक अपनी-अपनी कला में निपुण नहीं था। बल्कि कुछ एक तो ऐसे थे जो सौंची खेलकर, दौड़ लगाकर या किसी मेले-ठेले पर छोटी-मोटी लड़ाई जीतकर भाग्य आज़माने चले आये थे।

इसमें भी सन्देह नहीं था कि जैलसिंह ने ख़ूब देख-भालकर उन लोगों को चुना था। वे सब केवल ताकतवर ही नहीं थे बल्कि बहादुर और विश्वासपात्र भी दिखायी देते थे।

जैलसिंह ने सबकी ओर मुस्कराकर देखा। शायद वह जानता था कि उनमें से बहुत से तो आज की रात के बाद ही इस काम से तौबा कर लेंगे, परन्तु इसके साथ ही वह यह भी जानता था कि जब ऐसे मौकों पर लड़ाई शुरू हो जाती है तो हर-एक को अपनी जान बचाने के लिए लड़ना ही पड़ता है। यदि भागना पड़े तो उसका और ज्वालासिंह का यह नियम था कि वे साथियों की लाशों के सिर काट लेते थे। जो भाग सकते उन्हें भगा ले जाते और जो न भाग सकते उन्हें मुर्दों में शामिल कर देते।

अपने साथियों से इधर-उधर की बातें करने के बाद जैलसिंह ने गाँव के भेदी मनहर कलाल, जिसे सब केवल कलाल कहकर पुकारते थे, को सम्बोधित किया।

कलाल का सिर उस्तरे से घुटा हुआ था। आयु पचास से किसी तरह कम नहीं थी। गर्दन मोटी और कन्धे मज़बूत, पीठ चौड़ी, हाथ बड़े-बड़े और अँगुलियाँ मोटी-मोटी थीं। उसके घुटे हुए सिर पर छवियों और लाठियों के कई निशान थे, जिन्हें देखकर अनुमान लगाया जा सकता था कि उसने संसार में क्या कुछ देखा है।

जैलसिंह से नज़रें मिलते ही कलाल ने अपने विशेष ढंग में अपने ऊबड़-खाबड़ पीले दाँत दिखा दिये। हँसते समय ज्वालासिंह की तरह उसकी आँखें भी गालों और भँवों के बीच डूब-सी जाती थीं। जैलसिंह ने पूछा—"तुम्हारे ख़्याल में इतने आदमी काफ़ी होंगे?"

"हाँ, काफ़ी से ज़्यादा," कहकर जैलसिंह के और निकट सरक आया। उसका कद जैलसिंह से छोटा था, इसलिए उसने चुँधी आँखों से जैलसिंह की ऊँची नाक की ओर देखते हुए कहा—"वहाँ है ही कौन? इतने जवान तो सारा गाँव लूट सकते हैं...साहूकारों की मदद को कौन आयेगा?"

"और वह बन्दूक़?"

"बन्दूक़ शहर में बनने को गयी हुई है, अभी तक नहीं आयी।"

"तुम्हें अच्छी तरह मालूम है?"

"हाँ...क्यों नहीं?"

गाँव में किसी और के पास तो बन्दूक़ नहीं?"

"नहीं।"

"हमारे पास कितनी साँड़नियाँ हैं, काहनसिंह?"

"दस...और सब-की-सब असील। पाँत्र की पुख़्ता। बिना थके कोसों चली जाती हैं। बिल्ली की तरह पाँव रखती हैं ज़मीन पर। क्या मजाल जो ज़रा-सी आवाज़ आ जाये।"

"बस, ठीक है।"

कुछ देर तक इधर-उधर की बातें होती रहीं। आख़िर वे प्रार्थना के लिए उठ खड़े हुए। डाकुओं के इस दल का वही हाल था कि जब "भगवान् के सामने खड़े हुए तो सब एक हो गये।" कोई जाति-भेद न रहा। आँखें मूँदकर मन्नतें मानी गयीं।

प्रार्थना करने की तो यूँ ही प्रथा-सी पड़ गयी थी, अन्यथा उस रात तो सफलता की आशा इतनी अधिक थी कि किसी प्रकार की प्रार्थना की आवश्यकता न थी। चाँद की चाँदनी में क्षण-भर के लिए छवियों की जगमगाहट उत्पन्न हुई और वे बँटकर साँड़नियों पर सवार हो गये। साँड़नियाँ नकेल का झटका पाते ही चुपचाप खड़ी हुईं और आँख झपकते में हवा से बातें करने लगीं।

ऐसी साँड़नियों के लिए सात-आठ कोस का फासला तय करना कुछ कठिन न था। ऊबड़-खाबड़ रास्ते के बावजूद वे लगभग दस बजे मंज़िल पर जा पहुँचे।

गाँव से इधर ही वे कब्रिस्तान के पास रुक गये।

यहाँ हिन्दुओं, मुसलमानों और सिखों की मिली-जुली आबादी थी। अधिक संख्या में मुसलमान थे। सिखों के केवल पाँच-सात घर थे। यहाँ के हिन्दू साहूकारों के कारण वह गाँव काफ़ी मशहूर था।

इस प्रकार की बातें बताने के बाद कलाल ने उँगली से ज़मीन पर रेखाएँ बना-बनाकर गाँव की गलियों का नक्शा समझाया। जिस घर में जाना था वह गाँव के बिलकुल बीच में था। वह सबसे मोटा असामी था। सारी योजना बन जाने के बाद जैलसिंह ने चाँद की ओर देखा, जिसके डूबने में अभी काफ़ी समय बाक़ी था।

जैसा कि पहले तय हो चुका था, साधुसिंह को साँड़नियों की रखवाली करनी थी। उसने ऊँची और घनी झड़बेरियों के बीच-बीच साँड़नियों को इस प्रकार बैठाया कि पास से देखनेवालों को भी सन्देह न होता। सबने अपने-अपने जूते उतारकर उन्हें मज़बूती से सिरों पर बाँध लिया। ढाठे कस लिये ताकि न तो सूरत अच्छी तरह पहचानी जा सके और न सिर की पगड़ियाँ गिरने पायें। हथौड़ियाँ, तेशियाँ आदि भी साथ ले ली गयीं और जब वे लोग छवियों को लाठियों पर चढ़ाकर बिलकुल तैयार हो गये तो काहनसिंह ने हर-एक आदमी को मुँह में रखने के आठ-आठ, दस-दस मुनक्के दिये। इस तरह दम नहीं फूलता था। फिर उसने सबको दो-दो रोटियाँ दीं और कहा— "ख़बरदार, जो तुम पर कुत्ते भौंके तो कुत्तों को दुतकारना या मारना नहीं, क्योंकि इस तरह वे और जोर से भौंकने लगते हैं। गाँववालों के कान हर वक़्त कुत्तों

की आवाज़ों पर लगे रहते हैं, जब भी कुत्ता भौंके उसे पुचकारकर रोटी का एक टुकड़ा उसके आगे डाल देना।''

वे लोग कब्रिस्तान के एक सिरे पर खड़े वृक्ष के नीचे चले गये। जैलसिंह ने गाँव की ओर नज़र दौड़ाकर देखा। इस समय सारी बस्ती पर श्मशान की-सी चुप्पी छायी हुई थी। कच्ची ईंटों और गारे से बने हुए मकान एक लम्बी कब्र की भाँति दिखायी दे रहे थे। वृक्ष चुपचाप खड़े थे, यूँ मालूम होता था, जैसे गाँव-का-गाँव डाकुओं के आगमन पर सहमकर दुबक गया हो।

डाकू बिखरकर गाँव के बिलकुल सिरे पर फैले हुए बरगद के घने वृक्ष की ओर दबे पाँव बढ़ने लगे। जैलसिंह के कहे अनुसार पालीसिंह की ड्यूटी यह थी कि वह जैलसिंह के साथ-साथ रहे। दूसरों के लिए तो यह काफ़ी गर्व की बात थी, परन्तु पाली को जैलसिंह का शासकों जैसा ढंग पसन्द नहीं था। यह भी अच्छा ही हुआ कि वह पाली से टेढ़ी तरह पेश नहीं आया, अन्यथा दोनों मस्त हाथियों की भाँति भिड़ जाते।

ज्वालासिंह, चिन्तो, काहनसिंह और कलाल आदि एक-दूसरे को हाथों से संकेत करते हुए बढ़ते चले गये, यहाँ तक कि वे सब सुरक्षित रूप से बड़ के वृक्ष के नीचे पहुँच गये।

जैलसिंह ने एक बार फिर अपने दल को भेदती दृष्टि से देखा। उसने चुपके से अपने लम्बे-चौड़े हाथ में कलाल की खोपड़ी थामकर मज़ाक़ के तौर पर दल के आगे कर दिया। अब वे दो-दो, तीन-तीन आदमियों में बँटकर गली की ओर बढ़ने लगे।

दीवारों के सायों तले से चलते हुए वे लोग बढ़ते जा रहे थे। इतने में चौकीदार की पुकार सुनायी दी— ''जागदे रहो! ...जागदे रहो!'' (जागते रहो)

चारों ओर चुप्पी थी। कभी-कभी दल के लोग एक-दूसरे की ओर अर्थपूर्ण नज़रों से देखकर सिर हिला देते। उनकी बग़लों में छवियोंवाले लठ दबे हुए थे। कभी-कभार चाँद की किरण पड़ने पर तेज़ चमकदार छवि जगमगाकर बिजली की तरह आँख दिखा देती।

पालीसिंह का दिल धड़क रहा था। बीसियों लोग उन मकानों में बन्द मीठी नींद सो रहे थे। जाने कब वे जाग उठें और चीख़-पुकार, कत्ल-ख़ून का बाज़ार गर्म हो जाये। पाली के शरीर में चीते-की-सी फुर्ती आ गयी थी। बाँहों पर इतनी सर्दी के बावजूद पसीने की बहुत नन्ही-नन्ही बूँदें निकल आयी थीं, परन्तु उसे बड़ा आनन्द आ रहा था।

जैसा कि डर था, दो-चार बार कुत्तों का सामना भी करना पड़ा। काहनसिंह की तरकीब बहुत अच्छी सिद्ध तो न हुई, परन्तु वे किसी-न-किसी तरह कुत्तों की ज़द से निकल गये। एक बार तो कुत्ते इस ज़ोर से भौंके कि उन्होंने समझा कि कुछ लोग अवश्य ही जाग उठेंगे, परन्तु आदमी तो नहीं जागे, चौकीदार की आवाज़ काफ़ी पास सुनायी देने लगी। अब वे निश्चिन्त मकान के पास पहुँच चुके थे।

चौकीदार की आवाज़ और निकट से आने लगी तो वे भागकर इधर-उधर छिप गये। गली के सिरे पर चौकीदार नज़र आया तो वह अकेला नहीं था। कुछ आदमी उसके साथ थे। डाकू समझे कि शायद कुत्तों के भौंकने के कारण उन लोगों को सन्देह हो गया है, परन्तु कलाल ने तसल्ली दी कि ऐसा नहीं है। चौकीदार के साथ प्राय: गाँव के कुछ आदमी भी पहरा देते हैं और यदि वे लड़ भी पड़ें तो उनसे भागते ही बनेगा।

वास्तविकता कुछ भी हो, वे सब बिलकुल तैयार हो गये, जैलसिंह ने दहकती हुई आँखों से सबकी ओर देखते हुए कहा कि यदि उन लोगों पर ज़रा-सा भी सन्देह हो कि वे कुछ करने जा रहे हैं, तो तुरन्त उन पर पिल पड़ो और उनका सफाया कर दो।

अपनी-अपनी कमीनगाह में छिपे डाकू हाथों में छवियाँ लिये लड़ मरने को तैयार बैठे थे। गाँव के आदमियों की बातें और भी निकट सुनायी देने लगीं। अनुमान लगाया जा सकता था कि उनके मन में कोई सन्देह नहीं था। वे अपनी बातों में मग्न थे। यहाँ तक कि वे बिलकुल उनके निकट से होकर आगे निकल गये। उन्होंने सोचा अच्छा ही हुआ जो लड़ाई की नौबत नहीं आयी, अन्यथा अभी से शोर मच जाता और न जाने इसका क्या परिणाम निकलता।

मैदान साफ़ देखकर सबसे पहले कलाल कमीनगाह में से बाहर निकला और उसने अपने इर्द-गिर्द एकत्रित होते हुए डाकुओं से कहा कि चार आदमी तो इस ओर छिपे रहें और चार मकान की दूसरी गली के परले कोने में छिप जायें ताकि मकान में प्रवेश करनेवालों को गाँववाले बाहर से घेरे में न ले लें।

"लो भई जैलसिंह, अब तुम वे आदमी चुन लो, जिन्हें तुम अपने साथ ले जाना चाहते हो...'

जैलसिंह ने पालीसिंह, ज्वालासिंह, चिन्तो, काहनसिंह, कलाल, शेरे और बाज़ीगर को अपने साथ लिया और अन्य लोगों को उनके गुप्त स्थानों में पहुँचा दिया गया।

यह काम हो चुका तो कलाल ने जल्दी-जल्दी कहना शुरू किया—"तुम ज़रा होशियारी से यहाँ खड़े रहो, मैं दीवार फाँदकर अन्दर जाऊँगा और ड्योढ़ी का

दरवाज़ा खोल दूँगा। तुम सब अन्दर घुस आना, बस फिर समझो कि आधी मुश्किल तो हल हो गयी ...''

चिन्तो ने उँगली घुमाकर कौवे की चोंच की तरह उसकी घुटी हुई खोपड़ी पर ठोंक लगाते हुए कहा—''बस बेटा, बेफिक्र रहो, बाक़ी सब-कुछ हम पर छोड़ दो, हम सँभाल लेंगे!''

कलाल ने खोपड़ी सहलाते हुए पालीसिंह से कहा—''भई, पालीसिंह, तुम लम्बे हो सबसे। मुझे ज़रा दीवार पर तो चढ़ा दो।''

पाली ने सहारा देकर उसे ऊपर चढ़ा दिया।

अब वे दरवाज़ा खुलने की प्रतीक्षा करने लगे। चिन्तो विशेष रूप से बन्दूक़ लेकर दरवाज़े के पास खड़ी हो गयी। उस समय उन सबको एक-एक क्षण काटना भारी हो रहा था। आख़िर दरवाज़े के पट हरकत करने लगे। वे चौकन्ने हो गये।

दरवाज़ा खुल गया और उन्होंने तुरन्त भीतर घुसकर भीतर से ड्योढ़ी के दरवाज़े की कुण्डी चढ़ा दी।

कलाल उन्हें मार्ग सुझाता आगे बढ़ा। सर्दी के कारण घर के सब लोग भीतर सो रहे थे। कलाल ने मुस्कराकर कहा—''पहले ड्योढ़ी में एक बूढ़ा सोया करता था। उसे लाला ने निकाल दिया। मुझे डर था कि कोई दूसरा आदमी न रख लिया हो। मालूम होता है, आज परमात्मा हम पर दयालु है।''

काहनसिंह ने मुस्कराकर धीरे से कहा—''अरे भई, ऐसे शुभ काम में तुम्हारे परमात्मा दयालु न होंगे तो और कब होंगे?''

कलाल ने एक बार फिर तहबन्द को कसकर बाँधते हुए कहा—''लो उस्ताद जैल! हमारा काम तो पूरा हुआ, अब तुम आगे बढ़ो।''

जैलसिंह ने आगे बढ़कर चुपचाप अपने साथियों की ओर देखा। उस समय वे लोग दीवार- तले खड़े थे। जैलसिंह ने कहना शुरू किया—''अच्छा भई कलाल, यह तो बताओ छत किस तरफ़ है? कोई डर तो नहीं...''

कुछ देर तक चुप रहने के बाद कलाल ने उत्तर दिया—''डर तो हो सकता है, तुम जानो, छत-से-छत मिली हुई है। हो सकता है कोई हिम्मत करके इधर चला आये और वहाँ पसार के अन्दर से एक सीढ़ी छत पर जाती है, वहाँ भमटी (सीढ़ियों पर की छत) बनी हुई है। उसका दरवाज़ा तो भीतर से बन्द होगा लेकिन एक-दो आदमी उस दरवाज़े के सामने भी ज़रूर होने चाहिए। अगर घर का कोई आदमी उधर से भागना चाहे तो उसे अपने काबू में कर लिया जाये।''

यह सुनकर जैलसिंह बोला—"मतलब यह है कि छत पर भी पक्का बन्दोबस्त होना चाहिए। हाँ तो ज्वालासिंह, मैं पालीसिंह को लेकर छत पर पहरा दूँगा। मेरा ख़्याल है कि अगर सारा गाँव भी आ जाये तो हम दोनों उनसे निबट लेंगे..."

यह कहकर उसने गर्व से पाली की ओर देखा और पाली ने ख़ुश होकर जवाब में नथुने फुलाये और थूक की पिचकारी छोड़ दी। जैलसिंह ने बात जारी रखी—"बन्दूक़ चिन्तो के पास रहेगी। कारतूस की पेटी यूँ बाजू पर मत लटकाओ। आर-पार पहन लो। कलाल, तुम छिपे रहो। चिन्तो दरवाज़े से हटकर तन्दूर के पास बैठी रहेगी, ताकि गोली चलाने में आसानी रहे। देखो चिन्तो! गोली या तो उस वक़्त चलाना, जब घर का कोई आदमी लड़ने-मरने पर तैयार हो जाये या जब गाँववाले जागकर शोर मचाने लगें। उस वक़्त दो-तीन हवाई-फैर (फायर) कर देना। ज्वालासिंह! तुम बाक़ी आदमियों को ले घर का दरवाज़ा खुलवाकर या तुड़वाकर भीतर घुस जाओ...और तो तुम ख़ुद होशियार हो..."

सब तैयारियाँ पूरी हो गयीं तो जैलसिंह पाली को साथ ले सीढ़ियाँ चढ़ने लगा। छत पर पहुँचकर जैलसिंह ने पाली की ओर देखा। मानसिक रूप से अब वे एक-दूसरे के बहुत निकट आ चुके थे। पाली के मन में उस विशालकाय डाकू के प्रति मैत्रीपूर्ण भाव जागृत हो उठे।

जैलसिंह ने सबको तैयार पाकर ऊपर से गर्दन हिलाकर संकेत किया। ज्वालासिंह भी उसी की ओर देख रहा था। संकेत पाते ही उसने दरवाज़े पर ज़ोर से लात मारी—"दरवाज़ा खोलो।...हो!"

सबकी आँखें दरवाज़े पर लगी हुई थीं। ज्वालासिंह बराबर दरवाज़ा खटखटा रहा था। भीतर से किसी स्त्री की आवाज़ आयी—"कौन है?"

ज्वालासिंह ने भारी आवाज़ में गुर्राकर कहा—"बेटा, दरवाज़ा खोलो तुम्हारे ससुर आये हैं"

यह कहकर ज्वालासिंह साथियों की ओर एक नज़र देखकर मुस्कराया।

जैलसिंह ने पाली को सम्बोधित करते हुए कहा—"देख लिया हरामजादे को।"

और फिर वे अगली छत पर चले गये। यह पहलू की छोटी और निचली छत थी। घर की बड़ी छत इससे छह-सात हाथ ऊँची थी। बड़ी छत का लगभग दो-तीन हाथ चौड़ा छज्जा आगे बढ़ा हुआ था। पाली ने छज्जे के नीचे की ओर नज़र दौड़ायी। लकड़ी की कई एक शहतीरें आगे तक बढ़ी हुईं थीं। पाली ने कहा—"मेरे ख़्याल में हमें ऊपरवाली छत पर जाना चाहिए।"

"हाँ, लेकिन यहाँ सीढ़ी तो है नहीं।"

"भई, असल सीढ़ियाँ तो भीतर से ऊपर जाती हैं। याद नहीं कलाल ने क्या बताया था?"

जैलसिंह ने इधर-उधर नज़र दौड़ाकर कहा—"हूँ...ठीक कहते हो, लेकिन ऊपर जाने का इन्तज़ाम क्या होगा ... यूँ भी हो सकता है कि आँगन में से कोई लम्बा-सा बाँस ले आयें, उससे फलाँगकर ऊपर पहुँच जायेंगे।"

नीचे आँगन से ज्वालासिंह की भारी आवाज़ सुनायी दे रही थी। अब वह गालियों और धमकियों पर उतर आया था।

"दरवाज़ा खोलो।...तुम्हारी बहन... तुम्हारी बेटी...मैं...खोलो नहीं तो तोड़ डालेंगे।"

यूँ मालूम होता था कि घर में कुहराम मच गया है। स्त्रियों, पुरुषों और बच्चों की मिली-जुली आवाज़ें सुनायी दे रही थीं।

पाली ने सुनकर दोनों हाथ घुटनों पर टेकते हुए कहा—"अब बाँस कहाँ ढूँढ़ते फिरेंगे, लो मेरी पीठ पर पाँव जमाकर चढ़ जाओ छत पर।"

जैलसिंह हँस पड़ा—"वाह क्या तरकीब है। मुझे इसका ध्यान इसलिए नहीं आया कि बहुत कम लोग मेरा बोझ उठा सकते हैं। मैं यह तो भूल ही गया था कि आज मेरे साथ पालीसिंह है।"

फिर जैलसिंह उसकी पीठ पर चढ़कर खड़ा हो गया। पहले उसने छवि ऊपरवाली छत पर फेंकी, फिर स्वयं भी वहाँ पहुँच गया और घूमकर कहने लगा—"देखो पाली, ज्वाले को कहो कि अब दरवाज़ा तोड़ डाले, कोरी धमकियों से काम नहीं चलेगा।"

यह सुनकर पाली तुरन्त सीढ़ियों की ओर लपका। उसने देखा कि ज्वालासिंह दरवाज़ा तोड़ने की तैयारी कर रहा है। दो आदमी आँगन के परले कोने से एक बड़ी-सी शहतीर उठाये चले आ रहे थे। ज्वालासिंह घरवालों को अन्तिम चेतावनी दे रहा था। वह चाहता था कि अधिक शोर किये बिना ही दरवाज़ा खुलवा ले। यह देख पाली लौट आया। वह ज़ोर से उछलकर बड़ी छत के किनारे पर हाथ डाल लटक गया और फिर बाँहों के बल पर सारा धड़ खींचकर ऊपर ले गया। उसने देखा कि जैलसिंह भमटी से बहुत परे खड़ा कुर्ते के बटन खोल रहा है। उसे अपनी ओर आकर्षित करने के लिए उसने 'हि-श-च' का स्वर निकाला।

सम्भवत: उसने उसकी आवाज़ नहीं सुनी।

"हि-श-च!"

अब उसने उसकी ओर देखा।

"मुझे भी तो ऊपर खींचो, पहले मैं छवि फेंकता हूँ।"

"अरे ठहरो, मैं पकड़े लेता हूँ, ज़रा कुर्ता उतार लूँ।"

"इस सर्दी में कुर्ता क्यों उतार रहे हो?"

"अरे मुझे सर्दी नहीं लगती। ऐसे छवि अच्छी तरह घूम सकती है।"

पाली उसी जगह लटका रहा। उसकी नाक दीवार को छू रही थी और मिट्टी की गन्ध उसके नथुनों में घुसी जा रही थी।

जब जैलसिंह ने कुर्ता उतार फेंका, तो पाली ने देखा कि उसका शरीर यद्यपि बहुत भारी था परन्तु बहुत ही सुन्दर था। लोहे की पेटी की तरह मज़बूत छाती, बाँहों की उभरी-उभरी मछलियाँ, सारे बदन की नस-नस में बिजली-सी दौड़ती मालूम होती थी। कुर्ता उतारकर जैलसिंह ने घुमा-फिराकर तहबन्द कसा। चाँदनी रात में वह देव जैसा व्यक्ति बड़ा भयानक दिखायी दे रहा था।

इतने में आँगन से दरवाज़ा तोड़ने की आवाज़ें आने लगीं। पाली ने सोचा, सम्भव है साथ के घरों के कुछ लोग जाग उठे हों परन्तु भय से बाहर न आते हों।

जैलसिंह एक बार तनकर खड़ा हो गया। चील की तरह इधर-उधर सिर घुमाकर उसने दूर-दूर तक नज़रें दौड़ायी, फिर जब वह पाली की ओर बढ़ने ही को था कि एकाएक बन्दूक़ की आवाज़ से सारा वातावरण गूँज उठा।

उस गरजदार आवाज़ के साथ ही जैलसिंह दुहरा हो गया।

पाली ने पहले तो यही समझा कि चिन्तों ने गोली चलायी है, परन्तु फिर उसे एहसास हुआ कि आवाज़ दूसरी ओर से आयी थी और जब उसने जैलसिंह को दुहरा होते देखा, तो समझ गया कि किसी ने उस पर फायर किया है। सम्भवतः भमटी के दरवाज़े में से गोली आयी थी।

गोली खाते ही जैलसिंह फुर्ती से एक ओर होकर भमटी के दरवाज़े की ओर बढ़ने लगा। शायद वह एक पहलू से होकर भमटी के दरवाज़े तक पहुँच जाना चाहता था।

पाली हैरान था कि अब वह क्या करे? उसने सिर कुछ नीचे कर लिया। ख़तरनाक समय आ पहुँचा था। वह छत पर भी न चढ़ सकता था...सहसा पुनः गोली चली और इस बार जैलसिंह फड़ककर निचली छत पर आ गिरा और बेतरह तड़पने लगा।

भमटी का दरवाज़ा ज़रा-सा खुला और पाली ने उसमें से बन्दूक़ की नली आगे को बढ़ती देखी। उसने तुरन्त हाथ ढीले छोड़ दिये और निचली छत पर गिरते ही उसने सोचा कि वह लपककर जैलसिंह को पीठ पर लाद ले और आँगन में उतर जाये।

उसने एक कदम बढ़ाया ही था कि ऊपरवाली छत पर पाँव की चाप सुनायी दी। वह झट से पीछे हटा और छज्जे के नीचे दीवार के साथ सटक गया।

पाँव की चाप से उसने अनुमान लगाया कि बन्दूक़ची बिलकुल छज्जे के ऊपर खड़ा था। शायद एक और आदमी उसके साथ था।

जैलसिंह गर्म रेत पर पड़ी हुई मछली की तरह तड़प रहा था। पहली गोली का तो कुछ न पता चलता था कि कहाँ लगी है, अलबत्ता दूसरी पेट पर लगी थी। उसका बदन बिलकुल दुहरा हो रहा था। फीकी चाँदनी में उसके तड़पते हुए बदन की ऊपर-तले होती हुई मछलियाँ और पट्ठे स्पष्ट दिखायी दे रहे थे। कुछ ही कदम के अन्तर पर वह जीवन और मृत्यु की खींचा-तानी में पड़ा था, परन्तु पाली उसकी सहायता करने में विवश था।

ऊपर से बातों की आवाज़ आने लगी। किसी ने पूछा—''तुम्हें कोई और आदमी भी दिखायी देता है?''

पाली ने गर्दन उठाकर छज्जे की शहतीरों की ओर देखा और फिर उछलकर एक शहतीर से लटक गया।

दूसरी आवाज़ आयी—''मुझे तो कोई दिखायी नहीं देता।''

तीसरी बार फिर गोली चली। निशाना ठीक बैठा और तड़पता हुआ जैलसिंह हमेशा के लिए ठण्डा हो गया।

''मुझे डर है कि कोई और न हो छत पर ...''

''रोशनी तो है नहीं, छज्जे के नीचे न छिपा हो कहीं।''

''दिखायी तो नहीं देता कोई ...''

बन्दूक़ के धमाकों से सारा गाँव जाग उठा था। दूर-दूर से लोगों के चिल्लाने की आवाज़ें आ रही थीं। आँगन में भी खलबली मच गयी थी, चिन्तो ने बन्दूक़ चलाने का प्रयत्न किया, परन्तु वह चली नहीं। वह ज़ोर से चिल्लाकर बोली—''बन्दूक़ का घोड़ा ख़राब हो गया है, यह न चलेगी।''

यह सुनकर सब डाकुओं में खलबली मच गयी। उन्हें यह भी मालूम हो गया था कि घरवालों के पास बन्दूक़ है और वे उसकी आवाज़ भी सुन चुके थे। इधर दरवाज़े के आगे भी न जाने घरवालों ने कौन-सी रोक लगा दी थी कि इतनी ठोकरों के बाद भी दरवाज़ा पूरी तरह न टूट सका था।

छतवाले दोनों आदमी बन्दूक़ लेकर शीघ्र से शीघ्र आँगन की ओर जाना चाहते थे। पाली ने टाँगें उठाकर एक ओर शहतीर में पाँव इस तरह फँसा दिये कि उसका बदन छत से लग गया। ऊपर से आवाज़ आयी—''देखो, तुम छत पर कूद जाओ

और देखो कि छज्जे के नीचे तो कोई नहीं है न। अगर कोई आगे बढ़ेगा तो मैं गोली से उड़ा दूँगा।''

दूसरे आदमी ने निचली छत पर छलाँग लगा दी।

पाली साँस रोके छत से चिपका हुआ था। यूँ भी वहाँ अन्धकार था। घबराहट में उस आदमी ने भी नज़र ऊपर न उठायी और चला गया। ''आ जाओ, यहाँ कोई नहीं है।''

पाली ने सोचा, मौका लगा तो एकाएक झपटकर बन्दूक़ छीन लूँगा। परन्तु बन्दूक़ची भी बड़ा चौकन्ना दिखायी देता था, इसलिए पाली का दाँव चल न सका, बल्कि वह स्वयं बाल-बाल बचा।

जब वे दोनों सीढ़ियों की ओर बढ़ गये तो पाली ने सन्तोष की साँस ली और 'पिच' की आवाज़ के साथ थूक की पिचकारी फेंकी। तब शहतीर से पाँव हटाकर पहले लटक गया, फिर ज़मीन पर आ रहा, और छज्जे के नीचे दीवार के साथ-साथ सीढ़ियों की ओर बढ़ने लगा। अभी वह तीन-चार कदम ही बढ़ा होगा कि फिर गोली चलने की आवाज़ आयी। उसने छवि मज़बूती से पकड़ ली। वह डरा कि कहीं बन्दूक़ची वापस न लौट आये। अभी वह इसी असमंजस में था कि गोली फिर चली। सहसा बहुत-से लोग जोर-जोर से चिल्लाने और ललकारने लगे।

आँगन में खड़े डाकुओं में से दो को गोली लगी। गली के दोनों सिरों पर भी लड़ाई छिड़ गयी थी। ।बेलकुल चुप्पी के बाद एकदम ऐसा शोर मच उठा, मानों प्रलय आ गया हो। एक बार तो डाकुओं को लगा जैसे अब वहाँ से भाग निकलना उनके लिए असम्भव है। एक तो मकान गाँव के बीचोबीच, दूसरे गोलियों की बौछार, तीसरे गाँव के आदमियों की ललकार...पाली छत के सिरे पर पहुँच गया। उसने देखा कि दोनों आदमी सीढ़ियों पर खड़े गोलियाँ बरसा रहे हैं। सब आदमी ड्योढ़ी की तरफ़ भाग निकले। बन्दूक़वाले ने उनका पीछा किया। पाली को बड़ी छत पर भी शोर सुनायी देने लगा। अब वह ऊपर भी न जा सकता था, इसलिए वह कदम नापता उनके पीछे-पीछे हो लिया। वे दोनों इकहरे बदन और छोटे कद के व्यक्ति थे, परन्तु चूँकि उनके पास बन्दूक़ भी थी, इसलिए उन्होंने सबको आगे लगा लिया।

आँगन के बीचोबीच पशुओं के बाँधने को जगह बनाने के लिए एक छोटी-सी दीवार बनी थी। अन्य लोग तो दूसरी ओर भाग गये। केवल तन्दूर के पास एक साया-सा हिलता हुआ दिखायी दिया। बन्दूक़वाले ने बन्दूक़ उसकी ओर तानकर पूछा—''कौन?''

एकाएक घुटा हुआ सिर चाँदनी में चमकने लगा और एक विनयपूर्ण आवाज़ आयी—''छोटे सेठ, मुझे गोली मत मारियो। मैं कलाल हूँ, कलाल।''

"तेरी कलाल की ऐसी-तैसी!"

फिर गोली चली, और कलाल वहीं ठण्डा हो गया।

सहसा पाली को ख़्याल आया कि यही मौका है उन पर झपटने का। उनमें अभी काफ़ी फ़ासला था। पाली बड़ी तेज़ी से आगे बढ़ा, परन्तु छोटे सेठ ने तुरन्त बन्दूक़ भर ली और आहट पाते ही बन्दूक़ उसकी ओर तान दी। पाली के बढ़ते हुए कदम रुक गये। लठ के साथ बँधी हुई छवि उठी-की-उठी रह गयी और उसे अपनी आँखों के सामने मौत नाचती दिखायी देने लगी। बस एक क्षण में उसकी समस्त आशाओं का अन्त होना चाहता था। सरनो को यह भी मालूम न हो सकेगा कि किसी ने उसके लिए परदेस में जान दे दी।

छोटे सेठ ने अपने सामने पर फैलाये हुए बड़े गिद्ध की तरह एक विशालकाय जवान को देखा। उसकी अँगुली बन्दूक़ की लबलबी को दबाना ही चाहती थी कि पिछली दीवार की ओट में से चिन्तो बड़ी तेजी से निकली और उसने अपनी बिगड़ी हुई बन्दूक़ के बट से जो चोट लगायी, तो निशाना चूक गया। पाली ने बला कि तेज़ी से छोटे सेठ को दबोच लिया और इस तरह रौंद डाला जिस़ प्रकार जंगली बिलाव चूज़े को मरोड़ डाले।

छोटे सेठ के साथी ने साहस से काम लेकर बन्दूक़ उठायी। कारतूसों की पेटी छोटे सेठ के गले में थी। वह बन्दूक़ लेकर भाग निकला। इतने में ज्वालासिंह भी आ पहुँचा, उसने जो ललकारा तो सेठ के साथी ने बन्दूक़ को घुमाकर छत पर फेंक दिया और स्वयं सीढ़ियाँ फलाँगता हुआ निचली छत पर जा पहुँचा।

बड़ी छत पर बहुत-से लोग एकत्रित हो चुके थे। उनसे और तो कुछ न बन पाया, अलबत्ता ईंटें बरसाने लगे। इस प्रकार से अब मैदान डाकुओं के हाथ में था। वे चाहते तो कुछ-न-कुछ लूट सकते थे परन्तु चारों ओर से घिर जाने का भय भी था। यूँ ही ज्वालासिंह समझदार व्यक्ति था, उसने पाली को आवाज़ देकर कहा—"पाली अब हमें भाग निकलना चाहिए, काम बिगड़ गया है...जैलसिंह कहाँ है?"

"मारा गया।"

"उफ!" यह कहकर ज्वालासिंह दौड़ता हुआ छोटी छत पर चढ़ गया। ज्वालासिंह को अपनी ओर आते देख सेठ के साथी की चीखों से सारा वातावरण गूँज उठा। ऊँची छत पर खड़े लोगों ने उसे जल्दी से छत पर खींच लिया। जब ज्वालासिंह छोटी छत पर पहुँचा तो बड़ी छत- वाले लोग भय से पीछे हट गये। वे समझे, शायद वह उनसे लड़ने आ रहा है, परन्तु ज्वालासिंह ने छवि के एक वार से जैलसिंह की गर्दन काटी और सिर को बालों से पकड़ लौट पड़ा। कलाल के अतिरिक्त एक और भी आदमी मारा गया था। चिन्तो ने उसका भी सिर काट लिया।

बचे-खुचे आदमी ड्योढ़ी में एकत्रित हो चुके थे। ज्वालासिंह बोला—"अब हमें टोली बनाकर भागना होगा। कोई भी अकेला भागने की कोशिश न करे।" ड्योढ़ी का दरवाज़ा खोला गया, तो मालूम हुआ कि बाहरवाले बहादुरों ने किसी को भी भीतर न आने दिया था। ज्वालासिंह ने हाँक लगाकर एक ओर के आदमियों को बुलाया और फिर वे गली की दूसरी ओरवाले टोले से जा मिले। अब वे तेज़ी से छवियाँ घुमाते हुए बढ़ रहे थे, किसी को उनके निकट आने का साहस न हुआ, इस पर जैलसिंह का कटा हुआ सिर देखकर वे और भी भयभीत हो गये।

ज्यों-त्यों वे गाँव से बाहर निकले और ज्वालासिंह के कहने के अनुसार कब्रिस्तान की विपरीत दिशा की ओर भाग निकले। गाँव के लोगों ने उनका पीछा किया, परन्तु खेतों में पहुँचकर उन्हें और अधिक बढ़ने का साहस न हुआ।

भागते-भागते ज्वालासिंह ने पूछा—"शेरा कहाँ है?"

किसी ने बताया कि आँगन में उसे भी गोली लगी थी, भागा तो था, परन्तु रास्ते में ही गिर पड़ा। ज्वालासिंह ने पाली को वापस जाने के लिए कहा और कहा कि यदि शेरा भाग सकता हो तो ठीक, अन्यथा उसका भी सिर काट लाओ। ऐसा न हो कि वह पुलिस के सामने उनका पता बता दे या यदि मर भी जाये तो भी पुलिस उसे पहचानकर उन्हें गिरफ्तार कर ले।

पाली वापस भागा तो चिन्तो भी उसके साथ हो गयी—"एक और एक ग्यारह होते हैं पाली!"

जब वे शेरा के पास पहुँचे तो वह बेतरह तड़प रहा था। उसे मालूम था कि वे क्यों आये थे। उसने मिन्नत की—"मुझे मत मारो, चिन्तो।"

परन्तु अधिक बातों का समय नहीं था। पाली की छवि हवा में घूमी और उसका सिर गाजर की तरह कटकर ज़मीन पर लुढ़कने लगा।

चिन्तो ने सिर उठाया तो फिर गोली चलने की आवाज़ आयी। परन्तु वे भाग निकले। सारा दल उनकी प्रतीक्षा में था।

वे लोग बड़ा चक्कर काटते हुए कब्रिस्तान में पहुँचे और एक क्षण भी गँवाये बिना साँड़नियों पर सवार हो हवा हो गये।

तेरह

□□

ज्वालासिंह की इससे पहले कभी इस बुरी तरह हार न हुई थी। रास्ते में अधिक बातचीत भी नहीं हुई, अलबत्ता ज्वालासिंह ने दो-एक बार कलाल को गाली देकर कहा—"हरामज़ादा कहता था, उनके पास बन्दूक़ नहीं है और फिर चिल्लाने लगा, "छोटे सेठ मुझे मत मारो, मैं कलाल हूँ।" भला कोई पूछे कि तू उनका साला तो नहीं होता जो वे तुझे छोड़ देंगे, और अगर वह न भी मारते तो क्या मैं छोड़ देता?..." फिर उसने पाली को सम्बोधित करते हुए कहा—"आज तक हम इस तरह कभी न भागे थे। इन्तज़ाम ठीक नहीं था। भेदी अच्छा होना चाहिए।"

काहनसिंह बोला—"चाचा, यह भी तो हो सकता है कि बन्दूक़ बनकर आ गयी हो और कलाल को इस बात का पता ही न चला हो।"

"हाँ, हो सकता है," दो-तीन आवाज़ें आयीं।

पाली कहने लगा—"उस छोटे सेठ की गर्दन तो मैंने मरोड़ डाली। साले ने ऐसी तड़ातड़ गोली चलायी कि बस...मुझे भी मार डालता। वह तो भला हो चिन्तो का, उसने कुछ ऐसा हाथ मारा कि उसका निशाना चूक गया ..."

चिन्तो ने उड़ते हुए बालों को कानों के पीछे दबाते हुए कहा—"न जाने जैलसिंह कहाँ से बन्दूक़ लाया था। बन्दूक़ ठीक होती तो मैं एक-एक को भून डालती ..."

ज्वालासिंह ने सिर हिलाकर कहा—"बेचारे जैलसिंह के मौत की बहुत अफसोस है, पर हम बदला लिये बिना नहीं रहेंगे। अबके और भी पक्का इन्तज़ाम करके जायेंगे।"

काहनसिंह बोला—"इन्तज़ाम तो आज भी बहुत अच्छा था। पर एक तो उनके यहाँ से बन्दूक़ निकल आयी, जिसका हमें पता ही नहीं था, दूसरे हमारी बन्दूक़ ख़राब हो गयी, नहीं तो हम उन्हें मज़ा चखा देते।"

चिन्तो ने साँड़नी और भी तेज़ी से उड़ायी और काहनसिंह के निकट पहुँचकर बोली—"बेटा, चिन्ता न करो। बकरे की माँ कब तक ख़ैर मनायेगी। कमबख़्त छोटा सेठ तो कुत्ते की मौत मारा गया।"

काहनसिंह के गाँव के निकट पहुँचकर ज्वालासिंह ने पाली को मशविरा दिया कि वह सीधा अपने गाँव को चला जाय तो अच्छा होगा, क्योंकि इस तरह किसी को कोई शक न होगा। दो-चार दिन बाद वे भी वहाँ पहुँच जायेंगे।

पाली ने यह प्रस्ताव मान लिया।

उसके साथ एक साँड़नी सवार भी भेज दिया गया, ताकि उसे गाँव तक छोड़कर और उसकी साँड़नी लेकर वापस चला आये।

उनसे विदा होकर जब पाली अपने गाँव की ओर चला तो उसे अपनी असफलता का अनुभव होने लगा। उस समय गरमा-गरमी में दूसरी ही बातों पर बहस होती रही थी, परन्तु वास्तव में उसकी सब आशाएँ मिट्टी में मिल गयी थीं। उसने अपने मस्तिष्क में जो-जो हवाई महल बनाये थे, सब क्षण भर में ढह गये।

पाली का दिल बोझल हो रहा था। अब एक बिलकुल शून्य भविष्य उसके सामने था। उसका मस्तिष्क कुछ काम नहीं करता था। अभी किसी अन्य ढंग से रुपया मिलने की आशा नहीं थी और रुपये के बिना उसकी बात न बनती थी। एक बहुत सुन्दर दुश्मन से मुकाबला था, जो सांसारिक शानो-शौकत में भी उससे कई गुना बढ़ा-चढ़ा था। शायद थोड़े दिनों ही में डाके का कोई नया प्रोग्राम बन जाये। परन्तु इस बात की उस समय तक आशा नहीं थी, जब तक पहला बखेड़ा बिलकुल समाप्त न हो जाये और तब तक ज्वालासिंह-जैसे दूरदर्शी व्यक्ति से यह आशा रखना कि वह कोई नया प्रोग्राम बनायेगा, बिलकुल मूर्खता थी।

इसी उधेड़-बुन में वह अपने गाँव की ओर बढ़ता गया। उसने अपने साथी से भी कोई बात नहीं की। उनकी गति भी मन्द रही, इसलिए अभी आधा रास्ता ही कटा था कि सूरज निकल आया। पाली ने गाँव से एक कोस इधर ही साँड़नी रोक ली और अपने साथी से कहा—"मैं इसी जगह उतर जाता हूँ। यहाँ से पैदल गाँव पहुँच जाऊँगा। दिन निकल आया है, किसी ने हम दोनों को साथ-साथ देख लिया, तो खामुखाह शक होगा।"

उसने लाठी से लगी हुई छवि भी उतारकर उसे दे दी और स्वयं केवल लठ उठाये घर की ओर चल दिया।

घरवाले यही समझे बैठे थे कि वह अमृतसर स्नान करने के लिए गया हुआ है। उसने वहाँ पहुँचते ही कहा—"रात सोने का मौका नहीं मिला। लाओ, कुछ खाने को दो, ताकि मैं जल्दी से सो जाऊँ और जब तक मैं ख़ुद न जागूँ मुझे कोई न जगाये।"

बासी रोटी खाकर और ऊपर से दो-तीन छन्ने (कटोरे) लस्सी पीकर उसने ऐसी लम्बी तानी कि शाम तक करवट न ली।

सूरज डूबने को हुआ तो सिन्दा ने उसे जगाना चाहा, परन्तु ताबाँ ने रोक दिया—"सोने दो, बेबे, जब उसने कह रखा है कि उसे कोई न जगाये, तो फिर क्यों जगाती हो।"

"अरे वाह!" सिन्दा मुँह फुलाकर बोली—"हम तो बड़े-बूढ़ों से यही सुनते आये हैं कि शाम के समय नहीं सोना चाहिए..."

"बेबे, उठकर जो गाली बकने लगेगा तो क्या फ़ायदा?"

पाली काफ़ी देर तक सो चुका था। उसने भाभी की यह डाँट सुन ली, परन्तु न तो आँखें खोलीं और न करवट बदलकर उनकी ओर मुँह किया।

बेबे झुँझलाकर बोली—"हमें क्या?... हमारी बला से!...अच्छी बात भी कहो और जली-कटी भी सुनो इसकी!...

ताबाँ ने कहा—"तुम तो यूँ ही बिगड़ जाती हो, बेबे।...जली-कटी क्या सुनायी है हमने? यही तो कहा है कि बेचारा भीड़-भाड़ में रातभर सो नहीं सका, अब सोने दो। जब जी चाहेगा, उठ जायेगा। यहाँ कौन बात रुकी पड़ी है उसके बिना..."

"नहीं, मुन्नो, तेरा कोई दोष नहीं, ज़माना ही ऐसा है। कलजुग है, कलजुग, बड़ों और छोटों में कोई फ़र्क़ नहीं रहा।"

"तू तो सठिया गयी है! जब बैठे-बिठाये बखेड़ा खड़ा करने को जी चाहता है, तो यूँ ही बकने लगती है।"

सिन्दा उत्तेजित स्वर में बोली—"ऐ! मुँह को लगाम दे, री छोकरी!... मैंने कौवा तो नहीं खाया कि बखेड़ा करने लगूँ। बड़ी सुघड़ बन बैठती है। बात करने का ढंग तो सीख ले!"

"बात करने का ढंग तो तुझसे सीखे कोई!"

इतने में लहनासिंह भी आ पहुँचा। पंजाली एक कोने में टिकाकर बोला—"अरे भई, यह क्या चपड़-चपड़ लगा रखी है? कभी तो चुप बैठ जाया करो!..."

सिन्दा बोली—"चुप बैठने भी दे कोई।"

लहनासिंह ने समझ लिया कि सास-बहू में झपट हो रही है। मुस्कराकर बोला—"चुप रहने में भी क्या कोई ज़ोर लगाना पड़ता है?"

यद्यपि लहनासिंह थका-माँदा आया था, परन्तु इस समय अच्छे मूड में था। उसे सास-बहू की लड़ाई से दुःख होने की अपेक्षा आनन्द प्राप्त होने लगा। पत्नी को सम्बोधित कर बोला—"कहो, री बहू रानी, क्या बात है?"

"बात क्या होगी? बेबे कहती थी कि पाली को जगा दो। मैंने कह दिया कि बेचारा रात-भर मुसाफिरखाने में पड़ा रहा होगा, नींद आ गयी है तो सोने दो। जागकर उसे कोई काम करना नहीं..."

"ऐ! मैं तो कहती हूँ कि सूरज-डूबे सोना नहीं चाहिए। बस, इतनी-सी बात मुँह से निकलने की देर थी कि यह जंगली बिल्ली की तरह पंजे झाड़कर मेरे पीछे पड़ गयी ..."

"पंजे झाड़कर पीछे पड़ने की क्या ज़रूरत है मुझे? मैंने तो धीरज से बात कही थी। तू तो खामुखाह गरम हो गयी। गुस्सा तो रहता है नाक पर..."

"लो सुन लो! कोई एक बात कही है इसने! नहीं जी, इसका क्या दोष है, यहाँ तो आवा ही ऊत गया है। किसे कहें, किसे न कहें।"

अब लहनासिंह आँगन में बिछी चारपाई पर बैठ चुका था। उसके बच्चों ने उसकी गोद में चढ़कर उसकी लम्बी दाढ़ी के बाल आपस में बाँट लिये थे, उसने अपने थके हुए पाँव को सहलाते हुए कहा—"ज़रा उठ, जग्गू की माँ, मुझे पानी तो पिला दे।... हाँ, तो बेबे, क्या कह रही थी तुम?"

मैं तो बस एक ही बात कहती हूँ कि आजकल तो बस चुप ही भली है!... अब इस सरनो को देखो। नन्ही थी, हमारे हाथों में पली, बड़ी हुई। मुँह तो देखो कैसी भोली-भाली, जैसे मुँह में दाँत ही नहीं..."

लहनासिंह ने पानी का छन्ना हाथ में लेकर कहा—"हाँ बेबे, न मालूम क्या भेद है, कई उलटी-सीधी बातें सुनने में आ रही हैं।"

पाली के कान खड़े हो गये।

सिन्दा बोली—"ऐ! हमारी बला से!... उलटी-सीधी बातें यूँ ही नहीं उड़ा करतीं। मजाल है किसी की कि भले घर की बहू-बेटी के बारे में एक शब्द भी कह सके। जब दाल में कुछ काला होता है, तभी लोग बातें उड़ाते हैं!... लेकिन वाहगुरु से डरना चाहिए। ऐ बहू बिटिया! पानी तो पिला दे मुझे, न जाने ऐसी सर्दी में प्यास काहे को लगती है।"

लहनासिंह ने मन-ही-मन कहा, लीजिये, बहूरानी पर मेहरबान भी हो गयीं।

बहूरानी ने भी बहूरानियों की तरह पानी का छन्ना सास की ओर बढ़ाते हुए कहा—"बेबे को यह भी याद नहीं रहा कि आज दोपहर को बेसनी रोटियाँ खायी थीं, अब प्यास न लगेगी, तो और कब लगेगी?"

यह कहकर वह हँसने लगी।

लहनासिंह फिर से बोला—"बेबे, तुझे तो मालूम होगा? आदमी तो यूँ ही ऊल-जलूल होते हैं। तुझे तो सारे गाँव की ख़बर रहती है।"

इस बात पर सिन्दा बहुत प्रसन्न हुई—"अरे हाँ, मुझे ख़बर तो रहती ही है और फिर सरनो की ख़बर न रहेगी, तो किसकी रहेगी? लेकिन बेटा, हमें किसी से कुछ कहने की क्या ज़रूरत है।"

“हम कोई ग़ैर तो नहीं हैं। घर की बात घर ही में रहेगी।”

“ऐ है! तू तो पीछे पड़ गया है मेरे!”

ताबाँ बोली—“हाँ, बेबे, आजकल बड़ी खुसुर-फुसुर हो रही है सरनो की बाबत। यूँ तो सरनो से बड़ी बातचीत है मेरी, लेकिन मालूम होता है कि वह मुझसे भी कुछ छिपाने लगी है।”

“हाँ, बेबे, बताओ न।” लहना बच्चों की तरह हठ करने लगा।

उसकी गोद में बैठे हुए बच्चे भी बाप की नकल उतारने लगे—“हाँ, बेबे, हाँ!”

“चुप रहो, बे!” बाप ने उन्हें खदेड़कर बाहर भगा दिया—“जाओ गली में खेलो। हाँ, बेबे?”

पाली भी कान लगाये हुए था।

सिन्दा ने सिर खुजाकर उस पर दुपट्टा खींच लिया—“तुम तो यूँ ही पीछे पड़ गये हो...आख़िर क्या बताऊँ?”

लहने ने आगे की ओर मुँह बढ़ाकर पूछा—“अच्छा, तो यह बताओ कि जो ख़बर मशहूर हो रही है कि सरनो का उस लफ़्टैन से मेलजोल है और परसों शाम को एक आदमी ने उन्हें जौहड़ के किनारे देखा भी है। यह बात कहाँ तक सच है?”

“हाँ, सच है।”

पाली के कानों में जैसे किसी ने गरम-गरम सीसा उँड़ेल दिया हो, वह लेटा न रह सका।

वह उठ बैठा, तो लहने ने कहा—“सत सिरी अकाल, पाली! तुम्हारे जाने के बाद तो यहाँ बड़े-बड़े कारनामे हो गये हैं!”

पाली ने माथे पर बल डालकर उत्तर दिया—“दो ही रात तो मैं बाहर रहा हूँ। दो बरस तो नहीं हो गये?”

“वाह-वाह! तुम भी भोले बादशाह हो! दो दिन तो बहुत होते हैं, यहाँ पल-भर में दुनिया बदल जाती है।”

पाली ने हाथ से जूड़ा टटोलते हुए पूछा—“आख़िर क्या हो गया है, मुझे भी तो बताओ।”

“अरे भई, सरनो है न, वह उस लफ़्टैन से मेल-जोल किये हुए है।”

“कब से?”

“न जाने कब से, परसों ही तो देखा है उन्हें एक आदमी ने।”

पाली का सन्देह सच निकला... परन्तु सम्भव है यह बात झूठ हो। केवल अफवाह हो, वे दोनों यूँ ही खड़े हों ...

"तो क्या वे रोज़ मिलते हैं?"

"हाँ, रोज़ मिलते हैं?"

सिन्दा ने हाथ झटककर कहा—"अरे, क्या बाही-तबाही बकता है?"

"क्या झूठ कहता हूँ बेबे?"

"झूठ हो, न हो, पर तुझे क्या मालूम कि वे रोज़ मिलते हैं या कभी-कभी मिलते हैं?"

"हाँ, असल बात तो बेबे को मालूम होगी, भला हम क्या जानें।" ताबाँ ने गिरह लगायी।

सिन्दा समझ गयी कि वे उससे असल बात जाने बिना न रहेंगे।

"असल बात यह है कि एक चिट्ठी पकड़ी गयी है।"

"किसकी चिट्ठी?"

"ठीक मालूम नहीं...या तो पृथ्वीपाल की या सरनो की। चिट्ठी माँ के हाथ लगी, तो हाथों के तोते उड़ गये। उसने खसम (पति) को बता दिया। निरंजनसिंह ने सरनो को ऐसा मारा, ऐसा मारा, कि सारे बल निकाल दिये।"

"हाय क्या सरनो को मारा?...तभी तो कहूँ...कल जो उसके यहाँ गयी, तो सरनो कुछ ढीली-सी पड़ी थी। पूछा तो कहने लगी, ज़रा तबीयत खराब है।"

"मुई चुड़ैल! तबीयत क्या ख़राब है, जिस दिन मार खायी, उसी दिन शाम को यार से मिलने चली गयी!"

"अच्छा?" लहने ने आश्चर्य प्रकट किया—"बड़ी निर्लज्ज हो गयी है।"

"निर्लज्ज तो है ही! माँ-बाप की नाक काटकर रख दी डायन ने। मेरी लड़की हो तो उठाकर कुएँ में फेंक दूँ!"

ताबाँ ने दोनों हाथ गालों पर रखकर कहा—"ओहो। हमारे तो सपने में भी यह बात नहीं थी। कैसी सीधी, कैसी भोली!...तौबा मेरी, काम यह करती है! बेबे, मुझे तो यक़ीन नहीं आता।"

"यकीन आये, न आये, मुझे उसकी ख़ास सहेली से मालूम हुई हैं सब बातें। मेरे सामने तो उसकी माँ मान गयी...पर हाथ जोड़ने लगी कि किसी को न बताऊँ। मैंने साफ़ कह दिया कि जिसके जैसे कर्म होंगे, आप ही भुगतेगा, हम लगायी-बुझायी क्यों करेंगे?...हाँ बेटा, और क्या?"

पाली का सिर चकराने लगा।

लहने को थकान और भूख लग रही थी। मुँह आगे बढ़ाकर बड़ी उत्सुकता से बोला—"ऐ बेबे! मार खाने के बाद भला वह उससे मिलने क्यो गयी?...हमने सुना

है कि उसने उससे कहा कि मुझे यहाँ से भगा ले चलो। लफ़्टैन ने कहा निश्चिन्त रहो, हमारे रास्ते में जो खड़ा होगा, उसे पिस्तौल से मार डालूँगा।''

पाली की छाती में आग-सी भड़क उठी।

''अरे नहीं'', सिन्दा भेदपूर्ण ढंग से कहने लगी—''असल बात मुझसे पूछो। यह तो ठीक है कि मार खाने के बाद शाम को वह पृथ्वीपाल सिंह से मिली, तो उससे कहा कि मुझे अपने साथ भगा ले चलो, लेकिन वह भी एक हरामज़ादा है... बदमाश तो है न...''

''हाँ बेबे, बदम्ग़श तो है ही। बगीची में सभी तो कहते हैं कि बड़ा बदमाश है, कई औरतों को ख़राब कर चुका है।''

''जब वह बदमाश ही ठहरा, तो कल की छोकरी को भला वह क्या समझता होगा?'' ताबाँ ने हामी भरी।

''बस, तो उसने टरका दिया...''

ताबाँ को सरनो पर बड़ा क्रोध आ रहा था। वह उसे बहुत भोली-भाली लड़की समझती थी, परन्तु उसे यह मालूम नहीं था कि वह उसके देवर को छोड़कर पृथ्वीपाल से प्रेम की पींगे बढ़ायेगी। जलकर बोली—''अच्छा ही हुआ। बड़ी आयी थी वहाँ से प्रेम लड़ाने!''

पाली के मन पर इस समय जो बीत रही थी, उसका भला किसी को क्या ज्ञान था। लहना बोला—''हाँ, बेबे, फिर?''

''दिन को मार खाने के बाद वह लाडो रानी जब शाम को यार से मिलने पहुँची जौहड़ के किनारे तो वहाँ गाँव के माछी ने देख लिया और उसने दो और आदमियों को भी दिखा दिया। बात सारे गाँव में फैल गयी।''

''हाँ बेबे, मदो में तो यह बात मशहूर हो गयी है। एक-दो ने तो बेचारे माछी को जूतों से पीटा कि झूठ बोलता है। भला उसे झूठ बोलने की क्या ज़रूरत थी? निरंजनसिंह के रिश्तेदार उड़ा रहे हैं कि माछी भी झूठ बोलता है और दो आदमी भी झूठ बोलते हैं। किसी की बहू-बेटी का मामला हो तो लोग अधिक नहीं बोलते। किसी की इज़्ज़त पर ...''

सिन्दा ने चमककर कहा—''निरंजनसिंह के रिश्तेदार जो जी चाहे, कहते फिरें, लेकिन इतनी बात ज़रूर है कि इधर गाँव में यह बात फैली, उधर जिन्दा ने पति देव को पृथ्वीपाल के बाप के पास भेज दिया कि जो बात होनी थी सो तो हो चुकी, आओ इन दोनों का ब्याह कर दें ...''

''अच्छा! निर्लज्ज कहीं के! लड़की को ज़हर क्यों नहीं दे दिया? जब मैं मैके घर में थी, तो मेरा बाप कहा करता था, चुड़ैल जो तूने दरवाज़े से बाहर झाँका भी, तो आँखें निकाल लूँगा।''

"कलजुग है, कलजुग! यह जिन्दा की ही तरकीब होगी, नहीं तो निरंजनसिंह तो ऐसा आदमी है कि लड़की का ख़ून पी जाय!"

लहना बोला—"तो यूँ कहो, दोनों प्रेमियों का ब्याह रचाया जायेगा।"

"नहीं बेटा! लड़के ने दिल्लगी में लड़की को फुसला लिया। कहाँ का प्रेम, कहाँ की शादी? अगर वह शादी करेगा भी तो किसी क्रिस्टन से करेगा।"

"तो क्या पृथ्वीपाल के बाप ने ब्याह नामंजूर कर दिया"

"बाप क्या नामंजूर करता, लड़के ने इनकार कर दिया। बड़ी मिन्नतें की, नाक रगड़ी, वे न माने।"

ताबाँ बोली—"मैं तो कहती हूँ, अच्छा ही हुआ। चींटी की मौत आती है तो उसके पर निकलने लगते हैं।"

लहने ने टोकते हुए कहा—"दुर! हमें ख़ुश होने की क्या ज़रूरत है, कोई मरे, कोई जिये, हमारी बला से! क्यों बेबे?"

"हाँ, बेटा।"

"अब क्या करेंगे वे लोग?" ताबाँ ने पूछा।

"सुनते हैं अब किसी हवलदार से बातचीत हो रही है।"

"अरे, वह हवलदार! मगर बेबे उसकी उम्र तो चालीस बरस से क्या कम होगी?"

"हाँ, मज़बूरी जो ठहरी... आज सुबह जिन्दा ने आप ही यह बात बतायी थी। मैंने भी सुनकर कह दिया कि, बहन, अब तो किसी परदेसी ही से ब्याह होगा।"

ताबाँ बोली—"ठीक तो है।...चलो जी, छुट्टी हुई। जब हमें कुछ लेना-देना ही नहीं, तो क्यों खामुखाह उनकी बातें करें।"

"हाँ जी," सिन्दा बुर्जुगों की तरह बोली—"हमसे तो न मशवरा किया, न कुछ पूछा। हमारी तरफ़ से चाहे लड़की को कुएँ में धकेल दे।"

ताबाँ ने कहा—"और बेबे, एक दिन जिन्दा ने बड़ी शान से कहा था कि हम तो अपनी लाडो की शादी ऐसे आदमी से करेंगे, जो निखट्टू न हो, कुछ कमाता भी हो। हमने इसे चाव-चोंचले से पाला है, तो शादी करते समय भी आँखों पर पट्टी न बाँधेंगे!"

"बहे, बड़े बोल का सिर हमेशा नीचा होता है।"

"मैं तो सोचती रही कि शायद हमारे पाली की तरफ़ इशारा है उसका।"

सिन्दा मन में तो सरनो को बहू मानने की इच्छुक थी, परन्तु उसे यह भी मालूम था कि वे लोग यह रिश्ता करने को तैयार क्यों नहीं हैं और यह बात उसे बहुत बुरी

तरह खलती थी। ताव खाकर बोली—"दुर! हमारा चाँद-सा लड़का है, हमें लड़कियों की कमी है क्या ..."

"न...न, हमें क़मी काहे को होने लगी। मैं तो यूँ ही कह रही हूँ। पहले भी मुझसे पूछती थी, क्यों ताबाँ, पाली कहता था कि ज़मीन ख़रीदूँगा, तो फिर उसने ख़रीदी नहीं क्या?" मैं कहती—"मर्ज़ी का मालिक है। क्या मालूम ज़मीन ख़रीदेगा या कोई कारोबार करेगा।"

सिन्दा माथे पर बल डालकर बोली— 'आख़िर उसे क्या मतलब हमारी ज़मीन से, वह अगर पाली के लिए मेरे आगे नाक रगड़े तो भी मैं न मानूँ। भला ऐसी बदमाश लड़की से ब्याह करूँगी अपने पाली का? हमारे लड़के को तो दुनिया की हवा भी नहीं लगी और वह ठहरी चाण्डाल, भला दोनों का जोड़ ही क्या है?

इस बीच में पाली गुमसुम बैठा रहा।

चौदह

पालीसिंह के देखते-देखते परिस्थितियों ने ऐसा पलटा खाया, जिसकी उसे स्वप्न में भी आशा नहीं थी।

सरनो के माता-पिता को वास्तविकता का ऐसा कटु अनुभव हुआ कि उन्होंने तुरन्त अपने कुल के समझदार बुज़ुर्गों को मशविरे के लिए बुलाया और सारे हालात उनके सामने रख दिये। सर्व सम्मति से यह निश्चय हुआ कि शीघ्र-से-शीघ्र लड़की का विवाह कर दिया जाये और इस बीच में लड़की की कड़ी निगरानी की जाये।

चूँकि पृथ्वीपाल सिंह के पिता ने इन्कार कर दिया था, इसलिए अब प्रश्न यह था कि विवाह किसके साथ किया जाये? निरंजनसिंह और जिन्दा कमरे में बैठे गुप्त रूप से इस समस्या पर विचार कर रहे थे और यह ऐसा मामला था कि अधिक देर की गुंजाइश ही न रही थी।

निरंजनसिंह ने दबी आवाज़ में पाली का ज़िक्र किया—"अब यह अपना लड़का पाली है, लेकिन इसका क्या किया जाये कि ख़ानदान नेकनाम नहीं। ख़ैर, इसकी भी छोड़ो, बाप के मरने के बाद लहनासिंह तो भले आदमियों की तरह जीवन बिता रहा है। रहा पाली, सो उसके बारे में भी कोई ऐसी-वैसी बात सुनने में नहीं आयी। हाँ, निखट्टू ज़रूर है! परदेस में इतने दिन न जाने क्या करता रहा है, पल्ले तो फूटी-कौड़ी नहीं। इतने दिनों से यहाँ आवारा घूम रहा है, कोई कारोबार ही शुरू कर देता। ज़मीन ख़रीदने को कह रहा था, वह भी नहीं ख़रीदी। मैं तो समझता हूँ, यह भी ढकोसला था...उफ! क्या मुसीबत है लड़कियों की! किस लाड़-प्यार से पाला था इसे। सोचा था, किसी अच्छे घरानें में शादी करेंगे, जहाँ आराम से जीवन व्यतीत करेगी। अब इसके सिवा कोई चारा नहीं कि इसे कहीं-न-कहीं धकेलकर रही-सही लाज बचा लें ..."

जिन्दा बोली—"जो हो सो हो, अब पाली का नाम न लो। लड़की फिर गाँव-की-गाँव ही में रहेगी। अगर फिर कोई बात उठी, तो कौन ज़िम्मेदार होगा और जाने इसका परिणाम क्या निकले। इस मरदूद का तो अब कहीं परदेस ही में मुँह काला

कर दो। तुम्हारा क्या है, सब बातें तो औरतों ही को सहनी पड़ती हैं। दूर चली जायेगी तो जान भी छूट जायेगी।...पाली पर भी मुझे शक है। न कोई काम करता है, न उसकी जेब में पैसा है और न कोई हुनर जानता है। यह तो सोचो, वह रुपया कैसे कमायेगा? आप कहाँ से खायेगा, लड़की को कहाँ से खिलायेगा? अभी तो बैठा घर में खा रहा है। शादी हो जाने के बाद तो यह बात न रहेगी, फिर तो बड़ा भी कहेगा कि , भाई अपना कमाओ, अपना खाओ। फिर ज़मीन भी तो बहुत नहीं उनके पास ..''

इस पर दोनों ओर से चुप्पी छा रही। फिर जिन्दा को एक और ख़्याल आया—''वह जो तुम हवलदार का ज़िक्र कर रहे थे, उसमें क्या बुराई है? तुम उसे चिट्ठी क्यों नहीं लिख देते?''

''हाँ, ख़ूब याद दिलाया। लेकिन तुम्हें मालूम है न कि वह दो साल से रँडवा बैठा है।''

''बच्चा-वच्चा है पहली औरत से?''

''नहीं, एक था सो मर गया।''

''बस, तो फिर क्या हर्ज़ है।''

''उम्र तीस से ऊपर होगी। सूरत भी कुछ ऐसी-वैसी ही है, लेकिन ऐसी बुरी भी नहीं।''

''कमाता तो है?''

''हाँ, बताया तो था कि हवलदार है। सरकारी नौकरी बिलकुल पक्की। और यूँ भी जिससे पूछो वह यही कहता है कि बड़ा नेक है। हर रोज़ सुबह उठकर 'पाठ' करता है। गुरुद्वारे में माथा टेकता है। फौजियोंवाली कोई बुराई नहीं उसमें। शराब और बदमाश औरतों से कोसों दूर भागता है। सच मानों, सब लोग उसका बड़ा आदर करते हैं। मैं उसे मिल चुका हूँ। लोग जो उसकी प्रशंसा करते हैं, उसमें रत्ती-भर झूठ नहीं। मैंने सुना है कि पहली बीवी को वह फूल की तरह रखता था। क्या मजाल जो एक बार तू कहकर भी पुकारा हो। हालाँकि वह बड़ी लड़ाकी थी। देखनेवाले कहते हैं कि अगर इसकी जगह कोई दूसरा होता, तो चोटी पकड़ निकाल बाहर करता। लेकिन वह कहता था कि मेरी औरत झगड़ालू ज़रूर है पर दिल की बुरी नहीं और न उसमें कोई ऐब ही है। उसकी संगत में रहकर तो वह भी बहुत सुधर गयी थी। असल में बचपन ही में यतीम हो गया था। बेचारे को घर बसाने की बड़ी इच्छा है। उसने दो-एक बार किसी-न-किसी के हाथ कहलवाया भी है।''

''अच्छा! कब की बात है यह?''

''लो और सुनो! तुम्हारा दिमाग़ है या तुम्हारे सिर में गोबर भरा है। मैंने पिछले साल तुमसे इस बात का ज़िक्र भी किया था और तुमने कहा था कि मैं अपनी चाँद-सी लड़की के लिए चाँद-सा दूल्हा लाऊँगी। रँडवे से कभी भी नहीं ब्याहूँगी।''

"भई, मुझे तो कुछ याद नहीं। मैं पूछती हूँ अभी उसकी शादी तो नहीं हुई होगी?"

"क्या मालूम?"

"वर अच्छा ही तो है, हमें और क्या चाहिए। तीस बरस की उम्र भी कौन-सी ऐसी बड़ी है...जब पहली से बच्चा भी नहीं। अरे हाँ, सचमुच तुमने एक बार ज़िक्र किया था, मुझे तो अधिक आपत्ति बच्चे के कारण थी। अब कहते हो कि वह मर गया ..."

"हाँ-हाँ, अब कोई हर्ज़ नहीं। बिना बच्चे के रँडवे को तो कुँवारा ही समझना चाहिए।"

"हाँ, अब उससे बात बन जाये तो हमारा अहो भाग्य! कहीं शादी न हो गयी हो उसकी। अगर न हुई हो तो उसे लिख दो कि हमें पता दे।"

आपस में अच्छी तरह मशविरा करने के बाद विक्रमसिंह हवलदार को चिट्ठी लिख दी गयी। चार दिन बाद जब उत्तर आया तो लिफ़ाफ़ा निरंजनसिंह के हाथों में काँपने लगा। पत्नी को बुला भीतरवाले कमरे में जाकर उसने लिफ़ाफ़ा खोला और जल्दी-जल्दी पढ़ना शुरू किया। फीके चेहरे पर लालिमा दौड़ गयी—"लो बधाई हो, काम बन गया।"

जिन्दा की छाती पर से जैसे मनों भारी पत्थर हट गया हो, हँसकर बोली—"तुम्हें भी बधाई हो! अच्छा हुआ, अब आठ-दस दिन में लड़की को दफ़न करके सुख की साँस लेंगे। मैंने तो पहले ही मशहूर कर रखा है कि हम सरनो की शादी हवलदार से कर रहे हैं।"

"मूर्ख कहीं की! अगर उसकी शादी कहीं हो चुकी होती तो .."

जिन्दा दाँत निकालकर बोली—"मेरा दिल कहता था कि हमारा काम बनकर रहेगा। मैं घबरा गयी थी, लोगों को कुछ-न-कुछ तो कहना ही था।... ख़ैर, अब झगड़ने से क्या लाभ?... अब तो शादी की चिन्ता करो।"

इन तीन-चार दिनों में एक ओर तो निरंजनसिंह और अन्य बुज़ुर्गों ने वास्तविकता पर परदा डालने की कोशिश की और जिन्दा की बातों ने लोगों के दिल मोह लिये। जिस माछी ने सरनो और पृथ्वीपाल को साथ-साथ देखा था, उसे बुलाकर केवल धमकाया ही नहीं गया, बल्कि उसे और उसके साथियों को कुछ रुपये भी देकर उनके मुँह बन्द कर दिये गये। अब वे यह कहते कि हमने अच्छी तरह पहचाना नहीं, सम्भव है कोई अन्य स्त्री हो। चूँकि अँधेरा बहुत था, इसलिए ग़लती की सम्भावना भी थी। उधर हवलदार विक्रमसिंह को चट मँगनी और पट ब्याह के 'उपहार' से कुछ सन्देह हुआ। उड़ती-उड़ती कुछ अफवाहें भी पहुँचीं, लेकिन गाँव के कुछ बुज़ुर्गों ने बीच में पड़ सब शंकाएँ दूर कर दीं। हवलदार भी बहुत ज़रूरतमन्द था, स्वभाव से सदाचारी भी था, अतएव उसे उन पर विश्वास हो गया।

जिन्दा में यह एक विशेष गुण था कि एक बार जो उस पर विपत्ति आ पड़ती थी, तो फिर वह बड़े साहस से परिस्थितियों का मुकाबला करती थी।

घर में शादी की चहल-पहल शुरू हो गयी। जिन्दा ने अपनी बातों और हरकतों से इस असाधारण घटना को प्रकट नहीं होने दिया हँसी-मज़ाक़ से उसने सबको प्रसन्न रखा। गाँव में यदि किसी स्त्री के मन में मैल भी था, तो जिन्दा अपने कुल की मान-मर्यादा को एक ओर रख उनमें से प्रत्येक के घर पहुँची। बड़ी ख़ुशामद और प्रेम से उनमें से प्रत्येक को अपनाने की कोशिश की। जब विवाह के दिन से आठ-दस दिन पूर्व रात को गाना-बजाना आरम्भ हुआ, तो जिन्दा सिन्दा के यहाँ पहुँची। जिन्दा बड़ी समझदार थी, उसे मालूम था कि सिन्दा के मन में क्या विचार थे और वह यह भी जानती थी कि उसे किस प्रकार राज़ी किया जा सकता था। जिन्दा की प्यार भरी बातें सुनकर सिन्दा का मन पसीज गया। वह सोचने लगी कि बेचारी दुखिया है। सिर पर मुसीबत पड़ी है ऐसे अवसर पर वैर करना उचित नहीं। विदा होने से पूर्व जिन्दा ने पाली के कन्धे पर बड़े प्यार से हाथ फेरते हुए कहा—"बेटा पाली! अब तो बहन की शादी में तुझे ज़रूर मदद करनी चाहिए।"

इस समय जिन्दा की सूरत ऐसी दयनीय बनी हुई थी कि पाली इन्कार न कर सका, और उसने यह भी सोचा कि बेचारी सिन्दा चाची को क्या मालूम कि मैं सरनो से प्रेम करता हूँ। डूबते को तिनके का सहारावाली बात थी। उसने यह भी सोचा कि इस बहाने से उनके यहाँ बेरोक-टोक आने-जाने का मौका मिलता रहेगा और हो सकता है कि इस तरह ही सरनो से बातचीत हो जाये और अगर अब भी वह उसकी ओर ध्यान दे, तो फिर उसे सदैव के लिए अपनाने की सूरत भी निकाली जा सकती है।

इधर उसके मन में ये विचार थे, उधर उसकी माँ बड़ी नम्रता से बोली—"हाँ बहन! क्यों नहीं आयेगा। बचपन से साथ-साथ खेले हैं। भला अब उसकी शादी में यह मदद न करेगा तो और कौन करेगा।"

जब विवाह के गीत गाने के लिए बुलावा आया, तो सिन्दा और ताबाँ झटपट चौके-बरतन से निबटकर विवाहवाले घर को चल दीं।

पहली रात को ही वहाँ बड़ी चहल-पहल हो गयी थी। सरनों की सहेलियाँ रंग-बिरंगी चुनरियाँ ओढ़े ढोलक लेकर बैठ गयीं। एक लड़की ने ढोलक पर बजाने के लिए ठीकरा हाथ में पकड़ा तो बड़ी-बूढ़ी औरतें कह उठीं—"ठहरो छोकरियों! पहले सुहाग गीत गाने दो हमें!"

लड़कियों ने चिल्लाकर कहा—"हाँ-हाँ, गाओ! हम ढोलक बिलकुल नहीं बजायेंगी।"

अतएव दो-चार बूढ़ी स्त्रियों ने मेढकियों जैसी टर्राती हुई आवाज़ निकालकर सुहाग गीत आरम्भ किया!

हे मेरे बाबला मेरा काज रचा
धरमी राज्या वे मेरा काज रचा[1]

धीरे-धीरे जब कुछ अन्य स्त्रियों और लड़कियों की आवाज़ें भी शामिल हो गयी, तो वातावरण गीत में निहित दु:ख और दर्द से भर गया। इस तरह जब वे सात सुहाग गीत गा चुकीं, तो लड़कियों का हंगामा शुरू हुआ। वे तो इस बात की प्रतीक्षा में थीं। तुरन्त ढोलक धमधमाने और ठीकरा बजाने लगीं।

बड़ी बूढ़ियों ने इस प्रकार साँस ली, जैसे उन्होंने कोई बहुत बड़ा काम कर डाला हो। कुछ एक बोलीं—"ऐ बहन जिन्दा! अँगीठी के उपले तो राख हो चुके, अब और डालो तोड़कर।"

जिन्दा बात-बात पर हँस रही थी और प्रत्येक की हाँ-में-हाँ मिला रही थी। क्या मजाल जो किसी को शिकायत का अवसर मिले। उसने सबके दिल पर कुछ ऐसा जादूकर दिया था कि वे सरनो के सम्बन्ध में उड़ी हुई अफवाहों को निराधार समझने लगीं। जिन्दा उठकर उपले लेने के लिए पसार से बाहर निकल गयी। कुछ बूढ़ियों ने जो दबी ज़बान में सरनो का ज़िक्र कर रही थीं, सर्वसम्मति से यह परिणाम निकाला कि क्या जिन्दा और क्या सरनो, दोनों ही बहुत नेक हैं। वाहगुरु लोगों को समझे! जाने क्यों जलते हैं इनके घराने से।

इस बात की भनक जिन्दा के कान में भी जा पड़ी। प्रसन्नतावश उसका दिल नाच उठा। उसने केवल अँगीठी ही नहीं दहकाई बल्कि औरतों, विशेषकर बूढ़ियों को टाँगों पर डालने के लिए कम्बल और खेस भी दिये।

लड़कियों ने ढोलक और उस पर ठीकरा बजा-बजाकर चटकीले गीत गाने शुरू किये :

रूठी जांदी गोरी के मना लै थानेदार।[2]

एक गीत समाप्त हुआ तो दूसरा शुरू कर दिया गया। चंचल लड़कियों ने गीतों की आड़ लेकर अपने दिलों की भड़ास निकाली। गाते समय उनकी चुनरियाँ खिसक-खिसक जातीं, दाँत निकल-निकल पड़ते, छातियाँ धड़क-धड़क उठतीं। प्रेम और विरह, शरारत और छेड़छाड़ अर्थात् हर प्रकार के गीतों से वातावरण गूँजता रहा।

रात के बारह-एक बजे तक यह सिलसिला जारी रहा। आख़िर जब महफिल भंग हुई, तो जिन्दा ने पाव भर की बजाय डेड़-डेढ़ पाव गुड़ प्रत्येक स्त्री की झोली में डाल दिया। सब इस बात से बहुत प्रभावित हुईं। युवतियों में से कुछ ऐसी भी थीं, जिन्होंने सरनो के सम्बन्ध में कोई बात न सुनी थी। उन्होंने जाते-जाते सरनो के भरपूर कूल्हों पर चुटकियाँ भी भर डालीं।

---

१. ऐ मेरे पिता, ऐ धर्म राजा, मेरा विवाह रचाओ।
२. ऐ थानेदार! गोरी रूठकर जा रही है, इसे मना ले।

ज्यों-ज्यों दिन निकलते गये, उनके घर में भी पाली के हेरे-फेरे भी बढ़ने लगे। वह सारे घर में बेमुहार ऊँट की तरह घूमा करता, परन्तु अब जिन्दा को इस बात में कोई आपत्ति नज़र नहीं आती थी। इधर-उधर के कामों में पाली सहायता भी बहुत करता और घर या गली में जहाँ भी जिन्दा से मुठभेड़ होती, वह बड़े स्नेह से मुस्करा देती। यहाँ तक कि पाली को विश्वास-सा होने लगा कि यदि चाची को उसके मनोभाव का ज्ञान हो जाये, तो वह तुरन्त यह विवाह रुकवाकर अपनी लड़की का विवाह उससे कर दे।

पाली को अपनी माँ पर भी क्रोध आने लगा। उसे तो ढब से बात करनी ही नहीं आती थी। यदि उसे थोड़ी-बहुत भी समझ होती तो सरनो उसके हाथ से यूँ जंगली चिड़िया की तरह फुर्र से नहीं उड़ सकती थी। फिर उसे इस बात का ख़्याल आया कि सरनो को उससे प्रेम था ही नहीं। उसने गँठजोड़ भी किया तो किसके साथ। लफ़्टैन पृथ्वीपाल सिंह तो सूरत से ही बदमाश दिखायी देता है, परन्तु गाँव की भोली-भाली लड़कियाँ कैसे जानें। ऊपरी टीप-टाप पर जान देती हैं, और आख़िर सारी दुनिया की बदनामी और जगहँसाई का निशाना बनकर बैठ जाती हैं घर में। भाभी भी निपट मूर्ख ही थी। ठीक उसकी नाक तले सरनो गैर से प्रेम का खेल खेलती रही और वह समझती रही कि पृथ्वीपाल सिंह बड़ा शरीफ़ आदमी है और बेचारी सरनो को तो संसार की हवा तक नहीं छू गयी। अब कोई पूछे कि उन दोनों की शराफत को क्या हुआ...दोनों कितने चतुर निकले। सबकी आँखों में धूल झोंककर प्रेम की पींगें बढ़ाते रहे। सरनो को तो नातजुर्बेकार समझकर क्षमा किया जा सकता है, परन्तु पृथ्वीपाल सिंह का हरामीपन घृणा के योग्य है। कैसा पाजी सिद्ध हुआ है यह लफ़्टैन का बच्चा! कोई उस हरामज़ादे का कान पकड़कर पूछे कि जब तुझे इस लड़की से प्रेम है ही नहीं, तो फिर बेचारी की आबरू क्यों बर्बाद करता है? ...इस प्रकार पाली ने शराफत और नैतिकता का नाम लेकर मन-ही-मन पृथ्वीपाल सिंह को हज़ारों गालियाँ दीं।

इन दिनों सरनो की अजीब हालत हो रही थी। उसने हर किसी से बात करना बन्द कर दिया था और न उसके चेहरे से कोई भाव प्रकट होता था। यह सबसे अधिक परेशानी की बात थी। वह हर चीज़ से अलग-थलग हो बैठी थी। मैले-कुचैले, फटे-पुराने वस्त्र पहने वह औंधें मुँह लेटी रहती। उसके शरीर का अंग-अंग दुःख रहा था। हृदय की गहराइयों में से एक हूक-सी उठती थी, परन्तु वह उसे दबाकर रह जाती। उसके लिए उसकी सहेलियाँ, सम्बन्धी, यहाँ तक कि माता-पिता भी अपरिचित से बनकर रह गये थे। घर की गहमागहमी से अलग-थलग किसी कोने में मुँह छिपाये सरनो को जब पाली देखता तो उसकी कनपटियाँ जलने लगतीं। आँखों में रेत के कण से चुभने लगते। परिस्थितियों की इस नयी करवट पर वह दाँत पीसकर रह जाता, परन्तु वह कर ही क्या सकता था?

अजीब समाज था यह ...अजीब नियम थे इसके। आख़िर ऐसा क्यों होता है? और वह अधिक दूर तक सोच भी तो नहीं सकता था। अजीब-सी विवशता ने उसे अपाहिज-सा बना दिया था। उसने सरनो से बात करनी चाही, परन्तु कुछ लाभ न हुआ। एक तो वह उत्तर देती ही नहीं थी और यदि देती भी तो बहुत ही संक्षिप्त। टाल-मटोल। उसकी बेरुखी देखकर पाली का साहस जाता रहा। वह दिन भर घर में इधर-से-उधर इस प्रकार घूमता रहता, मानों स्वप्न देख रहा हो या जैसे कोई मार्ग से भटककर इधर-उधर ठोकरें खा रहा हो।

विवाह के दिन बहुत समीप आते जा रहे थे। समय निकलता जा रहा था। प्रत्येक क्षण पानी के बुलबुले की तरह बनता और फिर टूट जाता था। पालीसिंह को कभी-कभी यह देखकर आश्चर्य होता कि प्रत्येक पुरुष, प्रत्येक स्त्री, प्रत्येक लड़की, प्रत्येक बच्चा अपने-अपने काम में मग्न ख़ुश घूम रहा है। वे क्षण जो पाली की छाती को पत्थर की तरह रौंदते हुए गुज़र रहे थे, उनका उन सब लोगों पर कुछ भी प्रभाव न होता था।

मनुष्य एक-दूसरे से कितना दूर है!

बड़े-बड़े चूल्हे ख़ुद गये। उन्हें गोबर और भूसा मिली मिट्टी से लेप दिया गया। उनमें बड़े-बड़े कण्डे ठूँसकर आग भड़का दी गयी और उन पर भारी-भरकम कड़ाहे चढ़ा दिये गये। हलवाई बड़े काँवचों से खाँड कर शीरा पकाने लगे। चकोर मिठाइयाँ और नमकीन मट्ठियाँ तली जाने लगीं। उनकी गन्ध जो उड़ी तो गाँव के काले-पीले कुत्तों ने विवाहवाले घर का रुख़ लिया और दरवाज़े पर बड़े उदासीन संन्यासियों की भाँति धूनी रमाकर डेरे डाल दिये।

सगुन के दिन सरनो एक पीढ़ी पर बिठा दी गयी। ससुराल से आया हुआ लाग (एक फूलदार कपड़ा) उसे ओढ़ा दिया गया। सन्तो, प्यारो, मेलो, प्रेमा और उसकी अन्य अनेक सहेलियों ने उसे घेर लिया। सगुन अर्थात् नारियल, खीलें, खाँड के मखाने, किशमिश, छुहारे, बताशे आदि उसकी झोली में डाल दिये गये और फिर सखियाँ चिल्लाने लगीं—"लाओ हमें दो बताशे, किशमिश!" सरनो को इन रीतियों में बिलकुल दिलचस्पी नहीं थी। पहले तो वह सखियों की चुहलों और उनके तकाज़ों से बेपरवाह चुपचाप बैठी रही और खाली-खाली नज़रों से ज़मीन की ओर देखती रही, परन्तु जब उन्होंने बहुत परेशान किया तो अत्यन्त रुखेपन से उसने किशमिश और बताशे झोली से निकालकर सब में बाँट दिये, यहाँ तक कि उसकी झोली खाली हो गयी।

सरनो की मन:स्थिति को रक्खी के अतिरिक्त कौन समझ सकता था?

जब सरनो पीढ़ी से उठकर सिर झुकाये, लड़खड़ाते कदमों से भीतरवाले कमरे की ओर बढ़ी, तो रक्खी भी उसके साथ हो ली। उसने सरनो का हाथ अपने हाथ में थाम लिया। उसके हाथ की कोमलता और लचक न जाने कहाँ चली गयी थी।

भीतर पहुँचकर सरनो धड़ाम से पलँग पर औंधे मुँह गिर पड़ी। रक्खी ने समझा, शायद रोने को है। वह कुछ देर तक चुपचाप खड़ी रही, फिर उसने लम्बे और बोझल बालों को एक ओर हटाकर उसके चेहरे का रुख़ फेरकर अपने सामने कर लिया। परन्तु उन आँखों में तो एक भी आँसू नहीं था, बल्कि वे बिलकुल खाली-खाली-सी दिखायी देती थीं।

रक्खी ने उसके गाल पर हलके से हाथ फेरकर कहा—"सरनो!"

सरनो कुछ नहीं बोली। फिर उसके तीन-चार बार बुलाने पर भी जब उसने कुछ उत्तर न दिया, तो वह सरनो के गाल पर अपना गाल रखकर फूट-फूटकर रोने लगी।

उसका दिल बैठा जा रहा था। आख़िर उसकी चुलबुली सहेली को आख़िर यह क्या हो गया था। बेचारी पर कैसी मुसीबत टूट पड़ी थी। वह डरती थी कि कहीं सरनो अपनी जान न गँवा दे। वह जानती थी कि एक ओर तो उसका विवाह एक ऐसे व्यक्ति से हो रहा था, जो उसके योग्य नहीं था और दूसरी ओर उसके प्रेमी ने, जिसके नाम की वह माला जपती थी, उसे धोखा दिया था। ऐसे नाज़ुक मौके पर उसका साथ छोड़ दिया था। यह दुःख कोई साधारण दुःख नहीं था। इसे कुछ वही समझ सकता था जिसके दिल पर बीत रही हो।

विवाह में जब दो दिन बाक़ी रह गये तो सरनो को 'मायाँ' बैठाया गया। शादी-ब्याह के मौके पर सारा गाँव हर ख़बर से वाकिफ़ रहता है इसलिए मायाँवाले दिन भी कई सहेलियाँ और दूसरी औरतें आ एकत्रित हुईं। हाथी दाँत का लाल चूड़ा दूध की लस्सी में धोया गया और फिर लड़की के मामा ने उसे एक-एक चूड़ी करके चूड़ा पहनाना शुरू किया। सब लोग बड़े चाव से दुल्हन को चूड़ा चढ़ते देख रहे थे, हालाँकि अभी सरनो के कपड़े ज्यों-के-त्यों मैले थे। शायद उसने मुँह भी नहीं धोया था। बाल बिलकुल खुश्क थे परन्तु गोरी-गोरी बाँहों में कुहनियों तक लाल-लाल चूड़ा चढ़ जाने से दुल्हन की सूरत निखर आयी। कई औरतों के मुँह से आप-ही-आप प्रशंसा के शब्द निकल गये—"वाहगुरु, वाहगुरु, चूड़ा कैसा अच्छा लग रहा है"

ये बातें सुनकर जिन्दा फूली नहीं समाती थी। उसे बेटी के मन की हालत भी पूर्ण रूप से मालूम थी, परन्तु कोई कुछ न कर सकता था। हाय, किसे मालूम था कि यह शादी ऐसी अफ़रा-तफ़री में होगी! वह स्वयं इन चीज़ों के लिए कब तैयार थी, परन्तु हालात ने कुछ ऐसा पलटा खाया कि इसके अतिरिक्त कोई चारा ही न रहा था।

सरनो और पाली के लिए दुःखदायक क्षण भोंडेपन से गुज़र रहे थे, यहाँ तक कि विवाह का दिन आ पहुँचा। उस दिन बारात के ठहरने के लिए धर्मशाला में प्रबन्ध कर दिया गया।

विवाहवाले घर में लगभग गाँव के सभी लोग एकत्रित थे। इस मामले में जिन्दा को आशा से अधिक सफलता मिली थी। बच्चे-बच्चे की ज़बान पर बारात का नाम था। बारात कब आयेगी? फिर अनुमान लगाये जाते कि बारात अमुक समय तक अवश्य पहुँच जायेगी। आख़िर दिन डूबे बारात धर्मशाला में पहुँच गयी। उनके जलपान के लिए बूँदी के बड़े-बड़े लड्डू और गर्म-गर्म दूध के गिलास वहीं भेज दिये गये।

बारातियों की ख़ातिर करने में पाली भी शामिल था। तेज़ी से तो नहीं, लेकिन वह अपना काम किये जा रहा था।

वह चुप था। न जाने उसे क्यों विश्वास न आता था कि यह विवाह हो जायेगा। यूँ लगता था, जैसे अन्तिम समय भी कोई ऐसी बात निकल आयेगी जिससे यह विवाह रुक जायेगा। यह विवाह हो ही नहीं सकेगा। कितना विचित्र विचार था यह! भला यह कैसे सम्भव था? उसके मस्तिष्क में तो कोई तरकीब आयी नहीं थी। जहाँ तक सरनो का सम्बन्ध था, उसे किसी बात से दिलचस्पी न रही थी। वह तो जैसे न कुछ सुनती थी, न देखती थी और न कुछ महसूस करती थी। जैसे वह इस संसार का प्राणी ही न हो। जैसे वह एक निर्जीव पत्थर हो।

रात के समय बारातियों को खाना खाने घर आना था। घर के लम्बे-चौड़े आँगन में सफें बिछा दी गयी थीं। सर्दियों का मौसम था, इसलिए यही तय हुआ कि जितनी जल्दी हो सके, बारातियों को खाना खिला दिया जाये।

बारातियों का आगमन एक ऐसी घटना होती है जिसके लिए लोग बहुत बेचैन होते हैं।

आख़िर धर्मशाला से बारात चली।

जब वे विवाहवाले घर की गली में घुसे तो लोग अपने-अपने मकानों की छतों की मुँडेरों से उन्हें ताकने लगे। जब वे घर के निकट पहुँचे तो अन्य लोगों के साथ पाली भी उन्हें देखने के लिए मकान से बाहर आया।

बारातियों में लड़के, जवान और बूढ़े सभी शामिल थे। गैस के तेज़ प्रकाश में बाजेवालों के पीतल के साज़ और वर्दियाँ जगमगा रहीं थीं। बाराती देहातियों के रिवाज के अनुसार अच्छे-अच्छे कपड़े पहने और रंगीन पगड़ियाँ बाँधे हुए थे। वे लोग अधिकतर मैले-कुचैले कपड़ों में रहने के आदी थे इसलिए नये कपड़ों में वे कुछ अनोखे से दिखायी देते थे। उनमें से कई एक के हाथों में लम्बी-लम्बी करपानें (कृपाणें) थीं। कुछ एक के पास मोटर या ट्रक के स्टेयरिंग की नली की बनी हुई बिना लाइसेंस की देसी बन्दूकें भी थीं, और कुछ एक ने तहबन्दो के अन्दर देसी साख्त के पिस्तौल जिनमें बारह बोर के कारतूस ही चलते थे, ठूँस रखे थे। उनके मोटे चमड़े के बने हुए देसी जूते देखने की चीज़ थे। सफर के कारण उनमें से कई एक की छोटी-बड़ी दाढ़ियाँ धूल से अटी हुई थीं।

मकान के निकट पहुँचकर बैंडवाले तो चुप हो गये, अलबत्ता थोड़ी-सी कैं-कैं, टैं-टैं के बाद ढोलकी और छैने बजने लगे और किसी ने मेढक की-सी टर्राती हुई आवाज़ में गाना शुरू किया :

हम घर साजन आये
सोच मेल मिलाये

पाली गानेवालों के बेतहाशा खुले हुए मुँह को देखता रहा। कितना बड़ा पाखण्ड था!

सोच मेल मिलाये।

उन्हें यह कहते लज्जा आनी चाहिए। उधर लड़की का दिल रो रहा था, उस बेचारी के कलेजे पर छुरियाँ चल रही थीं और इधर ये मरदूद साचे मेल मिला रहे थे।

पाली का जी चाहता था कि लठ घुमाकर उन सबके मुँह तोड़ दे और उन्हें गली से उलटे पाँव भगा दे।

एक 'शब्द' समाप्त होता, तो दूसरा शुरू हो जाता, परन्तु पाली का ध्यान 'शब्दों' की ओर नहीं था। वह तो केवल उनकी हिलती हुई दाढ़ियाँ देखकर उनसे घृणा कर रहा था।

जब बारात खाना खाने बैठी तो दुल्हन के खाने की थाली जिसमें असल में कई लड़कियों के लिए खाना मौजूद था, दूल्हे के पास भेज दी गयी। थाली पर पच्चीस रुपये रखकर वापिस लौटा दिया गया। दुल्हन ने वह खाना अपनी सखियों में बाँट दिया। सबके ज़ोर देने पर थोड़ा-सा स्वयं भी किसी तरह खा लिया।

इधर जब बाराती खाना खा रहे थे, लड़कियों ने गीत गाने शुरू कर दिये। कुछ सहेलियों ने सरनो को घेर लिया। मेंहदी घोल दी गयी और जब उन्होंने उसके हाथ और पाँव में ज़बर्दस्ती मेंहदी रचानी चाही तो थोड़े-से इन्कार के बाद वह माथे पर बाज़ू रखकर चारपाई पर लेट गयी। उन्होंने उसके हाथों की हथेलियों और अँगुलियों के आगे-पीछे मेंहदी थोप दी और फिर उसके पाँव के तलवों और उनकी अँगुलियों पर भी गाढ़ी-गाढ़ी मेंहदी रचा दी।

रात घटती रही।

दूसरे दिन प्रातःकाल मुँह-अँधेरे 'खारे बिठाने की रस्म' की गयी। दुल्हन को नहाने की चौकी पर बिठाकर सहेलियों और अन्य औरतों ने उसके गिर्द घेरा डाल दिया। मिट्टी के बड़े बर्तन में से बारी-बारी दही लेकर दुल्हन के सिर पर डालती गयी। इस काम में हर एक ने भाग लिया। यह हो चुका तो दुल्हन को नहला दिया गया। उसके बदन का मैल झाँवे से रगड़-रगड़कर साफ़ किया गया, यहाँ तक कि वह मक्खन के पेड़े-सी निखर आयी।

नहा चुकने के बाद उस समय तक वह उस चौकी से नहीं उतर सकती थी जब तक कि उसका मामा उसके हाथ पर कुछ न रख दे या उसे गाय या भैंस दान में न दे दे। यहाँ पर ख़ूब ले-दे हुई। आख़िर यह काम भी समाप्त हुआ और दुल्हन खारे से उतर गयी।

इसके बाद दुल्हन को कपड़े पहनाये गये। कपड़ों से दुल्हन का सौन्दर्य और निखर आया और फिर झिलमिल करते सोने के आभूषणों ने सोने पर सुहागे का काम किया। दुल्हन के सौन्दर्य में चार-चाँद लग गये। सिर पर सोने का 'चौक' , कनपटियों पर तोवितड़ियाँ, माथे पर टीका, नाक में नथ, गले में सोने का हार, कलाइयों पर गोखरू, कानों में बुन्दे अर्थात् हर प्रकार के आभूषणों से लद-फँदकर जब दुल्हन तैयार हो गयी तो उस पर नज़र नहीं टिकती थी।

अब जो पाली ने सरनो को देखा तो कलेजे पर छुरी चल गयी।

इसके बाद दुल्हन को कपड़ों में लपेटकर गुड़िया-सी बनाकर गुरु ग्रन्थ साहब के पास ले जाया गया, जहाँ दूल्हा और कुछ अन्य लोग विराजमान थे।

एक बार पुनः शब्द-कीर्त्तन शुरू हुआ। दुल्हन का दामन दूल्हे के दामन से बाँध दिया गया और लड़की के रिश्तेदार ग्रन्थ साहब के गिर्द घेरा डालकर खड़े हो गये। आगे-आगे दूल्हा और पीछे-पीछे दुल्हन गुरु ग्रन्थ साहब के चक्कर काटने लगे। गठरी बनी दुल्हन को दायरे में खड़े व्यक्ति बारी-बारी सहारा देते थे। इस दायरे में स्वयं पाली भी खड़ा था। जब वह सरनो के कन्धों को थामकर उसे अगले आदमी तक सहारा देता तो सोचता, शायद सरनो को मालूम हो जाता हो कि ये हाथ मेरे हैं। आज वह सरनो को अपने हाथों से एक ग़ैर आदमी के हवाले कर रहा था।

सारी रस्में पूरी हो चुकीं तो दुल्हन के साथ दूल्हे को भी भीतर लाया गया। वह दर्मियाने-क़द, इकहरे बदन और बिलकुल साधारण शक्ल-सूरत का मालिक था, परन्तु आदमी भला मालूम होता था। एक घरेलू प्रकार का, अपनी ज़िम्मेदारियाँ समझने और फिर उन्हें पूरी तरह निभानेवाला व्यक्ति।

यह सब-कुछ जब पाली की नज़रों से गुज़रा तो वह निढाल-सा हो गया। उसका बदन जलने और टूटने लगा। वह शादीवाले घर से जान छुड़ाकर अपने घर चला आया।

दूल्हे के साथ गाँव की लड़कियों ने ख़ूब हँसी मज़ाक़ किया। वह सारा दिन हँसते-खेलते निकल गया। सन्ध्या समय विदाई हुई और भाइयों ने बहन को डोली में बिठा दिया।

कुछ सम्बन्धियों ने दुल्हन के सिर पर हाथ फेरकर आशीर्वाद दिया और कुछ-न-कुछ नकद रुपया भी उसकी मुट्ठी में थमा दिया।

डोली के उठते समय बड़ा दर्दनाक समा बँधा। सरनो की सहेलियाँ सरनो को बहुत प्यार करती थीं। हर सहेली उसके गले से लिपट-लिपटकर रोती थी। विशेषकर रक्खी को सरनो ने इस ज़ोर से भींचकर गले से लगाया कि वह अलग होने में न आती थी। जैसे-तैसे यह घड़ी भी गुज़र गयी। दुल्हन पराये देश को चल दी।

इस गहमागहमी में पालीसिंह की दिन-भर की अनुपस्थिति को किसी ने महसूस नहीं किया।

डोली के चले जाने के बाद सबकी नज़र बचाकर जिन्दा घर के भीतर आयी...सुनसान...सुनसान! जहाँ उसकी चहेती बेटी के सौन्दर्य का दीपक प्रकाशमान रहता था, अब वहाँ अँधेरा-ही-अँधेरा था।

जिन्दा मटियाले रंग की दीवारों को देखकर एकाएक बच्चों की तरह फूट पड़ी, परन्तु अच्छा ही हुआ कि उसका स्वर बाहर तक नहीं पहुँचा।

बारातियों को पक्की सड़क तक पहुँचना था। वहाँ से लारी में बैठ शहर और शहर से रेलगाड़ी में बैठ दूल्हा के देश जाना था।

बारात डिंगा गाँव से एक मील दूर निकल आयी। रंगीन कपड़ोंवाले आदमी लपके चले जा रहे थे। सहसा उनसे कुछ फासले पर वीराने में एक व्यक्ति नज़र आया—वह पालीसिंह था।

वह उस पगडण्डी की ओर देख रहा था, जिधर से वह अपने दिल में उमंगों का संसार लिये अपने गाँव आया था। अब उसी मार्ग पर उसकी आशाओं की अर्थी अपनी मंज़िल की ओर तेज़ी से बढ़ी जा रही थी। डोली उठाये लिये जानेवाले कहारों की काली, पतली परन्तु मज़बूत टाँगें बड़ी फुर्ती से उठ रही थीं। क्षण-प्रति-क्षण डोली उसकी नज़रों में धुँधलायी जा रही थी।

इधर वह भूखे भेड़िये की तरह अकेला खड़ा था और उधर झड़बेरियों की ओट से पूरा चाँद उदय हो रहा था।

पन्द्रह

□□

चाँद पूरे जोबन पर था।

खासी सर्दी पड़ने लगी थी, इसलिए लोग-बाग जल्द ही खाने-पीने से निबटकर बिस्तरों में जा दुबकते थे, अलबत्ता कुछ लोग, जिन्हें रातों को भी खेतों में काम करना होता था, मोटे-मोटे खेस लपेटे मेढ़ों पर चलते-फिरते दिखायी देते थे।

इस चाँदनी रात में पृथ्वीपाल सिंह शहर से वापस लौट रहा था। लारी से उतर वह नहर के किनारे-किनारे चल दिया। यदि वह खेतों में से होता हुआ निकलता, तो मार्ग छोटा हो जाता, परन्तु वह उन पगडण्डियों के उलझावों से अधिक वाकिफ़ नहीं था, इसलिए उसने लम्बे परन्तु सीधे और साफ़-सुथरे रास्ते पर चलना उचित समझा।

कुछ दूर तक नहर के किनारे-किनारे चलने के बाद वह उस चौड़े रास्ते के निकट पहुँच गया, जिसे लोग 'प्याह' कहते हैं। इसके दोनों किनारे तो साफ़ थे परन्तु बीच में रेत और गर्द की भरमार थी। जब छकड़े वहाँ से गुज़रते थे तो बैलों का कचूमर निकल जाता था। पैदल चलनेवाले और घुड़सवार किनारों पर ही चला करते थे।

पृथ्वीपाल सिंह ने रुककर इधर-उधर नज़र दौड़ायी। चाँदनी रात में दूर तक खेत फैले हुए थे। भूसे की धड़ें चुपचाप पड़े कछुओं जैसी दिखायी देती थीं। कहीं-कहीं खेतों में काम करता हुआ कोई व्यक्ति या कोई साँड़नी-सवार परछाईं की तरह दिखायी दे जाता, चारों ओर चुप्पी छायी हुई थी। गर्मियों की चाँदनी रातों की तो बात ही क्या है, अलबत्ता अब भी कहीं बहुत दूर से अलगोज़ों की उड़ती हुई लय सुनायी दे जाती थी। सबसे सुन्दर दृश्य उस चौड़े रास्ते का था, जिसके दोनों किनारों पर आमने-सामने बबूल और शरीह के ऊँचे-ऊँचे वृक्ष मीलों दूर तक चले गये थे और ज़रा परे हटकर देखनेवालों को यूँ मालूम होता था, जैसे कोई बहुत लम्बा कनखजूरा खेतों का सीना चीरता हुआ क्षितिज की धुँधलाहट में गुम हो गया हो।

पृथ्वीपाल सिंह गोरे-चिट्टे रंग और इकहरे बदन का नाज़ुक-सा जवान था। वह विशालकाय तो था, परन्तु उसके शरीर में वह शक्ति और कस-बल नहीं था, जिसकी आशा किसी देहाती नौजवान से की जा सकती है। इस समय उसकी बग़ल में छोटा-सा बण्डल दबा हुआ था जिसमें शायद समाचार पत्र, कुछ पत्रिकाएँ और खाने की कोई बासी-सी चीज़ बँधी थी।

'प्याह' कुछ क्षणों के लिए उसकी नज़रों के सामने रहा और फिर जब उसने कलाई पर बँधी घड़ी की ओर देखा तो नौ बज रहे थे। कुछ अधिक समय नहीं हुआ था, परन्तु ऐसा लगता था, जैसे आधी रात निकल गयी हो। जो हो अब तो उसे घर पहुँचने की चिन्ता थी। इसलिए वह जल्दी-जल्दी कदम उठाने लगा।

बड़े-बड़े वृक्षों के नीचे काफ़ी अन्धकार था। कहीं-कहीं ज़मीन पर बकरी की मींगनियों जैसे प्रकाश के सफ़द धब्बे दिखायी देते थे।

वह लम्बे-लम्बे डग भरता रहा। घण्टे भर के बाद वह गाँव के निकट पहुँच गया। निर्मल चाँदनी में गाँव के मकानों की कुछ मटियाली दीवारें दिखायी देने लगीं और मकानों में से उठे हुए पीपल के वृक्ष बड़े धब्बों की भाँति नज़र आने लगे।

चलते-चलते एकाएक पृथ्वीपाल सिंह रुक गया। यद्यपि वह अपने विचारों में डूबा हुआ था, परन्तु न जाने क्यों वह इस प्रकार एकदम रुक गया। क्षण-भर के लिए खड़ा रहा और फिर आप-ही-आप हँसकर चल दिया। अभी आठ-दस कदम चला होगा कि फिर ठिठककर खड़ा हो गया। उसने घूमकर पीछे की ओर देखा, परन्तु वृक्षों के नीचे अन्धकार था और कहीं-कहीं जो पत्तों में से छन-छनकर आनेवाली चाँदनी के छोटे-छोटे धब्बे दिखायी देते थे,वे बड़े भयानक मालूम होते थे।

उसने फिर कदम बढ़ाये। उसे ऐसा लग रहा था, जैसे कोई व्यक्ति उसका पीछा कर रहा है। उसके अपने पाँवों के अतिरिक्त अनदेखे पाँवों की चाप भी सुनायी दे जाती थी। शायद यह उसका भ्रम हो, उसने सोचा। परन्तु वह चाप तो काफ़ी स्पष्ट थी ...फिर भी...फिर भी...सम्भव है यह उसका भ्रम-मात्र हो। और हाँ...वह फिर रुक गया। अब और भी स्पष्ट थी वह चाप, परन्तु उसके रुकते ही उधर की आवाज़ भी रुक गयी। आख़िर इसमें भेद क्या है? आवाज़ अवश्य है और है भी किसी के पाँव की। क्या वहाँ भूत-प्रेतों का डेरा है? शायद जिस समय से वह उस मार्ग पर उतरा था, उसी समय से अनजाने कदम भी उसके साथ-साथ चल रहे थे और शायद अपनी धुन में उसने उस आवाज़ की ओर ध्यान नहीं दिया था...इस ख़्याल के आते ही उसके शरीर के रोंगटे खड़े हो गये...परन्तु नहीं, ऐसा नहीं हो सकता। वह पढ़ा-लिखा व्यक्ति था। इस प्रकार की बातों पर उसे विश्वास नहीं हो सकता था। कितनी उपहासजनक बात थी यह।

वह आँखें फाड़-फाड़कर इधर-उधर देखने लगा। कौन हो सकता है आख़िर? चोर? लुटेरे? परन्तु इस समय उसकी जेब में था ही क्या? वह तो यूँ ही घूमने गया था शहर में। दो-एक छोटे-मोटे काम भी करने थे। आख़िर वह बैंक से रुपये निकलवाने तो गया नहीं था...और यदि सचमुच चोर ही उसका पीछा कर रहे हैं, तो उन्हें कदम नाप-नापकर उसके पीछे-पीछे चलने की क्या आवश्यकता है? हमला करके वे उससे जो चाहे छीन सकते हैं। उसकी समझ में कुछ नहीं आ रहा था। वह कितनी देर से खड़ा था और अब कहीं पत्ता तक नहीं हिल रहा था...हो सकता है उसके कान ही बज रहे हों। कितनी देर से चुप्पी छायी थी।

एक बार वह फिर चल दिया, परन्तु फिर वही बात! अब की बार वह रुका नहीं...फिर पाँव की चाप...अब फिर पाँव की चाप। सहसा वह रुक गया और उसने घूमकर देखा। एक लम्बा-तड़ंगा साया क्षण भर के लिए झिलमिलाता-सा दिखायी दिया। निस्सन्देह यह भ्रम नहीं था, यह उसकी आँखों देखी बात थी। हो-न-हो, इसमें अवश्य कोई भेद है। यह कोई चोर-लुटेरा नहीं है, अन्यथा बात को बढ़ाने की आवश्यकता नहीं थी। और वह कोई भूत भी नहीं था।

अन्धकार में साया दिखायी दे जाना भी कोई असाधारण बात नहीं होती। वह विचित्र प्रकार के असमंजस में फँस गया। कई प्रकार की शंकाएँ उत्पन्न होने लगीं। उसने इस बात के हर पहलू पर सोच-विचार किया, परन्तु समझ में नहीं आया। वह आँखें फाड़-फाड़कर देखता रहा, शायद वह परछाईं फिर से दिखायी दे जाये। नहीं, अब कुछ भी दिखायी नहीं देता था। परन्तु कैसा विचित्र अनुभव था वह । कोई अपरिचित जीव कुछ कदम के फ़ासले पर खड़ा साँस ले रहा था। शायद उसके नथुने फूले हुए थे। शायद वह छिपी नज़रों से उसकी ओर देख रहा था। शायद उसकी लम्बी लाठी के सिरे पर तेज़ छवि चमक रही थी जिसके एक ही भरपूर वार से आदमी की आँतें उछलकर बाहर आ गिरें ..

शायद ये आवाज़ें...यह परछाईं .. सब-कुछ उसके मस्तिष्क की उपज हैं। वास्तविकता कुछ भी हो, उसने एक बार फिर अपने-आपको विश्वास दिलाया कि वहाँ उसके मन के सन्देह के अतिरिक्त कुछ भी नहीं था।

इस प्रकार मन को विश्वास दिलाने के बाद आहट लेता हुआ वह धीरे-धीरे आगे बढ़ने लगा। ज़रा कान धरकर सुना, तो अब वह चाप बहुत ही पास से सुनायी देने लगी। उसने घूमकर पीछे की ओर देखने की अपेक्षा आवाज़ को और भी स्पष्ट रूप से सुनने की कोशिश की और अब उसे आवाज़ इतनी स्पष्ट सुनायी देने लगी, जैसा उसका पीछा करनेवाले को भी उसकी कोई परवाह नहीं थी। धीरे-धीरे उस आवाज़ और उसके बीच बहुत कम फ़ासला रह गया। उसका दिल ज़ोर-ज़ोर से धड़कने

लगा। वह हैरान था कि आख़िर यह माजरा क्या है। ऐसा कौन व्यक्ति हो सकता है, जो उसका पीछा कर रहा है या वाकई कोई भूत है, जो उसे परेशान करने पर तुला हुआ है। कितनी विचित्र बात थी!... उसने अपनी रफ्तार और भी तेज़ कर दी...पीछा करनेवाला भी तेज़-तेज़ चलने लगा। अब घूमकर देखना व्यर्थ था। अब किसी अन्य सन्देह की सम्भावना ही नहीं थी...पीछा करनेवाला बहुत ही निकट पहुँच गया...उसने और भी तेज़ी से चलना शुरू किया। पत्ते उसके पाँव-तले कुचले जा रहे थे और उस आवाज़ में पीछ के कदमों की आवाज़ घुल-मिलकर अजीब प्रकार का कष्टप्रद-सा शोर उत्पन्न कर रही थी। पृथ्वीपाल सिंह का दम फूल रहा था। अन्धकार में उचकता और भागता हुआ वह इस प्रकार बढ़ा चला जा रहा था, जैसे कोई बहुत बड़ा देव उसकी गर्दन नापने चला आ रहा हो। प्रतिक्षण उसे यही भय हो रहा था कि अभी किसी ने उसका टेंटुवा दबाया, अभी दबाया।

सहसा उसे ख़्याल आया कि वह क्यों न प्याह को छोड़ खेतों में हो ले। अब तो गाँव बिलकुल सामने दिखायी दे रहा था। उसे याद हो आया कि 'खाल' (छोटी और तंग नदी) का पुल भी निकट ही था। यहाँ तक तो वह प्रात: समय सैर करने आ जाया करता था।

सहसा वह ऊँचे किनारे से चौड़े रास्ते पर कूद पड़ा। पीछे से भी कूदने की आवाज़ आयी परन्तु उसने घूमकर नहीं देखा। फिर जब वह फलाँगता हुआ दूसरे किनारे पर चढ़ा, तो पीछे से भी इसी प्रकार की आवाज़ आयी। अब खाल का छोटा-सा पुल दिखायी देने लगा। वह पूरी शक्ति से उसकी ओर दौड़ पड़ा। नन्हें पुल के नीचे पानी के कल-कल करने की ध्वनि सुनकर उसे कुछ सन्तोष प्राप्त हुआ। उसने ज़ोर-ज़ोर से साँस लेते हुए पहले उचटती नज़रों से और फिर ध्यानपूर्वक पीछे की ओर देखा, परन्तु वहाँ कोई नहीं था। सचमुच कोई नहीं था, परन्तु अब वह अपने-आप को धोखा भी नहीं दे सकता था कि यह केवल भम्र-मात्र था। यह वास्तविकता थी कि बड़ी तेज़ी के साथ उसका पीछा किया गया था। परन्तु वह बाल-बाल बच गया था। पीछा करनेवाला कौन व्यक्ति था? उसका पीछा करके वह उससे क्या चाहता था? क्या वह उसे जान से मार डालना चाहता था? क्या पीछा करनेवाला यह समझता था कि उसकी बग़ल में नोटों का पुलन्दा दबा हुआ है? कुछ समझ में नहीं आता था। अब वृक्षों का वह झुण्ड और वह अन्धकार भी नहीं था, बल्कि खिली चाँदनी थी और खेतों में खड़े पौधे इधर-उधर फैले हुए थे। अब भय की भी कोई बात नहीं थी। बदनाम इलाका तो था ही। सम्भव है, किसी ने शरारत करने के विचार ही से उसका पीछा किया हो और उसे पहचानकर उसे उस पर हमला करने का साहस न हो सका हो।

जो हो, अब व्यर्थ देर करने से कुछ लाभ न था। सवा दस बज रहे थे। गाँव के मटियाले घर स्पष्ट रूप से दिखायी दे रहे थे...उसने इधर-उधर नज़र दौड़ायी। इस सनसनीखेज़ घटना का उसके मस्तिष्क पर गहरा प्रभाव पड़ा था, परन्तु अब खुली चाँदनी में चिन्ता की कोई बात नहीं थी।

वह लम्बे-लम्बे डग भरने लगा।

कभी पगडण्डियों और कभी खेतों के बीचोंबीच होता हुआ वह बड़ी तेज़ी से बढ़ा चला जा रहा था। आगे एक सूखा जौहड़ था, जिसमें वर्षा-ऋतु में पानी जमा हो जाया करता था। फिर धीरे-धीरे पानी गँदला होता रहता और सूखता रहता। यहाँ तक कि सारा पानी सूख जाता और इस प्रकार अब एक लम्बे-चौड़े गड्ढे के अतिरिक्त वहाँ और कुछ नहीं रह गया था। किनारों पर की कुछ जगह गाँव की औरतों ने खोद डाली थी। वे लोहे के तसलों में मिट्टी भरकर घरों को ले जातीं, वहाँ उसमें गोबर और भूसा मिलाकर फर्श और दीवारों की लिपाई किया करतीं। जहाँ से ख़ुदाई नहीं हुई थी, वहाँ पशुओं के खुरों के गहरे-गहरे निशान पड़ गये थे। शीघ्र-से-शीघ्र घर पहुँचने के विचार से पृथ्वीपाल सिंह जौहड़ के बीचोबीच चल निकला। ऊबड़-खाबड़ ज़मीन पर कुछ कदम ही चला होगा कि उसकी नज़र उठी और उसने देखा कि जौहड़ के किनारे पर...

वहाँ एक आदमी खड़ा था।

सहसा पृथ्वीपाल सिंह के क़दम रुक गये और कुछ क्षणों के लिए तो वह अवाक्-सा होकर रह गया।

घुटनों से कुछ ऊपर तक पहुँचता हुआ कुर्ता पहने, तहबन्द लपेटे और सिर पर तुर्रा लहराये एक विशालकाय व्यक्ति खड़ा था वहाँ। वह बिलकुल जमा खड़ा था। हवा तक बन्द थी और उसका कोई क़पड़ा भी नहीं हिल रहा था। हाँ, उसकी आँखें बाज़ की आँखों की तरह दहक रही थीं।

पृथ्वीपाल सिंह को न जाने क्यों विश्वास-सा हो चला कि उसका पीछा करनेवाला वही व्यक्ति था, और इसके साथ ही उसके हाथ-पाँव ठण्डे पड़ गये। वह डरपोक तो नहीं था, परन्तु इस समय उसका मन भी ठिकाने पर नहीं था।

पृथ्वीपाल सिंह ने पहले तो यह सोचा कि पहलू बचाकर चुपके से निकल जाये, परन्तु फिर उसे यूँ लगा, जैसे वह व्यक्ति कह रहा हो, "वाह! इतनी देर से तुम्हारा पीछा कर रहा हूँ, अब आँख बचाकर कहाँ चले?"

वह धीरे-धीरे उसकी ओर बढ़ा। खुले मैदान और चाँदनी रात में वह ऐसा साहस कर सकता था, हालाँकि उस व्यक्ति की उपस्थिति काफ़ी सन्देहजनक और विचित्र

थी। उसे आश्चर्य हो रहा था कि इस चुप्पी में क्या भेद है? चूँकि पृथ्वीपाल सिंह उसकी ओर बढ़ रहा था, इसलिए उस व्यक्ति की चुप्पी और भी सन्देहपूर्ण थी। सहसा उसे लगा, जैसे उसने उसे पहले भी कहीं देखा है...कहाँ?

यह नयी उलझन उत्पन्न हो गयी थी। उसके माथे पर पसीने की छोटी-छोटी बूँदें फूट पड़ीं। उसने अपनी सूख रही बाछों पर जबान फेरते हुए हकलाकर कहा—"मैंने आपको कहीं देखा है।"

वह व्यक्ति चुप रहा।

पृथ्वीपाल सिंह जौहड़ के किनारे पर चढ़ गया। वह आश्चर्य से उसकी ओर देख रहा था। आख़िर वह उत्तर क्यों नहीं देता? और जब वह उससे सात-आठ कदम के फ़ासले पर था तो एकाएक वह व्यक्ति हिला। उसके दाँत चमके और 'पिच' की आवाज़ के साथ थूक की पिचकारी छूटी और उसके पाँव में आ गिरी और इसके बाद पुनः चुप्पी छा गयी।

पृथ्वीपाल सिंह और आगे बढ़ा कि शायद वह उसकी सूरत पहचान ले। वह दो कदम पर ही रुक गया। हाँ, वह उसकी सूरत से वाक़िफ था, परन्तु वह अब भी उसे पहचान न सका।

"मैं पालीसिंह हूँ।"

पृथ्वीपाल सिंह को भारी-भरकम आवाज़ सुनायी दी। अभी तक उसे यह याद न आया था कि उसने उसे कहाँ देखा था, परन्तु नाम... पालीसिंह तो उसने सुन रखा था। वह इस नाम के व्यक्ति के 'गुणों' से वाकिफ़ था। वह जानता था कि वह अच्छे आचरण का आदमी नहीं था। लड़ाका और बदमाश था...परन्तु वह उसका पीछा क्यों कर रहा था? आख़िर उसे इसका क्या अधिकार था... हो सकता है, उसका पीछा करनेवाला कोई और हो...क्यों न वह उसी से पूछ ले—"क्या तुम्हीं मेरा पीछा कर रहे थे?"

"हाँ," उत्तर मिला।

पृथ्वीपाल सिंह को क्रोध भी आया और कुछ आश्चर्य भी हुआ। उसने माथे पर बल डालकर पूछा—"क्यों?"

इस पर पालीसिंह का भारी-भरकम हाथ हवा में लहराया और फिर जब तेज़ी के साथ पलटा तो पृथ्वीपाल सिंह लड़खड़ाकर परे जा गिरा। उसकी गर्दन और गाल की रगें जल उठीं और एक कान में सायँ-सायँ की आवाज़ें आने लगीं। एक बार उसकी आँखों-तले सारी दुनिया चकरा गयी। उसकी कसकर बँधी हुई पगड़ी बल खाकर परे जा गिरी थी।

पृथ्वीपाल सिंह को बहुत क्रोध आया। आँखें उबल पड़ीं। आँख झपकते में ज़मीन से उठा और चीते की-सी तेज़ी से पालीसिंह की ओर झपटा।

इन बातों में पालीसिंह का हाथ बहुत साफ़ था। उसने अन्धा-धुन्ध आगे को बढ़ते हुए दुश्मन के पेट में घूँसा जड़ा और इसके साथ ही पृथ्वीपाल सिंह 'हक' की-सी आवाज़ के साथ आगे की ओर झुक गया। फिर एड़ देकर गुद्दी पर झापड़ लगाया, तो वह जौहड़ के बीच मुँह के बल जा गिरा और दूर तक लुढ़कता चला गया। माथा, नाक और होंठ बुरी तरह छिल गये।

पालीसिंह भी जौहड़ में कूद पड़ा। शायद पृथ्वीपाल सिंह के शरीर में उठने की शक्ति न रही थी। पर न जाने किस भाव के वशीभूत हो वह हड़बड़ाकर उठा, परन्तु अभी सीधा खड़ा भी न होने पाया था कि पालीसिंह ने उसके जबड़ों तले बड़े धमाके से घूँसा जड़ दिया। पृथ्वीपाल सिंह को लगा कि उसके मसूढ़ों में से गर्म-गर्म नमकीन लहू निकलकर उसके थूक में मिल रहा है और इसके साथ ही उसके मस्तिष्क पर बादल से छा रहे हैं।

पालीसिंह ने हजूर साहब (हैदराबाद दक्कन) का बना हुआ भारी-भरकम कड़ा आगे बढ़ाकर अत्यन्त घृणा से हथेली के निचले भाग का एक झापड़ जो उसके गाल पर जड़ा तो माँस की एक बोटी कटकर अलग हो गयी। पृथ्वीपाल सिंह को ऐसा महसूस हुआ, जैसे उसके गाल पर दहकता हुआ अँगारा रख दिया गया हो।

मालूम होता था कि उसक टाँग में गहरी चोट आयी थी। वह लड़खड़ाकर और घिसट-घिसटकर पालीसिंह से अधिक-से-अधिक परे हटने की कोशिश कर रहा था। पालीसिंह ने दाँत पीसकर कहा—"आज मार-मारकर तेरा कचूमर निकाल दूँगा।"

पृथ्वीपाल सिंह की आँखों में भय छाया हुआ था। वह पीछे-पीछे हटा जा रहा था। मालूम होता था कि अभी गिर जायेगा। पालीसिंह ने भी भागकर उसे दबोचने की आवश्यकता अनुभव नहीं की। अब उन दोनों के बीच तीस-चालीस कदम का फासला पैदा हो चुका था। इधर पृथ्वी उसे भयभीत नज़रों से देखता गाँव की ओर भाग रहा था, उधर पाली दाँत कटकटाता धीरे-धीरे उसकी ओर बढ़ रहा था।

गाँव के बिलकुल निकट पृथ्वीपाल के कुछ आदमी खेतों में काम कर रहे थे। उन्होंने जो पृथ्वीपाल का यह हाल देखा तो हैरान रह गये।

पृथ्वीपाल ने सूखे कण्ठ से हकलाते हुए कहा—"उस हरामी के बच्चे को पकड़ो...मारो बदमाश को...मारो..."

वे लोग आस्तीनें चढ़ाकर उसकी ओर बढ़े तो पाली ने ललकारकर कहा—"आओ...लेकिन बेटा, इतना याद रखना मैं पालीसिंह हूँ।"

उनके कदम वहीं-के-वहीं रुक गये। यह देख पृथ्वीपाल फिर लँगड़ाता हुआ भाग निकला और पालीसिंह उसी तरह उसके पीछे-पीछे बढ़ता चला गया।

पृथ्वीपाल का मकान गाँव के सिरे पर ही था। बैठक में पृथ्वीपाल सिंह का बाप और कुछ सम्बन्धी बैठे गप-शप कर रहे थे। सहसा पृथ्वीपाल का लहू में लिथड़ा चेहरा भीतर की ओर बढ़ा परन्तु फिर पालीसिंह ने उसे बालों से पकड़कर बाहर खींच लिया।

घर में एकदम उधम मच गया।

पालीसिंह के तो सिर पर ख़ून सवार था। उसने बड़ी निर्दयता से पृथ्वीपाल को दीवार में धाँस दिया और उसकी गर्दन पर बाँह रख दी। वह उसका टेंटुवा और गर्दन की रगें मसलने ही को था कि ऊपर से तड़ातड़ डण्डे, जूते, थप्पड़, घूँसे बरसने लगे। लोगों ने मार-मारकर पाली का भुरकस निकाल दिया और वह बेहोश हो गिर पड़ा। उसे बालों से घसीटकर उन लोग़ों ने भूसे की कोठरी में बन्द कर दिया और यह तय किया कि रात बीत जाने पर उसके शरीर का कीमा करके बड़ी नहर में बहा दिया जायेगा।

सोलह

□□

रात के साढ़े ग्यारह के लगभग ज्वालासिंह काली लोई बदन पर लपेटता अपने घर में से निकला और जल्दी-जल्दी कदम उठाता गाँव की गली में घुस गया। अन्धकारमय गलियों में घूमनेवाले आवारा बछड़ों को दुत्कारता कर्मदीन के दरवाज़े पर जा पहुँचा और हलके से खटखटाया। पहली बार तो चुप्पी छायी रही, दूसरी बार कुण्डी हिलाने पर भीतर से हलकी-सी आवाज़ आयी और फिर कर्मदीन लिहाफ़ ओढ़े बाहर निकला। ज्वालासिंह को देखा तो ज़रा घबरा-सा गया। ऐसे समय पर आने में अवश्य कोई भेद है, दुनिया देख रही थी। उसने मन की बात छिपाकर कहा—"आओ, भई ज्वालासिंह, अन्दर चले आओ।"

भीतर ले जाकर उसे आदरपूर्वक चारपाई पर बिठाया और स्वयं ज़रा परे हटकर हुक़्क़े के हलके-हलके कश लेने लगा।

"सो गये थे क्या?" ज्वालासिंह ने बात शुरू की।

"नहीं तो, मैं ठहरा बूढ़ा आदमी। इतनी जल्दी नींद कहाँ। अभी-अभी हुक़्क़ा भरा था। ज़रा ऊँघ आयी कि तुमने दरवाज़ा खटखटा दिया...पर भई, तुम ज़रा बेवक़्त आये हो, इसलिए दिल में खुदबुद हो रही है कि कोई ऐसी-वैसी बात न हो।"

"है तो ऐसी-वैसी बात ही," ज्वालासिंह ने खाँसकर गला साफ़ किया और फिर कर्मदीन की आँखों-में-आँखें डाल दीं।

कर्मदीन का मस्तिष्क कुछ काम नहीं कर रहा था। कान लगाकर बैठ गया।

ज्वालासिंह ने भेदपूर्ण स्वर में कहना शुरू किया—"एक बहुत बुरी ख़बर आयी है। मालूम हुआ है कि टिण्डपुरवालों ने पालीसिंह को जान से मार डाला है।"

हुक़्क़े की नै हाथ से छूट गयी और हुक़्क़ा गिरने से बाल-बाल बचा।

"नहीं...यह कभी नहीं हो सकता।"

"हाँ, मुझे भी यक़ीन नहीं आया था...लेकिन बात यह सच है।"

"तुमसे किसने कहा?"

"टिण्डपुर के दो चमार यह ख़बर लाये हैं।"

"उन्हें किसने बताया?"

"वे कहते हैं जिन लोगों ने अपनी आँखों से देखा है, उन्होंने बताया है।"

"लेकिन पालीसिंह मार खानेवाला असामी नहीं।"

"शायद उसे धोखे से मारा गया हो।"

"आख़िर इसकी कुछ वजह भी तो होनी चाहिए।"

ज्वालासिंह को कुछ अधिक पता तो था नहीं, बोला—"भई, इससे ज़्यादा मुझे कुछ ख़बर नहीं!...अब यह बताओ कि हमें करना क्या चाहिए। मैं यह ख़बर पाते ही तुम्हारी तरफ़ लपका चला आ रहा हूँ। तुम्हारे मशविरे ही से कुछ करना होगा।"

कर्मदीन सोच में पड़ गया। फिर सिर हिलाकर बोला—"हाय, कैसा करारा जवान था! भई, ख़ुदा करे यह ख़बर ग़लत हो...ऐसी दुश्मनी भी किसकी थी उससे..."

"क्या मालूम ख़ुद ही उलझ पड़ा हो किसी से।"

"हाँ भई, क्या पता है उसका।" कहकर कर्मदीन पुन: विचारों में डूब गया। थोड़ी देर बाद उसने सिर उठाया और ज्वालासिंह के चेचक भरे चेहरे की ओर देखकर बोला—"भई, एक बात और है। मेरे ख़्याल में , ताया हरप्रसाद से मिलना चाहिए।"

"यह भी ठीक है। वह भी बड़ा सयाना आदमी है, लेकिन मैं पहले तुम्हारे पास चला आया क्योंकि वह ज़रा पढ़ा-लिखा आदमी है और पढ़े-लिखे आदमी की खोपड़ी का एक-आध पेंच ज़रूर ढीला होता है...चलो, अब उसके पास चलें...अगर यह ख़बर सच है, तो हम पालीसिंह के कातिलों का आज ही सफाया कर देंगे।"

"देखो, जल्दबाज़ी मत करो और न अभी शोर ही मचाओ।"

वे दोनों दरवाज़े से बाहर ही निकले थे कि आगे नवाब कन्धे पर लठ धरे आता दिखायी दिया। ज्वालासिंह ने ललकारकर कहा—"अरे नवाब, इस वक़्त कहाँ भागा जा रहा है लठ लिये?"

इन्हें देख नवाब तुरन्त इनके पास चला आया और घबरायी हुई आवाज़ में बोला—"मैं पाली के घर जा रहा हूँ। मैंने बहुत बुरी ख़बर सुनी है। टिण्डपुरवालों ने पाली को बहुत मारा है..."

"बहुत मारा है या जान ही से मार दिया है?"

"नहीं,जान से तो नहीं मारा लेकिन शायद मार दें।"

"मगर उसको मारनेवाले हैं कौन?" कर्मदीन ने पूछा।

"वही पृथ्वीपाल सिंह के ख़ानदान के लोग हैं और कौन होता।"

"आख़िर उन्हें क्या दुश्मनी है, जी?"

नवाब ने असल बात बताना उचित न समझा, बोला—"भई, है तो औरत-वौरत का झगड़ा।"

इस पर ज्वालासिंह के कान खड़े हो गये—"अच्छा भई, ज़रा खुलकर बताओ।"

"खुलकर क्या बताऊँ? यूँ ही अन्दाज़े से कहता हूँ। ज़रूरी नहीं कि यही बात हो..."

कर्मदीन ने नवाब से कहा—"देखो, अभी पाली की माँ को इस बात की कोई ख़बर न दो, नहीं तो वह सारा गाँव सिर पर उठा लेगी। आओ, तुम हमारे साथ ताया हरप्रसाद के पास चलो।"

उन तीनों ने ताया हरप्रसाद को जा जगाया। वह बेचारा भौचक्का-सा रह गया कि आख़िर आधी रात के समय यह क्या मुसीबत आ पड़ी।

जब उसे सारी बात का पता चला तो वह बोला—"भाइयो, अब तो जल्द-से-जल्द कुछ करना चाहिए। रास्ते में शंगारे को कहते चलो कि वह गाँव के चुने जवानों को भी ख़बर कर दे। इतने में हम ज्वालासिंह के घर में बैठकर मशविरा कर लेंगे।"

ज्वालासिंह के यहाँ कोई-न-कोई चोर-उचक्का पनाह लेने के लिए आ ही निकलता था। इस रात भी दो आदमी आये हुए थे जो सूरत से ठग मालूम होते थे। धीरे-धीरे लोग इकट्ठे होने लगे।

नवाब की सूचना यह थी कि पालीसिंह अभी तक जान से नहीं मारा गया है।

जिस प्रकार वन में दो सूखे बाँसों की रगड़ से चिंगारी उत्पन्न होकर सारे वन में आग भड़का देती है, उसी प्रकार सूचना मिलते ही गाँव के जवान हुमहुमाकर ज्वालासिंह के घर पहुँच गये। ज्यों-ज्यों लोग एकत्रित होते जाते थे, बात का महत्त्व बढ़ता जाता था।

पालीसिंह के सम्बन्ध में पूरी ख़बर नहीं मिली थी। उस समय तक अलग-अलग सूचनाएँ पहुँची थीं, परन्तु यह बात स्पष्ट थी कि मामला बहुत नाज़ुक था। जो कुछ होना चाहिए तुरन्त हो जाना चाहिए।

कई प्रकार के मनसूबे बाँधे गये। यह डिंगा की इज़्ज़त का प्रश्न था। गाँव के सबसे ताकतवर जवान के जीवन और मृत्यु का प्रश्न था। यदि टिण्डपुरवाले इस प्रकार पाली को कुत्ते की तरह मारकर उसे कहीं ग़ायब करने में सफल हो गये तो निस्सन्देह बड़ी कठिनाई उपस्थित होगी। इस प्रकार डिंगा के माथे पर कलंक का टीका लग जायेगा और इस गाँव की जो ख्याति वर्षों से क़ायम थी, मिट्टी में मिल जायेगी।

ज्वालासिंह ने लाल आँखें घुमाकर कहा—''वाहगुरु, न करे कि पाली को कोई आँच आयी हो। लेकिन अगर उसका बाल भी बाँका हुआ तो हम लफ़्टैन के घर की ईंट-से-ईंट बजा देंगे और उनकी औरतों और बच्चों तक को खत्म कर देंगे। हम कभी ऐसा नहीं होने देंगे।''

हरप्रसाद ने ज्वालासिंह को चुप कराते हुए कहा—''सरदार साहब। इस समय तो यह सोचिये कि हमें करना क्या है? कौन-सा कदम किस तरह उठाना होगा?''

यह भी तय हुआ कि उन लोगों को पैग़ाम भेज दिया जाय कि वे पाली को जीवित उनके हवाले कर दें, अन्यथा गाँव की ईंट-से-ईंट बजा दी जायेगी...इस पर नवाब को बड़ा क्रोध आया, चमककर बोला—''देखिये, इस तरह काम नहीं चलेगा। मैं आप सबसे एक ही बात कहूँगा कि हमको हर तरह से तैयार होकर उन पर हमला कर देना चाहिए। जो हो सो हो, पाली को उनसे इस तरह माँगने में हमारी हेठी है। हम उसे ताकत से छीनकर लायेंगे और हमें पाली का पता न चला, तो फिर हमसे जो बन पड़ेगा करेंगे।''

ज्वालासिंह तो पहले ही से यही चाहता था। वह तहबन्द फड़फड़ाता हुआ उठ खड़ा हुआ और अपने लम्बे-चौड़े आँगन में अपनी लाठी से ज़मीन पर रेखा खींचते हुए भारी आवाज़ में बोला—''मेरा भी यही ख़्याल है।...अब जिस माई के लाल को मैदान से पीछे नहीं हटना हो और जो जान हथेली पर रखकर दुश्मन से टक्कर लेने को तैयार हो, वह इस लकीर से इस पार चला आये।''

इस चैलेंज पर पहले तो क्षण-भर के लिए चुप्पी छा गयी, फिर मनचले जवान लकीर के इस पार आने लगे। अब केवल बड़े-बूढ़े ही रह गये। जवानों में सभी एक-से-एक बढ़-चढ़कर थे, भला कौन पीठ दिखाता।

उन्हें इस प्रकार एकत्रित हुए देख ज्वालासिंह ने गहरी साँस ली और उसकी छाती उभरकर बहुत बड़े सन्दूक की तरह दिखायी देने लगी। उसने अपनी मोटी गर्दन घुमाकर उन सबका अन्दाज़ा लगाया। अपने दोनों मेहमानों को भी उसने उनमें शामिल कर लिया, फिर बोला—''अब हमें देर नहीं करनी चाहिए।''

कर्मदीन और हरप्रसाद काफ़ी समझदार थे, परन्तु नौजवानों के जोश को दबाना असम्भव था। बल्कि इस समय तो उनकी सूखी रगों में भी ख़ून दौड़ गया।

हरप्रसाद और कर्मदीन ने आपस में मशविरा करके कहा—''लेकिन भई, इस बात का ख़्याल रहे कि यहीं से शोर मचाते मत जाना। अभी तो किसी के कान में भनक भी नहीं पड़नी चाहिए।...और देखो, ज्वालासिंह! अगर पालीसिंह ज़िन्दा हो तो कोशिश इसी बात की करना कि बिना किसी को जान से मारे तुम्हारा काम बन जाये। यूँ लड़ना पड़े तो डटकर लड़ो। लेकिन अगर किसी की जान न लोगे तो अच्छा होगा।''

इस झगड़े का परिणाम भी दोनों बूढ़ों के सामने था।

इस समय ज्वालासिंह सब में सामान बाँटने में मग्न था। हर जवान को एक-एक मज़बूत लाठी और आवश्यकतानुसार उस पर चढ़ाने के लिए छवि दे दी गयी। कुछ-एक ने 'सफा-जंग' लेने का अनुरोध किया, परन्तु तय यह पाया कि सफा-जंग साथ तो ले जाया जायेगा, मगर इस ख़तरनाक हथियार का इस्तेमाल ज़रूरत पड़ने पर ही किया जायेगा। यूँ साथ ले जाने को तो ज्वालासिंह के दोनों मेहमानों ने मोटर के स्टेयरिंग की नलियों की बनी बन्दूक़ें और कारतूसों से भरा एक थैला भी ले लिया था। ज्वालासिंह ने लाठी और छवि के अतिरिक्त देसी साख्त का बड़ा-सा बेडौल पिस्तौल भी तहबन्द में उड़स लिया और फिर हरप्रसाद की बात का उत्तर देने के लिए घूमकर तीखी नज़रों से उनकी ओर देखता हुआ बोला—"यह बात उन्हीं के बस में है। अगर उनके सिरों पर मौत मँडरा रही है तो उन्हें कौन बचा सकता है।"

छत्तीस आदमी हर प्रकारों के हथियारों से लैस हो ज्वालासिंह के घर से निकले। चिन्तो को, जो हथियार बाँटती रही थी, पीछे छोड़ दिया गया, हालाँकि वह साथ जाना चाहती थी।

यह दल तेज़-तेज़ कदम उठाता, खेतों में उगी फसलों को रौंदता तूफ़ानी बाढ़ की तरह बढ़ता चला जा रहा था, यहाँ तक कि टिण्डपुर चाँदनी के धुँधलके में लिथड़े हुए कछुए की तरह नज़र आने लगा।

ज्वालासिंह ने कदम रोककर साथियों की ओर एक नज़र देखा और गुर्राकर कहा..."जवानों! अब हम मंजिल के पास पहुँच गये हैं। अब भी मौका है, तुममें से जो वापस जाना जाहे जा सकता है। लेकिन याद रहे कि एक बार आगे बढ़कर जिसने भी कदम पीछे हटाया उसके लिए अच्छा न होगा।"

अब सारे गाँव की नाकाबन्दी कर दी गयी ताकि पृथ्वीपाल सिंह के ख़ानदान का कोई भी व्यक्ति भाग न सके। हर गली की नाकेबन्दी के लिए दो-दो आदमी भेज दिये गये। अन्य लोग खेतों में झुक-झुककर आगे बढ़ने लगे। चमकती छवियाँ और ऊपर आकाश की ओर उठी हुई बन्दूक़ों की नलियाँ एक नये तूफ़ान का पता देती थीं।

पालीसिंह को इस इलाके में सब लोग जानते थे। पृथ्वीपाल के आदमियों ने उसे बेतरह पीटा तो था, परन्तु चूँकि यह बात छिपी न रह सकी थी इसलिए वे उसे जान से मार डालने सें हिचकिचाते रहे। और फिर इधर-उधर के लोगों ने उनसे यह भी कहा था कि एक तो अब तक जो सलूक वे पाली के साथ कर चुके थे, उसका परिणाम उनके लिए बहुत बुरा निकलेगा और यदि उसकी मृत्यु हो गयी तो फिर वे स्वयं भी नहीं बच सकेंगे।

इस पर उन लोगों को बहुत क्रोध आया। एक तो ज़्यादती सरासर पाली की थी, उस पर ये धमकियाँ! परन्तु जाननेवालों का कहना था कि जो कुछ पाली ने किया था, उस पर यदि परदा डाल दिया जाता तो अच्छा होता। जितने मुँह उतनी बातें, परन्तु

इसका यह परिणाम अवश्य निकला कि वे पाली को जान से मार डालने का इरादा पूरा न कर सके।

पाली भूसे की कोठरी में बन्द था। उसके घाव उसे मौत की नींद सुलाने के लिए काफ़ी थे। आवश्यकता इस बात की थी कि उसके घावों की मरहम-पट्टी की जाये। परन्तु वहाँ उसका कौन था! वह उसी तरह मूर्च्छित अवस्था में पड़ा रहा।

आधी रात बीत चुकी थी। सारे गाँव पर मौत की-सी चुप्पी छायी थी। घरों में खड़े पीपल के वृक्ष बड़े संवेदनशील दिखायी देते थे। कुत्ते दानें भूननेवाली भट्टियों में दुबके पड़े थे। सर्दी के कारण कोई व्यक्ति इधर-उधर फिरता दिखायी न देता था। भैंसे और अन्य पशु तक छप्परों के नीचे चुपचाप बैठे थे।

एकाएक 'टी' के से स्वर के साथ बन्दूक़ की गोली शान्त वातावरण की छाती चीरती हुई निकल गयी।

गाँव के कई व्यक्ति जाग उठे।

एक ओर गोली की आवाज़ गूँजी।

लोगों ने कहा कि लफ़्टैन के मकान की ओर से बन्दूक़ चलने की आवाज़ आयी थी।

घरवालों के कान भी खड़े हो गये। पृथ्वीपाल का बाप छत पर चढ़ गया कि शायद पास के खेतों में कुछ दिखायी दे जाये। उनके हाथ में भी राइफल थी। धुँधले प्रकाश में उसने सिर उठाया ही था कि एक गोली सायँ करती हुई आयी और छत पर रखी हुई एक बड़ी-सी बलोनी का सिर उड़ा ले गयी। और इसके बाद तो तड़ातड़ गोलियाँ बरसने लगीं। मालूम होता था कि पूरी-की-पूरी फौज ने हमला कर दिया था। गाँव के लोगों ने चिल्लाना शुरू कर दिया। खेतों में से नारों और गालियों की भी बौछार शुरू हो गयी। कुछ ऐसा हंगामा मचा कि पशु खूँटियों से रस्सियाँ तुड़ाकर बेमुराह भाग निकले। कुत्तों ने भी अपने गुप्त स्थानों से निकलकर बेतहाशा भौंकना शुरू कर दिया।

आराम से सोये हुए लोग हड़बड़ाकर उठ बैठे। कोई भी व्यक्ति भय के कारण घर से पाँव नहीं निकाल रहा था। जिन लोगों को उस घटना का ज्ञान था, वे समझ गये कि पृथ्वी के घरवालों पर आफत आ पड़ी है, और इसके साथ सबको आपा-धापी पड़ गयी। वे जानते थे कि उन लोगों से हर बात की सम्भावना हो सकती थी। सम्भव है, इसी बहाने गाँव भर को लूट ले जायें।

इसी हंगामे में बीस-पचीस आदमी पृथ्वीपाल के मकान की ओर बढ़े। कुछ पीछे छिप गये और उन्होंने छत पर नज़र रखी, ताकि यदि ऊपर से कोई शरारत हो तो गोली दाग़ दें और कुछ दरवाज़े पर पहुँचकर गालियाँ दे-देकर दरवाज़ा खोलने के लिए ललकारने लगे।

जब इस प्रकार दरवाज़ा नहीं खुला तो उन्होंने कन्धों से धक्के मार-मारकर दरवाज़ा तोड़ डाला। यदि इस प्रकार हमला न किया जाता, तो शायद पाली को उनके हवाले कर दिया जाता। अब यह समझा गया कि लड़ाई अटल है। इसलिए कुछ लठबाज़ बौखलाये हुए आये और अन्धा-धुन्ध लाठियाँ घुमाने लगे।

अब बाकायदा लाठियों से लड़ाई होने लगी। छवियों, बन्दूक़ या पिस्तौल का इस्तेमाल नहीं हुआ। मुकाबला करनेवाले मुट्ठी भर लोग थोड़ी देर बाद ही घायल होकर गिर पड़े या भाग निकले और मैदान हमलावरों के हाथ रहा। पृथ्वीपाल सिंह और उसके सम्बन्धी राइफल चलाने पर तुले हुए थे, मगर पृथ्वीपाल सिंह की माँ ने चिल्लाकर कहा—"भाइयो! हमें कुछ मत कहो, तुम्हारा आदमी उस कमरे में बन्द है।"

दो-चार आदमी उधर लपके। दरवाज़ा खोलकर पाली को बाहर निकाला गया।

एकाएक आवाज़ आयी—"पाली मर गया है।"

इस पर ज्वालासिंह की आँखों में ख़ून उतर आया और उसने चिल्लाकर कहा—"अबे शेरे! ज़रा लाठी पर छवि चढ़ा ले।"

शेरा छवि चढ़ाने लगा। ज्वालासिंह का संकेत पाकर वे लोग पृथ्वीपाल सिंह के घर के सब प्राणियों को स्त्रियों और बच्चों सहित खदेड़कर मकान के सामने खुली जगह पर ले आये। पुरुषों ने कुछ रोक-थाम का प्रयत्न किया, परन्तु उन पर क़ाबू पा लिया गया।

उन लोगों के सिर गाजर-मूली की तरह कटने जा ही रहे थे कि एकाएक पाली का सिर हिला। फिर शोर मचा—"पाली ज़िन्दा है...पाली ज़िन्दा है।"

इस प्रकार बेगुनाहों के सिर कटने से बच गये।

मूर्च्छित पाली के शरीर को एक चारपाई पर डालकर कन्धों पर उठा लिया और वे सब अपने गाँव की ओर चल दिये।

वे लोग बगुले की तरह आये और आँधी की तरह चले गये।

जाते समय ज्वालासिंह ने फ़ीकी चाँदनी में चमकती हुई छवि हिलायी और ललकारकर कहा—"अगर पाली की जान न बच सकी तो फिर लौटकर यहाँ आऊँगा और इस घर के एक भी आदमी को ज़िन्दा नहीं छोड़ूँगा।"

* * *

पाली तो ख़ैर बच निकला, परन्तु इस घटना के दूसरे ही दिन पृथ्वीपाल सिंह के घरवालों को शहर में किसी सम्बन्धी के यहाँ भेज दिया गया। पुलिस में रिपोर्ट हुई तो वह शाम से पहले-पहले डिंगा पहुँच गयी और पकड़-धकड़ शुरू हो गयी।

इस हंगामें में भाग लेनेवाले सभी व्यक्ति हिरासत में ले लिये गये।

गाँव में बड़ी गहमागहमी रहने लगी। बड़े-बूढ़े कहते कि काफ़ी समय के बाद ऐसी ज़ोरदार घटना घटी थी। मुकदमा लड़ने के लिए गाँव के हर घर से चन्दा लिया गया।

आसपास की बस्तियों में भी यह बात फैल गयी। लोग इस मुकदमें की ख़बरें सुनने के लिए बेचैन रहते थे। हर रहट, हर धर्मशाला और हर गुरुद्वारे में इसकी चर्चा रहती थी। सबसे महत्त्वपूर्ण बात यह थी कि आख़िर पाली ने पृथ्वीपाल सिंह को क्यों मारा?

कुछ दिनों बाद पालीसिंह के घाव भर गये और वह एक बार पुनः मुश्की घोड़े की तरह अकड़-अकड़कर घूमने लगा। आख़िर तेज़ी दिखानेवालों की ज़मानतें भी अस्वीकार कर दी गयीं।

छह मास तक मुकदमा चलता रहा। फिर जो फैसला हुआ तो प्रत्येक को कुछ-न-कुछ सज़ा अवश्य हुई।

पालीसिंह को ढाई साल सख़्त कैद की सज़ा दी गयी।

सत्रह

□□

ढाई वर्ष की कैद काटने के बाद जब पालीसिंह जेल से बाहर निकला तो उसने ज़मीन पर ज़ोर से थूका और सिर उठाकर इधर-उधर नज़र दौड़ायी।

शरद् ऋतु थी और दस बजे का समय। कड़ाके की सर्दी पड़ रही थी, परन्तु धूप की मीठी-मीठी गर्मी से शरीर को अजीब प्रकार का आनन्द प्राप्त होता था।

पालीसिंह ने देखा कि संसार अब भी उतना ही सुन्दर है, जैसा कि वह छोड़कर गया था। वायु में वही ताज़ापन, वृक्षों पर वही हरियाली, आकाश की वही नीलिमा, पक्षियों की वही ऊँची उड़ानें, लागों की वही गहमागहमी। किसी भी वस्तु में कोई फ़र्क़ नहीं आया था।

स्वयं पाली वही पुराना पाली था। वही विशालकाय, एँडा-मेंडा जवान। जेल में उसे किसी तरह की तकलीफ़ का एहसास नहीं हुआ था। दूध, दही, घी, मिठाई आदि हर चीज़ का प्रबन्ध कर लिया गया था। बिलकुल घर का-सा आराम था, केवल जेल की चारदीवारी से बाहर निकलने की इजाजत न थी।

ध्यानपूर्वक देखने से पाली का चेहरा पहले की अपेक्षा अधिक भरपूर नज़र आता था। शरीर कुछ फैल गया था और वज़न भी बढ़ गया था।

एक बार फिर स्वतन्त्र पक्षी की तरह उसने ख़ुश-ख़ुश चलते-फिरते संसार को देखा और एक गहरी साँस भरकर छाती फुला दी।

गाँव पहुँचने पर मालूम हुआ कि बहुत से साथी जेल से छूट चुके थे। उनसे मुलाकातें हुईं।

सरनो...सरनो अब अपने पति के पास रहती थी। बहुत पूछ-ताछ के बाद भी पाली को यही मालूम हो सका कि शादी हो जाने से सरनो कुछ अप्रसन्न नहीं थी। साल-भर के बाद एक बच्ची भी उत्पन्न हो गयी थी और अब वह अपने घर में बहुत ख़ुश थी।

ये बातें सुनकर पाली को बहुत दुःख हुआ, परन्तु उसने सोचा, एक बार तो सरनो के दर्शन अवश्य ही करूँगा।

आख़िर कुछ दिनों के बाद वह रेल पर सवार हो शहर लुधियाना पहुँच गया, जहाँ छावनी के एक क्वार्टर में उसकी सुन्दर प्रेमिका रहती थी।

वहाँ कई क्वार्टर कतार-दर-कतार दूर तक चले गये थे। उसके पास पूरा पता मौजूद था। क्वार्टर का नम्बर १५ उसे ज़बानी याद हो चुका था। नम्बर देखता जब वह एक सिरे के पन्द्रह नम्बर के क्वार्टर के लोहे के दरवाज़े के सामने पहुँचा, तो उसके पाँव आप-ही-आप रुक गये।

उसने झुककर अँगोछे से देसी जूतों पर जमी धूल झाड़ी। चेहरा साफ़ किया। दाढ़ी और मूँछों पर हाथ फेरा और जब आगे बढ़कर उसने दरवाज़ा खटखटाया तो उसका दिल ज़ोर-ज़ोर से धड़कने लगा। प्रतीक्षा का एक-एक क्षण साल भर से कम नहीं था।

दूसरी बार खटखटाने के कुछ क्षणों के बाद भीतर से दरवाज़े की कुण्डी हिलने की आवाज़ आयी। दरवाज़ा खुलने को था। पाली का कलेजा उछलकर कण्ठ में आ अटका। भला दरवाज़ा खोलने कौन आया होगा? शायद सरनो का पति हो या कोई नौकर या स्वयं सरनो।

पहले दरवाज़ा थोड़ा-सा खुला। पाली आँखें फाड़-फाड़कर देखने लगा और फिर सारा दरवाज़ा खुल गया— सामने...सरनो खड़ी थी।

एक बार तो पाली चकाचौंध रह गया।

अभी-अभी धोये हुए काले बालों में सरनो का सुन्दर मुखड़ा चमक रहा था। कटोरा-सी मदमाती आँखें पलकों के बोझ के कारण पूर्ण-रूप से खुलने में असमर्थ थीं। छाती की गोलाइयाँ बेबाकी की सीमा तक पहुँची हुई थीं।

पाली उसे देखकर एक कदम पीछे हट गया जैसे सुनसान जंगल में काले बादलों के नीचे सहसा चाँद निकल आने पर बारहसिंघे बिदक जाते हैं।

उसे देख सरनो का मुख फूल की तरह खिल उठा! दाँत दमकने लगे और उसके दोनों हाथ जुड़ गये। रसीले होंठों से 'सत सिरी अकाल' का हलका-सा स्वर निकला। फिर उसने ओढ़नी का पल्लू सिर पर डाल मीठे स्वर में कहा—"अन्दर चले आइये।"

पालीसिंह की बाँछें चिर गयीं। भारी आवाज़ में बोला—"क्या तुमने मुझे पहचान लिया?"

"क्यों नहीं?...आपको नहीं पहचानूँगी तो भला और किसे पहचानूँगी?...कब आये आप?" उसका मतलब जेल से आने से था।

इस पर पालीसिंह के चेहरे पर हलका-सा गुलाबी-रंग दौड़ गया। उसने दिल में हिसाब लगाकर उत्तर दिया—"आठ दिन हो गये हैं।"

छोटे से आँगन से गुज़रकर वे भीतर के बरामदे में पहुँच गये। सरनो ने फुर्ती से एक चारपाई डाल दी और भीतर से एक चारखाने का खेस लाकर बिछा दिया। पाली जब उस पर बैठा तो खाट चरचराने लगी।

सरनो फिर बोली—"वह...तो घर पर नहीं हैं। सुबह खाना खाकर चले जाते हैं और शाम को पाँच बजे लौटते हैं।"

"तो क्या दिन भर अकेली रहती हो घर में?"

"नहीं तो, पड़ोस की औरतें आ जाती हैं, या मैं उनके यहाँ चली जाती हूँ। गप-शप भी हो जाती है और कुछ इधर-उधर के क़ाम से भी निबट लेती हूँ।" यह कहकर वह दरवाज़े तक गयी और बाहर की ओर इधर-उधर देखने लगी।

इस बीच में पाली छोटे-से आँगन का निरीक्षण करने लगा, ज़मीन पर नन्हें-नन्हें कंकड़-पत्थर फैले हुए थे। आँगन के दोनों किनारों पर लम्बी-लम्बी क्यारियाँ बनी थीं, जिनके चारों ओर ज़मीन में गड़ी आड़ी ईंटों की कतारों का घेरा था। एक ओर की क्यारियों में गेंदे और चमेली के फूलों के पौधे थे और दूसरी ओर की क्यारियों में प्याज़ और टमाटर के पौधे दिखायी दे रहे थे। क्यारियों के निकट कीचड़ में लथपथ दो खुरपे पड़े थे और कुछ खिलौने भी आँगन में बिखरे पड़े थे। भीतर का बरामदा छोटा-सा था। फर्श केवल ईंटों का बना हुआ था। अन्दर दो कमरे थे, एक में कुछ चारपाइयाँ और भारी सामान नज़र आ रहा था और दूसरे में एक पलँग, दो कुर्सियाँ, एक नन्ही-सी तिपाई और छोटे-छोटे सामान के अतिरिक्त लोहे की मज़बूत सलाखोंवाली खिड़की दिखायी दे रही थी।

घूम-फिरकर उसकी नज़र फिर सरनो पर जा टिकी, जो न जाने क्यों बाहर के दरवाज़े से लगी खड़ी थी। सरू की तरह लचकता हुआ उसका लम्बा शरीर पाली की नज़रों का केन्द्र बना हुआ था, वह उसके बालों के फैलाव को देख-देखकर हैरान हो रहा था। आख़िर वह लौटी और उसे प्रतीक्षा में पाकर हँस दी। बोली—"पड़ोस के लौंडे से पास की दुकान से सब्जी मँगवायी है। सोचा, आपको भूख लगी होगी..."

"नहीं, ऐसी भी क्या जल्दी है।"

"क्यों?"

"कोई ख़ास बात भी नहीं...यूँ ही...मैंने सोचा, इधर से होकर जाना है, मिलते जायें तुमसे।"

"भई, यह तो बुरी बात है। इतने दिनों के बाद भाई बहन से मिलने आये और एकदम वापस चला जाये..."

भाई का शब्द सुनकर पाली के कान खड़े हो गये। सँभलकर बोला—"नहीं, एकदम तो नहीं, हाँ रात को चल दूँगा..."

“आख़िर कहाँ जा रहे हैं आप?”

“ज़रा आगे जा रहा हूँ।” उसने झूठ कहा।

“यह तो बुरी बात है!” वह मुँह बिसूरकर बोली।

“फिर आ जाऊँगा कभी...अब तो मुलाकात होती ही रहेगी।”

पाली को इस बात का कोई अनुमान नहीं था कि सरनो उससे किस तरह पेश आयेगी। उसके तो स्वप्न में भी यह बात नहीं थी कि सरनो के यहाँ ऐसी आवभगत होगी। ख़ैर, फिर सही। वह अपना बिस्तर साथ लेकर आया करेगा। इस बार तो वह एक कम्बल ही लाया था।

सरनो सामने पीढ़ी पर बैठी नन्हें-नन्हें मोजे बिन रही थी। इस पर पाली को जो एकाएक ख़्याल आया तो बोल उठा—“मुन्नी कहाँ है?”

सरनो ने कुछ शरमाकर कहा—“भीतर पड़ी सो रही है।”

पाली उठकर भीतर गया। जहाँ बच्ची पड़ी सो रही थी। उसका सिर एक बहुत बड़े लाल रंग के शलजम का-सा था। बच्ची सुन्दर थी। उसने उसके सिर पर हाथ फेरा और फिर बाहर आकर चारपाई पर बैठ गया।

“अच्छा जी...” सरनो ने पुनः कहना आरम्भ किया—“अब गाँव की बातें सुनाइये। आपकी बेबे और भाभी कैसी हैं?”

“अच्छी हैं।”

“क्या हमारे यहाँ भी गये थे आप?”

“हाँ, सबसे मिला था... वे सब बड़े आनन्द में हैं।”

“मेरी कोई सहेली भी मिली थी क्या?”

“बहुत-सी मिली थीं।”

“कैसी थीं, कुछ कहा किसी ने?”

“कुछ नहीं, बहुत बातें करती थीं वे...”

सरनो प्रसन्न होकर बोली—“मैं भी तो सुनूँ, क्या कहती थीं?”

“सब तुम्हें याद करती थीं।”

“और वह रक्खी भी मिली कभी?”

“कौन रक्खी?”

सरनो ने अर्थपूर्ण ढंग से उसकी ओर देखकर कहा—“वही...जो...जो।”

“हाँ...” पाली के होंठों पर मुस्कराहट फैलने लगी—“हाँ भई, वह तो तुम्हारी बड़ी गहरी सहेली थी।”

“हाँ, बेचारी बहुत अच्छी थी। मेरे दुःख-सुख की साथी...”

"वही नहीं, गाँव की सभी लड़कियाँ तुमसे प्रेम करती थीं। वे तुम्हें सुन्दरता की मूर्ति समझकर तुम्हारी पूजा करती थीं।"

"सुन्दरता की मूर्ति..." वह कुछ झेंपकर मुँह छिपाने लगी।

पाली ने साहस से काम लेकर कहा—"इसमें शक भी क्या है, आख़िर और कौन थी, जो तुम्हारी बराबरी कर सकती। सच तो यह है कि तुम्हारे बिना सारा गाँव सूना-सूना-सा दिखायी देता है...आख़िर लड़कियों को पराये घर जाना ही पड़ता है...सरनो, तुम क्या जानो..."

इतने में एक लड़का सब्जी लेकर भीतर आया। एक तरह से तो यह अच्छा ही हुआ। सरनो को अकेली पा पाली दूसरी ही ओर बह निकला था।

लड़के से सब्जी लेकर सरनो उठकर उसे दरवाज़े तक छोड़ने गयी और फिर दरवाज़े की चटखनी चढ़ाकर लौट आयी।

पाली ने अनुभव किया कि वह बहकने लगा था। अच्छा ही हुआ, जो वह लड़का बीच में आ कूदा, वरना न जाने वह क्या कुछ बक देता।

सरनो के चेहरे पर नापसन्दगी के लक्षण नहीं थे। वह बड़ी दिल-जमई से इधर-उधर घूमती रही। फिर एक काग़ज़ का बड़ा-सा टुकड़ा और सब्जी का थैला ले आयी और खाट के दूसरे सिरे पर बैठ गयी और बोली—"लीजिये, अब हम बैठकर मटरों में से दाने निकालेंगे और ख़ूब-ख़ूब बातें करेंगे।"

जब वह सिर झुकाकर मटरों में से दाने निकालने लगी तो पाली उसकी तेज़ी से हरकत करती हुई नाज़ुक अँगुलियों को देखने लगा, फिर उसकी नज़रें उसके चेहरे का निरीक्षण करने लगीं। अब वह पहले से बहुत बदल चुकी थी। उसकी रंगत में से काफ़ी निखार पैदा हो गया था। पहले वह हाथ से बने हुए कच्ची मिट्टी के भाण्डे जैसी थी, अब भट्टी में पक चुकी थी। अब उसके महकते हुए बदन से एक पुरुष आनन्दित हो चुका था। उसके नयन-नक्श में विशेष प्रकार का आकर्षण उत्पन्न हो चुका था। अब कुँवारी लड़की के अल्हड़पन की अपेक्षा उसके बदन में पके हुए अंगूर का-सा रस पैदा हो चुका था। अब उसे हर रंग में देखनवाले पर उसका भरपूर वार पड़ता था। उसके बाल, उसकी भँवें, माथा, पलकें, पपोटे, आँखें, गाल, होंठ, नाक, ठुड्डी अर्थात हर अंग अपने पूरे यौवन पर आ चुका था। सरनो जो पाली के इतने निकट बैठी थी और जो वास्तव में उसके दिल के सिंहासन पर परियों की राजकुमारी की भाँति विराजमान थी, उससे कितनी दूर थी। काले कोसों दूर...वह उसे कभी नहीं पा नहीं सकता था। उसके दमकते हुए बदन को छाती से लगाना तो एक ओर, वह उसे छू भी नहीं सकता। आख़िर वह कौन-सी खाई थी, जिसे पार करके वह अपने हृदय की रानी तक नहीं पहुँच सकता था।

"आप चुप क्यों हो गये?"

"नहीं तो।" पाली चौंका।

ढाई वर्ष की जेल काटने के बाद उसे विचित्र प्रकार का अनुभव हो रहा था। यह कैसा वातावरण था? यह सूरत जो उसके सामने बैठी थी, कौन थी? क्या वह वाकई औरत थी? क्या वह सचमुच उसके सामने बैठी थी? क्या वह सचमुच उससे बहुत प्रेम करता था?...प्रेम...प्रेम, सालहा-साल से...बीस साल से, बल्कि शायद जन्म-जन्मान्तर से वह उसे प्रेम कर रहा था। उसके नाम की माला जप रहा था। कितनी विचित्र बात थी कि वह उसे पा नहीं सकता था और वह उसके रोम-रोम में समा चुकी थी। उसके प्रेम में उसके शरीर का रोम-रोम सुलग रहा था। एक अनजानी-सी व्यथा उसके मन-मस्तिष्क पर छायी हुई थी, जैसे कोई...कोई उसे विश्वास दिलाता हो कि कुछ-न-कुछ होकर रहेगा। परन्तु क्या होगा? क्या हो सकता था अब?

पाली फिर से सरनो के चेहरे का निरीक्षण करने लगा।

न जाने क्यों, उसने स्वयं को उसके चेहरे और शरीर का स्वामी समझा था। एक ऐसी वस्तु, जिसे वह जब चाहे हाथ बढ़ाकर पकड़ सकता है, अपना सकता है, सदैव-सदैव के लिए अपना बना सकता है। उसका सुन्दर चेहरा उसे कैसे-कैसे धोखे देता रहा था। कैसे-कैसे निमन्त्रण दिये थे उन मृदु होंठों ने...एक सीधा-सादा चेहरा...फूल की तरह खिला हुआ और मासूम। ऐसे सुन्दर और मासूम चेहरेवाली लड़की को निस्सन्देह उससे प्रेम होगा। यह कैसे सम्भव है कि ऐसा पूर्ण सौन्दर्य हो और अपने प्रेमी के दिल की धड़कन न सुन सकता हो। धड़कन सुने और फिर ऐसी संगदिली से झुठला दे...नहीं ऐसा होना सम्भव नहीं है।

परन्तु यदि वास्तव में उसे उससे प्रेम था तो क्या संसार की कोई भी शक्ति ऐसी थी, जो उन दोनों के बीच खड़ी हो सकती थी...नहीं, ऐसी कोई शक्ति नहीं थी।

इस पर पाली का दिल डूबने लगा। वास्तविकता की कटुता से उसका सारा मज़ा किरकिरा हो गया। यदि उस संगदिल, उस ज़ालिम, उस निर्जीव पत्थर को उससे प्रेम होता, तो वह उस नाज़ुक बदन को अपनी एक बाँह में भर लेता और दूसरे हाथ में लम्बी लाठी पर चढ़ी हुई छवि को हवा में लहराकर सारे संसार को चैलेंज देता कि यदि कोई माई का लाल है, तो मैदान में आये और उसकी सुन्दरतम् प्रेमिका को उसकी बाँह से निकालने का यत्न करे। उसकी ललकार धरती के एक छोर से दूसरे छोर तक गूँज जाती, परन्तु किसी व्यक्ति में यह साहस न होता कि उसका चैलेंज कबूल करता।

"भाई जान! जाने आप फिर किस सोच में डूब गये हैं।" सरनो ने शिकायत की।

"ओह नहीं तो...नहीं तो।"

फिर इधर-उधर की बातें होती रहीं। गाँव के भिन्न-भिन्न व्यक्तियों की, स्त्रियों की, मेलों-ठेलों की...पाली ने बड़े ध्यान से बातचीत में भाग लेना आरम्भ कर दिया, ताकि वह फिर बहकने न लगे।

मटर के दाने निकल आये तो सरनो ने चूल्हे में आग जलायी। पाली ने सोचा, बेचारी कितनी अच्छी है। पढ़-लिखी है न, तभी तो इन सब बातों का सलीका है। बेचारी को उसके आने का कितना चाव है।

सब्जी का पतीला चूल्हे पर रखकर सरनो ने आटा गूँधना शुरू किया और फिर पाली की ओर देखकर बोली—"कहिये भाई साहब! आपको भूख तो बहुत लगी होगी?"

"बिलकुल नहीं, भई! जब से आया हूँ तुम खाना पकाने में लगी हुई हो। मैं इतनी दूर से रोटी खाने के लिए तो नहीं आया।"

"फिर क्या हुआ? बातें भी हो रही हैं और खाना भी पक रहा है। खाली पेट तो बातें भी नहीं हो सकतीं। ऐसे मौके पर जब कि वह भी घर पर नहीं हैं, आपकी ख़ातिर किस चीज़ से करूँ?"

"वाह जी, वाह! मैं कोई पराया तो हूँ नहीं, जो मेरी इतनी ख़ातिर करने की ज़रूरत है। मैं तो घर का जोगी हूँ, मेरी कदर भला क्या हो सकती है। वह किसी ने कहा है न...घर का जोगी जोगड़ा। बाहर का जोगी सिद्ध।"

बातों-बातों में पाली को यह चोट करने की ख़ूब सूझी...सरनो की सूरत से प्रकट होता था कि तीर निशाने पर बैठा था। न जाने क्यों कुछ झेंपकर बोली—"नहीं, यह बात तो नहीं है।"

"ख़ूब समझता हूँ।"

"नहीं-नहीं, आप बिलकुल ग़लत समझते हैं।"

"क्या ग़लत समझता हूँ?" पाली ने साहस करते हुए पूछा।

"यही कि...वह जो जोगीवाली बात कही है आपने..."

अब ज़रा मज़े की बातें होने लगी थीं। पाली नहीं जानता था कि बात का रुख़ इधर को हो जायेगा और फिर सरनो भी इस प्रकार की बातों में इस ढंग से भाग लेगी। पाली ने बातों का सिलसिला कटने से बचाते हुए कहा—"देखा जाये तो मेरी बात ही ठीक मालूम होती है।"

"यूँ ही भ्रम है आपका, नहीं तो..."

"नहीं तो क्या?"

"नहीं तो यही कि मैं आपका आदर करती हूँ।"

इस पर पाली ने भारी-भरकम क़हक़हा लगाया—"भई, आदर तो होना ही चाहिए, हमारे काम ही ऐसे हैं।"

"काम से क्या होता है, दिल देखना चाहिए आदमी का..."

"अच्छा तो आप दिल भी देख लिया करती हैं...हम तो यही समझे बैठे थे कि तुम्हें किसी का दिल दिखायी ही नहीं दे सकता।"

"वाह! आख़िर आप मुझे क्या समझते हैं?"

"तुम्हें हम सब-कुछ समझते हैं, लेकिन दिल के मामले में ज़रा..."

सरनो का ख़्याल था कि पाली के दिल में गुनाह का भाव तीव्रता पकड़ गया था और इसी भाव के वशीभूत हो वह इस प्रकार की बातें कर रहा था, हालाँकि उसके विचार में वह दिल का ऐसा बुरा आदमी नहीं था।

"आपको मालूम नहीं मैं आपके दिल को और ही नज़रों से देखती हूँ..."

इस पर पाली के दिल में लड्डू फूटने लगे। उसके स्वप्न में भी यह बात नहीं थी कि सरनो इस खुले ढंग से इस प्रकार की बातें करेगी। उसने शह पाकर फिर पाँसा फेंका—"भई, सच?"

"सच!" सरनो ने मुस्कराते हुए उत्तर दिया।

"भई, हमें भी तो मालूम हो कि हमें किस नज़र से देखा जाता है, ज़रा नज़र-से-नज़र तो मिलाओ..."

सरनो झेंप गयी। उसने आटे में सने हुए हाथों को रोका और झुकी-झुकी नज़रों से पाली की ओर देखने लगी।

पाली ने सोचा, चलो यह सौदा भी कुछ महँगा नहीं है, परन्तु क्या सचमुच सरनो उसे और नज़रों से देखती थी? क्या सचमुच वह उसकी इतनी कदर करती थी? क्या सचमुच दिल से वह उसी की थी?

आटा गूँध और परात को थाली से ढापने के बाद हाथ धोते हुए सरनो ने कहा—"आप क्या समझते हैं कि आदमी अगर जेल चला जाये तो वह बुरा हो जाता है। कई महापुरुषों को भी जेल जाना पड़ता है।"

"हाँ, मगर मैं तो कोई महापुरुष या लीडर नहीं हूँ।"

"कुछ भी हो, आप किसी बुरे काम के कारण जेल नहीं भेजे गये थे।"

"अच्छाई भी क्या थी इस काम में?"

अब पृथ्वीपाल सिंह का नाम बीच में आना आवश्यक था। सरनो कुछ देर तक चुप रहने के बाद बोली—"हाँ, कुछ बदनामी हो गयी थी।"

"वह क्यों?" पाली ने आश्चर्य से पूछा।

"आपने उसे मारा।"

"हाँ।"

"उस दिन जब मेरी डोली गयी थी, तो लोग अजीब-अजीब बातें करने लगे थे।"

"अच्छा!"

"आपको दूसरे दिन हिरासत में ले लिया गया, परन्तु जब मैं ससुराल से वापस गयी तो तरह-तरह की बातें सुनने में आयीं..."

"कैसी बातें?"

"यही आपके और मेरे बारे में।"

पाली को इस बात का कुछ भी ज्ञान नहीं था।

"आप तो फिर वापस आ नहीं सके लेकिन अच्छा ही हुआ कि वे बातें ज़्यादा नहीं फैलीं..."

इस पर पाली को कुछ शर्म भी आयी और कुछ आनन्द भी मिला कि लोग उन दोनों का नाम इकट्ठा लेते रहे थे।

"सरनो! लोगों का क्या है, वे तो बातें करते ही रहते हैं...उनके मुँह में लगाम नहीं दी जा सकती।"

न जाने पाली ने यह बात क्यों कह डाली थी। वह इस बात का खण्डन स्वयं क्यों करे आख़िर।

सरनो ने तवा चूल्हे पर रखकर पाली के हाथ धुला दिये। आटे की लोई बनाते हुए उसकी ओर देखे बिना उससे पूछा—"आख़िर आपने उसे मारा क्यों?"

पाली ने बड़े ध्यान से सरनो के चेहरे की ओर देखा। वह जानना चाहता था कि इस प्रश्न से उसका तात्पर्य क्या था, परन्तु सरनो का चेहरा झुका हुआ था। वह अपने काम में मग्न नज़र आती थी। इससे पहले कि वह कोई उत्तर दे, सरनो फिर कहने लगी—"जब मैं ससुराल से पहली बार वापस गयी, तो मुझे मालूम हुआ कि आपने उसे पीटा है, बल्कि आप उसे जान से मार देना चाहते थे, लेकिन वह किसी-न-किसी तरह बच निकला। मेरी हर सहेली ने मुझे यह कहानी सुनायी..."

"क्या कहा उन्होंने?"

"उन्होंने बताया कि आप किस तरह उसे बेतरह पीटते उसके घर तक चले गये थे। वह आपका मुकाबला नहीं कर सका और न खेतों में काम करनेवाले उनके आदमियों में इतना साहस हुआ कि आपका रास्ता रोक सकें।"

"हाँ सरनो! उस दिन मेरी राह रोकने की हिम्मत कोई ऐसा ही आदमी कर सकता था, जिसे अपनी जान की परवाह न होती। और तुम जो पूछती हो कि मैंने उसे क्यों पीटा, सो मैं इस बात का क्या जवाब दूँ। मुझे ख़ुद मालूम नहीं कि मैंने उसे क्यों मारा। बस, यह समझो कि मेरे सिर पर भूत सवार हो गया था। जी चाहता था कि उसे कच्चा चबा डालूँ..."

“वह बेचारा ख़ुद ... आपका क्या बिगाड़ा था। सचमुच उस ग़रीब ने आ...गा कि आख़िर उसने ...ड़ा था, जो आप उसकी जान लेने पर तुल गये थे?”

“अच्छा, तो तुम्हारे ख़्याल मे... कुछ बिगाड़ा ही नहीं था? उस मरदूद ने तो मेरी सारी उम्मीदों का ख़ून कर ... किस वक़्त मैं अन्धा हो गया था। कुछ सुझायी नहीं देता था। जी चाहता था कि ... से टक्कर लूँ। सरनो, भला तुम उस दु:ख-दर्द को कैसे समझोगी? मैं अपने ... हालत बता नहीं सकता और मेरा तो यह ख़्याल है कि वह बतायी भी नहीं जा ... अगर तुम्हारी छाती में दिल है और वह दिल कुछ महसूस भी कर सकता है तो यू... लो कि मेरी वही हालत थी जो किसी ऐसे आदमी की होती है जिसकी छाती में ती...र घुसा हुआ हो। न तो उसकी जान निकलती हो और न पीड़ा में कमी आती हो...”

“वाहगुरु-वाहगुरु! कैसी बातें करने लगे आप। अब रहने दीजि..., मैं और कुछ नहीं सुनना चाहती। ज़रा चारपाई आगे घसीट लाइये ताकि मैं गरमा-गरम फुल्के देती जाऊँ आपको...”

पाली चारपाई घसीटकर आगे ले गया और बोला—“तुमने रोटी पकाने का खामुखाह कष्ट किया। आकर बैठने भी नहीं पाया था कि तुम्हें रोटी की चिन्ता शुरू हो गयी।”

“इसमें हर्ज़ ही क्या है? आख़िर आपको खाना तो खाना ही था...”

“हाँ, लेकिन ऐसी जल्दी भी क्या थी?”

“जल्दी क्या है? देखिये, धूप कहाँ-से-कहाँ जा पहुँची है। बातों-बातों में कुछ पता नहीं चला और खाना तैयार हो गया है। खाना पकाना तो हमारा काम ठहरा। भला इसमें कष्ट कैसा?”

यह कहकर सरनो ने गोरे-गोरे हाथों से खाने का थाल पाली की ओर बढ़ा दिया।

मटर बहुत स्वादिष्ट पके थे। पाली चटखारा लेकर बोला—“सरनो, तुम खाना बहुत मज़ेदार पकाती हो। मुझे सपने में भी ख़्याल नहीं था कि तुम इस काम में ऐसी माहिर हो। वाह-वाह! लेकिन हम ठहरे जाट, मूर्ख, उजड्ड अनघड़! भला, हम इसकी कदर क्या जानें।”

“अब रहने भी दीजिये, क्यों बनाते हैं खामुखाह! हमें मालूम है अपनी काबलियत!”

“अजी, आपमें जो-जो काबलियतें हैं आप क्या जानें। यह तो कोई हमसे पूछे।”

इस पर सरनो मुस्कराकर चुप हो गयी।

खाना खाकर पाली ने लम्बे-लम्बे और अँगोछे से मुँह साफ़ किया। फिर जितनी देर तक सरनो चौका-ब ी, वह उसके पास बैठा बातें करता रहा।

चौके बर्तन से निबटकर अपने बालों को छूते हुए कहा—"चलिये अन्दर बैठें।"

जिस कमरे में बच्ची ी, वे दोनों उसी कमरे में चले गये। पाली खिड़की के निकट रखी हुई कुर्सी ठ गया।

पाली ने सोयी हुई ी की ओर देखा और मुस्कराकर बोला—"तुम्हारी बच्ची बड़ी ख़ूबसूरत है। कुल तुम्हारी शक्ल है। मालूम होता है कि इस मामले में बिलकुल तुम प ी है।"

नन्ही ब बड़े पलँग पर सोयी पड़ी थी। सरनो ने बच्ची को प्यार भरी नज़रों से देखा और फिर अपने बालों को छूकर बोली—"मेरे बाल सूख गये हैं, अब ज़रा तेल लगाकर इन्हें कंघी कर डालूँ। घबराइये नहीं, मैं उधर से शीशा ले आऊँ। आपको यहाँ अकेले नहीं बैठना पड़ेगा।"

यह कहकर वह दूसरे कमरे में चली गयी। उसकी अनुपस्थिति में पाली ने कमरे का सरसरी तौर पर निरीक्षण किया। कमरा साधारण रूप से सजा हुआ था, परन्तु साफ़-सुथरा था। दरवाज़े के निकट दसवें गुरु गोविन्दसिंह का एक चित्र लटक रहा था, जिसमें वह घोड़ा दौड़ाते और बाज़ उड़ाते चले जा रहे थे। इन चीज़ों से नज़र हटाकर पाली मज़बूत सलाखोंवाली खिड़की से बाहर की ओर देखने लगा। दूर जहाँ तक नज़र काम करती थी, ऊँची-नीची ढलानें फैली थीं। निकट से कोई तेज़ स्वर सुनायी नहीं दे रहा था। वह स्थान शहर की गहमागहमी से दूर था। वातावरण में विशेष प्रकार की चुप्पी और शान्ति घुली हुई थी।

इतने में सरनो कंघी, तेल की बोतल और शीशा लेकर वहाँ आ गयी और पलँग पर बैठ अपने काम में जुट गयी।

कुछ देर तक चुप्पी छायी रही, फिर सरनो ने मौन भंग किया।

"कहिये, आपको हमारी जगह पसन्द आयी?"

"हाँ, यहाँ गाँव की-सी चुप्पी और शान्ति है।"

"स्वयं मुझे चुप्पी और शान्ति पसन्द है।"

"लेकिन सरनो, जब दिल ही को शान्ति न हो तो भला यह बाहर की शान्ति उसके किस काम आ सकती है?"

सरनो ने बोझल बालों में कंघी करते हुए पूछा—"भला आपको किस बात की चिन्ता है? चैन की बाँसुरी बजाते हैं आप।"

पाली का मन जैसे दु:ख गया हो। कुछ भर्राये हुए स्वर में बोला—''सरनो, यह तुम कहती हो?...हज़ार बनने की कोशिश करो, परन्तु तुम मेरे दिल की हालत से नावाकिफ़ नहीं हो।''

इस पर फिर चुप्पी छा गयी।

रंगीन फुँदनोंवाली चोटी गूँथकर सरनो फिर दूसरे कमरे में चली गयी। और अब जो लौटी तो उसने दूसरे वस्त्र पहन रखे थे।

पाली ने उसे देखा तो उसके मन में एक हूक-सी उठी। उस समय सरनो का सौन्दर्य अवर्णनीय था। अंग-अंग से यौवन फूटा पड़ता था, आँखें मदमाती हो रही थीं। होंठों में अमृत के स्रोत निहित थे। शरीर के फैलते, सिमटते, उभरते और पिचकते हुए अंग उग्र हो रहे थे। सारा बदन फूलों से लदी डाली की भाँति लचक रहा था।

सरनो ने विशालकाय पाली, उसके सिर पर बँधी दो-तीन शमलोंवाली पगड़ी, सिल्की तहबन्द और भेदती नज़रों का निरीक्षण किया।

पाली बोला—''सरनो! क्या तुम्हें बचपन का ज़माना याद है? शायद तुम उन बातों पर हँसती होगी, लेकिन सच मानों, मैं उस ज़माने को कोशिश करने पर भी भुला नहीं सका। तुम मेरी नस-नस में समा चुकी हो। मैं हमेशा तुम्हें अपनी और केवल अपनी समझता रहा, लेकिन जब मुझे इस बात का पता चला कि तुम पृथ्वीपाल सिंह को पसन्द करती हो, तो मेरे पाँव तले से ज़मीन निकल गयी ...सरनो, यह ठीक है कि मैं शक्ल-सूरत के लिहाज़ से तुम्हारे योग्य नहीं था, परन्तु तुम्हारी ऐसी बेरुखी के योग्य भी तो नहीं था। काश, तुमने मुझे एक मौका दिया होता, केवल एक मौका। मैं बुरा ही सही, मैं डाकू और लुटेरा ही सही, लेकिन मैं तुम्हारी राह में तो आँखें बिछाता था। तुम्हें एक नज़र देखने के बाद से मैंने सुधरना शुरू कर दिया था...''

सरनो उसके निकट पहुँची और खिड़की की सलाखें थामकर खड़ी हो गयी और दूर क्षितिज की ओर खोयी-खोयी नज़रों से देखने लगी।

सरनो को इतना निकट पा पाली का दिल ज़ोर-ज़ोर से धड़कने लगा।

सरनो चुपचाप खड़ी थी, परन्तु उसके तेवर कह रहे थे—''ऐ मित्र! अब इन बातों को भुला देना ही उचित है। जो होना था, सो हो गया, अब कब तक बीती बातों को याद करके हलकान होते रहोगे? मुझे मालूम नहीं था कि तुम मुझे इतना प्रेम करते हो और फिर वह ज़माना ही दूसरा था, सोचने-समझने का ढंग ही दूसरा था।

कुछ देर तक उकता देनेवाली चुप्पी छायी रही, फिर सहसा सरनो बोल उठी—''आपसे एक बात पूछूँ?''

''पूछो।''

सरनो ज़रा रुककर बोली—''अगर आप पृथ्वीपाल सिंह की जगह पर होते और मैं आपसे कहती कि मुझे भगा ले चलिये, तो आप क्या करते?''

पाली ने सरनो के मन की बात जानने के लिए उसकी नज़रों से नज़रें मिलाने की कोशिश की, परन्तु वह बाहर की ओर देखती रही। पाली को कुछ सूझ नहीं रहा था कि क्या उत्तर दे।

"आप बोलते नहीं?"

"सरनो! मैं नहीं जानता कि तुमने यह सवाल क्यों किया है, लेकिन इतना कह सकता हूँ कि अगर तुमने यह बात मुझसे कही होती तो मैं अवश्य ही तुम्हें भगा ले जाता।"

यह कहकर उसने मुँह फेर लिया और दूसरी ओर देखने लगा। कुछ देर के बाद उसे अनुभव हुआ कि सरनो का बदन उसके शरीर से छू रहा है। वह उसके बहुत निकट आ चुकी थी।...पाली ने उसका कोमल हाथ अपने हाथ में ले लिया और कहता चला गया—"सरनो, मैं तुम्हें और केवल तुम्हें प्रेम करता हूँ। तुम नहीं जानती कि मैं अपना सब-कुछ हार चुका हूँ। जान और दिल तुम पर न्योछावर कर चुका हूँ। तुम मेरे मन-मन्दिर की रानी हो, तुमने मुझे अपने संसार से निकालकर कहीं का नहीं रखा। सरनो, तुम बचपन से मेरी रग-रग में समायी हो। मैं तुम्हें नहीं छोड़ सकता। तुम्हारे सामने एक बच्चे के समान हूँ। सच कहो, जालिम! मैंने तुम्हारा क्या बिगाड़ा था जो तुमने मुझे इस तरह बर्बाद कर दिया? मैं तुमसे सब-कुछ कह देना चाहता था, लेकिन तुमने मुझे इस बात का कभी मौका ही नहीं दिया। सरनो, सच मानो, तुम्हारे बिना मैं जिन्दा नहीं रह सकता"

यह कहकर उसने सरनो को नन्ही गुड़िया की तरह अपने बाहुपाश में ले लिया। उसके भरपूर शरीर को अपनी भुजाओं में पाकर,उसकी सख़्त छातियों के स्पर्श और उसके दहकते हुए गालों और दमकते हुए गुलाबी होंठों को इतना निकट पाकर पाली की आँखों में पागलपन-सा नृत्य करने लगा।

सरनो ने कसमसाकर पलक झपकने में अपने-आपको उसकी जकड़ से छुड़ा लिया और सोती हुई बच्ची के पास जाकर बैठ गयी। उसकी लम्बी चोटी के रंगीन फुँदने लहराने लगे।

पाली भर्राये हुए कण्ठ से बोला—"सरनो! इतनी कठोर न बनो, मुझे बेमौत मरने से बचा लो। मेरा यही कसूर है न कि तुम्हारी सुन्दरता के जादू से अपने-आपको मज़बूर पाता हूँ..."

सरनो ने घूमकर उसकी ओर देखा। उसकी आँखें ऐसी दिखायी देती थीं, जैसे ओस में नहायी हुई कमल। वह बढ़कर उसके निकट हो बैठा और धीरे-धीरे कहने लगा—"जान से प्यारी सरनो! अब भी कुछ नहीं बिगड़ा, आओ हम भाग चलें। इस संसार से दूर अपना संसार बसायेंगे..."

"नहीं, अब नहीं...कभी नहीं। अब मेरी शादी हो चुकी है। मैं एक बच्ची की माँ बन चुकी हूँ। मुझे अपने पति से कोई शिकायत नहीं मैं उन्हें कभी दग़ा नहीं दूँगी और न अपने बूढ़े माँ-बाप के माथे पर कलंक का टीका लगने दूँगी।"

पाली ने पागलों के-से स्वर में कहा—"सरनी, पागल न बनो, मेरा कहा मानो..."

"बस-बस!...आप मुझसे ऐसी कोई बात न कहें। आपने मुझे ग़लत समझा...मैं ऐसी औरत नहीं हूँ। जो होना था हो चुका...आप इस तरह की बातें ज़बान पर न लायें। मेरी हमदर्दी जताने से आपको होश-हवास नहीं खोने चाहिए..."

पाली ने उसे पागलों की तरह खींचकर अपनी गोद में ले लिया और ज़ोर से अपने साथ लिपटाकर उसके तमतमाते गालों पर होंठ जमा दिये।

सरनो तड़प उठी और परे हटकर खड़ी हो गयी और झल्लाकर बोली—"देखिये, आप शराफ़त को छोड़े दे रहे हैं। मैं आपसे आख़िरी बार कहती हूँ कि होश में आइये। अगर वाकई आपमें कोई शराफत नहीं है तो मेरी इज़्ज़त का ही ख़्याल कीजिये।"

सरनो की लानतों ने जलती आग पर तेल का काम किया। उसके बिगड़े तेवर, बिखरे बाल, दहकते गालों और उसकी अर्धनग्न भरपूर छातियों के उतार-चढ़ाव ने उसे पाली की नज़रों में और भी सुन्दर बना दिया। पाली को ऐसा अनुभव हुआ, जैसे उसका शरीर भड़कती हुई आग के लपेट में आ गया हो और अब उसके बस में कोई बात न रही हो। उस सौन्दर्य और यौवन की प्रतिमा की तलब जिस उग्रता से उसके मन में उस समय उत्पन्न हुई, पहले कभी उत्पन्न नहीं हुई थी। आचार-नैतिकता से वह कोसों दूर था। उस वहशी भाव के वशीभूत हो वह बिलकुल भूल बैठा था कि वह वहाँ किसलिए आया था। क्षण-भर के लिए उसने भेदती नज़रों से सरनो की ओर देखा, फिर न जाने सरनो को उसकी नज़रों में क्या कुछ दिखा कि वह हलकी-सी चीख़ मारकर दूसरे कमरे की ओर दौड़ी। इधर पाली तीर की-सी तेज़ी से उसकी ओर लपका। इससे पूर्व की सरनो भीतर से दरवाज़ा बन्द कर सके उसने अपनी बाँह भीतर डाल दी। सरनो ने दरवाज़े का पट ज़ोर-ज़ोर से मारकर उसकी बाँह लहूलुहान कर दी परन्तु पाली कन्धे का धक्का देकर भीतर घुसने में सफल हो गया।

सरनो पीछे हट गयी। उस समय वह बहुत भयभीत दिखायी देती थी। गोरे-गोरे बदन का बहुत-सा भाग कपड़ा फट जाने के कारण नग्न हो गया था। वह पाली की ओर क्रोधपूर्ण नज़रों से देखती हुई वहशी बिल्ली की तरह रंगीन पायोंवाले बड़े पलँग की पट्टी के साथ-साथ एक-एक कदम पीछे सरक रही थी।

सरनो ने उसकी नज़रों में नज़रें डालकर क्षीण परन्तु दृढ़ स्वर में कहा—"अगर अब तुमने मुझे हाथ लगाया तो मैं चिल्ला पड़ूँगी और तुम पुलिस के हवाले कर दिये जाओगे।"

परन्तु मालूम होता था कि पाली पर इस बात का कुछ प्रभाव न हुआ। एकएक उसने कुलाँच भरकर सरनो को नन्हें चूज़े की तरह दबोच लिया। एक बाँह में उसके शरीर को छाती से सटा लिया और दूसरी बाँह की कुहनी-तले उसका कन्धा दबाकर हाथ से उसका मुँह बन्द कर दिया!

सरनो की आँखों से चिनगारियाँ फूट रही थीं, परन्तु उसके मुँह से आवाज़ तक नहीं निकल सकती थी। वह पाली की फौलादी जकड़ में मछली की तरह तड़प रही थी, परन्तु कुछ वश न चलता था। यद्यपि उसके पाँव ज़मीन पर टिके थे परन्तु उसका बदन कमान की तरह बल खाकर पीठ चारपाई से जा लगी थी। ऊपर से पाली दबाव डाल रहा था और नीचे से चारपाई की पट्टी बेतरह चुभ रही थी। जान आफत में फँस गयी थी।

अब पाली को महसूस हुआ कि सरनो उसकी जकड़ से हरगिज़ नहीं निकल सकती। हालाँकि वह अपने-आपको छुड़ाने का भरसक प्रयत्न कर रही थी, परन्तु यह सब-कुछ व्यर्थ था।

सरनो दम लेने के लिए ज़रा रुकी और पाली उसकी ओर मदमाती नज़रों से देखने लगा। उसे लगा जैसे, बचपन से लेकर अब तक वह किसी वीराने में भटकता रहा था। उसका कोई हितैषी, कोई संगी-साथी नहीं था। वह अकेला था, निर्बल था, विवश था। किसी ने उस पर प्रेम की एक नज़र तक डालने की आवश्यकता अनुभव नहीं की। यहाँ तक कि उस पर दया भी नहीं की किसी ने। अब, अब डूबते को तिनके का सहारा मिला था। उसका दिल रो रहा था। वह फूट-फूटकर रो देना चाहता था। वह अपनी भुजाओं में उस स्त्री को लिये हुए था, जिसकी एक मुस्कान के लिए वह अपनी जान तक न्योछावर कर सकता था। उसने धीरे से अधखुली आँखों को पूर्ण रूप से खोलकर असीम प्रेम तथा वेदनापूर्ण स्वर में कहना आरम्भ किया—"सरनो, देखो, इतनी नाराज़ क्यों होती हो? मैं तुम्हारा दुश्मन नहीं हूँ, तुम्हारा गुलाम हूँ। तुम्हारे एक इशारे पर अपनी जान हाज़िर कर सकता हूँ, कुछ तो ख़्याल करो..."

सरनो में कोई अन्तर न आया। ताज़ादम होकर वह पुनः उसके बाहुपाश से निकलने के लिए बेतरह तड़पने लगी। इस पर पाली ने दूसरी बाँह उसकी कमर के नीचे से निकाली और कुहनी को उसकी छातियों के ज़रा ऊपर टेककर दबाव जो डाला तो निर्बल स्त्री हरकत करने से भी लाचार हो गयी। पाली ने मिन्नत के-से स्वर में कहा—"मेरे दिल की रानी, इस तरह तुम्हें बहुत तकलीफ़ हो रही होगी। तुम पलँग पर लेट जाओ और मेरी बात सुनो..."

यह कहकर उसने सरनो को आराम से लिटा दिया, परन्तु इस प्रकार की वह उसकी जकड़ से निकल न सके। दु:ख और क्रोध से सरनो के होंठ बेतरह काँप रहे थे। नाक के नथुने फड़फड़ा रहे थे। पाली कुछ देर तक खाली-खाली नज़रों से उसकी ओर देखता रहा, फिर उसने बड़े प्रेम से उसके होंठों को चूम लिया। आँखों, पपोटों, भँवों, माथे, बालों, ठुड्डी, गालों, गर्दन अर्थात उसने पागलों की तरह हर जगह को बार-बार चूमा। उसके घने बालों में अँगुलियाँ फेर-फेर कर...

फिर उसे ऐसा महसूस हुआ जैसे कोई आँधी या तूफ़ान उमड़ आया है जिसमें उसकी हस्ती एक तुच्छ तिनके जैसी है। उसका बदन मानों लकड़ी की चिता में जलाया जा रहा है और शरीर के रोम-रोम से आग के शरारे निकल रहे हैं। एक विचित्र प्रकार की स्थिति थी जिसमें कष्ट और आनन्द दोनों का अनुभव हो रहा था। जैसे वह बिजली के कन्धों पर सवार हो या जैसे तेज़ हवाओं की लगामें उसके हाथ में हों, परन्तु वह मुँह तोड़ रफ्तार से उड़ा जा रहा हो...आख़िर उसे ऐसा महसूस हुआ जैसे तूफान का उतार शुरू हो गया हो। सरनो ने मुँह फेरकर चेहरे पर कपड़ा डाल लिया था...पाली ने घड़ी भर के लिए आँखें मूँदकर अपना सिर सरनो की गोरी-गोरी छातियों पर डाल दिया।

कुछ क्षण पूर्व विचित्र प्रकार के भाव उमड़ आने से पाली का जो चेहरा अजीब-सा दिखायी देने लगा था अब असली हालत पर लौटने लगा। उसने अधखुली आँखों से सरनो की उजली गर्दन का निरीक्षण करने के बाद सिर उठाया और उससे नज़रें मिलाये बिना परे हटकर खड़ा हो गया।

कमरे में चुप्पी छा गयी।

पाली ने सरनो की ओर देखने का प्रयास न किया। हाँ, वह उसके स्वर का इन्तज़ार कर रहा था। उसे विश्वास था कि वह उसे अवश्य ही कुछ-न-कुछ कहेगी। परन्तु उधर भी बेढंगी चुप्पी छायी रही—फिर सरनो ने भयभीत-सी नज़रें उठायी। गर्दन से नीचे का सारा बदन बिलकुल उसी हालत में पड़ा था जिस हालत में उसने उसे छोड़ा था—क्या वह मूर्च्छित हो गयी है—उसने उसके चेहरे पर नज़रें गाड़ दीं—नहीं, वह मूर्च्छित नहीं थी। उसकी आँखें खुली थी। वह पलक झपके बिना टकटकी बाँधे उसकी ओर देख रही थी। उसके चेहरे से अब कोई भाव भी प्रकट नहीं होता था। उसने अपना बदन ढाँपने की भी आवश्यकता नहीं समझी। जो होना था सो हो चुका...पाली विचित्र असमंजस में था। फिर सरनो के होंठ हिले और वह घृणायुक्त स्वर में बोली—"क्यों, मुँह काला कर चुके अपना!"

पाली ने कुछ कहना चाहा, परन्तु इससे पहले कि वह कुछ कह पाता सरनो उठकर बैठ गयी। उसने अपने नग्न शरीर की अब भी कोई परवाह नहीं की। उसके बदन को इस हालत में देख पाली को कुछ घृणा-सी हुई। सरनो तेज़ स्वर में बोली—"तुम प्रेम के योग्य नहीं, तुम केवल बलात्कार कर सकते हो।"

यह कहकर वह उठ खड़ी हुई और अपने वस्त्र सँभालने लगी। पाली के मस्तिष्क में उलझन-सी उत्पन्न हो गयी थी। वह समझता था कि उसने जो कुछ भी किया था सरनो की इच्छा से किया था। सरनो ने सिर को झटका देकर बाल को पीछे की ओर फेंके और होंठ काटकर बोली—"तुम एक बलात्कारी डाकू के बलात्कारी बेटे हो— तुमसे किसी अच्छी बात की आशा ही नहीं की जा सकती..."

पाली के मुँह से कुछ अस्पष्ट-सी आवाज़ें निकलीं परन्तु सरनो ने आव देखा न ताव, उसकी लाठी, कम्बल और अँगोछा उसके चेहरे पर दे मारा और चिल्लाकर बोली—"अब निकल जाओ मेरे घर से! ख़बरदार! अब कभी इधर को रुख़ न करना। तुमने मेरी आबरू ख़राब की है, मैं इस बात को कभी न भूलूँगी, न क्षमा करूँगी!"

वह उसे बाहर की ओर ढकेलने लगी। पाली लड़खड़ाता हुआ आँगन में आ गया। वह हैरान हो रहा था कि आख़िर यह क्या तमाशा हो रहा है!

बोलते समय सरनो के गले की रगें फड़क जाती थीं। वह बहुत अधिक क्रोध भरे स्वर में चिल्लायी—"मैं तुमसे नफ़रत करती हूँ और तुम्हें आवारा कुत्ते से भी गिरा हुआ समझती हूँ। मैं तो तुमसे हमेशा से नफ़रत करती आयी हूँ, लेकिन इस नफ़रत का भेद आज खुला! जाओ! ज़लील! कमीने! लफंगे!..."

उसे दरवाज़े से निकाल बाहर करने के बाद सरनो ने ज़ोर से लोहे का दरवाज़ा बन्द करके कुण्डी चढ़ा ली और स्वयं धम से दरवाज़े पर गिर पड़ी और फिर अबोध बालिका की तरह फूट-फूटकर रोने लगी।

पालीसिंह कुछ देर तक उसके रोने की आवाज़ सुनता रहा, फिर भारी-भारी कदम उठाता तीस-चालीस गज़ के फ़ासले पर शहतूत के वृक्ष तले जा खड़ा हुआ।

थोड़ी देर बाद उसने पगड़ी के उठे हुए शमले को छूकर देखा कि कहीं नीचे तो नहीं गिर गया। घूमकर कुछ क्षणों तक उस लोहे के दरवाज़े की ओर देखता रहा जो सदा को उसके लिए बन्द हो चुका था।

अपनी राह लगने से पूर्व उसने अजीब बेपरवाही से 'पिच' के-से स्वर के साथ अगले दाँतों की दरार में-से थूक की पिचकारी छोड़ी। थूक के छोटे-छोटे कतरे उसकी ठुड्डी के बालों पर काँपने लगे। फिर वह अपने विशेष भारी स्वर में गुर्राया—"ऊँह! साली।...उल्लू की पट्ठी!"

●●●